TOR

BERNHARD HENNEN

DIE CHRONIKEN VON AZUHR

DER VERFLUCHTE

TOR

MIX
Papier aus verantwortungsvollen Quellen
FSC® C083411
www.fsc.org

2. Auflage: Dezember 2017

Erschienen bei FISCHER Tor
Frankfurt am Main, Dezember 2017

Satz: Dörlemann Satz, Lemförde
Druck: CPI books GmbH, Leck
Printed in Germany
ISBN 978-3-596-29726-9

Für ein Lächeln in der Nacht.

Uns ist in alten Mæren wunders vil geseit
von Helden lobebæren, von grôzer arebeit,
von freuden, hôchgezîten, von weinen und von klagen,
von küener recken strîten muget ír nu wunder hœren sagen.

(ERSTE STROPHE DES NIBELUNGENLIEDES)

Uns wird in alten Mären viel Wundersames berichtet,
von ruhmreichen Helden, von großer Mühsal,
von Festen, von glücklichen Tagen, von Weinen und von Wehklagen,
von Kämpfen kühner Recken wird euch nun Wunderbares erzählt werden.

(ÜBERSETZUNG: BERNHARD HENNEN)

ARBORA, ATRIUM HINTER DEM OKTAGON, FRÜHER ABEND, 7. TAG DES HITZEMONDES, 53. JAHR VOR SASMIRAS ZWEITER THRONERHEBUNG

Die schillernden Federn leuchteten im Abendlicht. Wie Rubine funkelten die Blutstropfen, die den abgebissenen Pfauenkopf säumten.

»Cato!« Es war eher ein Stoßseufzer als ein Aufschrei.

Blutige Pfotenabdrücke auf den Sandsteinplatten des Atriums verrieten, dass der Pfauenmörder sich hinter den Brunnen verzogen hatte. Und den Kadaver hatte er dabei mit sich gezerrt.

Lucio war aus der kleinen Pforte an der Rückseite des Oktagons getreten. Gerade noch war er in Hochstimmung gewesen, da fast doppelt so viele Gläubige wie üblich zur Abendmesse gekommen waren. Er hatte die Mär vom Krähenmann erzählt. Eine wunderbare Geschichte darüber, wie am Ende stets die Gerechtigkeit über das Dunkel in der Welt obsiegte.

Natürlich war sich Lucio bewusst, dass die meisten Besucher vor der drückenden Hitze des Abends in den kühlen Kuppelbau des Oktagons geflüchtet waren. Aber sei's drum; er hatte siebzehn Zuhörer gehabt, so zahlreich waren seine Tempelbesucher schon lange nicht mehr gewesen. Arbora hatte zu viele Verlockungen zu bieten. In den anderen Städten erzählte man sich, dass hier selbst die Bettler reich genug waren, um ins Hurenhaus zu gehen.

Lucio straffte sich. Er war Erzpriester und ein verheirateter Mann. Seit Sibelle sich mit Nandus, ihrem gemeinsamen Sohn, für den Sommer auf den großen Gutshof ihres Bruders in den

Bergen zurückgezogen hatte, dachte er viel zu oft an die Verlockungen der Freudenhäuser. Nie hatte er dieser Versuchung nachgegeben, wusste er doch aus den Geständnissen bußfertiger Gläubiger nur allzu gut, wie die süßen Geschenke der Nacht das Leben danach vergällten.

Lucio trat in den Innenhof und hob den Kopf des Pfaus auf. Tote Augen, schwarz wie Obsidian, starrten aus königsblauer Federpracht.

Er würde wenig Freude haben, wenn Sibelle zurückkehrte. Seine Frau hatte diesen arroganten Pfau geliebt, ihn mit Trauben und kleingeschnittenen Apfelstücken verwöhnt. Ihm, Lucio, indes hatte sie schon lange keinen Teller mit aufgeschnittenem Obst mehr gebracht …

»Cato?« Der Kater sollte ihr besser nicht in die Hände fallen. Der einohrige Jäger würde als Füllung in den Fleischpasteten für die nächste Armenspeisung enden. Er sollte ihn fangen und für ein paar Monate in der Festung der Kaiserritter ins Exil bringen.

»Cato? Zeig dich, alter Halunke!« Lucio umrundete den Brunnen und starrte auf die traurigen Überreste des Pfaus. Die prächtigen Schwanzfedern würden sich nie mehr zu einem Rad fächern. Die Bauchhöhle war aufgerissen und ausgeweidet. Offensichtlich hatte er Cato bei seinem Festmahl gestört. Der alte Kater ahnte, dass Ärger im Verzug war.

Weitere blutige Pfotenabdrücke führten zur Rosenlaube, hinter der eine kleine Gittertür in der ursprünglichen Festungsmauer den Durchgang für Zweibeiner versperrte. Jenseits der halb verfallenen Mauer, über welche die Stadt längst hinausgewachsen war, lag die Gasse der Blumenfärber.

Lucio wollte sich schon abwenden – eine Katzenjagd durch nächtliche Gassen erschien ihm lächerlich; er würde den Leichnam des Pfaus in einen Sack mit Steinen packen und im Hafen versenken –, da ließ ein leises Keuchen jenseits der Gittertür ihn innehalten. Ein Betrunkener? Lucio trat an die Eisenstäbe.

Ein Mann, mehr Schatten als Gestalt, kauerte im Durchgang.

Eine Kreatur wie aus den Mären, ersonnen, um Kinder zu erschrecken.

Unwillkürlich tastete Lucio nach dem Schwert an seiner Seite, dem Zeichen seines Amtes als Erzpriester.

Die Gestalt wandte ihm den Kopf zu. Ein bärtiges, wettergegerbtes Gesicht blickte zu ihm empor. Ein heiseres Röcheln drang aus der Kehle des Mannes.

Zögerlich schloss der Erzpriester die Tür auf und trat in den gewölbten Durchgang, der nach Blumenfarben und Urin stank. Da war etwas im Blick des Mannes. Ein Flehen, wie er es von Sündern kannte, die zum Richtblock gingen. Sein Blick bat um Verzeihung. Aber wofür?

Der Fremde war massig, seine Arme tätowiert. Ein Seemann. Wildheit und Kraft schienen sein Leben gewesen zu sein. Aber etwas hatte ihm beides genommen. Er war nicht einfach nur ein Betrunkener. Eine Ahnung von drohendem Unheil umgab ihn.

»Mag…, Mag…«

Lucio beugte sich vor, in der Hoffnung, dass sich die gekrächzten Silben zu Worten fügen würden.

Das Gesicht des Mannes verzerrte sich in unsäglichem Schmerz. »Erlöse mich«, stieß er hervor. Sein Blick heftete sich auf Lucios Schwert. »Bitte …«

Eisiger Schrecken erfasste den Erzpriester. Er beugte sich noch tiefer und tastete nach der linken Achselhöhle des Fremden. Durch den groben Stoff des schweißgetränkten Hemdes fühlte er die Schwellung.

Der Seemann zuckte bei der Berührung vor Schmerz zusammen.

Lucio spürte ein Kribbeln auf der Hand. Dann sah er die hüpfenden dunklen Punkte. Flöhe!

»Hernando! Manuelo!«, rief er nach den beiden einzigen Dienern, die seine Frau zurückgelassen hatte. »Bringt die Sänfte der Herrin!«

Der Tod war in dieser Sommernacht nach Arbora gekommen. Und der grausame Schnitter wollte reiche Ernte halten.

ARBORA, KORNMARKT, FRÜHER ABEND,
7. TAG DES HITZEMONDES,
53. JAHR VOR SASMIRAS ZWEITER THRONERHEBUNG

Elisa hatte den Schlag erwartet, und doch war er so heftig, dass er sie von den Beinen riss.

»Das ist meine Nachricht an deinen Patron Tercio«, zischte Giacomo Fornio. Das Gesicht des korpulenten Kaufmanns war von der Hitze des Tages gerötet. Seine dunklen Augen lagen tief eingesunken unter buschigen Brauen. Sein Doppelkinn schwappte auf und nieder. Doch trotz der Fettleibigkeit war er erstaunlich kräftig. »Steh auf! Ich hab noch was hinzuzufügen.«

»Das muss doch nicht sein«, versuchte ihn Julio Costa, sein Schwager, aufzuhalten. Elisa kannte den ergrauten Patrizier seit ihrer Kindheit. Er hatte die älteste Tochter des Hauses Fornio geheiratet und besuchte regelmäßig die großen Landgüter, die den Fornios aufgrund bestehender Handelsverträge einen Großteil ihrer Ernte schuldeten.

»Misch dich nicht ein. Du hast ein zu weiches Herz. Dieses faule Pack betrügt uns, wo es nur kann. Härte ist die einzige Sprache, die sie verstehen.« Er stieß ihr mit dem Fuß in die Seite. »Los, auf die Beine mit dir! Oder erwartest du etwa, dass ich mich nach dir bücke, du ungewaschene Dirne.«

Elisa sah die Tränen in den Augen ihrer beiden Mädchen. Zum Glück waren Viola und Arianna klug genug, nichts zu sagen.

Der metallische Geschmack von Blut füllte ihren Mund. Elisa biss die Zähne zusammen, rappelte sich auf und wappnete sich innerlich gegen den zweiten Schlag. Hoffentlich brach er ihr nicht die Nase.

Er schlug ihr mit dem Handrücken ins Gesicht. Seine schweren Goldringe schrammten über ihre Wange.

»Lass sie doch! Wir müssen uns noch für Matteos Fest umkleiden«, drang Julio auf seinen Schwager ein. »Das bringt doch nichts.« Der ganz in Schwarz gekleidete kleine Mann hob beschwörend die Hände.

»Du weißt, dass der Kornpreis in den nächsten Wochen jeden Tag fallen wird.«

Eine weitere, schallende Ohrfeige riss Elisas Kopf zur Seite, und ein durchdringender Ton schrillte in ihrem linken Ohr.

Tränen traten ihr in die Augen und nahmen ihr die Sicht. Sie war sich bewusst, dass sie angegafft wurde. Die Schauerleute, die auf den Kais herumlungerten, Matrosen und ein einbeiniger Bettler ergötzten sich an dem Spektakel.

»Es geht mir besser, wenn ich sie prügele!« Giacomos Atem ging keuchend. Fleisch klatschte auf Fleisch. Elisas Mund füllte sich mit Blut. Sie beugte sich vor, spuckte auf das Pflaster.

»Das genügt!«

Überrascht blickte sie auf. Ein Mann im weißen Waffenrock der Kaiserritter baute sich vor dem Kaufherren auf. »Sollte es nicht unter Eurer Würde sein, eine Dame zu schlagen?«

»Eine Dame? Gewiss. Aber ich sehe hier nur eine billige Kebse.«

»Es tut mir leid, dass es um Euer Augenlicht so schlecht bestellt ist, Kaufherr.«

Giacomo öffnete und schloss den Mund wie eine Forelle, die aus dem Wasser gezerrt wurde. Entgeistert starrte er den hochgewachsenen Waffenknecht an, einen blonden Krieger mit rot verbrannter Nase, der wohl erst vor kurzem aus der fernen Westermark gekommen war.

»Ihr Patron soll sehen, was ihn erwartet, wenn ich aufs Herrengut hinausreite. Dafür ist sie hier. Um meine Botschaft an ihn zu überbringen.« Giacomo hob erneut die Hand.

Der Waffenknecht fiel ihm in den Arm. »Ich denke, Eure Botschaft war deutlich genug. Ist es im Übrigen nicht gerechter, den zu strafen, der Euren Zorn erweckt hat, als die unschuldige Botin?«

»Lasst meinen Schwager los«, mischte sich nun Julio ein. »Euch ist wohl nicht bewusst, dass Ihr vor einem der einflussreichsten Patrizier der Stadt steht.«

Der Krieger lockerte seinen Griff. Giacomo löste sich mit einem Ruck. »Du bist noch neu auf Cilia, nicht wahr?« Der Kaufherr trat einen Schritt zurück und musterte sein Gegenüber. »Wie ist dein Name? Ich werde mich bei deinem Komtur über dich beschweren.«

Elisa warf sich auf die Knie. Sie wünschte sich, der Fremde wäre nie erschienen. Sie wusste nur zu gut, welches Unheil der Zorn eines Fornio anzurichten vermochte. Demütig hob sie den pelzbesetzten Saum des Kaufmannsrocks an die Lippen und küsste ihn. »Bitte, Herr, das müsst Ihr nicht. Schlagt mich. Er ist fremd und mit unseren Gebräuchen nicht vertraut.«

Giacomo bedachte sie mit einem Blick, als sei sie eine räudige Hündin. »Du weißt, welche Nachricht du deinem Patron zu überbringen hast. Sein Korn sollte heute hier auf dem Markt sein. Jeder Tag, den sich seine Lieferung verspätet, bringt mich um ein kleines Vermögen.« Der Kaufherr sah zu einem Schiff, das weit draußen im Hafen vor Anker lag und im Abendlicht nur ein Schatten vor dem glühenden Horizont war. Dann wandte er sich abrupt dem Krieger zu. »Und nun zu dir, edler Recke. Wie lautet dein Name?«

»Ilja.«

»Dein Komtur wird von mir hören.« Mit diesen Worten wandte sich der Kaufherr ab und strebte der Landungsbrücke entgegen, an der einst die Seidenschiffe festgemacht hatten. Julio warf Elisa einen bedauernden Blick zu, dann folgte er seinem Schwager.

Der junge Krieger aber kniete vor ihr nieder. »Geht es Euch gut, meine Dame?«

Elisa senkte beschämt den Blick. »Ich bin wirklich keine Dame«, sagte sie leise. Sah er denn nicht, was für schäbige, geflickte Kleider sie trug?

»Eine Dame erkennt man an ihrem Lächeln und weltgewandten Auftreten«, entgegnete er ernst. »So gnädig, wie Ihr mit diesem ungehobelten Klotz umgegangen seid, kann es nicht den geringsten Zweifel daran geben, dass Ihr eine Dame seid. Ihr habt ungewöhnlichen Großmut gegenüber diesem Barbaren bewiesen.«

»Bin ich auch eine Dame?« Viola, die kleinere ihrer beiden Töchter, bedachte den Krieger mit einem zahnlückigen Grinsen.

»Du bist peinlich!« Arianna versetzte ihrer Schwester einen Knuff mit dem Ellenbogen.

»Meine Dame?« Er hob sanft Elisas Kinn und sah sie an. Seine Augen waren blau wie der Sommerhimmel. Nie zuvor hatte sie in solche Augen geblickt.

»Alles in Ordnung«, entgegnete sie hastig und richtete sich auf.

»Bist du ein richtiger Ritter?«, bedrängte Viola ihn.

»Still«, mahnte Elisa. »Belästige unseren Retter nicht!«

»Lasst sie nur fragen. Ein Ritter bin ich nicht, doch ich reite an der Seite von Rittern in die Schlacht und halte ihnen den Rücken frei, während sie ihre Heldentaten vollbringen.«

Viola sah ihn mit großen Augen an. »Du hast ein Pferd? Dann musst du aber reich sein!«

Ilja lachte auf. »Das Pferd gehört mir nicht. Der Orden vom Schwarzen Adler stellt es mir zur Verfügung.«

»Ritter helfen doch, wenn die Ungeheuer kommen …«

»Das sollten sie.«

»Dann bist du also doch ein Ritter!«, verkündete Viola überzeugt. »Du hast den dicken Kerl vertrieben und …«

»Ungeheuer gibt es nur in Mären«, unterbrach sie Arianna.

»Zumindest hatte dieser Giacomo ein ungeheuer schlechtes Benehmen«, entgegnete Ilja in gespieltem Ernst.

Ein flüchtiges Lächeln huschte über Ariannas Gesicht, und Elisa ging das Herz auf. Seit Arianna miterlebt hatte, wie ihr Vater unter den Rädern eines voll beladenen Kornkarrens gestorben war, hatte sie nicht mehr gelächelt.

»Ihr seid ein sehr höflicher Mann.« Elisa war sich bewusst, wie ungelenk sie klingen musste. Sie konnte ohne Murren von Sonnenaufgang bis Sonnuntergang arbeiten, aber schöne Worte zu machen war ihr nicht gegeben.

»Ich stehe in Eurer Schuld, meine Dame. Ich hätte verhindern sollen, dass dieser Kerl Hand an Euch legt und …«

»Das Ungeheuer!«, berichtigte Viola ihn lautstark.

Ängstlich sah Elisa dem Kaufherren und Julio nach. Hatten die beiden das gehört? Wenn sie Giacomo das nächste Mal begegnete, würde es keinen edlen Recken geben, der sie vor seinem Zorn in Schutz nahm. Es war besser, wenn sie jetzt zu ihrem Patron zurückkehrten. Bis zum Gutshof würden sie es vor Einbruch der Dunkelheit nicht mehr schaffen, ja, nicht einmal ein Viertel des Weges, aber zumindest bis zur Blutbrücke kämen sie noch. »Gehen wir!«

»Aber …« Arianna standen Tränen in den Augen. Sie biss sich auf die Lippe und sagte nichts mehr. Sie war alt genug, um zu wissen, was geschehen war.

»Habe ich Euch beleidigt, meine Dame?«

»Wir müssen jetzt wirklich gehen …«

»Die heult, weil sie kein Fischbrot bekommt und wir nicht …«

»Viola!« Elisa wäre vor Scham am liebsten im Boden versunken.

Der Krieger sah sie bestürzt an. »Ihr habt Euren Botenlohn nicht bekommen, weil ich mich eingemischt habe.«

Jetzt wusste er also, dass sie so bettelarm war, dass sie kein einziges Kupferstück besaß. Sie griff nach Violas Hand. »Wir müssen …«

»Bitte gestattet mir, dass ich den Schaden, den ich angerichtet habe, wiedergutmache.«

Fassungslos sah sie den Krieger an. Verspottete der Kerl sie?

»Bitte, Mama«, sagte Arianna leise.

Elisa schluckte. Sie wusste, worauf das hinauslaufen würde. Seit Riccardo tot war, erdreistete sich ihr Patron Tercio, ihr selbst vor den Augen der Mädchen unter die Röcke zu greifen, und die Knechte waren nicht besser. Schlimmer würde der hier auch nicht sein.

»Wir werden uns zu dritt ein Brot teilen.«

»Das kommt gar nicht in Frage! Meine Ehre gebietet mir, meine Schuld ganz und gar abzutragen. Ich kenne eine Garstube, in der es köstlichen …«

»Thunfisch muss es sein!«, belehrte Viola den Krieger. »Mit gebratenen Zwiebeln und einer weißen Soße mit Knoblauch. Das Ganze auf einem Fladenbrot.«

»Das hört sich ganz so an, als wüsstet Ihr sehr genau, wohin wir am besten gehen sollten, um zu speisen, junge Dame.«

»Stimmt!«

Elisa blickte zum Himmel. Es dauerte noch mindestens eine Stunde, bis das Mondtor bei Einbruch der Nacht geschlossen wurde. Sie hatten genug Zeit.

ARBORA, HAUS DES HAFENMEISTERS, ERSTE STUNDE DER NACHT, 7. TAG DES HITZEMONDES, 53. JAHR VOR SASMIRAS ZWEITER THRONERHEBUNG

Lucio ließ den schweren Löwenkopf des Türklopfers auf die Metallplatte krachen. »Öffnet das Tor! Hier steht Lucio Tormeno, Erzpriester von Arbora, und ich verlange den Hafenmeister zu sprechen. Sofort!«

Er war sich der Blicke der Faulpelze, die auf dem Kai vor dem festungsgleichen Haus des Hafenmeisters herumlungerten, wohl bewusst. Eigentlich hatte er wenig Aufmerksamkeit erregen wollen. Deshalb klopfte er auch am Tor zum Hof und nicht an dem prächtigen, von Säulen flankierten Hauptportal des Amtsgebäudes. Aber jetzt war sein Temperament mit ihm durchgegangen.

Auf dem Pflaster hinter dem Tor erklangen Schritte. Der schwere Riegel wurde zur Seite geschoben, ohne dass die kleine

Sichtluke geöffnet worden wäre, um nachzusehen, wer auf der Straße stand. Seine Worte hatten also Wirkung gezeigt.

»Hebt die Sänfte an«, befahl er Hernando und Manuelo. Das Haar klebte den beiden in schweißnassen Strähnen auf der Stirn. Mit Einbruch der Dämmerung war heute kein Wind vom Meer gekommen. Es war noch immer so drückend heiß, wie es den ganzen Tag über gewesen war. Die Hitze hatte sich in die Stadt hineingefressen und ließ sie nicht mehr los, als läge Arbora im Fieber.

»Auf, auf!«, bedrängte er die beiden Diener, kaum dass sich das Tor öffnete.

Drei Fackeln erhellten den Innenhof, in den die Sänfte getragen wurde. Gelbes Licht schnitt in die Schatten des Kreuzgangs, der den Hof einfasste. Dort stapelten sich beschlagnahmte Güter. Fässer und Kisten, Stoffballen und Kornsäcke. Ein wahres Vermögen! Sobald diese Waren veräußert waren, wäre der Erlös den Rittern des Ordens vom Schwarzen Adler zu überstellen, aber Tommaso Galli, der Hafenmeister, ließ sich damit offensichtlich Zeit.

Einige Waffenknechte hatten sich auf dem Hof eingefunden und beäugten Lucio misstrauisch. Als Erzpriester war er unantastbar, einer der höchsten Würdenträger Cilias. Er las Trotz und Schuld in den Blicken der Krieger. Sie wussten, dass ihr Gebieter etwas zu verbergen hatte.

»Wo steckt Tommaso?«

»Hier!« Eine schmale Gestalt trat, begleitet von zwei Laternenträgern, durch die schwere Tür, die vom Haus auf den Hof führte. Tommaso trug eine der unsäglichen hautengen Hosen, die Mode unter den Patriziern und reichen Kaufleuten geworden waren. So knapp war sie geschnitten, dass man deutlich sehen konnte, wie sich das Gemächt des Hafenmeisters unter dem Stoff abzeichnete. Zu allem Überfluss war die Hose auch noch von einem geradezu obszönen Rot. »Was bringt Euch so auf, mein Freund? Ihr stürmt hier herein, als stünden die wilden Horden des Khanats vor unseren Stadtmauern.«

»Wir sollten besser unter vier Augen reden!«

Tommaso, der, während er sprach, über den Hof geeilt war, hob überrascht die Brauen. Sein weißes Seidenhemd mit goldenen Knöpfen wehte offen um seinen Leib. Letzte Reste von hastig abgetupftem Rasierschaum benetzten seine Wangen. Sein schmaler Schnauzbart war perfekt gestutzt.

»Und was ist mit der Dame?« Der Hafenmeister nickte zu der Sänfte hinüber.

»Die *Dame* bleibt!«, entgegnete Lucio barsch.

»Warum machen wir es so kompliziert? Redet frei heraus. Ich gestehe, ich bin ein wenig in Eile. Der Kaufmann Matteo Canali gibt heute Abend ein großes Fest, auf dem ich erwartet werde. Auch das gehört zu den Pflichten meines Amtes.« Er bedachte Lucio mit einem selbstgefälligen Lächeln und begann damit, sein Hemd zuzuknöpfen. »Könnte es sein, dass Ihr nicht geladen seid?«

Lucio rang um Fassung. Dieser aufgeblasene Wichtigtuer sollte, wenn es nach ihm ginge, noch in dieser Nacht den Kopf auf den Richtblock legen. »Ihr werdet nicht wollen, dass andere mithören, was ich Euch zu sagen habe.«

Tommaso zog eher verärgert als besorgt die Brauen zusammen. Mit lässiger Geste winkte er seinen Waffenknechten. »Geht ins Haus. Wir haben über Entscheidungen des hohen Rates zu sprechen.«

Wie leicht ihm Lügen über die Lippen kommen, dachte Lucio angewidert. »Geht vor das Tor und wartet auf mich«, wies er Hernando und Manuelo an.

»Nun?« Tommaso hob mit provozierender Gelassenheit die Hände, als wolle er ihn gleich umarmen. »Welches Geheimnis wollt Ihr mit mir teilen?«

Lucio machte einen Satz nach vorn, packte den völlig überrumpelten Hafenmeister bei seinem kurzen Lockenhaar und zwang ihn auf die Knie. Dann stieß er dessen Kopf zwischen den Vorhängen der Sänfte hindurch. Eine Kerze hinter Glas erhellte das Innere. Dort lag, auf einem Leinenlaken zusammengekrümmt, der Seemann, den Lucio im Mauerdurchgang hinter der Rosenlaube gefunden hatte. Er hatte ihm das Hemd ausgezogen. Blanker Schweiß stand dem Fremden auf dem nackten Oberkörper.

»Ahnt Ihr, was ich von Euch wissen will, Tommaso?«

»Ich … ich kenne diesen Mann nicht!« Der Hafenmeister bäumte sich auf, doch Lucio war ihm an Kraft deutlich überlegen. Er hielt ihn in die Sänfte gedrückt.

»Wer hat Euch bestochen? Welchem Schiff habt Ihr erlaubt, in den Hafen einzulaufen, obwohl es Kranke an Bord gab?«

»Ihr habt kein Recht …«

»Ich nehme mir jedes Recht, Tommaso.«

Der Sterbende starrte sie beide mit glasigen Augen an, ohne sie zu erkennen. Hin und wieder zuckte er zusammen. Die Schwellung unter seiner linken Achsel hatte sich dunkel verfärbt.

Seit die Pest in der Westermark wütete, gehörte es zu den Aufgaben des Hafenmeisters, jedes Schiff, das in Arbora vor Anker gehen wollte, noch weit draußen auf See zu inspizieren. Fand er Kranke an Bord, wurde die schwere Kette, welche die Einfahrt zum Hafenbecken sicherte, nicht heruntergelassen. Drei Koggen war in diesem Sommer schon ein Ankerplatz im Hafen verweigert worden. Während die Pest das Reich heimsuchte, hatte sie Cilia bislang verschont.

»Welches Schiff hat ihn gebracht?«, drängte Lucio. Er drückte den Kopf des Hafenmeisters herab, bis dessen Lippen nur noch eine Handbreit von der Pestbeule unter der Achsel des Seemanns entfernt waren. »Ich lasse Euch dieses Geschwür küssen, wenn Ihr nicht redet. Damit Ihr begreift, was Ihr in diese Stadt geholt habt!«

»Ich kann nicht …«

Lucio stieß Tommasos Kopf nach unten. Der Hafenmeister schrie auf und wand sich verzweifelt. Auch der fremde Seemann keuchte. Schon die leiseste Berührung der Pestbeule schien ihm grässliche Schmerzen zu bereiten.

Ein übler Gestank stieg aus der Sänfte auf. Tommasos Schrei

wurde zu einem entsetzten Röcheln. Mit schier übermenschlicher Kraft bäumte er sich auf. Blut und Eiter besudelten seine Lippen und seinen Schnauzbart. Er wischte sich mit dem Seidenhemd über den Mund.

Die Pestbeule war aufgebrochen. Tommaso spuckte. Dann begann er zu würgen.

Lucio hatte davon gehört, dass es genügte, den fauligen Odem der Krankheit einzuatmen, um sich anzustecken. Der Tod hatte nun auch ihm seine kalte Hand auf die Schulter gelegt.

»Welches Schiff?«

Tommaso erbrach sich in die Sänfte.

»Beim Herrn des Himmels, ich schwöre Euch, Ihr werdet diese eiternde Wunde noch einmal küssen, wenn Ihr nicht …«

»Die *Magdalena*«, stieß Tommaso hervor und würgte erneut. »Er ist der Steuermann. Er kam mit mir an Land. Nur er. Sonst keiner.«

Lucios Gedanken überschlugen sich. Falls das stimmte, gab es, wenn er nur schnell und entschlossen genug war, noch Hoffnung.

»Lasst mich gehen«, wimmerte der Hafenmeister.

Lucio blickte auf die Jammergestalt in dem zerrissenen Seidenhemd. »Das kann ich nicht. Ihr habt einen Pestkranken geküsst«, sagte er ruhig und zog sein Schwert.

ARBORA, VIA MONTE, VOR DEM MONDTOR, ERSTE STUNDE DER NACHT, 7. TAG DES HITZEMONDES, 53. JAHR VOR SASMIRAS ZWEITER THRONERHEBUNG

Du musst gehen«, drängte Elisa. »Es ist zu spät.« Dabei hielt sie Iljas Hände fest umklammert.

Der Waffenknecht der Kaiserritter hatte sie überrascht. Er hatte sie weder begrabscht noch eine einzige anzügliche Bemerkung gemacht. Nach einer Weile hatte sie befürchtet, dass er sie abstoßend fand, aber seine Augen sprachen eine andere Sprache.

Er hatte die Mädchen zum Lachen gebracht und sie mit Fischbroten und süßem Apfelkompott verwöhnt. Die Zeit mit ihm war wie im Fluge vergangen.

Jetzt fiel es Elisa schwer, ihn ziehen zu lassen. Ihren Retter, der so plötzlich in ihr Leben getreten war. Den edlen Ritter, an den sie schon lange nicht mehr geglaubt hatte.

Er sah so gut aus! Ein Mann mit Goldhaar, aus der Westermark. Er trug einen schweren Waffenrock, unter dessen Stoff sich, wie sie wusste, Eisenplatten verbargen, die wie Fischschuppen übereinanderlagen. Der schwarze Adler, das Wappentier des Ordens der Kaiserritter, prangte auf dem weißen Stoff.

Ilja war erst vor einem Mond aus der Westermark nach Cilia versetzt worden. Die Hitze der sonnengesegneten Insel machte ihm zu schaffen, und obwohl er nicht geklagt hatte, spürte sie, wie sehr er die Westermark vermisste. Trotz all der Schrecken, die dort lauerten, der plündernden Krieger des Khanats und des Schwarzen Todes, den die Reiterhorden aus den weiten Steppen des fernen Westen mitgebracht hatten.

»Du musst gehen«, drängte sie erneut und ließ seine Hände los, auch wenn sie es nicht wollte. Elisa wusste, dass der Orden selbst kleine Vergehen mit strengen Strafen ahndete. Und Ilja hätte bei Einbruch der Nacht in der Hafenfestung sein müssen.

»Kommst du uns besuchen?«, fragte Viola. Die Kleine war so müde, dass sie sich kaum noch auf den Beinen halten konnte.

»Bitte!«, bedrängte ihn auch Arianna.

»Manchmal schickt der Komtur einige Ritter auf Patrouille zum Rand des Schwertwalds. Ich bin mir sicher, dass wir auf dem Weg dorthin an eurem Gutshof vorbeikommen.«

»Zum Schwertwald, wo die bösen Bogenmänner wohnen?«, fragte Arianna besorgt.

Ilja klopfte mit der flachen Hand auf seinen Plattenrock. »Das Eisen hier schützt sehr gut vor Pfeilen. Und wenn wir einen von den Bogenschützen erwischen, dann stutzen wir ihm den Zeige- und Mittelfinger, damit er nie wieder eine Bogensehne ziehen kann und friedlich wird.«

Elisa glaubte nicht, dass sie ihn wiedersehen würde, auch wenn er die Worte, die er zu den Kindern sagte, vielleicht ehrlich meinte. Dankbar für die schöne Stunde, die er ihnen geschenkt hatte, stellte sie sich auf die Zehenspitzen und hauchte ihm einen Kuss auf die Wange. Dann wich sie zurück, erschrocken vor ihrem eigenen Mut.

»Ich komme Euch besuchen«, sagte er mit fester Stimme und sah Elisa an. Dann strich er den Mädchen noch einmal über das Haar, ehe er die Straße an der Ringmauer entlang zum Hafen hinabeilte.

Elisa suchte sich mit ihren Töchtern einen Platz unter einem der Karren, die vor dem versperrten Tor abgestellt waren. Viola schmiegte sich in ihren Arm und war binnen Augenblicken eingeschlafen.

Elisa sah zwischen den Speichen eines Rades zum Himmel hinauf. Schon leuchteten erste Sterne in dem samtigen Blau.

»Magst du ihn so wie Papa?«, fragte Arianna.

»Mit deinem Vater war es anders«, antwortete sie sanft. »Er war mein Mann.« Mehr zu sagen, brachte sie nicht über sich. Sie hatte Riccardo schon lange nicht mehr geliebt, als er gestorben war. Ihre Liebe war nur ein Strohfeuer gewesen. Es hatte eine Zeit gegeben, da hatte Ricardo sich sehr um sie bemüht. Jeden Morgen hatten Feldblumen auf der Schwelle ihrer Hütte gelegen. Er hatte ihr kleine Geschenke zugesteckt. Mal einen Apfel, ein kleines Töpfchen Honig und einmal sogar ein schönes Tuch, das ihr Haar bei der Arbeit vor dem Staub der Felder schützte. Nie zuvor war sie so beschenkt worden. Sie hatte geglaubt, dass er sie wirklich liebte. Damals war sie erst sechzehn und zu ahnungslos, um zu begreifen, dass es nicht Liebe war, sondern ein Wettkampf, wer die Jungfräulichkeit des hübschesten Mädchens auf dem Gut pflücken würde – der alte Patron, einer der anderen Knechte oder Ricardo, der, wie sie erst viel später erfuhr, mehr als ein Dutzend Wetten darauf abgeschlossen hatte, dass er sie bekommen würde.

Schließlich hatte sie sich Ricardo geschenkt. Gegen den Rat ihrer Eltern. Nach ihrer ersten Nacht endete sein Werben abrupt. Aber als sich Wochen später zeigte, dass sie schwanger war, blieb ihm keine Wahl, als sie zu heiraten, denn er hatte überall mit der Nacht im Heu geprahlt.

Von dem Mann, für den sie ihn gehalten hatte, war nichts geblieben. Er war mürrisch geworden, trank mehr Wein, als gut für ihn war, und machte den anderen Mädchen auf dem Landgut schöne Augen. Nicht, dass die anderen Knechte besser gewesen wären … Elisa hatte sich damit abgefunden, dass das Leben nun einmal so war. Dass die Kindbettgabe nach der Geburt eines Mädchens eine Tracht Prügel war und dass es die strahlenden Ritter, welche die Jungfrauen in Not retteten, nur in den Mären gab.

Aber nun, da sie längst aufgehört hatte, daran zu glauben, war eine Mär für sie Wirklichkeit geworden. Sie hatte doch noch den Ritter ihrer Mädchenträume getroffen.

So lebendig, so glücklich wie an diesem Abend hatte Elisa sich seit Kindertagen nicht mehr gefühlt. Die Sterne am Himmel leuchteten heller in dieser Nacht, weil sie ihm begegnet war.

Sie hatte längst jegliche Hoffnung begraben, je solch ein Glück zu erleben. Ihr Herz war wie tot gewesen, und sie hatte es als gegeben hingenommen. Doch das würde sie nie wieder tun. Sie würde das Gefühl dieses Abends festhalten. Es war ihr geheimer Schatz. Und keiner könnte ihr den je nehmen.

ARBORA, PALAZZO CANALI, ZWEITE STUNDE DER NACHT, 7. TAG DES HITZEMONDES, 53. JAHR VOR SASMIRAS ZWEITER THRONERHEBUNG

Bleierne Müdigkeit quälte Camilla. Dabei war die Nacht noch jung, und sie hatte seit der Mittagsstunde erst drei Freier gehabt. Nicht genug, um Essen und Schlafkammer im *Schwarzen Mast* zu bezahlen.

»Du da!« Der hagere Glatzkopf zeigte auf Raisa, das Mädchen zu ihrer Linken. »Traurige Bohnenstangen wie dich will mein Herr nicht in seinem Ballsaal sehen.«

»Warum hat er dich dann angestellt?«, fuhr ihre Freundin ihn an, zog sich aber eilig zurück, als der Hofmeister drohend seinen schweren Zeremonienstab hob.

Camilla drückte den Rücken durch und hielt den Atem an, um ihre kärglichen Rundungen ein wenig üppiger aussehen zu lassen. Dazu bedachte sie den Hofmeister mit ihrem schönsten falschen Lächeln.

Der Alte griff ihr an die Brust und schnaubte verächtlich. »Mir musst du nichts vormachen. Ich hab einen Blick für euch Huren und kenne all eure Tricks. Hast Glück. Matteo Canali vergnügt sich gern mit kleinen, knabenhaften Mädchen. Wenn er dir die Nacht versilbert, weißt du, was du mir morgen früh schuldest.«

Sie senkte den Blick. »Dann werde ich mit Freuden meine Schulden begleichen.«

Er packte sie grob am Kinn und zwang sie, ihren Kopf zu heben. Harte, schwarze Augen hielten sie gefangen. »Red keinen Unsinn! Wir beide wissen, dass du es nicht mit Freuden tun wirst. Aber du wirst deine Schulden begleichen. Ich behalte dich im Blick.« Er ließ von ihr ab und deutete auf die grün gestrichene Hintertür, von der in breiten Streifen die Farbe abblätterte.

Der Atem des Hofmeisters stank nach fauligen Zähnen. Sicher erwartete er, geküsst zu werden, wenn er seinen Tribut einforderte.

Sie sah Raisa nach, die schon fast das Ende der Gasse erreicht hatte. Ein Freier hatte ihrer Freundin vorigen Sommer die Nase gebrochen. Seitdem konnte sie nichts mehr riechen. Das war geradezu ein Geschenk des Herrn des Himmels.

Camilla trat durch die schäbige Tür in einen dunklen Flur. Irgendwo im Innern des Gebäudes spielte Musik, und es roch nach gebratenem Fleisch.

»Hierher!« Sie wurde in eine Kammer gewunken, in der ein großer Holzzuber stand. Zwei Mädchen schrubbten sich darin mit groben Schwämmen.

»Ausziehen«, blaffte eine alte Vettel sie an, die Ringe, groß wie Kaisertaler, an den Ohren trug. Ein Dutzend dünner, silberner Armreife klimperte an jedem ihrer Handgelenke. Camilla betrachtete das grell geschminkte Gesicht der Alten mit forschendem Blick. Wie hatte sie es geschafft, reich zu werden? Schön war sie nicht …

»Du musst eben etwas Besonderes sein«, sagte die Herrin des Badezubers kühl, als habe sie ihre Gedanken gelesen. »Das bleibt. Schönheit welkt. Und jetzt zieh dich aus!«

Gehorsam löste Camilla die Schnüre ihres leichten Kleides und ließ es zu Boden sinken.

»Waschen!«, befahl die Alte. »Vor allem zwischen den Beinen. Wenn du den feinen Herren gefallen willst, darfst du nicht riechen, als hättet du da unten ein paar alte Fischköpfe versteckt.« Sie stieß ein meckerndes Lachen aus und schob Camilla zu dem Zuber hinüber.

Das Wasser war eisig, aber in der schwülen Nacht eine willkommene Abkühlung. Eine üppige Blonde drückte Camilla den Schwamm in die Hand, mit dem sie sich gerade gesäubert hatte.

Camilla wusch sich unter den Achseln. Dann befolgte sie den Rat der Alten.

Als sie fröstelnd aus dem Zuber stieg, drückte ihr die Alte einen angeschlagenen Tonbecher in die Hand. »Trink was. Das macht die Wangen rot. Und wenn du den Becher bis zur Neige leerst, werden auch die Gäste ansehnlicher.«

Camilla fragte sich, ob die Alte in besseren Tagen auch einmal zu denen gehört hatte, die das Haus durch die Hintertür betraten, um in den Zuber zu steigen. Dennoch nippte sie nur an dem Wein. Sie fühlte sich schon jetzt ein wenig benommen. Es war besser, einen klaren Kopf zu haben, wenn sie die Reichen der Stadt umgarnte. Diese Nacht könnte ihr Leben verändern …

Die Alte nahm ihr den fast vollen Becher wieder ab. »Du musst es wissen.« Sie klang enttäuscht. Dann deutete sie auf einen Durchgang hinter dem Badezuber. »Dort entlang.«

Camilla hatte vergessen, ihre Sandalen wieder anzuziehen. Der Boden war feucht und kühl. Sie ging einem goldenen Licht entgegen, durchquerte mehrere Kellerräume, in denen sich Amphoren und Vorratsfässer türmten.

Gelächter lockte sie. Camilla entdeckte die Blonde aus dem Zuber, die nun ein scharlachrotes Kleid trug, das dazu geschaffen schien, alle ihre Vorzüge hervorzuheben und kaum etwas zu verhüllen.

»Da vorn gibt es noch mehr solcher Gewänder, Kleine.« Sie deutete auf einen dunklen Winkel. »Viel Glück!« Dem Wunsch folgte leicht angeheitertes Gelächter.

In der Ecke, in die sie gewiesen hatte, standen mehrere Truhen, und überall verteilt lagen Kleider. Camilla hob eines auf und roch daran. Es stank nach Schweiß und billigem Parfüm. Ein Rotweinfleck verunzierte, dunkel wie altes Blut, den eigentlich kostbaren weißen Stoff. Wie es schien, wurden diese Sachen von allen getragen, die als Huren herkamen, und nur selten gewaschen.

»Heute Abend werde ich mein Glück machen«, flüsterte Camilla, als würden die Worte, wenn sie diese nur aussprach, wahr werden.

Nachdenklich betrachtete sie die Truhen. Wenn sie es schaffte, für einige Monde die Geliebte eines der Kaufherren oder Patrizier zu sein, würde sie nicht mehr in den *Schwarzen Mast* zurückmüssen. Selbst dann nicht, wenn der hagere Hofmeister künftig einen Teil ihres Silbers einforderte. Aber immerhin hatte er ihr einen wertvollen Rat gegeben. Sie wusste nun, was Matteo Canali mochte. Sie musste es nur schaffen, ihn auf sich aufmerksam zu machen.

Camilla dachte an den Seemann, der sie kurz vor der Dämmerung genommen hatte. Ein großer, muskulöser Kerl mit roten Haaren. Wie ein Tier hatte er geschwitzt, während er auf ihr lag, und sie aus glasigen Augen angestarrt, als wäre er von Sinnen. Unheimlich war er gewesen. Nie wieder wollte sie für so einen die Beine breit machen.

Entschlossen trat sie an die hinterste der Truhen und wühlte in ihr. Sie würde keines der Kleider anlegen, die oben lagen. Sie wollte etwas, was die Gäste dieser ausschweifenden Feste schon lange nicht mehr gesehen hatten.

Unter Bergen aus Seide und feinstem Linnen fand sie einen Wickelrock mit Fransen, die in allen Farben des Regenbogens leuchteten, und ein Leibchen, das bis zu ihrem Bauchnabel hinab ausgeschnitten war. Ihre kleinen Brüste lagen frei, als sie hineinschlüpfte. Camilla kannte solche Gewänder aus den Erzählungen eines jungen Freskenmalers, der sie manchmal besuchte. Die feinen Damen der Vergangenheit hatten sich einst so gekleidet. Nun ließen sich die Reichen Bilder dieser Damen auf die Wände der Schlafgemächer ihrer Landhäuser malen.

Inzwischen war Camilla nicht mehr allein. Zwei weitere Dirnen wühlten in den Kleidertruhen und bedachten sie mit abfälligen Blicken. Die beiden versuchten, sich zu Abbildern reicher Edeldamen auszustaffieren. Camilla belächelte sie. Wie reizvoll war das, was die hohen Herren ohnehin schon in ihren Betten hatten, auch wenn die beiden sicherlich jünger waren als die meisten Ehefrauen?

Sie riss breite rote Seidenstreifen von einem bunten Schultertuch und flocht sie in ihr schwarzes Haar, bis es in zwei schweren Zöpfen ihre bloßen Brüste umspielte. Dann ging sie der Musik entgegen.

ARBORA, ZWINGER DER HAFENFESTUNG DER RITTER DES ORDENS VOM SCHWARZEN ADLER, ZWEITE STUNDE DER NACHT, 7. TAG DES HITZEMONDES, 53. JAHR VOR SASMIRAS ZWEITER THRONERHEBUNG

Klatschend traf der lange Rohrstock auf den Rücken des blonden Hünen, der an den Pfahl in der Mitte des Zwingers gefesselt war.

Komtur Karol Kavallin führte die Züchtigung des Waffenknechts höchstselbst durch. Lucio wusste, dass es sinnlos wäre, ihn zu bitten, die Bestrafung zu unterbrechen, auch wenn die Zeit drängte. Karol war ein aufbrausender Mann. Es wäre nicht gut, ihn zu verärgern, bevor er ihn um Hilfe bat. Als Erzpriester stand Lucio im Rang höher als der Komtur, aber bei Karols schwierigem Charakter war nicht auszuschließen, dass sich der Kaiserritter jedem Gespräch verweigerte, sobald er ihn daran erinnerte.

Wieder und wieder sauste der Rohrstock nieder. Außer einem leisen Ächzen gab der Verurteilte keinen Laut von sich. Lucio empfand Respekt vor dem Mann und fragte sich, welche Ordensregel er wohl übertreten hatte.

Endlich trat der Komtur von dem Geschundenen zurück. »Ich hoffe, dich hält künftig kein Rock mehr davon ab, pünktlich deine Wache anzutreten. Bis heute Abend habe ich große Stücke auf dich gehalten, Ilja. Du hast mich tief enttäuscht.«

Zwei Waffenknechte lösten die Fesseln des Kriegers und wollten ihn stützen, doch er bestand darauf, aus eigener Kraft zu gehen.

»Vielleicht steigst du wieder ein wenig in meiner Achtung, wenn du trotz der Bestrafung deinen Wachdienst leistest. Du kannst dich aber auch im Spital behandeln lassen.«

Der Krieger wandte sich dem Komtur zu. Er beherrschte seinen Schmerz, hielt sich steif und antwortete mit fester Stimme:

»Es wird mir eine Ehre sein, meinen Dienst zu tun, wie ich es geschworen habe.«

Meine Achtung hast du gewonnen, dachte Lucio und fragte sich, wie der Orden es schaffte, solche Männer aufzutreiben.

»Erzpriester.« Der Komtur beachtete den Waffenknecht nicht weiter und trat vor Lucio. »Was führt Euch zu so später Stunde hierher?« Eine Sorgenfalte erschien zwischen seinen buschigen Brauen. Karol war von bulliger Gestalt. Die Jahrzehnte im schweren Harnisch der Ordensritter hatten seinen Rücken gebeugt. Er galt als harter, asketischer Mann, und seine Berufung zum Komtur hatte den Kaufherren der Stadt nicht gefallen. Er passte nicht nach Arbora, in jene Stadt, die wie keine andere auf Cilia für ihren Reichtum und Luxus bekannt war.

Lucio bedeutete ihm mit einem Nicken, ihm ein paar Schritt zu folgen, bis sie außer Hörweite der Ritter und Waffenknechte waren, die der Züchtigung beigewohnt hatten. »Ich brauche einige Krieger und eine Rudermannschaft für ein Boot. Ich muss einer Sache auf den Grund gehen.«

Die Sorgenfalte zwischen den Brauen des Komturs verschwand. »Ich glaube nicht, dass dies in die Zuständigkeit des Ordens fällt«, entgegnete er barsch. »Ihr solltet den Hafenmeister fragen.«

»Es ist der Hafenmeister, der in die verwerflichen Geschäfte verwickelt ist, denen ich auf den Grund gehen muss. Wenn ich mich seinen Männern anvertraue, werde ich mich in einem Sack voller Steine auf dem Grund des Hafenbeckens wiederfinden. Glaubt mir, ich behellige Euch nicht ohne triftigen Grund. Die Stadt wäre nicht in größerer Gefahr, wenn die Eherne Horde des Khanats vor den Toren stünde.«

Der Komtur kniff die Augen zusammen. Misstrauen und Vorsicht spiegelten sich auf seinen Zügen. »Ihr bekommt die Männer und das Boot. Und ich werde Euch begleiten.« Er wandte sich um und rief mit einer Stimme, die es gewohnt war, das Getöse von Schlachtfeldern zu übertönen: »Die Ruderer in Bereitschaft, zur Mole! Zehn Mann aus der Nachtwache als Eskorte!«

ARBORA, HAFEN, LÄNGSSEITS DER FERNHANDELSKOGGE *MAGDALENA*, ZWEITE STUNDE DER NACHT, 7. TAG DES HITZEMONDES, 53. JAHR VOR SASMIRAS ZWEITER THRONERHEBUNG

Keine Bordwache?« Karol sah Lucio an. Es war das dritte Mal, dass er nach der Wache gerufen hatte, doch über ihnen an Deck der großen Kogge rührte sich nichts. Was nicht heißen musste, dass dort nicht eine kleine Heerschar bis an die Zähne bewaffneter Bastarde auf sie lauerte. Er blickte zu seinen Männern, welche die Riemen des langen Wachbootes eingezogen hatten und zum Kampf bereit waren.

Karol hob den Arm, wie er es tat, wenn er auf dem Schlachtfeld eine Reiterattacke befahl, und deutete zur Reling der Kogge hinauf. Drei Wurfanker schnellten hoch.

Tormeno griff nach den Sprossen in der gewölbten Bordwand.

Karol packte den Erzpriester am Handgelenk und hielt ihn zurück. Der Kerl hatte Schneid. Er war nicht solch ein verweichlichter Schönschwätzer wie die übrigen Priester der Stadt. Das gefiel ihm. Aber er würde ihn nicht als einen der Ersten dort hochlassen. »Mit Verlaub – mein Schädel ist weniger kostbar als der Eure. Ich fordere den Vortritt.«

Kurz schien es, als wolle Tormeno protestieren, doch Karol drängte sich einfach an ihm vorbei. Er trug volle Rüstung, und mit jeder Sprosse, die er sich höherzog, ließen seine alten Knochen ihn spüren, was für ein Narr er war.

Noch ehe er die Reling erreichte, klappte er das Visier seines Helms herunter. Er hatte zu viele schlechte Erfahrungen gemacht, um noch leichtfertig zu sein.

Karol wappnete sich, dann schob er sich über die Reling, darauf gefasst, dass ein Schwerthieb ihn treffen könnte.

Nichts geschah. Keuchend hallte sein Atem im Helm.

Drei seiner Waffenknechte standen bereits mit blanken Klingen in den Händen auf dem Deck. Die jungen Spunde waren, selbst wenn sie sich Hand über Hand an einem Seil hochziehen mussten, schneller als er an den verdammten Sprossen. Er wünschte sich, ein Lanzenstoß hätte beizeiten auf dem Schlachtfeld sein Leben beendet. Für das Altwerden war er nicht geschaffen.

»Unter der Ruderpinne im Heck liegt ein Mann«, meldete Ilja. »Sonst ist niemand an Deck.«

»Seh ich«, erwiderte Karol übellaunig und schob das Visier hoch, das die Welt auf zwei schmale Sehschlitze verengt hatte. Beklommen blickte er zur Ladeluke in der Mitte des Decks. Waren sie dort unten? Tormeno hatte ihn über das, was vorgefallen war, unterrichtet. Aber nur ihn. Seine Männer hatten keine Ahnung, was sie hier erwartete. Sie rechneten wohl mit Schmugglern oder dergleichen, aber ganz gewiss nicht damit, dass sie auf dieser Kogge ein viel heimtückischerer Tod erwartete …

Karol schluckte hart. Er versuchte zu vergessen, was er in der Westermark gesehen hatte. Und auf der verfluchten Insel. Vielleicht hatten sie ja Glück. Vielleicht war es nur der Eine gewesen … Wieder sah er zu der reglosen Gestalt am Heck. Nein, es war mehr als einer. Er sollte sich nichts vormachen.

Der Erzpriester stieg neben Karol über die Reling. Ohne zu zögern, ging er zum offenen Achterkastell, das nicht mehr als eine zinnenbewehrte Plattform im Heck des Schiffes war, unter welcher der Steuermann Schutz vor den Elementen fand.

Der Komtur folgte Tormeno, der sich neben den Mann am Boden kniete. Rings um ihn war Blut auf dem Deck.

Erst als Ilja eine Laterne brachte, sah der Komtur, dass sich die Brust des Seemanns trotz mehrerer Stichwunden noch hob und senkte.

»Sucht unten nach anderen Mannschaftsmitgliedern«, wies er Ilja an und nahm dem Waffenknecht die Laterne ab.

Tormeno hatte sich tief über den Sterbenden gebeugt und flüsterte ihm etwas ins Ohr.

Der Komtur verstand kein einziges Wort. Mit den Jahren war

er schwerhörig geworden. Vielleicht hatte er zu viele Schläge auf den Helm bekommen.

Jetzt bewegten sich die Lippen des Seemanns. Breite fleischige Wülste inmitten eines schwarzen Vollbarts, in dem sich das erste Grau zeigte. Der Sterbende hatte ein derbes Gesicht mit tiefen Falten um die Augen, die zu lange gegen das grelle Licht über dem Meer angeblinzelt hatten, um den Horizont im Blick zu behalten.

Der Erzpriester nahm eine Hand des Sterbenden. Der Gesichtsausdruck des Seemanns wurde immer verzweifelter. Die Augen weiteten sich vor Schreck, als blickte er bereits in jene Welt, die jenseits der ihren lag. Er rang um Worte, stockend, mit dem letzten Atem, der ihm noch gegeben war. Dann sank er zurück.

Als Tormeno aufblickte, war alle Farbe aus seinem Antlitz gewichen. »Wir sind verflucht«, stieß er hervor. »Die Gier, die Arbora reich gemacht hat, wird uns nun alle umbringen.«

Der Komtur blickte auf den Seemann. Ihn hatten Dolchstöße getötet. »Wie meint Ihr das?«

»Dieses Schiff hat Seide aus Löwenburg geladen.«

Karol lief ein eisiger Schauer über den Rücken, und jene Kälte, die sich auf der Insel der hundert Tage tief im Mark seiner Knochen eingenistet hatte, breitete sich in seinem Körper aus.

Er kniete neben dem Toten nieder und tastete nach dessen linker Achsel. Er spürte die Beule im Fleisch. Die *Magdalena* hatte die Pest nach Arbora gebracht. Nicht nur einen Kranken – sie hatten verseuchte Fracht geladen, diese raffgierigen Dummköpfe!

»Warum wurde sie nicht draußen vor dem Hafen aufgehalten? Was hat der Hafenmeister …«

Tormeno nickte kaum merklich. »Bestochen. Die Seide kommt aus den Kontoren von Löwenburg. Sie hätte verbrannt werden müssen. Das Haus Canali hat sie für einen Bruchteil ihres Wertes eingekauft. Seit der Krieg gegen das Khanat begonnen hat und die Handelswege in den fernen Westen abgeschnitten sind, hat sich der Preis für Seide im Reich verfünffacht. Die Ladung dieses Schiffes würde das Haus Canali zur reichsten Kaufmannssippe Cilias machen.«

Karol ballte die Fäuste. »Wir holen diese Bastarde aus ihrem Palazzo und hängen sie an den Zinnen auf. Diese …« Wieder übermannten ihn die Erinnerungen. Er war Komtur in Krähenfeld gewesen, einer der ersten Städte in der Westermark, die von der Pest heimgesucht worden waren. Alle Bewohner waren auf eine karge Insel vor der Küste gebracht worden. Man hatte ihnen versprochen, nach hundert Tagen zu kommen und die Überlebenden zu holen.

»Komtur?« Der Erzpriester sah ihn fragend an. Offenbar hatte Tormeno schon zuvor mit ihm geredet, und er hatte es nicht mitbekommen.

»Was sollen wir tun?«, bedrängte ihn der Priester. »Ihr habt die Pest erlebt. Was …«

»Komtur?« Ilja kam durch die Frachtluke zurück an Deck. »Wir haben dort unten Fässer gefunden, in denen Tote liegen. Was geht hier vor?«

Karol gebot dem Waffenknecht mit einer harschen Geste, Abstand zu halten. »Der Erzpriester spricht den Sterbesegen. Störe uns nicht! Nimm deine Kameraden und geht zum Bug. Ich komme gleich zu euch.« Damit wandte er sich wieder an Tormeno. »Wann, sagtet Ihr, ist das Schiff in den Hafen eingelaufen?«

»Am späten Nachmittag. Der Kapitän hier hat versucht, seine Männer daran zu hindern, von Bord zu gehen. Daraufhin haben sie ihn niedergestochen. Das war kurz nach Einbruch der Dämmerung. Alle siebzehn, meinte er, die bis heute Abend überlebt haben, sind in der Stadt. Ihr habt es schon einmal mitgemacht, Komtur. Was erwartet uns?«

Karol fühlte sich unendlich müde. Als er nach Arbora versetzt worden war, hatte er gehofft, nach all den Schrecken noch ein paar friedliche Jahre zu erleben. »Krähenfeld, die Stadt, in der meine Komturei lag, hatte etwas mehr als dreitausend Einwohner und einen rasch wachsenden Hafen. Als die Pest ausbrach, wurden wir alle auf die Insel der hundert Tage geschafft, sofern wir noch lebten – die Kranken und auch alle, die noch keine Anzeichen der Seuche zeigten.« Während er sprach, standen ihm die Bilder wieder vor Augen. »Ich habe mit meinen Kaiserrittern dafür gesorgt, dass keiner fortlaufen konnte. Wir haben alles an Vorräten mitgenommen. Knapp zweitausend kamen auf der Insel an. Wir hatten genug zu essen, dachten wir. Aber kaum Brennholz. Keine Zelte. Eigens dafür abgestellte Armbrustschützen bewachten uns aus der Ferne. Auf der Insel haben wir alle Boote zerschlagen müssen. Die anderen sollten nach hundert Tagen kommen und die Überlebenden holen. So war es abgesprochen. Aber als es so weit war, gab es niemanden mehr, der uns noch holen konnte. Am Ende waren wir noch fünfhundertdreiundsiebzig.«

Darüber, wie sie überlebt hatten, hatte er nie gesprochen. Als der Hunger kam und jede Hoffnung schwand, hatten sie ihre Menschlichkeit verloren.

»Stimmt es, dass die Pest binnen eines Tages töten kann?« Der Schreck war aus dem Antlitz des Priesters gewichen. Jetzt war da stattdessen eine Härte, wie Karol sie zuvor nur in den Gesichtern der Väter gesehen hatte, die ihre eigenen Kinder verzehrt hatten.

»Manchmal dauert es nur einen Tag oder gar ein paar Stunden. Andere kämpfen eine ganze Woche, ehe der Tod siegt. Und einige bleiben unberührt. Es ist ein Rätsel, wen der Schnitter mit sich nimmt und wen er verschont. Aber ich verstehe das nicht. Wie konnte der Hafenmeister …«

»Sie haben ihm offenbar vorgespiegelt, dass alles gut ist.« Tormeno presste die Lippen zusammen. »Die Kranken und die Toten waren unter Deck, und die Männer an Deck hat er sich nicht so genau angesehen. Der, den er in die Stadt mitgenommen hat, war ein Vertrauensmann der Canali. Er sollte Bericht erstatten und danach zurück an Bord gehen. Aber daran hat er sich nicht gehalten. Er stank nach Wein und dem billigen Parfüm der Hurenhäuser.« Der Erzpriester klang erstaunlich gefasst. »Und dann sind noch die anderen an Land gegangen. Ich denke, für eine Rettung der Stadt ist es nun zu spät.«

Karol nickte langsam. »Wenn ich ehrlich bin, ist selbst ein einziger Kranker in der Stadt schon zu viel …« Er sah zu seinen Männern im Bug, die Art und Ausmaß der Katastrophe noch nicht begriffen hatten.

»Wie groß ist der Vorrat an Kaiserwasser in der Stadt?«

Wie vom Donner gerührt wandte sich Karol wieder dem Erzpriester zu. »Das könnt Ihr nicht tun.«

»Würdet Ihr mir den Gehorsam verweigern?« Tormenos Frage klang so beiläufig, als erkundige er sich nach dem Wetter.

Karol hatte in seinem ganzen Leben noch keinen Befehl verweigert. Darauf war er immer stolz gewesen. Aber an dem, was Tormeno da andeutete, wollte er keinen Anteil haben.

»Wie viele Ritter unterstehen Eurem Befehl?«

»Elf.«

»Und Waffenknechte?«

»Einhundertsiebzehn.«

Der Erzpriester nickte sinnend. »Das sollte genügen. Lasst alle Türme der Stadtmauer besetzen und natürlich die Tore. Außerdem den Kettenturm an der Hafeneinfahrt, gegenüber von Eurer Ordensfestung. Und dann bestückt die Türme mit Vorräten an Kaiserwasser.«

»Die Turmbesatzungen werden von der Stadtwache gestellt. Sie schulden mir keinen Gehorsam. Was ist, wenn sie Widerstand leisten?«

»Denkt Euch eine Lüge aus, Komtur. Lasst es ihnen vorteilhaft erscheinen, nicht auf den Mauern zu stehen. Ihr seid ein Überlebender und wisst, wie entsetzlich viel Leid sonst von Arbora noch ausgehen könnte. Ich vertraue darauf, dass Euch etwas einfällt. Ich erwarte, dass bis zur vierten Stunde der Nacht alle Türme in unserer Hand sind und Ihr dabei kein Aufsehen erregt.«

»Und die *Magdalena*?«

»Die Kogge bleibt im Hafen, und auch sonst darf kein Schiff mehr auslaufen. Wir müssen jetzt größer denken.«

ARBORA, SCHREIBZIMMER IM PALAZZO DES ERZPRIESTERS VON ARBORA, DRITTE STUNDE DER NACHT, 7. TAG DES HITZEMONDES, 53. JAHR VOR SASMIRAS ZWEITER THRONERHEBUNG

Lucio blickte auf die kurze Botschaft, die er mit einem Dolch in die Marmorplatte gekratzt hatte. Er wagte es nicht, eine Brieftaube zu schicken. Alles, was lebte, konnte schon vom Odem der Pest verseucht sein. Diese Steinplatte musste genügen. Sie würde gefunden werden.

Ein letztes Mal überflog er die Nachricht. Er erwähnte darin die Schuld des Hafenmeisters sowie der Familie Canali, übernahm aber die volle Verantwortung für seine Entscheidung. Er war sich bewusst, welche Last er damit Sibelle und seinem Sohn auflud. Der Name Tormeno würde für alle Zeiten verflucht sein.

Ein Geräusch riss ihn aus seinen Gedanken. Hernando stand in der Tür des Schreibzimmers und grinste selbstzufrieden. »Die Arbeit, die Ihr mir aufgetragen habt, ist vollbracht, Herr.«

Lucio legte den Dolch zur Seite, mit dem er die Marmorplatte bearbeitet hatte. Dann nahm er sein Tintenfass, träufelte ein wenig Rot auf den Stein und rieb es mit einem Lappen in die Schrammen, bis die Inschrift gut lesbar war. »Sind das Feuerbecken und die Maulsperre vorbereitet?«

Das Grinsen verschwand von Hernandos Gesicht. »Auch das, Herr.«

»Gut.« Lucio verließ das Schreibzimmer und ging hinab in die kleine Empfangshalle seines Palazzo. Sein Diener folgte ihm stumm.

Das Mosaik auf dem Boden der Halle zeigte eine blasssilberne

Mondscheibe vor schwarzem Sternenhimmel. Die Arbeit war von großer Schlichtheit und zugleich wunderschön. Licht und Dunkel, Schwarz und Weiß. Wie oft hatte er in seinen Predigten davon erzählt, und doch war das Leben nur selten so klar. Er wusste, was zu tun war, würde von dem Weg, für den er sich entschieden hatte, nicht mehr abweichen. Aber wie würden die kommenden Generationen von ihm denken? Wäre er in ihren Augen ein Held oder ein Mörder?

Was zählte es! Hier und jetzt war er der Eine, der den Mut hatte, das Richtige zu tun.

In der Mitte der Mondscheibe stand ein Stuhl, auf dem Tommaso Galli, der Hafenmeister, gefesselt saß. Seine Stirn war, wo ihn der Knauf von Lucios Schwert getroffen hatte, bläulich verfärbt und geschwollen.

»Das kann ich nicht tun«, stammelte der Hafenmeister. »Ihr wisst nicht, wie die Canali sind.«

»Ich glaube, ich kann es mir vorstellen.« Lucio beugte sich über die Feuerschale mit den glühenden Kohlen. »Dein Problem ist, dass du dir noch nicht vorzustellen vermagst, wie ich sein kann.« Er betrachtete Hernandos Arbeit. Sein Diener hatte dem Hafenmeister eng anliegende Hosen aus weißer Seide angezogen. Die Goldknöpfe waren vom Seidenhemd der jämmerlichen Kreatur entfernt worden. Nun war es vorn zugenäht und lag wie eine zweite Haut an Tommasos Körper an. Auf die Seide war ein schwarzes Skelett aufgemalt. Äußerst gelungen. Hernando war einmal der aufsteigende Stern einer Freskenmalschule gewesen, bevor ihm die Lehrlinge einer konkurrierenden Malschule alle Finger gebrochen hatten. Danach hatte er nie wieder einen Pinsel angerührt. Bis heute.

»Du hast dich wahrlich übertroffen. Ist auch das letzte Stück bereit?«

»Die Farbe auf der Schädelmaske trocknet noch, Herr. Aber bald kann ich sie ihm aufsetzen.«

Lucio winkte ab. »Erst wirst du ihm die Maulsperre anlegen.«

»Ich kann das nicht tun …« Der Hafenmeister kämpfte gegen seine Fesseln an. Der Stuhl ruckte von den silbernen Mosaiksteinen. Ein Bein stand nun im Schwarz der Nacht.

»Ich könnte deine Frau nackt an den Pranger stellen, deinen Sohn kastrieren lassen und an den Knabenchor des großen Oktagons von Reichsschild verschenken. Und deine Tochter könnte im Harem eines der Heerführer des Khanatas landen. Vielleicht fällt mir aber auch noch Schlimmeres ein. Du fürchtest dich vor den Canali? Ich glaube, das war der größte Fehler, den du in deinem Leben begangen hast. Ich bin bis in den fünften Zirkel aufgestiegen. Ich habe Schrecken erfahren, die du dir niemals wirst vorstellen können. Willst du, dass deine Familie diesen Schrecken begegnet? Dein Schicksal ist besiegelt, Tommaso, doch was mit deiner Familie geschieht, liegt noch in deiner Hand.«

»Ich tue es«, stieß er hervor. »Ich tue es! Was soll ich Matteo Canali ausrichten?«

»Du bist die Nachricht. Ich will, dass er versteht, was in dieser Nacht geschieht und warum.« Lucio schnippte mit den Fingern. »Die Maulsperre, Hernando.«

Der Diener reichte ihm den Eisenring mit der Stellschraube, und er zwang ihn Tommaso in den Mund.

ARBORA, MONDTOR, STADTMAUER VON ARBORA,
DRITTE STUNDE DER NACHT, 7. TAG DES HITZEMONDES,
53. JAHR VOR SASMIRAS ZWEITER THRONERHEBUNG

Ilja hielt sich dicht hinter dem Komtur. Der bullige alte Ordensritter hob die Faust im Panzerhandschuh und ließ sie erneut auf die eisenbeschlagene Tür krachen. »Aufmachen!«

Ein schmaler Sehschlitz öffnete sich.

»Halte die Laterne hoch, damit der Trottel mein Gesicht erkennt.«

Ilja gehorchte umgehend.

»Ich bin der Komtur der Ordensfestung, und ich verlange, dass der Turm meinen Kriegern übergeben wird.«

Jetzt öffnete sich die Tür. Ein unrasierter Mann, nur mit einem Hemd bekleidet, ein Schwert in der Hand, starrte den Komtur verwundert an. »Was …«

»Die Eherne Horde ist fünf Meilen von hier an der Küste gelandet. Bis zum Morgengrauen werden sie vor den Stadtmauern stehen. Die Truppen der Mauer sollen sich auf dem Fischmarkt versammeln. Der Orden übernimmt das Kommando über sämtliche Türme der Stadt.«

»Aber …«

»Was gab es da nicht zu verstehen? Du bist doch der Kommandant dieses Turms? Paktierst du etwa mit dem Khanat? Ist es deine Aufgabe, die Verteidigung der Stadt zu behindern? Wie ist dein Name?«

»Julio, Herr. Bitte glaubt mir, ich bin treu dem Reich ergeben. Ich …«

»Dann beweise es mir! Ruf deine Männer zusammen, und macht euch auf den Weg zum Fischmarkt, und zwar schnell!«

Nur Augenblicke später verließ die Besatzung den Turm. Ilja war beeindruckt, wie sich der alte Komtur immer wieder durchsetzte. Niemand wagte es, ihm Fragen zu stellen. Das war der vierte Turm, den sie geräumt hatten.

»Hartmann!« Der Alte winkte einen der Ordensritter zu sich. »Du übernimmst diesen Turm. Wähle zehn Waffenknechte, der Rest folgt mir.«

»Kann ich hierbleiben?«, wagte Ilja zu fragen.

Der Komtur drehte sich zu ihm um. Stechende blaue Augen musterten ihn.

»Mein Rücken …«, murmelte Ilja.

Der Alte nickte. »Hast dich gut gehalten in dieser Nacht. Hartmann, ich überstelle diesen Waffenknecht deiner Rotte.« Karol winkte den anderen. »Folgt mir! Wir nehmen den nächsten Turm.« Sie durchquerten den Torturm und zogen weiter über die Stadtmauer.

»Hilf, die Kisten hinaufzubringen!«, befahl Hartmann. Der Ritter trug Vollrüstung und darüber den Waffenrock des Ordens mit dem schwarzen Adler auf weißem Grund.

Sie alle hatten sich gewappnet, als wollten sie in den Krieg ziehen. Aber es gab da draußen keine Eherne Horde, da war sich Ilja ganz sicher.

»Worauf wartest du?«, fuhr ihn Hartmann an.

»Mein Rücken.« Ilja schnitt eine Grimasse. »Der Alte hat mehr Kraft in den Armen, als man glauben würde. Es wäre doch nicht gut, wenn ich mit einer der Kisten auf der Treppe strauchele.«

»Wozu reicht es bei dir denn noch?« Der Ritter musterte ihn abschätzig.

Eigentlich hatte er Hartmann immer gemocht. Er war anders als die übrigen Ritter. Er hatte eine dichterische Ader – manchmal trug er selbst erdachte Verse vor, in denen er über die Welt spottete –, doch die schien ihm in dieser Nacht abhandengekommen zu sein.

»Ich könnte unten beim Tor Wache stehen und dafür sorgen, dass sich keiner der Fuhrleute dort ansieht, was hier vor sich geht. Ich hab eben von den Zinnen geschaut. Mindestens einer von denen beobachtet, was hier oben geschieht.«

»Hier bist du jedenfalls nicht zu gebrauchen«, stimmte Hartmann ihm zu. »Dreh eine Runde bei den Fuhrwerken. Beruhige die Kutscher. Sag ihnen, es war nur ein Wachwechsel. Und dann kommst du auf dem schnellsten Wege zurück!«

Ein scharfes Krachen ließ den Ritter erschrocken herumfahren. Einer der Waffenknechte stand breitbeinig vor der Holztrommel, über welche die Kette lief, mit der das Fallgatter des Tores angehoben werden konnte. »Mach nicht solchen Lärm, du Trottel. Zwing ein Kettenglied auf und löse es heraus. Das genügt, um das Tor verschlossen zu halten.«

Ilja stieg die Wendeltreppe hinab und öffnete die mannshohe Pforte, die aus dem Torturm in die Stadt führte. Er hatte keinen Fuhrmann gesehen, der zu den Zinnen hinaufblickte. Unheil lag in der Luft. Es hatte mit dem Schiff zu tun, das sie geentert hatten. Als sie danach in die Ordensfestung zurückgekehrt waren, hatte der Komtur alle Ritter zu sich in die Kapelle gerufen. Er hatte nicht lange mit ihnen gesprochen; dann waren die Ritter mit versteinerten Gesichtern aus der Kapelle getreten. Sie hatten ihre Rüstungen angelegt, und allen Waffenknechten war befohlen worden, sich auf einen Kampf vorzubereiten.

Es würde Blut vergossen werden in dieser Nacht. Elisa und ihre beiden Mädchen mussten von hier fort, bevor das Unheil über Arbora kam.

ARBORA, PALAZZO CANALI, DRITTE STUNDE DER NACHT,
7. TAG DES HITZEMONDES,
53. JAHR VOR SASMIRAS ZWEITER THRONERHEBUNG

Du trägst ein ungewöhnliches Kleid, meine Schöne.« Amüsiert musterte Matteo die Dirne, deren tief ausgeschnittenes Leibchen ihre kleinen Brüste zur Schau stellte. Sie hatte die Brustwarzen grellrot geschminkt. Ebenso ihre Lippen. Die Kleine sah aus wie eine der Damen auf den Fresken, die im Frühjahr in den roten Saal gemalt worden waren.

»Danke, mein Fürst.«

Sie fing nicht an zu stammeln. Ob sie ihn nicht erkannt hatte? Dabei trug er keine Maske. »Ich bin kein Fürst. Es steht mir nicht zu, einen solchen Titel zu führen. Ich bin nur ein Kaufherr.«

»Wer in einem solchen Palazzo lebt und ein solches Fest gibt, der ist für mich ein Fürst, ganz gleich, was er sagt.«

Die Kleine hatte Schneid, dachte er und blickte wieder auf ihre Brüste. Sie waren ganz, wie er sie mochte. Kaum eine Handvoll, aber straff und mit Knospen, fast so lang wie das oberste Glied seines kleinen Fingers. Er liebkoste mit den Fingerspitzen ihre linke Brustwarze, sah zu, wie sie hart wurde und sich noch ein wenig mehr aufrichtete.

Die Dirne zuckte nicht zurück. Im Gegenteil, sie bedachte ihn mit einem sinnlichen Lächeln. »Gefällt Euch, was Ihr seht, mein Fürst?«

Er beugte sich leicht zu ihr hinab und roch an ihren Lippen. Weiber mit üblem Atem konnte er nicht ertragen. Diese hier roch jedoch nur nach Wein. Er küsste sie. Seine Zunge drang in ihren Mund. Sie erwiderte den Kuss, und ihre Hand wanderte an der Innenseite seiner Schenkel hinauf zu seinem Gemächt.

Er löste sich von ihr, lächelte. »Verdorbenes kleines Luder.«

»Ist das nicht, was Ihr sucht, mein Fürst?«, entgegnete sie honigsüß.

»Ich beurteile meine Speisen stets erst, nachdem ich sie gekostet habe.«

»Dann will ich mich bemühen, Euer Leibgericht zu sein.«

Er lachte auf. Eine wie sie war ihm noch nicht begegnet. Üblicherweise waren die Dirnen zu sehr darauf bedacht, ihm zu gefallen. Zu unterwürfig und ganz und gar nicht schlagfertig.

Matteo war sich bewusst, dass er beobachtet wurde. Er stand inmitten des gelben Saals. Hunderte von Kerzen brannten hier. Er hatte Bildhauer und Kaufleute zu diesem Fest um sich versammelt, Großgrundbesitzer, Freskenmaler, weit gereiste Kapitäne und die Hauptleute dreier verschiedener Söldnerkompanien. Sie alle sollten diese Nacht in seinem Reichtum schwelgen. Sie sollten sich wünschen, wieder zu einem solchen Fest eingeladen zu werden, und geneigt sein, ihm künftig, ohne zu zögern, kleine Gefallen zu tun.

»Gehen wir in einen etwas diskreteren Saal.« Eine ganze Woche lang hatte er seine Dienerschaft und eine kleine Heerschar von Künstlern und Handwerkern mit den Ideen für sein Fest gequält. Dies war der Tag, an dem seine Familie ihr Vermögen fast verdoppeln würde. Die Seide war gekommen. Morgen schon würde er sie auf kleinere Koggen verladen lassen, mit denen die kostbare Fracht auf sämtliche Häfen des Mondmeers verteilt werden würde, um von dort aus ihren Weg bis in die hintersten Winkel des Reiches zu finden.

An Stoffen hatte er auch bei diesem Fest nicht gespart. Die sieben hintereinanderliegenden Säle des Erdgeschosses waren für die Lustbarkeiten dieser Nacht geräumt worden. Ein jeder der Säle hatte seine eigene Farbe bekommen, indem die Fresken an Decken und Wänden mit Tuchbahnen abgedeckt wurden. Der Empfangssaal war von einem strahlenden Weiß. Zahllose Kerzen erhellten ihn und ließen einen schattenlosen Raum des Lichts erstehen. Azuhrblau war die Farbe des nächsten Saals, der dem Meer gewidmet war. Ein Becken mit Fischen, bunt wie Regenbögen, geliefert aus den Wassergärten des Khanats, war die Hauptattraktion. Daran schloss sich ein Saal in hellem Frühlingsgrün an, einer im Gelb des Hochsommers, ein Raum im Rot von Mohnblüten, einer vom samtenen Blau der Nacht, und zuletzt kam der kleinste Saal ganz in dunklem Purpur. Laternen, deren Glasscheiben zur Farbe des jeweiligen Saales passten, verströmten getöntes Licht. Die Getränke und Speisen, die auf langen Tafeln in üppiger Pracht arrangiert waren, harmonierten mit den Farben und Stimmungen der Säle. Musikanten, Jongleure, Feuerspucker und Balladensänger unterhielten die Gäste ebenso wie etwa hundert Huren und Lustknaben. Es sollte ein ausschweifendes Fest sein. Eines, das keine Grenzen kannte und alle Sinne und Gelüste seiner Besucher bis zur völligen Ermattung befriedigte. Nur die Hitze des Tages, die einfach nicht aus den Mauern weichen wollte und durch die unzähligen Kerzen noch weiter gesteigert wurde, störte seine Laune. Obwohl Matteo, ganz wie die Mehrzahl seiner Besucher, nur leicht bekleidet war, rann ihm der Schweiß in Strömen den Leib hinab, und die Schminke zerlief schon auf den Gesichtern seiner Gäste. Bei vielen sah es aus, als würden sie schwarze Tränen weinen, doch der Wein und die Musik sorgten für eine ausgelassene Stimmung.

Er sah die kleine Hure an, die sich solche Mühe gab, ihm zu gefallen. »Wie heißt du?«

»Camilla«, sagte sie mit einem koketten Augenaufschlag.

Wieder wanderte sein Blick zu ihren Brüsten. Ob dies wohl ihr wahrer Name war? Viele Freudenmädchen machten aus ihrem Namen ein Geheimnis. Vielleicht, um wenigstens etwas von sich zu behalten, wenn sie schon alles andere bloßstellen mussten.

»Komm!« Er führte sie aus dem Sommersaal mit den Spielleuten und den sich in wildem Tanz drehenden Paaren. Der angrenzende Saal wirkte deutlich intimer. Sein rotes Licht hatte etwas Laszives, Schwüles. Die wenigen Paare hier gaben sich fast ungehemmt ihrer Lust hin. Aus den Augenwinkeln sah Matteo Julio Costa mit zwei Knaben auf einem Lager aus Kissen. Der hagere Griesgram berief sich sonst gern auf die Werte vergangener Generationen, doch für den Moment schien er all das vergessen zu haben.

Matteo strich genießerisch mit der Hand über Camillas Hüften. Sie war schlank und knabenhaft, wie er es bei Frauen liebte. Seine Hand glitt höher und blieb auf dem Streifen bloßer Haut zwischen Wickelrock und Leibchen liegen. Camillas Körper glühte. Räucherwerk schwelte in kleinen Pfannen und verbreitete jenen Sandelholzduft, den er so sehr mochte.

Er schob Camilla die Hand unter den Rock. Auch er würde diesen Abend genießen. Entschlossen zog er sie an sich, beugte sich vor und presste seine Lippen auf ihre. Sie erwiderte den Kuss zögerlich. Ihre Zunge schob sich in seinen Mund, aber nicht so, als täte sie dergleichen jeden Tag ein Dutzend Mal. Sie war gut.

Als sich ihre Münder trennten, seufzte sie leise. Er lächelte breit. Sie würde ihm eine leidenschaftliche Nacht schenken, da war er sich ganz sicher. Sie würde …

Etwas störte ihn. Er brauchte einige Herzschläge, um sich der Veränderung bewusst zu werden. Es war die Musik. Instrument um Instrument verstummte, als würden die Spielleute von einer langsam steigenden Flut verschlungen. Zugleich verebbten auch die Gespräche. Das beständige Murmeln, durchsetzt vom allzu schrillen Lachen der Huren, erstarb. Nur ein Klacken schwerer Absätze war zu hören. Es kam näher.

Unwillkürlich blickte Matteo zur Tür. Eine einzige Gestalt bewegte sich zwischen den Tänzern, die erschrocken innegehalten hatten. Ein schlanker, mittelgroßer Mann, ganz in Weiß und Schwarz. Er bewegte sich hektisch, verharrte dann wieder kurz, starrte die Gäste an und ging weiter.

Plötzlich sah der eigenartige Besucher in Matteos Richtung. Er stieß einen unartikulierten Schrei aus, winkte ihm mit den Armen und eilte ihm mit weit ausholenden Schritten entgegen.

Da erkannte Matteo, was für ein Kostüm das war, das im Sommersaal jeglichen Laut hatte verstummen lassen. Auf weiße Seide war ein schwarzes Skelett gemalt. Die Maske des Fremden war ein grinsender Schädel. Der Schwarze Tod war als Gast auf sein Fest gekommen.

»Ergreift ihn!«, schrie Matteo voll unbändigem Zorn, und endlich löste sich die Starre, die mit der Stille gekommen war. Zwei seiner Diener packten die maskierte Gestalt.

»Wie kann man sich nur einen so grausamen Scherz erlauben?« Camilla griff nach seiner Hand. Ihre Finger waren eiskalt. Sie zitterte.

»Ich möchte vor allem wissen, *wer* sich das erlaubt.« Matteo entzog sich ihr und ging auf den Maskierten zu. Jetzt erst bemerkte er, dass die Seidenhandschuhe des Fremden rot von Blut waren. Es troff durch die Nähte auf den Steinboden.

Nun stand er unmittelbar vor dem Eindringling. Aller Augen starrten sie an.

Matteo erhob die Hand, um dem Unverschämten die Maske vom Gesicht zu reißen – und hielt, einer plötzlichen Eingebung folgend, nur wenige Zoll von dem Antlitz des Störenfrieds entfernt, in der Bewegung inne. Wollte der Fremde vielleicht vor aller Augen demaskiert werden? War das Teil dieses ruchlosen Plans? Das hier war mehr als nur ein schlechter Scherz.

»Schafft ihn hinaus! Bringt ihn in die Gesindekammer beim grünen Saal!«, befahl er den Dienern. Dann klatschte er in die

Hände. »Musikanten, spielt auf! Eine fröhliche Weise!« Er wandte sich den beiden nächsten Gästen zu, zwei schillernden Gestalten mit Masken aus Pfauenfedern. »Amüsiert euch! Genießt diese Nacht. Sie ist mein Geschenk an euch!«

Er griff nach Camillas Hand, führte sie mit einer eleganten Geste an seine Lippen. »Bitte warte einen Augenblick auf mich, meine Schöne. Und denk dir etwas aus, um meinem Appetit zu genügen!«

Er folgte den beiden Dienern, murmelte flüchtig Entschuldigungen, während er sich durch die Schar der gaffenden und tuschelnden Gäste drängte. Seine Wut wuchs mit jedem Schritt. Sein Fest war ruiniert! Alle redeten nur noch über den Eindringling.

Matteo war froh, als sich die verborgene Tür zur Gesindestube hinter ihm schloss. Ein Tisch mit einem Wasserkrug, zwei Stühle und zwei schmale Pritschen waren alles, was die Kammer beherbergte. Unter der Decke hingen eine Reihe von Glocken, von denen Seilzüge in die wichtigsten Räume des Palazzo führten. Tag und Nacht hielten sich hier zu gewöhnlichen Zeiten zwei Dienerinnen bereit, um den Bewohnern des Palazzo alle Wünsche zu erfüllen.

»Auf den Stuhl mit ihm!«

Wieder stieß der Fremde unverständliche Laute aus. Er leistete keinen Widerstand, als er auf den schlichten Holzstuhl gedrückt wurde.

Matteo trat dicht vor ihn und schob ihm die Maske hoch.

Was er sah, versetzte ihm einen Schock. »Tommaso? Was …« Das hier duldete keine Zeugen. »Ihr dürft euch zurückziehen«, fuhr er die Diener an, während Tommaso jämmerlich röchelnde Laute von sich gab.

Als die beiden fort waren, riss der Hafenmeister seinen Mund weit auf. Ihm fehlte die Zunge. Ein Mundwinkel zeigte eine nässende Brandverletzung, als sei ihm ein glühender Schürhaken in den Schlund geschoben worden.

»Wer? Wer hat das getan?« Die Hitze der Nacht war vergessen. Jetzt fröstelte es Matteo. Wer auch immer dahintersteckte, hatte eine klare Botschaft geschickt. Er, Matteo Canali, würde der Nächste sein, dem so mitgespielt wurde.

»Schreib mir den Namen auf! Wer war das?«

Tommaso hob verzweifelt die Hände. Erst jetzt bemerkte Matteo, in welch eigenartigen Winkeln die Finger in dem blutigen Stoff steckten. Seine Peiniger hatten Tommaso die Hände zerschmettert. Er würde keine Feder halten und auch auf diese Weise keinen Namen preisgeben können.

»Reiß dich zusammen, verdammt! Ich zähle meine Feinde auf. Du nickst, wenn ich den Richtigen nenne. Waren es Schmuggler aus dem Khanat? Wollen sie das Seidengeschäft verhindern, um den Preis für ihre eigene Seide weiter hochzutreiben?« Matteo war sich dieser Gefahr bewusst gewesen. Es gab mehrere Schmugglerbanden, die heimlich auf hoher See mit Koggen aus dem Reich ihre kostbare Fracht tauschten, obwohl der Khan jeglichen Handel untersagt hatte. Sie galten als äußerst skrupellos. Doch das konnte er auch sein, dachte der Kaufmann zornig.

Tommaso schüttelte den Kopf. Schwankend erhob er sich vom Stuhl, trat an die Wand und schrieb mit seinen blutigen Handschuhen in großen Lettern einen Namen auf den Putz:

TORMENO

ARBORA, VIA MONTE, VOR DEM MONDTOR,
DRITTE STUNDE DER NACHT, 7. TAG DES HITZEMONDES,
53. JAHR VOR SASMIRAS ZWEITER THRONERHEBUNG

Ilja hatte fast das Ende des Platzes erreicht und bereits unter mehr als ein Dutzend Karren geblickt. Hatte Elisa es sich anders überlegt? Hatte sie eine bessere Unterkunft für die Nacht gefunden?

Stumm betete er zum Herrn des Himmels, dem möge nicht so sein. Sonst wäre seine Suche aussichtslos.

Wieder bückte er sich, um mit der Laterne unter einen Karren zu leuchten. Die Wunden auf seinem Rücken spannten und begannen erneut zu bluten.

Da war sie! Elisa lehnte an dem hohen Speichenrad. Der Kopf war ihr auf die Brust gesunken. Viola lag in ihrem Arm, und Arianna saß neben ihr und war an sie geschmiegt eingeschlafen.

Für einige Herzschläge verharrte Ilja und betrachtete die drei. Das friedliche Bild täuschte. Er musste sie fortbringen. Es war nur seine Schuld, dass sie noch in der Stadt waren. Wären sie ihm nicht begegnet, hätten sie Arbora noch verlassen können, bevor die Stadttore geschlossen wurden.

Viola schlug die Augen auf. Erschrocken blinzelte sie ins Licht der Laterne und drückte sich an ihre Mutter. »Ilja?« Ihre Augen erstrahlten. Alle Angst war vergessen. »Ilja!«

Sie löste sich von Elisa, die schlaftrunken versuchte, ihre Tochter zurückzuhalten, bis auch sie ihn erkannte. »Was ist geschehen, Ilja? Warum bist du hier?«

»Ihr müsst aus der Stadt hinaus. Noch in dieser Nacht. Hier braut sich etwas Unsägliches zusammen. Ihr müsst euch in Sicherheit bringen!«

Elisa stellte keine Fragen. Sie rüttelte Arianna wach, dann krochen die drei unter dem Wagen hervor.

»Wie willst du uns aus der Stadt bringen? Alle Tore sind geschlossen.«

»Es gibt einen Weg. Wir müssen zu einem Brunnen.«

Elisa blickte zu dem Brunnen auf dem Platz, der keine zehn Schritt entfernt lag.

»Nicht hier«, flüsterte Ilja und schaute zu den Zinnen des Mondtors hinauf. »Nicht, wo sie uns sehen können.«

»Werden wir ein Ritterabenteuer erleben?«, fragte Viola.

»Ja. Aber für Ritterabenteuer muss man sehr mutig sein. Bist du das?«

»Natürlich!« Die Kleine stemmte die Hände in die Hüften und versuchte so ernst und erwachsen auszusehen, dass Ilja lächeln musste.

»Dann folgt mir. Wir müssen ganz leise sein.« Er öffnete die Laterne, blies sie aus und stellte sie neben dem Karren ab. Dann streckte er Viola die Rechte hin. »Das Licht der Sterne muss uns genügen.«

Ohne zu zögern, nahm das Mädchen seine Hand. Er führte die drei die Via Monte in Richtung Hafen hinab. Läden und Bürgerhäuser säumten die breite Straße. Eine schwarze Katze mit einer toten Ratte im Maul kreuzte ihren Weg.

Nach kaum fünfzig Schritt bogen sie in die Gasse der Tuchfärber ein. Hier gab es einen weiteren Brunnen, da die Färber sehr viel Wasser für ihre Arbeit benötigten.

Ein bärtiger Mann streckte ihnen aus einem dunklen Hauseingang die Arme entgegen. »Bitte«, röchelte er. »Die Schmerzen. Bitte …«

»Was hat der?«, fragte Arianna.

»Zu viel billigen Wein getrunken«, entgegnete Ilja knapp. Jetzt war keine Zeit für Barmherzigkeit. Er musste sie aus der Stadt bringen.

Am Brunnen angekommen, blickte er unschlüssig in die Tiefe. »Das frische Wasser für die Stadt wird aus dem Gamsbach abgeleitet«, erklärte er Elisa, die ihn sorgenvoll ansah. »Es fließt in Kanälen unter der Stadt. Wir müssen nur gegen die Wasserströmung laufen, dann gelangen wir unter der Mauer hindurch ins Freie.«

»Aber ich kann nicht schwimmen«, bekannte Elisa kleinlaut.

»Das musst du auch nicht. Das Wasser ist nirgends mehr als kniehoch.«

»Du warst schon einmal dort unten?«

Er zögerte, überlegte, ob er lügen sollte, damit sie sich weniger fürchtete.

»Nein«, bekannte er schließlich. »Aber ein Kamerad von mir.

Du musst dir keine Sorgen machen. Ich lasse dich in dem Eimer am Brunnenseil hinab. Du erwartest unten die Kinder. Zuletzt komme ich.«

Elisa stieg auf den Brunnenrand, während Ilja mit beiden Händen nach der Kurbel griff, mit deren Hilfe das Brunnenseil von seiner Trommel abgerollt wurde. Zögernd setzte sie einen Fuß nach dem anderen in den großen hölzernen Wassereimer. Er knarzte leise.

»Halt dich mit beiden Händen am Seil fest«, befahl ihr Ilja. Dann ließ er den Eimer in die Tiefe hinab. Bei jeder Umdrehung der Kurbel kreischte die Seiltrommel in ihren eisernen Lagern. In der Stille der Nacht hatte Ilja das Gefühl, das Geräusch müsse bis zur Hafenfestung zu hören sein. Endlich traf der Eimer auf dem Wasser auf.

Elisa gab einen erschrockenen Laut von sich.

»Alles in Ordnung?« Ilja und die Kinder beugten sich über den Brunnenrand und starrten ins Dunkel.

»Das Wasser reicht mir bis zur Taille.«

»Gleich sind wir bei dir«, sprach Ilja ihr Mut zu und zog mit beiden Händen den Eimer wieder empor. Die Kurbel wollte er kein weiteres Mal benutzen. Bis jetzt war anscheinend niemand auf sie aufmerksam geworden. Wenn sie leise verschwanden, mochte ihnen das Glück hold bleiben.

Er setzte den Eimer auf den Brunnenrand und blickte zu Viola. »Deine Mutter braucht dich da unten. Gehst du als Nächste?« Er sah die Angst in den Augen des Mädchens.

»Lass mich hinab«, forderte Arianna. »Ich fürchte mich nicht.«

Ilja entging nicht, wie sehr Arianna zitterte, als sie in den Eimer stieg. Sanft strich er ihr über das Haar. »Du schaffst das. Wenn wir erst aus dem Kanal heraus sind, kannst du deinen Freundinnen morgen von deinem großen Abenteuer erzählen.«

Sie rang sich ein Lächeln ab, sagte jedoch nichts.

»Halt dich mit beiden Händen am Seil fest.«

Arianna nickte, und er ließ sie im Eimer hinab. Im Brunnenschacht hallte ihr keuchender Atem wider. Endlich hörte er, wie Elisa ihre Tochter in Empfang nahm.

»Ich trau mich das nicht«, murmelte Viola kleinlaut. »Ich kann nicht in das schwarze Loch. Da unten lauert bestimmt der Krähenmann. Es heißt, dass er sich immer dort versteckt, wo es besonders dunkel ist.«

Ilja kannte die Mär vom Krähenmann, der des Nachts kam und Kinder stahl, damit sie ihm in der Dunkelheit auf ewig dienen mussten. Aber der schändliche Räuber hatte eine Schwäche: seine Vorliebe für Silber. Ilja nestelte an der Schnur, die seine Börse geschlossen hielt, und holte einen der Silbergroschen aus der Westermark hervor – den Letzten, der ihm von seinem Sold aus der Zeit der Kämpfe an der Reichsgrenze geblieben war. »Du weißt doch, wie gierig der Krähenmann ist.« Er schnippte die kleine Münze in den Brunnen hinab. »Jetzt wird er danach suchen und gar nicht mehr auf dich achten.«

Viola wirkte nicht überzeugt.

Ilja nahm sie auf den Arm. »Halt dich ganz fest. Ich brauche beide Hände, wenn ich das Seil hinabklettere.« Sie war leichter als der Plattenrock, den er trug, ihre Ärmchen, die sie ihm um den Nacken schlang, dünn. Er spürte ihre Angst.

Sein Rücken spannte, während er sich langsam hinabließ. Der Schmerz war so intensiv, als würde erneut der Stock des Komturs auf sein zerschundenes Fleisch niedersausen.

Dieses Mal sollte er besser nicht zurückkehren. Für den zweiten Verrat in nur einer Nacht würden sie ihn hinrichten. Befehle wurden nicht in Frage gestellt. Sie zu missachten war undenkbar. Bedingungsloser Gehorsam war der Stolz des Ordens. Er selbst hatte erlebt, wie Hunderte von Armbrustschützen und Waffenknechten willig in den Tod gegangen waren, um ihren Kameraden auf dem Rückzug vor den Reitern der Ehernen Horde ein paar Stunden Zeit zu erkaufen.

»Wirst du unser neuer Papa?«, flüsterte Viola ihm ins Ohr, kurz bevor sie das Wasser erreichten.

Er war nie sentimental gewesen, aber bei ihren Worten

schnürte sich ihm die Kehle zu. Nur allzu gern hätte er ja gesagt, doch das durfte er nicht. Denn der Orden würde nach ihm suchen lassen. Und auch denen, die ihn versteckten, würde es schlecht ergehen.

Dann war der Augenblick für eine Antwort vorüber, und er fand auf dem schlammigen Brunnengrund einen festen Stand.

Sofort nahm Elisa ihm ihre Tochter aus den Armen. »Hier«, sagte sie und schien irgendwohin zu deuten, doch Ilja konnte in der Dunkelheit nichts erkennen.

Er tastete über den glitschigen Algenbelag auf dem Mauerwerk. Dann fand er einen Zufluss. Ein spärliches Rinnsal lief in den Brunnen herab. Die langanhaltende Sommerhitze hatte die kleinen Bächlein in den Bergen, die sich zum Gamsbach vereinigten, fast versiegen lassen.

Ilja schob sich in den gemauerten Kanal. Obwohl er sich auf alle viere niederließ, schrammte sein Rücken immer wieder an der gewölbten Decke entlang. Kriechend kämpfte er sich voran. Er hörte Elisa mit den Kindern tuscheln. Dann erklang ein leises Platschen im Wasser. Sie folgten ihm.

Blind tastete sich Ilja weiter. Allzu lang konnte der Kanal eigentlich nicht sein. Nach etwa zwanzig Schritt sollte er unter der Stadtmauer hindurchführen. Ilja war unschlüssig, was er tun sollte. Mit den dreien gehen? Wenn auch nur für einen Tag. Könnte er wählen, erschiene ihm nichts verlockender, als mit Elisa und ihren Töchtern friedlich auf dem Lande zu leben.

Der Kanal weitete sich. Er konnte sich aufrichten. Nun ging es leichter voran. Nach ein paar Schritt berührten seine tastenden Hände rostverkrustetes Eisen. Ein Gitter! Der Ausgang war versperrt! Er umklammerte das Gitter mit beiden Händen. Es ruckte leicht. Im Mauerwerk der Decke entdeckte er einen Spalt, durch den sich das Fallgatter herabgesenkt hatte. Der Festungsbauer, der die Wallanlagen entworfen hatte, hatte an alles gedacht.

Ilja fluchte. »Wir müssen zurück!«

ARBORA, STADTMAUER AM MONDTOR, DRITTE STUNDE DER NACHT, 7. TAG DES HITZEMONDES, 53. JAHR VOR SASMIRAS ZWEITER THRONERHEBUNG

Jede Stufe schien ein wenig höher als die vorherige zu sein. Jeder Schritt hinauf fiel Lucio schwerer, und das lag nicht an dem Sack, den er auf den Schultern trug. Es galt nun, die letzten Befehle zu erteilen. Er wusste, was er tun musste. Wusste, was richtig war. Und doch hatte er nie zuvor eine schwerere Entscheidung getroffen. Stumm betete er zum Herrn des Himmels um die Kraft, bis zum bitteren Ende seinem Weg folgen zu können.

Karol, der Komtur, erwartete ihn schweigend auf dem Wehrgang der Stadtmauer.

»Ist alles bereit?«

»Alle Türme sind besetzt. Ich selbst war bei jeder einzelnen Übernahme zugegen. Es gab keinen Widerstand. Aber bald wird es zu Unruhen kommen. Die Waffenknechte, die wir aufgescheucht haben, werden reden.«

»Es wird nicht mehr lange dauern.« Lucio legte die Hände auf die Brüstung. Immer noch war die Hitze des Tages im Sandstein gefangen. Er fühlte sich angenehm warm unter seinen Handflächen an.

Der Erzpriester blickte auf die weitläufigen Dächer des Palazzo Canali. Das prächtige Kaufmannshaus lag weniger als hundert Schritt entfernt. Ob Tommaso seine Botschaft schon überbracht hatte? Lucio hatte abgewartet, bis er gesehen hatte, dass dem Hafenmeister Einlass in den Palazzo gewährt worden war. Trotz oder vielleicht gerade wegen seines makaberen Kostüms hatte keiner der Wächter versucht, ihn aufzuhalten.

»Was schleppst du in dem Sack?«, fragte ihn der Komtur. »Sieht schwerer aus als mein Gewissen.«

Wortlos setzte der Erzpriester seine Last ab und streifte den groben Stoff zurück. Das Rot der Tinte hatte sich nicht ganz gleichmäßig in den Buchstaben, die er in die weiße Marmorplatte gekratzt hatte, verteilt, doch alles in allem waren die wenigen Zeilen, die das Ungeheuerliche erklären mussten, gut lesbar.

Er wuchtete die Platte in die Lücke zwischen zwei Zinnen. Kurz blickte er hinab. Unten an der Festungsmauer wucherte verdorrtes Gras. Die Marmorplatte würde auffallen. Sie würde gefunden werden. Ganz sicher. Nach dieser Nacht würde man nach Antworten suchen.

Karol sah ihm schweigend zu, ohne Anstalten zu machen, ihm zu helfen. Das bärtige Gesicht des bulligen Komturs war verkniffen.

Der Erzpriester stieß die Steintafel von der Mauerkrone. Dumpf schlug sie im Gras auf.

Lucio verharrte, sammelte Kraft. »Gibt es genug Kaiserwasser?« Seine eigene Stimme erschien ihm fremd. Sie klang ganz anders als noch am frühen Abend im Oktagon. Müde und rau. Als hätten die Worte, die es nun zu sprechen galt, ihr allen Wohllaut genommen.

»Arbora ist die reichste Stadt auf Cilia. Der Kaiser hat dafür gesorgt, dass sie angemessen verteidigt werden kann. Wir haben mehr als genug, um gründlich zu sein.«

»Also beginnen wir.«

Der Komtur wies zu der eisenbeschlagenen Tür, die vom Wehrgang ins Innere des Torturms führte. »Auf der Plattform des Turms ist alles vorbereitet.«

Eine enge Wendeltreppe führte neben der Winde, mit der das Fallgatter gehoben werden konnte, hinauf. Es war drückend heiß in dem engen Gemäuer. Lucio spürte ein Kratzen im Hals. Fast stiegen ihm Tränen in die Augen. Er hustete, als er durch die Falltür ins Freie stieg.

Eine Gruppe von Waffenknechten wartete entlang der Zinnen. Sie hielten schwere Windenarmbrüste bereit. Ringsum auf den Bodenplatten standen flache Holzkisten, in deren Deckel der schwarze Adler der Kaiserritter eingebrannt war. Die

Kisten wirkten unscheinbar und bargen doch das bestgehütete Geheimnis des Reiches. Nur eine kleine, handverlesene Schar von Alchemisten verstand sich darauf, diese schrecklichste aller Waffen herzustellen.

»Wir beginnen mit dem Palazzo Canali.« Lucio wies auf das auffällige Gebäude, an das sich ein Rosengarten anschloss.

Schweigend öffneten die Waffenknechte die Kisten. Eine jede enthielt zwölf etwa faustgroße Glasflakons, die in sorgsam mit Brettern voneinander getrennten Fächern ruhten. Jeder der Flakons war mit einem Schutzmantel aus geflochtenem Stroh umgeben. So waren sie gegen Stöße beim Transport der Kisten geschützt.

Lucio entging nicht, wie nervös die Krieger waren, als sie die Flakons vorsichtig aus den Strohpolstern schälten. Jedes der Fläschchen war in zwei durch eine hauchzarte Glaswand voneinander getrennte Kammern unterteilt. In der einen, die etwa zwei Drittel des Volumens ausmachte, befand sich eine himmelblaue Flüssigkeit. Die zweite enthielt eine ölige bernsteinfarbene Substanz. Wenn ein Flakon zerbrach und sich die beiden Flüssigkeiten mischten, entstand das gefürchtete Kaiserwasser.

Alle Glasfläschchen hatten langgezogene, enge Hälse. Tief unten am Ansatz des Halses waren sie mit einem passgenau geschliffenen Kristall versiegelt, auf den noch ein Korkpfropfen aufgesteckt war. Der lange Hals aber lag offen, und die Waffenknechte führten nun Holzschäfte in die Flaschenhälse. Letztlich waren es nichts als übergroße Armbrustbolzen, auf die anstelle geschmiedeter Spitzen Flaschen aufgesteckt waren.

Vorsichtig legten die Krieger diese kopflastigen Geschosse auf die schweren Windenarmbrüste und richteten ihre Waffen in steilem Winkel gen Himmel.

»Wir geben keine Salve«, sagte Karol mit ruhiger Stimme. »Jeder schießt, sobald er bereit ist. Zunächst der Palazzo.«

Mit scharfem Klacken wurden die Abzugshebel der Armbrüste gezogen. Leicht trudelnd schnellten die überlangen Bolzen in den Himmel.

Drei Herzschläge später schlug eine azuhrblaue Flamme aus dem roten Ziegeldach des Palazzo, eine zweite Flamme loderte im Rosengarten auf, weitere auf dem kleinen Platz vor dem Gebäude. Das Feuer schloss das Domizil des Kaufmanns ein.

»Beschießt den Fischmarkt!«, ordnete Karol an.

Der Erzpriester presste die Lippen zusammen. Die erste Salve war das Signal für die Mannschaften auf allen anderen Türmen. Nun würden die Brandgeschosse überall in der Stadt niedergehen. Er hatte mit dem Komtur nur kurz besprochen, was zu tun war. Karol war der Feldherr. Er wusste, wie ihr Plan, Arbora und alle seine Bewohner in Flammen vergehen zu lassen, am besten umzusetzen war.

Auf den Fischmarkt waren die Besatzungen der Türme geschickt worden. Sie hätten bewaffneten Widerstand leisten können. Vielleicht wäre es ihnen, wenn sie einen koordinierten Angriff geführt hätten, sogar gelungen, eines der Stadttore zurückzuerobern. Jetzt war damit nicht mehr zu rechnen.

War der Beschuss des Palazzo Canali noch lautlos vonstattengegangen, ertönten nun gellende Schreie. Lucio sah eine in blaue Flammen gehüllte Gestalt über die Via Monte auf das Mondtor zulaufen. Der Krieger hatte die Arme hochgerissen und winkte, als seien sie seine letzte Hoffnung.

»Versperrt die Fluchtwege!«, befahl Karol.

Einige seiner Männer griffen nach Flakons und schleuderten sie auf den Platz vor dem Mondtor und die beiden steinernen Aufgänge zur Stadtmauer. Flammen schossen empor.

Auch anderswo entlang der Stadtmauer flackerten Feuer auf. Im Hafen trieben Inseln aus blauen Flammen auf dem Wasser, während die *Magdalena* bereits lichterloh brannte. Dort, wo Holz zur Nahrung des Feuers wurde, veränderte es sich. Hier leuchteten die Flammen in warmem Gelb.

Der Krieger, der auf das Tor zugelaufen war, sank in die Knie. Die Arme anklagend erhoben, blickte er hinauf zu den Zinnen. Dann sackte er vornüber.

Erste Bürger stürzten aus ihren brennenden Häusern.

Ein angeschirrter Ochse zog eines der Fuhrwerke, die vor dem Mondtor gestanden hatten, eine Gasse hinauf. Der Rücken des Tiers stand in Flammen. Panisch versuchte es, dem Verderben zu entfliehen. Stampfte jeden nieder, der ihm nicht rechtzeitig auswich. Lucio sah, wie die schweren Räder über zuckende Gliedmaßen rollten.

»Beschießt die Lagerhäuser!« Inzwischen musste Karol schreien, um das Lärmen in der Stadt zu übertönen. Das Grauen, das sie heraufbeschworen hatten.

Nicht einer durfte aus Arbora entkommen.

Lucios Hände verkrampften sich auf dem warmen Sandstein der Zinnen. Er musste eisern bleiben. Es war seine Pflicht, das hier zu tun, und Karol hatte es ebenfalls verstanden: Wenn die Pest die Stadt nicht verlassen konnte, dann retteten sie damit Zehntausenden das Leben.

Immer höher schlugen gelbe Flammenzungen aus den Fenstern und Dachstühlen brennender Häuser, und die einzelnen Feuer in den engen Gassen wuchsen zu einer einzigen tödlichen Lohe zusammen.

ARBORA, ROSENGARTEN DES PALAZZO CANALI, VIERTE STUNDE DER NACHT, 7. TAG DES HITZEMONDES, 53. JAHR VOR SASMIRAS ZWEITER THRONERHEBUNG

Matteo Canali schüttete sich einen Eimer Wasser über den Kopf. Seine dünnen Seidengewänder klebten ihm durchtränkt auf der Haut. Camilla hatte sich eine nasse Decke um die Schultern geschlungen.

Die meisten seiner Gäste und Diener waren, als das Feuer ausgebrochen war, panisch aus dem Palazzo gestürmt. Nicht so Camilla. Sie hatte seine Nähe gesucht. Ihre Augen waren weit vor Angst, aber sie traute ihm zu, sie hier hinauszubringen, und er hatte einen Plan.

»Zum Garten!« Es war sinnlos, irgendetwas mitnehmen zu wollen. Nun galt es nur noch, das nackte Leben zu retten.

Als er die Tür zum Rosengarten aufstieß, schlug ihnen glühend heiße Luft entgegen. Die Stadt selbst schrie in Todespein. Jenseits des Gartens brach der Dachstuhl eines Kornlagers zusammen. Eine Wolke von Funken stob zum Himmel auf. Wind pfiff durch die Gassen und riss die Flammen empor.

»Nimm ein feuchtes Tuch vors Gesicht!« Matteo zog sein Hemd hoch bis über Mund und Nase. Selbst so war jeder Atemzug eine Qual. Die heiße Luft schien das Feuer in ihre Lungen tragen zu wollen. Funken und Asche rieselten wie Schnee auf den Garten nieder.

Camilla zupfte die nasse Wolldecke über ihren Schultern zurecht. Sie war klug. Wenn sie hier herauskamen, würde er sie für eine Weile zu seiner Favoritin machen.

»Zum Gartentor!« Er eilte über den mit Steinplatten ausgelegten Hauptweg. Die Flammen tauchten den Garten in ein gelbes, unstet tanzendes Licht. Camilla blieb neben ihm.

Schon waren die Seidenkleider auf seiner Haut getrocknet. Matteo machte nicht den Fehler, nach dem eisernen Griff der Pforte zu fassen. Ohne zu zögern, trat er sie auf. Eine schmale Gasse lief hinter der Gartenmauer entlang. Die gegenüberliegende Seite wurde von kleinen Handwerkerhäusern gesäumt, aus deren Fenstern bereits Flammen schlugen. Ein Wind, so stark, wie er ihm während seiner schlimmsten Stürmen auf hoher See nicht entgegengeschlagen war, jaulte durch die Gasse. Am östlichen Ende erhob sich über den geborstenen Mauern der Lagerhäuser eine himmelhohe Flammensäule.

Dachpfannen lösten sich von den Häusern gegenüber und wirbelten wie Herbstlaub durch die Luft, der Flammensäule entgegen. Matteo hielt sich am gemauerten Türbogen fest. Der Wind nahm noch an Stärke zu und zerrte an ihm, als sei er ein Sendbote des Feuers.

Camilla trat unvorsichtig in den Durchgang, blickte zu den fliegenden Dachziegeln auf. Sofort riss ihr der Sturm die Decke von den Schultern. Sie wich zu ihm zurück. Schon taumelte sie, vom wütenden Wind erfasst. Matteo stieß sie mit einem Tritt von sich, damit sie sich nicht an ihn klammerte.

Verzweifelt griff sie nach der Türklinke und stieß einen Schrei aus. Ihre Hand war rot verbrannt. Sie fand keinen Halt mehr.

Der Wind packte sie, als sei er etwas Lebendiges. Sie stürzte zu Boden. Ihre Finger krallten sich in die Ritzen des Pflasters. Unbarmherzig wurde sie vom Sog auf die Flammensäule zugezogen. Es war, als habe sich das Feuer zu einer Gottheit erhoben, als atme es alles ein, was lebendig war.

Camillas Fingernägel brachen. Immer noch versuchte sie, sich festzuhalten. Matteo sah die Blutspur, die ihre zerschundenen Hände auf den Steinen hinterließen.

Dann gab sie auf. Ließ zu, dass sie zu den Flammen hingezogen wurde, während der Sturmwind heulte, als hätten sich die Todesschreie einer ganzen Stadt in ihm vereint.

Matteo schaffte es, sich aus dem Türbogen und dann an der Mauer entlang in den Rosengarten zurückzuziehen. Hier ließ das Zerren des Sturms nach. Der Wind toste über die Gartenwälle hinweg und peitschte die Rosenbüsche, die über den Mauerkranz hinausgewachsen waren. Sein Palazzo stand in hellen Flammen. Die Hitze versengte bereits seine Haut. Das Atmen fiel ihm immer schwerer.

Er würde hier nicht sterben, dachte Matteo wütend. Er würde überleben und an dem Erzpriester Rache nehmen. Lucio Tormeno war für all das verantwortlich. Dafür würde seine Familie büßen. Zuerst seine Frau und sein Sohn.

Matteo blickte auf die Steinplatte, die ein wenig anders aussah als die übrigen Steine im Gartenweg. Auf den dunklen Spalt, der ihm Rettung verhieß.

Als sein Gärtner ihm zum ersten Mal gesagt hatte, was zu tun sei, damit seine Rosen wirklich unvergleichlich würden, hatte er ihn mit einem Stock geprügelt. Aber als der Alte darauf beharrte, recht zu haben, hatte er ihm eine Woche Zeit gegeben, um seine Behauptungen zu beweisen.

Matteo hatte sich immer zugutegehalten, dass er vor einer Wahrheit, die ihm missfiel, nicht die Augen verschloss.

Er kroch über die Steine. Ihre Hitze verbrannte ihm die Handflächen. Aber er ließ sich nicht aufhalten. Die Hitze des Feuers würde ihn töten. Sie drang mit jedem Atemzug in seine Lungen, und mit jedem Herzschlag wuchs das Gefühl zu ersticken.

Er griff in den Spalt. Todesangst verlieh ihm die Kraft, die schwere Steinplatte anzuheben. Er war am Rand der Ohnmacht, als er sich in das dunkle Loch fallen ließ. In die Kloake, in der die Fäkalien des Palazzo gesammelt wurden, so dass jeder, der ihm diente, dabei half, seinen Rosen die schönsten Blüten der Stadt zu schenken.

ARBORA, BRUNNENKANAL UNTER DER STADT, VIERTE STUNDE DER NACHT, 7. TAG DES HITZEMONDES, 53. JAHR VOR SASMIRAS ZWEITER THRONERHEBUNG

Ein blaues Leuchten ließ Ilja innehalten. Hitze wogte durch den engen Tunnel des Kanals, und dann sah er deutlich die blassblauen Flammen, die auf dem klaren Wasser in ihre Richtung trieben.

»Was ist da vorn?«, fragte Elisa hinter ihm.

Ilja kannte das Kaiserwasser nur aus Erzählungen. Nie zuvor hatte er gesehen, wie es im Kampf eingesetzt wurde. Aber blaue Flammen, die selbst im Wasser brannten … es konnte keinen Zweifel geben, was da auf sie zutrieb. Noch war das unheimliche Feuer fast zehn Schritt entfernt.

»Wir müssen zurück zum Gitter.« Er bemühte sich, so ruhig wie möglich zu klingen, um Elisa und den Kindern keine Angst zu machen.

»Aber der Weg dort ist doch versperrt«, wandte Elisa ein.

»Ich glaube, ich kann das Gitter hochstemmen. Es ist der sicherste Fluchtweg für uns!« Er drehte sich zu der jungen

Landarbeiterin um. In dem blauen Licht, das die Flammen warfen, sah sie sehr blass aus. Sie öffnete den Mund, wollte etwas erwidern, doch er schüttelte nur sanft den Kopf, und sie begriff.

»Was für ein schönes Licht«, rief Viola entzückt. »Woher kommt das?«

»Es hilft uns, den Weg hinaus zu finden. Wir müssen wieder zurück.« Ilja bedeutete den Mädchen mit einer Geste, umzukehren. »Schnell jetzt! Wir wollen doch der Dunkelheit hier unten endlich entkommen.«

»Stimmt!« Viola kicherte. »Und dem schleimigen Zeug an den Wänden. Das riecht ja schlimmer als alte Fischköpfe und der Nachttopf vom Patron Tercio zusammen.«

Arianna, die Ältere der beiden, sah ihn mit ernstem Gesicht an. Ihr war ganz offensichtlich klar, dass etwas nicht stimmte. Aber sie schwieg, um ihre kleine Schwester nicht zu ängstigen.

Hastig krochen sie durch das niedrige Wasser zurück, bis sich der Tunnel weitete.

Die Flammen folgten ihnen. Ein leichter Luftzug wehte ihnen ins Gesicht. Von ferne waren jetzt Schreie zu hören.

»Wer ist da so zornig?« Violas Abenteuerstimmung war verflogen.

»Es ist nicht erlaubt, in die Kanäle zu steigen«, erklärte ihr Elisa. »Sie sind zornig auf uns. Deshalb werden wir uns jetzt ganz schnell davonmachen.«

Sie erreichten das Gitter. Als Ilja sich an Elisa vorbeidrängte, streiften ihre Hände wie zufällig die seinen. Sanft drückte sie seine Finger. In ihren Augen aber stand blanke Angst.

Der Krieger löste sich von ihr, packte die rostigen Eisenstangen des Gitters und schob die rechte Schulter unter eine der Querstreben.

»Die sehen aber hübsch aus.« Jetzt, da er die Sicht nicht mehr blockierte, konnten die Kinder die blauen Flammen auf dem Wasser treiben sehen. Sogar Ariannas Augen weiteten sich vor unschuldiger Begeisterung. »Wie schön!«

Elisa hielt die beiden, als sie den Flammen entgegengehen wollten, zurück.

Immer drückender wurde die Hitze, die sich mit dem Feuer durch den Kanal schob. Ilja hatte das Gefühl, als schnüre ihm etwas die Kehle zu. Sein Atem ging keuchend wie am Ende einer Fechtstunde.

Er biss die Zähne zusammen und stemmte sich mit aller Kraft von unten gegen das Gitter. Zoll um Zoll hob sich die Barriere.

Die treibenden Flammen waren noch höchstens fünf Schritt entfernt. Jetzt wichen auch die Kinder vor ihnen zurück.

»Das ist aber heiß«, sagte Viola arglos.

Iljas Zähne knirschten, als würden sie gleich splittern. Schweiß rann ihm über die Stirn.

Da tat das Fallgitter einen Ruck, als sei ein Sperrriegel zurückgewichen. Die rostrot verkrusteten Spitzen hoben sich zwei Handbreit aus dem Wasser. Dann blockierte es erneut.

»Schieb die Kinder hindurch«, presste Ilja hervor. »Schnell!« Wenn er doch nur einen besseren Hebel bekommen könnte! Er müsste sich unter die Spitzen zwängen. Seine Rüstung würde ihn schützen.

»Kommt, wir müssen auf die andere Seite.« Elisa zog die Kinder zu sich. »Du zuerst, Viola!«

Die Kleine sah Ilja mit ihren dunkelbraunen Augen an. »Du kommst aber auch, oder?«

Er rang sich ein Lächeln ab. »Natürlich. Ich muss das Gitter nur noch ein bisschen höher stemmen. Ich fürchte, ich bin zu dick …«

Viola kicherte. »Du bist doch nicht dick. Du bist stark. Du schaffst das bestimmt.«

Die Flammen waren bis auf drei Schritt heran. Ölige Inseln, die auf dem Wasser trieben. Aus ihnen erwuchsen, wie einer Mär entsprungen, die blassblauen Feuer. Sie tanzten unstet im immer weiter auffrischenden Luftstrom, der durch den Kanal zog.

»Los jetzt!« Elisa schob Viola auf das Gitter zu. »Krabbel darunter hindurch.«

»Das ist nicht hoch genug«, murrte die Kleine.

»Dann leg dich auf den Bauch, Schatz!«

Viola gehorchte. Sie schob sich unter den Spitzen hindurch. Arianna folgte ihr. »Ich hab Wasser ins Gesicht bekommen«, maulte die Kleine. »Das ist eisig!«

Ilja hatte nur noch Augen für die Flammen. Es war allein seine Schuld, dass die drei noch in der Stadt waren, dachte er verzweifelt. Hätte er sie nicht auf das Fischbrot am Hafen eingeladen, wären sie hinausgekommen, bevor die Tore geschlossen wurden. Er wäre ihr Mörder, wenn sie hier nicht fortkamen. Aber Elisa würde nicht durch die Lücke passen. So schmal sie auch gebaut war, es würde einfach nicht reichen.

Mit der Kraft der Verzweiflung stemmte er sich gegen das Gitter. Ein metallisches Knirschen drang aus dem Mauerspalt, durch den die Sperre herabgeglitten war.

Die Flammen hatten sie fast erreicht.

»Mama, du musst jetzt aber auch kommen«, sagte Arianna unruhig.

»Natürlich, mein Schatz.« Elisa kniete in dem kalten Wasser nieder. Sie sah zu Ilja auf. »Danke!«

Er las das Wort mehr von ihren Lippen ab, als dass er es hörte.

Sie musste fort von hier! Trotz der Rüstung spürte er den Druck des Gitters auf seiner Schulter. Er stellte sich vor, stark wie eine Eiche zu sein, deren Wurzeln selbst Mauerwerk zerbrachen. Seine Beine und sein Rücken waren ein mächtiger Stamm. Er kämpfte gegen das Gitter an. Wusste, dass er es besiegen konnte. Knirschend glitt es noch ein wenig höher.

»Jetzt!«, stieß er mit gepresster Stimme hervor.

Elisa legte sich ins Wasser und schob sich unter den Eisenspitzen hindurch.

Ein scharfes Knacken, gefolgt von einem stechenden Schmerz, löschte das Bild in Iljas Vorstellung. Die Last drückte unbarmherzig die gebrochenen Enden seines Schlüsselbeins in sein Fleisch.

Das Gitter senkte sich mit einem Ruck tiefer. Die eisernen

Spitzen pressten Elisa auf den Boden des Kanals. Sie strampelte mit Armen und Beinen, schaffte es aber gerade eben nicht, den Kopf über Wasser zu bekommen.

»Zieht an ihren Armen!«, befahl er den Kindern, während die blauen Flammen sich seinen Beinen näherten. Er war ein Baum, mahnte er sich in Gedanken. Eine Eiche aus der Westermark.

Viola und Arianna griffen nach den Händen ihrer Mutter. Sie zerrten aus Leibeskräften, auch als Elisas Bewegungen schwächer wurden.

Der Luftzug im Kanal war zu einem stetigen, warmen Wind geworden, der sich heulend in dem unterirdischen Labyrinth verfing.

Iljas Waffenrock fing Feuer. Die Flammen loderten bis zu seiner Brust hinauf. Aus dem Augenwinkel sah er, wie Elisas Bewegungen endeten.

Das durfte nicht sein!

Er war eine Eiche aus der Westermark, beschwor er noch einmal das Bild der Kraft herauf.

Die gesplitterten Knochenenden ließen Muskelfasern zerreißen. Das inzwischen glühend heiße Eisengitter versengte ihm die Handflächen. Er brüllte vor Wut und Verzweiflung.

Die Eisenstäbe ruckten.

Elisa kam frei.

Ihre Töchter zogen den erschlafften Körper aus dem Wasser hoch.

»Lebe!«, schrie er im Befehlston eines Komturs, der eine Schlacht lenkte. »Lebe!«

Und tatsächlich, Elisa bäumte sich auf. Sie spie Wasser, keuchte und sackte dann wieder nach vorn. Die Mädchen hielten sie fest, achteten darauf, dass ihr Gesicht nicht noch einmal untertauchte.

Die Flammen verzehrten sein Leben. Ilja versuchte seinen Schmerz nicht zu zeigen.

»Du brennst«, sagte Viola, den Tränen nahe. »Wie kann ein Ritter brennen?«

»Es sind nur blaue Flammen.« Immer noch hielt er das Gitter hoch, obwohl ihm längst klar war, dass es für ihn kein Entkommen geben würde. »Sie tun nicht weh. Bringt eure Mutter fort von hier. Ich komme gleich nach.«

»Versprochen?«

Einen Herzschlag lang war die Pein vergessen. Hätten sie kein Fischbrot gegessen, hätte Viola seine Tochter sein können. Sie hätte ihn als Vater angenommen …

Er nickte und biss sich in die Unterlippe, um nicht zu schreien. Was er lediglich aus Geschichten gekannt hatte, war nun Wirklichkeit: Das blaue Feuer fraß das Fleisch, bis nur noch Knochen blieben.

Das Letzte, was er sah, war, wie die Mädchen ihre Mutter davonzogen, die wieder auf die Beine kam.

Er biss sich die Lippe durch. Sein Mund war voller Blut. Aber er schrie nicht.

ARBORA, VOR DER STADTMAUER, VIERTE STUNDE DER NACHT, 7. TAG DES HITZEMONDES, 53. JAHR VOR SASMIRAS ZWEITER THRONERHEBUNG

Viola hatte nicht verstanden, warum das blaue Feuer böse geworden war. Es war so schön. Nie hatte sie solche Flammen gesehen. Und das Licht, das es warf, war verzaubert. So hatte sie sich das Zauberlicht in den Mären von der Weißen Königin immer vorgestellt.

Inzwischen hielt sie sich mehr an ihrer Mutter fest, als dass sie diese noch stützte. Aus dem Wind, der durch den Kanal pfiff, war ein wütender Sturm geworden. Er heulte wie die Wölfe, wenn sie in Winternächten aus den Wäldern kamen, und drohte sie von den Füßen zu reißen.

Viola blickte kurz über die Schulter. Ilja war immer noch nicht gekommen. Der Kanal hatte eine weite Biegung gemacht, so dass sie das Gitter nicht mehr sehen konnte. Ganz sicher hatte er es inzwischen hochgeschoben und war darunter hindurchgeschritten. Er war ein Held wie aus den Mären. Er war ein Ritter, der selbst vor den Schlangenfrauen des Khans oder den Drachen vom Weltenrücken nicht zurückgewichen wäre. Aber das blaue Feuer hatte ihm Angst gemacht. Das hatte sie ihm angesehen. Er hatte dasselbe Gesicht gemacht wie Arianna, wenn sie dem großen, schwarzen Hofhund Beppo begegnete. Ihre Schwester erzählte immer allen, dass sie sich nicht vor ihm fürchtete. Aber das war gelogen. Und sie konnte es in ihrem Gesicht sehen, wenn sie Beppo in einer einsamen Ecke der Stallungen über den Weg liefen. Sie fürchtete sich und spielte allen nur vor, tapfer zu sein.

Viola blickte wieder in den Kanal zurück. Wann kam Ilja endlich?

»Trödel nicht!« Ihre Mutter zog sie am Arm. Sie ging noch gebeugt, hatte Schmerzen, wo das schwere Gitter ihren Rücken getroffen hatte. Wie die Zähne eines Drachen, der zuschnappte …

»Schnell jetzt!«

Der Kanal machte einen weiteren Knick, und vor ihnen war ein von rotem Licht beschienenes Feld zu sehen. Ihre Mutter beschleunigte ihre Schritte, stemmte sich gegen den fauchenden Wind und zog sie beide hinter sich her. Es fühlte sich an, als wollte der Sturm sie zu Ilja zurücktragen.

Viola konnte sich nicht erinnern, dass jemals ein so wilder Wind an ihr gezerrt hatte.

Und doch erreichten sie das Ende des Kanals, wo das Mauerwerk inmitten einer Wiese in ein steiniges Bachbett überging. Ihre Mutter schob sie die Böschung hoch. Hier war der Wind nur noch eine Brise.

Verwundert blickte Viola auf die runde Öffnung des Kanals – ein gemauerter Mund im Erdreich, der gierig Atem holte. Vielleicht war die ganze Stadt ja auf dem Rücken eines großen Ungeheuers gebaut, dem sie gerade eben noch entkommen waren.

Dann sollten sie jetzt wohl besser in die Berge laufen, bevor es sich erhob und seine Krallen nach ihnen ausstreckte.

Hinter ihnen ragte eine hohe Mauer auf, über der sich ein rotglühender Nachthimmel spannte, durch den helle Funken tanzten wie Glühwürmchen in einem Sommerwald, wenn die Weiße Königin ihren Hofstaat um sich versammelte.

Auf der Mauer erklang ein Ruf.

»Lauft!«, schrie ihre Mutter.

Viola war müde. »Wir müssen auf Ilja warten«, entgegnete sie bockig und rührte sich nicht von der Stelle, während Arianna bereits durch das trockene Gras davoneilte. Ihre Schwester war immer die Brave. Tat immer, was ihre Mutter sagte.

Elisa war ein paar Schritt vor ihr. Als sie sich zu ihr umdrehte, sah Viola die Tränen in ihren Augen. Elisa hatte Ilja schon aufgegeben. Sie nicht! Zornig rutschte Viola die Uferböschung hinab. Sie würde ihre Mutter zwingen, noch einmal in den Kanal zurückzukehren.

»Nein!«

So, wie sie es erhofft hatte, kam ihre Mutter zu ihr gelaufen. Oben an der Böschung zögerte sie kurz, suchte einen guten Abstieg und schwankte plötzlich. Ein rotes Auge hatte sich inmitten ihrer Stirn geöffnet. Ein Strom blutiger Tränen quoll daraus hervor. Dann stürzte sie mit dem Gesicht voran in den Bach.

»Mama …« Das hatte sie nicht gewollt!

Viola verstand nicht, was geschehen war. Sie hätte ihre Mutter nicht ärgern dürfen. Eilig sprang sie über die schlüpfrigen Steine und hob vorsichtig den Kopf ihrer Mutter an. Eine Wolke von Blut trieb mit dem klaren Wasser in den Kanal hinein, schwebte Ilja entgegen, der im blauen Feuer wartete.

Mit zitternden Händen hielt Viola den Kopf ihrer Mutter über Wasser. »Es tut mir leid. Das hab ich nicht gewollt. Bitte sag etwas!«, flehte sie.

Doch aus dem neuen Auge in der Stirn stürzte ein Strom roter Tränen, der gar nicht mehr versiegen wollte, und Elisa blieb stumm.

ARBORA, VOR DER STADTMAUER, VIERTE STUNDE DER NACHT, 7. TAG DES HITZEMONDES, 53. JAHR VOR SASMIRAS ZWEITER THRONERHEBUNG

Ein guter Schuss!«, murmelte Lucio. Die Worte waren wie Galle auf seinen Lippen, doch darauf kam es nicht an. Das hier musste getan werden!

»Ein schlechter Schuss.« Selbst im roten Feuerschein der brennenden Stadt wirkte das Antlitz des Kriegers fahl. Tiefe Falten lagen um seine Mundwinkel. Schwarze Stoppeln wucherten auf den Wangen des schmalen Gesichts. Die Hände, die die schwere Armbrust hielten, zitterten. »Ich hatte auf ihre Beine gezielt.«

»Der Herr des Himmels hat deine Hand geführt und es gerichtet. Nun das ältere der Mädchen!«, wies der Erzpriester ihn an.

»Nein!« Der Schütze legte seine Armbrust auf der Brüstung ab. »Kaiserritter töten keine Kinder!«

»Und die Stadt?« Lucio wies auf das Inferno unterhalb der Mauern. »Was glaubst du, wie viele Kinder in dieser Stunde dort sterben? Hast du etwa kein Kaiserwasser zwischen die Häuser geschossen?«

»Es ist …« Der Waffenknecht schüttelte verzweifelt den Kopf. »Es ist anders, auf ein Kind anzulegen, als blind in die Stadt zu schießen.«

Lucio sah den übrigen Männern auf der Mauer an, dass sie genauso dachten. Zum Glück war das Mädchen auf der Weide vor der Stadtmauer inzwischen stehen geblieben und blickte unschlüssig zurück zu ihrer kleinen Schwester. Der Erzpriester nahm die Armbrust von der Mauer und spannte sie mit der Kurbel. Im Roten Kloster hatte er auch gelernt, mit verschiedenen Waffen zu kämpfen, obwohl in erster Linie seine Seele für die Schrecken, die da kommen würden, gestählt worden war. Die wichtigste aller Lehren aber war Konsequenz gewesen. Ein Erzpriester sollte wohl bedenken, welchen Weg er einschlug. Hatte er seine Entscheidung aber einmal getroffen, dann hieß es, diesen Weg, ohne zu zögern, bis zum Ende zu gehen.

Lucio zog dem Waffenknecht einen Bolzen aus dem Lederbeutel am Gürtel und legte das Geschoss auf die Führungsschiene der Armbrust.

Das Mädchen dort unten war etwa im selben Alter wie sein Sohn Nandus, schätzte er. Ob sie sich gekannt hatten? Ihm wurde die Kehle eng. Darüber durfte er jetzt nicht nachdenken!

Er legte den Schaft der Waffe an die Schulter und berücksichtigte die Höhe, aus der er schoss. Dann zog er den Abzug durch. Die Armbrust ruckte leicht. Das Mädchen tat einen gellenden Schrei. Er hatte sie schlecht getroffen! Sie strauchelte. Presste sich ihre Hände auf den Bauch. Und dann versuchte sie, zu ihrer jüngeren Schwester zu kriechen.

Die Kleine hatte gar nicht mitbekommen, was mit ihrer älteren Schwester geschehen war. Sie hatte nur Augen für ihre Mutter.

Lucio blickte weg. Er lud die Waffe nach. Es galt, die Insel zu schützen! Nur daran sollte er denken. Alle Opfer dieser Nacht wären vergebens gewesen, wenn er die Mädchen entkommen ließ und sie die Pest auf Cilia verbreiteten. Er hatte sich entschlossen, Tausende Tote für Zehntausende Gerettete in Kauf zu nehmen. Nun musste er diesen Weg bis zum Ende gehen.

Die Waffe war gespannt. Er griff erneut nach dem Beutel mit den Bolzen am Gürtel des Waffenknechts. Doch der packte seine Hand. »Kaltherziges Priesterschwein! Es reicht!«

Lucio blickte dem Mann in die Augen. Er würde sich nicht aufhalten lassen. Er konnte …

Jetzt erst sah er die anderen. Die Stimmung unter den Kriegern war umgeschlagen. Sie alle betrachteten ihn nun mit eisiger Verachtung. Ihn, den Kindermörder!

»Männer!«, erklang es scharf hinter Lucio. Der Erzpriester fuhr herum.

Auch Karol, der alte Komtur, hielt nun eine Armbrust in Händen. »Lasst diese Schlacht nicht mit einem Akt der Rebellion enden. Ihr alle seid Krieger vom Schwarzen Adler. Ihr seid keine normalen Männer mehr. Ihr seid auf eine Art mutig, die sich andere nicht einmal vorstellen können. Ihr kämpft, ihr sterbt, aber ihr weicht niemals. Heute hat der Feind nicht das Antlitz grimmiger Krieger aus dem Khanat. Ihm ins Gesicht zu blicken erfordert größeren Mut, als ihr je auf einem Schlachtfeld in der Westermark aufbringen musstet.« Der alte Ritter hob die Waffe und trat an die Mauerbrüstung. Einen Herzschlag nur zielte er, dann zog er den Abzug.

Lucio trat ebenfalls an die Mauer.

Das kleine Mädchen lag reglos neben seiner Mutter. Nie in seinem Leben hatte er sich so schäbig gefühlt.

»Werft Kaiserwasser hinab!«, befahl Karol. »Ihre Leichen müssen bis auf die Knochen verbrennen. Nur dann sind sie keine Gefahr mehr.« Sein Antlitz war eine Maske des Schreckens. Von dem gebeugten alten Mann war nichts mehr geblieben. Zum ersten Mal sah Lucio den, der er wirklich war, vor sich. Einen, der dem Krieg schon vor langer Zeit seine Seele verpfändet hatte.

Die Waffenknechte gehorchten. Gleich mehrere schleuderten Glasflakons auf die Weide hinab.

Lucio wandte sich wieder der Stadt zu. Hier war das Blau ganz aus den Flammen gewichen. Feuer tobten in allen Straßen. Selbst die Schiffe im Hafen brannten lichterloh. Menschen sah er keine mehr. Nicht einmal Vögel. Arbora war ein Ort geworden, an dem nur noch das Feuer lebte.

Die Hitze hatte sich inzwischen tief ins Mauerwerk gefressen. Deutlich spürte er sie durch seine Sohlen. Aus einstürzenden Giebeln strebten Kaskaden von Funken dem Nachthimmel entgegen.

Er blickte zu Karol.

Der Komtur nickte ihm zu. Die Zeit für den letzten Akt war gekommen. »Folgt mir in den Turm!«, befahl Karol seinen Waffenknechten.

ARBORA, FESTUNGSWERK DES MONDTORS,
FÜNFTE STUNDE DER NACHT, 7. TAG DES HITZEMONDES,
53. JAHR VOR SASMIRAS ZWEITER THRONERHEBUNG

Lucio betrat als Letzter die Turmkammer. Er zog hinter sich die schwere, eisenbeschlagene Eichentür zu, die dazu gefertigt war, den Äxten von Belagerern zu widerstehen. Zumindest eine Zeitlang.

»Dies war die schwerste Schlacht, die ich in meinem Leben geschlagen habe«, erklärte Karol mit volltönender Stimme. »Ich weiß, was ich euch abverlangt habe. Ihr alle seid wahrlich Kaiserritter, ganz gleich, welchen Rang ihr im Orden bekleidet, und ich danke euch für die unverbrüchliche Treue, die ihr …«

Lucios Gedanken schweiften ab. Stumm pries er die Güte des Herrn des Himmels, der seine Familie gerettet hatte. Er hätte sich gewünscht, seinen Sohn zum Mann reifen zu sehen. Nandus war ein guter Junge. Er trug eine Kraft in sich, die ihn noch weit bringen mochte.

Nandus würde stark sein müssen. Künftig würde es eine Bürde sein, den Namen Tormeno zu tragen. Den Namen des Feuerrichters von Arbora. Lucio war sich sicher, dass sie ihn so in Zukunft nennen würden.

Und doch würde er es wieder tun. Er hatte keine Wahl gehabt. Er war der Erzpriester von Cilia. Er hatte geschworen, die Insel zu schützen. Und diesem Eid war er treu geblieben.

Eine plötzliche Stille ließ Lucio aufblicken. Der Komtur hatte seine Rede beendet und sah ihn an. Die Zeit war gekommen, den letzten Schritt des Weges zu gehen. Karol hatte ihm versprochen, dass seine Ritter in den anderen Türmen ihre Befehle zuverlässig ausführen würden. Nun blieb Lucio nichts anderes übrig, als zu hoffen, dass das Vertrauen des alten Ritters in den Orden gerechtfertigt war.

Der Erzpriester griff nach der offenen Kiste, die auf einem niedrigen Waffenschrank neben der Tür stand. Sechs Flakons Kaiserwasser waren in ihrem Strohpolster verblieben.

Lucio leerte die Kiste auf den steinernen Boden. Klirrend zerbrach das Glas. Keiner durfte Arbora verlassen. Auch sie, die Richter, mochten die Pest in sich tragen.

Die Hitze traf ihn wie ein Fausthieb. Riss ihm die Luft aus den Lungen.

Er taumelte zurück. Dachte an seinen Sohn Nandus. Der Junge war zu Großem bestimmt. Er würde ein besserer Mann sein, als er es je war.

Blau war das Letzte, was Lucio sah, bevor seine Augen zerschmolzen.

LANDGUT SOLARINO, 23 MEILEN SÜDÖSTLICH VON ARBORA, FÜNFTE STUNDE DER NACHT, 7. TAG DES HITZEMONDES, 53. JAHR VOR SASMIRAS ZWEITER THRONERHEBUNG

»Wach auf, Nandus! Schnell!«

Knurrend hob der große schwarze Hund, der am Fußende seines Bettes lag, den kantigen Kopf.

Nandus' Mutter Sibelle stand mit einer Öllampe in der Tür zu seiner Schlafkammer, wagte es aber nicht, einzutreten. Sie mochte den großen Hirtenhund nicht.

»Ruhig, Beppo.« Nandus setzte sich auf und kraulte den alten Hofhund. »Ruhig.«

»Komm, Nandus. Draußen strahlt der Himmel, wie du es noch nie gesehen hast, in einem seltsamen blauen Licht.«

Jetzt hörte er auch Stimmen vom Hof. Neugierig geworden,

schwang er sich aus dem Bett. Beppo folgte ihm wie ein Schatten. Der Hund war so groß wie ein Kalb.

Seine Mutter trug nur ihr langes Nachthemd. Er fand das unpassend. Sein Vater würde es nicht mögen, wenn sie sich so auf den Hof zwischen die Knechte und Tagelöhner stellte.

Als Nandus aus der Landvilla auf den von Stallungen und Gesindehäusern gesäumten Hof trat, verschlug es ihm schier die Sprache. Der Himmel vor ihnen glühte. Ein Abglanz blauen Lichts war zu sehen, das allmählich von Rot- und Orangetönen verdrängt wurde.

»Ah, da ist der Schlingel ja endlich …« Onkel Tercio eilte auf seinen dürren Storchenbeinen herbei und zauste ihm das Haar. »So ein starkes Wetterleuchten habe ich noch nie gesehen. Es ist wie in den alten Mären …«

»Wie in den Mären?« Diese Geschichten kannte Nandus nicht.

»Ein Vorzeichen großer Veränderungen. Es heißt, bevor Hulan, der Blutkhan, seinen großen Feldzug in den Osten begann, hätte man über dem Weltenrücken in drei Nächten hintereinander solch ein Wetterleuchten gesehen.«

»Von Arbora aus hätte man jetzt sicher einen großartigen Blick«, bemerkte seine Mutter.

Tatsächlich versperrte ihnen eine bewaldete Hügelkette den Blick nach Nordosten, wo der Himmel am hellsten glühte.

»Beim Wetterleuchten strahlt der Himmel. Das Licht kommt nicht vom Boden«, entgegnete sein Onkel in belehrendem Ton. »Von hier sieht man alles genauso gut wie von eurer Stadt aus. Eine meiner Mägde ist mit ihren Töchtern nach Arbora gegangen. Wenn sie morgen wieder hier ist, werden wir erfahren, ob es unten am Meer mehr zu sehen gab.«

»Eine deiner Mägde?« Sibelle schnaubte verächtlich. »Die sagen doch ohnehin nur, was du hören willst.«

Tercio lachte. »Stimmt. Hier wissen die Frauen noch, wo ihr Platz ist, und stopfen sich nicht den Kopf mit unnützem Bücherwissen voll.«

»Und doch hat mich ebendieser Patron erst zur Mittagsstunde noch gebeten, dass ich bei meinem Mann ein gutes Wort für ihn einlegen soll, weil seine Ernte …«

»Nicht!« Tercio hob die Hände. »Rede darüber nicht, wo das Gesinde uns belauscht.«

Nandus mochte es nicht, wenn die beiden miteinander zankten. Irgendwie gefiel es seiner Mutter, ihren großen Bruder zu reizen, und Tercio hielt sich umgekehrt auch nicht gerade zurück.

Während sein Onkel nach Wein rief und lautstark erklärte, was die Pflichten der Frauen seien, nutze Nandus die Gelegenheit, um sich mit Beppo an seiner Seite zu verdrücken. Er würde seinen Onkel später nach den Geschichten über das Wetterleuchten fragen. Tercio steckte immer voller Geschichten. Nandus liebte es, ihm abends nach dem Essen zuzuhören, wenn er in Plauderlaune war.

Nandus schlenderte zwischen den Knechten und Mägden hindurch. Sie alle redeten aufgeregt über den glühenden Himmel. Er hörte das Wort Bluthimmel.

Konnte der Himmel bluten? Gab es eine Mär darüber? Dann kannte er sie nicht. So viele Geschichten kannte er nicht. Sehnsüchtig blickte er gen Süden, wo im rötlichen Licht schwach die Baumlinie des Schwertwaldes zu sehen war. Vor drei Tagen war er mit Beppo dorthin gegangen. Es war ein weiter Weg. Viele Meilen. Am Abend war er viel zu spät zurückgekehrt. Alle hatten nach ihm gesucht. Mit Fackeln waren sie hinausgezogen, hatten in den kleinen Fischteichen und den Abwassergräben nachgesehen …

Jetzt noch brannte ihm der Hintern von der Tracht Prügel, die ihm Onkel Tercio verpasst hatte. Dabei wussten sie nicht einmal, wo er gewesen war. Vermutlich hätten sie ihn sonst für die restlichen Tage auf dem Landgut in seine Kammer gesperrt.

Ein wenig abseits von dem Gesinde sah er Jacobo sitzen, einen Wanderarbeiter, der nur zur Erntezeit auf dem Landgut half. Auch er steckte voller Geschichten. Und er spielte wunderbar auf der Hirtenflöte. Aber er war nicht sonderlich gut gelitten. Die Knechte hatten Sorge, dass er ihren Frauen nachstellte.

»Na, junger Herr.« Jacobo winkte ihm zu. Er gehörte zu den wenigen hier, die keine Angst vor Beppo hatten.

Nandus schlenderte zu ihm hinüber.

»Glaubst du, der Himmel leuchtet wegen deines Ausflugs?«

Mit offenem Mund starrte er den Mann an.

Jacobo lächelte. »Keine Sorge. Dein Geheimnis ist bei mir wohl gehütet. Ich hab dich aus dem Wald kommen sehen. Ich mag mutige Jungs. Hast nicht verraten, wo du warst, nehme ich an. Sonst hätten sie dich jetzt bestimmt nicht aus deiner Kammer geholt.«

Nandus sah mit einem mulmigen Gefühl zu dem glühenden Himmel. »Was hat das mit dem Wald zu tun?«

»Du weißt doch, dass tief im Wald die Weiße Königin schläft, um in Zeiten großer Not zurückzukehren.«

»Ich war aber nicht tief im Wald!«, stellte Nandus erleichtert fest. »Kaum mehr als eine Meile.«

»Das ist eine alte Mär. Als sie entstand, reichte der Wald noch bis fast an die Mauern von Arbora. Damals herrschten die Schwertherzöge und nicht die Räte.«

»Die Schwertherzöge sind nur Räuber …«

»Das sagen die Räte, Junge. Hast du schon mal mit einem Schwertherzog gesprochen? Sie sehen das anders. Ich dachte, du seist klüger, als einfach nur zu wiederholen, was man dir erzählt.« Er tippte Nandus mit dem Finger an die Stirn. »Benutze deinen Verstand. Nur dann wirst du im Roten Kloster bestehen. Zumal du eigentlich viel zu jung bist. Die Kraft deiner Arme und Beine wird nicht genügen, um dich unter die Auserwählten zu bringen. Du wirst die Mönche auf andere Art überzeugen müssen.«

Jetzt erschien Jacobo auch ihm unheimlich. Der Wanderarbeiter war ein hagerer Mann mit einem langen Gesicht und rostrotem Haar, wie man es nur selten in den Städten sah. Eine Narbe spaltete seine rechte Braue und ließ ihn verwegen aussehen. Obwohl es Nacht war, trug er seinen breitkrempigen Hut, der mit Amuletten, Muscheln und Federn geschmückt war.

»Woher weißt du das?«

Jacobo zuckte mit den Schultern. »Elisa, eine der Mägde, hat deine Mutter und deinen Onkel darüber reden hören, dass dein Vater dich am Ende des Sommers zum Kloster bringen will. Er scheint große Stücke auf dich zu halten. Üblicherweise sind es junge Männer, die darum bitten, ins Rote Kloster aufgenommen zu werden.«

Nandus sackte die Kinnlade herab. Er wusste nur zu gut, dass er zu jung war. Und er fürchtete sich davor, seinen Vater zu enttäuschen.

»Wenn du Erzpriester werden willst, musst du ein Herz so hart wie Granit und einen Verstand so klar wie Bergkristall haben. Und du musst die Mären kennen. Es ist die oberste Pflicht der Mönche im Roten Kloster, die Mären zu hüten.«

»Aber wie hütet man denn Geschichten, Jacobo?«

»Man achtet darauf, ob sich etwas verändert, wenn die Menschen sich die Mären erzählen.« Der Wanderarbeiter wies auf den glühenden Horizont. »Und sie beobachten den Himmel in Furcht vor dem Tag, an dem das Dunkel die Sterne verschlingt.«

»Woher weißt du all das?«

»Ich wandere, hab kein Heim, kenne aber viele Mären. Vielleicht wirst du auch einmal eine.«

Nandus schüttelte niedergeschlagen den Kopf. »Ich bin doch nur ein Junge, kein Held. Was für eine Geschichte sollte man sich über mich schon erzählen?«

Jacobo schnalzte ärgerlich mit der Zunge. »Stell dein Licht nicht unter den Scheffel. Du bist der Junge, der den Hund zum Freund hat, vor dem sich alle fürchten. Du gehst in den unheimlichen Wald, den man nicht betreten soll, und ich sehe dir an, dass du darüber nachdenkst, es wieder zu tun. Außerdem bist du der Sohn eines Erzpriesters. Deine Mär hat längst schon begonnen. Ich sehe, was dein Vater in dir sieht. Vertraue auf ihn, ganz gleich, was andere dir sagen werden.«

53 JAHRE SPÄTER

DAHLIA, OKTAGON, FRÜHER ABEND, 17. TAG DES ERNTEMONDES IM JAHR VON SASMIRAS ZWEITER THRONERHEBUNG

Noch vor dem Ende der Messe würde er seinen Vater töten! Milan blickte von der Galerie hinab in den Kuppelsaal des Oktagons. Da stand er, Nandus Tormeno, die Arme weit ausgebreitet, hinter dem Altar, auf dem sich als einziger Schmuck eine silberne Mondscheibe erhob, und predigte. Er war von hagerer, asketischer Gestalt. Das Haar ergraut, doch immer noch voll.

»Aufrichtige Buße ist die Flamme, die jeglichen Makel aus unseren Seelen zu brennen vermag …«

Etwa achtzig Aufrechte waren gekommen, um ihm zu lauschen. Genug, befand Milan, um seinen mörderischen Plan umzusetzen. Er trachtete seinem Vater nicht nach dem Leben – er wollte töten, was der Erzpriester noch viel mehr schätzte als seinen Leib: seinen Namen!

Sein Vater stand in der Mitte des mächtigen Tempelbaus. Dreißig Schritt hoch erhob sich das Oktagon, ein streng geometrischer Turm mit acht Seiten aus massivem Mauerwerk ohne Fenster, ohne Lichtschächte. Die Tempel des Herrn des Himmels waren ummauerte Finsternis. Einzig im Zenit der Kuppel, die sich über dem Oktagon spannte, war ein großes, rundes Fenster eingelassen.

So stand der Priester, wenn er zur Mittagsstunde seine Messe hielt, in einer Sturzflut goldenen Lichts. Und wenn das silberne Auge des Gottes in den wenigen Nächten, in denen er seinen

Kindern seine volle Aufmerksamkeit schenkte, groß und rund am Himmel stand, dann wurde das Oktagon ein magischer Ort, getaucht in geisterhaftes Licht.

Dies waren die Messen, die Milan am liebsten waren. Ganz gleich, was sein Vater predigte – es war der Zauber der Nacht, der ihn dann gefangennahm. Eine solche Nacht hätte er niemals durch seine Tat entweiht! Die Stunde der Dämmerung, jene kurze Spanne, die nicht mehr Tag, aber auch noch nicht Nacht war, war die angemessene Zeit, um eine Tat zu begehen, die, selbst wohlwollend, bestenfalls zwielichtig genannt werden konnte.

Jetzt drang das Abendrot in das Dunkel des Oktagons. Wie geisterhafte Schlangen erhoben sich Säulen blaugrauen Rauchs aus den Räucherpfannen rings um den Altar. Schwerer Weihrauchduft erfüllte den Kuppelsaal, machte leicht benommen und verlieh der ohnehin schon mächtigen Stimme seines Vaters noch mehr Gewicht.

»Euer Leumund ist das Gold eures Seins«, verkündete Nandus eine seiner liebsten Thesen. »Denn er, euer Ruf, wird euren Tod überdauern. Er ist der einzige Wert, der in einer Welt der Vergänglichkeit von Bestand ist.«

Nandus drehte sich um seine eigene Achse, so dass die Gläubigen, die in kleinen Grüppchen im Kuppelsaal standen, sein Antlitz sehen konnten. Es gab keine feste Ordnung dort unten. Wer die Messe besuchte, dem war überlassen, an welchen Platz er sich stellte. Deshalb wanderten die Priester, während sie predigten, immer und immer wieder rings um den Altar, der sich in der Mitte des Oktagons erhob.

Das nachtschwarze, schmucklose Messgewand ließ die Arme seines Vaters wie Flügel erscheinen, als er sie anhob und die Gläubigen aufforderte, mit ihm zu singen. Unter den Armen war nun das fast bodenlange mondweiße Hemd zu sehen, das die Amtstracht der Priester abrundete. Kurz erhaschte Milan einen Blick auf das Breitschwert, das sein Vater als Zeichen seines Ranges an der Hüfte trug. Die Erzpriester waren die einzigen Diener des Herrn des Himmels, denen es gestattet war, eine Waffe zu tragen.

»Vollkommenheit! Sie zu erreichen sollte unser täglicher Ehrgeiz sein«, hallte die volltönende Stimme seines Vaters von den mächtigen Wänden wider.

Dieses Streben nach Vollkommenheit war der Fluch, der auf Milans Leben lastete. Solange er denken konnte, bestimmte sein Vater über jede Stunde seines Tages. Immer hatte er zu lernen, und so sehr er sich auch anstrengte, immer fand Nandus etwas an ihm auszusetzen.

Sein Vater hingegen, der asketische Nandus Tormeno, der berühmte Erzpriester von Cilia, führte, was immer er begann, in Vollkommenheit zu Ende. Nichts missglückte ihm je. Darauf gründete sich der Stolz seines Vaters, sein ganzes Leben – und das würde er ihm nun nehmen! Vor den versammelten Gläubigen sollte er erschrocken und hilflos dastehen. Ein paar Herzschläge nur würde es dauern, zu töten, was er ein Leben lang aufgebaut hatte: seinen Ruf.

Milan prüfte das mit Ruß geschwärzte Seil, das durch einen Eisenring oben in der Kuppel lief. Er würde es durch seine Rechte gleiten lassen, um seinen Sturz zu verlangsamen.

Nervös tastete der Priestersohn nach dem zweiten Seil, das hinten durch seinen Gürtel lief. Der Knoten fühlte sich stark an. Dieses Seil würde ihm das Leben retten.

Entschlossen zog sich Milan die Krähenmaske vors Gesicht. Zwei Jahre hatte er in aller Heimlichkeit an dieser Verkleidung gearbeitet. Seit jener Nacht, in der Nandus ihn so unbarmherzig mit dem Rohrstock verdroschen hatte, dass seine beiden älteren Brüder Juliano und Fabricio schließlich hatten eingreifen müssen, um dem Rasen ihres Vaters Einhalt zu gebieten.

Und das nur, weil Milan zwei Varianten der Mär vom Krähenmann nicht den richtigen Regionen Cilias zugeordnet hatte. Nun würde ebendieser Krähenmann zu Nandus Tormeno kommen, um ihn zu vernichten.

Mit Lederriemen festgezurrte Holzstangen verlängerten Milans Arme auf fast das Doppelte. Von ihnen hing, wie riesige Flügel, nachtschwarzes Leinen herab, auf das er Hunderte von Krähenfedern genäht hatte – und doch war das Gefieder lückenhaft geblieben. Egal! Das Zwielicht im Oktagon würde die Flügel schon echt aussehen lassen.

Entschlossen stieg er auf das steinerne Geländer der Galerie, bereit, sich in ein neues Leben zu stürzen.

DAHLIA, OKTAGON, FRÜHER ABEND, 17. TAG DES ERNTEMONDES IM JAHR VON SASMIRAS ZWEITER THRONERHEBUNG

Das Seil schnitt, als er mit wehenden Flügeln dem Boden entgegenglitt, trotz seines Lederhandschuhs tief in seine Hand. Er landete härter als erwartet und ging in die Knie. Die Eisenkrallen an den Enden seiner Flügelstangen schrammten über den Boden.

Milan hob den Kopf und krächzte wie eine Krähe. Die Gläubigen wichen vor ihm zurück. Totenstille herrschte im weiten Kuppelsaal. Entschlossen stürmte er vor zum Altar. Dort stand die Silberscheibe. Das Symbol für das wandelbare Nachtauge des Herrn des Himmels. Eine halbkreisförmige Halterung umschloss die untere Hälfte der Silberscheibe. Wie ein gegabelter Ast wuchs sie aus einem schweren silbernen Fuß, der auf drei Halbkugeln ruhte.

Ein wenig unbeholfen, weil die langen Stangen an seinen Armen ihn behinderten, streckte Milan die Hände aus. Einen Herzschlag lang sah sein Vater ihn aus weit aufgerissenen Augen an, als er nach der silbernen Mondscheibe auf dem Altar griff und sie sich hinter den Gürtel schob.

Der Diebstahl brach den Bann! Nandus zog das Schwert, das ihn als Erzpriester auszeichnete, und war mit einem Satz um den Altar herum. Wie eine Schlange schnellte er vor.

Milan riss an dem zweiten Seil. Dem, das an dem Sandsack oben auf der Galerie befestigt war. Das Gewicht stürzte herab, und er wurde an seinem Gürtel in die Höhe gerissen, so dass die Klinge seines Vaters auf die Silberscheibe vor seiner Brust traf und an ihr abglitt.

Wild mit den Flügeln schlagend, schoss Milan der Decke entgegen. »Kein Stahl kann mich verletzen, Erzpriester«, krächzte er triumphierend.

»Packt ihn!«, befahl sein Vater. »Das ist ein Betrüger! Ein Dieb, sonst nichts!«

Doch nur ein Einziger regte sich: Lorenzo Dolendo, der Hauptmann der Stadtwache. Er lief zum Portal des Oktagons. Alle anderen blickten mit staunend aufgerissenen Mündern der Gestalt nach, die flügelschlagend der Kuppel entgegenschwebte.

Nandus stürmte mit dem Schwert in der Hand zu der breiten Wendeltreppe, die zur Galerie hinaufführte.

Milan hing schaukelnd seitlich vor deren Marmorgeländer. Er musste den linken Flügel bis aufs Äußerste strecken, um mit den Krallen am Ende des Stocks den Handlauf des Geländers zu erreichen.

»Ich verfluche dich, Nandus Tormeno!«, krächzte er aus Leibeskräften. »Was immer du beschützen willst, wird verloren gehen und wer dir nahesteht ins Verderben gerissen werden. Du bist kein Retter, Erzpriester, du bist der Quell des Übels!«

Die Eisenkrallen kratzen über Marmor. Milan zog sich zum Geländer, setzte hinüber und war froh, mit zittrigen Beinen wieder auf festem Boden zu stehen.

Hastig löste er das Seil von seinem Gürtel. Die Schritte seines Vaters waren das einzige Geräusch unter der weiten Kuppel. Bald würde er auf der Galerie stehen.

Milan schob die Holzstangen der Flügel an seinen Armen hoch, um sich besser bewegen zu können. Verwundert sah er die dunklen Tropfen, die rings um ihn den Marmorboden sprenkelten. Die Klinge seines Vaters musste ihn verwundet haben, doch er fühlte keinen Schmerz.

Das war gewiss nicht schlimm! Er durfte jetzt keine Zeit verlieren. Jeden Schritt seiner Flucht hatte er geplant. Alles würde gutgehen!

Milan hetzte am Geländer der Galerie entlang. Bloß nicht umdrehen. Wie Hammerschläge klangen die schweren Schritte seines Vaters, während unten im Saal endlich ein leises Raunen unter den Gläubigen aufkam, die so lange stumm vor Schreck gewesen waren.

Milan erreichte die kleine Pforte, die auf das Dach des Palazzo führte, der an das Oktagon grenzte. Es war mühselig, sie zu öffnen. Seine Flügel behinderten Milan mehr, als er erwartet hatte. Geduckt gelangte er auf das Dach, das einen so wunderbaren Blick über die Stadt und den Hafen bot. Doch er hatte keine Augen für die weiße Pracht Dahlias, auf deren Mauern und Dächern der Zimtton des Abendrots lag.

Eilig überquerte er das Flachdach. Kurz zögerte er vor der niedrigen Mauer, die es begrenzte. Er war acht gewesen, als er zum ersten Mal den Sprung auf das benachbarte Dach gewagt hatte. Keine große Sache … aber ihm zitterten noch immer die Knie. Und die schwere Silberscheibe, die er vor die Brust gepresst hielt, behinderte ihn.

Ein schriller Pfiff drang von der Straße herauf. Hauptmann Lorenzo Dolendo stand vor dem Portal des Oktagons, seine Tonflöte an den wulstigen Lippen. Er war ein korpulenter, kleiner Mann, der belächelt worden war, als er das Kommando über die Stadtwache erhielt. Das Silber der Dolendos hatte ihm diesen Posten erkauft. Doch dann hatte Lorenzo die Spötter überrascht: Er war nicht korrupt und sorgte sich wirklich um das Wohl der Stadt. Als erste Amtshandlung hatte er allen Wachen eine ovale Tonflöte zugeteilt, die sie an einem ledernen Riemen um den Hals tragen mussten. Wann immer einer von ihnen Verstärkung benötigte, brauchte er nur die Flöte an die Lippen setzen. Die primitiven Instrumente gaben einen einzigen schrillen Ton von sich, der weithin zu hören war. Dieser Ton war der Schrecken der Diebe der Stadt geworden.

Jetzt wurde das schrille Pfeifen zum Schrecken Milans. Alle Stadtwachen im Viertel waren alarmiert. Er fluchte leise. Warum hatte der Hauptmann ausgerechnet heute dort sein müssen? Er war wahrlich kein häufiger Gast im Oktagon.

Die kleine Pforte, die vom Oktagon aufs Dach führte, flog auf, und Nandus trat hindurch.

Milan fasste sich ein Herz und sprang über die schmale Gasse hinweg. Er landete hart auf dem Nachbardach. Die Tauben in dem hölzernen Verschlag zu seiner Linken gurrten aufgeregt.

Jetzt spürte Milan zum ersten Mal stechende Schmerzen. Er tastete nach seiner Hüfte. Sein grobes Wollhemd war von Blut getränkt, seine Finger rot, als er auf sie hinabblickte. Auf dem weißgekälkten Boden waren dicke Blutstropfen zu sehen.

Panik überkam ihn. Wie schwer war er verletzt? Wie konnte er die Blutung stillen?

Nicht stehen bleiben, du musst laufen, ermahnte er sich und schaute dennoch vom Dach zur Straße hinab.

Hauptmann Lorenzo wies zu ihm hinauf. Nun strömten die ersten Gläubigen durch das hohe Portal auf die Piazza Cynthia vor dem Oktagon. Alle legten sie den Kopf in den Nacken, um ihn zu sehen. Er sollte das Spiel, das er begonnen hatte, weiterführen. Seine Rechte schloss sich um den Stock an seinem Arm. Er schob ihn wieder zu voller Länge aus den Lederschlingen und winkte mit dem Flügel den Gläubigen zu, während er mit der Linken seine Beute an die Brust gepresst hielt.

»Stell die Silberscheibe ab!«, forderte sein Vater zornig.

Nur wenige Schritt trennten sie voneinander, doch auch ein Abgrund. Er war in Sicherheit. – Unzählige Male war Milan mit seinem Vater hier oben auf dem Dach gewesen, und nie war Nandus auch nur an die Umfassungsmauer getreten, denn er hasste es, sich Abgründen zu nähern.

Milan krächzte ihn höhnisch an, dann wandte er sich ab und floh über das Dach.

Der nächste Sprung war etwas weiter und erforderte einen gewissen Anlauf. Ohne abzustoppen, lief er dem Abgrund entgegen, stieß sich von der Mauerkante ab, segelte ein Stück durch die Luft und kam hart auf. Das Flachdach lag tiefer. Es war mit trockenen Ziegenkötteln bedeckt. Zwei gescheckte Zicklein beobachteten ihn, gleichmütig wiederkäuend, aus großen Augen.

Milan hielt sich rechts, floh über weitere weißgetünchte Flachdächer, bis er am Ende der Häuserzeile auf ein rotbraunes Ziegeldach klettern musste. Unten in den Gassen folgten ihm schrille Pfiffe. Gelegentlich war auch ein Ruf zu hören. Aber noch war ihm keine der Wachen auf die Dächer gefolgt.

Ein Geräusch ließ ihn über die Schulter blicken. Milan traute seinen Augen kaum. Nandus war gesprungen! Der Zorn hatte seinen Vater offenbar alle Angst vergessen lassen.

Meckernd begrüßten die Ziegen den Erzpriester, der mit gezogenem Schwert dem Dieb nachsetzte.

Milan hatte mit Verfolgern gerechnet, wenn auch nicht mit seinem Vater. Für sie hatte er das Wegstück gewählt, das nun vor ihm lag. Ein altes Ziegeldach, fleckig von Flechten und Taubenkot. Etliche der Dachziegel waren brüchig, andere saßen lose.

Milan kannte den Weg, den er zu nehmen hatte. Behutsam setzte er einen Fuß vor den anderen und streckte den rechten Arm aus, um das Gleichgewicht besser zu halten. Er trat nur auf jene Dachziegel, die er mit einer kleinen Schramme markiert hatte. Man musste wissen, wonach man suchte, um diese unauffälligen Zeichen zu bemerken.

Selbst die markierten Dachziegel knackten und knirschten bedenklich unter seinem Gewicht. Einer brach. Ein großes Stück schlitterte die Schräge hinab und stürzte über die Dachkannte in die Tiefe. Dumpf zerschellte es auf dem Pflaster.

Milan hatte das Ende des Daches erreicht. Diesmal war der Sprung noch weiter als zuvor. Drei Mal war er über diesen Abgrund hinweggesetzt, als er den Weg erkundete – ohne die lästigen Flügel, ohne das Gewicht der Silberscheibe und ohne verwundet zu sein. Nun aber war nichts mehr so wie in den Nächten, in denen er sich seine Rache ausgemalt hatte.

»Du wirst stürzen!«, sagte sein Vater so ruhig, als sei es eine unbezweifelbare Tatsache. »Versuch es erst gar nicht! Besser, du bist ein Jahr auf einer Galeere als tot, Junge.«

Er hatte ihn nicht erkannt, dachte Milan erleichtert. Zugleich stieg kalte Wut in ihm auf. Selbst jetzt maßte sich Nandus an, sein Schicksal in der Hand zu halten.

Wer zögert, verliert. Das war einer der Lieblingssprüche seines Vaters.

Milan nahm seinen ganzen Mut zusammen und sprang. Zwei Herzschläge lang segelte er durch die Luft. Dann landete er auf der Kante des Flachdachs. Hier gab es keine Einfassungsmauer. Seine Absätze hingen in der Luft.

Verzweifelt ruderte er mit dem freien Arm und warf sich nach vorn. Geschafft!

Als er sich aufrappelte, erreichte Nandus das Ende des Ziegeldachs auf der anderen Seite der Häuserschlucht. Wie durch ein Wunder war sein Vater unbeschadet über den trügerischen Grund gelangt. Ohne zu zögern, sprang Nandus aus der Bewegung heraus. Doch er sprang zu kurz …

Der Erzpriester warf das Schwert von sich und prallte gegen die Hauswand. Seine Hände versuchten sich an den weiß getünchten Stein zu klammern, fanden keinen Halt, glitten über die Kante …

»Nein!«, schrie Milan auf. Das hatte er nicht gewollt. Entsetzt trat er an den Rand des Daches.

Sein Vater lag drei Schritt tiefer auf einem Balkon, richtete sich auf, presste sich mit schmerzverzerrtem Gesicht die Hand gegen die Rippen und keuchte: »Du wirst nicht entkommen …«

Unten auf der Gasse erschien Hauptmann Lorenzo. Erleichtert wandte Milan sich ab. Die Stadtwache würde sich um seinen Vater kümmern.

Im Westen war die Sonne schon halb im Meer versunken. Es würde sehr schnell dunkel werden. Er musste an seinem Plan festhalten.

Milan hielt sich links und lief über die Dächer der Häuserzeile. Jemand hatte Hunderte von Aprikosen zum Trocknen auf dem Dach ausgelegt. Der herrlich süße Duft der gelborangen Früchte betörte ihn. Das war also der Geruch des Triumphs, dachte er lächelnd. Aprikose!

Das Ende einer hölzernen Leiter ragte hinter dem nächsten Dach auf. Dort war ein Gerüst aufgestellt. Die Rückwand des letzten Hauses wurde neu verputzt. Um diese Zeit musste er dort keine Arbeiter mehr fürchten.

Milan stieg die schmale Leiter hinab, die am Dach lehnte. Jetzt kam sein Meisterstück! Er nahm eine der dicken Laufplanken auf, schwenkte sie über die Gasse und ließ ihr Ende auf das Fenstersims einer leerstehenden Wohnung sinken. In der vergangenen Nacht hatte er das Brett hierhergebracht und es auf eines der Bretter gelegt, aus denen die schmalen Arbeitsplattformen gefertigt waren. Offensichtlich hatte niemand bemerkt, dass es hier plötzlich zwei Planken gab.

Vorsichtig balancierte Milan zum Fenster auf der anderen Seite. Die Planke bog sich unter seinem Gewicht. Ein streunender Hund sah neugierig zu ihm hinauf. Zwei Schritte noch …

Erleichtert trat er auf das Sims, duckte sich durch das Fenster und sprang in die leerstehende Wohnung. Sofort zog er die Planke ein, um jeglichen Hinweis darauf, wohin er verschwunden war, zu tilgen. Keinen Augenblick zu früh. Ganz in der Nähe hörte er eine der Flöten der Stadtwachen.

Milan trat vom Fenster zurück und schlich geduckt in den angrenzenden Raum, wo ihn niemand mehr von der Straße aus sehen konnte.

Hier war es dunkel. Es roch nach Schimmel und Katzenurin. Aber da war noch etwas … ein leichter Minzduft.

Eine Hand legte sich auf seinen Mund. Zugleich berührte etwas Eiskaltes seine Kehle.

DAHLIA, UNWEIT DES OKTAGONS, FRÜHER ABEND, 17. TAG DES ERNTEMONDES IM JAHR VON SASMIRAS ZWEITER THRONERHEBUNG

Ich hoffe, du bist so klug, keinen Widerstand zu leisten, wenn ich dir jetzt abnehme, was du so fest an deinen Leib presst«, sagte eine Frauenstimme. »Rainulf würde dir lieber gleich die Kehle durchschneiden, aber ich habe eine Schwäche dafür, mit Leuten zu plaudern.«

Undeutlich erkannte Milan vor sich eine schlanke Gestalt in einem weiten, weißen Umhang. Widerwillig ließ er los, als sie nach der Silberscheibe griff.

»Schwer …«, murmelte die Frauenstimme. Die Schattengestalt zog sich zurück.

Milan wollte etwas sagen, doch die massige Hand lastete noch immer auf seinem Mund. Sie roch nach Zwiebeln.

Ein leises Schaben erklang, und gelbes Licht durchdrang das Dunkel. Die Frau hatte die Blende einer Laterne aufgezogen. Jetzt war die Diebin, die ihn übertölpelt hatte, mehr als nur ein Schatten in einer dunklen Kammer. Sie war fast ganz in Weiß gekleidet. Ein braunes Lederwams betonte ihre schlanke Taille. Ihre eng anliegende Hose verschwand in kniehohen Stiefeln, die mit Silberschnallen geschmückt waren. Dazu trug sie eng anliegende Stulpenhandschuhe aus speckig braunem Leder. Ein weiter, weißer Umhang lag um ihre Schultern. Neben ihr auf dem Boden ruhte griffbereit ein blank gezogenes Breitschwert.

Die Diebin stieß einen anerkennenden Pfiff aus. »Er hat doch tatsächlich die Silberscheibe aus dem Oktagon des Erzpriesters gestohlen.«

»Sehe ich«, murrte eine dunkle Männerstimme hinter Milan. »Nett von ihm, dass er uns das abgenommen hat.« Der Stahl drückte ein wenig fester gegen Milans Kehle. »Kann ich ihm jetzt endlich die Gurgel durchschneiden?«

»Warte noch.« Die Frau hob die Laterne an und leuchtete Milan ins Gesicht. Sie griff nach seiner Krähenmaske und schob sie hoch. »Hübsch ist er, allerdings ein bisschen blass.«

»Liegt vielleicht daran, dass ihn vor uns schon jemand abstechen wollte«, brummte die dunkle Stimme. »Er blutet mir ganz ordentlich das linke Hosenbein voll.«

»Leg ihn hin, Rainulf.« Die Diebin sprach nicht laut, aber in befehlsgewohntem Ton.

Endlich löste sich die stinkende Hand von Milans Lippen, die Klinge wich von seiner Kehle, und er wurde zu Boden gedrückt. Der Kerl, der ihn gehalten hatte, war ein wahrer Riese mit einem Kreuz, breit wie ein Stierrücken. Klobige Hände tasteten über seinen Leib. Milan hörte das Geräusch von reißendem Stoff.

»Das muss genäht werden«, entschied die Diebin.

Milan war schwindelig. Genäht werden? Er war doch kein alter Mantel, dem man einen Flicken verpasste! »Ich will nicht ...«

»Was du willst, interessiert mich nicht!«, fuhr ihm die Fremde über den Mund. »Du beantwortest mir jetzt drei Fragen, und ich rate dir: Lüge mich nicht an! Von dem, was du sagst, hängt ab, ob wir dir helfen oder dich hier liegen lassen, um zu verrecken.«

»Ich ...« Milan brach ab und nickte. Deutlich sah er im Lampenschein das Antlitz der Fremden. Es war schmal, gerahmt von welligem, rotem Haar. Lindgrüne Augen musterten ihn kalt. Es waren diese Augen, die jeden Willen zum Widerstand in ihm erstickten. In ihnen lagen eine Kraft und eine Entschlossenheit, wie er sie nie bei einer Frau gesehen hatte. Die Fremde brauchte keinen Handlanger. Sie würde ihm höchstselbst die Kehle durchschneiden, wenn er jetzt einen Fehler machte.

»Was soll dieses alberne Rabenkostüm?«, war ihre erste Frage.

»Krähe«, korrigierte er. »Ich bin kein Rabe. Ich bin der Krähenmann aus der Mär. Er liebt Silber über alles und stiehlt es, so wie er auch Kinder raubt.«

Sie runzelte die Stirn. »Das ist eine Geschichte, um kleinen Rotzbengeln Angst zu machen ...«

»Für den Erzpriester ist es mehr als das!«, entgegnete Milan.

»Du kennst Nandus Tormeno also gut?«

Als Milan zögerte, sah er, wie ihre Augen schmal wurden. »Ja«, erwiderte er ausweichend, »ich kenne ihn. Ich war oft im Oktagon …«

»Du stehst gerade auf sehr dünnem Eis, Milan Tormeno.«

Er schluckte. Woher kannte sie seinen Namen?

»Deine Antwort war keine Lüge«, sagte die Diebin mit eisiger Stimme. »Aber unter Wahrheit verstehe ich etwas anderes. Keine weiteren Ausflüchte. Wenn du hier lebend rauskommen willst, spielst du besser nicht mit mir, Priestersöhnchen. Hättest du uns nicht freundlicherweise die Silberscheibe gebracht, hätten wir sie uns selbst geholt. Wir haben das Oktagon des Erzpriesters schon seit Wochen beobachtet. Nun sag mir: Warum bestiehlst du deinen Vater, Milan?«

»Um seinen guten Namen zu zerstören.«

Sie hob überrascht die Brauen. »Warum willst du das?«

»Nur so kann ich mich von ihm befreien«, antwortete er voller Leidenschaft. »Er ist ein Tyrann, der meine Zukunft bereits bis zum Tag meiner Grablegung vorherbestimmt hat. Ich kann nicht mehr atmen in seinem Haus …«

Sie unterbrach ihn mit einer Geste. »Genug davon. Warum hast du die Silberscheibe gestohlen?«

»Weil sie ihm mehr bedeutet als seine Söhne. Er hütet sie wie seinen Augapfel, poliert sie alle paar Tage … Manchmal redet er sogar zu ihr.« Voller Wut dachte Milan an all die Abende, an denen sich sein Vater allein im Oktagon gewähnt hatte. Daran, wie Nandus vor dem Altar niedergekniet war und freundlich mit der Silberscheibe gesprochen hatte. Mit ihm hatte er nie so gesprochen. An ihn hatte er immer nur Forderungen gerichtet. Er hatte ihm Ziele vorgegeben, die es zu erreichen galt, und wann immer Milan eine Aufgabe meisterte, hatte es neue Ziele gegeben. Nie ein Verharren. Nie einen Augenblick des Triumphs. Aber wie sollte er der Fremden das begreiflich machen?

»Dein Vater redet also mit der Scheibe.«

Milan sah in die bohrenden grünen Augen. Das war keine Frage gewesen, sondern eine nüchterne Feststellung. Und die Diebin wirkte keinesfalls verwundert …

»Hat die Scheibe ihm geantwortet?«

»Ich verstehe nicht …«

»Das war doch eine wirklich einfache Frage«, grollte Rainulf. Er hatte ein wettergegerbtes Gesicht mit wuchtigem Kinn. Schwarze Stoppeln bedeckten seine Wangen. Feine Fältchen umkränzten die Augen wie bei einem Seemann, der seinen Blick jahrelang auf den Horizont gerichtet hatte. Es waren graue Augen. Sie glichen dem Himmel an einem Wintertag.

»Rede!« Die Lippen des Hünen wurden schmal. Sein Mund wirkte wie eine aufgebrochene Narbe.

»Ich glaube nicht, dass ihm die Scheibe geantwortet hat«, sagte Milan.

»Das halte ich für …«

Die Diebin hob die Hand. »Still!«

Durch das offene Fenster im Nebenraum war das Pfeifen der Wachen zu hören. Sie hatten die Gasse mit dem Baugerüst erreicht.

Die Diebin schloss die Blende der Laterne. »Wir müssen seine Blutung stillen«, flüsterte sie in der Finsternis.

»Er hält uns nur auf.«

»Stopf ihm das Maul!«

»Nei…«

Die nach Zwiebel stinkenden Finger pressten sich wieder auf Milans Lippen. Etwas wurde ihm in die Seite gedrückt. Ein Schmerz erblühte in ihm, wie er ihn nie zuvor empfunden hatte. Es war ein Gefühl, als würde ihm durch den Schnitt ein glühender Holzscheit in die Gedärme gedrückt. Tränen traten ihm in die Augen. Er bäumte sich auf, doch Rainulfs Griff war unerbittlich.

Der Schmerz steigerte sich noch weiter. Und da begriff Milan. Die beiden brauchten ihn nicht mehr. Sie hatten es auf die Silberscheibe abgesehen. Er war jetzt überflüssig.

Er versuchte in Rainulfs Hand zu beißen.

»Mistkerl!«

Ein Schlag wie von einem Hammer traf Milans Kopf. Der Schmerz endete. Alles endete …

DAHLIA, VERSTECK DER DIEBE, ABEND, 17. TAG DES ERNTEMONDES IM JAHR VON SASMIRAS ZWEITER THRONERHEBUNG

Weiß war alles, was Milan sah, als er die Augen öffnete. Die Wände, die Decke des Raumes, das Kleid der verschwommenen Gestalt an seiner Seite im Kerzenlicht …

Plötzlich kehrte der Schmerz zurück. Ein Stich in seiner Seite. Noch einer.

Er hob den Kopf von einem weichen Kissen, blinzelte und sah die Gestalt im weißen Kleid nun klarer. Neben ihm kniete die Diebin mit dem flammend roten Haar.

»Du bist wieder bei uns«, stellte sie fest, schenkte ihm ein betörendes Lächeln und stach erneut zu.

Milan biss sich auf die Lippe. Seine Augen wanderten. Das hier war eindeutig nicht mehr die Wohnung, die sein Versteck hätte sein sollen.

Noch ein Stich.

Er blickte an sich hinab. Die Diebin hielt eine gebogene Nadel in der Hand und vernähte einen Schnitt an seiner Seite. Sie vernähte ihn! Unglaublich!

Milan hatte davon gelesen. Im Khanat machte man das angeblich so. Aber er hatte diese Geschichten immer für leeres Gerede gehalten.

Noch ein Stich. Selbst bei dieser feinen Arbeit hatte sie ihre eng anliegenden Lederhandschuhe nicht abgelegt. Verschrammt und blutbefleckt, standen sie in einem seltsamen Widerspruch zu ihrem weißen Kleid und passten so gar nicht zu ihrer Erscheinung. Mit Daumen und Zeigefinger der Linken drücke sie umständlich die Wundränder zusammen. Mit rechts führte sie die Nadel. Jetzt zog sie den Faden straff und versenkte die Nadel erneut in seinem Fleisch. Eine saubere Naht, fast so lang wie seine Hand, verlief dicht über seiner Hüfte.

»Du hast Glück gehabt, Milan. Zwei Zoll weiter, und die Stadtwachen hätten dich tot ins Haus deines Vaters getragen. Dein Ziel hättest du dann allerdings wohl erreicht: Der Sohn des Erzpriesters schändet das Oktagon. Diesen Makel wäre Nandus Tormeno nie wieder losgeworden.«

»Es war mein Vater, der mich beinahe getötet hätte«, berichtigte er sie. »Aber er wusste ja nicht, wer da vor ihm stand.«

Die Diebin legte den Kopf schräg und sah ihn lange an. »Eine merkwürdige Familie seid ihr«, sagte sie schließlich. Dann beugte sie sich vor und biss den Faden durch, mit dem sie seine Wunde vernäht hatte. Ihr warmer Atem strich über seinen Bauch.

Jetzt erst wurde Milan bewusst, dass er völlig nackt war. Beklommen bedeckte er seine Blöße mit beiden Händen.

Die Diebin lachte leise, nahm ein blutbeflecktes Tuch aus einer Wasserschale am Boden und tupfte damit über die Wundnaht. »So schüchtern?«

Er schluckte. Jetzt nur nichts Falsches sagen! Vielleicht sollte er einfach gar nichts sagen. Er spürte, wie ihm das Blut in die Wangen schoss. Und nicht nur dorthin …

»Ah, du bist also doch nicht so geschwächt, wie Rainulf vermutet hatte.«

»Es … geht mir gut«, stammelte er und hätte sich am liebsten auf die Zunge gebissen. Sein Leben lang hatte sein Vater ihn darauf gedrillt, wortgewandt zu sein. Er sollte eines Tages Erzpriester werden und ihm im Amt nachfolgen. Süß wie Honig sollten seine Worte sein oder scharf wie Peitschenhiebe, je nach Anlass. Er sollte mit Worten die Welt verändern können. Und jetzt stammelte er wie ein tumber Tagelöhner, der nicht einmal lesen konnte.

»Mir scheint, du befindest dich in unvertrauter Lage.« Sie lächelte spöttisch und zog eine Decke über seine Blöße.

»Ich hatte noch nicht viel Umgang mit Damen.«

»Was für ausgesucht gute Manieren! Ich bestehle dich, nehme dir das, wofür du fast dein Leben verloren hast, und du nennst mich dennoch eine Dame. Wie alt bist du? Fünfzehn?«

»Fast schon siebzehn«, log er. Es trennte ihn noch mehr als ein halbes Jahr von seinem Geburtstag. Er wurde immer für jünger gehalten. Für sein Alter war er nicht allzu groß.

»Du bist gut gebaut.«

Milan war ihr dankbar, dass sie ihn nicht auf seine Größe ansprach. Allerdings machte es ihn verlegen, wie sie den Teil seines Körpers betrachtete, der unter der Decke verschwunden war.

»Kann es sein, dass du noch nie einer Frau beigelegen hast?«

Was erdreistete sie sich! »Die Mondscheibe …« Jedes andere Thema war jetzt besser als dieses. »Wo ist sie?«

Die Rothaarige wirkte enttäuscht. »Natürlich nicht hier. Kein Dieb, der seine Sinne beisammen hat, lagert seine Beute an dem Ort, an dem er sich versteckt.« Sie erhob sich vom Boden. »Du solltest zu deiner Familie zurückkehren, bevor man dich vermisst und vielleicht errät, wer der Krähenmann im Oktagon war.«

Milan hatte das Gefühl, etwas verpatzt zu haben. »Wie spät ist es?«

»Bald Mitternacht, schätze ich. Du warst nicht sehr lange bewusstlos.« Sie ging zu einer weiß gestrichenen Tür, die sich kaum von der Wand abhob. »Überleg dir eine Geschichte zu deinem Gesicht. Rainulfs Fausthieb hat Spuren hinterlassen. Und hebe nichts Schweres, sonst reißt die Naht an deiner Seite.« Sie öffnete die Tür und verschwand.

Beklommen sah sich Milan um. Er hatte sie vertrieben. Hätte er nur nicht von der verfluchten Silberscheibe angefangen! Missmutig musterte er seine Umgebung. Der Raum, in dem er untergebracht war, war nicht sonderlich groß. Er lag auf einem Lager aus Schaffellen, über die ein Leintuch gebreitet war. Daneben stand eine weiße Schüssel auf dem Boden. Ein paar blutige Stofffetzen schwammen darin. Sein Blut war der einzige Farbtupfer in diesem seltsamen Unterschlupf.

Es gab hier kein Möbelstück. Wie in einem Traum, dachte er und setzte sich auf. Ein stechender Schmerz schoss durch seine Seite. Nein, er war wach und träumte nicht, so viel war sicher.

Die Tür ging auf, Rainulf trat ein. Schwarze Kleider hingen über seinem Arm. In der Rechten hielt er ein Paar Stiefel. »Aufstehen, anziehen, Junge. Deine Zeit hier ist vorüber.« Er warf ihm die Kleider hin.

Sie waren feucht.

»Hab das Blut ausgewaschen und dein Hemd halbwegs geflickt. Den Rabenkram hab ich verschwinden lassen.«

»Krähenkram«, berichtigte Milan ihn säuerlich.

»Eher Kinderkram.« Rainulf bedachte ihn mit einem schmallippigen Lächeln. »Deine Flügel und die Maske sind verbrannt.« Er schüttelte den Kopf. »Wie kann man nur so sperrig vermummt über die Dächer laufen. Du hast Glück, dass du noch lebst, Junge.«

»Verbrannt?« Sein erschrockener Ausruf brachte ihm einen schmerzhaften Stich in der vernähten Wunde ein. »Ich habe zwei Jahre daran gearbeitet.«

Rainulf tat das mit einem Schulterzucken ab. »Zieh dich an!«

Grollend gehorchte Milan. Als er fertig war, trat der Hüne dicht vor ihn und löste einen schwarzen Stoffstreifen von seinem Gürtel.

»Ich werde dir jetzt die Augen verbinden, Kleiner. Und dann steck ich dich draußen in einen Sack.«

»Aber …«

»Sag besser nichts! Die Herrin wünscht das so. Wäre es nach mir gegangen, hättest du unser Versteck so verlassen, wie du hineingekommen bist: Bewusstlos!«

Milan schluckte seinen Ärger herunter. Rainulf sah ganz so aus, als warte er nur darauf, ihm noch einen Fausthieb zu verpassen. Also gab er sich fügsam und leistete keinen Widerstand, als ihm der Dieb die Augenbinde um den Kopf legte und sie unangenehm straff zusammenzog.

Milan hörte, wie sich die Tür öffnete. Ein Sack wurde ihm übergezogen und verschnürt. Im nächsten Augenblick hob Rainulf ihn auf die Schulter.

Er hatte die Diebin nicht einmal nach ihrem Namen gefragt, dachte Milan mit Bedauern und dem Gefühl, dass dies hier alles ganz anders hätte enden können.

Eine weitere Tür öffnete sich. Es ging eine Treppe hinab. Ob Rainulf ihn zum Hafen trug, um auch ihn verschwinden zu lassen wie das Kostüm vom Krähenmann? Milan regte sich. Aus diesem Sack käme er nicht mehr heraus. Er war aus kräftigem Leinen genäht, das er nicht zerreißen konnte. »Wohin bringst du mich?«

»Lass dich überraschen«, erklang es grob. »Und jetzt halt's Maul, sonst verpass ich dir doch noch eine.«

Milan reckte und streckte sich und erntete dafür einen Knuff in die Rippen, dicht über der vernähten Wunde. Der Schmerz ließ grelle Lichtpunkte vor seinen Augen tanzen. Kraftlos ließ er sich hängen. Vielleicht konnte er Rainulf ja täuschen. Wenn der Kerl nur den Sack aufmachen würde …

Sie hatten die Treppe verlassen. Straßenpflaster hallte unter den schweren Tritten des Hünen. Irgendwo wurde leise geredet. Ganz in der Nähe hasteten eilige Schritte an ihnen vorbei.

Sollte er um Hilfe rufen? Wahrscheinlich würde Rainulf ihn dann einfach abstechen und den Sack auf der Straße liegen lassen. Mit jedem Schritt, den der Hüne tat, wuchs Milans Verzweiflung.

Bald hörte er das leise Plätschern der Wellen, die sich an den Landungsstegen brachen. Rainulf brachte ihn also wirklich zum Hafen! Der Mistkerl würde ihn ersäufen, so wie man überzählige junge Kätzchen ersäufte!

Milan bäumte sich auf. »Hilfe!«, schrie er aus Leibeskräften.

Ein Fausthieb traf ihn in die Seite. Der Schmerz raubte ihm

die Stimme. Er krümmte sich zusammen, unfähig, mehr als nur ein leises Röcheln hervorzubringen.

Rainulfs Schritte hallten auf Holzplanken. Sie waren auf einem der Stege, die hinaus aufs Wasser führten.

Der Hüne ließ seine Last von der Schulter gleiten, dann sackte Milan in die Tiefe.

DAHLIA, HAFEN, ABEND, 17. TAG DES ERNTEMONDES
IM JAHR VON SASMIRAS ZWEITER THRONERHEBUNG

Der Aufprall war hart. Obwohl der Untergrund schwankend nachzugeben schien.

Im nächsten Moment krachte es neben Milan, und jemand machte sich an der Verschnürung des Sacks zu schaffen.

Milan war immer noch unfähig, auch nur einen Ton hervorzubringen, als das grobe Leinen zurückgestreift und ihm die Augenbinde abgenommen wurde.

Rainulfs Gesicht war ein konturloser Schattenriss vor dem Nachthimmel. »'tschuldigung, Kleiner. Uns hatten ein paar Stadtwachen gesehen. Da musste ich so tun, als wollte ich zu den Booten hinaus.«

Da war etwas in der Stimme des Hünen, was Milan an dessen Worten zweifeln ließ. Vermutlich hatte es dem Grobian Spaß gemacht, mit seinen Ängsten zu spielen.

Benommen sah Milan sich um. Er lag auf einem Haufen Fischernetze in einem kleinen Boot. Der Mond stand hell wie eine Laterne am Himmel.

Vorsichtig tastete Milan über die vernähte Wunde. Sie schmerzte bei der leichtesten Berührung, doch zumindest hatte sie sich nicht wieder geöffnet. Er sah zum Bootssteg hinauf. Mehr als zwei Schritt hatte Rainulf ihn in die Tiefe sacken lassen. »Ich hätte mir den Hals brechen können«, zischte er den Hünen an.

Rainulf zuckte gelassen mit den Schultern. »Das wäre dann Pech gewesen.« Er griff nach der algenüberwucherten Leiter, die dicht neben dem Boot zum Steg hinaufführte. »Mach's gut, Kleiner.«

»Halt!«

Rainulf drehte sich tatsächlich noch mal zu ihm um. »Was?«

»Woher wusstet ihr, dass ich in die verlassene Wohnung kommen würde?«

Der Hüne schnaubte. »Es war eine blöde Idee von dir, in schwarzer Kleidung über die weiß getünchten Dächer zu schleichen. Man konnte dich von Weitem sehen. Die Dächer sind unser Reich. Wir …« Er brach ab, als habe er sich dabei ertappt, beinahe zu viel gesagt zu haben. »Wir haben dich bemerkt und dann beobachtet. Der Plan mit der Planke auf dem Gerüst war übrigens gut. Hast Talent als Dieb. Mehr, als man bei einem Priestersöhnchen vermuten sollte.« Während er sprach, stieg Rainulf die Sprossen hinauf. Oben angekommen, ging er ohne Abschiedsgruß und ohne sich noch einmal umzuschauen davon.

Milan seufzte. Er fühlte sich so schwach, als hätte er lange mit einem Fieber darniedergelegen. Mit zitternder Hand griff er nach der Leiter. Langsam kämpfte er sich Sprosse um Sprosse hinauf. Als er endlich oben ankam, war Rainulf längst vom Steg verschwunden.

Er blickte zu der prächtigen Stadt auf, die auf steilen Hügeln in weitem Halbkreis den Hafen umlagerte. Nur in einzelnen Fenstern brannten noch Lichter. Mehr als drei Dutzend Türme reckten sich dem Himmel entgegen. In einem von ihnen musste die Diebin ihr Versteck haben. Er würde sie wiederfinden, schwor sich Milan. Dann schlug er den Weg zum Oktagon ein.

Er brauchte mehr als eine Stunde. Immer wieder musste er innehalten und ausruhen. Er war zu Tode erschöpft. Jeder Schritt bereitete ihm Schmerzen.

Als er schließlich den kleinen Platz erreichte, an dem der Tempel seines Vaters lag, fand er ihn voller Stadtwachen. Sogar einige Kaiserritter waren gekommen. Ihr Komtur, Francesco Forazi, stand mit Hauptmann Lorenzo Dolendo bei seinem Vater. Die drei Männer sprachen mit ernsten Gesichtern.

Nandus bemerkte ihn, schenkte ihm jedoch nur einen verärgerten Blick, um dann weiter mit den beiden Befehlshabern zu reden.

»Wie siehst du denn aus?« Fabricio, der jüngere seiner beiden großen Brüder, legte den Arm um ihn. »Und deine Sachen sind ja nass. Komm mit ins Haus. Hast du gehört, was geschehen ist?« Fabricio schob ihn mit sanfter Gewalt durch die Reihen der fackeltragenden Krieger, die sich auf der Piazza Cynthia drängten. Er führte ihn um das Oktagon herum zu einem Nebeneingang ihres Palazzo, in das Mosaikzimmer, das ihre Mutter so sehr geliebt hatte. Hier blieb es selbst an den heißesten Sommertagen angenehm kühl. In seinen nassen Kleidern empfand Milan den Raum als frostig.

»Du zitterst ja. Was ist denn geschehen? Dein Gesicht sieht aus, als hättest du einen Eselshuf geküsst.«

»Schlägerei«, entgegnete er einsilbig.

Fabricio brachte ihn in die kleine Küche und drückte ihn auf einen der grob gezimmerten Stühle an dem Tisch, an dem sonst ihr Gesinde aß, der alte Pietro und Luisa, ihre Köchin und Haushälterin, der Pietro, seit Milan denken konnte, ohne Erfolg den Hof machte. Die beiden hatten sich wohl längst zur Ruhe gelegt, doch in dem gemauerten Kamin glommen noch letzte Glutnester unter weißer Asche. Ein ovaler Tontopf stand nah am verloschenen Feuer. Wann immer er nicht zum Abendessen kam, verwahrte Luisa darin ein paar Reste für ihn. Selten zuvor war Milan so glücklich gewesen, dass ihn ein warmes Essen erwartete.

Fabricio füllte ihm den Teller mit Fleisch in dunkler Soße. »Die Hasenstücke waren köstlich, als sie frisch waren.« Er legte ihm ein halbes Fladenbrot auf den Tisch und schob dann den Schürhaken in die Glut.

Gierig riss Milan einen Streifen Brot ab und tunkte ihn in die

Soße. Über den Topf gebeugt, begann er, voller Heißhunger zu schlingen. Das Fleisch war wunderbar zart. Die Soße schmeckte nach Thymian und einem Hauch Pfirsich.

Fabricio schenkte aus dem abgedeckten Krug auf der Anrichte einen Becher voll Wein ein. »Was hast du am Hafen gemacht?«

»Den Geschichten der Seeleute gelauscht. Hat Vater dir das nie aufgetragen? Er wird nie müde, neue Mären zu sammeln. Geschichten über die Meerhexe, den schwarzen Kraken, Meerjungfrauen und die großen Schlangen in der Goldsee. Ich halte die Ohren für ihn offen …«

»Und wirst stellvertretend für ihn verprügelt?« Fabricio lächelte, doch vermochte es seinen Worten nicht den Stachel zu nehmen. »Du hast ihnen deinen Namen genannt, nicht wahr?«

Milan fühlte sich bei der Lügengeschichte keineswegs unwohl. Auch wenn sie für diese Nacht nicht stimmte, hatte es Dutzende Abende wie diesen gegeben, den er da erfand. Sie alle hatten schon Prügel für ihren Namen bezogen. Es gab immer noch zu viele Familien an den Küsten Cilias, in denen um die toten Verwandten aus Arbora getrauert wurde. Es gab immer noch Esstische, auf die Teller für Männer und Frauen gestellt wurden, die nie mehr dort Platz nehmen würden, weil ihr Großvater, Lucio Tormeno, entschieden hatte, die gesamte Stadt zu opfern, um die Insel zu retten.

Fabricio zog den Schürhaken aus dem Feuer. Zischend versank die glühende Spitze in dem Wein; dann legte sein Bruder das Eisen zur Seite und reichte ihm den Becher.

Dankbar trank Milan den warmen Wein. Er vertrieb die Kälte, die sich tief in seinen Knochen eingenistet hatte.

»Hilft nicht gegen die Schwellungen in deinem hässlichen Gesicht, kleiner Bruder, aber gegen die Blessuren auf der Seele.«

Milan lächelte Fabricio dankbar zu und aß weiter. Sie beide wussten, dass er leiden musste, weil Fabricio die Träume ihres Vaters nicht erfüllt hatte. Sein Bruder liebte das Leben, schöne Frauen und guten Wein. Er war ein hinreißender Prediger. Die Tempelvorsteher geizten nicht mit Gold, um ihn dazu zu bringen, vor ihren Altären zu sprechen. Wenn er kam, füllte er jeden Tempel der Stadt, und über seine trefflichen Scherze und Aphorismen wurde oft noch tagelang in der ganzen Stadt gesprochen. Er war allgemein geschätzt. Nur von ihrem Vater nicht. Der hielt ihn für einen Ohrenbläser und hatte ihm niemals verziehen, dass er kein Erzpriester geworden war.

Niemand in der Familie war sich sicher, ob Fabricio im Roten Kloster ehrlich gescheitert war oder ob er mit voller Absicht in der letzten geheimen Prüfung versagt hatte, die ihn in den kleinen Zirkel der Erzpriester erhoben hätte.

Schweigen senkte sich über die Küche. Milan wischte mit dem Brot die letzten Soßenreste aus dem Topf.

Im Mosaikzimmer waren Schritte zu hören.

Fabricio seufzte.

Milan sah zur Tür, obwohl er am Schritt erkannt hatte, wer da kam: Juliano, der Älteste von ihnen.

»Fressen und saufen! Ich hätte es wissen müssen.« Hager und leicht gebeugt, stand er mit sauertöpfischer Miene im Türrahmen. Er war größer als sie beide, und selbst wenn er saß und sie standen, vermittelte er ihnen das Gefühl, dass er auf sie hinabblickte.

»In der dunkelsten Stunde unserer Familie sitzt ihr hier und prasst!«, wetterte er. »Vater erwartet euch auf dem Dach.« Er klatschte in die Hände, dass es knallte. »Los, hoch mit euch! Er will mit uns sprechen.« Julianos Augen schienen ihn durchbohren zu wollen. »Ganz besonders mit dir, Milan.«

Die Kälte, die der Wein aus seinen Gliedern vertrieben hatte, war wieder da. Hatte sein Vater ihn im Oktagon womöglich an der Stimme erkannt?

DAHLIA, PALAZZO TORMENO, SPÄTER ABEND, 17. TAG DES ERNTEMONDES IM JAHR VON SASMIRAS ZWEITER THRONERHEBUNG

Nandus hielt sich kerzengerade. Den Kopf in den Nacken gelegt, stand er auf dem flachen Dach des Palazzo, auf dem vor Stunden ihre Verfolgungsjagd begonnen hatte. Ihr Vater sah zum Himmel empor. Er schenkte ihnen keinen Blick.

Früher hatten sie oft gemeinsam auf dem Dach gesessen, und Nandus hatte ihnen Geschichten von den Sternen erzählt und vom Herrn des Himmels, dem Weltenschöpfer, der von seinen Kindern so unendlich enttäuscht war und doch nicht von ihnen lassen konnte. Tag für Tag ruhte sein goldenes Auge auf ihnen, und nachts beobachtete er sie mit seinem silbernen Auge. Doch da die meisten ruchlosen Taten in der Stunde der Dunkelheit verübt wurden, ergriff ihn tiefe Melancholie, und sein Auge schloss sich von Nacht zu Nacht ein wenig mehr, bis er schließlich einschlief, um dann schwermütig zu erwachen und sein Nachtauge nur langsam wieder zu öffnen.

Oft hatte Milan das Gefühl, dass ihr Vater sich dem Herrn des Himmels zutiefst seelenverwandt fühlte. Auch er war enttäuscht von der Welt, insbesondere von seinen Söhnen. Keiner von ihnen hatte es geschafft, ihm auf dem Weg des Erzpriesters zu folgen. Milan konnte sich nicht erinnern, wann er zuletzt ein freundliches Wort von Nandus gehört hatte. Erfüllte er die Anforderungen seines Vaters, so war das eine nicht erwähnenswerte Selbstverständlichkeit. Gelang ihm das aber nicht, wurde er gnadenlos bestraft. Ein Dickicht von Rohrstöcken hatte sein Vater bereits auf seinem Rücken oder Hinterteil zerschlagen, und unablässig hatte Milan das Gefühl, dass er seine älteren Brüder in allem übertreffen musste: im Stockkampf und in den Fechtstunden, beim Reiten, Schwimmen und Laufen und in den grausamen Prüfungen in der Bibliothek des Palazzo, wenn es um die Mären Cilias und der Welt ging, um die Geschichte des Kaiserreichs und des Khanats.

Aus der Verzweiflung darüber, es seinem Vater niemals recht machen zu können, war Milans Wut erwachsen. Er wollte auch Nandus leiden sehen, den stolzen, unbeugsamen Erzpriester von Cilia, den Mann, der selbst zur Mär geworden war. Er wollte ihn gedemütigt sehen, in seinem eigenen Haus, dem Oktagon. Und es war ihm geglückt! Auch wenn Nandus sich alle Mühe gab, den Schein aufrechtzuerhalten, kannte ihn Milan zu gut. Etwas in seinem Vater war in dieser Nacht zerbrochen.

Der linke Mundwinkel des Erzpriesters zuckte leicht. Offensichtlich hatte er Schmerzen. Milan musste an den schweren Sturz denken. Hatte er sich die Rippen gebrochen? Oder war er gar schlimmer verletzt? Ihnen würde er gewiss nichts davon sagen. Schmerzen waren eine Herausforderung, der es mannhaft zu begegnen galt. Dazu hatte er sie erzogen, und auch er hatte sich stets an diese Regel gehalten.

Wäre er anders gewesen, würde ihre Mutter vielleicht noch leben, dachte Milan traurig.

»In Stunden der Bedrängnis sollte eine Familie zusammenhalten«, begrüßte Nandus ihn eisig. »Du hast mich wieder einmal enttäuscht, Milan. Heute wäre dein Platz hier im Oktagon gewesen!«

Ein Stein fiel Milan vom Herzen. Sein Vater hatte in ihm also doch nicht den Dieb erkannt. »Ich war beim Hafen.« Erneut erzählte er die Lügengeschichte, die er schon an Fabricio erprobt hatte.

»Und im Hafen wurde nicht über den Raub im Oktagon gesprochen?« Jetzt wandte Nandus sich ihnen zu. Seine dunkelbraunen Augen waren wie Abgründe. Auch sein Gesicht war von einer Prellung entstellt, eine Wange und Schläfe blauschwarz verfärbt und angeschwollen, das linke Auge fast geschlossen.

Sie mussten sich ziemlich ähnlich sehen, dachte Milan beklommen. Dabei war es das, was er am allerwenigsten sein wollte: seinem Vater ähnlich!

»Fabricio hat eine Messe abgebrochen, um hierherzukommen. Nach Juliano musste ich gar nicht erst rufen lassen – er weiß ohnehin immer, was seine Pflicht ist.«

Keiner seiner beiden Brüder sagte etwas, um ihm beizustehen. »Ich bin niedergeschlagen worden, Vater. Ich war ohnmächtig. Ein besserer Vater würde sich Sorgen machen und mich fragen, wie es mir geht.«

Wieder zuckte Nandus' Mundwinkel. »Du bist frech und selbstbezogen wie stets, also kann es dir nicht schlechtgehen. Im Übrigen erwarte nicht, dass ich jemals zu einem Vater werde, der seinem verweichlichten Spross auch noch Honig ums Maul schmiert.«

»Für einen Erzpriester, der sich gerade sein Allerheiligstes hat unter der Nase wegstehlen lassen, gibst du dich sehr selbstgefällig, Vater. Bin wirklich ich deine größte Sorge? Du solltest …«

»Wie kannst du nur!«, fuhr Juliano ihn an. »Du solltest dich schämen und dich auf der Stelle entschuldigen. So eine …«

Nandus gebot ihm mit einer knappen Geste zu schweigen. »Die Wahrheit darf in diesem Haus immer gesagt werden, auch wenn sie schmerzt. Ich habe mich heute als meines Amtes unwürdig erwiesen.«

»Aber es war doch der Krähenmann …«, begann Fabricio.

»Unsinn!«, brauste ihr Vater auf. »Ein maskierter Geck war das. Allerdings ein schlauer. Alle, die dabei waren, verbreiten nun die Mär vom Krähenmann, der frech über den Erzpriester triumphierte.«

»Woher weißt du, dass nicht wirklich der Krähenmann vor dir stand?«, wollte Fabricio wissen.

»Der verdammte Krähenmann braucht keine Seile und kein Gegengewicht, um sich in die Luft zu schwingen. Er fliegt aus eigener Kraft. Ein gedungener Dieb war das, der da ins Oktagon kam.«

»Dann werden wir die Wahrheit öffentlich machen. Stellen wir die Seile auf dem Fischmarkt neben dem Pranger aus«, schlug Juliano vor. »Zeigen wir dem Volk, was geschehen ist.«

Nandus schnaubte verächtlich. »Das Volk! Sie glauben immer nur die bessere Geschichte. Sie werden uns unterstellen, dass wir uns das mit den Seilen ausgedacht haben. Im Grunde ihres Herzens wollen sie an den Krähenmann glauben und an all die anderen Mären. Deshalb sind die Geschichten ja einfach nicht auszurotten – während der richtige Dieb durchaus sterblich ist. Ich hab ihn zwar nicht aufhalten können, aber er ist zumindest verwundet. Hauptmann Lorenzo hat mir berichtet, dass er eine beträchtliche Blutspur auf den Dächern hinterlassen hat. Allerdings …« Er seufzte. »Auf einem Gerüst, nicht weit von hier, bricht sie einfach ab, als sei der Kerl davongeflogen, und diese Geschichte verbreitet sich schon jetzt unter den Wachen.«

Milan verbarg seine Überraschung, so gut er konnte. Alles drehte sich tatsächlich nur um den Krähenmann. Er würde davonkommen.

»Was können wir da tun?«, fragte Juliano unterwürfig.

Nandus seufzte. »Wenig. Lorenzos Wachen filzen jeden, der die Stadt verlässt. Sie werden bei Tageslicht auch über die Dächer streifen und sich bemühen, die Spur wieder aufzunehmen. Komtur Forazi wird mit seinen Rittern und Waffenknechten die Schiffe im Hafen durchsuchen. Wir setzen alles daran, es dem Dieb schwerzumachen, mit seiner Beute aus der Stadt zu entkommen. Mehr können wir nicht tun.«

Milan fragte sich, ob das genügen würde, um die Rothaarige und Rainulf zu finden. Natürlich hoffte er, dass es nicht glückte, denn sonst würde sein Vater seine Demütigung in einen Triumph ummünzen. Aber es war mehr als das … diese rätselhafte Rothaarige. Er wollte sie wiederfinden! Die Art, wie die Diebin ihn angesehen und berührt hatte …

»So tief in Gedanken?« Sein Vater war dicht vor ihn getreten und betrachtete nun doch die Prellungen in seinem Gesicht. »Ein Fausthieb, nicht wahr? Das muss ja ein wahrer Riese gewesen sein. Ich hoffe, du hast ihm auch eins verpasst. Oder bist du einfach nur fortgelaufen?«

»Ich habe gekämpft!«, begehrte er auf. Dann befiel ihn Sorge, dass sein Vater es durchschauen würde, wenn er zu dick auftrug. Nandus hatte ein feines Gespür für Lügen. »Aber er war mir über… Er hat mich niedergeschlagen.«

Sein Vater nickte. »Und woran hast du gerade gedacht? Das war doch was anderes.«

Milan spürte, wie seine Hände feucht wurden. Er durfte sich nicht auf ein Verhör einlassen. Darin war sein Vater ein Meister. »Ich dachte mir, was wäre, wenn der Dieb die Stadt gar nicht verlassen will. Dann wäre er sicher vor allen, die nach ihm suchen.«

»Er wird fliehen! Ich weiß, wer den Dieb geschickt hat. Die Fürsten vom Schwertwald. Sie haben diese Mondscheibe vor 273 Jahren in der Schlacht an der Blutbrücke verloren. Seitdem gab es siebzehn Versuche, die Scheibe zurückzuholen …« Er ließ den Kopf sinken. »Der Makel, dass wir sie verloren haben, wird für immer an unserem Namen haften.«

»Was macht diese Mondscheibe denn so besonders?«, fragte Fabricio. »Und wie konntest du sie im Oktagon aufbewahren, dessen Portal niemals vor den Gläubigen verschlossen ist? Die Diebe waren dumm, so ein Aufhebens zu machen. Sie hätten einfach in einer der Nachmittagsstunden kommen können, wenn keine Gläubigen im Kuppelsaal sind, um dann die Scheibe vom Altar zu stehlen.«

»Begreifst du es nicht?« Da war wieder dieser Tonfall bitterster Enttäuschung in der Stimme seines Vaters, der Milan durch seine ganze Jugend begleitet hatte. »Sie wollten die Scheibe nicht einfach nur stehlen. Es musste ein Spektakel sein, über das die ganze Stadt reden würde. Und das ist dem verdammten Mistkerl ja auch geglückt.«

»Was werden wir als Nächstes tun?«, fragte Juliano. Er hatte die Hände hinter dem Rücken verschränkt, stand leicht vorgebeugt dicht bei ihrem Vater und sah, so dachte Milan, mit seinem langen schwarzen Haar und der großen Nase eher wie eine Krähe aus als er in seiner Verkleidung.

Ein flüchtiges Lächeln umspielte die Lippen seines Vaters.

»Ich war natürlich vorbereitet, denn ich habe nie aufgehört, den Himmel zu beobachten. Wann wart ihr das letzte Mal hier oben?« Er sah sie alle der Reihe nach an.

»Vor drei Tagen«, antwortete Juliano beflissen.

Fabricio zuckte nur mit den Schultern. »Ist schon eine Weile her.«

»Und du?« Sein Vater sah ihn durchdringend an.

»Weiß nicht …« Milan bemühte sich um den leicht verträumten Tonfall, den sein Vater so sehr an ihm hasste.

»Das habe ich nicht anders von dir erwartet!« Da war sie wieder, die schneidende Enttäuschung in der Stimme seines Vaters. Nandus wies mit weit ausholender Geste auf den Sternenhimmel. »Ich nehme an, keinem von euch ist die Warnung des Himmels aufgefallen.«

Milan legte wie seine beiden Brüder den Kopf in den Nacken. Früher hatten sie oft hier gestanden und den Nachthimmel bewundert. Sogar ihre Mutter war mit ihnen hier heraufgekommen. Sie hatte es verstanden, diesen Nächten eine Leichtigkeit zu geben, die Milan seither vermisste. Sie hatten eine Kleinigkeit gegessen, im Sommer Zitronenwasser getrunken und im Winter manchmal einen der kostbaren Tees aus dem Khanat. Ohne sie an ihrer Seite hatte der Sternenhimmel an Schönheit verloren.

Dabei war es eine wunderbare Nacht. Die Stadt lag still. Die Fackelträger hatten den Platz vor dem Oktagon verlassen. Fast alle Lichter waren erloschen. Umso deutlicher konnte Milan die Sterne sehen. Unzählige, wie Perlen auf schwarzem Samt. Und zwischen ihnen der Mond, der nur noch eine schmale Sichel war.

»Seht ihr es?«, fragte Nandus drängend.

Milan ging die Sternenbilder eines nach dem anderen durch und versuchte sich in Erinnerung zu rufen, was er darüber gelernt hatte.

»Der Fisch«, sagte ihr Vater schließlich ungeduldig, nachdem ihr Schweigen immer bedrückender geworden war.

Sie wandten ihre Köpfe nach links.

»Über dem Stern, der das Auge des Fisches ist«, erklärte

Nandus. »Das ist die Stelle am Himmel, die ihr von nun an in jeder Nacht betrachten solltet.«

Milan war überrascht, dass sein Vater nicht triumphierend klang, weil er ihnen wieder einmal ihr Versagen vor Augen geführt hatte. Stattdessen schwang in seiner Stimme eine Sorge, die fast schon an Angst grenzte.

»Aber da ist doch nichts«, bemerkte Fabricio verärgert.

»Eben!«, fuhr Nandus ihn an. »Genau das ist es. Dort sollte ein Stern zu sehen sein. Aber es gibt nur noch Dunkelheit.«

Milan konnte sich nicht erinnern, dort je einen Stern gesehen zu haben. Allerdings gab es Tausende Sterne zu sehen, wenn der Himmel so klar war wie in dieser Nacht. Da zu bemerken, dass einer fehlte, war schon eine Leistung. Hatte ihr Vater gewusst, welche Stelle des Himmels er beobachten musste? Oder bildete er sich das Verschwinden des Sterns vielleicht nur ein?

»*Wenn das Dunkel die Sterne verschlingt, werden sich die Schrecken aus alter Zeit erheben …*«

Es klang, als zitiere ihr Vater eine Prophezeiung. Doch obgleich er tausenderlei Geschichten im Kopf hatte – von dieser Weissagung hatte Milan noch nie zuvor gehört.

»Es wird ein Unheil kommen, das alles, was wir uns vorstellen können, übertreffen wird. Ein Unheil, das die Welt tiefgreifender verändern wird als der unselige Streit zwischen dem Khanat und dem Reich. Wir Erzpriester werden in dieser Zeit das Schwert und der Schild des Reiches sein.« Er sah sie vorwurfsvoll an. »Deshalb ist es so wichtig, dass es mehr von uns gibt, wenn die Schrecken ihr Haupt erheben.« Sein Blick verharrte bei Milan. »Am Ende des Sommers werde ich dich zum Roten Kloster bringen. Nutzen wir die wenigen Tage, die noch verbleiben, um dich für die Prüfungen zu stählen.«

»Und wenn ich sie nicht bestehe?«, fragte Milan herausfordernd.

»Dann wirst du nie wieder einen Fuß in dieses Haus setzen, und ich schwöre dir: Ganz gleich, in welchem der Stadtstaaten Cilias du dich verkriechst, du wirst nur verschlossene Türen finden. Jeder Tormeno hat es geschafft, dort aufgenommen zu werden.« Er seufzte. »Zumindest darin haben deine Brüder mich nicht enttäuscht. Aber du wirst sie übertreffen. Du wirst mir nachfolgen. Solltest du schon bei der Aufnahme nicht bestehen, weiß ich, dass es nicht an deinem Unvermögen lag, sondern allein an deinem Unwillen, mir zu gehorchen.«

So ging es schon, so lange Milan denken konnte. Nandus wollte über jeden Schritt bestimmen, den er tat. »Und wenn ich in den Schwertwald fliehe?«

Sein Vater lachte auf. »Die Sieben Schwerter solltest du mehr fürchten als mich. Unsere Familie hat in jeder Schlacht gegen sie gekämpft. Sie werden dich an der nächsten Eiche aufknüpfen, wenn du so dumm bist, in den Wald zu gehen, und sie deinen Namen erfahren.«

Zu schweigen wäre sicherlich klug gewesen, aber Milan konnte einfach nicht anders, als seinem Vater zu widersprechen. »Vielleicht hat sich dort heute Nacht ja etwas geändert. Unser Name hat gelitten, und sie haben sich die Mondscheibe zurückgeholt. Womöglich lachen sie jetzt über die Tormenos, statt sie zu fürchten.«

»Niemand lacht über die Tormenos!«, entgegnete sein Vater zornig. »Nicht seit Arbora und auch davor schon nicht. Im Übrigen ist die Mondscheibe nicht verloren. Es ist bereits alles mit Hauptmann Lorenzo besprochen. Morgen Mittag werden die beiden Diebe auf dem Fischmarkt aufs Rad geflochten.«

»Was? Aber …« Juliano wirkte wie vor den Kopf geschlagen. Auch Fabricio sah ihren Vater mit großen Augen an.

»Du hast doch eben gesagt, dass die Kaiserritter und die Stadtwachen noch nach der Silberscheibe suchen«, sagte Milan verwundert. »Wie kannst du sicher sein, dass es zwei waren und dass sie morgen hingerichtet werden?«

»Ich bin mir sicher, weil das die Geschichte ist, die nicht nur Dahlia, sondern die ganze Insel hören muss. Das Amt des Erzpriesters und unsere Familie werden gestärkt aus diesem Tempelfrevel hervorgehen.«

»Niemand wird dir deine Geschichte glauben, wenn du die Silberscheibe nicht wieder auf den Altar stellst«, wandte Milan ein.

»Das werde ich im ersten Morgengrauen tun.« Nandus deutete zum Himmel hinauf. »Ich war schließlich gewarnt, dass ein Zeitalter der Dunkelheit anbrechen wird. Vor drei Wochen schon habe ich die Silberscheibe aus dem Schwertwald gegen eine ganz gewöhnliche Silberscheibe ausgetauscht, wie man sie in Hunderten Tempeln findet. Morgen stelle ich das kostbare Original wieder auf den Altar.«

»Und woher sollen die Diebe kommen, die auf dem Fischmarkt hingerichtet werden?«, fragte Fabricio.

»Vor dem Morgengrauen werden Stadtwachen und Kaiserritter ein Schmugglerversteck stürmen, das Lorenzo schon eine Weile überwachen lässt. So werden beide den Ruhm teilen. Und auch ich werde zugegen sein und dafür sorgen, dass wir dort die Silberscheibe finden und im Triumph zum Oktagon zurücktragen.«

Milan sah seinen Vater fassungslos an. »Aber die Schmuggler werden reden …«

»Nein. Es werden nur zwei von ihnen überleben. Und denen werden die Zungen herausgerissen, bevor sie zum Fischmarkt geschafft werden.« In Nandus' Antlitz spiegelten sich keinerlei Gefühle. Da gab es weder Abscheu angesichts dessen, was zu tun war, noch Triumph, weil er dieses Unheil zu seinen Gunsten gewendet hatte. »Ihr alle habt gelernt, ein Schwert zu führen. Ich erwarte, dass ihr an meiner Seite seid, wenn das Versteck gestürmt wird.«

»Natürlich!«, kam es von Juliano.

Fabricio nickte nur.

»Dabei mache ich nicht mit. Wir verdrehen die Wahrheit und ermorden Unschuldige«, empörte sich Milan. »Ist es nicht deine oberste Pflicht als Erzpriester, ein Hüter der Wahrheit zu sein, Vater?«

»Ein Erzpriester ist ein Gestalter der Wahrheit. Etwas anderes habe ich euch nie gelehrt.«

»Wahrheit ist doch nichts, was man gestalten kann! Das ist ...«

»Frag einen der Gläubigen, die im Oktagon waren, was geschehen ist.« Sein Vater blieb aufreizend sachlich. »Sie werden dir erzählen, dass der Krähenmann von der Decke herabschwebte, um zu tun, was er in der Mär tut, wenn er keine kleinen Kinder stiehlt: Er hat Silber geraubt. Ist das vielleicht die Wahrheit?«

»Sie wissen es nicht besser. Aber wir, wir verdrehen mit voller Absicht das, was geschehen ist. Das ist ohne Moral ...«

»Komm mir nicht mit Moral! Die Moral ist ein wandelbares Flittchen. Glaubst du wirklich, Moralvorstellungen werden nicht genau so erschaffen, wie die Wahrheit, an die morgen ganz Dahlia glauben wird, von mir erschaffen wird?«

So war es immer, wenn er mit seinem Vater stritt. Nandus überrollte ihn mit Argumenten, die keine waren.

»Ich begleite dich nicht. Ich will nicht teilhaben an der Ermordung Unschuldiger.«

»Unschuldige trifft es ganz gewiss nicht. Diese Schmuggler haben genauso Blut an den Händen. Es wird der Stadt gleich in doppelter Hinsicht nutzen, wenn diese Bande ausgerottet wird. Es gibt ein paar Verbrecher weniger, und alle können morgen wieder ruhig schlafen und müssen nicht länger den Krähenmann fürchten.«

»Und du bist ein Held.« Milan spie seinem Vater vor die Füße.

»Feigling!«, zischte Juliano ihn an. »Du hast doch nur nicht den Schneid, das Richtige zu tun.«

»Das Richtige? Ich bin der Einzige hier, der den Schneid hat, nicht das Falsche zu tun!«

»Heuchler!«, fuhr Juliano ihn an. »Für dich gibt es doch gar kein Richtig oder Falsch. Du tust einfach immer nur das Gegenteil von dem, was Vater will!«

»Ruhig!«, gebot Nandus. »Das Wichtigste, was ich euch lehren kann, ist, für das einzustehen, was ihr für richtig haltet. Wir lassen Milan zurück. Vielleicht wird er später seinen Irrtum einsehen.«

»Was für einen Irrtum? Unschuldige zu töten kann niemals richtig sein!«

Sein Vater sah ihn lange an. »Denk an deinen Großvater Lucio. Er hat eine ganze Stadt voller Unschuldiger geopfert. So hat er alle anderen Bewohner Cilias gerettet.«

Solange er denken konnte, bekam Milan dieses Beispiel fragwürdigen Mutes zu hören. »Es hätte aber auch ein weiteres Schiff mit Pestkranken einen der anderen Häfen unserer Insel anlaufen können. Dann wäre alles vergebens gewesen.«

»Es kam aber kein weiteres Schiff«, entgegnete sein Vater ruhig. »Über richtig und falsch entscheiden erst die Nachgeborenen, denn erst sie wissen um die Folgen unserer Taten.«

»Und wenn sie aufgrund von Lügen entscheiden, weil die Wahrheit auf der Reise in die Zukunft verlorengegangen ist?«

»Wie ich dir schon sagte: Ein Erzpriester ist ein Gestalter der Wahrheit.« Langsam wirkte sein Vater ungeduldig. Er winkte Juliano und Fabricio zu der Treppe, die in den Palazzo hinabführte.

»Sie werden merken, dass es Lügen sind«, begehrte Milan ein letztes Mal auf. »Ein einfaches Seil ist nicht genug, um die Geschichte vom Krähenmann zu widerlegen. Sie werden dich durchschauen, Vater!«

»Das habe ich durchaus bedacht.« Nun lächelte er doch noch triumphierend. »Die gute Luisa näht schon die ganze Nacht mit Tinte schwarz gefärbte Gänsefedern auf einen schwarzen Umhang. Und Hauptmann Lorenzo wird heimlich eine Krähenmaske mitbringen. Beides werden wir dann im Versteck der Schmuggler finden, um es auszustellen, wenn die Diebe aufs Rad geflochten werden. Die Geschichte vom Krähenmann ist sicherlich nett, aber besser als jede Geschichte ist ein Spektakel, bei dem es Hunderte von blutgierigen Augenzeugen gibt.«

Sie ließen Milan allein auf dem Dach zurück.

Kaum dass die anderen außer Sichtweite waren, hockte er sich hin. Die Naht an seiner Seite schmerzte, als hätte man ihm eben erst mit einem glühenden Schürhaken das Fleisch verbrannt. Er fühlte sich unendlich erschöpft. Zwei Jahre lang hatte er daran gearbeitet, den Namen seines Vaters zu ruinieren. Doch Nandus hatte nur eine einzige Nacht gebraucht, um seine Niederlage in einen Sieg zu verwandeln.

Was Rainulf und seine Herrin nun wohl tun würden? Würde die Stadtwache aufhören, nach den Dieben zu suchen? Und wäre die Rothaarige, deren Namen er nicht einmal kannte, damit in Sicherheit?

Er dachte an ihr ebenmäßiges Gesicht und die harten, grünen Augen. Einer Frau wie ihr war er noch nie begegnet. Sie hatte etwas von einer Katze. Blieb man bei diesem Bild, war er wohl die Maus. Er lächelte versonnen. Und obendrein eine verdammt dumme Maus, denn er würde nicht aufhören, nach ihr zu suchen.

DAHLIA, FISCHMARKT, MITTAGSSTUNDE, 18. TAG DES ERNTEMONDES IM JAHR VON SASMIRAS ZWEITER THRONERHEBUNG

Mit einem schrecklichen Krachen brach der Oberschenkel des bärtigen Diebs, der keine drei Schritt vor Milan auf den Speichen eines Wagenrads lag. Die Hinrichtung fand auf dem hölzernen Podest auf dem Fischmarkt statt, wo auch der Pranger der Stadt aufgestellt war.

Milans Eingeweide verkrampften sich. Dieses Grauen war das Werk seines Vaters. Nandus stand oben auf der hölzernen Plattform. Neben ihm Fabricio und Juliano. Außerdem der Komtur Francesco Forazi in voller Rüstung. Über ihm wehte das Adlerbanner der Kaiserritter. Zu seiner Linken stand Hauptmann Lorenzo Dolendo von der Stadtwache, schwitzend, ebenfalls in Rüstung und mit wehendem, rotem Umhang.

Auf einem Tisch, den man auf das Richtpodest geschafft hatte, strahlte die Silberscheibe im Sonnenlicht. Daneben lagen ein mit schwarzen Federn besetzter nachtschwarzer Umhang und die geschwärzten Seile, die Milan benutzt hatte.

Wieder sauste die Stange des Henkers herab auf den unbekleideten Dieb, der längst ohnmächtig geworden war. Dieses Mal zerschmetterte sie Schienenbein und Wadenbein. Begeistert johlte die Menge auf. Hunderte hatten sich auf dem Fischmarkt versammelt. Die Schaulustigen drängten sich bis in die Seitengassen. Jedes Fenster rings um den Platz war voller Gesichter. Auf den Flachdächern speisten die Kaufmannsfamilien der Stadt unter Sonnensegeln. Sie hatten sich für schweres Silber die besten Plätze gekauft.

Milan wäre nicht gekommen, hätte sein Vater nicht zwei Stadtwachen geschickt, die ihn hierher gezerrt hatten. Die beiden hatten dafür gesorgt, dass er einen *guten Platz* unmittelbar vor dem Richtpodest einnahm.

Der Henker legte jetzt die Eisenstange zur Seite. Er packte das zerschmetterte Bein des Diebs und flocht es zwischen den Speichen des Rades hindurch, auf dem der arme Kerl lag. Als er damit fertig war, hielt er dem Verurteilten ein kleines Fläschchen unter die Nase, wie er es zuvor schon zwei Mal getan hatte.

Schreiend erwachte der Dieb aus der gnädigen Ohnmacht. Ein Entsetzen, das an Wahnsinn grenzte, lag in seinen grauen Augen. Seine gebrochenen Glieder zuckten grotesk. Nur sein rechtes Bein war noch unversehrt.

»Verrecke, Tempelschänder!«, grölte ein rotwangiger Kerl im einfachen Leinenhemd eines Handwerkers, der sich neben Milan in die vorderste Reihe geschoben hatte.

»Verrecke!«, schrien jetzt noch Dutzende andere.

Möwen kreischten über ihren Häuptern. In dichtem Schwarm kreisten sie über dem Platz, der sie sonst mit seinen Fischabfällen nährte. Es mussten über sechzig sein, und noch immer kamen weitere hinzu, als wüssten sie, dass sie bald ein Festmahl ganz besonderer Art halten könnten.

Er sollte dort liegen, dachte Milan verzweifelt. Ganz gleich, was die beiden getan haben mochten, hatten sie einen solchen Tod nicht verdient. Niemand hatte das.

»Ich war es«, sagte Milan laut und versuchte sich aus dem Griff der beiden Wachen loszumachen, um auf das Podest zu steigen. »Ich war es!«

Sein Ruf ging im Johlen der begeisterten Menge unter, als der Folterknecht erneut seine Eisenstange aufhob.

»Du gehst da nicht rauf!«, schrie ihm eine der Wachen ins Ohr. »Du hast dir den Ehrenplatz neben deinem Vater nicht verdient, Feigling. Warst ja nicht dabei, als wir den Unterschlupf der Mörder und Tempelschänder gestürmt haben.«

»Ich war's ...« Milan bäumte sich im Griff der beiden auf.

Er bekam einen Stoß mit dem Ellenbogen in die Seite. »Halt's Maul, Junge!«

Der Stoß hatte die frische Narbe getroffen. Milan keuchte auf, unfähig, noch ein Wort hervorzubringen.

»Verweichlichtes Priestersöhnchen«, zischte ihn der Wachmann an, der nicht begriff, wie Milan nach einem Knuff in die Rippen zusammensacken konnte, als habe er ihm eine Schwertklinge in den Leib gerammt.

Auf dem Podest wurde auch das zweite Bein des Diebes durch die Radspeichen geflochten. Die beiden Räder, auf denen die Verurteilten lagen, ruhten auf Pfählen knapp einen Schritt über den blutverschmierten Holzbrettern des Podests.

Jetzt stampfte der Henker mit dem Fuß auf. Das war das Signal für die Helfer unterhalb der Plattform. Dort reichten die beiden Pfähle, auf denen die Räder ruhten, bis zum Pflaster hinab. Nun aber wurden sie emporgeschoben, so dass die verstümmelten Diebe dem Himmel entgegenreisten.

Einem Himmel voller weißer Schwingen.

Eisenstangen wurden durch Bohrungen am unteren Ende der Pfähle geschoben, um sie zu sichern.

Kreischend stießen die Möwen auf die ihnen dargebrachten Opfer herab: die Männer ohne Zunge, die der Menge nicht mehr hatten zurufen können, welches Unrecht ihnen geschah.

Milan sah eine Möwe mit einem Auge im Schnabel davonfliegen. »Sie waren es nicht ...« Mehr als Flüstern vermochte er dem brennenden Schmerz über seiner Hüfte nicht abzuringen. Er zwang sich, hinaufzublicken. Das war die einzige Ehre, die er den Männern erweisen konnte, die an seiner Stelle starben.

Erst als die Schreie der Diebe endgültig verstummt waren, begann die Menge auf dem Markt sich aufzulösen. Viele flohen vor der Mittagshitze. Ein Teil folgte auch Nandus in feierlicher Prozession, als dieser die Silberscheibe zurück ins Oktagon trug.

Auch die beiden Wachen gingen und ließen Milan, auf dem Pflaster kniend, zurück, wo er in stummem Gebet den Herrn des Himmels um Vergebung bat.

Ihm wurde klar, dass ihm jetzt niemand mehr glauben würde, wenn er erklärte, er sei der Dieb. Man würde ihn für verrückt halten. Ihn wegsperren, bis sein Vater ihn zum Roten Kloster karren ließ. Was er jetzt noch tun konnte, war, seinem Vater diesen letzten Triumph zu verweigern. Er musste aus der Stadt fliehen. Cilia am besten sogar ganz verlassen. Auf der Insel würde er dem langen Arm seines Vaters nur entkommen, wenn er sich in den Schwertwald wagte. Aber was das anging, war er geneigt, Nandus' Worten zu glauben. Wenn man im Wald herausfand, wer er war, dann würde man ihn an der nächsten Eiche aufknüpfen.

Mit zusammengebissenen Zähnen kam er auf die Beine. Wieder schoss ein brennender Schmerz durch seine Seite. Er spürte, wie sich die Naht spannte, als wolle sie reißen. Tränen traten ihm in die Augen.

»Die hatten es verdient«, sagte ein altes Mütterchen, das seine Hand nahm und tätschelte. »Hab nicht so ein weiches Herz, Junge. Frauen mögen es, wenn deinesgleichen männlich ist. Vergiss die da oben und denk an dein Liebchen.« Ihr Lächeln zeigte ihm zahnlose, rosa Kiefer.

»Mein Liebchen ...«, murmelte er. Das musste ein Irrtum sein.

Die Alte kniff die Augen zusammen. »Du bist doch Milan, der Krähenfreund, nicht wahr?«

Krähenfreund? War das … »Wer hat dich geschickt?«

»Die hübsche Rothaarige dort hinten.« Sie deutete zu der Gasse, die zu den Liegeplätzen der Thunfischboote hinabführte. Aber dort war niemand mehr zu sehen.

»Hm, sie ist weg.« Sie schnitt eine Grimasse. »Aber die hatte Feuer, sag ich dir. Versteh nicht, was sie von so einem weinerlichen Kerl wie dir will.« Die Alte hielt ihm spöttisch grienend einen Zettel hin. »Ich hoffe, du kannst lesen, sonst siehst du die wohl nicht wieder.«

Milan riss das verknitterte Blatt an sich. In geschwungener Handschrift stand dort nur ein einziger Satz:

Zur Dämmerung am Turm der Conoscenti.

DAHLIA, TURM DER CONOSCENTI, ABENDDÄMMERUNG,
18. TAG DES ERNTEMONDES IM JAHR VON
SASMIRAS ZWEITER THRONERHEBUNG

Ein leichter Wind war mit der Dämmerung vom Meer her aufgekommen. Zugleich hatte die Ebbe ihren Tiefpunkt erreicht. Der Geruch von Tang lag in der Luft, von frischem Holz und von kochendem Pech in den Werften.

Milan hatte Mühe gehabt, sich aus dem Palazzo Tormeno davonzuschleichen. Nandus, Fabricio und Juliano waren auf einer Ratssitzung, um sich feiern zu lassen, doch ihr Diener Pietro war damit beauftragt worden, ein Auge auf ihn zu haben. Erst nach einer ganzen Weile war es Milan gelungen, ihm zu entwischen.

Jetzt hielt er sich im tiefen Schatten eines Hauseingangs verborgen.

Der Turm der Conoscenti lag etwas abseits an der Kreuzung zweier kleinerer Straßen. Wie die anderen Festungstürme innerhalb der Stadtmauern gehörte er einer Kaufmannssippe, die dieses Bollwerk errichtet hatte, um ihre kostbarsten Waren vor den Übergriffen konkurrierender Handelshäuser zu schützen. Nur knapp zwanzig Schritt reckte sich der Turm in die Höhe und zählte damit zu den kleineren seiner Art. Dicht unter der Zinnenkrone baumelte an einem massigen Holzbalken träge ein Flaschenzug im Wind. Der Turm sah aus, als hätten ihn die Pocken befallen. An Hunderten von Stellen war der weiße Putz von dem wuchtigen grauen Mauerwerk abgeplatzt. Schmale Schießscharten lugten argwöhnisch in alle Himmelsrichtungen. Über dem massiven, mit breiten Eisenbändern beschlagenen Tor ragte eine Pechnase.

Ein Stück die Straße hinauf stand eine Gruppe von Frauen in dunklen Kleidern neben einem Brunnen, dessen Wasserstrahl aus dem weit aufgerissenen Mund eines bärtigen Männergesichts sprudelte. Sie plauderten und scherzten. Ihr Gelächter brach sich an den ein wenig heruntergekommenen Häusern entlang der engen Gasse. Eine Schar schreiender Kinder jagte einem dreibeinigen Hund nach, der erstaunlich schnell über das schmutzige Pflaster floh.

Kaum waren sie vorüber, trat eine seltsame Gestalt aus den länger werdenden Schatten. Eine Frau mit einem Kegelhut samt bodenlangem Gazeschleier, wie er in manchen Provinzen des Khanats getragen wurde, sah sich auf der Kreuzung um.

Die Rothaarige konnte das nicht sein. Dafür erschien Milan die Fremde zu klein.

Holzschuhe klackten auf dem Pflaster, als die Verschleierte auf den Hauseingang zuging, in dem er wohl nicht so gut verborgen gewesen war, wie er dachte.

»Milan Tormeno.« Das war keine Frage. Ihre Stimme klang, als sei er ihr schon lange bekannt. Ein feiner Akzent schwang in seinem Namen mit.

»Sind wir uns schon einmal begegnet?«

»Du wurdest mir als junger Mann mit gelocktem Haar von der Farbe der Nacht beschrieben. Als jemand, in dessen Antlitz sich sowohl Wagemut als auch Unschuld spiegeln, was sehr selten ist. Wir sind uns noch nie begegnet, Priestersohn, und doch bin ich sicher, dass der vor mir steht, nach dem ich suche.« Der feine Singsang ihrer Stimme wies auf die südlichen Provinzen des Khanats hin. Allerdings beherrschte sie seine Muttersprache außergewöhnlich gut.

»Würdest du mir bitte folgen? Dies hier ist kein Ort, um einander näher kennenzulernen.«

»Ich …« Er wusste nicht, wie er es diplomatisch ausdrücken sollte. »Entschuldigt«, murmelte er verlegen, »aber ich warte auf eine andere Dame.«

Ein leises Lachen erklang hinter dem Schleier. »Einer Dame, deren Haar in der Farbe der Morgenröte erstrahlt?«

Er kam sich vor wie der letzte Tölpel. »Warum ist sie nicht hier?«

»Wir erregen Aufmerksamkeit, junger Tormeno.« Sie neigte den Kegelhut in Richtung des Brunnens, wo die Gespräche inzwischen verstummt waren und die Frauen neugierig zu ihnen herüberblickten. »Das ist nicht gut, wenn ein Gesicht so bekannt ist wie das deine. Also folge mir und ergründe, warum ich geschickt wurde, oder lasse die Gelegenheit verstreichen.«

Milan zögerte nicht, obwohl er enttäuscht war, dass nicht die Diebin ihn geholt hatte.

Die geheimnisvolle Fremde führte ihn auf Umwegen durch das Viertel der Tuchhändler und blieb schließlich vor einer mit golden glänzenden Messingbeschlägen geschmückten roten Tür stehen. Eine schmale Hand schob sich durch den Gazeschleier. Sie klopfte drei Mal, und nur einen Herzschlag später sprang die Tür auf, als habe man schon auf sie gewartet.

Mit einer flüchtigen Geste lud sie Milan ein, als Erster einzutreten. Er gelangte in ein Zimmer, das kaum halb so groß war wie der Speisesaal des Palazzo Tormeno, doch dafür gab es doppelt so viele Tische. Auf ihnen türmten sich Ballen mit Seidenstoffen in allen Regenbogenfarben.

Ein schlanker Mann unbestimmbaren Alters verbeugte sich vor Milan und deutete ergeben auf die Waren. »Was immer

Menschenhände aus Seide zu erschaffen vermögen, werden Sie hier finden, erlauchter Sohn des Himmels.«

»Gib dir keine Mühe, Kang, er ist mein Gast, und ich fürchte, der Umfang seiner Geldbörse entspricht dem Umfang seines Bauches.«

Der Seidenhändler murmelte etwas in seiner Muttersprache und verneigte sich noch einmal knapp, wobei ihm ein langer, dünner Zopf über die Schulter fiel. Sein Haar glänzte im Licht der wenigen Kerzen, als sei es mit Öl eingerieben.

»Komm mit mir.« Die Verschleierte nahm ihren Hut ab. Vor Milan stand eine schlanke Frau in einem blütenweißen Obergewand aus durchscheinender Seide über einem Kleid, auf das schwarzsilberne Lotusblüten gestickt waren. Aprikosenfarbene Säume fassten die weiten Ärmel des Obergewandes ein. Die Fremde hatte ihr schwarzes Haar mit Jadekämmen hochgesteckt. Ein kleiner Kristall funkelte dicht über der Nasenwurzel auf ihrer Stirn.

Ohne eine Antwort abzuwarten, nahm sie ihn bei der Hand und führte ihn zwischen den Tischen hindurch zu einer Tür, die sich auf einen kleinen Hof öffnete. Weiße Kieselsteine knirschten unter ihren Schritten. Inmitten des Steingartens erhob sich nur ein einziger Busch mit scharlachroten Blüten. Klangspiele flüsterten ihre geheimen Lieder unter einem weit vorkragenden Dach.

Milan folgte ihr eine rotlackierte Treppe hinauf zu einer merkwürdigen Tür, die zur Seite geschoben wurde, statt aufzuschwingen. »Dies ist mein Gemach, Milan. Bitte erweise mir die Ehre, mein Gast zu sein.«

Ein Lager aus dünnen weißen Decken auf einer Bambusmatte beherrschte die Mitte des Raumes. Der Tür gegenüber nahm eine niedrige Truhe fast die gesamte Breite der Wand ein. Auf dem schwarzlackierten Holz lagen Kristalle in allen erdenklichen Farben. Kleine Skulpturen von Märengestalten des Khanats standen zwischen Öllämpchen und sandgefüllten kleinen Kupfergefäßen, in denen dicht an dicht abgebrannte Räucherstäbchen steckten. Der schwere Duft von Sandelholz lag in der Luft, begleitet von einem frischen Zitronenaroma.

Neugierig trat Milan ein.

Die Fremde folgte ihm, nachdem sie ihre Holzschuhe abgestreift hatte, und sah mit schwarz umrandeten Mandelaugen zu ihm auf. »Würdest du bitte deine Stiefel ablegen?«

Er zögerte, wusste er doch, dass sich darin löchrige Socken verbargen, die er obendrein einige Tage nicht gewechselt hatte, aber schließlich streifte er sie ab.

Die Fremde wies mit einer Geste vor die Tür, was ihm gar nicht gefiel. Die Stiefel waren eigens für ihn gefertigt worden. Nie hatte er bessere besessen. Fast kniehoch, aus schwarzem Leder mit hellbrauner Stulpe, in die der Schuster an der Vorderseite jeweils ein Schwert geprägt hatte. Und jetzt sollte er sie draußen abstellen …

»Keine Sorge, der gute Meister Kang wird niemanden in den Innenhof lassen. Deine Stiefel sind in Sicherheit«, sagte seine schöne Gastgeberin, als hätte sie ihm die Gedanken vom Gesicht abgelesen, und noch bevor er sie hinausstellen konnte, nahm die Schöne sie ihm ab, trat aus dem Gemach und rief etwas in den Hof hinab.

Als sie zurückkehrte, schloss sie die Tür hinter sich. »Bitte nimm Platz.«

Er setzte sich im Schneidersitz vor das Lager, von dem ein verstörender Geruch ausging, den er nicht zuordnen konnte. Es war ein schwerer, sinnlicher Duft.

»Du wunderst dich sicher über meine Einladung, Milan. Unsere gemeinsame Freundin hat mich gebeten, mich deiner anzunehmen.« Sie schenkte ihm ein betörendes Lächeln. »Ich fürchte, sie hat – bei all ihren Vorzügen – kein romantisches Herz, und so hat sie mich gebeten, dich einiges zu lehren.«

Milan verstand nicht im Geringsten, was die Fremde meinte.

Einen Augenblick lang herrschte befangenes Schweigen.

»Sich mit Namen vorzustellen ist eine gute Möglichkeit, ein Gespräch mit einer Dame zu beginnen.«

»Aber Ihr kennt mich doch.«

Sie lächelte. »Beginnen wir von vorn.«

Er fand das absurd, aber gut. »Ich heiße Milan. Milan Tormeno.«

Sie neigte sanft den Kopf. »Mein Name ist Nok. Ich freue mich, dass wir einander begegnen.«

»Ich freue mich auch …« Er räusperte sich verlegen. Es ging wieder los. In Anwesenheit schöner Frauen verschlug es ihm zuweilen einfach die Sprache.

»Ich werde dir helfen, deine Befangenheit abzulegen.« Immer noch dieses Lächeln. Ganz so, als sei es auf Noks Gesicht eingemeißelt. Sie erhob sich, trat hinter ihn und legte ihm die Hände auf die Schultern. »Beginnen wir damit, dass du dich deiner Kleider entledigst.«

»Was?« Er wollte auffahren und war überrascht, wie stark die zierliche Frau war. Sie hielt ihn mit sanfter Kraft am Boden.

»Die Dame, die wir beide schätzen, hat mich darum gebeten, dir in dieser und den nächsten Nächten beizubringen, wie man Frauen Freude bereitet.«

Milan war sich nicht ganz sicher, ob er das gerade richtig verstanden hatte. »Freude bereitet?« Er biss sich auf die Lippe, als ihm bewusst wurde, dass er nur fragend wiederholte, was sie sagte.

»Dieses Ansinnen hat so viele Facetten wie ein schön geschliffener Diamant. Je vollendeter der Schliff, desto mehr Feuer bekommt der Stein, wenn sich das Licht in ihm bricht.«

»Und ähm …« Noch immer lagen ihre Hände auf seinen Schultern. Er spürte ihre Wärme. Nun beugte sich Nok vor. Ihr Atem streifte seinen Nacken. Ihr Parfüm machte ihn trunken, eine unvertraute Wärme begann in ihm zu pulsieren, und er schloss die Augen. »Was … genau wirst du mich lehren?«

»Wir beginnen mit den einfachsten Formen der Höflichkeit. Dem eloquenten, anspielungsreichen Gespräch, mit dem man sein Gegenüber erfreut und in die rechte Stimmung für das, was kommen mag, versetzt. Doch etwas liegt noch davor.«

Ihre Hände glitten von den Schultern auf seine Brust und lösten die Verschnürung seines Hemdes. »Noch vor der schönen Rede kommt allerdings dein Auftreten. Der erste Eindruck wird geprägt davon, wie du dich kleidest, dein Haar trägst …« Ihre Hände tasteten in das offene Hemd und strichen über seine Brust. »… und davon, wie du riechst. Mancher animalische Duft mag die Sinne berauschen, doch es ist ein schmaler Grat zwischen dem Berauscht- und dem Abgestoßensein.«

Er schluckte. »Willst du mir sagen, ich stinke?«

»Es ist üblicherweise nicht meine Art, so direkt zu werden. Nachdem ich einige Erfahrungen im Kaiserreich sammeln konnte, darf ich, glaube ich, sagen, dass mein Volk strengere Vorstellungen von Sauberkeit hat, als sie hier gepflegt werden. Daher kommt es, dass wir, wenn wir von euch sprechen, nicht nur über eure langen Nasen reden, sondern euch auch als Käsestinker bezeichnen.«

»Käsestinker?«

»Würdest du an deinen Füßen riechen, würde sich dir erschließen, woher dieser Name rührt.«

Milan wäre am liebsten im Boden versunken.

Noks tastende Hände liebkosten seine Brustwarzen. »Gräme dich nicht. Um seine Schwächen zu wissen ist eine Voraussetzung dafür, sie zu überwinden.«

Jetzt klang sie ein wenig wie sein Vater, dachte er. Doch statt etwas zu sagen, seufzte er nur. Die Art, wie sie ihn berührte, ließ sein Herz schneller schlagen. Wohlige Schauer überliefen ihn.

Da wurde die Tür aufgeschoben. Zwei junge Mädchen trugen einen hölzernen Badezuber herein, verbeugten sich, nachdem sie ihn abgestellt hatten, und zogen sich, ohne ein Wort zu sagen, wieder zurück.

Nok streifte ihm das Hemd ab und griff nach seiner Gürtelschließe.

Er legte seine Hände auf ihre. »Ich bin kein kleiner Junge mehr. Die Letzte, die mich ausgezogen hat, war meine Mutter, vor vielen Jahren.«

Sie hockte jetzt hinter ihm. »Ich verspreche dir, es wird ganz anders für dich sein.«

Wieder wurde die Tür aufgeschoben. Eines der beiden Mädchen trug zwei Eimer an einem Trageholz über den Schultern herein.

Nok öffnete seinen Gürtel, als seien sie allein.

»Kennst du keine Scham?«, fragte Milan entrüstet.

Die mandeläugige Dienerin schenkte ihnen einen kurzen Blick und lächelte, dann goss sie das Wasser in den Zuber, während Nok ihm entgegnete: »Wessen solltest du dich denn schämen? Du bist wohlgewachsen, soweit ich das bisher sehe. Ein erfreulicher Anblick für eine Dienerin. Wozu also Scham?« Sie strich sanft über seinen nackten Rücken, erhob sich leise und trat vor ihn. »Du wirst mir eine Nacht der Freuden schenken.« Sie ließ das Überkleid aus durchscheinender Seide fallen. Dann löste sie die breite Seidenschärpe um ihre Taille. »Wusstest du, dass wir unseren Kleidern Namen geben, Milan? Dieses hier ist das Kleid der liebevollen Augen.«

Als sie ihr Kleid fallen ließ, trug die Dienerin zwei weitere Wassereimer herein.

Milans Mund war plötzlich trocken. Noch nie hatte eine Frau nackt vor ihm gestanden. Er war sich bewusst, wie er starrte, und war doch unfähig, den Blick abzuwenden von den sanft gerundeten, kleinen Brüsten, der rasierten Scham.

»Steh auf.«

Er gehorchte ihr wie in Trance, und sie befreite ihn von seinen Hosen samt Socken.

»Du hast ein schönes Lingam.«

Milan war sich bewusst, dass ihn auch die Wasserträgerin ansah.

»In meinem Land ist das Geschenk der Sinnesfreude eine der sieben großen Künste, gleichbedeutend mit Dichtkunst oder Malerei.«

Er war froh, von seiner Nacktheit abgelenkt zu sein. »Eine Kunst? Jeder Bauer tut das. Jeder …«

Sie lachte leise. »Wenn das Morgenrot den neuen Tag ankündigt, wirst du anderer Meinung sein. Jeder kann versuchen, einen Vogel zu malen, doch nur ein Meister erschafft Kunst. Mit der Lust ist es genauso. Ich werde dich die sieben Mal sieben Wege der Freude lehren, die all unsere Sinne berühren.«

»Aber dazu sollte man doch verliebt sein«, wandte Milan ein. Er fühlte sich plötzlich unwohl. Das widersprach all seinen Vorstellungen, wie Mann und Frau einander begegnen sollten.

»Die Liebe veredelt dieses Geschenk ganz ohne Zweifel, ist jedoch keine zwingende Voraussetzung.« Sie schob die Hand unter sein Kinn und hob sanft seinen Kopf. »Wenn wir Fremdes nicht unbefangen genießen können, verwehren wir uns, an Reichtum hinzuzugewinnen.«

Erneut erschien die Dienerin. Dieses Mal hingen zwei dampfende Kupferkessel von ihrer Tragestange.

Milan blickte in Noks beinahe schwarze Augen. Das war eine Wahrheit, an der sich nicht rütteln ließ. Er nickte.

Rauschend stürzte das heiße Wasser in den Zuber.

Nok nahm ihn bei der Hand und führte ihn zum Bad. »Ich werde dich waschen, Milan, und dann mit warmem Öl massieren, ehe du mir deinerseits den ersten Dienst erweisen darfst.«

Milan stieg in den Zuber und keuchte auf. Für einen Augenblick schien ihm das Wasser unerträglich heiß. Dann jedoch war es eine Wohltat. Langsam ging er in die Hocke. Er schloss die Augen und ließ es zu, dass Nok mit einem Schwamm jeden Zoll seines Leibes wusch. Dabei summte sie eine fremde Melodie, deren Klang das Bild eines nebeldurchwobenen Gartens voller blühender Kirschbäume in ihm erstehen ließ.

»In meiner Heimat glaubt man, dass jeder Akt der Freude die Schönheit der Welt vergrößert.«

Er ließ sich zurücksinken, bereit, diesen neuen Weg mit ihr zu gehen. »Machen wir die Welt schöner«, hauchte er, plötzlich voller Vorfreude darauf, mit all seinen Sinnen das Unbekannte zu genießen.

DAHLIA, GASSE DER TUCHFÄRBER, MORGENDÄMMERUNG, 19. TAG DES ERNTEMONDES IM JAHR VON SASMIRAS ZWEITER THRONERHEBUNG

So also war es, sich trunken vor Glück zu fühlen! Milan stützte sich an einer schmutzbespritzten Hauswand ab. Ein dumpfer, pochender Schmerz wütete in der frisch vernähten Wunde, obgleich Nok ihm mit dem Hinweis, dass sich heißes Wasser und eine vernähte Wunde nicht gut vertrugen, nur ein kurzes Bad gestattet hatte.

Er schloss die Augen und ließ die Bilder der Nacht wieder auferstehen. Nichts, was er je über die Liebe gelesen hatte, hatte ihn auch nur annähernd auf das vorbereitet, was er erlebt hatte. Und all das war erst der Anfang gewesen, wenn er ihren Worten traute. Sie war wahrlich eine Meisterin der Sinnlichkeit. Milan lächelte versonnen. Nok würde ihn auch in den nächsten sechs Nächten empfangen, um ihn weitere Mysterien der körperlichen Freude zu lehren. Zu lernen war sein Leben gewesen, doch nie hatte er sich so sehr auf die nächste Lektion gefreut.

Aber wie sollte er sieben Nächte hintereinander verschwinden, ohne dass sein Vater etwas bemerkte?

Er stieß sich von der Mauer ab. Seine Beine fühlten sich an, als hätte er keine Knochen mehr. Zugleich war er beschwingt und von einem Glücksgefühl erfüllt, das ihm vollkommen neu war.

Stumm sinnend, ging er zum Fischmarkt und sah sich nach dem Stand um, an dem die rote Sofia ihre Suppen kochte. Jeder in der Stadt kannte sie, ob Ratsherr oder Bettler. Schildkröteneier und Tintenfisch, Krebse, Gewürze aus dem Khanat und Kräuter aus dem Schwertwald waren nur einige der Zutaten, die sie verwendete. Man munkelte, dass es auch manchmal Hund oder Schlange in den Suppen gab, aber ganz gleich, welches ihrer unzähligen Rezepte sie nutzte – alles, was sie kochte, war ein Gaumenschmaus.

Milan drängte sich zwischen den Fischern hindurch, die in Körben den Fang der Nacht zu den Ständen trugen. *Salzhände* machten ihre Gebote, um die besten Fische für ihre *Silberfürsten* zu ergattern. Sie waren es, die den Werdegang der Fische vom Kauf über das Ausnehmen und Einsalzen überwachten, bis sich schließlich die Deckel auf die großen Fässer senkten, die ins gesamte Kaiserreich verschifft wurden. Mehr als zwei Jahre hielten sich die Heringe oder Thunfische in den Fässern. Bevor Dahlia den Seidenhandel des untergegangenen Arbora übernommen hatte, waren Fisch und der Marmor aus den nahen Steinbrüchen der Quell des Reichtums der Stadt gewesen. Für die Kaufherren, die auf ihren Koggen das Silber der See zu den wichtigsten Häfen des Kaiserreichs brachten, waren die Schätze des Meeres zu Münzsilber geworden, und sie hießen überall im Reich nur die *Silberfürsten*.

Milan blickte zu dem hölzernen Podest, über dem sich noch immer die Räder mit den Leichen der beiden Schmuggler erhoben. Die Kadaver waren von Möwen zerfetzt, und selbst jetzt kauerten noch mehrere der großen, weißen Vögel dort oben und hackten auf das ein, was von den Delinquenten geblieben war.

»Na, was treibt dich denn so früh hierher?«, begrüßte ihn Sofia gut gelaunt. Sie hatte eine fleckige Lederschürze umgebunden, unter der sie ein dünnes Leinenkleid trug. Ein ausgefranstes Wolltuch lag um ihre Schultern, um sie vor der kühlen Brise zu schützen, die zur Zeit der Dämmerung vom Meer kam.

»Brauche was Kräftiges«, entgegnete Milan knapp. Er war sich nicht sicher, ob Sofia wusste, wer er war. Ein paar Mal hatte er hier mittags mit seinen Brüdern gegessen. Sein Vater mied die einfachen Garstuben an den Straßen und Plätzen.

»Was Kräftiges.« Schmunzelnd ahmte sie seine Stimme nach. Ihre Haut war dunkel von den endlosen Tagen an ihrem Suppenstand, die Falten um ihre Augen schwarz, als habe sich der Rauch der Feuer darin verfangen und Rußspuren hinterlassen.

Dafür funkelten die tiefblauen Augen vor Humor und Lebenslust, auch wenn sich in ihrem roten Haar schon breite Silbersträhnen zeigten.

»Ich würde dir die Fischsuppe empfehlen, so wie du aussiehst. Ist etwas salzig ... Hilft hervorragend nach einer durchzechten Nacht oder wenn junge Liebe erblühte.«

Milan spürte, wie ihm das Blut in die Wangen schoss. Er kramte ein Kupferstück hervor und ließ sich eine Holzschale voll Suppe reichen. Sofia grinste, als wüsste sie genau, wie er die Nacht verbracht hatte.

Er drückte ihr die kleine, abgegriffene Münze in die Hand und zog sich ein Stück zurück, um sich auf einen umgedrehten Fischkorb zu setzen und seine Suppe zu löffeln. Wie stets war sie großartig. Weiße Stücke Fischfleisch schwammen darin, fremde Gewürze betörten seinen Gaumen. Er schloss die Augen und dachte wieder an die vergangene Nacht.

»Hast du ihn gestern auch gesehen?«

Milan versuchte die kratzige Frauenstimme zu ignorieren, die so gar nicht zu seinen Tagträumen passte.

»Ja. Für sein Alter sieht er wirklich gut aus. So verwegen. Ganz anders als die schmerbäuchigen Priester, die sonst so predigen. Der packt zu! Das hatten sich die dreisten Diebe sicher nicht träumen lassen.«

Milan wand den Kopf. Knapp einen Schritt zu seiner Linken hatten sich zwei Frauen mit den verhärmten Gesichtern eines Lebens voller unerfüllter Träume niedergelassen. Verbittert und dem Tratsch verfallen, hatten sie sich wie er auf Fischkörben niedergelassen. Mit Löffeln hielten sie sich nicht auf; sie schlürften die Suppe und schoben sich die größeren Stücke über den Rand der Holzschale mit den Fingern in den Mund.

»Weniger als ein Tag vom Diebstahl bis in den Möwenschnabel ...« Die Dünnere der beiden kicherte. »Das nenn ich schnell!«

Ärgerlich dachte Milan an das, was sein Vater über die Wahrheit gesagt hatte. Sie zu formen war Nandus zweifellos geglückt.

Stumm aß Milan seine Suppe und hörte den beiden Frauen zu. Je mehr sie von seinem ach so vollkommenen, unnahbaren Vater schwärmten, desto bitterer schmeckte ihm seine Mahlzeit.

Die Wahrheit formen … Das konnte er auch! »Entschuldigt, wenn ich mich einmische …«

Die beiden sahen ihn an. Die Fülligere mit der kratzigen Stimme hob gerade mit spitzen Fingern ein Tintenfischärmchen aus ihrer Suppe und ließ es in ihrem Mund verschwinden. »Was?«, fragte sie kauend.

»Ich halte das, was gestern geschah, für einen großen Betrug.«

»Wie kommst du darauf?«, fragte die Dünnere säuerlich. »Sagt dir das dein großer Schatz an Lebenserfahrung? Du bist doch noch feucht hinter den Ohren.«

»Der Grad der Trockenheit meiner Ohren sagt nichts darüber aus, was zwischen diesen Ohren steckt«, entgegnete er keck und setzte dabei sein gewinnendstes Lächeln auf. »Findet Ihr nicht, dass die Diebe ein wenig zu schnell gefunden waren?«

Die Korpulentere erwiderte sein Lächeln, ihre Freundin aber blickte drein, als habe sie ein fauliges Stück Fisch in ihrer Suppe entdeckt. »Leeres Geschwätz … Der Herr des Himmels hat den Erzpriester bei der Suche nach den Frevlern geleitet. Deshalb ging das so schnell.«

»Wenn der Herr des Himmels seine schützende Hand über den Erzpriester hält, warum konnte die Silberscheibe dann überhaupt aus dem Oktagon gestohlen werden?«

»Tja, nun …« Die Dünne bedachte ihn mit einem giftigen Blick.

»Er ist nicht der Held, für den Ihr ihn haltet. Ich habe mit eigenen Augen gesehen, wie die Silberscheibe gestohlen wurde. Das war der Krähenmann … Es gibt ihn wirklich!«

»Ja, ja!« Die Dünne stellte ihre Suppenschale zur Seite und hob den Zeigefinger wie ein Schwert, mit dem sie ihn aufspießen wollte. »Und die Meerhexe gibt es auch und den Nebelwolf der Weißen Königin und die kleinen Helfer … Geh und lass dir von deiner Kinderfrau noch weitere Mären erzählen. Wir sind zu alt dafür, Jüngelchen.«

»Geht und fragt andere, die im Oktagon waren, ob sie ein Seil gesehen haben oder ob der Krähenmann wirklich geflogen ist«, sagte er selbstbewusst und mit Nachdruck, so wie er es in den unzähligen Stunden Rhetorikunterricht gelernt hatte.

Zufrieden sah er erste Anzeichen von Zweifel im Antlitz seiner Widersacherin. Die Dicke war schon überzeugt. »Du warst dort?«, fragte sie aufgeregt.

Milan nickte. »Ich habe alles gesehen. Wie der Krähenmann aus dem Dunkel unter der Kuppel herabschwebte, die Silberscheibe nahm und den Erzpriester verfluchte. Nandus Tormeno hat ihn angegriffen, ja vielleicht sogar verwundet, denn es war Blut auf dem Marmorboden des Oktagons, doch aufhalten konnte er ihn nicht.«

»Aber fast«, beharrte die Dünne. »Er ist nämlich ein Held, unser Erzpriester!«

Dass sein Vater der Held der Witwen und Enttäuschten war, war Milan nicht neu. Jeden Tag kamen etliche von ihnen in seine Messen. Allerdings hatte Milan sich selten mit diesen flackernden Seelen auseinandergesetzt. Allein den Gedanken, dass man seinen Vater wie einen Heiligen verehren könnte, empfand er als grotesk.

»Und wer ist das dort?« Der schwertgleiche Zeigefinger deutete zu den Überresten der beiden Hingerichteten auf den Rädern.

»Ich habe gesehen, wie der Erzpriester in der Nacht nach dem Diebstahl lange auf der Piazza Cynthia mit dem Komtur der Kaiserritter und dem Hauptmann der Stadtwache gesprochen hat. Was hättet Ihr denn an seiner Stelle getan?« Nun gebrauchte auch Milan seinen Zeigefinger und tippte der Dünnen fast auf die schmale Brust. »Es ist seine Aufgabe, Cilia vor solchen Geschöpfen der Dunkelheit zu beschützen. Und dann erscheint eines von ihnen in seinem Oktagon und stiehlt die heilige Mondscheibe direkt vor seiner Nase. Er hatte sein Gesicht verloren. Er drohte zum Gespött der ganzen Insel zu werden. Nur ein schneller Erfolg konnte ihn retten. Denkt doch mal nach ... Was haben sie uns schon gezeigt? Einen Umhang mit Federn. Ein paar geschwärzte Seile ...«

»Und die gestohlene Silberscheibe!«, wandte nun die Dicke ein.

»Eine Silberscheibe steht auf dem Altar eines jeden Tempels«, entgegnete Milan ruhig. »Nandus Tormeno könnte sich einfach eine von ihnen ausgeliehen haben. Er steht im Rang über allen anderen Priestern Cilias. Wer hätte ihm eine Bitte abschlagen können?«

»Und wozu das alles?«, fragte die Dünne.

»Um sein Gesicht zu wahren und um die Bürger in Sicherheit zu wiegen.« Milan deutete mit großer Geste auf eine enge Gasse, in der noch das Dunkel der Nacht nistete. »Ihr kennt doch die Geschichte vom Krähenmann. Dunkelheit ist wie ein Tor für ihn. Er kann überall sein, wo das Licht nicht hingelangt. Dort lauert er auf Silber und auf Kinder.«

Beklommen blickten die beiden Frauen zu der Gasse, die keine zehn Schritt von ihnen entfernt auf den Fischmarkt mündete.

»Er könnte uns in diesem Augenblick zusehen, der Krähenmann. Ich hoffe, Ihr habt kein Silber dabei und keine Kinder, die jetzt allein zu Hause in ihrer dunklen Kammer liegen. Ihr wisst doch, er kommt aus Arbora und hat der Sippe der Tormenos ewige Rache geschworen, weil Lucio Tormeno seine Stadt niedergebrannt hat. Jetzt ist er zurückgekehrt. Er wird sich an dem Erzpriester rächen, aber auch an der Stadt, die nun den Reichtum Arboras geerbt hat. Er wird unser Silber stehlen und unsere Kinder. Der Erzpriester war sein erstes Opfer. Als Nächstes folgen sicher die Seidenhändler oder welche, die mit ihnen zu tun haben. Diener, Lagerverwalter, Schiffskapitäne ...«

»Das sind doch nur Mären«, wiegelte die Dürre ab, doch Milan hörte ihrer Stimme an, dass die Saat des Zweifels bereits in ihr keimte.

»Ich muss zurück!«, sagte ihre Freundin und stand hastig auf.

»Mein Mann wartet.« Die Suppenschale, die sie abstellte, war noch halb gefüllt.

Milan lächelte. Ja, auch er vermochte die Wahrheit zu formen.

DAHLIA, FISCHMARKT, MORGENDÄMMERUNG, 19. TAG DES ERNTEMONDES IM JAHR VON SASMIRAS ZWEITER THRONERHEBUNG

Was hat er mit den beiden nur besprochen?«, wunderte sich Felicia.

»Wir sollten von hier verschwinden«, merkte Rainulf, statt auf ihre Frage einzugehen. »Es sind schon zu viele Besucher auf dem Fischmarkt. Wir werden auffallen.«

Felicia schnaubte verächtlich. »Wer von denen schaut schon nach oben? Die sind alle viel zu sehr in ihr kleines Leben dort unten verstrickt.« Die Schwertherzogin richtete sich halb auf und zog die Kapuze ihres weißen Umhangs ein wenig tiefer ins Gesicht. Das Dach, auf dem sie kauerten, lag mehr als zehn Schritt über dem Pflaster, und es war weiß getüncht. Sollte jemand nach oben blicken, würde er kaum mehr als undeutliche Schemen hinter der hohen Brüstung sehen.

»Warum folgen wir dem Jungen überhaupt?«

»Weil er ein Tormeno ist. Er wird mächtig werden. Jetzt kann ich Einfluss auf ihn nehmen. Das wird die Zukunft verändern.« Außerdem sah er nicht schlecht aus, dachte Felicia bei sich. Er hatte etwas Verwegenes, das gar nicht zu einem Jüngling passte, der Priester werden sollte. Aber vermutlich war er aus genau dem Holz, aus dem Erzpriester geschnitzt wurden. Vor den Augen seines Vaters die Silberscheibe aus dem Oktagon zu stehlen, das war schon was.

»Und deshalb schickst du ihn zu dieser Nok?«

Jetzt wandte sie sich zu Rainulf um. War er etwa eifersüchtig? Hatte er sich Hoffnungen gemacht, nur weil sie sich ein paar

Mal auf ihn eingelassen hatte? Ihm fehlte es an Schliff. Das hatte manchmal seinen Reiz … aber letzten Endes war er doch nur ein Waldbauer.

»Ich möchte, dass er bei Nok die Welt kennenlernt, die sein Vater vor ihm versteckt. Das wird ihn rebellischer machen, und dann können wir ihn leichter auf unsere Seite ziehen.« Sie dachte daran, wie er seine Blöße bedeckt hatte, als er sich unter ihrer Nadel seiner Nacktheit bewusst geworden war. Das würde er nicht wieder tun, wenn Nok mit ihm fertig war. »Auch seine Unschuld ist charmant …«

»Und deshalb sorgst du dafür, dass er sie verliert?«

Verärgert sah sie den Bogenschützen an. Fast zehn Herzschläge lang hielt er ihrem Blick stand, dann erst sah er zu Boden. Rebellierte ihr kleiner Bauer etwa auch? »Es gibt eine Art Unschuld, die nicht charmant, sondern einfach nur lästig ist. Was will ich mit einem Jüngling im Bett, der noch nie einer Frau beigelegen hat? Seine stümperhaften Versuche, mir Lust zu schenken, auch noch mit freundlich verlogenen Worten belohnen?«

»Also lässt du Nok einen Lustsklaven aus ihm machen?«

Sie legte den Kopf leicht schief und schenkte Rainulf jenes sinnliche Lächeln, von dem sie wusste, dass es ihn um den Verstand brachte. »Ich glaube, er wird bis zum Ende der Woche Wege kennen, mir Freude zu bereiten, die du dir nicht einmal vorstellen kannst.«

Er gab ein Grunzen von sich. »Bisher habe ich dir genügt.«

»Bis vor drei Wochen, um genau zu sein.« Sie wandte sich von ihm ab. »Aber animalische Wildheit verliert irgendwann ihren Reiz. Es gibt feinere Genüsse, als mit einem liebestollen Bären die Laken zu zerwühlen.« Kaum waren ihr die Worte über die Lippen gekommen, wurde ihr bewusst, dass sie zu weit gegangen war.

Rainulfs ohnehin schon schmale Lippen waren nur noch ein blutleerer Strich, seine Mundwinkel zuckten. Er war hart, ein Mann wie ein Baum, einer, den nichts umwarf, ob nun die

Lanze eines Söldners in Diensten der Stadtstaaten Cilias oder das ungerechte Urteil eines Lehnsherrn. Er hatte Hungerwinter und eine Bastonade wegen Wilderei in herzoglichen Wäldern überstanden. Hundertfünfzig Hiebe auf die Fußsohlen. Manche konnten danach tagelang nicht mehr richtig laufen, er aber war aus eigener Kraft von der Richtbank aufgestanden und bis zu ein paar Freunden gegangen, die ihn aufgefangen hatten. Seine Männlichkeit machte das Fundament seines Stolzes aus. Jetzt aber lag in seinen grauen Augen scheue Traurigkeit. Hatte er sich wirklich eingebildet, zwischen ihnen könnte es mehr als ein paar kurzweilige Nächte geben?

»Wolltest du Milan nicht die Kehle durchschneiden?«

»Das wäre sicherer gewesen. Du wirst sehen, am Ende verrät er uns an seinen Vater.«

Sie lachte leise. »Nein, das wird er niemals tun. Nicht an seinen Vater. Dafür hasst er ihn zu sehr. Wenn Milan erst weiß, wer wir sind, wird er mit Begeisterung auf unsere Seite überlaufen.«

»Blut ist dicker als Wasser«, murrte Rainulf.

Er hatte eine Vorliebe für billige Volksweisheiten. Felicia hingegen wusste, wie Milan fühlte. Sie und ihre Schwester Lucille waren die einzigen Kinder eines Herzogs, der sich nichts mehr als einen Sohn gewünscht hatte. Sie hatten versucht, ihm diesen Sohn zu ersetzen. Felicia strich sich über ihre linke Hand. Mit den Erinnerungen kam der Schmerz …

»Wir sollten uns die echte Silberscheibe holen und verschwinden.«

Felicia fragte sich, ob Rainulf glaubte, dann würde wieder alles wie früher. Sie hatten ein paar schöne Stunden verbracht, bis er begann, sich zu wiederholen … »Wir haben noch andere Aufgaben. Heute Nacht steigen wir ins Kontor der Familie Manatessa ein.«

»Und die Silberscheibe? Das Oktagon ist unverschlossen.«

»Nandus ist kein Dummkopf. Die Silberscheibe ist der Honigtopf, und wir sind die Fliegen, die er fangen will. Wir haben

Zeit. Und wenn wir erst einmal Milan gewonnen haben, ergeben sich vielleicht ganz neue Möglichkeiten.«

»Milan, Milan, Milan. Hast du noch was anderes im Kopf?«

»Wie ich schon sagte: das Kontor Manatessa. Wir werden …« In dem Turm, der sich im Westen am Rande des Fischmarkts erhob, hatte sich das oberste Fenster einen Spaltweit geöffnet.

»Es geht wieder los.« Sie machte ein unauffälliges Handzeichen, und auch Rainulf blickte zu dem Turm hinüber.

Der Bogenschütze hatte Augen wie ein Falke. »Da stehen zwei am Fenster«, sagte er leise. »Auf dem hohen Haus in der Färbergasse sind übrigens auch zwei erschienen. Sie achten besser auf ihre Deckung. Es geht tatsächlich wieder los.«

Felicia nickte. Die Tat des Krähenmanns hatte unschöne Folgen gehabt: Der verdammte Hauptmann Lorenzo schickte seine Männer neuerdings auf Türme und hohe Dächer, um die Stadt beobachten zu lassen.

Felicia bewegte sich ohne Eile zu der Treppe an der Rückseite des Hauses. Jetzt nur keine Aufmerksamkeit erregen! Sie ließ den weißen Kapuzenumhang von den Schultern gleiten und wickelte ihn sich um den Arm. Mit dem braunen Lederwams und den hohen Stiefeln wirkte sie weniger auffällig.

Schon gestern bei der Hinrichtung hatte Rainulf bemerkt, dass unvertraute Gesichter auf den Dächern der Stadt erschienen. Das Katz-und-Maus-Spiel mit der Stadtwache wurde gewagter.

Die Schwertherzogin lächelte. Bisher war alles zu leicht gewesen. Aber langsam wurde ihr Auftrag eine Aufgabe, die ihren Talenten angemessen war.

DAHLIA, PIAZZA CYNTHIA, MORGENDÄMMERUNG, 19. TAG DES ERNTEMONDES IM JAHR VON SASMIRAS ZWEITER THRONERHEBUNG

Ein letzter Sprung. Milan landete auf dem flachen Dach des Palazzo und duckte sich. Er hatte das Gefühl, beobachtet zu werden. Eilig hastete er zur Tür, hinter der das Treppenhaus lag. Sein Vater sollte jetzt die erste Messe lesen. Dennoch streifte er die Stiefel ab und nahm sie in die Hand. Auf seinen löchrigen Socken schlich er die Marmortreppe hinab.

Steintreppen waren ein Segen. Nichts knarrte. Jetzt, da er es fast geschafft hatte, überkam ihn eine bleierne Müdigkeit. Mit ein wenig Glück würde er noch eine Stunde Schlaf bekommen. Vorsichtig schob er die Tür zu seiner Kammer auf. Streifen goldenen Morgenlichts fielen durch die Ritzen in seinen Fensterläden.

»Eine ungewöhnliche Zeit, um heimzukehren.«

Vor Schreck entglitten Milan die Stiefel und knallten auf den Steinboden. Ein Schatten erhob sich von seinem Bett. Sein Vater!

»Wo kommst du her, Milan?«

»Vom Fischmarkt«, entgegnete er herausfordernd. »Willst du meinen Atem riechen? Mein Frühstück hatte ich schon.«

»Und was hat dich so früh aus dem Haus geführt?« Die Augen seines Vaters waren prüfend auf ihn gerichtet.

Milan wusste, dass Nandus eine Lüge erwartete. Endlose Vorträge hatte er sich darüber anhören müssen, wie man log und wie man Lügen erkannte. Aber er würde seinen Vater überraschen! »Was glaubst denn du? Ich habe die ganze Nacht in einem Hurenhaus verbracht und …« Eine schallende Ohrfeige riss seinen Kopf zu Seite.

»Lüg mich nicht an! Wir wissen beide, dass du nicht über das nötige Geld verfügst, um dir solch eine Nacht zu erlauben.«

»Vielleicht hat Fabricio mir ja was zugesteckt?«

Eine steile Falte erschien zwischen den Brauen seines Vaters.

»Vielleicht habe ich auch den Armentopf im Oktagon geplündert. Er war gestern Abend gut gefüllt nach deiner Messe über die Rückkehr der Silberscheibe. Erstaunlich, wie sich Lügen versilbern …« Er zuckte zurück. Dieses Mal verfehlte ihn die Hand seines Vaters.

»Du wirst pünktlich zur Fechtstunde erscheinen«, ranzte Nandus ihn an. »Und ich verspreche dir, dann werde ich die Wahrheit aus dir herausprügeln.«

Milan biss sich auf die Lippe. Es wäre dumm, seinen Vater noch weiter gegen sich aufzubringen. Jedes Wort war jetzt zu viel.

»Das freche Grinsen wird dir noch vergehen!« Verärgert verließ Nandus die Kammer.

Milan setzte sich müde auf sein Bett.

Sein Vater bewegte sich nach dem Sturz vom Dach nicht so geschmeidig, wie er es sonst tat. Wenn er es nachher schaffen würde, ihn zu ärgern und das feurige Temperament seines Vaters zu entfachen, dann hätte er beste Aussichten, ihn im Schwertkampf zu besiegen oder zumindest der angekündigten Tracht Prügel zu entgehen.

Ohne sich seiner Kleidung zu entledigen, ließ er sich zurücksinken, schloss die Augen und sah Nok wieder vor sich. Er roch ihr Parfüm, hörte den Singsang ihrer Stimme und spürte ihre Haut, wo sie am zartesten war, heiß unter seiner Zunge … Mit einem Seufzer ergab er sich ganz und gar den Erinnerungen an die schönste Nacht seines Lebens.

DAHLIA, OKTAGON, ABENDSTUNDE, 19. TAG DES ERNTEMONDES IM JAHR VON SASMIRAS ZWEITER THRONERHEBUNG

Der Herr des Himmels aber sieht uns alle, und jeden, der sein Leben nach seinen Gesetzen führt, betrachtet er mit Wohlgefallen«, schloss Nandus seine Messe mit der Warnung und dem Versprechen an alle Gläubigen, die er schon unzählige Male zitiert hatte.

Heute war das Oktagon noch besser besucht als am gestrigen Abend. Wenn es so weiterginge, würde er noch so erfolgreich wie sein Sohn Fabricio, dachte er mit einem Anflug von Bitternis. Oft hatte er Fabricio vorgeworfen, dass er nur ein Blendwerk schöner Worte erschuf, es seinen Messen aber an moralischer Tiefe mangelte. Doch der Erfolg gab seinem Sohn recht. Dies hier war Dahlia, die weiße Stadt am Meer, die vom schönen Schein lebte, die vom schwarz verbrannten Arbora den Seidenhandel geerbt hatte wie auch den Handel mit den Traumkugeln, die den Kranken die Schmerzen nahmen, aber den Gesunden das Leben entrissen, wenn man ihnen verfiel. Die Stadt, deren Marmor im ganzen Kaiserreich begehrt war. Der Ort, an dem es mehr Künstler als irgendwo sonst gab. Was Dahlia fehlte, waren Tiefe und Beständigkeit – zwei Tugenden, die untrennbar mit einem moralischen Lebenswandel verbunden waren.

Verärgert bemerkte Nandus, der mit gesenktem Kopf vor dem Altar stehen geblieben war, das leise Murmeln, das die Stille des Oktagons störte. Normalerweise verebbte es schnell, wenn die Gläubigen eilig den Kuppelsaal verließen, um alles, was er gepredigt hatte, zu vergessen und sich den Verlockungen des Lebens zu ergeben.

Er sah auf. Fast ein Drittel seiner Zuhörer war geblieben. Es waren überwiegend Frauen mittleren Alters. Sie standen in kleinen Gruppen zusammen und waren näher an den Altar gerückt.

Das passte ihm nicht. Eigentlich hatte er sich in den Palazzo zurückziehen wollen, um nach Milan zu sehen. Dass der Junge eine ganze Nacht nicht nach Hause gekommen war, hatte es noch nie zuvor gegeben. Er musste besser auf ihn achten, damit er ihm nicht so kurz vor seiner Aufnahme ins Rote Kloster noch entglitt. Milan würde es weiter bringen als seine beiden älteren Brüder, da war sich Nandus ganz sicher. Doch in diesen letzten Wochen musste er ihn hüten wie seine Augäpfel. Der Junge drohte über seinen rebellischen Geist zu stolpern. Was ihn am meisten auszeichnete, war zugleich auch die größte Gefahr für ihn.

»Meine guten Seelen, wie kann ich euch erleuchten?«, wandte er sich an die nächststehende Gruppe. Er würde es einfach schnell hinter sich bringen.

Eine korpulente Frau mit roten Wangen erhob im Kreis ihrer Freundinnen die Stimme. »Der Krähenmann«, sagte sie, »ist nicht tot. Ich hab ihn gesehen. Ihr müsst ihn finden und unsere Kinder schützen!«

»Auch ich hab ihn gesehen«, stieß eine hochgewachsene, schlanke Frau aufgeregt hervor. »Im Schatten des Mondtors. Er hat die spielenden Kinder bei den Marmorwerkstätten beobachtet.«

Jetzt war es totenstill im Kuppelsaal. Alle lauschten den Worten der beiden Frauen. Manche nickten zustimmend.

Wie hatte das geschehen können? Mit der Hinrichtung hätten alle Geschichten um den Krähenmann verstummen sollen.

»Ihr seht nur Schatten«, sagte er mit aller priesterlichen Überzeugungskraft. »Die Diebe wollten Angst in eure Herzen säen. Lasst sie nicht über ihren Tod hinaus erfolgreich sein.«

»Ich weiß, was ich gesehen habe!«, beharrte die Korpulente.

»Ich habe ihn auch auf den Dächern gesehen. Gestern im Dämmerlicht«, mischte sich ein junges Mädchen mit verträumtem Blick ein.

Nandus musste sich auf das Äußerste beherrschen, um keinen lauten Stoßseufzer von sich zu geben. Mädchen wie dieses waren aller Übel Anfang. Träumerinnen, die den Kopf in den Wolken trugen und im Alltag über kleinste Dinge stolperten. Er hoffte inständig, dass keiner seiner Söhne jemals mit solch einer Schwiegertochter aufwarten würde.

»Berichtet mir von jedem einzelnen Vorkommnis. Ich werde mich dann auf die Suche begeben. Sollte es noch einen weiteren Dieb geben, der als Krähenmann auftritt, so werde ich ihn finden, und auch er wird auf dem Fischmarkt auf das Rad geflochten werden.«

DAHLIA, PLATZ DER HELDEN, NACHMITTAG, 21. TAG DES ERNTEMONDES IM JAHR VON SASMIRAS ZWEITER THRONERHEBUNG

Selbst unter den Arkaden, die den Platz der Helden mit seinem großartigen Reiterstandbild einfassten, hatte sich die nachmittägliche Hitze ausgebreitet. Milan blinzelte. Ein dumpfer Schmerz pochte hinter seiner Stirn. Er war versucht, einfach die Augen zu schließen. Nur für ein paar Herzschläge. Aber er fürchtete, er könnte im Stehen einschlafen.

»Nun, junger Herr. Habt Ihr Eure Entscheidung getroffen?« Der Pergamenthändler sah ihn erwartungsvoll an. Ein alter Mann mit fleckigen Händen und einem Antlitz, das selbst an zerknülltes Pergament erinnerte.

»Das sind die besten Pergamentbogen, die Ihr in der Stadt bekommen könnt, junger Herr. Aus der Haut von Lämmern gefertigt, die keine Woche alt waren. Ich selbst habe das Leder mit Bimsstein und Kreide bearbeitet. Bessere findet Ihr nirgends, nicht einmal in den Archiven der Kaiserin.«

Die Pergamente hingen an einer Schnur, die quer unter einem der Bögen des Ganges gespannt war. Zehn Stück waren es, und selbst im Schatten leuchteten sie strahlend weiß.

Milan löste einen der Bogen aus den Holzklammern, die sie

hielten. Prüfend rieb er über die Oberfläche. Das Leder war wirklich außerordentlich glatt. Er trat aus dem Schatten der Arkaden hinaus in das gleißende Licht des Mittags und betrachtete das Pergament eingehend. Auf keiner der beiden Seiten waren die feinen Punkte weggeschabter Haare zu sehen. Hatte ein Tier länger als ein paar Wochen gelebt, blieben dort, wo das Fell gesprossen war, feine Löcher in der Haut zurück. Im hellen Sonnenlicht war ein leicht honigfarbener Ton zu erkennen. Das sprach dafür, dass die Haut von einem Lamm stammte.

Wieder rieb er das Pergament prüfend zwischen Daumen und Zeigefinger. Nur das Leder ungeborener Lämmer war noch feiner. Der Alte sagte die Wahrheit, dieser Bogen war wirklich erstklassig.

Der Händler trat an Milans Seite und beschirmte seine Augen mit der Rechten gegen das Sonnenlicht. »Der junge Herr scheint sich mit Pergament auszukennen. Es ist mir stets eine Freude, meine Häute an Kunden zu verkaufen, die ihren Wert wirklich zu schätzen wissen.«

»Und was soll so ein Pergament kosten?«

»Einen Kaisertaler je Bogen, junger Herr.«

Das war deutlich mehr, als er in seiner schmalen Börse bei sich trug.

Der Alte schien ihm anzusehen, welche Gedanken er wälzte, und stieß ein Knurren aus. »Du bist der junge Tormeno, nicht wahr? Schickt dein Vater dich?«

Milan nickte, auch wenn es nicht stimmte. Er wollte ein Liebesgedicht für Nok verfassen, wollte in seiner besten Handschrift Verse auf ihre Schönheit niederlegen und ihr das Pergament schenken. Drei Nächte hatte sie ihn nun schon in der Kunst des Liebens unterwiesen. Er war so übermüdet, dass er während der Stunden in der Bibliothek immer wieder über den Büchern einnickte, und doch wollte er keinen Augenblick, den er mit ihr verbracht hatte, missen. Die Tage unter der Aufsicht seines Vaters, die Nächte bei ihr, das saugte ihm das Mark aus den Knochen. Dennoch war er nie so glücklich gewesen.

»Junger Herr?«

Verschwommen war sich Milan bewusst, dass der Pergamenthändler wohl weitergesprochen hatte, während er seinen Gedanken an Nok nachhing. Er zögerte.

»Seid nicht so hart zu mir. Zehn Bogen für neun Kaisertaler. Weiter kann ich euch nicht entgegenkommen. Ich mache keinen Gewinn, wenn ich Euch das Pergament so günstig überlasse.«

Milan runzelte die Stirn. Das dumpfe Pochen in seinem Kopf wurde heftiger. Es war nicht klug, in der Sonne zu stehen.

»Das ist wirklich großmütig«, murmelte er und flüchtete zurück in den Schatten der Arkaden.

»Ich hätte auch preiswertere Ware.« Der Alte nahm ein Buch mit einem abgegriffenen Einband aus dunklem Leder. Vor Milans Augen blätterte er durch die Seiten. »Ich hab das Pergament selbst gewaschen und abgeschabt. Es sind fast keine Spuren von der Tinte geblieben. Wie viele Seiten benötigt Ihr, Herr? Ich trenne sie mit dem Federmesser heraus.«

Milan hob abwehrend die Hände. Büchermörder schimpfte sein Vater Pergamenthändler, die alte Schriften tilgten, um die Häute ein weiteres Mal verwenden zu können. »Das ist nicht, was ich suche. Der Bogen muss makellos sein.« So makellos, wie Nok es war.

Er konnte sich nicht vorstellen, etwas anderes als das feinste Pergament zu nutzen, wenn er die Ode an ihre Schönheit niederschrieb. Einzelne Zeilen hatte er schon im Kopf. Er wollte sich an den Vergleichen des Francesco Ferranta orientieren, dessen Gedichte an Laura seit einigen Jahren in Cilia beliebt waren. Milan verachtete zwar den weinerlichen Ton, den Ferranta in vielen seiner Werke anschlug, aber ihm gefielen die Bilder, die der Dichter erschuf, wenn er die Zähne seiner Angebeteten mit Perlen, ihre Brüste mit Marmorhalbkugeln oder ihr Haar mit Gold verglich. Das war die Art, wie er auch Nok beschreiben wollte. Wobei ihr Haar natürlich nicht an Gold erinnerte, sondern vielleicht eher an gesponnene Nacht.

»Feilscht der junge Tormeno wie ein Komtur beim Pferdekauf?«

Milan war wie vom Donner gerührt. Diese Stimme hier? Am helllichten Tag? Er drehte sich um und blickte geradewegs in die lindgrünen Augen der geheimnisvollen Diebin. Ihr rotes Haar war an den Seiten mit hellen Hornkämmen zurückgesteckt, und statt ihrer weißen Gewänder trug sie ein langes grünes Kleid mit gebauschten Ärmeln, das mit ein Flut von Perlen bestickt war. Eng anliegende weiße Handschuhe und schmale weiße Schuhe rundeten ihre Erscheinung ab. Ihr Kleid war nicht nach der neuesten Mode geschnitten, wie sie von den reichen Kaufmannsfrauen getragen wurde, und ihr Ausschnitt entsprach ganz und gar nicht den freizügigen Ansichten, die sie bei ihrer letzten Begegnung vertreten hatte. Sie wirkte wie die junge Ehefrau eines reichen Gutsherrn aus der Provinz.

»Habt Ihr mich vergessen, Milan Tormeno? Erinnert Ihr Euch nicht mehr an meinen Namen?«

Ihren Namen hatte sie ihm nie genannt! »Ich … Natürlich erinnere ich mich. Ich …«

»Felicia.« Sie bedachte ihn mit einem zauberhaften Lächeln. »Vergesst Ihr alle Damen, auf deren Lager Ihr schon nackt erwacht seid, so schnell?«

Der Pergamenthändler wandte sich breit grinsend ab.

Dreist sein konnte er auch, dachte Milan verärgert. »Seid versichert: Damen, auf deren Lager ich nackt mehr getan habe, als nur zu erwachen, vergesse ich nicht.«

Sie lachte auf und schien ihm diesen Spruch nicht übelzunehmen. »Einkäufe für deinen Vater?« Sie wies mit der behandschuhten Linken in Richtung der Pergamente.

Er nickte. »Ich wollte einen Bogen erwerben, um ein Liebesgedicht niederzuschreiben.«

Sie neigte den Kopf. Immer noch stand ihr der Schalk in den Augen. »Ich nehme an, es sollte nicht für mich sein.«

»Euer Scharfsinn wird nur von Eurer Schönheit übertroffen, edle Felicia.«

Sie berührte sanft seinen Arm. »Was müsste ich tun, um Euch zu inspirieren?«

Da war etwas in ihrem Tonfall, das Milan unsicher werden ließ, ob er nicht doch zu weit gegangen war. Aber seine Zunge war gelöst, und sein Vater hatte ihn gelehrt, von einem einmal beschrittenen Weg nicht mehr abzuweichen. Sie hatte ihn herausgefordert, sollte sie also sehen, was ihr das einbrachte! »Wenn Ihr Worte für die Ewigkeit sucht, dann kauft doch zwei Bogen. Ich verspreche, auch für Eure Reize werde ich ganz eigene Verse finden.«

Felicia löste ihre Börse von dem Gürtel, der ihre Taille betonte. »Als feinsinnige Freundin der Kalligraphie erwarte ich eine Probe Eures Könnens, Milan. Für unbeholfene Klecksereien ist mir mein Silber zu schade.«

Milan wandte sich an den Händler. »Besteht die Möglichkeit, der Dame eine Schriftprobe zu geben?«

»Aber gewiss!« Er verneigte sich vor der Diebin. »Hier habe ich einige erlesene Gänsefedern und Gallapfeltinte, die niemals klumpt. Ich könnte auch …«

Felicia unterbrach ihn mit einer knappen Geste. »Schreib, Milan.«

Er griff nach einer Schwanenfeder, deren Kiel noch weiß war. Nie zuvor war sie in ein Tintenfass getaucht worden.

Bevor er aber unter den Pergamenten eine ähnlich exquisite Wahl treffen konnte, schob der Händler ihm einen breiten Streifen Birkenrinde hin. »Das sollte für eine Schriftprobe genügen.«

Milan wollte protestieren. Auf die weiße Rinde sollte man mit einem Kohlestäbchen schreiben, Tinte würde sie nur schwer annehmen. Andererseits wäre die Demonstration seiner Geschicklichkeit umso eindrucksvoller, wenn er diese Herausforderung meisterte.

Er tunkte die Schwanenfeder in das Tintenfass, das der Händler ihm hinstellte. Vorsichtig ließ er einen Teil der Tinte wieder abfließen. Dann kratzte der Kiel über die glatte Birkenrinde.

Felicias Haar in loderndem Rot
ward der Tugend des Priestersohns Not …

Er tauchte die Feder erneut ein.

»Wirklich eine sehr schöne Handschrift«, lobte der alte Pergamenthändler. »Als hätte er in einem Kloster gelernt.«

Wenn du wüsstest, wie nah das an der Wahrheit ist, dachte Milan.

»Hübsch.«

Er sah zu der rothaarigen Diebin auf. Mochte sie den Vers nicht? Fühlte sie sich brüskiert?

»Aber ein bisschen groß. Kannst du auch kleiner schreiben? Klein und sehr deutlich? Das würde mich beeindrucken.«

»Nicht auf Birkenrinde.« Verzweifelt blickte er auf die Tinte. Glänzend stand sie auf dem Birkenstück. Die leiseste Berührung, und alles würde verwischen. Auch war die Schwanenfeder nicht dazu geschaffen, grazile Schreibarbeiten auszuführen.

»Komm, Junge, zeig ihr, was du kannst.« Der Alte legte ihm einen schmuddeligen Fetzen Pergament hin, auf dem blass noch alte Schriftzüge zu erkennen waren. Dazu reichte er ihm eine kleine schwarze Feder. Amsel, schätzte Milan. Er tunkte den Kiel ein, strich ihn am Rand des Tintenfasses ab und bemühte sich, so klein, wie er nur konnte, zu schreiben.

Sagt' ich's, will ihrem Hass ich unterliegen

Dies war der erste Vers aus einem von Francesco Ferrantas weniger bekannten Gedichten.

Felicia lächelte. Kannte sie die Lyrik Ferrantas? Oder nahm sie es als einen spontan von ihm erdachten Vers, der seine Lage umschrieb?

»Nicht schlecht.« Sie nickte sanft.

»Nicht schlecht?«, empörte sich der Händler und streute ein wenig Sand über den winzigen Schriftzug. »Der Junge ist wirklich gut. Ihr werdet nur wenige finden, deren Buchstaben noch so deutlich zu lesen sind, wenn sie zugleich so winzig ausfallen.«

Sie öffnete ihre Börse und legte zwei Kaisertaler neben das schmuddelige Pergament. »Gebt ihm die zwei besten Bögen, die Ihr feilbietet. Er hat sie sich verdient.«

Ohne Eile ging der Alte die Lammhäute durch, die von der Leine hingen. Jede einzelne prüfte er mit gichtkrummen Fingern. Schließlich nahm er vier ab, trat auf den Platz vor den Arkaden und hielt Pergament um Pergament ins helle Sonnenlicht, um dessen Beschaffenheit zu studieren.

»Küss mich«, flüsterte Felicia Milan in einem Ton zu, der keine Widerrede duldete.

Milan sah sie entgeistert an. Hier? Unter den Arkaden, von denen der Heldenplatz auf allen vier Seiten umgeben war, reihte sich Kaufmannsstand an Kaufmannsstand. Weit mehr als hundert Händler, Kunden und Müßiggänger hielten sich hier auf, auch wenn der Platz selbst in der Mittagshitze so gut wie verwaist war … Er schaute sich rasch um, dann beugte er sich zu ihr, legte ihr eine Hand in den Nacken und küsste sie zögerlich.

Sie schmeckte nach Minze, stellte er überrascht fest, als sich ihre Zunge über seine Lippen drängte und sie seinen Kuss mit einer Leidenschaft erwiderte, die so gar nicht zu der kühlen, überlegten Art passte, die sie so gern an den Tag legte. Verwirrt schloss er die Augen, spürte, wie ihre Hand die Innenseite seiner Schenkel streifte und sein Körper unwillkürlich auf sie reagierte …

Plötzlich löste sie sich von ihm. Da erst hörte Milan den Händler hüsteln. Er hatte die beiden Bogen Pergament zusammengerollt und mit einer schönen, roten Schnur umwunden. »Ich wünsche viel Freude mit den Pergamenten«, sagte er und händigte sie Milan mit einer angedeuteten Verbeugung aus.

Milan bedankte sich, da nahm Felicia ihn auch schon beim Arm und führte ihn durch die Arkaden zur nächsten Straße. »Hast du dich in Nok verliebt?«, fragte sie leise, kaum dass sie den Platz der Helden hinter sich gelassen hatten.

»Wenn ich einschlafe, sehe ich sie in meinen Träumen.« Er wollte Felicia nicht verletzen, aber belügen wollte er sie auch nicht. Zugleich war er sich durchaus bewusst, dass Nok ihre Gunst nicht verschenkte, Felicia aber möglicherweise sehr wohl.

Die schöne Rothaarige drückte seine Hand. »Ich bin mehr eine Frau für die wachen Stunden.« Ihre Finger lösten sich von seinen. »Und ich habe ein Auge auf dich.«

Mit diesen Worten wandte sie sich von ihm ab und entfernte sich rasch, die Straße der Schmerzen hinunter, die von Heiligenstatuen gesäumt wurde.

Milan lief ihr nach, ehe er abrupt innehielt. Alles in ihm drängte danach, ihr zu folgen, doch zugleich wusste er, dass er in ihrem Ansehen sinken würde, wenn er es tat. Ja, vielleicht würde er alles verlieren …

Alles? Was hatte er denn? Einen Kuss, eine Verheißung … Er sah ihr nach. Sie hatte mit ihrer Leidenschaftlichkeit seine Phantasie entflammt. Würde sie sich auf ihrem Weg auch nur ein Mal nach ihm umdrehen, dann wäre dies ein Omen, und er würde eine wunderbare Liebesgeschichte mit der geheimnisvollen Diebin erleben, die ihn zu einer anderen Frau geschickt hatte …

Er folgte dem Gedanken. Milan begriff nicht, was sie bewegte. Aber das machte sie nur umso attraktiver. Sie war ein Rätsel, das er lösen wollte. Und weitere Küsse, die nach Minze schmeckten, wollte er auch.

Felicia jedoch drehte sich nicht um. Kurz vor dem Hauptquartier der Stadtwachen bog sie in eine Seitengasse ab und verschwand.

»Dummer Kinderglaube«, sagte Milan halblaut. Er blickte auf die Pergamentrolle in seiner Hand, und ein bittersüßer Schmerz erfüllte ihn.

DAHLIA, VIERTEL DER TUCHHÄNDLER, NACHMITTAG, 24. TAG DES ERNTEMONDES IM JAHR VON SASMIRAS ZWEITER THRONERHEBUNG

Milan zog seine Stiefel aus, bevor er auf die rote Lacktreppe im Innenhof trat. Noks Dienerinnen saßen in einer offenen Tür unter einem grünen Lampion und schauten ihm zu. Die Stiefel in der Linken und die Pergamentrolle in der Rechten stieg er die Stufen hinauf, kniete sich vor der Eingangstür nieder und schob sie auf.

Nok saß in einer Haltung, die sie als Blumensitz bezeichnete, auf ihrem Lager. Ihr offenes schwarzes Haar fiel lang über ihren Rücken und berührte fast das weiße Laken. Sehr aufrecht saß sie, die Hände mit den Handflächen nach oben auf die Knie gelegt, und betrachtete ein Bild, das Milan zuvor noch nie gesehen hatte. Fast einen Schritt groß, auf Holz gemalt, lehnte es vor ihr an der Wand. Es zeigte einen flammenden Vogel mit weit ausgebreiteten Flügeln. So lebensecht waren dem unbekannten Künstler die glosenden Schwingen geraten, dass Milan glaubte, die Hitze der Flammen auf seinem Gesicht zu spüren.

Nok war völlig in die Betrachtung des Bildes versunken. Sie richtete kein Wort des Grußes an ihn.

Milan stellte die Stiefel ab und schloss die Schiebetür hinter sich. Wasserdampf wogte über dem hölzernen Badezuber. Er war spät gekommen. Die junge Nacht hatte bereits das letzte Abendrot verschlungen. Sein Vater hatte ihn in seiner Kammer eingeschlossen, aber er war durch das Fenster entwischt.

Schweigend zog er sich aus und stieg in das warme Wasser. Grollte ihm Nok, weil er sich ausgerechnet an ihrem letzten gemeinsamen Abend verspätet hatte?

Wie in den Nächten zuvor war das schöne Gemach erhellt von Dutzenden von Kerzen und Öllampen. Blassgrauer Rauch über glimmenden Räucherstäbchen zeichnete verschlungene

Spiralen in die schwüle Hitze. Alles hier in der Kammer schien den Atem anzuhalten und zu warten.

Milan tastete nach dem Schwamm am Grund des Badezubers und begann, sich gründlich zu waschen, ehe er die scharfkantige Muschel nahm, die auf einem sorgsam gefalteten Seidentuch lag, um damit die Stoppeln fortzuschaben, die seine Scham zu einem Dornenfeld machten.

Als er auch diesen Teil des Reinigungsrituals gemeistert hatte, stieg er aus dem Zuber, trocknete sich ab und kniete sich neben Nok, um so wie sie auf das Bild des Feuervogels zu blicken. Der schwere Weihrauchduft machte ihn ein wenig benommen. Wieder hatte er das Gefühl, dass Hitze von dem Bild abstrahlte, und es schien, als könne der Vogel sich jeden Augenblick vom Holz lösen.

»In mir ist die Seele eines Phönix wiedergeboren«, sagte Nok feierlich.

Davon hatte sie noch nie gesprochen. Milan wusste um den Aberglauben aus dem Khanat, dass die Seelen von allem, was atmete, wiedergeboren wurden, bis sie einen Grad der Reinheit erreichten, der sie eins werden ließ mit einem Reich aus Licht jenseits alles Fleischlichen.

Sie wandte sich ihm zu und legte ihre schlanken Hände auf seine Brust, die ungewöhnlich warm waren, als loderte das Feuer, das der Künstler derart meisterlich eingefangen hatte, an diesem Abend auch in ihr.

»Heute Nacht, Milan, werden unsere Seelen einander berühren. Es ist mein Abschiedsgeschenk an dich, eine Gunst, die ich nur sehr selten gewähre. Es ist anders als alles, was du in den vorangegangenen Nächten erfahren hast. Es erfordert Mut, diesen Schritt zu tun.« Ihre dunklen Mandelaugen erschienen ihm wie Gruben, in deren Tiefen Flammen loderten.

»Ich werde jeden Weg mit dir gehen.« Seine Kehle war so trocken, dass die Worte darin kratzten.

»Du wirst dem Feuervogel begegnen. Eine schwache Seele kann in seinen Flammen vergehen.«

»Der Name meiner Familie wurde aus Feuer geboren«, entgegnete er entschlossen. »Ich fürchte Flammen nicht.«

Sie bedachte ihn mit jenem hintersinnigen Lächeln, mit dem er tagelang gerungen hatte, um es in seiner Liebesode in Worte zu kleiden.

Nok wies auf einen Tiegel, der aussah, als sei er aus rotem Siegellack geschnitten. Eine Salbe von der Farbe alten Elfenbeins schimmerte darin. »Benetze deine Fingerspitzen damit, Milan. In meiner Heimat nennen wir es den *Atem der Tigerin*, denn wer ihren Atem auf seiner Haut spürt, dessen Seele wird bald befreit sein.«

Ohne zu zögern, streckte Milan die Hand aus. Es fühlte sich an, als habe er in glühende Kohlen gegriffen, als die Salbe seine Fingerspitzen berührte.

»Lege deine Hände auf die meinen«, forderte Nok, als all seine Fingerspitzen brannten.

Er ließ sich vor ihr nieder. Sie hielt die Hände auf Brusthöhe leicht vorgestreckt. Als sich ihre Handflächen berührten, begann sie einen Vers in einer ihm unbekannten Sprache zu rezitieren. Ihre Stimme klang dunkel, und über ihre Handflächen spürte Milan, wie etwas tief im Innern ihres Körpers zu vibrieren begann.

Jetzt formten auch seine Lippen die unbekannten Worte. Sie waren ein Schlüssel, der etwas Verborgenes in ihm öffnete. Die Flammen auf dem Phönixbild begannen zu tanzen. Nok verblasste darin, und auch die Farbe des Feuers veränderte sich. Es war plötzlich von einem hellen Blau, wie er es noch nie gesehen hatte, und er erblickte ein bärtiges Antlitz vor sich. Einen alten Kämpen, dessen Gesicht die Spuren langer Feldzüge trug. Gellende Schreie stachen in Milans Ohren. Durch ein schmales Fenster sah er eine Stadt, die in einem Feuersturm verging. Dann griffen die blauen Flammen auch nach ihm.

Doch obwohl sie seinen Körper verzehrten, verschlangen sie seine Seele nicht.

DAHLIA, PIAZZA CYNTHIA, VOR DER MORGENDÄMMERUNG, 25. TAG DES ERNTEMONDES IM JAHR VON SASMIRAS ZWEITER THRONERHEBUNG

Diesmal kam Milan über den Vorplatz des Oktagons und nicht über die Dächer. Nandus stand im Schatten des Hauptportals seines Tempels und beobachtete, wie sein Jüngster an der Außenwand des Palazzo zum Fenster seiner Kammer hinaufkletterte.

Erleichtert atmete Nandus auf, als sein Sohn es geschafft hatte. Die Mauer war verputzt. Sie bot einem Kletterer nicht viel Halt.

Natürlich war ihm klar gewesen, dass es Milan nicht aufhalten würde, als er ihn eingesperrt hatte. Was immer seinen Sohn zu diesen nächtlichen Ausflügen verleitete, setzte eine Kraft in ihm frei, die über den Verstand triumphierte. Liebe oder Rache – eines von beidem musste es sein.

Er war Milan am Abend gefolgt, hatte ihn aber im Tuchhändlerviertel aus den Augen verloren, als ihn ein aufdringlicher Händler angesprochen hatte, um ihm günstige Seide aufzuschwatzen.

Morgen würde er Milan erneut folgen, und dann würde er ergründen, was diesen so sehr von seinen Pflichten ablenkte. Ganz gleich, wer es war – ob ein hübsches Mädchen oder der Seemann, der seinen Sohn bei der Schlägerei unten am Hafen in der Nacht des Tempelraubs so übel zugerichtet hatte –, er würde die betreffende Person aus der Stadt entfernen lassen. Er konnte niemanden dulden, der Milans Aufnahme ins Rote Kloster gefährdete.

DAHLIA, VIERTEL DER TUCHHÄNDLER, STUNDE DES HASEN, 25. TAG DES ERNTEMONDES IM JAHR VON SASMIRAS ZWEITER THRONERHEBUNG

Ein letztes Mal überflog Nok die wenigen Zeilen auf dem Pergament. Den Schriftzeichen war anzusehen, dass ihre Hand gezittert hatte. Nie zuvor hatte sie eine Alte Seele berührt. Der Junge war so viel mehr, als Felicia in ihm sah.

Nok rollte den schmalen Pergamentstreifen zusammen und schob ihn in die Messingkapsel. Sehnsüchtig blickte sie vom Dach ihres Hauses hinaus auf das Meer. Vor so langer Zeit schon hatte sie Sri Naga verlassen. Sie vermisste die Pracht und den Luxus des wandernden Hofes. Selten blieb der Khan länger als drei Monde in einer seiner zahllosen Städte, und sein ganzer Hofstaat zog mit ihm: Tausende von Beamten, Dienern und Wachen, dazu Priester, Dichter, Seidenmaler, Musiker, Krieger und Konkubinen. Wenn der Khan reiste, folgte ihm eine Prozession von mehr als hundert Prunkbarken über das verschlungene Netz der Kanäle oder eine zwanzig Meilen lange Karawane über das weite Land.

Ein Jahr nur hatte Nok am wandernden Hof geweilt, bis die Intrigen machtbesessener Gelehrter sie aus dem Kaiserreich verbannt hatten.

Diese verfluchten Ohrenbläser verachteten die jahrhundertealten Traditionen der Weißen Tigerinnen. Sie huldigten einer Philosophie, die im Irrglauben gefangen war, und behaupteten, ein reiner Geist müsse den Freuden der Sinnlichkeit entsagen. Zugleich glaubten sie nicht daran, dass Seelen einander berühren konnten. Wenn sie zum Khan darüber sprachen, schrieben sie es den Kräutern, die in die Salbe gemischt waren, zu, eine Illusion der Sinne erstehen zu lassen. Ein Trugbild, nicht wahrhaftiger als ein Traum.

Sie wussten nichts! Und doch gewannen sie bei Hof an Macht.

Sie leugneten, dass die Tigerinnen die Seelen der Geschöpfe des Zwielichts in sich trugen. Dabei waren ihre eigenen Seelen von einem himmelhohen Wall von Bücherwissen umschlossen. Nichts vermochte diese Mauern zu durchdringen, um sie in ihrem Innersten zu berühren. Sie waren Gefangene ihres Verstandes, geleitet von eiskaltem Kalkül.

Zweifelnd blickte sie auf die Messingkapsel in ihrer Hand. Würde ihre Nachricht den Khan erreichen? Wie groß war die Macht dieser verfluchten Verächter alles Weiblichen geworden?

Sie empfahl, den Jungen zu entführen. Es gab nur wenige Alte Seelen. Sie weigerten sich, im Licht aufzugehen. Seit Anbeginn der Zeiten waren sie dieser Welt verbunden, und sollte das Dunkel eines Tages den Himmel verschlingen, würden sie eine Macht entfalten, die alles verändern konnte.

Sie hatte die diamantene Härte dieser Seele gespürt. Lucio Tormeno war der Vorletzte, der sie beherbergt hatte. Milan war auf seiner Seelenreise seinem Großvater begegnet, hatte dessen letzte Augenblicke durchlebt.

Nok machte die Dunkelheit Angst, die sie in der Seele gespürt hatte. Milan war ein tugendhafter Junge, aber in dieser Nacht hatte sie etwas in ihm geweckt. Sie sollten kommen und ihn holen, bevor er für Jahre in dem geheimen Kloster verschwand, das er auf keinen Fall betreten durfte.

Nok sah zu den beiden Albatrossen, die auf der Stange am Ende des Flachdachs hockten. Jeden Morgen kamen sie zur Zeit der Dämmerung hierher und warteten auf sie, bis sich die Sonne eine Handbreit über das Meer erhob. Ruhig blieben sie sitzen, als sie sich den beiden näherte und dabei die gurrenden Worte sprach, die sie gehört hatten, seit sie aus dem Ei geschlüpft waren.

Der linke Horizontenwanderer sah kräftiger aus, auch wenn sein Gefieder ein wenig zerzaust war. Vorsichtig streckte sie die Hand nach ihm aus und strich ihm über die starken Schwingen. »Du wirst die *Atem des Himmels* für mich finden!«

Der Albatros legte den Kopf schief und sah sie durchdringend an. Er war stark. Selbst bei Sturm würde er weit über die südliche See fliegen, wo sichere Häfen in der endlosen Wasserwüste nur ein ferner Traum waren. Seit drei Jahren kreuzte dort die *Atem des Himmels* und wartete auf ihre Nachrichten. Der mächtige Siebenmaster war an ihrem letzten Tag in Sri Naga unter ihr Kommando gestellt worden.

Mehr als drei Jahre war es nun her, dass sie die riesige Dschunke verlassen hatte, um an Bord eines unauffälligen Seidenfahrers nach Dahlia zu kommen und ihr Netzwerk aus Spitzeln aufzubauen. Seit fünf Monden hatte sie keine Nachricht mehr von der Kriegsdschunke erhalten. Die beiden Albatrosse waren die letzten Boten, die sie noch schicken konnte.

»Wirst du dein Ziel erreichen?«, fragte sie den großen Vogel, während sie ihm die Messingkapsel ans Bein band. Ohne Zustimmung des Khans durfte sie ihre Dschunke nicht nach Dahlia befehlen. Zu brüchig war der Frieden zwischen dem Khanat und dem Kaiserreich. Allein die Anwesenheit eines so mächtigen Schiffes vor der Küste Cilias mochte einen neuen Krieg heraufbeschwören. Deshalb kreuzte die *Atem des Himmels* weit abseits aller Schifffahrtsrouten in der südlichen See und wartete auf die Befehle und Nachrichten, die sie auf den Schwingen der Albatrosse erreichten.

Ihre Botschaft an den Khan würde von anderen Vögeln von Dschunke zu Dschunke über das Meer getragen werden bis nach Sri Naga und von dort an jenen Ort, an dem der Wandernde Hof nun weilte. Selbst im günstigsten Fall würde es Wochen dauern, bis sie eine Antwort bekam.

Der Albatros bewegte sich unruhig auf der Stange. Im Osten erglomm das erste Morgenrot.

Vielleicht sollte sie ihr Schiff doch eigenmächtig hierher befehlen. Der Junge war wichtig. Noch hatte sie Gelegenheit, eine andere Botschaft zu schicken. Nötigenfalls einen Angriffsbefehl …

Sie dachte an das, was Milan ihr über Nandus erzählt hatte. Tag für Tag hatte der Erzpriester den Jungen seit dem Raub der

Silberscheibe verhört und nach dem Seemann ausgefragt, den Milan erfunden hatte, um seine Blessuren nach der Begegnung mit Felicias Leibwächter zu erklären. Immer mehr Einzelheiten hatte der Erzpriester über diesen Mann wissen wollen. Immer bildhafter hatte der Junge ihn beschrieben und sich, um glaubhaft zu wirken, in einen Hass gegen diese regelrecht zu Fleisch verdichtete Kopfgeburt gesteigert, der die dunkle Seite seiner Seele zum Schwingen gebracht hatte. Die Seite, die es einst Lucio Tormeno erlaubt hatte, das Todesurteil über eine ganze Stadt auszusprechen und zu vollstrecken.

Der Albatros wurde unruhig und spreizte seine Flügel, doch sie hielt sein Bein fest umklammert. Noch war Zeit. Welchen Befehl sollte sie an die *Atem des Himmels* schicken?

DAHLIA, HAFEN, FRÜHER NACHMITTAG, 25. TAG DES ERNTEMONDES IM JAHR VON SASMIRAS ZWEITER THRONERHEBUNG

Aufmerksam betrachtete Hauptmann Lorenzo den Toten mit dem klaffenden Schnitt in der Kehle, einen großen, stattlichen Kerl, der, nach den Tätowierungen auf Armen und Brust zu urteilen, ein Seemann gewesen sein musste, der auch auf Fernkoggen gefahren war. Erst vor ein paar Tagen hatte ihm offenbar jemand die Nase gebrochen. Sie war nicht ordentlich gerichtet worden, und die Blutergüsse unter den Augen waren noch nicht völlig verschwunden.

Der Leichnam lag auf einem Fischkarren aufgebahrt. Vor fünf Stunden hatten sie ihn aus dem Hafenbecken gezogen. Noch hatten keine Fische von seinem toten Fleisch gefressen. Lange konnte er nicht im Wasser gelegen haben. Der Klinge, die seinem Leben ein Ende gesetzt hatte, war er mit Sicherheit erst in der vergangenen Nacht begegnet.

Ein Ruf ließ Lorenzo aufblicken. Das Boot, das zu den beiden

Fernhändlern im Hafen hinausgefahren war, legte wieder am Landungssteg an. Der schlaksige Olmo stieg die Sprossen der Leiter empor und eilte ein wenig schneller an Fischkörben, aufgerollten Tauen und zum Trocknen aufgehängten Netzen vorbei, als es sich mit der Würde seines Amtes vertrug. Immerhin war er der stellvertretende Hauptmann der Stadtwache. Merkte er denn nicht, wie ihm die Blicke der Fischer und Salzhände folgten?

»Nichts!«, stieß Olmo atemlos hervor, als er Lorenzo erreichte.

»Etwas genauer bitte!«

Olmo nahm Haltung an, als stünde er vor dem Rat. »Die beiden Fernhändler und drei weitere Küstenkoggen habe ich besucht, Hauptmann. Aber niemand dort kennt den Toten.«

Lorenzo schüttelte den Kopf. Es war wie verhext. Der Kerl hatte rotes Haar. Er musste aufgefallen sein!

»Hast du mehr über ihn herausgefunden?«

Lorenzo mochte es nicht, wenn sich Olmo in der Öffentlichkeit das kameradschaftliche *Du* herausnahm. »Ich habe die rote Sofia befragt. Üblicherweise kennt sie jeden, der sich im Hafen herumtreibt. Früher oder später stehen sie alle vor ihrem Suppenstand.« Er bedachte den Toten mit einem ärgerlichen Blick. »Ihn hat sie nie gesehen. Ebenso wenig kannte der Wirt des *Goldenen Ankers* ihn oder irgendein anderer Schankwirt im Hafen. Auch die Huren des Viertels behaupten, ihm nie begegnet zu sein. Er ist wie ein Geist.«

»Vielleicht hat ihn ja die Flut vom Meer in den Hafen getrieben?«, schlug Olmo vor.

Lorenzo widersprach ihm nicht. Diese Ausrede mochte vielleicht sein Rettungsanker werden. Dabei wusste er genau, dass der Mann nicht lange genug im Wasser gelegen hatte, um von irgendwo weit draußen hier angespült worden zu sein. Und es gab mindestens zwei Personen in dieser Stadt, die ihm begegnet waren.

Lorenzo rang mit sich. Er galt als unbestechlich, als niemandem verpflichtet, als derjenige, der gegen alle Widerstände dafür gesorgt hatte, dass die Stadtwache allein der Gerechtigkeit diente. Und er war stolz auf diesen Ruf. Wenn er aber seinen Idealen treu bliebe, würde er heute einen Mann verärgern, der gefährlicher werden konnte als selbst der einflussreichste Ratsherr.

Nein. Diesmal durfte er nicht einknicken. Schon die Sache mit den Lügen über die Schmuggler und deren Hinrichtung hatte ihm ganz und gar nicht gefallen. In jener Nacht hatte er sich den Wünschen des Erzpriesters und des Komturs gebeugt, doch dieses Mal würde er nicht einfach schweigen.

»Geh zum Oktagon und hol mir den Erzpriester hierher.«

»Wozu?« Olmo sah ihn überrascht an.

»Er soll ein paar fromme Worte sprechen«, knurrte Lorenzo ungehalten. »Wozu sonst sollte man einen Priester an der Seite eines Toten benötigen?«

Olmo wirkte keineswegs überzeugt, machte sich aber auf den Weg. Dumm war er nicht, sein Stellvertreter.

Natürlich ging es nicht um fromme Worte. Milan und Nandus Tormeno waren die Einzigen in Dahlia, von denen er mit Sicherheit wusste, dass sie diesen Seemann kannten. Nandus hatte ihm von dem Schläger erzählt, der in der Nacht des Diebstahls seinen Sohn Milan so übel zugerichtet hatte. Er hatte den rothaarigen Seemann sehr genau beschreiben können. Es gab keinen Zweifel, dass es sich bei der Leiche, die hier vor ihm lag, um ebendiesen Mann handelte.

Nachdenklich betrachtete Lorenzo den klaffenden Schnitt in der Kehle des Toten. Das Schwert, das Nandus trug, war mehr als ein Zeichen seines Amtes. Er hatte den Erzpriester im Hof der Ordensfestung zur Übung mit den besten Kaiserrittern fechten sehen.

Lorenzo hatte, anders als dieser Tormeno, noch nie auf einem Schlachtfeld gestanden und war froh darüber. Er war kein Mann für Heldenlieder. Aber Nandus war so einer. Und der Erzpriester war auch jemand, der sein Schicksal im Zweifelsfall in die eigene Hand nahm, so wie er es nach dem Diebstahl der Silberscheibe getan hatte.

Er würde ihm ein paar unangenehme Fragen stellen müssen.

Ärgerlich zog Lorenzo das alte Segeltuch über das Antlitz des Seemanns. »Wärst du nur am Grund des Hafenbeckens geblieben!«

DAHLIA, PALAZZO TORMENO, SPÄTER NACHMITTAG, 25. TAG DES ERNTEMONDES IM JAHR VON SASMIRAS ZWEITER THRONERHEBUNG

Würdet Ihr mir bitte folgen, Erzpriester?«

Nandus betrachtete Hauptmann Lorenzo mit mühsam beherrschtem Ärger. Zwei Mal schon hatte ihm der Befehlshaber der Stadtwachen seinen Stellvertreter geschickt, um ihn hinab zum Hafen zu zitieren. Was glaubte er, wer er war? Hatte er einen zu freundlichen Umgang mit dem kleinen Mann gepflegt? Dachte Lorenzo etwa, er sei ihm wegen der Sache mit den Schmugglern etwas schuldig?

»Was gibt es denn so Dringendes, Lorenzo?« Nandus legte die Feder auf dem Schreibpult ab, mit der er auf billigem Papier aus dem Khanat einige Gedanken für die nächste Messe festgehalten hatte.

»Ich möchte Euch einen Mann zeigen, Erzpriester. Ich hab ihn mitgebracht. Er erwartet euch auf der Piazza Cynthia. Ich bin mir sicher, die Sache wird schnell erledigt sein. Ihr werdet mir nur sehr wenig Eurer kostbaren Zeit schenken müssen.«

»Gut, dann rede ich mit diesem Mann.« Nandus kam hinter seinem Pult hervor. Sein Schreibzimmer war karg eingerichtet. Da waren ein Tisch voller Papiere, eine mit drei Bügelschlössern gesicherte Kiste, einige Regale und das an der Vorderseite mit einem stilisierten Löwen geschmückte Stehpult. Neben dem schön in Schwarz und Weiß gefliesten Boden war dies der einzige Schmuck in dem überaus nüchternen Raum. Es gab keinen Stuhl, keinen Platz, der zum Müßiggang einlud.

»Mit dem Mann zu reden wird selbst Euch nicht gelingen«, bemerkte Lorenzo bissig und folgte ihm dann die Treppen hinab.

Ein Fischkarren stand in einigem Abstand zum Oktagon auf der Piazza Cynthia. Etliche Stadtwachen in ihren blauen Waffenröcken mit dem weißen Turm auf der Brust umringten ihn. Mit ihren Hellebarden drängten sie die Schar von Neugierigen zurück.

Ohne ein Wort zu sagen, führte Lorenzo ihn über den Platz. Die Wachen ließen sie passieren. Auf dem Wagen lag etwas, das mit einem alten Segeltuch verdeckt war. Es stank nach Fisch und Verwesung.

Ein Schwarm von Fliegen stieg auf, als der Hauptmann das Tuch zur Seite zog. Darunter lag ein stattlicher Mann mit flammend rotem Haar und durchschnittener Kehle.

»Kennt Ihr diesen Toten, Nandus Tormeno?«

»Ja und nein.«

»Könntet Ihr Euch ein wenig deutlicher ausdrücken, ehrenwerter Erzpriester? Ich bin Euch mit diesem Toten so weit entgegengekommen, wie ich konnte. Es wäre sehr freundlich, wenn Ihr mir nun die Höflichkeit klarer Antworten erweisen würdet.«

Nandus klatschte in die Hände. »Geht!«, rief er mit Donnerstimme. »Erweist dem Toten Ehre, indem ihr ihn nicht begafft wie einen verreckten Straßenköter in der Gosse!«

Seine Worte zeigten Wirkung. Einzelne murrten zwar, aber die Schaulustigen zogen sich zurück.

»Das gilt auch für euch!«, fuhr Nandus die Stadtwachen an. »Nehmt zehn Schritt Abstand zum Karren!«

Nur zwei der Männer blickten zweifelnd zu Lorenzo. Die anderen gehorchten ihm augenblicklich.

»Geht!« Der Hauptmann machte eine Geste, als wolle er eine lästige Fliege verscheuchen. »Wolltet Ihr mir zeigen, welche Macht Ihr habt, Nandus?«, fragte er leise, als seine Wachen sich zurückgezogen hatten.

»Bedarf das Offensichtliche klärender Worte?«, entgegnete Nandus süffisant. »Doch nun zu Eurem Toten. Ich bin dem Mann nie zuvor begegnet, und doch kenne ich ihn.« Er trat näher an den Karren und betrachtete den Leichnam eingehend. Der Mann war nackt. Leichenflecken zeigten sich auf der sonnenverbrannten Haut. Er sah ganz genau so aus, wie Nandus ihn sich vorgestellt hatte. Wirklich erstaunlich! Milans Worte hatten das Abbild des Mannes so deutlich wie ein Fresko von Meisterhand in seinem Geiste erstehen lassen. Fast schon unheimlich. Die gebrochene Nase, der Rotton der Haare, das kantige Kinn, die Tätowierungen – alles entsprach seiner Vorstellung.

Lorenzo räusperte sich.

»Mir ist der Mann beschrieben worden«, erklärte Nandus.

»Von wem?«

»Vielleicht erinnert Ihr Euch: In der Nacht des Diebstahls wurde mein jüngster Sohn Milan im Hafen von einem Seemann übel verprügelt. Ich habe Euch davon erzählt. Milan hat mir den Raufbold beschrieben …« Er blickte in das Antlitz des Toten. »Es muss dieser Mann gewesen sein.«

»Aber Ihr seid ihm nie begegnet?«

»Nein!«, entgegnete Nandus scharf. Was nahm sich der Hauptmann heraus! Dachte Lorenzo etwa, er hätte dem Seemann die Kehle aufgeschlitzt?

»Und Euer Sohn …?«

»Den habe ich gestern Nacht in seiner Kammer eingesperrt.«

»Darf ich wissen, warum?«, erkundigte sich der Hauptmann.

»Weil ich Sorge hatte, dass Ihr mir meinen Sohn auf einem solchen Karren bringen könntet. Milan hat sich in den Nächten zuvor davongeschlichen. Er war auf der Suche nach diesem Seemann und wollte ihm seine Prügel vergelten.«

»Und Ihr seid sicher, dass er in der letzten Nacht nicht am Hafen war?«

»Wie ich Euch schon sagte: Ich habe ihn gestern eingesperrt.«

Lorenzo nickte, doch es lag Zweifel in seinem Blick. »Und

Ihr, erhabener Erzpriester? Wo wart Ihr in der vergangenen Nacht?«

»Ich habe über die Silberscheibe gewacht.« Nandus sah zu den Männern des Hauptmanns und senkte seine Stimme. »Schließlich ist sie immer noch in Gefahr. Seid Ihr Euren Pflichten nachgekommen, Lorenzo? Wisst Ihr endlich, wen wir suchen?«

»Ich habe viele Pflichten«, entgegnete der Hauptmann pikiert. »Fast die Hälfte meiner Männer ist im Einsatz, um die Dächer der Stadt im Blick zu behalten. Aber wir sind wenige.« Er zuckte mit den Schultern. »Und Dahlia ist keine kleine Stadt.«

»Gibt es überhaupt eine Spur? Oder beschäftigt Ihr Euch mit diesem Seemann, weil Ihr mir den vorgeblichen Krähenmann nicht bringen könnt?«

»Er ist in meiner Stadt ermordet worden. Ich werde seinen oder seine Mörder stellen.«

»Und die Diebe zählen nicht mehr?«, setzte Nandus dem Hauptmann weiter zu. »Dieser Mann hier war ein Schläger. Glaubt Ihr, viele werden ihm eine Träne nachweinen? Beschäftigt Euch mit dem Wesentlichen. Den hier zu verlieren ist, wie die Schmuggler aufs Rad geflochten zu haben.«

Lorenzo sah ihn herausfordernd an. »Ich glaube, wir haben sehr unterschiedliche Vorstellungen von Gerechtigkeit.«

Er hatte sich in dem Mann verschätzt, dachte Nandus. Er hatte zu den größten Befürwortern seiner Ernennung gehört. Lorenzo Dolendo war niemand, von dem er vor der Beförderung zum Hauptmann der Wache je gehört hatte. Ein dicker, kleiner Mann, der verweichlicht wirkte und dem Rotwein angeblich mehr zugetan war, als gut für ihn war. Einer, von dem kein Ärger zu erwarten war, sondern nur Gehorsam. Und nun das …

»Ich werde meinen Sohn befragen, was er über den Seemann weiß. Immerhin scheint er ihn ein paar Nächte gesucht zu haben.«

»Wäre er denn fähig, einem Mann die Kehle durchzuschneiden?«

Bis heute hätte Nandus das, ohne zu zögern, verneint. Aber

Milan veränderte sich … Ob es da doch eine Frau gab? »Einen kaltblütigen Mord traue ich ihm nicht zu. Aber wenn er angegriffen wird, kann er sich verteidigen. Allerdings trägt er kein Schwert.« Dem Erzpriester fiel auf, wie Lorenzo auf die Waffe an seiner Seite blickte. »Nicht einmal einen Dolch.«

»Ich nehme an, wenn ich Euch bitten würde, mir Euer Schwert zu zeigen, würdet Ihr das ablehnen.«

Nandus zog blank. Die Schneide seines Schwertes zischte einen Fingerbreit unter der Nase des Hauptmanns vorbei, bevor er die Waffe neben dem Toten auf den Karren legte. »Was sucht Ihr, Hauptmann? Blutspuren? Ein Krieger, der etwas auf sich hält, säubert sein Schwert, bevor er es in die Scheide stößt. Blutreste könnten Stahl und Leder miteinander verkleben lassen. Manchmal darf es keinen Herzschlag dauern, sein Schwert zu ziehen. Wer seine Waffen nicht pflegt, stirbt jung.«

Lorenzo ignorierte seine Worte und sah sich das Schwert, das Nandus in so viele Kämpfe begleitet hatte, auf das genaueste an. »Sauber«, bemerkte er schließlich. »Aber nun weiß ich ja, dass das bedeutungslos ist.«

»Ihr glaubt doch nicht ernsthaft, dass ich oder mein Sohn den Kerl umgebracht haben.« Nandus bemühte sich um einen einlenkenden Tonfall. Es wäre unklug, sich mit dem Hauptmann zu überwerfen.

»Ihr und Euer Sohn, Ihr seid die Einzigen, die von diesem Mann gewusst haben. Für alle anderen war er anscheinend unsichtbar. Es gibt weder einen Ort, an dem er geschlafen hat, noch einen, an dem er eine Mahlzeit zu sich genommen hätte. Und er ist nun durchaus nicht von unauffälliger Erscheinung.« Lorenzo klang verzweifelt.

Der Erzpriester legte ihm die Hand auf die Schulter. »Nicht jedes Rätsel vermag gelöst zu werden. Ihr habt Euch redlich bemüht. Das ist alles, was zählt.«

Der Hauptmann schüttelte ärgerlich den Kopf. »Nicht, wenn es um einen Toten geht. Ich kann nicht einfach aufgeben. Ebenso wenig wie bei Eurem Krähenmann.«

»Gibt es also doch eine Spur?«, fragte Nandus rasch.

»Zwei meiner Männer haben etwas von weißen Schatten erzählt, die sie auf den Dächern gesehen haben.«

»Weiße Schatten? Mir scheint, Ihr habt Poeten in Eurer Truppe, Lorenzo.«

Der Hauptmann stieß ein freudloses Lachen aus. »Ich habe Trottel und Helden, bestechliche Halunken, Säufer und Tunichtgute, Schläger, Eidbrecher und Feiglinge. Aber Poeten sind ganz gewiss keine dabei. Deshalb nehme ich den Hinweis ernst.«

»Darf ich Eure Männer in den nächsten Tagen auf die Dächer begleiten?«

»Habt Ihr Euch denn von Eurem Sturz erholt, Erzpriester?«

»Erholen werde ich mich, wenn der Dieb der Silberscheibe gestellt und gerichtet ist. Er wird zurückkehren, nun, da er weiß, dass er die falsche Scheibe gestohlen hat.«

Lorenzo sah ihn auf unangenehm eindringliche Art an. Wie jemand, der überzeugt war, dass, wenn er nur lange genug wartete, die Maske fallen würde.

»Gibt es etwas, das ich über den Krähenmann wissen sollte?«, fragte der Hauptmann schließlich. »Kennt Ihr ihn, so wie den Seemann?«

Nandus schnaubte verächtlich. »Der Krähenmann ist nichts als eine Mär. Und den wahren Dieb kenne ich selbstredend nicht!«

»In zwei große Kontore wurde eingebrochen. Es wurde Silber gestohlen …« Der Hauptmann hakte die Daumen in den Schwertgurt, der um seine fülligen Hüften unpassend wirkte. »Und ich glaube, es gab noch mehr derartige Einbrüche. Aber unsere Kaufleute scheuen sich, diese zu melden. Wer vertraut schon einem Handelshaus, das die Schätze, die es lagert, nicht hüten kann?« Der kleine, feiste Mann zog die Brauen zusammen. »Diebe nehmen gewöhnlich alles von Wert mit, was sie tragen können. Nur der Krähenmann würde einzig Silber stehlen und das Gold in einer Truhe, die er aufgebrochen hat, verschmähen … Was geschieht in der Stadt, Erzpriester? Wenn Ihr irgendetwas wisst, ganz gleich, wie absurd es Euch erscheint, sagt es mir!«

»Jemand macht sich die Mär vom Krähenmann zunutze …«

»Und warum? Was hat der Dieb davon?«

»Verzweiflung. Der Krähenmann kann überall erscheinen, wo es Schatten gibt. Nur wer ein Zimmer in schattenverschlingendes Licht tauchen kann, ist bei Nacht sicher vor ihm. Wer kann so viele Kerzen abbrennen? Die Reichen … Aber werden sie in Kontoren voller Rechungsbücher ein Flammenmeer entzünden? Wer glaubt, dass er sich ohnehin nicht schützen kann, wird nachlässig. Der Traum eines jeden Diebs.«

»Nein.« Lorenzo schüttelte ernst den Kopf. »Das kann nicht alles sein. Heute Nachmittag wurde ein kleiner Junge vermisst gemeldet. Ein normaler Dieb würde nicht so weit gehen, ein Kind zu entführen, nur um den Anschein zu erwecken, hier sei der Krähenmann am Werk.«

DAHLIA, PALAZZO TORMENO, SPÄTER NACHMITTAG, 25. TAG DES ERNTEMONDES IM JAHR VON SASMIRAS ZWEITER THRONERHEBUNG

Milan wandte sich von seinem Fenster ab. Was besprachen sein Vater und der Hauptmann der Wache wohl? Und wer lag da auf dem Karren? Ein Toter? Mehr als einen kurzen Blick hatte er nicht erhaschen können. Die beiden hatten ihm die Sicht versperrt.

Heute hatte ihn sein Vater schon nach der mittäglichen Fechtstunde in seiner Kammer eingeschlossen. Als ob ihn das halten würde!

Resigniert wandte Milan sich vom Fenster ab. Müde setzte er sich auf sein Bett. Er durfte sich nicht zurücklehnen, sonst würde er binnen Augenblicken einschlafen. Vielleicht aber wäre das ja das Klügste. Einfach nur zu schlafen.

Als Nok ihn fortgeschickt hatte, war er bis zur Morgendämmerung ziellos durch die Gassen am Hafen geirrt. Gefangen zwischen Traum und Wachen und erfüllt von einer Wut, wie er sie nie zuvor empfunden hatte. Wie konnte sie ihn nach sieben Nächten entlassen, als sei alles, was sie geteilt hatten, ohne Zukunft? Er hatte an all seine Lügen gedacht. An den Seemann, den er erfunden hatte, um seine nächtlichen Ausflüge durch eine glaubhafte Geschichte zu rechtfertigen.

Die Wut dieser ersten Stunden war inzwischen gewichen. Jetzt fühlte er sich nur noch leer. Sein Leben hatte kein Ziel mehr. Nok hatte sich sein Gedicht nicht einmal angesehen. Als er schließlich gegangen war, hatte die kostbare Pergamentrolle noch immer ungeöffnet neben ihrem Lager gelegen.

Dabei waren sie sich so nah gekommen wie nie zuvor. Erst waren da die schrecklichen Bilder gewesen. Das Feuer, Visionen von Schlachten, Kämpfe mit Ungeheuern, wie es sie nur in Mären gab, und er hatte den Feuervogel gesehen. Ihm hatte er sich hingegeben, statt ihn zu bekämpfen. Er war in der Umarmung der flammenden Schwingen zu Asche geworden und wieder auferstanden, stärker als je zuvor.

Als die Visionen endeten, hatten sie sich geliebt. Langsam und doch zugleich leidenschaftlicher als in den vorangegangenen Nächten. Kannten sie einander nun? Milan seufzte. Das hatte er zumindest geglaubt. Doch er würde diese Frau aus Sri Nagar niemals wirklich kennen. Er hatte nicht hinnehmen wollen, dass dies ihre letzte Nacht war. Hatte von seiner Liebe gesprochen. Sie beschworen, ihn wieder zu empfangen.

Er verstand das nicht. Wie hatten sie all diese Leidenschaft teilen können, ohne dass sie ihn liebte? Es hatte sich so echt angefühlt in ihren Armen.

Verzweifelt hatte er sie gefragt, wie sie sich so sicher sein konnte, dass sie ihn nicht liebte. Ihre Worte darauf hatten ihm das Herz aus dem Leib geschnitten.

Weil ich dich nie vermisst habe, nachdem du gegangen warst.

DAHLIA, STRASSE DER BRUNNEN, VOR DER MORGENDÄMMERUNG, 26. TAG DES ERNTEMONDES IM JAHR VON SASMIRAS ZWEITER THRONERHEBUNG

Paolo?« Die Fackel des Erzpriesters war fast abgebrannt. Er kauerte in der Hocke. Kühles Quellwasser umspülte seine Füße. Zusammen mit drei Stadtwachen war er in einen der Brunnen hinabgestiegen. »Paolo?«, rief er erneut. Seine Stimme hallte von den Wänden des Kanals wider. Die Flamme der Fackel war kleiner als seine geballte Faust. Sie warf unregelmäßige Schatten auf den Fels, der noch die Spuren der Meißel zeigte, die ihm vor über einem Jahrhundert diesen Kanal unter der Straße der Brunnen abgerungen hatten.

»Wir sollten umkehren, Herr«, raunte Olmo.

»Es gibt keinen Grund zu flüstern«, entgegnete Nandus scharf. Mit jeder Stunde hier unten in den Kanälen waren die drei Wachen dichter an ihn herangerückt. Sie hatten aufgehört, den Namen des verschwundenen Jungen zu rufen. Stattdessen starrten sie wie gebannt in die Dunkelheit.

»Wenn der Krähenmann in der Stadt ist, dann an einem Ort wie diesem.« Olmo flüsterte noch immer.

Nandus sah, wie das Schwert in der Hand des stellvertretenden Hauptmanns der Wache zitterte. Der großgewachsene, spindeldürre Mann ging gekrümmt. Ihm machten die niedrigen Kanäle am meisten zu schaffen.

Die Flamme blakte. Schwarzer Rauch zog unter der Felsdecke dahin. Plötzlich verlosch sie, und einer der Männer hinter ihm gab einen halb erstickten Laut der Angst von sich. Nur noch dunkle Glut schwelte am Ende des Steckens, der mit pechgetränkten Tüchern umwickelt worden war.

Nie hatte er eine erbärmlichere Truppe angeführt, dachte Nandus erzürnt. Dabei hatten die Männer sich im Kampf gegen die Schmuggler durchaus tapfer geschlagen. Er schwenkte die Fackel hin und her. Noch einmal erwuchs eine kleine Flamme aus der Glut.

»Gut«, sagte er mit fester Stimme. »Gehen wir zurück. Ohne Licht können wir hier nichts mehr ausrichten. Vielleicht haben die anderen ja den Jungen gefunden.«

Sie hatten kaum ein Dutzend Schritte getan, als die Flamme endgültig erstarb. Die Fackel durch Schwenken erneut zu entfachen wollte nicht mehr gelingen. Kurze Zeit glomm noch ein Rest von Glut, dann umfing sie vollkommene Finsternis.

»Jeder greift nach dem Gürtel seines Vormanns!«, befahl Nandus und spürte, wie sich Olmos Finger in seinen Schwertgurt krallten.

Selbst ihm setzte die Dunkelheit zu. Er ließ die Finger der Linken an der rauen Felswand entlanggleiten. Den nassen Stein zu berühren gab ihm die Gewissheit, unverändert in seiner Welt zu sein und nicht an einem Ort, an dem es nur mehr gestaltlose Dunkelheit gab.

»Hörst du das?«, raunte Olmo hinter ihm.

Außer dem Platschen ihrer Füße im kalten Quellwasser und dem ängstlichen Atmen hatte er nichts vernommen.

»Stehen bleiben!«, sagte Olmo ein wenig lauter und hielt Nandus am Gürtel zurück. »Haltet den Atem an.«

Der Erzpriester vernahm ein leises Klacken. Zähneklappern. Kein Wunder bei dem eisigen Wasser. Er wollte gerade eine bissige Bemerkung machen, als er das unverkennbare Geräusch von Schritten im knöcheltiefen Wasser hörte. Jemand war hinter ihnen!

»Da ist nichts! Vorwärts!« Er durfte den Wachen nicht erlauben, ihrer Angst nachzugeben. Sie konnten ohnehin nichts machen. Wer immer dort war, würde im Dunkel des Kanals verborgen bleiben, selbst wenn er ihnen so nah käme, dass sie ihn mit ausgestrecktem Arm berühren könnten.

Nandus ging jetzt ein wenig schneller. Endlich sah er eine Spur blassen Lichts vor sich. Dort musste ein Brunnenschacht sein. Bald ertastete er rostige Eisensprossen. Weit über sich erkannte er einzelne Sterne. Verheißungsvolles Licht. Die Welt aus reiner Dunkelheit lag hinter ihnen.

»Du zuerst!« Er schob Olmo zu den Sprossen. Einer nach dem anderen nahmen die Wachen den Weg hinauf in die Stadt.

Nandus stieß sein Schwert in die Scheide. Seine Rechte schloss sich um verkrustetes Eisen, als er einen Schemen im Dunkeln sah. Eine große Gestalt.

»Wer bist du?«, flüsterte er.

Er erhielt keine Antwort. Aber deutlich vernahm er ein schweres Atmen.

»Stell dich!«, zischte er und griff nach seinem Schwert.

Augenblicklich verschmolz der Schatten mit dem Dunkel des Kanals.

Wahrscheinlich war es nur irgendein Dieb, der hier seine Zuflucht hatte. Es gab Geschichten über geheime Tunnel und Kammern, die in den Fels geschlagen waren. Sie sollten noch aus der Zeit des Alten Volks stammen.

Ein Frösteln überlief Nandus. Er schob es auf das kalte Wasser, wusste aber insgeheim, dass er sich etwas vormachte. Hier unten war jemand, der sie beobachtet hatte. Jemand, der sich in der Dunkelheit besser zurechtfand, als sie es taten …

Er griff nach den Sprossen und beeilte sich, nach oben zu kommen. Erleichtert stieg er über den Brunnenrand ins Freie. Viergeschossige Wohnhäuser mit flachen Dächern standen hier aneinandergedrängt. Hölzerne Erker ragten aus den einst weiß getünchten Wänden. Wäscheleinen waren kreuz und quer über die enge Straße gespannt. Von unten sah es aus, als sei ein riesiges, weitmaschiges Netz über dieses Stadtviertel geworfen worden, um die schmutzigen, großen Häuser und deren Bewohner gefangen zu halten.

Der Blumenberg hatte zwei Gesichter. Die Nordseite wies auf das Meer. Dort wohnten die Reichen. Hier auf der anderen Seite waren die Ärmsten der Stadt zusammengepfercht. Fischköpfe nannte man auf der anderen Seite des Berges jene, die hier lebten. Ihre Speise waren großenteils Abfälle, ihre Kleider oft kaum mehr als Lumpen. Sie waren die Packer am Hafen, die Kutscher, die den Marmor von den Steinbrüchen brachten, Näherinnen und Erntehelfer.

Die Brunnen dieser Straße, aus denen sie kühles, sauberes Bergwasser schöpfen konnten, war die einzige Gunst, welche die Stadt den Bewohnern der Südseite des Blumenhügels je erwiesen hatte.

Eine kleine, abgehärmte Frau kam auf Nandus zu. Er hatte sie ein paar Mal in seinen Messen gesehen. Nicht allzu oft. Er glaubte, sich auch an einen Jungen mit zerzaustem Lockenhaar zu erinnern, der sie begleitet hatte. »Habt Ihr Paolo gefunden? War er dort unten?«, fragte sie.

Nandus schüttelte müde den Kopf.

Die Frau warf sich vor ihm auf die Knie und küsste den durchnässten Saum seines schwarzen Obergewandes. »Bitte hört nicht auf, ihn zu suchen. Nur Ihr könnt ihn finden, wenn der Krähenmann ihn mitgenommen hat.«

»Es gibt keinen Krähenmann! Das ist nur eine Mär. Dein Junge ist fortgelaufen.«

Sie sah zu ihm auf, die Augen waren Gruben dunkler Verzweiflung. »Er holt die Kinder«, stieß sie unter Tränen hervor. »Erst holt er das Silber und dann die Kinder.«

»Es ist nur eine Mär!«

Olmo eilte herbei und zog die Frau von ihm fort. Auch Lorenzo trat aus der Nacht. »Wir haben ihn überall gesucht. Er ist wie vom Erdboden verschluckt.«

»Sagt nicht so etwas«, fuhr Nandus ihn an. »Nichts, was an die Mär vom Krähenmann erinnert. Wir müssen dieses Gerede beenden! Achtet auf das, was Ihr redet, Hauptmann.«

Lorenzos Wangen waren ein Feld schwarzer Stoppeln. Dunkle Ringe malten sich unter seinen Augen ab. Im Licht der letzten Fackeln sah er fahl aus. »Wir kommen wieder, wenn die Sonne aufgegangen ist.« Seine Stimme klang müde. »Die anderen Kinder und die Nachbarn haben Paolo immer *die Katze* genannt. Er konnte schon klettern, bevor er laufen konnte. Angeblich ist er oft in die Brunnen hinabgestiegen. Aber auch auf den Dächern ist er herumgestreunt. Er war ein kleiner Herumtreiber, auch wenn jetzt keiner schlecht von ihm reden mag. Wahrscheinlich war er auch ein Dieb«, sagte er mit gesenkter Stimme und blickte zu der Mutter, die Olmo ein Stück weggeführt hatte. »Ihr wisst ja, wie das ist – die kleinen Diebe gehorchen den großen Dieben.«

Nandus runzelte überrascht die Stirn. Wollte Lorenzo damit etwas andeuten?

»Und wenn er einen der großen Diebe hintergangen hat …« Der Hauptmann fuhr sich mit der flachen Hand quer über die Kehle.

DAHLIA, WEISSER BERG, MORGENDÄMMERUNG, 26. TAG DES ERNTEMONDES IM JAHR VON SASMIRAS ZWEITER THRONERHEBUNG

Jacobo saß in seinem Lehnstuhl am Fenster. Der Kopf war ihm auf die Brust gesunken. Speichel hatte sich in seinem linken Mundwinkel gesammelt. Er war völlig kahl geworden, nicht ein einziges seiner rostroten Haare war ihm geblieben.

Nandus stand still und betrachtete seinen alten Mentor. Den Mann, der ihm nach dem Untergang Arboras den Vater ersetzt hatte. Seine Mutter Sibelle hatte noch im Winter nach dem Tod seines Vaters Lucio ihren Bruder Tercio geheiratet. Da war Nandus schon im Roten Kloster gewesen. Nie wieder war er auf das Landgut seines Onkels Tercio zurückgekehrt, so sehr hatte er sich für die Blutschande geschämt.

Jacobo aber hatte ihn immer wieder im Kloster besucht, und auch in den Jahren nach seiner Priesterweihe war er, wenn Nandus Hilfe brauchte, meist zur Stelle gewesen. Der Hut mit der breiten Krempe, den Jacobo stets getragen hatte, lag auf dem Tisch neben einem kleinen Silberbecher. Jetzt verstand Nandus die Amulette, Muscheln und Federn am Hut zu deuten. Sie verrieten den Rang des Wanderers und wohin er gereist war. Jacobo war immer so viel mehr gewesen, als Männer wie Onkel Tercio in dem vermeintlichen Wanderarbeiter gesehen hatten.

»Man merkt, dass dir ein Weib fehlt.« Jacobos Stimme war immer noch kräftig. »Schleichst dich in meine Kammer und starrst mich an zu einer Stunde, zu der du dich von zarten Schenkeln gelöst haben und deine erste Messe halten solltest.«

Nandus lächelte. Niemand anders nahm es sich heraus, so mit ihm zu reden. »Ich brauche deinen Rat.«

Ein meckerndes Lachen erklang, das in ein Husten überging.

Nandus trat an den Tisch und füllte den Silberbecher aus einem Wasserkrug. Dann trat er an den Lehnstuhl. Er setzte Jacobo, der noch immer hustete, den Becher an die Lippen. Der Alte schluckte und hustete, schluckte und hustete. Seine milchigen Augen schienen durch Nandus hindurchzusehen. Langsam kam er zur Ruhe.

»Ich habe nie verstanden, warum ein Blinder im ersten Morgenlicht aufs Meer hinausblickt. *Du* solltest in deinem Bett liegen und schlafen.«

»In meinem Alter ist der Schlaf ein Gefährte, dem man mit Argwohn begegnet«, stieß Jacobo schwer atmend hervor. »Ich spüre das Licht noch, wenn sich die Sonne erhebt. Und ich erinnere mich dann an meine schönsten Sonnenaufgänge. Hab ich dir je erzählt …«

Nandus legte ihm die Hand auf die Schulter, und der Alte verstummte. Für gewöhnlich spielte bei seinen Sonnenaufgangsgeschichten nicht die Sonne die Hauptrolle, sondern die Frau, die an seiner Seite erwachte. »Erinnerst du dich an die Nacht, in der du mir zum ersten Mal von den Märenhütern erzählt hast?«

»Die Nacht, als Arbora brannte«, sagte Jacobo mit tonloser Stimme.

»Du hast in jener Nacht auch von dem Dunkel, das die Sterne verschlingt, gesprochen. Ich denke, es hat begonnen. Die Sterne verschwinden.«

Jacobo kniff die blinden Augen zu und tat einen tiefen Seufzer.

»Was muss ich jetzt tun?«

»Die Schrecken, die wir in uns tragen, werden sich in Fleisch kleiden.«

»Was bedeutet das?«, bedrängte ihn Nandus.

»Ich bin nur ein Wanderer. Ich habe nur den vierten Zirkel vollendet. Du bist Erzpriester. Bist du nicht eingeweiht?«

»Nein. Ich weiß lediglich, dass ich eine bestimmte Stelle am Himmel beobachten soll. Die Sterne warnen uns. Wenn sie verschwinden, kommt die Zeit der alten Schrecken.«

»Du solltest zum Roten Kloster reiten, Nandus.«

Der Erzpriester schüttelte entschieden den Kopf. Dann wurde er sich bewusst, dass Jacobo das nicht sehen konnte. »Sie haben mich gelehrt, worauf ich zu achten habe. Sie werden längst wissen, was da vorgeht.«

»Ich dachte auch eher, dass sie dir sagen könnten, was du nun tun sollst«, entgegnete der alte Wanderer schnippisch.

»Ich kann nicht fort. Ich muss Dahlia schützen.« Er erzählte Jacobo von dem Diebstahl, von dem verschwundenen Jungen und dem Schatten, der ihm im Kanal begegnet war.

»Und der Krähenmann im Oktagon?«

»Der war nicht echt!« Nandus wurde sich voller Scham bewusst, dass sich seine Stimme beinah überschlug. »Ich habe deutlich die Maske gesehen, die er trug. Und die falschen Flügel. Das war nur Stoff, auf den Federn genäht waren.«

»Vielleicht haben die Herzöge des Schwertwaldes beschlossen, sich ihre Silberscheibe zurückzuholen und Angst und Terror hierher zu tragen. Auf dem Schlachtfeld können sie uns nicht mehr besiegen. Vielleicht ist dies nun der Anfang einer neuen Art von Krieg.«

»Und wie gewinnt man einen Krieg, der keine Schlachtfelder mehr kennt?« Nandus fühlte sich alt und müde. Er stützte sich auf dem Tisch auf. Jacobo musste über neunzig sein, aber an diesem Morgen hatte der Erzpriester das Gefühl, dass sich sein Mentor von ihnen beiden den jüngeren Verstand bewahrt hatte.

»Dieser Krieg wird im Kopf und in den Herzen gewonnen«, sagte Jacobo nach langem Schweigen. »Geh ein paar Stunden schlafen, und dann finde den verschwundenen Jungen. Zeig den einfachen Menschen, dass du für sie kämpfst. Dass du das Schwert und der Schild bist, derjenige, der zwischen ihnen und der Dunkelheit steht. Angst ist die letzte Waffe, die unseren alten Feinden geblieben ist. Schlag sie ihnen aus der Hand!«

DAHLIA, PALAZZO TORMENO, ABEND,
30. TAG DES ERNTEMONDES IM JAHR VON
SASMIRAS ZWEITER THRONERHEBUNG

Verblüfft sah Milan, dass auf seinem Bett eine weiße Rose lag und darunter ein gefaltetes Blatt Papier. Von Nok? Er blickte zum Fenster seiner kleinen Kammer. Die Läden waren nur angelehnt. Dabei war er sich sicher, sie wie jeden Morgen geschlossen zu haben.

Mit zitternder Hand griff er nach dem feinen Reispapier und faltete es auseinander. Die Schrift sah aus, als sei sie mit einem Pinsel gemalt.

Enttäuscht? Hattest du auf Zeilen von anderer Hand gehofft?
Komm morgen nach deiner Fechtstunde zum Platz der Helden und erwarte mich am Reiterdenkmal des verfluchten Giovanni Villani.
Felicia

Er war tatsächlich enttäuscht. Es war Nok, die am Tag seine Gedanken beherrschte und bei Nacht seine Träume. Er sah zu seinem Schreibpult. Das Pergament mit dem Gedicht für die Diebin, das dort gelegen hatte, war verschwunden.

Er musste lächeln. Was sonst war von einer Diebin zu erwarten? Ob ihr seine Zeilen gefallen würden? Er hatte sich bemüht, hatte versucht, aus ihren zwei flüchtigen Begegnungen herauszulesen, was sie einzigartig machte, und dies in ihr angemessene Worte zu kleiden. Er war nicht glücklich mit dem Ergebnis. Mehr noch als bei Nok hatte er bei ihr gespürt, dass er kein Dichter war.

Er strich das Reispapier glatt und versteckte es zwischen billigen Blättern mit Notizen. Vielleicht würde Felicia erst gar nicht erscheinen, wenn sie sein Machwerk gelesen hatte.

Milan nahm die weiße Rose und roch an ihr. Der Duft war intensiv, aber ihm haftete eine Note an, die ihm fremd war. Er schloss die Lider und ließ es zu, dass Bilder vor seinem geistigen Auge entstanden.

Er sah keinen Garten, sondern eine Lichtung, umringt von uralten Eichen, deren Rinde sich abgeschält hatte, so dass nur noch knochenbleiches Holz zu sehen war. Dennoch trugen die Bäume Blätter. Schäfte goldenen Lichts fielen durch das Laubdach und ließen die Lichtung wie einen verwunschenen Ort aus einer Feenmär erscheinen. Weiße Rosen rankten über Ruinen aus Marmor.

Erschrocken öffnete Milan die Augen. Er war von der Eindringlichkeit der Vision regelrecht benommen. Doch schon tat es ihm leid, so rasch die Flucht angetreten zu haben. Wovon kündeten diese Bilder? Was wollten sie ihm über Felicia verraten?

Erneut schloss er die Augen und roch an der weißen Rose. Ihr Duft war immer noch berauschend, doch der Zauber war verflogen. Milan blieb gefangen in seiner Wirklichkeit.

DAHLIA, STRASSE DER BRUNNEN, ABEND, 30. TAG DES ERNTEMONDES IM JAHR VON SASMIRAS ZWEITER THRONERHEBUNG

Das ist er?« Nandus war nicht zart besaitet, aber der Gestank am Grund des engen Lichtschachts war selbst für ihn zu viel. Er presste den weiten Ärmel der Priesterrobe auf Mund und Nase. Das Brummen Hunderter Fliegen tönte ihm in den Ohren.

»Kein Zweifel!« Lorenzo stand so nah vor ihm, dass er, als der Hauptmann sprach, seinen feuchten Atem auf dem Kinn spürte. Der Kommandant der Stadtwache blickte zu ihm auf. Es lag etwas Forschendes in seinem Blick.

Nandus war sich bewusst, dass Lorenzo auf jede Regung seines Mienenspiels achtete. »Hast du etwa seine Mutter hier heruntergebracht?«

Lorenzo wirkte verletzt. Sein Gesicht war in den vergangenen vier Tagen schmaler geworden, die Falten in seinen Augenwinkeln tiefer. Er wirkte, als habe er nicht viel geschlafen. Seine Stoppeln waren zu einem dichten, kurzen Bart gewachsen. »Natürlich nicht«, entgegnete er aufgebracht. »Seine Haare und seine Kleidung … das ist doch eindeutig genug.«

Nandus betrachtete den Leichnam mit dem seltsam verdrehten Kopf. Er lag inmitten von zerbrochenen Tongefäßen, faulendem Gemüse und sonstigem Abfall, mit dem selbst die armen Bewohner des Viertels nichts mehr hatten anfangen können.

Sie beide waren an Seilen hier in den engen Lichtschacht herabgelassen worden. Acht Schritt über ihnen standen Wachen auf den flachen Dächern. Schaulustige gab es glücklicherweise keine.

Weniger als einen Schritt im Geviert maß der Schacht, den winzige Fenster an allen Seiten umgaben. Niemand kam auf die Idee, in dieses Dreckloch hinabzuschauen. Deshalb hatte es auch so lange gedauert, Paolo hier unten zu finden.

»Wie kam er hierher?« Nandus musste sich zwingen, das Gesicht des Jungen zu betrachten. Einst hatte er viele Tote auf den Schlachtfeldern am Rande des Schwertwalds gesehen. Aber tote Kinder waren etwas anderes. Auch hatte er nie zuvor einen Leichnam gesehen, der in der Sommerhitze tagelang in einem Müllhaufen gelegen hatte. Das Antlitz des Jungen war eine Maske des Grauens. Nicht nur Maden hatten von ihm gefressen.

»Ich würde sagen, er hatte einfach Pech.« Lorenzo sprach mit müder, tonloser Stimme. Er bückte sich und fischte einen Strick aus dem Müll, an dessen Ende ein kleiner Wurfanker befestigt war. Zwei der vier Widerhaken waren nicht länger gekrümmt. »Zu weiches Eisen. Dabei hatte es wirklich nicht viel Gewicht zu halten.« Der Hauptmann deutete zu der kniehohen Einfassungsmauer des Schachts. »Er hat sich abgeseilt. Wahrscheinlich, um durch eines der kleinen Fenster zu steigen.«

»Warum? Was gibt es hier zu stehlen?«

»Hast du dir Paolo nicht angesehen? Oder seine Mutter? Er wollte etwas zu essen besorgen. Die Widerhaken haben sich aufgebogen, und er ist herabgestürzt. Wie du sehen kannst, hat er sich das Genick gebrochen. Er hat nicht gelitten.«

»Wir werden ihn hier herausholen und seine Leiche in einem offenen Sarg ausstellen.« Nandus nahm dem Hauptmann den schmutzigen Strick ab. »Der wird neben dem Sarg liegen. Die öffentlichen Ausrufer werden die Geschichte dieses kleinen Diebes in der Stadt verbreiten.« Der Erzpriester griff nach seinem Seil, um an der Mauer hochzuklettern. Er war erleichtert, dass der Junge endlich gefunden und auf diese Weise zu Tode gekommen war.

Lorenzo packte ihn am Arm. »Muss das wirklich sein? Können wir nicht einfach sagen, er sei beim Spielen auf den Dächern verunglückt?«

»Er war ein Dieb. Er hat durch seine Taten jeden Anspruch auf Rücksichtnahme verwirkt.«

»Für mich war er ein Held.« Lorenzo zog die Hand zurück. »Wenn ein Achtjähriger alles wagt, um Essen für sich und seine Mutter zu finden, dann hat er es nicht verdient, auf diese Weise zur Schau gestellt zu werden.«

»Wenn das deine Einstellung zu Dieben ist, solltest du überdenken, ob du als Hauptmann der Wache deiner Stadt an der richtigen Stelle dienst, Lorenzo.« Nandus begann den Aufstieg. Er war froh, dem Dreck und dem Gestank zu entkommen. Wie auch dem Dilemma. Unter anderen Umständen hätte der Junge ihm möglicherweise leidgetan, aber er musste das Gerede um den Krähenmann eindämmen. Und das ging nur, wenn jeder Paolo sehen konnte. Eine Geschichte greifbar werden zu lassen machte sie stark. Menschen glaubten, was sie sahen. Die Einwohner Dahlias mussten wissen, dass Paolo ein kleiner Dieb war, der sich in einem Lichtschacht das Genick gebrochen hatte, und kein unschuldiges Kind, das vom Krähenmann geraubt worden war. Der Krähenmann nämlich gab seine Opfer nicht frei. Er brachte sie in sein Versteck. Manche verschlang er. Andere blieben lange seine Gefangenen.

Paolos Tod passte nicht zur Mär vom Krähenmann. Das war ein großes Glück. Und Nandus würde dafür sorgen, dass jeder Bewohner der Stadt davon erfuhr.

DAHLIA, PLATZ DER HELDEN, NACHMITTAG, 1. TAG DES HITZEMONDES IM JAHR VON SASMIRAS ZWEITER THRONERHEBUNG

Milan hinkte leicht, als er den Platz der Helden betrat. Sein Vater war während der Fechtstunde übler Laune gewesen und hatte ihm einen bösen Treffer am Oberschenkel verpasst. Trotzt der wattierten Hose, die er getragen hatte, war es ein äußerst schmerzhafter Hieb gewesen. Aber auch ein willkommener Vorwand, um die Fechtstunde früher abzubrechen.

Während sein Vater noch weiter mit Fabricio und Juliano übte, hatte Milan sich aus dem Palazzo geschlichen, unter dem Arm das in schönes, dunkelbraunes Leder gebundene Buch, das Fabricio ihm am Morgen geliehen hatte.

Milan grinste versonnen. Wenn Vater ahnte, was seine Mittagslektüre sein würde, würde er ihn gleich noch einmal verdreschen. Er hielt nichts von Giovanni d'Aquino, geißelte ihn gern als unmoralischen Menschen und rechnete dabei auch gleich mit dem Stadtstaat Kamarina ab, wo angeblich mehr Wein als Wasser getrunken wurde.

Glaubte Milan seinem Vater, dann war das schlimmste der Machwerke d'Aquinos sein *Buch der zehn Tage*. Genau dieses hatte Fabricio ihm heute Morgen heimlich überreicht und dabei bemerkt, es sei höchste Zeit, dass er, bevor er im Roten Kloster versauere, etwas über den Umgang mit jungen Damen lerne. Wenn Fabricio nur wüsste …

Auf halbem Wege über den Platz verharrte Milan. Am Reiterstandbild saß eine in Lumpen gehüllte Bettlerin, unter deren schmutzigem Kopftuch strähniges, graues Haar hervorlugte. Demütig blickte sie auf das Pflaster, streckte mit der Linken, die in einem schäbigen Handschuh steckte, ihre Holzschale in seine Richtung und zog sie leise murmelnd wieder zurück, als deutlich wurde, dass er nichts erübrigen würde.

Milan spähte in die Schatten der Arkaden, vermochte aber Felicia nirgends zu entdecken. Der Himmel war grau. Den ganzen Tag schon kündigte er Regen an, hielt aber dann doch nicht sein Versprechen. Lastende Schwüle lag über der Stadt.

Milan hinkte zu dem Reiterbild aus grün angelaufener Bronze. Giovanni Villani sah stolzen Blickes in Richtung der Straße der Schmerzen und reckte den Adlerstab, den er einst vom Kaiser für seinen triumphalen Sieg bei der Blutbrücke erhalten hatte, dem Himmel entgegen.

Milan setzte sich zu Füßen des Helden auf den breiten Marmorsockel, der von hellgrünen Schlieren verunstaltet war. Noch einmal spähte er zu den Arkaden. Schatten drängten sich an den Verkaufsständen. Felicia aber vermochte er dort nach wie vor nicht zu entdecken. Wahrscheinlich war er zu früh gekommen.

Er schlug sein Buch auf und blätterte ein wenig durch die handgeschriebenen Seiten, bis das Kapitel mit der verheißungsvollen Überschrift *Der Priester und die Jungfer* seine ganze Aufmerksamkeit einfing.

»Eine milde Gabe!« Die aufdringliche Stimme der Bettlerin riss ihn aus den sinnlichen Verstrickungen auf einem Weingut nahe Kamarina.

»Ich hab nichts! Scher dich …« Die Worte blieben ihm im Hals stecken, als er unter dem schäbigen Kopftuch lindgrüne Augen entdeckte. War das möglich? War das …

»Manchmal lohnt es sich, genauer hinzusehen«, neckte die Bettlerin ihn und rückte noch ein Stück näher. Sie roch, als habe sie seit Wochen in denselben Kleidern in der Gosse geschlafen. Ihr Gesicht war mit Dreckspritzern besprenkelt. Aber diese Augen …

»Du …«

»Schau nicht zu offensichtlich zu mir herüber. Wir wollen kein Aufsehen erregen. Am besten steckst du deine Nase wieder in dein Buch und hältst es so hoch, dass man nicht sieht, ob du die Lippen bewegst. Und ich senke wieder mein Haupt. Dann wird niemand, der nicht in unsere Nähe kommt, unser Gespräch bemerken.«

Ein wenig überrumpelt gehorchte Milan ihr. »Wer sollte denn …«

»Es gibt Menschen, die können einem die Worte von den Lippen ablesen. Das ist keine Mär!«

Davon hatte Milan gelesen. Misstrauisch sah er zu den Arkaden.

»Lass das!«, zischte sie. »Blick einfach in dein Buch. Ich weiß, dass es mindestens zwei Wanderer in dieser Stadt gibt, und ich wette mein rotes Haar darauf, dass du von ihnen beobachtet wirst.« Sie schnaubte verächtlich. »Das hat dir dein Vater sicher nicht erzählt. Er muss dir nicht selbst nachsetzen. Dafür hat er seine Leute.«

Milan schlug eine Seite im *Buch der zehn Tage* um und betrachtete eine der farbenprächtigen Illustrationen. Sie zeigte mehrere Damen, die sich in einem Garten im Gras niedergelassen hatten und einem Troubadour lauschten.

»Ich will dir reinen Wein einschenken, Milan Tormeno«, wisperte Felicia. »Ich komme aus dem Schwertwald.«

Er warf ihr einen Blick zu. Sie war also ein Spitzel! Vielleicht sogar eine gedungene Mörderin? Unzählige Geschichten kannte er über die Herzöge des Waldes. Stolze Ritter, die nicht einsehen konnten, dass sie einen verlorenen Kampf fochten. Im Schwertwald, so hieß es, war die Zeit stehen geblieben. Sie pflegten dort die ritterlichen Tugenden, ganz wie in alten Heldengeschichten. Und wenn sie nicht kämpften, dann dichteten sie für ihre angebeteten Damen, die gefangen in einsamen Türmen inmitten des Waldes schmachteten.

Milan musste lächeln. Eine Edeldame, zart wie die ersten Frühlingsrosen, war Felicia ganz gewiss nicht.

»Hör auf zu grinsen wie ein verliebtes Schaf«, zischte ihn die falsche Bettlerin an. »Hast du gesehen, was dein Vater dem kleinen Jungen vom Blumenhügel angetan hat?«

»Das war er nicht. Er hat ihn tot gefunden ...«

»Davon spreche ich nicht. Sondern davon, wie er ihn ausstellt und seine Mutter demütigt. Und er duldet, dass nachts die Ratten kommen, um vom kleinen Paolo zu fressen. Das ist ehrlos!«

Milans Hände verkrampften sich um die Deckel des Buches. »Ja«, sagte er leise und verspürte brennende Scham.

»Der Boden zu unseren Füßen gehörte einst meinem Volk. Die Städte der Liga sind auf den Ruinen unserer Städte errichtet. Ihr kamt aus dem Kaiserreich und habt Cilia einfach an euch gerissen.«

Natürlich kannte Milan auch diese alten Geschichten.

»Weißt du, wofür der große Held Giovanni Villani, zu dessen Füßen wir sitzen, seinen Adlerstab bekommen hat?«

»Für seinen Sieg bei der Blutbrücke. Er hat euch vernichtend geschlagen und damit die Kämpfe um die Brücke für immer beendet.«

Felicia schnaubte verächtlich. »Ich sehe, du kennst nur die Kurzfassung. Villani hatte schwere Verluste erlitten und die Schwertherzöge um Friedensverhandlungen gebeten. Als sie sich auf der Brücke mit ihm trafen, hat er sie von versteckten Armbrustschützen niederschießen lassen und unser Heerlager während der Waffenruhe gestürmt, um die Silberscheibe von Thouar zu stehlen. Willst du noch mehr Geschichten über Verrat hören?«

Milan ließ den Kopf sinken. Ihm war bewusst, wie häufig die Kämpfe um den schrumpfenden Wald ganz und gar unritterlich geführt wurden. Vor allem über die Sache mit dem Sklavenhandel hatte er schon oft mit seinem Vater gestritten. Eigentlich war Sklaverei im Kaiserreich verboten, aber wenn Landstriche der Schwertherzöge erobert wurden, holte man alle jungen Männer und Frauen aus den Dörfern und verkaufte sie an Sklavenhändler aus dem Khanat. Auf den großen Märkten im fernen Westen erreichten hellhäutige Frauen mit rotem Haar märenhafte Preise. Eine einzige Sklavin von makelloser Schönheit konnte einen Menschenhändler bis ans Ende seiner Tage reich machen. Milan hatte munkeln hören, dass dies der Grund war, warum stets mindestens einer der Stadtstaaten Cilias mit den Schwertherzögen im Krieg lag. Das Kaiserreich duldete den Sklavenhandel, weil der Schwertwald nicht zum Reich gehörte und der Handel auf den neu eroberten Gebieten stattfand, in denen noch keine Ordnung herrschte. Das Recht wurde verbogen, um den Handelshäusern fette Gewinne aus dem Krieg zu sichern. Und allein darum ging es am Ende, denn es waren Händler, die in den Städten der Liga regierten, und Söldnerführer, die den Kaufherren ihre Krieger vermieteten. Sie alle hatten den Krieg zu einem großen Geschäft gemacht.

»Du hast dich gegen deinen eigenen Vater gestellt, weil du tief in deinem Herzen weißt, dass er für das Unrecht steht.« Felicia sprach leise und sah ihn nicht an, doch war ihre Stimme von jener Leidenschaft erfüllt, wie man sie nur empfand, wenn man sich sicher war, für die richtige Sache zu streiten. Milan beneidete sie um diese Gewissheit.

»Als Erzpriester von Cilia ist dein Vater über die Feldzugspläne aller Städte unterrichtet«, fuhr Felicia fort, »und er hütet die wahre Silberscheibe. Jene, die nach dem Verrat an der Blutbrücke in Villanis Hände fiel. Die aber gehört nicht in euer Oktagon. Sie darf nur im Herzen des Waldes stehen!«

»Und jetzt erwartest du, dass ich die Silberscheibe noch einmal stehle?«, fragte er resigniert. Das würde nicht gelingen. Sein Vater hatte nicht darüber gesprochen, aber Milan war sich sicher, dass er Vorkehrungen getroffen hatte, um den kostbaren Altarschmuck zu schützen. Auch war er sich inzwischen nur allzu bewusst, welch ein Glück er gehabt hatte, dem Schwert seines Vaters entkommen zu sein.

»Zu dem Diebstahl würde ich dich überreden, wenn ich eine Intrigantin wäre. Einer der Kaufherren, die eure Kriege mit dem Rechenschieber planen. Aber ich habe meine Moral noch nicht meiner Sache geopfert.«

»Wie meinst du das?« Was für hohle Phrasen, dachte er dabei insgeheim enttäuscht.

»Nun, wenn ich dich dazu aufstachele, die Silberscheibe aus dem Oktagon zu stehlen, kann ich nur gewinnen. Entweder es glückt und ich kann die Scheibe zurück in den Wald bringen und eine alte Schmach tilgen. Oder aber es gelingt dir nicht. Du wirst gefangen oder gar getötet, und die ganze Stadt wird erfahren, dass der Dieb unter der Maske des Krähenmanns der Sohn des Erzpriesters ist. Der Ruf des Nandus Tormeno wäre für immer zerstört.« Sie sah kurz zu ihm hinüber. Ihre grünen Augen waren voller Melancholie. »Manchmal wünschte ich, mein Herz wäre nur ein Abakus, ein paar Holzperlen auf Stangen in einem Rahmen. Die Welt wäre dann ein einfacherer Ort.«

»Dann würdest du mich opfern?«

»Opfern …« Sie schnaubte. »Dieser Gedanke käme mir erst

gar nicht. Ich würde ja nur an den Gewinn für meine eigene Sache denken.«

Das Gespräch ging in eine völlig andere Richtung, als er sich erhofft hatte. Er sollte aufstehen und gehen …

»Lieber sähe ich dich an meiner Seite, Milan«, sagte sie, und ihre Stimme klang erneut verändert. Weicher, geradezu verführerisch. War sie eine Meisterin der Verstellung, oder war das echt?

»Ich möchte verstehen, warum du dich gegen deinen Vater und damit auch gegen diese Stadt gewandt hast. Ich glaube, Milan, du hast einiges nicht bis zum Ende durchdacht. Was sollte mit der Silberscheibe geschehen? Wohin wolltest du fliehen? Hattest du Geld oder zumindest Freunde, die dir geholfen hätten? Ich bin der Überzeugung, du hast eine einsame Entscheidung getroffen, und ein verletztes Herz war der einzige Grund für das, was du getan hast.«

Nie zuvor hatte sich Milan so durchschaut gefühlt. Felicia sah ihn klarer, als er selbst es getan hatte.

»Kein Widerspruch?« Sie sagte das nicht herausfordernd. »Du hast das Richtige aus den falschen Gründen getan, Milan. Horche in dich hinein. Finde heraus, auf welcher Seite du stehst. Gehorchst du deinem Blut und gehst den Weg deines Vaters, oder gehorchst du deinem Herzen, und die Richtschnur deiner Entscheidungen wird künftig einzig dein Verständnis von Gerechtigkeit? Wir entscheiden, wie die Welt aussieht, in der wir leben. Jeden Tag. Triff du deine Entscheidung. Kämpfe an meiner Seite. In zwei Tagen bin ich hier, um deine Antwort zu hören. Und noch etwas: Mach einen Umweg über den Fischmarkt. Sieh dir die Gerechtigkeit deines Vaters an!«

Felicia erhob sich seufzend und stützte sich, ganz eine alte Bettlerin, auf ihren Stock. »Dein Gedicht war von berückender Schönheit«, sagte sie mit einem Lächeln, das ihre Maske verblassen ließ. Einen Herzschlag lang sah er die verführerische Diebin wieder vor sich, die seine Wunde vernäht hatte.

Dann senkte sie das Haupt und schlich tief gebückt davon.

Hätte er es nicht besser gewusst, er hätte keinen Augenblick lang daran gezweifelt, eine alte, von der Gicht gebeugte Frau vor sich zu haben. Wieder ging sie die Straße der Schmerzen hinab. Dieses Mal jedoch verschwand sie einfach zwischen den Passanten.

Milan klappte das Buch zu und blickte zum Himmel hinauf. Bisher hatte er seinen Vater bekämpft. Er war selbstsüchtig gewesen. Sein Kampf hatte kein höheres Ziel gehabt. Er hatte nur dagegen rebelliert, dass sein Leben ganz und gar vorherbestimmt schien.

Felicia hatte ihn beschämt. Ihr Kampf war edel. Aber konnte er sich wirklich gegen die Liga stellen? Bis heute war Giovanni Villani für ihn ein Held gewesen. Der Feldherr, der die Schwertherzöge endlich von der Blutbrücke vertrieben hatte, auf der so viele brave Streiter der Liga im Pfeilhagel ihrer Feinde gestorben waren. Woher sollte er wissen, dass Felicia die Wahrheit sagte? Wie schnell eine glaubwürdige Geschichte erfunden war, wusste er nur zu gut.

Milan erhob sich. Vielleicht würde er auf dem Fischmarkt ja die Antworten finden, die er suchte.

DAHLIA, FISCHMARKT, NACHMITTAG, 1. TAG DES HITZEMONDES IM JAHR VON SASMIRAS ZWEITER THRONERHEBUNG

Milan ging nicht gern am Nachmittag über den Fischmarkt. Der Geruch des nun nicht mehr ganz frischen nächtlichen Fangs hing schwer zwischen den Ständen, an denen er seit den frühen Morgenstunden feilgeboten wurde.

Der Markt war schlecht besucht. Die Fischhändler lockten mit Schleuderpreisen, während sich immer mehr Möwen auf den Dächern ringsum versammelten, um sich zu holen, was bis zur Abendstunde noch keinen Käufer gefunden hatte.

In Holzeimern wurden ihm lebende Krebse und Muscheln

gezeigt, doch Milan war blind für alle Angebote. Während er dem Richtgerüst in der Mitte des Marktes entgegenstrebte, kam es ihm so vor, als seien die Stände der Händler weiter als sonst von der Bühne des Scharfrichters abgerückt.

An die hölzernen Streben des Richtgerüsts stand ein offener Sarg gelehnt. Durch seinen Boden war ein Seil gezogen, das den Leichnam eines Jungen aufrechthielt. Wie die toten Fische war er ausgestellt. Sein Gesicht fehlte, sein Kopf ruhte in groteskem Winkel auf seiner linken Schulter.

Rechts des Sargs kauerte eine Frau. Ihr Kopf und ihre Hände steckten in einem schweren hölzernen Schandkragen. Eine Kette hielt sie an das Richtgerüst gefesselt.

Neben ihr stand ein Mann der Stadtwache in blauweißem Waffenrock. Er musterte Milan misstrauisch. »Du darfst ihr nichts zu trinken geben und sie auch nicht vor der Mittagssonne schützen«, erklärte er müde, als habe er das schon hundert Mal gesagt.

»Warum ist sie hier?«

Der Wachmann blickte in eine andere Richtung und blieb ihm die Antwort schuldig. »Geh weiter«, murmelte er schließlich.

»Weil ich meinen Jungen beschützen wollte«, sagte die Frau mit gebrochener Stimme. »Vor den Blicken. Vor den Fliegen.«

»Sie hat versucht, ihn loszuschneiden«, mischte sich jetzt der Wachmann ein.

Milan blickte wieder auf den schrecklichen Kadaver. Ein grauenhafter Gestank ging von der Leiche aus. Der Junge in dem Sarg reichte ihm kaum bis zur Brust. Er war entsetzlich dürr, wie auch seine Mutter, die vom Gewicht des hölzernen Schandkragens fast zu Boden gedrückt wurde.

Das ging über jedes Maß hinaus, dachte Milan, und sein Entsetzen über diese Barbarei schlug in Zorn um. Das war eine Tat, die dem Blutkhan Hulan gut zu Gesichte gestanden hätte, aber eines Erzpriesters unwürdig. Kannte sein Vater denn keine Barmherzigkeit mehr? Was trieb ihn dazu, so etwas zu veranlassen? Und warum gebot ihm keiner Einhalt?

Felicias Worte hallten in ihm nach: *Wir entscheiden, wie die Welt aussieht, in der wir leben. Jeden Tag. Triff du deine Entscheidung.*

Er durfte nicht einfach gehen. Wenn er hier nichts unternahm, duldete er eine Welt, in der das Böse siegte.

»Ich nehme an, du hast einen Schlüssel, mit dem man den Schandkragen öffnet«, sprach er den Wachmann in unverbindlichem Tonfall an.

Dieser schüttelte den Kopf. »Ich werde sie nicht losmachen …«

Weiter kam er nicht. Ein Haken traf ihn unter dem Kinn, dann ein zweiter. Ohne einen Laut von sich zu geben, sackte der Wachmann nach hinten.

Milan löste den Schlüsselring vom Gürtel des Bewusstlosen. Besorgt sah er sich um. Einige der Marktfrauen beobachteten ihn, aber keine rief nach den Wachen. Die rote Sofia nickte ihm von ihrem Suppenstand sogar aufmunternd zu.

Der Holzrahmen, durch den die Verurteilte ihren Kopf und ihre Hände hatte stecken müssen, war aus zwei Zoll dicken Eichenbrettern gefertigt. An der Seite war ein schweres Hängeschloss durch zwei Ösen gezogen. Er öffnete es mit dem Schlüssel und klappte den Rahmen auseinander. Der Nacken der Frau war blutiggescheuert.

»Mein Junge …«, stammelte sie.

»Den nehmen wir mit«, erwiderte Milan und warf einen Blick auf den Wachmann. Dieser war noch nicht wieder zu sich gekommen. Milan nahm ihm das Schwert ab und zerschnitt das Seil, das den toten Jungen in seinem Sarg hielt.

Der Leichnam sank in sich zusammen. Milan musste sich überwinden, um den Jungen zu berühren. Er packte ihn beim Hemd. Der Gestank war so erbärmlich, dass Milan nur noch durch den Mund atmen konnte. Er legte sich den Toten über die Schulter und war überrascht, wie leicht er war.

»Wohin?«, fragte er die Frau.

»Nach Hause …« Sie schien verwirrt, hatte Schwierigkeiten,

sich auf den Beinen zu halten. Dann plötzlich wirkten ihre Augen klarer. »Danke!«, sagte sie aus tiefstem Herzen und griff nach Milans freier Linker, um sich die Hand an die Lippen zu pressen. »Danke!«

»Wir müssen von hier fort!«, drängte er. »Und besser nicht zu deinem Haus. Dort werden sie uns zuerst suchen.«

Da sie ihn ratlos ansah, ergriff er ihre Hand und zog sie mit sich.

Keiner auf dem Markt versuchte sie aufzuhalten.

Milan blickte sich um. Am besten, sie nahmen eine der kleineren Gassen, die auf den Marktplatz mündeten.

»Hüll den Jungen damit ein.« Die rote Sofia hatte ihren Suppenstand verlassen und drückte Milan einen groben Sack in die Hand. »Ist weniger auffällig, als 'nen toten Jungen über die Schulter hängen zu haben.«

»Danke«, stammelte die Mutter und versuchte auch Sofia die Hände zu küssen.

Milan legte den Jungen aufs Pflaster und schlug ihn behutsam in das Tuch ein.

Sofia sah ihn aus tiefblauen Augen an. »Kennst du die Liegeplätze der Sardinenfischer?«

Milan nickte.

»Lauf die Mole hinab. Ziemlich am Ende sollte ein graubärtiger Griesgram sitzen und seine Netze flicken. Valerio heißt er. Beruf dich auf mich und sag ihm, er soll die beiden in seinem Boot aus der Stadt bringen.«

»Und das wird er tun, ohne weitere Fragen zu stellen?«

Sofia lachte auf. »Sag ihm nur, er bräuchte nie mehr versuchen, mir seinen alten Fisch zu verkaufen, wenn er euch nicht hilft. Dann wird er ganz handzahm. Jetzt beeil dich.«

Behutsam nahm Milan den Sack auf.

»Dort entlang! Nehmt nicht den Hauptweg zum Hafen.« Sofia deutete auf eine enge Passage zwischen baufälligen Häusern. »Der Weg ist gewunden, und ihr werdet in der Gosse laufen, aber ihr kommt auch so zum Hafen, und unsere Stadtwachen machen sich dort nicht gern die Stiefel schmutzig. Auf die Weise gewinnt ihr einen Vorsprung.«

Ohne zu zögern, folgte Milan ihrem Rat. Der Durchgang war beklemmend eng, der Boden von Fäkalien bedeckt, die aus den Fenstern geschüttet wurden. Keine einzige Tür mündete aus den Häusern auf diesen Weg, und es waren keine Leinen über dem stinkenden Schacht gespannt. Nicht einmal streunende Hunde oder Katzen waren zu sehen. Milan hielt den Atem an. Bisher war ihm nicht einmal bewusst gewesen, dass es Orte wie diesen in Dahlia gab.

Er schrammte mit den Schultern an den Mauern entlang und beschleunigte noch einmal seine Schritte, als er die Pfeifen der Stadtwachen vom Marktplatz hörte.

»Sie werden uns finden«, wimmerte die Mutter des toten Jungen hinter ihm.

»Nur Mut. Wir haben den Hafen fast erreicht.« Milan ergriff ihre Hand, half ihr über ein Loch im Boden hinweg, in dem die Fäkalien verschwanden. Voraus konnte er schon schlanke Masten in dem schmalen Spalt Himmel sehen, auf den sein Horizont zusammengeschrumpft war. »Wir haben den Hafen fast erreicht.« Er hielt ihre Hand fester, zog sie mit sich.

Das letzte Stück des Weges führte sie zwischen zwei heruntergekommenen Lagerhäusern hindurch; dann lag die weite Hafenbucht vor ihnen.

Mächtige Fernhandelskoggen hatten an einer steinernen Mole ganz in ihrer Nähe festgemacht. Schauerleute trugen Säcke und Kisten zu einem Schiff mit grün gestrichenem Rumpf. Niemand schenkte ihnen Beachtung.

Milan fiel in denselben Schritt wie die Lastenträger. Durch Eile würden sie nur auffallen. Die kleine Frau hielt seine Hand so fest umklammert wie ein ängstliches Kind.

Ein Stück voraus entdeckte er einen hölzernen Landungssteg, an dessen Ende ein Sonnensegel aufgespannt war. Kleine, bunt bemalte Fischerboote lagen dort vertäut.

In der Ferne erklangen wieder schrille Pfeifen. Milan sah, wie zwei Männer im Blauweiß der Stadtwache unweit von ihnen aus einem Lagerhaus kamen.

Er spürte, wie die schmächtige Frau hinter ihm zusammenzuckte.

»Ruhig«, flüsterte er. Die zwei Wachen waren noch etwa zehn Schritt entfernt. In ein Gespräch vertieft, kamen sie auf sie zu.

Milan hielt den Kopf gesenkt.

Eilig gingen die Stadtwachen an ihnen vorbei, offenbar den Pfiffen entgegen.

Unendlich erleichtert, betrat Milan den hölzernen Landungssteg. Die sonnengebleichten Planken knarrten unter seinen Schritten.

»Der heutige Fang ist verkauft«, rief ihm einer der Fischer zu, ein bulliger kleiner Kerl, dem eine wulstige Narbe quer über das Gesicht lief.

»Ich suche Valerio.« Milan spürte die Abneigung der Männer. Er war besser gekleidet als sie, von aufrechtem Wuchs und nicht von einem Leben schwerer Arbeit gezeichnet. Vermutlich sahen sie einen jungen Schnösel in ihm. Einen, der sich nur hierher verirrte, um seinen Schabernack mit ihnen zu treiben.

Der Narbengesichtige spie einen Schwall gelblicher Spucke aus, der ein paar Schritt vor Milan auf die Planken klatschte. Milan fühlte sich, als stünde er vor einem Bogenschützen, der ihm gerade zur Warnung einen Pfeil vor die Füße geschossen hatte und nun auf ihn anlegte.

»Die rote Sofia schickt mich. Sie meinte, Valerio brauche ihr nie mehr seinen alten Fisch zu verkaufen, wenn er mir heute nicht hilft. Worum ich bitte, ist nicht ehrenrührig, allerdings gefährlich.« Während er sprach, ging er langsam weiter, übertrat die Grenze aus gelblichem Speichel.

Einer der Männer weiter hinten unter dem Sonnensegel erhob sich. Ein mächtiger weißer Bart umschloss sein Kinn; dafür war sein Schädel völlig kahl. Eine Schlange, die sich in ihren Schwanz biss, wand sich um die braun gebrannten Schläfen wie ein Siegeslorbeer. »Wenn du Hilfe brauchst, wende dich doch an deinesgleichen! Ich schulde dir nichts, ganz gleich, was die Suppen-Sofia dir gesagt hat.«

Milan legte seine Last ab und schlug den Sack zurück, so dass der geschundene Körper des toten Jungen zu sehen war.

»Er bittet nicht für sich, sondern für mich und meinen Sohn«, sagte die bisher so zerbrechlich wirkende Frau mit überraschend kräftiger Stimme.

Alle Fischer sahen nun zu ihnen. Es waren etwa zwei Dutzend unter dem Segel versammelt. Viele von ihnen standen auf, um den Toten besser sehen zu können. Einige redeten leise miteinander.

»Schämen solltet ihr euch. Er wurde mit einem silbernen Löffel im Mund geboren. Aber wo wart ihr heute Morgen, als sie meinen Jungen ausgestellt haben wie einen Verbrecher und ich um Gnade gebettelt habe?« Sie deutete auf den Mann neben dem Narbengesichtigen. »Dich hab ich in der Früh auf dem Fischmarkt gesehen. Und dich. Und dich da hinten auch.« Sie wies mit dem Finger nacheinander auf die Fischer. »Ihr habt weggesehen. Der junge Herr hier nicht. Er hat den Wachmann niedergeschlagen, mich befreit und meinen Jungen losgeschnitten. Er hat nicht weggeschaut.«

Bedrücktes Schweigen folgte ihren Worten.

Die schrillen Pfiffe der alarmierten Stadtwachen kamen näher. Wahrscheinlich hatte ihnen inzwischen jemand auf dem Markt gesagt, wohin sie geflohen waren. Milan blickte über seine Schulter zu dem schmalen Weg zwischen den Lagerhäusern, auf dem sie gekommen waren.

»Wenn ihr mir nicht helfen wollt, dann gebt mir das Öl aus euren Bootslampen, ihr Maulhelden!« Die Frau klang nun verzweifelt. »Lieber überschütte ich mich und meinen Jungen mit Öl und verbrenne mich hier vor euren Augen, als dass ich mich noch einmal auf dem Fischmarkt ausstellen lasse.«

»Ist genug«, murrte Valerio. »Kommt auf mein Boot. Das grüne.«

Die Pfiffe der Wachen klangen jetzt bedrohlich nah.

»Werden die Wachen dein Boot nicht erkennen?« Milan schloss den Sack wieder.

Als er erneut zurückblickte, sah er mehrere der blauweiß gewandeten Häscher aus der engen Gasse treten. Selbst auf die Entfernung erkannte er den Mann, den er niedergeschlagen hatte. Und auch dieser hatte ihn entdeckt – er deutete mit ausgestrecktem Arm zum Landungssteg der Fischer. Seine Kameraden setzten die Pfeifen an ihre Lippen und stießen ein schrilles Trillern aus.

»Ja, sie werden mein Boot erkennen. Und wenn schon!«, stieß Valerio hervor. »Ich habe mich heute Morgen auf dem Markt geschämt, als ich wie alle anderen weggeschaut habe. Dieses Mal werde ich tun, was richtig ist.« Er trat an den Rand des Landungsstegs und sprang in sein Boot hinab.

Milan reichte ihm den Sack mit dem toten Jungen hinunter. Die muschelverkrusteten Pfähle des Stegs schirmten das Boot gegen die Blicke der Wachen ab.

Dann half Valerio Paolos Mutter an Bord, ehe er Milan zuwinkte. »Komm!«

»Ich kann die Stadt nicht verlassen …«

»Los, wir steigen alle in unsere Boote!«, rief jetzt der Narbengesichtige hinter Milan. »Wir lassen Valerio nicht allein fahren. Wenn alle Fischerboote den Hafen verlassen, dann wissen diese verdammten Bluthunde von Wachen nicht, wer die Frau weggebracht hat. Und sie können uns nicht alle bestrafen.«

»Los Kameraden!«, rief jemand.

Die Männer sprangen oder kletterten zu den Booten hinab. Leinen wurden gelöst. Kommandos gerufen.

Valerio versteckte den Sack und die Mutter des toten Jungen unter einem Haufen Fischernetze im Bug. Schon stießen sich die ersten Fischer mit Rudern von den Pfählen des Landungsstegs ab.

Milan hörte das Trampeln schwerer Stiefel. Er musste sich nicht mehr umsehen, um zu wissen, wie nah die Wachen waren. Überall um ihn herum war Bewegung. Nur er stand still.

»Komm!« Nun streckte ihm der Narbengesichtige eine Hand entgegen. »Spring, sonst ergreifen sie dich.«

»Ich kann nicht«, sagte Milan leise.

»Nenn mir deinen Namen!«, rief Valerio. »Ich will wissen, welche der großen Familien einen Spross hervorgebracht hat, der so anders ist.«

»Milan Tormeno!«

Die Augen des Fischers weiteten sich. Seine Kinnlade sank herab. »Tormeno«, keuchte er. »Beim Herrn des Himmels, spring! Rette dich! Ich kenne deinen Vater. Ich habe mit ihm im Schwertwald gekämpft. Nandus Tormeno ist ohne Gnade. Spring, Junge! Glaub nicht, dass dein Blut dich rettet. Dich wird er härter bestrafen als jeden anderen.«

Valerio stieß sich vom Steg ab, ließ sich auf der Ruderbank nieder und griff nach den Riemen. Inmitten der anderen Fischerboote strebte er dem Hafenausgang zu, als Milan von hinten gepackt und auf die Knie gezwungen wurde.

»Das ist der Kerl, der mich niedergeschlagen hat!«, ertönte hinter ihm eine Stimme.

»Wo ist die Frau?«, fragte ein anderer.

Milan blickte stumm den Fischern nach.

Der Stoß eines Hellebardenschafts traf ihn in die Seite, dicht über der Narbe. »Wo ist die Frau? Rede!«

»Kommt zurück!«, rief jemand den Fischern hinterher.

Der Narbengesichtige legte mit übertriebener Geste eine Hand ans Ohr. »Was?«, rief er.

»Kommt sofort zurück! Alle!«

Die Fischerboote hatten sich kaum zwanzig Schritt entfernt. Sie wichen einer großen Kogge aus, die träge mit letzter Fahrt durch den Hafen glitt. »Versteh nicht!«, rief der Narbengesichtige. »Müssen aufs Meer, bevor die Gezeiten wechseln.«

»Um diese Zeit fahren die sonst nie raus«, bemerkte jemand hinter Milans Rücken. Wieder traf ihn ein Stoß mit einem Hellebardenschaft. »Rede! Wer von denen hat die Frau mitgenommen?«

»Weiß nicht. Ich …« Ein weiter Schlag traf ihn. Diesmal genau auf die Narbe. Er krümmte sich vor Schmerz, keuchte, glaubte, er müsse sich erbrechen.

»Du wirst reden, Junge!«, drohte eine dunkle Stimme.

Jemand griff ihm ins Haar und riss seinen Kopf hoch.

Milan sah, dass die Fischerboote die Hafenausfahrt fast erreicht hatten. Niemand würde sie jetzt mehr aufhalten.

»Das wird übel enden«, brummte die Bassstimme. »Schafft ihn in den Kerker und holt seinen Vater.«

DAHLIA, KERKER DER STADTWACHE, MORGENGRAUEN, 2. TAG DES HITZEMONDES IM JAHR VON SASMIRAS ZWEITER THRONERHEBUNG

Milan beobachtete, wie der Schatten des Gitterkreuzes an der gegenüberliegenden Wand langsam an Kontur gewann. Jetzt würde sein Vater wohl bald kommen. In diesem Augenblick sollte er hinter dem Altar im Oktagon stehen und seine Messe beenden.

Der Blick des Jungen schweifte zu der schweren Eichentür, welche die kleine Zelle abschloss. Nichts hier war so, wie er es sich vorgestellt hatte. Kein Wasser tröpfelte über kalküberzogene Wände, keine Ratten huschten über einen Boden, der mit stinkendem Stroh bedeckt war.

Seine Zelle war sauber. Die Wände waren aus ordentlich verfugten Sandsteinblöcken gemauert, und es stank nicht. Eine Matte aus Binsen und eine einfache Wolldecke waren sein Lager. Über ihm in der Wand gab es eine kleine, vergitterte Fensteröffnung. Zu weit oben, um hinausschauen zu können. Von dort hörte er manchmal Schritte und Wortfetzen. Sie mündete wohl auf den kleinen Innenhof der Garnison.

Hauptmann Lorenzo Dolendo hatte ihn in der vergangenen Nacht drei Mal über den Verbleib des toten Jungen und seiner Mutter befragt. Lorenzo hatte ihn angeschrien, ihm Folterwerkzeuge zeigen lassen und damit gedroht, ihn seinem Vater zu überlassen. Aber dabei war es bisher geblieben.

Sein Vater hatte Milan schon vor Jahren erklärt, wie man Gefangene zum Reden brachte. Dunkel erinnerte er sich an einen Feldzug, auf den er Nandus begleitet hatte. Er war vier oder fünf Jahre alt gewesen. Damals hatte er zugesehen, wie die gefangen genommenen Bogenschützen der Schwertherzöge gefoltert worden waren. Am deutlichsten erinnerte er sich an den Haufen abgeschnittener Finger. Zu Hunderten hatten sie im Schlamm gelegen, und die Hunde des Feldlagers hatten sie sich geholt. Schnitt man Zeigefinger und Mittelfinger der rechten Hand ab, war es künftig unmöglich, eine Bogensehne zu ziehen. Zum Arbeiten taugten die Männer aber noch halbwegs.

Schritte auf dem Gang vor dem Kerker ließen die Erinnerungen verblassen. Die Tür seiner Zelle wurde entriegelt. Lorenzo trat ein. Der kleine, schmerbäuchige Hauptmann war blass. »Hast du es dir überlegt, Junge?«

Milan zuckte mit den Schultern. Lorenzo konnte ihm nichts tun. Er war der Sohn des Erzpriesters. Es gab nur einen Menschen, den Milan in Dahlia fürchten musste: seinen eigenen Vater.

»Wenn du mir sagst, wohin sie sind, kann ich dich hier in deiner Kerkerzelle behalten«, versuchte Lorenzo es noch einmal. Er wirkte tatsächlich niedergedrückt. Aber vielleicht lag das auch nur daran, dass er in der Nacht kein Auge zugetan hatte.

»Ich weiß nicht, wohin sie verschwunden sind«, wiederholte Milan, was er schon bei den Verhören in der Nacht gesagt hatte. »Ich habe nicht gesehen, ob sie mit ihm in eines der Boote gestiegen ist. Ich kann mich nicht einmal erinnern, ob dieser tote Junge und seine Mutter überhaupt auf dem Landungssteg waren.« Er lächelte den Hauptmann an. »Ich glaube, eher nicht.«

»Aber daran, einen meiner Männer niedergeschlagen zu haben, erinnerst du dich noch, oder?«

»Niedergeschlagen? Ich glaube, ich bin gestolpert und unglücklich mit einem deiner Männer zusammengestoßen. Das tut mir wirklich leid. Wenn ich hier raus bin, lade ich ihn auf einen Krug Wein ein und entschuldige mich bei ihm.«

Lorenzo schnaubte. »Du begreifst deine Lage nicht, Junge. Das war keine Bagatelle. Du hast dich gegen die Stadt gestellt, indem du gegen ihre Rechtsprechung rebelliert hast. Gestern Abend wurde deinetwegen der Rat zusammengerufen. Sie haben über dich Gericht gehalten, Milan. Und dein eigener Vater war es, der das härteste Urteil forderte.«

Milan lächelte. Sein Vater wollte nichts mehr, als ihn im Roten Kloster zu sehen. Damit wenigstens einer seiner Söhne Erzpriester wurde. Er war seine letzte Hoffnung. Prügel, wie er sie schon Hunderte Male bekommen hatte, und im Keller des Palazzo eingesperrt zu werden, das war alles, was ihm geschehen konnte. Er hatte gewusst, dass ihn das erwartete, als er den Wächter überwältigt hatte. Es war kein zu hoher Preis dafür, das Richtige getan zu haben.

»Los, sag mir, wohin sie die Frau gebracht haben und in wessen Boot sie gestiegen ist. Dann kann ich dich hierbehalten. Das Urteil des Rates wird nur vollstreckt, wenn du verstockt bist und mir nichts sagst.«

»Ich weiß nichts«, beharrte Milan.

»Verdammter Narr!«, schrie Lorenzo ihn an. Dann winkte er den Wachen, die auf dem Gang vor der Zelle gewartet hatten. »Bringt ihn raus. Und holt den Priester. Er soll seinen letzten Segen bekommen.«

Zwei Männer packten Milan und stießen ihn unnötig grob aus der Zelle. Er verkniff sich ein Grinsen. Alles lief genau so ab, wie er es von seinem Vater erklärt bekommen hatte. Sich stetig steigernde Einschüchterungsversuche. Man drohte, dann bot man etwas an und drohte wieder. Lorenzo könnte von Nandus sicher noch viel lernen. Das hier war alles ein wenig durchsichtig.

Milan wurde eine Treppe hinaufgeführt. Ihm fiel erneut auf, wie pingelig sauber hier alles war. Sie brachten ihn in einen kleinen Saal mit einem Bodenmosaik, das rankende Blüten zeigte. Dazwischen verbargen sich Märengestalten: Feen, die in Rosen lebten, zartgliedrige Dryaden und bocksbeinige Silene, die auf Hirtenflöten spielten. Auch ein Einhorn konnte er entdecken, das ihn kämpferisch aus steinernen Augen anschaute, und kaum wahrnehmbar, zwischen Ranken verborgen, war ein großer, weißer Wolf zu sehen. Dahinter die Andeutung eines strahlenden Palastes.

Das Mosaik schien schon sehr alt zu sein. Es passte in seiner Ausführung so gar nicht zu den Arbeiten, die Milan kannte. Er dachte an das, was Felicia ihm gesagt hatte: Dass alle Städte der Liga auf älteren Städten gründeten. Vielleicht hatte man beim Bau der Garnison dieses Mosaik gefunden? Warum sonst sollte ein solcher Bau sich mit einem Kunstwerk schmücken? Es passte so gar nicht zu der nüchternen, zweckmäßigen Art dieses Gemäuers.

Er betrachtete den fast unsichtbaren Wolf. Nebelwolf hieß er in den Mären. Er war einer der Diener der Weißen Königin. Sie schickte ihn zu ihren Feinden. In den Mären konnte er über Wasser gehen und über den Himmel laufen. Nichts hielt ihn auf, bis er seine Beute stellte, mit den Fängen packte und vor den Thron der Königin zerrte.

»Kehre um auf deinem Weg!«

Es war eine weiche, freundliche Stimme, die diesen Befehl aussprach. Eine Stimme, der man nicht gehorchte.

Milan drehte sich langsam um. In der Tür zu dem kleinen Saal stand ein blasser Mann in weißem Ornat. Er war noch jung, aber sein Haar schon schütter, und die rote Nase verriet Milan, dass dieser Priester keineswegs ohne Laster war.

»Hilf dem Hauptmann der Wache, deinen Fehler weniger schwer wiegen zu lassen. Tu es um deinetwillen.«

»Sollte man seine Taten nicht begehen, weil sie Ausdruck der eigenen Überzeugung sind?«

»Man kann sich irren.« Der Priester breitete die Arme aus, als wollte er ihn segnen.

Milan wich zurück. Er ekelte sich vor dem Kerl. Den hatte ganz bestimmt nicht sein Vater geschickt. Einen verdammten Weichling, der jedem nach dem Mund redete, so wie es gerade bestellt wurde. Bei aller Wut, die er gegenüber seinem Vater empfand, war Milan doch einen Augenblick lang stolz, dass Nandus Tormeno nicht diese Sorte von Priester war.

»Ich möchte dir dabei helfen, dir selbst zu helfen«, fuhr die schmeichelnde Stimme fort.

»Das hast du in der Tat.«

Ein zufriedenes Lächeln erschien auf dem Antlitz des Priesters. »Dann sag mir, wo die Frau steckt, die sich gegen den Rat gestellt hat. Wir müssen dem Recht dazu verhelfen, seine Würde zurückzuerlangen. Sie muss ihre Strafe hinnehmen.« Jetzt wurde sein Gesicht ernst. »Sag mir, wo sie ist!«

»Das kann ich nicht.«

»Was?« Der Priester schüttelte ungehalten den Kopf.

»Ich kenne keine Frau, die sich gegen den Rat gestellt hat«, entgegnete Milan leichthin.

»Ich rede von der Frau, die den Schandkragen getragen hat. Natürlich kennst du sie. Du bist es, der sie befreit hat. Du bist dabei gesehen worden, Milan Tormeno.« Rote Flecken erschienen auf den Wangen des Priesters. Während er sprach, war er immer näher gekommen. Jetzt stand er so dicht vor Milan, dass ihm Speicheltröpfchen ins Gesicht spritzten, als der Diener des Herrn des Himmels sich immer mehr ereiferte.

»Ihr müsst entschuldigen, aber Ihr scheint die Sachlage verkannt zu haben. Ihr sprecht von der Frau, gegen die sich der Rat gestellt hat.«

»Verdreh meine Worte nicht!« Der Priester hob drohend den Zeigefinger. »Sie hat gegen das Gesetz verstoßen!«

»Ein Gesetz, das keine Menschlichkeit mehr kennt, ist nichts als Tyrannei.«

»Das genügt!« Lorenzo stürmte durch die Tür zum kleinen Saal. Offensichtlich hatte er draußen im Gang, außer Sichtweite, ihren Disput verfolgt.

»Ich habe versucht, dir eine goldene Brücke zu bauen, Milan. Du aber hast die Straße der Schmerzen gewählt.« Der Hauptmann winkte den Wachen. »Bringt ihn hinaus auf den Wagen. Nun wirst du den Preis für deinen gotteslästerlichen Hochmut zahlen!«

Milan leistete keinen Widerstand. Die Wachen führten ihn auf den engen Hof der Garnison. Dort stand ein Karren, vor den zwei Esel gespannt waren. Er stieg auf die Ladefläche und hielt sich an den Seitenwänden fest, als sich der Karren in Bewegung setzte. Er fuhr durch das Tor auf die Straße der Schmerzen hinaus, und Milan stockte der Atem.

DAHLIA, STRASSE DER SCHMERZEN, MORGEN, 2. TAG DES HITZEMONDES IM JAHR VON SASMIRAS ZWEITER THRONERHEBUNG

Die Straße war von Hunderten von Schaulustigen gesäumt. Es sah aus, als sei die ganze Stadt auf den Beinen, um ihn zu sehen. Etwa zwei Dutzend Stadtwachen fassten den Karren ein. Sie bildeten in Doppelreihen einen blauweißen Wall. Anders als zum Streifendienst trugen sie jetzt schwere Pavesen, fast mannshohe Schilde, mit denen sie die Gaffer zurückdrängten, wenn diese dem Karren zu nahe kamen.

»Milan! Milan!«, riefen manche aus der Menge und winkten wild mit den Armen. Männer und Frauen, die er nie zuvor gesehen hatte. Andere verfluchten ihn und warfen Fischabfälle nach dem Karren.

Milan klammerte sich fest an die Seitenwände. Beim Anblick der Massen wurden ihm die Knie weich. Alle schienen zu wissen, was er am Hafen getan hatte. Das hier war keine Machtprobe zwischen ihm und seinem Vater mehr. Es hatte die ganze Stadt ergriffen. Eine einfache Strafe und ein rasches Verzeihen waren jetzt nicht mehr möglich.

Sein Mund war so trocken, als habe er Staub gefressen. Jeder Atemzug eine Qual. Er zwang sich dazu, aufrecht zu stehen.

Etwas traf ihn hart am Hinterkopf. Dann lief eine schleimige Masse an seinem Hals herab, in den Kragen seines Hemdes und weiter seinen Rücken hinunter.

Er tastete nach seinem Hals, blickte auf seine klebrigen Finger. Jemand hatte ein faules Ei nach ihm geworfen.

Weitere Geschosse ähnlicher Art trafen ihn, ohne dass er ihnen hätte ausweichen können. Aber er sah auch, wie jemand, der etwas nach ihm geworfen hatte, von anderen zu Boden gerungen wurde.

Die Stadtwache griff in die Schlägerei nicht ein. Die Männer hatten genug damit zu tun, all jene zurückzudrängen, die zu dem Karren wollten.

Er fuhr auf den Platz der Helden. Auch hier war alles voller Menschen. Wie der Feldherr, der er einst gewesen war, erhob sich Giovanni Villani über der Menge. Milan schien es, als würde der Sieger von der Blutbrücke von seinem Bronzepferd herab anklagend mit dem Adlerstab auf ihn zeigen.

Der Wagen passierte die Arkaden und bog zum Fischmarkt ab. Immer dichter standen die Menschen. Ein Meer von Gesichtern zu allen Seiten. Wie hatte das geschehen können?

Die Stadtwachen hinter den Pavesenträgern mussten jetzt immer häufiger die stumpfen Enden ihrer Hellebarden einsetzen, um den Weg frei zu machen.

Schon von weitem sah Milan das hölzerne Podest auf dem Fischmarkt. Unter den Rädern, von denen noch immer die sterblichen Überreste der beiden Schmuggler hingen, hatte sich der Rat versammelt. Auch seinen Vater erkannte er in der Schar der Würdenträger.

Vor ihnen erhob sich eine Richtbank. Ein Gebilde, das an einen schmalen Tisch erinnerte, nur dass die Holzplatte mit fest angenieteten Lederbändern bestückt war. Davor stand ein großer Weidenkorb.

Milan schluckte. Das alles erschien im plötzlich wie ein

furchtbarer Traum. Das konnte doch nicht Wirklichkeit sein! Jeden Moment würde er erwachen und sich in der Kerkerzelle wiederfinden.

Seine Beine schlotterten. Er wollte sich beherrschen, drückte den Rücken durch und umklammerte die Seitenwände des Karrens noch fester, doch seine Beine wollten ihm einfach nicht mehr gehorchen.

Viel zu schnell erreichte der Wagen das Holzgerüst. Zwei Wachen stiegen zu ihm auf den Karren. Sie packten ihn unter den Armen. Und er war ihnen dankbar. Ohne sie wäre er zusammengebrochen.

»Du Narr!«, zischte Lorenzo, als die Wachen ihn an ihm vorbeitrugen.

Milans Beine waren wie zwei leere Weinschläuche. Seine Füße schleiften über die Stufen der kurzen Treppe, die zur Richtplattform hinaufführte.

Sein Vater empfing ihn schweigend und mit eisigem Blick. In den Augen mancher Ratsherren glaubte Milan Mitleid zu lesen.

Er wurde bäuchlings auf die Tischplatte gelegt. Grobe Hände pressten ihn auf das Holz, während die breiten Lederbänder um seinen Rumpf, seine Arme und seine Oberschenkel geschlungen wurden. Bald war er so festgezurrt, dass er sich keinen Zoll mehr bewegen konnte.

Sein Kopf ragte über den Rand der Richtbank. Direkt darunter stand der Weidenkorb. Die geflochtenen Zweige waren mit dunklen Sprenkeln bedeckt.

»Du hast den Namen unserer Familie entehrt.«

Milan konnte den Kopf nicht drehen. Sein Vater sprach leise, war kaum zu verstehen. Die Menge auf dem Markt war unruhig. Immer wieder wurde sein Name gerufen.

»Sag mir jetzt, welcher Fischer das flüchtige Weib auf sein Boot genommen hat, dann kann ich das Schlimmste abwenden.«

Milan blickte in den Korb. Würde gleich sein Kopf dort liegen?

Ein Name, und sein Leben würde weitergehen …

Aber was für ein Leben! Die ganze Stadt würde Zeuge sein,

wie er sich feige seinem Vater unterwarf. Wie er seine Ideale einfach aufgab. Er hatte nichts Falsches getan.

»Ich verrate niemanden.« Seine Stimme klang nicht so entschlossen, wie er es sich gewünscht hätte. Zittrig und kleinlaut war sie. Wahrscheinlich hatte ihn außer seinem Vater niemand gehört.

Nandus trat einen Schritt vor, ging in die Hocke und schaute ihm in die Augen. »Du verdammter Narr!«

Milan stockte der Atem. So hatte Nandus ihn noch nie angesehen. Da war keine Wut im Blick seines Vaters, sondern Respekt.

Der Erzpriester richtete sich wieder auf. »Vollstreckt das Urteil!«

DAHLIA, FISCHMARKT, MORGEN, 2. TAG DES HITZEMONDES IM JAHR VON SASMIRAS ZWEITER THRONERHEBUNG

Milan biss die Zähne zusammen. Tränen verschleierten seinen Blick, als ihm die Stiefel von den Füßen gezerrt wurden. Was sollte das? Sein Socken wurden ihm abgestreift. Dann spürte er, wie eine grobe Schlinge um seine Knöchel zugezogen wurde.

»Schlagt ihm den Kopf ab!«, rief jemand aus der Menge.

Mit einem Ruck wurde das Seil um seine Knöchel gestrafft und dann hochgezogen, so dass seine Beine angewinkelt waren und die bloßen Fußsohlen nach oben wiesen.

Milan kämpfte gegen die breiten Lederriemen an, die ihn an den Tisch fesselten.

»Zweihundert Schläge!«, rief sein Vater mit lauter Stimme.

Etwas klatschte auf Milans nackte Fußsohlen. Er zuckte, doch der Schmerz war zu ertragen. Er würde es durchstehen, schwor er sich.

»Eins!«, zählte eine schrille Stimme.

Wieder zischte ein Hieb.

»Zwei!«

Milan dachte an Noks Gesicht. An ihre kleinen Brüste, ihr helles Lachen.

»Drei!«

Er wollte sich fortträumen vom Fischmarkt. Vom Schmerz. Ob sie hier war? Er musste mannhaft bleiben. Keine Tränen, kein Schrei. Das würde sie sicher beeindrucken.

»Vier!«

Mit jedem Hieb nahm der Schmerz zu. Er fuhr durch seine Waden und strahlte in seinen ganzen Körper aus. Wie war das möglich?

»Fünf!«

Der Hieb traf seine Fersen. Seine Füße wurden in den Gelenken gestaucht. Milan keuchte auf. Ohne dass er etwas dagegen tun konnte, traten ihm Tränen in die Augen.

»Sechs!«

Der Schlag ging mitten über beide Fußsohlen. Da war wieder dieser rieselnde Schmerz, der seinen ganzen Leib erobern wollte.

»Sieben!«

»Nok«, flüsterte Milan. Nicht hier sein, dachte er verzweifelt. Nicht hier …

DAHLIA, FISCHMARKT, MORGEN, 2. TAG DES HITZEMONDES IM JAHR VON SASMIRAS ZWEITER THRONERHEBUNG

Felicia war überrascht, wie sehr Rainulf die Bestrafung des Jungen mitnahm. Seine Lippen waren fest zusammengepresst, um seine Mundwinkel zuckte es. Er hatte die Augen zusammengekniffen, und sein Blick galt nur noch der Richtbank.

Der Bogenschütze, dem sonst nichts entging, bemerkte gar nicht, wie sie ihn musterte.

»Er wird das schon durchstehen«, sagte sie leise. Sie beide trugen unauffällige Kleidung, keine weißen Umhänge, und standen inmitten der Menschenmenge auf dem Fischmarkt.

»Zweihundert Hiebe«, presste Rainulf hervor. »Das wird ihn verändern ... Warum hat er das nur getan? Sie hätten der Frau den Schandkragen ein paar Stunden später eh abgenommen. Dann hätte sie mit ihrem toten Jungen einfach gehen können.«

»Er wollte uns ein Zeichen geben. Deshalb hat er sie befreit.«

Jetzt wandte Rainulf doch den Blick von der Richtstätte ab. Seine wintergrauen Augen wirkten hart. »Wie meinst du das?«

»Ich habe mit ihm über Gerechtigkeit gesprochen. Darüber, wie die Welt sein sollte und dass ein jeder die Pflicht hat, von einer besseren Welt nicht nur zu reden, sondern sie durch Taten Wirklichkeit werden zu lassen.«

Rainulf seufzte. »Großartig.«

Felicia war überrascht. Zynisch hatte sie den Bogenschützen noch nie erlebt. »Wenn sie mit ihm fertig sind, wird er uns ein treuer Verbündeter sein.«

»Das ist alles, woran du denkst?«

»Er wird das schon überstehen«, wiederholte sie. »Dich hat es doch auch nicht umgebracht.«

»Ich bin aus einem anderen Holz geschnitzt. Kein Jüngelchen, das in einer Welt voller Bücher aufgewachsen ist. Außerdem habe ich nur hundertfünfzig Hiebe bekommen, und das mit einer leichten Rute. Weißt du überhaupt, womit der verfluchte Henkersknecht da auf ihn eindrischt? Mit einem Ochsenziemer!«

»Ochsenziemer?«

»Das Ding ist, was aus einem Stier einen Ochsen macht. Sein abgeschnittener Schwanz. Richtig getrocknet, ist er zugleich zäh und geschmeidig. Und er ist schwer. Die Schläge damit treffen mit großer Wucht. Sie können dem Jungen die Zehen brechen oder auch die Fußgelenke, wenn ihm zu oft auf die Fersen geschlagen wird.«

»Dreiundachtzig!«, rief der Henkersknecht, als Milan zum ersten Mal aufschrie.

Ein wütendes Raunen erhob sich unter den Zuschauern.

»Aufhören!«, rief jemand. Dutzende Stimmen nahmen den Ruf auf. »Aufhören! Es ist genug!«

Die Stadtwachen drängten mit ihren großen Schilden die Menge von der Richtplattform zurück. Fasziniert beobachtete Felicia den Jungen. Er hatte nur einen einzigen Schluchzer ausgestoßen. Jetzt war er wieder still. Tränen rannen ihm über die Wangen, doch gab er keinen weiteren Schmerzenslaut von sich.

»Ich habe mich in ihm geirrt«, murmelte Rainulf. »Er ist ein verdammt zäher Bursche.«

Aber einer, der vorerst nicht mehr wird laufen können, dachte Felicia. Damit war er für ihre Pläne nicht länger zu gebrauchen.

DAHLIA, PALAZZO TORMENO, ABEND,
2. TAG DES HITZEMONDES IM JAHR VON
SASMIRAS ZWEITER THRONERHEBUNG

Nandus beobachtete, wie Milans Augäpfel unter seinen geschlossenen Lidern hin und her rollten, als würden ihn schwere Träume plagen. Beim einhundertsiebenundachtzigsten Hieb auf seine Fußsohlen war er ohnmächtig geworden. Er hatte länger durchgehalten, als Nandus erwartet hatte, dieser verdammte jugendliche Dickkopf. Er war so anders als seine Brüder. Juliano hätte niemals rebelliert, und Fabricio hätte sich herausgewunden. Er hätte den Fischer verraten.

»Du machst es mir nicht leicht«, sagte er leise. Aber das musste er auch nicht. Am Ende würde Milan seine Erwartungen erfüllen. Er würde Erzpriester werden. Vielleicht auch mehr.

Weiter als in den fünften Zirkel war Nandus im Roten Kloster nicht aufgestiegen. Die großen Geheimnisse dieser Welt wurden nur den Auserwählten des sechsten und siebenten Zirkels anvertraut. Die anderen wussten lediglich, dass sich ein Schrecken aus der Vergangenheit wieder erheben würde. Es hatte mit den Mären zu tun. Sie waren mehr als nur Geschichten. Alle diese Ungeheuer hatte es einst gegeben. Sie konnten wiederkommen, wenn man zur falschen Zeit zu viel über sie sprach.

Nandus wusste nicht, wie konkret die Bedrohung war, aber es war klüger, auf der Hut zu sein. Insofern war die jüngste Wendung der Ereignisse ein Preis, den er verantworten konnte. Die ganze Stadt sprach jetzt über Milan, und der Krähenmann war vergessen. Zumindest für den Augenblick.

Nandus betrachtete das blasse, schweißbedeckte Gesicht seines Sohnes. Selbst jene, die Milans Tat auf dem Fischmarkt verurteilten, sprachen nun mit Respekt von ihm. Er hatte seine Strafe auf sich genommen wie ein Mann. Für einen Großteil der Bevölkerung war er gar ein Held. Wenn er in ein paar Jahren als Erzpriester aus dem Roten Kloster zurückkehrte, würden sie ihn mit offenen Armen empfangen. Das Oktagon würde bis auf den letzten Platz gefüllt sein, wenn er predigte.

Milan schlug die Augen auf.

»Du hast dir selbst zuzuschreiben, wie es dir nun geht, Junge. Niemand steht über dem Recht. Auch nicht der Sohn eines Erzpriesters. Du hast mir keine andere Wahl gelassen, als dich zu bestrafen.«

Sein Sohn sah ihn trotzig an. Mit nichts anderem hatte Nandus gerechnet. Und er musste sich beherrschen, um nicht zu lächeln. Er war stolz auf Milan. Aber das würde er ihm nicht zeigen. Das würde dem Jungen nur zu Kopfe steigen.

Stattdessen bückte sich der Erzpriester nach der welken Rose, die er am vergangenen Abend in Milans Kammer gefunden hatte. Als ihm Lorenzo von der Tat seines Sohnes berichtet hatte und davon, dass diese Dummheit bereits Stadtgespräch war, hatte Nandus Milans Kammer durchsucht. Er hatte gehofft, einen Hinweis darauf zu finden, warum sein Sohn sich so seltsam verhielt. Viele machten Dummheiten, wenn sie an der Schwelle der Mannbarkeit standen, aber Milan übertrieb es. Jemand musste in sein Leben getreten sein.

Der Junge las das verdammte *Buch der zehn Tage* von d'Aquino. Das war wahrlich keine Lektüre für einen Jüngling, dem die Säfte, die in ihm aufstiegen, ohnehin schon den Verstand vernebelten. Und dann hatte Nandus die welke weiße Rose gefunden, die er nun in Händen hielt. Die Blume gab ihm Rätsel auf. Sie war gut versteckt gewesen. Milan hatte sie in einer Schriftrolle verborgen.

»Vielleicht hilft dir die gegen die Schmerzen.« Er legte die Rose vor Milan auf die Decke.

Sein Sohn wirkte im ersten Moment erschrocken. Dann gab er sich wieder trotzig. »Du musst lange gesucht haben.«

Nandus lächelte herablassend. »So originell war das Versteck nun auch nicht.« Er hatte sich lange Gedanken über die Rose gemacht und wurde nicht schlau aus ihr. Wenn sein Sohn sich auf ein Mädchen vom Blumenhügel oder aus den anderen Elendsvierteln eingelassen hatte, dann hätte er guten Grund, diese nicht standesgemäße Affäre geheim zu halten. Aber ein solches Mädchen hätte ihm kaum eine so erlesene Rose schenken können. Das sprach eher für eine Frau von Stand. Eine solche Liebe jedoch hätte er nicht verheimlich müssen. Es sei denn, die Frau war verheiratet …

Nandus entging die Wehmut im Blick seines Sohnes nicht. Behutsam legte sein Junge sich die welke Blume auf die Brust.

»Willst du mir von ihr erzählen?«

»Was gibt es über eine Rose zu erzählen?«

Nandus atmete tief ein. Er sollte sich beherrschen. Zumindest an diesem Abend. Für heute hatte Milan genug gelitten. »Ein Medicus hat deine Füße abgetastet, als du bewusstlos warst. Zwei deiner Zehen sind gebrochen. Er hat sie gerichtet. Ein Fußnagel ist gespalten und wird wahrscheinlich abfallen. Beide Fußgelenke sind gestaucht und geschwollen. Bei den letzten Hieben sind deine Fußsohlen aufgerissen. Du wirst einige Zeit nicht gehen können.« Er deutete flüchtig auf die Rose. »Wenn du mir sagst, wer die Dame deines Herzens ist, werde ich sie einladen, damit sie dir die Stunden verkürzt, die du darniederliegen wirst.«

»Diese Dame wird unser Haus niemals betreten«, entgegnete Milan kühl.

»Sie hat also etwas zu verbergen«, schlussfolgerte Nandus.

Milan blieb ihm eine Antwort schuldig.

Der Erzpriester erhob sich. »Du wählst die Einsamkeit? So sei es. Vielleicht findest du auf diesem Wege zur Weisheit. Viel Hoffnung habe ich allerdings nicht. Hast du einen Wunsch zur Lektüre? Kann ich dir etwas bringen?«

»Einsamkeit genügt mir.«

Nandus sah auf seinen Sohn herab. Milans Antlitz war eine Maske der Enttäuschung. Es war kein Hass, der sich in seinem Gesicht spiegelte; wohl aber war klar, dass sein Sohn ihn nicht mehr achtete.

»Weißt du, warum ich die Bastonade als Strafe für dich gewählt habe?«

Milan wandte sich ab und sah wieder die welke Rose an.

»Damit du dich nachts nicht länger davonstiehlst. Damit du keinen Seemännern mehr die Kehle durchschneidest und die Kampfkünste, in denen ich dich unterwiesen habe, damit du dereinst ein guter Erzpriester wirst, nicht länger auf so schändliche Art nutzt. Du wirst gewiss zehn Tage nicht mehr laufen können. Und danach bringe ich dich ins Rote Kloster. Dort werden sie dir zunächst die Flügel stutzen, und dann werden sie dich lehren zu fliegen. Höher und weiter, als du es dir je hättest vorstellen können.«

DAHLIA, KONTOR CORNARO, NACHT, 2. TAG DES HITZEMONDES IM JAHR VON SASMIRAS ZWEITER THRONERHEBUNG

Da ist jemand«, flüsterte Rainulf und schloss die Blende der Laterne.

Felicia legte ruhig die Feder ab. Im Gegensatz zu ihrem Gefährten war sie nicht überrascht. Sie war es gewesen, die in den letzten beiden Nächten das Kontor beobachtet hatte. Marco Cornaro hatte natürlich darauf reagiert, dass es Gerüchte über Einbrüche gab. Die großen Kaufmannsfamilien hielten geheim, was vor sich ging. Sie hatten Angst, dass ihr Ruf leiden würde, wenn sich herumsprach, dass in ihren Kontoren Diebe ein und aus gingen. Ihre Lagerhäuser waren selbstverständlich immer schon bewacht worden. Nicht aber die Schreibstuben. Welcher Dieb interessierte sich schon für seitenlange Frachtlisten und die Routen der Koggen?

Felicia rieb sich die Augen. Von Kindesbeinen an hatte sie über die Gabe verfügt, im Dunklen erstaunlich gut zu sehen, und in den letzten Wochen hatten sich ihre Fähigkeiten noch weiter gesteigert. Vielleicht lag es daran, dass sie fast nur noch nachts unterwegs war. »Ich lenke sie ab. Such du etwas zusammen, was aus Silber ist. Klapp die Bücher zu und leg die Schriftrollen zurück.«

Sie spürte, dass ihm das nicht passte. Aber Rainulf war kein Mann, der viel redete. Er war nur ein Waldbauer, und ihr Wort war ihm Gesetz.

Sie schlich zwischen den Reihen von Stehpulten hindurch. Sie beide waren in den Turm neben dem Palazzo Cornaro eingestiegen. Wie bei den Malen zuvor hatten sie sich vom Dach aus am Flaschenzug herabgelassen, um dann durch eines der großen Fenster der Schreibstube einzusteigen. Die kostbarsten Waren wurden in den oberen Geschossen des Turms verwahrt: Dort gab es Hunderte von Kisten mit Traumkugeln. Wenn sie dort ein Feuer legen würde, wäre ganz Dahlia wahrscheinlich tagelang von dem Rauch berauscht, dachte sie amüsiert. Vielleicht wäre das ihr Abschiedsgeschenk an die arrogante Seidenstadt mit all ihren Palästen und Kunstwerken, die mit Blutsilber bezahlt waren.

Sie lauschte. Da waren Schritte. Rainulf hatte ein wirklich außerordentlich gutes Gehör. Jetzt sah sie die Männer. Es waren drei. Zwei standen am Eingang zur Schreibstube, der dritte tastete sich an der Wand mit den Regalen entlang, in deren rautenförmigen Fächern zahllose Schriftrollen lagerten.

Felicia hatte die Läden des Fensters, durch das sie mit Rainulf eingestiegen war, einen Spalt weit offen gelassen. Auch wenn sie gut im Dunklen sah, war ein wenig vom blassen Licht des Sternenhimmels doch hilfreich. Von der Tür war der helle Spalt zwischen den beiden Fensterläden sicher zu sehen. Den Wächtern musste also klar sein, dass hier etwas nicht mit rechten Dingen zuging.

Eine Diele knarrte unter ihren Stiefeln. Felicia sah, wie der Mann bei einem der Regale verharrte. Er zog sein Schwert, eine plumpe, kurze Waffe.

Felicia ließ den Stock mit dem Krallenfuß aus ihrem Ärmel gleiten. Sie hatte die drei eisernen Krallen verstärkt und angeschliffen. Jetzt war er nicht mehr nur die harmlose Verkleidung, die Milan gebastelt hatte. Geduckt schlich sie zwischen den Reihen von Schreibpulten zum Regal.

Der Wachmann dort blickte zu seinen Kameraden bei der Tür. »Ich seh nichts«, raunte er.

Felicia schnellte aus der Deckung hervor und rammte ihm den Stock in den Magen. Pfeifend entwich die Luft aus der Lunge des Wächters, und er ging in die Knie. Ein zweiter Stoß mit dem stumpfen Ende ihrer Waffe traf ihn an der Schläfe und schickte ihn zu Boden.

Die beiden Wachen bei der Tür liefen los, um ihrem Gefährten zu helfen. Felicia setzte dem Mann zu ihren Füßen die Krallen an die Kehle und riss den Stock mit aller Kraft zur Seite.

»Nein!«, schrie einer seiner Kameraden. Dann hatten die beiden sie erreicht.

Sie wich einem Schwerthieb aus, ging federnd in die Hocke und versetzte dem Angreifer einen Hieb aufs Knie. Sie spürte, wie mehr als nur der Stoff seiner Hose unter den Krallen riss.

Felicia ließ sich zur Seite fallen, wich damit einem weiteren Schwerthieb aus, rollte über die linke Schulter ab und war mit einem Satz wieder auf den Füßen. Ein Fausthieb traf den dritten Wächter unter dem Kinn direkt auf den Kehlkopf. Röchelnd sackte er gegen das Regal mit den Pergamentrollen.

Felicia wandte sich zu dem Wächter um, den sie am Knie erwischt hatte. Leise fluchend versuchte er wieder hochzukommen. Sie rammte ihm das Ende des Krallenstocks gegen die Schläfe. Ein trockenes Knacken erklang. Er ging zu Boden.

Der dritte Wachmann am Regal umklammerte seinen Hals und rang keuchend um Atem.

»Ist dir die Kehle eng?«, fragte sie eisig. »Lass mich dir helfen.« Der Krallenstock fuhr hernieder. Seine gebogenen Spitzen verhakten sich im Handrücken des Wehrlosen, und sie riss seine Hand zur Seite. Der nächste Hieb traf die Kehle des Mannes.

Dann wandte sie sich um und zerfetzte auch dem Mann mit dem gebrochenen Schädel die Kehle.

»War das wirklich nötig?«, fragte Rainulf aus dem Dunkel.

»Du hast die Sklavenschiffe vor der Küste gesehen, unsere brennenden Dörfer und die Galgenbäume. Die Familie Cornaro macht das Blut unseres Volkes zu Silber.«

»Hättest du dann nicht Marco Cornaro töten sollen?«

»Ihm wird die Stunde auch noch schlagen.«

Rainulf öffnete die Blende seiner Laterne und leuchtete die Toten an. »Die drei waren nur Handlanger. Sieh sie dir an! Einer ist so alt, dass er mein Vater sein könnte. Die beiden anderen waren ungeschickte Tölpel. Hätte es nicht genügt, sie einfach nur niederzuschlagen?«

»Nein.« Felicia öffnete die kleine Tasche an ihrem Gürtel und nahm Krähenfedern heraus. Sie kniete sich neben einen der Toten und drückte ihm zwei Federn in die offene Hand. Einige weitere Federn verstreute sie auf dem Boden. »Hast du Silber gefunden?«

»Eine Truhe mit ein paar Münzen. Das Silber hab ich genommen. In der Stube des Kontorvorstehers gab es noch zwei silberne Kerzenleuchter.« Er hob den schlaffen Sack, den er in der Linken hielt.

»Das genügt!« Sie blickte ein letztes Mal zu den Toten. Die Krallenspuren waren deutlich, die Federn nicht zu übersehen. Sie schob sich den tödlichen Krallenstock wieder in den Ärmel. »Und jetzt zum Palazzo Tormeno!«

DAHLIA, PALAZZO TORMENO, NACHT, 2. TAG DES HITZEMONDES IM JAHR VON SASMIRAS ZWEITER THRONERHEBUNG

Milan setzte sich auf die Kante seines Bettes. Seine Füße schmerzten bei der leisesten Bewegung. Selbst wenn er still hielt, brannten sie, als würde immer noch mit dem Ochsenziemer auf sie eingedroschen.

Vorsichtig setzte er den rechten Fuß auf den Boden. Er keuchte auf. Grelle Lichter tanzten ihm vor den Augen. Unmöglich! Es war, wie sein Vater gesagt hatte. Er war ans Bett gefesselt. Er würde aus dieser Kammer nicht mehr herauskommen, bis er ins Rote Kloster gebracht wurde. Und von dort war noch niemand geflohen. Er würde Nok und Felicia für Jahre nicht mehr wiedersehen. Vielleicht nie mehr …

Er kämpfte mit Tränen der Wut. Hätte er einfach hinnehmen sollen, wie der Rat die Menschen bestrafte? Hätte er wie all die anderen an dem zur Schau gestellten toten Jungen und dessen grausam gedemütigter Mutter vorbeigehen sollen? War das so, wenn man älter wurde? Verhärtete man sein Herz und fügte sich den vermeintlichen Notwendigkeiten, egal wie die aussehen mochten?

Würde er so sein wie sein Vater, wenn sein Haar ergraut war? Er konnte sich das nicht vorstellen.

Manchmal hatte der alte Jacobo ihm von der Jugend seines Vaters erzählt. Wie er sich einen Dreck darum geschert hatte, was die Erwachsenen sagten, und mit einem großen, schwarzen Hund Streifzüge in den Schwertwald unternommen hatte, obwohl es streng verboten war. Oder wie Nandus an der Seite der Kaiserritter in die Schlacht gezogen war und dem gefürchteten Pfeilsturm der heimtückischen Bogenschützen getrotzt hatte. Er hatte sein Leben gewagt, um verwundete Kameraden zu retten, war mit einer Handvoll Getreuer in den tiefsten Wald geritten, um einen in Gefangenschaft geratenen Feldherrn zu befreien und einen der Schwertherzöge zu erschlagen.

Diese Geschichten klangen wie Mären. Das war nicht der Mann, der eben an seinem Bett gesessen hatte.

Unten im Palazzo erklangen laute Stimmen. Irgendetwas musste geschehen sein. Jetzt hörte er auch Fabricio und Juliano reden.

Wieder richtete sich Milan auf, setzte einen Fuß auf den Boden. Er versuchte, den Schmerz zu ignorieren. Dachte an Noks wunderschön geschminktes Gesicht, das an einem Abend ausgesehen hatte, als sei Sternenstaub darauf gefallen.

Er stellte den zweiten Fuß auf den Boden und stöhnte vor Schmerz. Voller Wut ballte er die Fäuste und zwang sich dazu, aufzustehen. Seine Beine knickten unter ihm weg, und er fiel der Länge nach hin.

Unten schlug die Eingangstür zu. Er hörte das Hämmern schwerer Sohlen auf der Treppe vor dem Palazzo. Dann war es still.

Milan lag neben dem Bett und starrte zur Decke hinauf, die von zwei Kerzen mit unstetem, honigfarbenem Licht überzogen wurde. Alle seine Träume waren zerbrochen. Er würde Nok nicht wiedersehen. Er hatte nicht erwartet, einen solchen Preis zahlen zu müssen. Er fand nicht mehr den Willen, sich ins Bett hochzuziehen.

Bewegungslos sah er dem Spiel des Lichts zu und gab sich dem Selbstmitleid hin, bis ein leises Geräusch am Fensterladen seine Aufmerksamkeit auf sich zog. Eine schlanke Klinge erschien in dem Spalt zwischen den Fensterläden und schob den Riegel hoch. Eine Gestalt im weißen Umhang stieg ein.

Felicia!

Sie schenkte ihm ein hinreißendes Lächeln. »War es dir zu unbequem im Bett?«, fragte sie leicht spöttisch und warf ihren Umhang mit einer lässigen Geste auf sein Schreibpult. »Du hast dich gut gehalten auf dem Fischmarkt. Ich muss zugeben, du hast mich gleich in zweifacher Hinsicht überrascht. Mit deiner Entscheidung, was den toten Jungen anging, und mit der Mannhaftigkeit, mit der du die Strafe erduldet hast. Selbst Rainulf hatte tiefen Respekt davor, wie du durchgehalten hast.«

Sie trug hohe Stiefel mit flachen Absätzen zu einer weißen Hose und einer zarten, weißen Bluse. Ein Ledermieder mit etlichen kleinen Taschen betonte ihre Taille. Ein Schwert hing von ihrem Gürtel. Sowohl die Hose als auch die Bluse waren mit feinen, rostroten Flecken gesprenkelt.

»Ist das Blut?«, fragte Milan ungläubig.

Felicia sah an sich hinab. »Verdammt! Ich fürchte, ja. Diese Flecken werden meiner Waschfrau einigen Ärger machen.«

»Deiner Waschfrau?«, wiederholte er tonlos. Vermutlich wäre es nicht sonderlich klug, sie zu fragen, wessen Blut das war.

»Ich möchte wissen, ob du deine Entscheidung getroffen hast. Deine Taten legen zwar eine Vermutung nahe, aber ich muss es ohne jeden Zweifel wissen: Stehst du aufseiten deines Vaters und der Liga, oder wirst du für die Freiheit des Schwertwaldes kämpfen?«

»Auf der Seite meines Vaters stehe ich ganz sicher nicht.« Milan zog sich an der Bettkante hoch. Es war ihm unangenehm, vor ihr auf dem Boden zu liegen. Er blickte auf ihr Schwert mit der abgewetzten Lederumwicklung am Griff. Diese Waffe war häufig in Gebrauch.

Felicia musterte ihn aufmerksam und nickte. »Ich weiß ehrliche Antworten zu schätzen. Und auch, dass du das Banner, für das du streitest, nicht so leicht wechselst wie ein Söldner.« Sie löste die seitlichen Schnallen ihres Mieders. »Du hast es verdient zu wissen, wer vor dir steht.«

Das Mieder glitt zu Boden, und sie öffnete ihre Bluse, ohne dass sie ihre Handschuhe abgelegt hätte.

Milans Mund wurde trocken. Er wollte etwas sagen, wusste aber nicht, was.

Sie kehrte ihm den Rücken zu und streifte sich die Bluse über den Kopf, wobei sich ihr Haar löste. Zwischen den flammend roten Strähnen war eine große Tätowierung zu sehen.

Milan traute seinen Augen kaum. Ein rosenumranktes Schwert! Mit dem Griff nach oben, der Parierstange quer über ihren Schultern, dem Stichblatt genau auf ihrer Wirbelsäule.

»Ich bin das Schwert der Rosen«, erklärte sie voller Stolz.

Milan hatte noch nie eine tätowierte Frau gesehen. Und dieses Bild … Es ungerechtfertigt zu tragen hieße im Schwertwald den Tod herausfordern. Und auch in den Städten der Liga würde sie dieses Hautbild auf das Richtgerüst führen. Er hatte das von Rosen umrankte Schwert als Kind schon einmal gesehen. Auf Schilden, die in der Halle der Siege in Panorma an den Wänden prangten. Mit Entsetzen dachte er an die Mären, die sich um diese Schilde rankten, und an die Totenmasken, die unter ihnen ausgestellt wurden.

»Du weißt, was du siehst?« Eine Spur von Verärgerung lag in Felicias Stimme, als sei sein Schweigen das Letzte, womit sie gerechnet hatte.

»Nur die Herzöge dürfen diese Schwerttätowierungen tragen«, sagte er leise.

»Ich biete dir meinen Schutz, Milan Tormeno, und die Gelegenheit, für die richtige Sache zu kämpfen. Ich werde ehrlich zu dir sein und heute Nacht jede deiner Fragen beantworten.«

»Mein Vater …« Er blickte zur Tür.

»Dein Vater wird so schnell nicht wiederkommen.« Sie drehte sich um, wobei sie sich keinen Deut darum scherte, dass er ihre unbedeckten Brüste sah. »Ich schätze, der Erzpriester steht nun vor den drei Männern, die ich vor zwei Stunden getötet habe. Dass wir hier und jetzt ungestört reden können, war ein Grund, warum sie ihr Leben lassen mussten.«

»Was für Gründe gab es noch?«, fragte er misstrauisch.

»Dies heute war dein Tag, Milan. Aber ab morgen soll wieder über den Krähenmann gesprochen werden.« Sie öffnete ihren Schwertgurt und lehnte die Waffe gegen das Schreibpult. »Wer die Toten findet, wird zugleich auch eindeutige Hinweise darauf finden, dass sie Opfer des Krähenmanns wurden.«

Er verstand nicht, wovon sie da redete. »Des Krähenmanns?«

»Wir haben kein Rotes Kloster im Wald, und dennoch haben wir das Wissen um die Geheimnisse der Vergangenheit bewahrt. Der Krähenmann, die Weiße Königin, die Meerhexe … das sind unsere Mären, die ihr nur einfach weitererzählt.« Sie lächelte kurz, als sei damit noch nicht alles gesagt, dann wurde sie wieder ernst. »Die Königin wird zurückkehren! Der Tag ist nahe. Wir müssen nicht mehr lange durchhalten. In der Stunde der größten Not wird sie wieder da sein, um ihr Volk zu beschützen.«

Felicia nahm ihre Bluse auf und zog sie wieder an. »Dein Vater hat dir gar nichts erzählt, nicht wahr? Er hat dich lernen lassen und dich auf das Kloster vorbereitet, ohne dir irgendetwas zu erklären.«

»Ich verstehe wirklich nicht, wovon du redest«, gestand Milan.

»Die Mären, über die viel gesprochen wird, jene, welche die stärksten Gefühle auslösen, werden zuerst wahr. Ich habe dich beobachtet, Milan. Den rothaarigen Seemann … Wann hast du dir vorgestellt, ihm die Kehle durchzuschneiden?«

Milan erschrak bis ins Mark. Wie konnte sie das wissen? Und warum bedrängte sie ihn wie zuvor sein Vater mit dieser Geschichte?

»Ich war ehrlich zu dir. Verheimliche mir nichts. Rede! Der Seemann! Wann hast du ihn in Gedanken getötet? Oder stand er aus Fleisch und Blut vor dir, und du hast es mit eigenen Händen getan?«

»Nein!«, schrie er.

»Aber du hast es gedacht!«, beharrte Felicia unnachgiebig.

Es stimmte … Aber wie konnte sie das wissen?

»Bitte sag es mir, Milan. Es ist wichtig. Du kannst dir gar nicht vorstellen, wie viel davon abhängt.«

»Es war nach der letzten Nacht bei Nok«, gestand er stockend. »Ich war niedergeschlagen. Ich hatte meinem Vater tagelang von dem Seemann erzählt. Immer genauer musste ich ihn ihm beschreiben. Bis er mir ganz klar vor Augen stand …«

»Und weiter?«, drängte Felicia.

»Ich war es leid. War diesen Mann leid, den es nur in unseren Köpfen gab. Den Mann, hinter dem ich mich versteckte. Ich wollte ihn nicht mehr in meinem Leben haben. Nicht immer weiter lügen. Ich habe mir vorgestellt, ich würde ihm einfach die Kehle durchschneiden und ihn ins Hafenbecken werfen.«

Sie nickte ernst. »Ich hoffe, du wirst mich nicht eines Tages leid sein. Immerhin bin ich auch rothaarig. Hast du an mich gedacht, als du deine Mär gesponnen hast?«

Ihre Fragen verwunderten ihn immer mehr. »Ich verstehe nicht … Was hat das mit dir zu tun?«

Felicia zuckte mit den Schultern. »Das versuche ich herauszufinden. Ich möchte schließlich nicht eines Morgens mit durchschnittener Kehle im Hafenbecken treiben.«

»Wovon redest du?«

Die Diebin ging vor ihm in die Hocke. Ihre lindgrünen Augen hielten seinen Blick gefangen. Eine steile Falte erschien zwischen ihren Brauen. »Du weißt nichts davon? Hast du ihn denn nicht gesehen?«

»Wen?«

»Den toten Seemann. Den Mann aus der Mär, die du gemeinsam mit deinem Vater erschaffen hast. Ihr habt ihn Gestalt werden lassen, ja, ihm vielleicht sogar Leben eingehaucht, nur um ihm dieses Leben dann sofort wieder zu nehmen.«

Milan schloss die Augen, um sich ihrem Blick zu entziehen. Sie war verrückt!

»Du weißt gar nichts, nicht wahr?« Ihre Stimme klang nicht im Geringsten verärgert, höchstens vielleicht ein wenig überrascht. »Du kennst die Geschichten über die Märengebärer und die Fleischweber nicht.«

»Fleischweber?« Das Wort hatte etwas Obszönes an sich. »Wovon spricht du?«

»Was weißt du über die Schwertherzöge?«

»Sie sind die Herrscher des alten Waldes. Die Rebellen, die niemals anerkennen, dass sich die Zeiten geändert haben. Sie sind die Anführer von Räubern und Piraten …«

Felicia lachte laut auf. »Dein Kopf steckt voll von den Mären der Ratsherren und Kaufleute.«

Ihre Hände legten sich auf seine Schläfen. Milan spürte ihren warmen Atem auf seinem Gesicht. Er schlug die Augen wieder auf. Sie hatte sich vorgebeugt. Ihr Antlitz war dem seinen so nah, dass sie einander fast berührten.

»Bitte, Milan, benutze deinen Verstand. Denn die Wahrheit muss sich jeder selbst erschließen. Bilde dir dein eigenes Urteil.«

Er wusste nicht, was er darauf sagen sollte.

Felicia nahm ihre Hände von seinen Schläfen. »Vielleicht verstehst du es besser, wenn ich es in eine Mär kleide.« Ihre lindgrünen Augen schienen von innen heraus zu leuchten, als sei sie eine der Feen aus dem alten Wald, und der Klang ihrer warmen Stimme wob Bilder in seinem Kopf.

»Einst gab es eine Familie, die in einem schönen Haus mit einem großen Garten lebte. Alle waren glücklich. Ihr Dasein voller Harmonie. Weit hinten im Garten, verborgen in einem Labyrinth von Hecken, gab es ein kleineres Haus. Dort lebte lange Zeit ein Gärtner, doch schließlich starb der alte Mann. Wenige Monate später ertappte die Tochter des Hauses einen kleinen Jungen, wie er über die Mauer stieg und Äpfel aus dem

Garten stahl. Er war abgerissen und wirkte hungrig. Statt den Dieb zu bestrafen, ging sie zu ihm und schenkte ihm einen ganzen Beutel voller Äpfel. Am nächsten Tag kam der Junge wieder. Da der Garten die Familie überreich mit Früchten beschenkte, teilten sie gern, was ohnehin viel zu viel der Fülle für sie war. Bald brachte der Junge eine ältere Schwester mit und zwei jüngere Brüder. Dann seinen Oheim, einen mürrischen Mann mit Fischaugen. Und es war dieser Oheim, der eines Tages von drei Bäumen im Garten sagte, dass sie ihm gehörten, weil sie ihn bereits einen ganzen Herbst lang mit ihren Früchten beschenkt hatten.

Die Tochter des Hauses sah dem Oheim in die kalten Augen. Sie hielt den Mann für verwirrt, war es doch so offensichtlich Unsinn, was er behauptete. Sie sprach mit ihrer Familie, und alle gemeinsam entschieden, den bemitleidenswerten Mann gewähren zu lassen.

Dieser brachte noch weitere Verwandte in den Garten. Sie errichteten Zelte im Schutz der Mauer. Sie ernteten von den Bäumen und verkauften einen Teil der Früchte, statt Vorräte für den Winter anzulegen. Es war eine Eigenart seiner ganzen Sippe, dass sie nur den gegenwärtigen Tag lebten, nie aber für die Zukunft planten. Ein voller Bauch bis zum Abend und ein Platz für die Nacht, das war alles, worum ihr Denken kreiste.

An einem verregneten Spätherbstmorgen erwachte das Mädchen, das vor vielen Monden dem Jungen Zugang zum Garten gewährt hatte, von fremden Geräuschen. Als sie ans Fenster ihrer Kammer trat, sah sie den fischäugigen Mann im strömenden Regen vor einem alten Birnbaum stehen. Er schwang eine Axt gegen den Stamm, die er vom Erlös verkaufter Birnen bezahlt hatte. Rings um ihn hatte sich seine Sippe geschart. Und als der Birnbaum fiel, da brachen seine Söhne und Neffen Äste aus der Krone des Baumes, um sie als Knüppel zu nutzen. Der Fischäugige aber trat vor das große Haus und hob drohend die Axt. Er forderte, dass alle Vorräte, die im Keller lagerten, herausgegeben würden und dass seine Sippe in das Haus einziehen dürfte, um vor dem kalten Herbstregen geschützt zu sein.

Da aber weigerte der Vater des Mädchens sich, die Forderungen der Fremden zu erfüllen.

Daraufhin hob die Sippschaft des fischäugigen Mannes den Stamm des Birnbaums auf, und sie nutzten ihn wie einen Rammbock und zerschmetterten die prächtige Tür des schönen Hauses. Mit Knüppeln in Händen und nackten, schlammbespritzten Füßen stürmten sie über die kostbaren Mosaiken, und Blut floss über Marmor, als sie den Herrn des Hauses töteten und seine Frau und seine Töchter schändeten und an den Füßen an der Galerie über der Eingangshalle aufhängten, bis sie jämmerlich verreckten.

Nur dem Mädchen, das einst den Jungen in den Garten gelassen hatte, gelang es, von drei Dienern begleitet zu fliehen. Sie retteten sich in das Labyrinth aus Hecken und lebten fortan im versteckten Haus des Gärtners.

Der fischäugige Mann aber hatte sie flüchten sehen, und er befahl seiner Sippschaft, die Hecken zu roden, um auch den letzten Spross der reichen Familie zu töten.

Seine Söhne und Neffen, Nichten und Töchter aber waren faul. Sie genossen den unverdienten Reichtum, und so ging es nur sehr langsam voran mit dem Roden der Hecke. Zwei der Diener ermordeten sie im Laufe der Zeit. Diejenige, die einst so großzügig von ihrem Reichtum verschenkt hatte, musste nun, um nicht zu verhungern, als Diebin in ihren eigenen Garten schleichen. Und sie wuchs zur Frau heran, Tag für Tag den nahenden Untergang vor Augen, während die Hecken Zweig um Zweig fielen.«

Als Felicia ihre Geschichte beendete, sah Milan ihr längst nicht mehr in die Augen. Tiefe Scham hatte ihn ergriffen.

Sie nahm behutsam seine Hände. »Das Unrecht der Vergangenheit kann nie wieder ungeschehen gemacht werden, aber wir entscheiden, ob wir es weiter in die Zukunft fortschreiben. Du bist der Sohn des Erzpriesters von Cilia. Ein junger Mann von großer Bedeutung. Deine Taten wiegen schwer. Auf dem Fischmarkt hast du die Herzen aller Armen und Unterdrückten dieser Stadt für dich gewonnen. Du hast begonnen, deine eigene Mär zu schreiben.«

»Aber was kann ich euch schon nutzen? Ich bin einer der Söhne des fischäugigen Mannes in deiner Mär. Ich bin der Feind.«

Sie nickte. »Doch welch kraftvolles Zeichen wäre es, wenn du die Seiten wechseltest. Der letzte Kampf um den Garten steht bevor, Milan. Wir wissen, dass die Liga beschlossen hat, drei Heere aufzustellen, um von verschiedenen Seiten anzugreifen und erst wieder zu ruhen, wenn auch der letzte Hain unseres Alten Waldes in Flammen steht. Kennst du die Halle der Siege in Panorma, der Goldenen?«

Milan nickte beklommen.

»Hast du den Saal der Schilde gesehen? Wann immer sie einen Schwertherzog gefangen nehmen, ziehen sie ihm bei lebendigem Leib die Haut ab, um das Rückenstück mit der Tätowierung auf einen Rundschild zu spannen und dort auszustellen. Und darunter legen sie die Gesichtsmaske.«

»Aber welchen Nutzen hätte ich für dich? Ich kann ja nicht einmal mehr laufen«, stieß Milan verzweifelt hervor.

»Ich will nicht deine Füße. Ich will dein Herz, Milan Tormeno. Trete auf die richtige Seite über. Hilf den Letzten meines Volkes, den Sturm zu überstehen, der heraufzieht. In diesen Tagen sind die Werber der Liga überall im Kaiserreich unterwegs, um Söldner zu rekrutieren. Im Herbst werden die drei Heere bereitstehen, die mein Volk vernichten sollen. Schon hat die Liga Verträge mit Sklavenhändlern aus dem Khanat geschlossen. Bald werden im fernen Westen die Schiffe in See stechen, auf denen die Jungen und Schönen meines Volkes verschleppt werden sollen, und für die anderen dreht man bereits die Stricke, um sie zu erhängen. Ich bin hier in Dahlia, um in den Kontoren der Ratsherren Aufzeichnungen über Handelsgüter und Schifffahrtsrouten zu kopieren. Ich erkunde die Wege, die das Silber nimmt, mit dem die Söldner bezahlt werden sollen. Wir haben nur wenige Schiffe, mit denen wir euren Koggen nachstellen können. Aber wenn wir es schaffen, eines eurer Silberschiffe zu kapern, dann bedeutet das, dass Hunderte von Kriegern nicht nach Cilia kommen werden, weil die Mittel fehlen, um sie anzuwerben. Es sind nur Nadelstiche, ich weiß, aber wenn wir genug dieser Nadelstiche setzen, dann wird in diesem Herbst vielleicht doch nicht die letzte Hecke des gestohlenen Gartens fallen.«

Milan wusste nichts von einem geplanten Feldzug. Allerdings war ihm aufgefallen, dass sein Vater immer häufiger zu Besprechungen des Rates ging, und vor vielen Wochen schon hatte er von einem erfahrenen Rüstmeister Maß nehmen lassen, um in Ferranta einen neuen Harnisch für sich schmieden zu lassen.

»Ich werde dir und deinem Volk nach Kräften helfen, Felicia. Doch mir bleibt nicht viel Zeit. Bald schon werde ich wie ein Gefangener ins Rote Kloster verschleppt werden.«

»Sei meine Augen und Ohren in diesem Palazzo. Finde heraus, was dein Vater über den kommenden Krieg weiß. Wo sollen sich die Heere versammeln? Auf welchen Wegen sollen sie gegen uns vorrücken? Wie stark werden die Truppen sein, wie wird man sie versorgen, und wer wird sie anführen? All dieses Wissen mag uns helfen, weitere Nadelstiche zu setzen. Dein Vater hat nicht nur als Priester einen großen Namen. Von seinen Taten als Krieger spricht man selbst im Schwertwald voller Respekt. Womöglich wird er eines der drei Heere anführen.«

Wieder nickte Milan, obwohl er das Gefühl bekam, nur jämmerlich wenig tun zu können. Er wusste ja nicht einmal, wie lange er ans Bett gefesselt sein würde.

Felicia erhob sich und legte feierlich ihre rechte Hand auf ihr Herz. »Ich schwöre dir, dass du nicht ins Rote Kloster kommen wirst, Milan Tormeno, es sei denn, es wäre dein ausdrücklicher Wunsch. Mit all meiner Kraft werde ich danach streben, dieses Schicksal von dir abzuwenden, so wahr ich das Schwert der Rosen bin.«

Ergriffen sah er zu ihr auf. Ganz in Weiß, mit dem flammend

roten Haar und den strahlend grünen Augen, umflort vom goldenen Licht der beiden Kerzen, sah sie aus, als wäre sie geradewegs einer Mär entsprungen. Wenngleich Milan keine Geschichte kannte, der er Felicia hätte zuordnen können. Aber vielleicht hatte sie ja bereits begonnen, ihre eigene Mär zu schreiben. Wie sie es auch von ihm einforderte.

Felicia legte ihr Mieder wieder an, schlang den Schwertgurt um ihre Taille und warf sich den weiten, weißen Umhang über die Schultern. »Ich werde wiederkommen«, sagte sie verheißungsvoll.

Dann stieg sie durch das Fenster und verschwand in der Nacht.

DAHLIA, DACH DES PALAZZO TORMENO, NACHT, 2. TAG DES HITZEMONDES IM JAHR VON SASMIRAS ZWEITER THRONERHEBUNG

Rainulf streckte Felicia die Hand entgegen und zog seine Herzogin das letzte Stück das Dach hinauf. »Du warst lange fort, Herrin. Warst du im Schreibzimmer des Erzpriesters?«

Sie wirkte gut gelaunt und schüttelte den Kopf. »Nein, ich war nur bei dem Jungen.«

Rainulf konnte riechen, dass sie nicht das Lager mit Milan geteilt hatte, und war erleichtert darüber. Zugleich war ihm klar, dass es für ihn selbst keine Hoffnung gab, sie zurückzugewinnen. Er war wohl so etwas wie ein verlockendes, fremdartiges Gericht für sie gewesen. Etwas, von dem sie ein paar Mal lustvoll naschte, um dann zu gewohnter Kost zurückzukehren. Ein Bauer und Wilddieb und eine Herzogin, das ging auf Dauer nicht zusammen.

Sie sah ihn seltsam an. Manchmal hatte er das Gefühl, dass sie ihm mit ihren grünen Augen tief in den Kopf blicken konnte und kein Gedanke vor ihr verborgen blieb. Wie sonst schaffte sie es, dass am Ende immer alle das taten, was sie wollte?

»Konnte der Junge viel über die Pläne der Ratsherren erzählen?«

»Gar nichts, mein wilder Bär«, erwiderte sie gelassen.

Rainulf verstand das nicht. »Aber was hast du dann so lange bei ihm gemacht?«

»Ihm eine Mär erzählt.«

»Was?« Sie wollte ihn verschaukeln. Felicia war keine Frau, die sich auf die Bettkante eines hübschen Jünglings setzte, um ihm Mären zu erzählen. »Warum hättest du das tun sollen?«

»Ich will, dass er ganz und gar auf unserer Seite steht. Wir brauchen einen wie ihn. Einen Fleischweber, der Mären Wirklichkeit werden lassen kann – der Träume und Ängste vieler bündelt, bis sie sich mitten unter uns erheben. Wenn er in den Wald kommt, wird die Weiße Königin zurückkehren, so wie sie es einst versprochen hat.«

»*Wenn das Licht der Sterne vergeht und die Stunde der höchsten Not gekommen ist, wird sich die Weiße Königin erheben, und der gestohlene Garten wird jenen entrissen werden, die ihn geschändet haben*«, sagte Rainulf langsam und feierlich. Es waren die letzten Zeilen der Mär von der Weißen Königin. Jedes Kind im Schwertwald kannte diese Geschichte. Jeder Erwachsene träumte davon, dass sie Wirklichkeit werden würde. »Aber glaubst du ernsthaft, dass der Junge ein Fleischweber ist?«

»Ich weiß es nicht«, entgegnete Felicia nicht mehr ganz so zuversichtlich, »aber ich werde alles tun, um ihn auf unsere Seite zu ziehen. Alles! Nur er kann uns retten. Unser Kampf ist so aussichtslos, dass wir ihn nur noch gewinnen können, wenn die Mären unter uns Gestalt annehmen.«

Rainulf war das Herz schwer. Wenn die Herzöge allen Ernstes glaubten, dass ihr Sieg von Mären abhing, dann war der Schwertwald verloren. Er selbst war mehr für das Handfeste. Kämpfe wurden mit Pfeilen und Schwertern entschieden. Und wer über mehr und bessere gebot, würde der Sieger sein. »Beim nächsten Mal solltest du in das Schreibzimmer des Erzpriesters einsteigen. Wir brauchen die Pläne für die kommenden Feldzüge.«

»Und wenn Nandus Tormeno sie nur hier verwahrt?« Felicia tippte sich an die Stirn. »Dorthin gelangen wir einzig mit dem Jungen. Vertrau mir, ich habe unsere Ziele nicht aus den Augen verloren.«

Er vertraute ihr bedingungslos. Aber der Weg, den sie gewählt hatte, gefiel ihm nicht. »Lass uns von hier verschwinden. Bald wird es hell.«

Da war noch etwas anderes, doch darüber wollte er nicht reden. Es war nicht greifbar genug. Sondern nur eine Ahnung. Die ganze Zeit über, die er auf dem Dach gewacht hatte, hatte er das Gefühl gehabt, beobachtet zu werden. Er war Wilddieb. Mit dem Lauern im Verborgenen kannte er sich aus. Hätte es da jemanden gegeben, er hätte ihn entdeckt, selbst im Dunkel der Nacht. Es war nur ein Gefühl. Eine Ahnung … Dennoch sollten sie schnell das Weite suchen.

Seite an Seite machten sie sich auf den Rückweg.

Voller Bewunderung weidete er sich an der Anmut, mit der Felicia über Dächer und Mauern dahineilte, wie sie sicheren Schrittes über brüchige Schindeln ging und keine Angst vor den Abgründen zeigte, an denen sie auf schmalen Simsen entlangbalancierten.

Es gab keine zweite Herzogin wie sie. Sie stand immer in vorderster Linie. Sie verlangte nichts von ihren Männern, was sie nicht selbst zu tun bereit war, und setzte sich stets der größten Gefahr aus. Dafür liebte er sie, selbst in jenen Momenten, in denen sie die Arroganz des Adels nicht abzulegen vermochte.

Ihre Männer würden sämtlich lieber sterben, als zuzuschauen, wie die verdammten Söldner der Liga Felicia die Haut abzogen, um sie auf einen Schild zu spannen. Darin lag die Hoffnung des Schwertwaldes – und nicht in dem verrückten Traum von Mären, die Wirklichkeit werden konnten.

DAHLIA, KONTOR CORNARO, VOR DEM MORGENGRAUEN, 3. TAG DES HITZEMONDES IM JAHR VON SASMIRAS ZWEITER THRONERHEBUNG

Nandus kannte die Schlachtfelder am Rand des Schwertwaldes. Er hatte schon viele Tote gesehen. Aber diese hier … diese zerfetzten Kehlen … die Blutspritzer, die in weitem Bogen über die Regale mit den Schriftrollen verteilt waren … War er, seit sie den toten Jungen im Lichtschacht gefunden hatten, zu dünnhäutig geworden?

»Der Krähenmann«, sagte Juliano mit einer Stimme, als würde er eine Herausforderung zum Duell annehmen.

»Das ist doch nur eine Mär«, seufzte Hauptmann Lorenzo. Er sah Nandus aus dunklen Augen an. »Es ist doch nur eine Mär, oder?«

Was konnte er ihm darauf sagen? Außer ihm, seinen beiden Söhnen und dem Hauptmann war niemand in der Schreibstube des Kontors Cornaro. »Ich nehme an, es wurde Silber gestohlen?«

»Natürlich! Alles ist wie in den Geschichten.« Der Hauptmann sah ihn verzweifelt an. »Wer kann mir das erklären? Die drei Toten … Was geschieht in meiner Stadt? Ihr wisst etwas, nicht wahr, Erzpriester?«

Nandus nahm zur Kenntnis, dass der Hauptmann ihn weiterhin förmlich ansprach. »*Eure Stadt*, Lorenzo Dolendo? Überschätzt Ihr Euch vielleicht gerade ein wenig?«

»Unterschätzt Ihr mich vielleicht immer noch?« Saucenflecken prangten auf dem Waffenrock des Hauptmanns. Er stemmte die geballten Fäuste in die speckigen Hüften. »Ich weiß, wie man über mich redet«, fuhr er fort, »über den kleinen, dicken Mann, der Hauptmann der Stadtwache werden durfte, weil jeder im Rat glaubte, dass man ihn beliebig herumkommandieren kann. Aber ich nehme den Eid, den ich geleistet habe, sehr ernst. Ich will Unheil von dieser Stadt abwenden – seien es nun Taschendiebe, Schmuggler, Seidenfälscher, Dirnenmörder oder irgendwelche mordenden Krähen. Ihr wisst etwas, was Ihr mir vorenthaltet, Nandus. Sagt es mir jetzt, oder ich werde Euch morgen vor den Rat bestellen und dort ausfragen.«

»Wie redet Ihr mit meinem Vater?«, herrschte Juliano den Hauptmann an. »Ihr werdet Euch sofort …«

Nandus brachte seinen Erstgeborenen mit einem Wink zum Schweigen. »Der Krähenmann ist nur eine Märengestalt!«, sagte er mit dem Nachdruck eines Lebens als Prediger. Längst hatte er gelernt, dass man erzählen konnte, was man wollte, war man nur ein Mann von Autorität und vermittelte den Eindruck, dass jedes einzelne Wort, das einem über die Lippen kam, eine unumstößliche Wahrheit war.

Und Lorenzo wirkte tatsächlich eingeschüchtert.

»Ihr kennt die Geschichte vom Krähenmann«, fuhr Nandus fort. »Sagt mir, wie sieht er aus?«

Der Hauptmann runzelte verärgert die Stirn. »Was …«

»Bitte, sagt es mir. Es wird uns weiterhelfen.«

Lorenzo zögerte. »Er ist groß wie ein hochgewachsener Mann«, sagte er schließlich. »Er hat den Kopf einer Krähe, schwarze Schwingen und kann fliegen. Er liebt Silber …«

»Und sein Körper?«, ermunterte ihn Nandus. »Wie sieht der aus?«

Lorenzo seufzte. Er blickte zur Decke, als fände er dort eine Antwort. »Ich bin mir nicht ganz sicher … Er ist wie der eines Menschen, glaube ich. Auf jeden Fall hat er Beine wie wir.«

Nandus nickte zufrieden. »Wo also wären die Krallen, mit denen diese Kehlen zerfetzt wurden?«

Lorenzo wirkte verdutzt, dann seufzte er unendlich erleichtert. »Es gibt ihn also nicht.«

»Genau!«, bekräftigte Nandus und bedeutete seinen Söhnen, die Schreibstube zu verlassen, ehe er sich wieder Lorenzo zuwandte. »Wir müssen herausfinden, wer einen Nutzen daraus zieht, wenn die Leute glauben, der Krähenmann sei hier. Ich gestehe, ich bin enttäuscht, wie wenig die Stadtwache bisher geleistet hat.«

»Wie fängt man eine Märengestalt?«, fragte Lorenzo scharf.

»Es ist ja eben keine Märengestalt! Es sind Menschen aus Fleisch und Blut. Du hast herausgefunden, dass sie vor allem die Kontore heimsuchen, Lorenzo. Aber warum? Was holen sie hier? Was ist gestohlen worden?«

»Silberne Kerzenständer. Ein paar Münzen.« Der Hauptmann sah sich resigniert um. »Ich verstehe das nicht. Zwei Geschosse über uns lagern unangetastet Traumkugeln, die ein Vielfaches der Diebesbeute wert wären.«

»Wer hat die Toten gesehen?« Nandus kniete sich hin und griff nach einer der Krähenfedern. Sie klebte im getrockneten Blut fest. Überall auf dem Boden waren blutige Fußspuren.

»Die Wächter, die diese drei hier ablösen sollten. Marco Cornaro, andere Mitglieder der Familie. Ein paar Diener.«

Zu viele, um die Gerüchte über den Krähenmann nicht neu zu entfachen, dachte Nandus verzweifelt. »Zieh deine Männer bei Nacht von den Dächern ab.« Er ließ die Feder zu Boden sinken. Es war an der Zeit, Lorenzo reinen Wein einzuschenken.

»Wie sollen wir ihn denn …«

Nandus schnitt ihm mit einer herrischen Geste das Wort ab. »Ich habe nach jemandem geschickt. Auch wenn er dir nicht gefallen wird.«

Der Hauptmann sah ihn fragend an.

»Manchmal ist das letzte Argument im Kampf der großen Handelshäuser scharfer Stahl. Es beginnt mit einer Warnung, einer toten Katze auf der Türschwelle, einem Käfig voller vergifteter Singvögel … Wird die Warnung nicht verstanden, wird die Botschaft beim nächsten Mal deutlicher.«

»Du hast einen Meuchler in die Stadt gerufen?« Lorenzo klang fassungslos. »Wie konntest du?«

»Nicht irgendeinen Meuchler. Falce di Luna wird kommen. Er soll deine weißen Schatten finden. Er ist ja selbst wie ein

Schatten. Unser Ärger mit dem Krähenmann wird enden, und zwar dieses Mal ohne Aufsehen.«

»Die *Mondsichel*. Ich dachte immer, er sei nur eine Mär …«

»Nein! Alle Geschichten, die du über ihn gehört hast, sind wahr. Und glaube mir, die allerschlimmsten Geschichten halten die Familien geheim, die von ihm besucht wurden.«

»So geht das nicht!« Lorenzo strich sich das strähnige Haar aus der Stirn. »Wir sind das Gesetz. Wir müssen den Krähenmann finden und öffentlich hinrichten.«

Nandus hob die Brauen. »Und eingestehen, dass die zwei aufs Rad geflochtenen Schmuggler es nicht waren? Nein! Dieses Mal stirbt der Krähenmann in aller Heimlichkeit, dafür aber endgültig.«

DAHLIA, PALAZZO TORMENO, STUNDE DER ABENDMESSE,
3. TAG DES HITZEMONDES IM JAHR VON
SASMIRAS ZWEITER THRONERHEBUNG

Milan lauschte dem fernen Gesang, der undeutlich durch die dicken Wände des Oktagons drang. Er dachte an Felicia, ihre glühenden grünen Augen, ihre Leidenschaft für ihren Kampf. Er hatte keinen Zweifel, dass sie für den Schwertwald ohne Zögern ihr Leben geben würde.

Das Muster aus feinen Blutspritzern auf ihren weißen Gewändern trat ihm wieder vor Augen. Felicia zögerte auch nicht, wenn es galt, anderen das Leben zu nehmen, sobald es um das Überleben ihres Volkes ging.

Er dachte über die Geschichte vom verlorenen Garten nach. Es stimmte. Sein Volk war aus dem Reich gekommen und hatte die Insel Cilia erobert. Aber das war viele hundert Jahre her. Das Reich kannte Milan nur aus Büchern. Er hatte es nie gesehen. Er fühlte sich als Cilianer. Doch für die Rebellen im Schwertwald würde er das nie sein.

Schlug er sich auf die Seite der Rebellen, würde er nie wirklich einer von ihnen werden. Tat er es nicht, würde es die Rebellen, sofern Felicia die Wahrheit gesagt hatte, am Ende des Winters nicht mehr geben.

Er dachte wieder an die Geschichte mit dem Garten. Wenn er den Dingen ihren Lauf ließ, würde bald alles verschwinden, was von der Kultur der alten Cilianer noch geblieben war. Ihre Geschichten, die sich um die Weiße Königin rankten, um ihren verwunschenen Palast und ihr wundersames Gefolge aus Geschöpfen des Waldes, würden in Vergessenheit geraten, wenn es niemanden mehr gab, der sie weitererzählte und dadurch lebendig erhielt.

Er setzte sich auf. Die letzten der ursprünglichen Bewohner Cilias würden die Liga der Stadtstaaten niemals besiegen. Dabei kämpften sie lediglich um das Recht, weiter in ihrem Wald leben zu dürfen, ohne fürchten zu müssen, auf die Sklavenschiffe des Khanats verschleppt zu werden. Er würde ihnen helfen!

Sein Vater verließ sich darauf, dass ihn die Schmerzen in seinen Füßen so sicher in seiner Kammer gefangen halten würden wie schwere Eisenketten. Doch da sollte er sich getäuscht haben!

Vorsichtig schwang Milan die Beine über den Bettrand. Dann setzte er die Sohlen auf den Steinboden. Es war, als würde er auf glühende Eisenstangen treten. Tränen stiegen ihm in die Augen. Keuchend ließ er sich zurücksinken. Bis zum Schreibzimmer seines Vaters waren es nur eine Treppe und dann vielleicht noch zehn Schritte, aber es hätte genauso gut am nördlichen Ufer des Mondmeeres liegen können. Es war schier unerreichbar. Es sei denn …

Diesmal ließ er sich mit dem Oberkörper voran aus dem Bett gleiten und zog sich mit Händen und Ellenbogen bis zur Tür. Dabei wiederholte er immer wieder in Gedanken, dass er es schaffen konnte. Es war möglich! Er würde auch die Treppe bezwingen.

Vor der Tür seiner Kammer erhob er sich auf die Knie. Seine Füße fühlten sich an, als hätte die Bastonade erneut begonnen.

Jede Bewegung verursachte einen Schmerz, als würden die Fußsohlen erneut von einem Hieb des Ochsenziemers getroffen.

Milan war in Schweiß gebadet. Kalt schmiegte sich der eiserne Türknauf in seine Hand. Er zog daran und lauschte in den Spalt aus Zwielicht, der sich auftat. Niemand war auf der Treppe. Der Gesang im Oktagon war verstummt. Nun sprach sein Vater zu den Gläubigen. Etwa eine halbe Stunde bliebe Milan noch, bevor die Messe endete.

Er stieß die Tür weiter auf. Das erste Stück bis zur Treppe bewegte er sich auf Knien. Das ging schneller, aber der Schmerz war intensiver. Keuchend ließ er sich auf die Stufen sinken.

Die Zeit lief ihm davon! Er durfte jetzt nicht rasten! Milan stellte sich Felicias Antlitz vor. Für sie war er hier. Und natürlich für das Volk des Schwertwaldes. Aber ein Volk hatte kein Gesicht. Er brauchte etwas, woran er sich im Geiste klammern konnte. Etwas, was Gestalt hatte. Sie war anders als Nok, aber nicht minder schön mit ihrem schmalen, blassen Gesicht mit den kaum sichtbaren Sommersprossen, den grünen Augen, der athletischen Gestalt und der einzigartigen Aura, die sie umgab. Sie strahlte etwas aus, was Milan davon überzeugte, dass ihr alles gelingen würde, ganz gleich, wie aussichtslos es erscheinen mochte.

Wie jämmerlich war er im Vergleich zu ihr, dachte er niedergeschlagen. Aber er hatte es in der Hand, an Größe zu gewinnen! Er setzte einen Ellenbogen auf die unterste Stufe, stemmte sich hoch, setzte den zweiten Ellenbogen auf die nächste Stufe. Die Narbe an seiner Seite stieß gegen die Kanten der Stufen. Zweimal knickten ihm die Arme weg, und er schlug mit dem Kinn auf den Stein, aber er gab nicht auf. Er dachte an das blasse Gesicht und daran, dass er Teil eines gerechten Kampfes sein würde, wenn er nur durchhielt.

Sein halbes Leben hatte er im Palazzo neben dem Oktagon verbracht, aber noch nie hatte er die Stufen gezählt. Vierzehn waren es, und als er die letzte Stufe hinter sich hatte, war er so erschöpft, als habe er einen himmelragenden Berg bestiegen.

Nicht aufgeben, mahnte er sich und kroch weiter, bis er die Tür zum Schreibzimmer seines Vaters erreichte. Auf Knien öffnete er sie, schlüpfte hinein und schloss sie sogleich wieder. Kein Licht brannte in dem Raum. Die schweren Läden vor dem hohen Fenster waren geschlossen.

Milan gestattete sich, zu Atem zu kommen. Ein leichter roter Schimmer erweckte seine Aufmerksamkeit. In einem Kupfergefäß, dessen Seitenwand von einem Muster stilisierter Blüten durchbrochen war, glomm ein letzter Rest von Glut. Es gehörte zu den Aufgaben des alten Hausdieners Pietro, den kleinen Topf mehrfach am Tag unten am Ofen in der Küche mit neuer Glut zu füllen, damit sein Vater mit Hilfe der glimmenden Kohlenstücke jederzeit den Docht einer Öllampe oder Kerze entzünden konnte, wenn er befand, dass es in seinem Schreibzimmer zu wenig Licht gab.

Nun war es Milan, der einen Kienspan vom Tisch nahm. Er hob den Deckel vom Kupfertopf, blies behutsam auf die Kohlen, so dass sie sich in der Schönheit orangeroter Glut zeigten, und entzündete dann den Span daran, ehe er ihn an den Docht einer Öllampe hielt. Die kleine Flamme schnitt einen Kreis aus Licht aus der Dunkelheit.

Kniend vermochte Milan gerade einmal über den Rand der Tischplatte zu sehen, die über und über mit Papieren und Pergamenten bedeckt war.

Er griff nach dem nächstliegenden Stapel und legte ihn vor sich auf den Boden, um flüchtig die Schriftstücke zu prüfen. Zuoberst lag ein Brief aus Drepana, der Silbernen, in dem ein Priester seinem Vater mitteilte, man habe eine Hexe auf dem Markt verbrannt, die einen Horla gerufen hatte, eine Albtraumgestalt, die sich nachts auf die Brust von Schläfern kauerte, um ihnen den Atem abzupressen. Angeblich waren auf diese Art zwei angesehene Mitglieder des Rates zu Tode gekommen. Das würde Felicia wohl kaum interessieren.

In den nächsten Briefen ging es um Einkünfte der Tempel, einen Brand auf einem großen Weingut, einen Priester, der wegen Unzucht mit Tieren verurteilt worden war. Dann fand Milan eine Nachricht aus Ferranta über drei Fernkoggen, die zu den Häfen am Mondmeer geschickt werden sollten. Üblicherweise wurde sein Vater nicht über die Fahrten von Handelsschiffen unterrichtet. Die Schiffe sollten auf dem Hinweg Eisenbarren, Korn und Rotwein mitnehmen sowie Silber! Eine Fracht für den Rückweg war nicht vermerkt, wohl aber alle Häfen, die sie anlaufen sollten.

Ob Felicia das helfen würde? Er beschloss, den Brief zu kopieren. Dazu wählte er eines von den billigen Papieren, auf denen sein Vater Notizen zu seinen Predigten machte. So klein er konnte, übertrug er den Inhalt. Anschließend legte er die Dokumente an ihren ursprünglichen Platz auf dem Tisch zurück.

Dann fiel sein Blick auf die schwere Kiste neben dem Tisch. Breite Eisenbänder liefen quer und längs rings um das dunkle Holz. Drei Schlösser sicherten sie. Die Schlüssel dazu trug sein Vater immer bei sich. Milan war sich sicher, dass die Dokumente, die Felicia eigentlich haben wollte, in dieser Kiste verwahrt lagen. Aber an sie würde er niemals gelangen. Selbst wenn er nicht verletzt gewesen wäre – die Kiste war zu schwer, als dass er sie hätte forttragen können, und sie sah aus, als würde sie selbst Axthieben widerstehen.

Milan zögerte, ob er unter den Papieren auf dem Tisch weitersuchen sollte, aber die Messe unten im Oktagon konnte jeden Augenblick zu Ende sein. Er sollte kein unnötiges Risiko eingehen. Nicht in seinem erbärmlichen Zustand, durch den aus ein paar Schritten eine Reise wurde.

Er faltete das Papier, schob es in seine Hose und robbte zur Tür. Als er sie einen Spalt geöffnet hatte, horchte er angespannt. Im dunklen Treppenhaus herrschte Stille. Lange zu zögern, konnte er sich nicht mehr erlauben. Er verließ das Schreibzimmer, schloss sorgsam die Tür und kroch zur Treppe.

Als er die Stufen hinabblickte, wurde ihm klar, dass er in Schwierigkeiten steckte. Robbend, so wie er heraufgekommen war, würde er nicht hinabgelangen.

Schwach war ein Gongschlag zu hören. Die Messe im Oktagon war beendet. Wenn keine Gläubigen mit seinem Vater sprechen wollten, konnte dieser jeden Augenblick die Tür vom Oktagon zum Treppenhaus öffnen.

Milans Blick fiel auf das Marmorgeländer. Als Junge war er unzählige Male darauf hinuntergerutscht, zum Schrecken von Pietro und der Köchin Luisa, die stets fürchteten, er könne in den Treppenschacht stürzen und sich den Hals brechen.

Mit einem leichten Quietschen öffnete sich die Tür zum Oktagon. Milan hielte den Atem an. Wenn sein Vater den abgeschriebenen Brief bei ihm fand, würde es nicht bei einer Bastonade bleiben.

»Erzpriester?«

Die Stimme war ihm fremd. Eine Frau.

»Erzpriester! Ihr müsst mir helfen …«

Milan zog sich am Geländer hoch. Tief unter sich konnte er den Schatten, den sein Vater warf, am Grund des Treppenschachtes sehen.

Keuchend zog sich Milan auf den glatt polierten Handlauf. Seine Hände zitterten vor Schmerz und Erschöpfung. Er ließ los und glitt in die Tiefe, bis er im ersten Stock gegen den Eckpfeiler des Geländers prallte.

Das Gespräch unten verstummte. Der Schatten bewegte sich, wurde größer. Milan hielt sich mit der Rechten fest und schwang das Bein übers Geländer. Keinen Herzschlag lang hielt er sich auf den Füßen. Er sackte zur Seite, warf sich herum und fing den Sturz mit den Handballen ab.

»Sagen Sie meinem Sohn Juliano alles. Sie finden ihn im Oktagon, er löscht die Kerzen. Er kann auch mit Ihnen zum Hauptmann der Wache gehen.« Sein Vater klang müde.

»Er war dort! Ich habe es mir ganz sicher nicht eingebildet.«

»Daran zweifle ich nicht.« Sein Vater würde die Frau jeden Augenblick abweisen.

Milan robbte zur Tür seiner Kammer. Vorsichtig schob er sie auf. Hier knirschten die Angeln nicht.

Jetzt hörte er Schritte. »Mein Sohn wird Ihnen helfen.«

Nandus war auf der Treppe!

Milan zog die Tür hinter sich zu. Nur noch drei Schritt bis zu seinem Bett. Er kroch, als sei ihm der Nebelwolf auf den Fersen. Die Schritte verhielten vor der Tür. Nur ein Zoll Eichenholz trennte sie noch voneinander.

Er hörte ein leises, metallisches Klicken, als der Siegelring seines Vaters den Türknauf berührte.

DAHLIA, PALAZZO TORMENO, NACH DER ABENDMESSE, 3. TAG DES HITZEMONDES IM JAHR VON SASMIRAS ZWEITER THRONERHEBUNG

Erzpriester!«

Nandus rang um Fassung. Er kannte Maria Apolita nur zu gut. Sie entstammte der Sippe der Canali, die nach dem Untergang Arboras langsam wieder an Macht gewannen. Jahrzehntelang war ihr Name auf Cilia in Verruf gewesen. Sie hatten sich ins Reich zurückgezogen und dort ein Vermögen angehäuft, das genügte, um viele vergessen zu lassen, dass es ein Canali gewesen war, der das Schiff mit der pestverseuchten Seide in den Hafen der blühenden Stadt Arbora geholt hatte.

Ihre Sippe hatte große Summen für den bevorstehenden Feldzug aufgeboten, und Nandus wusste um die Absprachen, die sie zur ersten Macht in Thouar, der Verlorenen, erheben würden, der einzigen Hafenstadt, die sich in der Hand der Rebellen befand. Sobald die Schwertherzöge ins Meer getrieben waren, würden die Canali nach Cilia zurückkehren. Diese Aussicht gefiel ihm ganz und gar nicht. Er war fest davon überzeugt, dass diese Sippe für mindestens drei der Mordanschläge auf ihn verantwortlich war, die in den letzten beiden Jahrzehnten gescheitert waren. Sie hassten ihn und seine Familie, weil sein Vater Arbora hatte niederbrennen lassen und der Nachwelt schriftlich übermittelt hatte, welch maßgeblichen Anteil der Kaufmann Matteo Canali an diesen Unglück hatte.

Nandus nahm die Hand vom Knauf der Tür, trat zur Treppe und blickte auf die üppige Dame mit dem ausufernden Busen hinab.

»Kann Euch mein Sohn Juliano denn wirklich nicht helfen?«

»Bitte, Erzpriester. Mein Mann ist in großer Unruhe. Er glaubt, der Krähenmann ist auch in unser Kontor eingedrungen. Ihr müsst mit mir kommen!«

Nandus seufzte. Er war überzeugt, dass sie sich nur aufspielte, aber gänzlich ignorieren konnte er sie nicht. Dazu war sie zu einflussreich.

»Mein Sohn liegt darnieder. Bitte gestattet, dass ich kurz nach ihm sehe, dann werde ich Euch begleiten.«

»Ich warte.«

Ihm gefiel Maria Apolitas selbstgefälliger Tonfall gar nicht. Verärgert griff er erneut nach dem Türknauf und trat in Milans Kammer. Es stank nach Schweiß. Besorgt beugte er sich über das Bett seines Sohnes und tastete über dessen Stirn.

»Du hast ja Fieber.«

»Nein!«, knurrte ihn Milan trotzig an. »Ich habe Schmerzen.«

Nandus zog die Decke zur Seite. Sein Sohn lag mit Hemd und Hose im Bett. Alles war durchgeschwitzt. »Du musst dich ausziehen. Komm, ich helfe dir.«

»Ich brauche keine Hilfe!«

Er ignorierte Milans Protest, riss die Decke ganz vom Bett, packte Milans Hose und zog sie ihm aus. »Ich werde dir Pietro schicken, damit er dich mit kühlem Brunnenwasser wäscht.« Er faltete die Hose und legte sie neben die modischen Stiefel, auf die sein Sohn so stolz war. Schwarz mit hellbrauner Stulpe und eingeprägtem Schwert. Solcher Tand war etwas für überfressene Kaufmannssöhnchen, aber doch nicht für einen Tormeno, aus dem einst ein Erzpriester werden sollte.

Inzwischen hatte sich sein Sohn das Hemd selbst ausgezogen

und sich auf die Seite gedreht, als schäme er sich seiner Nacktheit. Nandus sagte nichts dazu. Er betrachtete die geschwollenen Füße. Grün und blau geschlagen waren sie. Die Gelenke fast doppelt so dick, wie sie sein sollten. Er glaubte ihm, dass er immer noch starke Schmerzen hatte. »Soll ich dir cinc Traumkugel bringen lassen?«

Milan schnaubte. »Tut es dir leid?«

»Nein«, entgegnete Nandus ruhig. Er würde sich auf keinen Streit einlassen. »Du hast mich dazu gezwungen, das zu tun. Was sollte ich da bereuen?«

»Und dann bietest du mir Traumkugeln an? Ich werde durchstehen, was du mir auferlegt hast. Ich brauche nichts gegen die Schmerzen!«

Nandus wandte sich halb ab, damit Milan ihn nicht lächeln sah. Der Kleine war aus dem rechten Holz geschnitzt. Er würde ihn nicht so enttäuschen wie seine beiden anderen Söhne. »Kann ich noch etwas für dich tun?«

»Entzünde eine Lampe, damit ich nicht im Dunklen liege.«

Nandus war überrascht. Bislang hatte Milan nie Angst vor der Dunkelheit gezeigt. Heute sollte er seinen Willen bekommen, aber Nandus nahm sich vor, ein Auge darauf zu haben. Er würde nicht dulden, dass sich sein Sohn eine derart kindische Schwäche erlaubte. »Ich sage Pietro Bescheid. Er wird eine Öllampe bringen.«

Milan lag immer noch von ihm abgewandt da. Wahrscheinlich würden sie kein vernünftiges Wort mehr miteinander reden, bevor er ins Rote Kloster kam. Aber sollte er ruhig verstockt sein. Wenn er aus dem Kloster zurückkam, würde er die Welt mit anderen Augen sehen. Dann würde Milan verstehen, dass er ihm keine andere Wahl gelassen hatte, als ihn schwer zu bestrafen.

»Ich wünsche dir eine gute Nacht«, sagte Nandus und verließ die kleine Kammer.

DAHLIA, PALAZZO APOLITA, ABEND, 3. TAG DES HITZEMONDES IM JAHR VON SASMIRAS ZWEITER THRONERHEBUNG

Rodrigo Apolita war ein schlanker Mann mit unsteten Augen. Er stand mitten in der hell erleuchteten Schreibstube seines Kontors. Die vielen brennenden Lampen verbreiteten eine drückende Hitze. Nandus sah auf den Ratsherrn herab, der fast einen Kopf kleiner war als er. »Und? Was ist mit dem Krähenmann?«

Rodrigo blickte zu seiner Gattin, als müsse sie ihm die Erlaubnis gewähren zu sprechen. Die massige Frau nickte knapp.

»In unser Kontor wurde eingebrochen«, eröffnete ihm Rodrigo. »Schon vor fast einer Woche.« Er sah zur Tür, als fürchtete er, die Diebe könnten jeden Augenblick zurückkehren. Dabei standen dort und auf dem Hof mehr als ein Dutzend Waffenknechte.

»Wir haben es der Stadtwache nicht gemeldet«, ergänzte Maria Apolita. »Schon wegen des guten Rufs des Kontors …«

Rodrigo verstand ihr Verstummen als Aufforderung. »Ich glaube, es ging gar nicht darum, Silber zu stehlen. In meiner Sippe war es schon immer so, dass wir größten Wert darauf gelegt haben, alles zu erfahren, was in unserem Kontor vorgeht. Wir bekämpfen jeglichen Schlendrian …«

Ihr seid stadtbekannte Geizhälse, dachte Nandus bei sich, unterbrach den Kaufmann aber nicht.

»Seht Ihr die Tintenfässer auf den Schreibpulten, Erzpriester?« Rodrigo hielt kurz inne, doch an seinem Gesicht war abzulesen, dass er nicht wirklich eine Antwort erwartete. »Sie sind aus Glas. Feine Markierungsstriche sind in jedes Glas geritzt. Wenn die Schreiber das Kontor verlassen, verzeichne ich den Tintenstand in jedem der Fässer. So weiß ich, wer gut gearbeitet hat und wer kaum die Feder zur Hand nahm.«

Er spreizte verlegen die Hände, als sei er sich nur zu bewusst, wie durchsichtig das Mäntelchen war, mit dem sein Geiz verdeckt werden sollte. »Nach dem Einbruch bin ich alles noch einmal durchgegangen.« Er räusperte sich. »Wohl mehr aus Gewohnheit habe ich die Tintenfässer kontrolliert. Nicht, dass ich gedacht hätte, dass etwas fehlt … Es ist nur stets meine letzte Handlung, bevor ich das Kontor verlasse und hinter mir abschließe. Ich hab es also wieder getan.« Er wies quer durch die Schreibstube mit den zwölf Stehpulten auf das mittlere von drei Pulten vor dem großen Regal für die Schriftrollen. »Dort …« Er ging durch den Raum und legte die Hand auf das Pult, als gewönnen seine Worte dadurch zusätzlich an Gewicht. »Also hier. Hier fehlten drei Strichbreit Tinte.« Er sah Nandus herausfordernd an.

Der Erzpriester begriff sofort. »Was liegt in dem Regal neben dem Pult?«

Wieder sah Rodrigo zu seiner Frau.

»Nur Frachtlisten und einige Briefe, die wir mit Geschäftspartnern tauschen«, antwortete Maria an seiner Stelle. »Das sind keine großen Geheimnisse. Die wirklich wichtigen Dokumente verwahren wir in der Schreibstube meines Gatten. Und auch dort wurde eingebrochen. Ein Tintenfass aus Silber wurde gestohlen. Ein silberner Dolch mit perlenbesetzter Scheide. Vor allem aber wurde die Dokumententruhe meines Mannes geöffnet, auch wenn alle Papiere so zurückgelegt wurden, dass alles unverändert schien.«

Nandus runzelte die Stirn. »Wie konntet Ihr das wissen, wenn alles unverändert wirkte?«

Rodrigo lächelte. »Jeden Abend lege ich ein Haar meiner geliebten Gattin über das Schlüsselloch des Vorhängeschlosses. Als mir die Sache mit dem Tintenfass auffiel, habe ich mir die Truhe angesehen. Das Haar war fort!«

»Es gibt also keinen Krähenmann«, sagte Maria ruhig, »sondern es sind Spitzel in der Stadt!«

»Und warum habt Ihr das nicht gemeldet?«, fragte Nandus

scharf. Hätte er dies früher so klar gesehen, hätte er sich völlig anders verhalten.

»Nun …« Rodrigo schnitt eine Grimasse. »Wir dachten zunächst, es sei ein anderes Handelshaus. Aber als wir gehört haben, dass auch in andere Kontore eingebrochen wurde …«

»Das Ganze lässt nur einen Schluss zu.« Maria stellte sich an die Seite ihres Mannes, der neben ihr noch kleiner und zerbrechlicher wirkte. »Es sind Spitzel aus dem Schwertwald in Dahlia. Wahrscheinlich wissen sie von unserem bevorstehenden Angriff.«

Nandus seufzte. Dass die Herzöge etwas wussten, war unvermeidlich. Immerhin bereitete die Liga den größten Kriegszug seit Jahrzehnten vor. Einen Feldzug, an dem zum ersten Mal alle Stadtstaaten beteiligt sein würden. Viel zu viele wussten davon. Wer glaubte, dass davon nichts bis in den Wald durchgedrungen war, war naiv. »Was für Dokumente verwahrt Ihr in der Truhe?«

»Nur die etwas … delikateren Frachtpapiere«, gestand Rodrigo.

Nandus sah zu Maria. Die *etwas delikateren* Geschäfte ihrer Familie hatten das Feuer des Verderbens auf Arbora herabgerufen.

Er war sich sicher, dass sie wusste, was er gerade dachte, aber die Urenkelin des Matteo Canali verzog keine Miene. »Wir haben entschieden, morgen den Rat zu einer Versammlung einzuberufen«, erklärte sie mit mehr als nur einer Spur von Bitternis in der Stimme. »Es ist an der Zeit, dass alle Ratsherren offen über den Krähenmann und seine eigentlichen Ziele reden.«

»Und darüber, wie wir ihn zur Strecke bringen«, ergänzte Rodrigo.

Nandus ließ Maria nicht aus den Augen. Als Frau würde sie nicht an der Ratssitzung teilnehmen, auch wenn sie hier im Hause das Heft in der Hand hatte. Die Entscheidungen der Räte und die Politik der Liga waren einzig Männersache.

»Es gibt noch etwas, was Rodrigo dem Rat morgen verkünden wird.« Sie bedachte Nandus mit einem abfälligen Lächeln.

»Ihr solltet der Sitzung also auf keinen Fall fernbleiben, auch wenn sie unglücklicherweise zur Stunde Eurer Abendmesse beginnen wird. Heute Nachmittag hat uns eine Taube Nachricht aus dem Reich gebracht. Sasmira wurde zur Kaiserin gekrönt.«

Nandus schnaubte. »Noch einmal?« Vor achtzehn Jahren hatten die Karrenritter der Westermark nach der Schlacht an der Geiße im verlassenen Heerlager der besiegten Ehernen Horde eine sterbende Adelige gefunden, die behauptete, die letzte Tochter des Kaisers Orelian zu sein.

Orelian war – vor inzwischen vierzig Jahren – von den Reichsfürsten aus einem Turmfenster seiner Residenz in Hornburg in den Tod gestürzt worden. Glaubte man den Fürsten, war an jenem Tag die gesamte Kaiserfamilie getötet worden. Anschließend war das Reich in unabhängige Fürstentümer und Städtebünde zerbrochen. Dennoch hatte sich hartnäckig die Mär gehalten, dass die jüngste Tochter des Kaisers entkommen und an den Hof des Khans geflohen war.

Nandus hatte sich nie vorstellen können, dass die mordenden Reichsfürsten in Hornburg nicht gründlich genug gewesen waren und ihnen ein Kind Orelians entgangen war. Die angebliche Kaisertochter starb zweiundzwanzig Jahre später, noch in der Nacht nach dem Sieg an der Geiße. Aber sie war schwanger, und ein gefangener Medicus aus dem Khanat schnitt ein lebendes Kind aus dem Leib der Toten. Diesem neugeborenen Mädchen, das man Sasmira nannte, gelobten die Karrenritter der Mark wie auch die Ritter vom Schwarzen Adler die Treue, woraufhin ein Bürgerkrieg begonnen hatte, der nun schon fast zwei Jahrzehnte im Reich wütete.

Vor zwölf Jahren, als mit Siebenpforten die letzte Stadt der Westermark von den Karrenrittern besetzt worden war, hatten diese Sasmira zur Kaiserin des Reiches ausgerufen. Doch außer in der Mark war sie nirgends als Herrscherin anerkannt worden.

»Nun, Erzpriester, ich glaube, wir stehen an der Schwelle eines neuen Zeitalters«, erklärte ihm Maria triumphierend. »Vor knapp zwei Wochen wurde das Heer der Reichsfürsten vor den

Toren Hornburgs vernichtend geschlagen. Die meisten Reichsfürsten blieben auf dem Felde, und wer überlebte, beugte drei Tage später bei der Kaiserkrönung Sasmiras vor ihr das Knie und leistete ihr den Lehnseid. Unsere Ratsherren, die in ihren Hallen keine Frauen dulden, werden wohl schon bald ins Reich reisen müssen, um vor einer Frau niederzuknien.«

Nandus rieb sich das Kinn. Ferranta und andere Städte Cilias hatten die Reichsfürsten mit Waffen und Korn beliefert. Weniger aus Überzeugung als aufgrund der Tatsache, dass es ein gutes Geschäft gewesen war. Die neue Kaiserin wusste mit Sicherheit davon, und sie galt nicht als sanftmütig. Im Khanat nannte man sie, weil sie aus dem Leib einer Toten geschnitten worden war, *die Seelenlose* – ein Beiname, den ihre Feinde im Reich gern übernommen hatten.

»Danke«, sagte Nandus leise. Das Wort hatte ihm fast nicht über die Lippen kommen wollen. Dass er, ein Tormeno, sich jemals bei einer Nachfahrin jenes Matteo Canali bedanken würde, der Arboras Untergang herbeigeführt hatte, wäre ihm heute Morgen noch unvorstellbar gewesen.

»Wir helfen gern«, erwiderte Maria mit einem süffisanten Lächeln.

Es war gut, dass ihm fast ein Tag Zeit blieb, um sich zu überlegen, wozu er bei der Versammlung der Kaufleute raten würde. Aber ihm war auch klar, dass Maria Apolita eines Tages einen Preis für diese Gefälligkeit einfordern würde.

»Lang lebe die Kaiserin!«, sagte Maria, und Rodrigo wiederholte ihre Worte.

Nandus jedoch wollte in diesen Segenswunsch nicht einfallen. Er konnte sich nicht vorstellen, dass mit einer seelenlosen Kaiserin auf dem Thron von Hornburg eine goldene Zukunft beginnen würde – selbst wenn der Bürgerkrieg nun endlich beendet war.

DAHLIA, PALAZZO TORMENO, KURZ NACH MITTERNACHT, 4. TAG DES HITZEMONDES IM JAHR VON SASMIRAS ZWEITER THRONERHEBUNG

Erschrocken fuhr Milan auf. Etwas hatte ihn an der Stirn berührt.

»Ich bin es«, erklang Felicias Stimme. »Rainulf hat das Licht in deinem Fenster gesehen. Wolltest du mich damit rufen?«

Er blickte in ihre lindgrünen Augen. »Ich habe etwas für dich.« Er griff unter sein Kissen, wo er im letzten Augenblick, bevor sein Vater eingetreten war, das verräterische Papier versteckt hatte.

Beinahe hätte sein Vater auch die Narbe an seiner Seite entdeckt. Nur gut, dass Nandus nicht darauf bestanden hatte, ihn selbst zu waschen. Pietro hatte er diesen Unsinn mit harschen Worten ausgeredet. Hätte der Diener die Narbe gesehen, wäre sie kein Geheimnis geblieben.

Felicia überflog die Zeilen. »Gut«, sagte sie nickend. »Das ist genau, wonach wir suchen.« Sie blickte von dem Blatt auf. »Wie hast du das geschafft? Mit diesen Füßen kannst du doch unmöglich gehen.«

»Ich bin gekrochen.«

Ihre Augen weiteten sich. »Du hast dich also entschieden.«

»Ja. Und es gibt noch mehr im Schreibzimmer meines Vaters. Eine Kiste, in der er seine wichtigsten Papiere verwahrt. Ich glaube, dort ist alles zu finden, was du suchst.« Milan war überrascht, wie leicht ihm die Worte über die Lippen kamen, nun, da er seine Entscheidung getroffen hatte. Dabei verriet er gerade seine Familie, seine Stadt, sein Volk.

Felicia beugte sich vor und küsste ihn sanft auf die Stirn. »Du hast das Richtige getan«, sagte sie leise, als habe sie seine Gedanken gelesen. »Du weigerst dich völlig zu Recht, an ihrem Verbrechen teilzuhaben.«

Er schluckte. In diesem Augenblick ließ er sein ganzes bisheriges Leben hinter sich. Was vor ihm lag, wusste er nicht. Nur, dass es jetzt kein Zurück mehr gab.

»Ich werde dich in der kommenden Nacht holen«, sagte die Herzogin.

»Ich kann nicht einmal laufen …«

»Ich werde dich holen!«, sagte sie erneut, diesmal mit einem Nachdruck, der jeden Zweifel erstickte.

Sie faltete das Dokument zusammen, steckte es in ihren Gürtel und trat an das kleine Fenster. Zum Abschied lächelte sie ihm noch einmal zu, dann verschwand sie in die Nacht.

Milan blickte zur Decke seiner Kammer, beobachtete das zitternde Licht. Noch nie in seinem Leben hatte er sich so einsam gefühlt.

DAHLIA, PALAZZO TORMENO, NACH MITTERNACHT, 4. TAG DES HITZEMONDES IM JAHR VON SASMIRAS ZWEITER THRONERHEBUNG

Felicia war in Hochstimmung. Was Milan abgeschrieben hatte, war das wertvollste Dokument seit Tagen. Sie war sich ganz sicher, dass auf diesen drei Koggen Söldner nach Cilia gebracht werden sollten. Wenn es gelang, sie schon auf dem Hinweg abzufangen, könnte sich der Beginn des Feldzugs um Wochen verzögern.

Rainulf griff nach ihrer Hand und zog sie auf das Dach des Palazzo. Dann rollte er das Seil auf, an dem sie emporgeklettert war. »So guter Laune?«

»Der Junge hat einen kleinen Schatz gehoben. Wir haben ihn endgültig auf unserer Seite.«

Der Bogenschütze schnaubte verächtlich. »Und? Was ist schon einer wert, der seine eigenen Leute verrät?«

»Er hat verstanden, welche Seite die richtige ist!«, entgegnete Felicia scharf. Rainulfs Eifersucht wurde allmählich lästig. »Sehen wir zu, dass wir die Botschaft weiterleiten. Sie muss so schnell wie möglich nach Thouar gelangen.«

Schweigend machten sie sich auf den Weg über die Dächer. Felicias Hochgefühl verflog. Der Mond verbarg sich zu oft hinter Wolken. Am Nachmittag hatte es geregnet. Der Weg war trügerisch in dieser Nacht, die Dachpfannen rutschig. Und da war noch etwas. Sie hatte das Gefühl, dass ihnen jemand folgte.

Immer wieder blickte sie zurück, doch auf den Dächern gab es nichts als Schatten. Ab und an schreckten sie ein paar Tauben auf oder Ziegen, die in Verschlägen hoch über den Straßen gehalten wurden. Aber es zeigte sich keine Menschenseele.

Bald lag die Hafenbucht, um die sich Dahlia im Halbkreis erhob, tief unter ihnen. Sie arbeiteten sich höher und höher den Hang hinauf, ließen die Altstadt hinter sich, in der sich die Häuser dicht aneinanderdrängten. Sie machten einen Bogen um das Viertel, in dem die neuen Paläste der Kaufmannsfamilien entstanden waren – große, frei stehende Palazzi in weitläufigen Gärten. Dort gab es keinen Weg über die Dächer, allenfalls über die hohen Mauern, die die Gärten vor neugierigen Blicken abschirmten.

Stattdessen hielten sie sich weiter südlich, wo die Tagelöhner in Wohnblöcken wie Vieh zusammengepfercht lebten. Sie machten einen Umweg über die alte, aufgegebene Stadtmauer. Eine Ruine, der die Zinnen fehlten und in deren Mauerwerk Ziegelräuber – und nicht Eroberer – tiefe Breschen geschlagen hatten.

Sie folgten dem alten Wehrgang bis zu einem aufgegebenen Wachturm. Wie die Öffnung einer Höhle klaffte die gewölbte Tür in der vernarbten Außenwand. Längst war die schwere Eichentür verschwunden, die eisernen Angeln aus der Wand gebrochen. Gleich hinter dem Eingang führte eine Wendeltreppe innerhalb des Turms aufwärts.

Felicia blieb stehen und blickte zurück auf die Dachlandschaft, die im Dunkeln wie ein Labyrinth zerklüfteter Felsen wirkte.

Ganz kurz glaubte sie, eine große, dunkle Schwinge zu sehen. Sie verschwand, keine zwanzig Schritt entfernt, hinter einem Geviert aus Kaminen.

Die Herzogin zog sich in den Schatten des Türbogens zurück. Lauerte …

»Wo bleibst du?«, zischte Rainulf von der Wendeltreppe.

»Warte noch!« Felicia blickte zum Himmel hinauf. Gleich würde der Mond hinter den Wolken hervortreten.

Irgendwo in der Ferne meckerte eine Ziege. Sohlen schabten über Stein. Rainulfs Bogen stieß gegen die Wand des engen Treppenaufgangs.

Kaskaden silbernen Lichts ergossen sich über die Stadt, als der Mond sein Antlitz zeigte. Überdeutlich sah sie die Schattenrisse der Kamine vor dem helleren Nachthimmel. Da war nichts.

Plötzlich war der Bogenschütze neben ihr. »Hast du auch das Gefühl, dass uns jemand folgt?«

Felicia sog scharf die Luft ein. So viele Geräusche Rainulf beim Weg die Treppe hinauf gemacht hatte, so lautlos war er wieder herabgekommen. »Es ist nur ein Gefühl«, sagte sie unsicher.

»So geht es mir auch. Da draußen auf den Dächern ist jemand. Immer gerade außerhalb unseres Gesichtsfelds. Wie aus den tiefsten Schatten der Nacht geboren.«

»Hört sich ganz so an, als würdest du jetzt auch an den Krähenmann glauben.« Sie bemühte sich, amüsiert zu klingen, auch wenn das so gar nicht ihrer Stimmung entsprach.

»Ich glaube an mein Gefühl«, entgegnete er ernst, »und das sagt mir: Da draußen ist jemand, der auf Übles sinnt. Und uns hat er zu seiner Beute erkoren.«

DAHLIA, ALTE STADTMAUER, NACH MITTERNACHT, 4. TAG DES HITZEMONDES IM JAHR VON SASMIRAS ZWEITER THRONERHEBUNG

Falce presste sich an die nassen Dachschindeln. Er lag in Deckung hinter einem Geviert aus Schornsteinen. Fast hätte die Diebin ihn gesehen. Die beiden waren keine leichte Beute. Sie bewegten sich schnell und geschickt über die Dächer, und sie waren vorsichtig. Immer wieder blickten sie zurück, als ahnten sie, dass er ihnen auf den Fersen war.

Der Turm, in dem sie nun lauerten, gefiel ihm gar nicht. Das dunkle Gemäuer war wie dazu geschaffen, ihn in einen Hinterhalt zu locken. Vielleicht sollte er die Verfolgung für diese Nacht abbrechen. Es galt ohnehin zu überdenken, wie er weiter vorgehen sollte. Was er beim Palazzo des Erzpriesters gesehen hatte, veränderte alles. Die Diebin ging zu dessen Sohn. Wie würde Nandus Tormeno das aufnehmen? Würde er den Überbringer der schlechten Nachricht kurzerhand töten? Er kannte den Erzpriester nicht, aber dessen Ruf war ehrfurchtgebietend. Ihm zu verheimlichen, was er wusste, konnte ebenso gefährlich werden.

Falce sah die Silhouetten der beiden Diebe auf dem flachen Dach des Wohnhauses neben dem Turm. Wollten sie ihn auf diese Weise in die Falle locken? Wenn er jetzt losliefe und die beiden umkehrten, wären sie vor ihm am Fuß der Wendeltreppe. Er tastete nach dem Messer, das, unter seinem Umhang verborgen, hinten in seinem Gürtel steckte. Wenn die beiden ihm auflauerten, käme es nur noch darauf an, wer schneller wäre. Und er war ziemlich schnell …

Entschlossen stemmte Falce sich hoch, schob sich an den Kaminen vorbei und eilte über das Dach. Ein Sprung über eine schmale Gasse brachte ihn auf die verfallene Wehrmauer. Ein paar Schritt nur, und er erreichte den Turm.

Die enge Wendeltreppe lag in fast völliger Finsternis. Hier roch es nach Kalk und Urin. Falce ließ die Linke über die raue Mauer gleiten. Nichts sehen zu können machte ihn nervös. Der Weg hinauf kam ihm endlos vor.

Endlich erschien in der leeren Türöffnung der Sternenhimmel über ihm.

Seine Rechte fuhr unter seinen Umhang. Die Finger schlossen sich um den Griff der gekrümmten Klinge. Lauerten sie dort, dicht neben dem Durchgang? Er hielt den Atem an. Lautlos nahm er die letzten Stufen. Geduckt und bereit, sich vor zustoßenden Schwertern mit einem Sprung zurück zu retten, trat er durch die Türöffnung.

Da war niemand. Die Wendeltreppe führte ins Nichts. Dort, wo einst die Plattform gewesen sein musste, auf der Generationen von Kriegern über den Schlaf Dahlias gewacht hatten, war nur ein Kranz aus Mauerwerk geblieben. Das morsche Holz des Bodens war wohl schon vor Jahrzehnten in die Tiefe gestürzt.

Schräg gegenüber, ein wenig tiefer, lag das Dach des angrenzenden Hauses. Falce drückte sich gegen das alte Mauerwerk des Turms, um keine auffällige Silhouette vor dem Nachthimmel abzugeben.

Das Flattern von Taubenflügeln in einem Verschlag verriet ihm den Weg der beiden Diebe. Etwa dreißig Schritt entfernt liefen sie in südwestlicher Richtung über die Flachdächer der neuen Stadtmauer entgegen. Die Tagelöhner, die in den fast turmhohen Häusern wohnten, hielten besonders viel Viehzeug auf den Dächern. Ganz gleich, wie vorsichtig er sich bewegte – die Biester würden auf ihn reagieren und Laut geben.

Der Mond trat wieder hinter den Wolken hervor und übergoss die Dachlandschaft mit einem verwunschenen Licht, das selbst den heruntergekommenen Bretterverschlägen eine pittoreske Anmut schenkte. Eine weiße Ziege war auf ein Bretterdach gestiegen, hatte den Kopf in den Nacken gelegt, als hielte sie sich für einen Wolf, und blickte zum Himmel empor. Um ihre Hufe hatte sich eine Schar Tauben versammelt, die unablässig pickten, obwohl Falce sich nicht vorstellen konnte, dass dort Körner lagen.

Er mochte die Einsamkeit der Dachwelten nächtlicher Städte. Selbst wenn er keinen Auftrag hatte, floh er oft aus der Gosse und dem Gestank dem Himmel entgegen, um nächtliche Streifzüge über Dachfirste und bröckelndes Mauerwerk zu machen. Seit er seiner Frau den ewigen Schlaf geschenkt hatte, mied er Menschen. Da er nie wissen konnte, für wen eines Tages ein Blutgeld geboten wurde, hatte er entschieden, niemandem mehr nahezustehen. Auch reiste er viel zu viel, um wirklich Bindungen eingehen zu können.

Falce beobachtete die beiden Diebe. Sie hatten angehalten. Der große Kerl nahm seinen Bogen vom Rücken, drückte das Eibenholz durch und zog eine Sehne auf. Was die Diebin tat, konnte Falce in der Dunkelheit nicht erkennen. Dann reichte sie dem Schützen etwas. Einen Pfeil?

Ja! Der Bogner legte den Pfeil auf die Sehne, hob die Waffe und schoss über die Stadtmauer hinweg. Ein leises Pfeifen begleitete den Schuss.

Es musste sich um einen besonderen Pfeil handeln. Falce hatte davon erzählen hören. Die Waffenknechte nannten diese Geschosse *Heuler*. Diese Pfeile waren mit einer hohlen Spitze versehen, in die, wie bei einer Flöte, Löcher geschnitten waren. Im Flug erzeugten sie ein helles, pfeifendes Geräusch, das die Pferde durchgehen ließ, wenn Reitern ein ganzer Schwarm von solchen Pfeilen entgegengeflogen kam.

Falce vermutete, dass die Diebe diese pfeifenden Geschosse benutzten, um ihre Gefährten außerhalb der Stadtmauer darauf aufmerksam zu machen, dass ein Pfeil mit einer um den Schaft gewickelten Botschaft abgeschossen wurde.

Die Botschaft heute stammte wohl unmittelbar aus dem Palazzo des Erzpriesters. Ein süffisantes Lächeln umspielte Falces Lippen. Wenn er eine solche Botschaft abfing und dafür sorgte, dass sie im Falle seines überraschenden Ablebens mit einem erläuternden Brief dem Rat der Stadt vorgelegt wurde, würde

Nandus Tormeno in große Schwierigkeiten geraten. Wahrscheinlich nahm der kleine Halunke, der die Bastonade über sich hatte ergehen lassen, nun Rache an seinem Vater.

Jedes Mal, wenn er Zeuge solcher Verhältnisse wurde, dachte Falce, wie gut es doch war, dass er sich seiner kleinen Familie entledigt hatte.

Plötzlich drehte sich der Bogenschütze um. Falce erstarrte. Der Kerl hatte seinen großen Kriegsbogen gespannt und zielte auf den Turm. Hatte der Dieb ihn gesehen – oder war es nur eine drohende Geste?

Sehr vorsichtig ließ Falce sich zu Boden sinken und kehrte zu den Treppenstufen um. Eilig zog er sich die Treppe hinab zurück. Als er den Ausgang zur Wehrmauer erreichte, hielt er kurz inne. Was, wenn sie beschlossen hatten, ihn zu jagen?

Die Treppe führte noch weiter in die Tiefe. Irgendwo am Fuß des Turms sollte es einen zweiten Ausgang geben. Es sei denn, unten lag alles voller Trümmer. Dann wäre er gefangen …

Er betrachtete den Durchgang zum Wehrgang. Wenn er dort hindurchtrat, wäre er ohne Deckung, sollte der Bogenschütze über die Dächer gelaufen sein. Seine Feinde würden dann auf einem höher gelegenen Dach stehen, von dem aus sie den ganzen Wehrgang einsehen konnten.

Falce zog eines der leichten Wurfmesser, die er in einem Lederband um seinen linken Oberarm trug. Die Waffe glitt leicht aus dem gut geölten Futteral. Wer würde schneller sein? Er lächelte. Diese Jagd war besser als alles, was er in den letzten Jahren erlebt hatte. Die beiden waren mehr als nur einfache Diebe.

Falce atmete tief ein. Dann stürmte er durch den Türbogen und warf sich mit einem Hechtsprung auf den Wehrgang, um so nah wie möglich an den Resten des Zinnenkranzes Deckung zu finden.

Mit einem scharfen Klirren schlug dicht neben ihm ein Pfeil auf die Ziegelsteine. Der Schaft des Pfeils zersplitterte unter der Wucht des Aufpralls.

Augenblicklich war Falce auf den Beinen und schleuderte sein

Messer. Auf dem Dach vier Schritt über ihm standen die Diebe. Beide gingen in Deckung.

Falce hörte den Bogenschützen aufkeuchen und lächelte. Das war der gefährlichere der beiden Gegner gewesen. Vielleicht sollte er seinen Auftrag einfach in dieser Nacht zum Ende bringen?

Dem Wehrgang gegenüber, nur durch eine schmale Gasse von ihm getrennt, erhob sich eine von Fensteröffnungen durchbrochene Hauswand. Die Hälfte der Fenster besaß nicht einmal hölzerne Läden, um sie zu verschließen. Ein Gespinst von Wäscheleinen lief zwischen dem Haus und der verfallenen Stadtmauer hin und her. Das Dach auf der anderen Seite lag zu hoch. Das konnte er vom Wehrgang aus nicht erreichen. Aber es gab andere Wege …

Ein Herzschlag, und sein Entschluss war gefasst. Tollkühn sprang er über die Gasse. Sein Kopf schrammte am Fenstersturz entlang, seine Schulter am Mauerwerk an der Seite. Er purzelte in ein dunkles Zimmer und stieß gegen einen Tisch. Ein Krug fiel herab und zerschellte auf dem Holzboden. Der Geruch von billigem Olivenöl breitete sich aus.

Falce richtete sich auf. Er spürte Blut durch sein Haar sickern und blinzelte gegen die grellen Lichtpunkte an, die vor ihm im Dunkel tanzten.

»Was zum Henker …« Ein dicker, unbekleideter Kerl mit einer Nagelkeule in der Rechten erschien in der Tür. Hinter ihm leuchtete das goldene Licht einer Öllampe.

»’tschuldigung, ich bin ausgerutscht und gestürzt«, murmelte Falce und griff nach dem Dolch an seinem Rücken.

»Was?« Die Anspannung seines Gegenübers ließ sichtlich nach. So war das immer, wenn man irgendwelchen Unsinn redete.

»Mir war ein kleines Kätzchen entlaufen.« Falce machte mit der Linken eine vage, entschuldigende Geste und ging um den Tisch herum. »Ihr habt es nicht zufällig gesehen? Es ist schwarzweiß gescheckt.«

Der Mann in der Tür starrte ihn aus geweiteten Augen an.

»Ein Kätzchen?«, erklang hinter ihm eine Frauenstimme.

Falce hatte den stämmigen Tagelöhner fast erreicht. Trotz des üppigen Bauchs hatte der Mann kräftige Oberarme. Seine Schultern hingen leicht. Das schwarze, fettige Haar war weit aus der Stirn zurückgewichen. Er kniff die Augen zusammen und wirkte angestrengt, während sein noch halb schläfriges Hirn versuchte, den fremden Mann in seiner Küche mit einem kleinen Kätzchen zusammenzubringen.

Falce zog den Dolch. In weitem Bogen fuhr die gekrümmte Klinge über die Kehle des Tagelöhners. Blut spritzte stoßweise aus der klaffenden Wunde. Falce wich zur Seite aus und trat dem Kerl gegen das Knie, so dass er dessen Gelenk krachen hörte. Die nagelgespickte Keule fiel zu Boden. Sein Opfer griff sich mit beiden Händen an die Kehle, als ob das noch irgendetwas ändern würde und er den Blutstrom aus zwei durchtrennten Schlagadern damit zum Versiegen bringen könne. Er brach im Türrahmen zusammen.

Hinter ihm war nun eine kleine, ebenfalls unbekleidete Frau zu sehen, die in zitternden Händen die Öllampe hielt. Ihr schwarzes, offenes Haar fiel ihr über die Schultern bis zu den Brüsten. Ihr Mund stand offen. Im nächsten Augenblick würde sie beginnen zu schreien.

Falce wechselte den gekrümmten Dolch in die Linke. Seine Rechte griff nach einem seiner Wurfmesser. Mit einer fließenden, tausendfach geübten Bewegung schnellte sein Arm vor. Das Wurfmesser versank bis zum Griff im linken Auge der Frau. Die ockerfarbene Öllampe zerschellte am Boden. Die Frau taumelte gegen die Wand des engen Flurs zurück und sackte in sich zusammen.

Falce stieg über den sterbenden Tagelöhner hinweg, beugte sich zu der toten Frau hinunter und nahm das Messer wieder an sich.

Goldene Flammen griffen vom Docht auf das Öl zwischen den Scherben der zersplitterten Lampe über. Kurz zögerte Falce und überlegte, ob er das Feuer austreten sollte. Aber ein Feuer hier unten würde die Bewohner des Hauses vom Kampf auf dem Dach ablenken, falls es dort oben nicht lautlos abging.

Er stieß die Tür zum Treppenhaus auf und trat in eine Dunkelheit, die nach Bratöl und nasser Kleidung roch. Goldener Feuerschein fiel durch die offene Tür ins Treppenhaus. Die hölzernen Stufen knarrten unter seinen Schritten. Sie endeten vor einer Falltür. Die stieß er hoch und fand sich in einem stinkenden Bretterverschlag auf dem Dach wieder. Dutzende von Hühnern drängten sich hier auf Stangen.

Wussten die beiden Diebe, dass er kam? Hatten sie seinen Sprung gesehen? Waren sie schon fort? Erwarteten sie ihn mit gespanntem Bogen?

Falce atmete tief durch. Die Tür hinaus auf das Dach war nur mit einem einfachen hölzernen Riegel gesichert. Der würde ihn nicht aufhalten.

Rauch stieg aus dem Treppenhaus in den Stall. Das Federvieh begann unruhig zu werden. Die Hühner gaben ein leises, fast fragendes Gackern von sich.

In dem Moment wusste Falce, was zu tun war. Er schloss die Falltür und breitete die Arme aus. »Auf meine Hübschen! Wir werden Blut vergießen!« Er machte einen raschen Schritt auf die Sitzstangen zu, und die lethargischen Hühner stoben erschrocken auseinander.

Falce stieß die Tür zum Dach auf. Ein Sturm weißer Schwingen umtoste ihn. Ein Pfeil verfehlte ihn knapp, traf ein Huhn und nagelte es an die Rückwand des Stalls.

Der Bogenschütze hielt sich nur schwankend auf den Beinen. Er hatte Mühe, den nächsten Pfeil zu ziehen. Die Diebin war nicht zu sehen.

Falce machte einen Hechtsprung zwischen den aufgescheuchten Hühnern hindurch. Eine silberne Klinge schnellte nieder. Er riss den Dolch hoch. Stahl kreischte über Stahl. Das Breitschwert glitt an der gekrümmten Waffe ab.

Die Diebin hatte unmittelbar neben der Tür auf ihn gewartet.

Falce wechselte seinen Dolch in die Linke und wich vor der Angreiferin zurück. Ihr Schwert zuckte vor, ließ ihn nicht zur Ruhe kommen. Schritt um Schritt trieb sie ihn zurück.

Er zog eines der Wurfmesser aus dem Lederband an seinem Arm. In fließender Bewegung warf er die tödliche Waffe.

Metall klirrte. Sie hatte das Wurfmesser zur Seite geschlagen.

Erschrocken keuchte er auf und entging nur knapp einem Schwertstoß, der auf seinen Bauch zielte. Sie war keine gewöhnliche Diebin, und er begriff, dass es ein tödlicher Fehler gewesen war, sich ihr im Kampf Klinge gegen Klinge zu stellen.

»Leg die Waffe nieder, und ich lasse dich am Leben!« Ihre Stimme war hart, befehlsgewohnt. Ihre Schwertspitze zielte auf seine Brust.

Falce ließ die Arme sinken, als wolle er sich ergeben. Mit einem Salto rückwärts erkaufte er sich drei Schwertlängen Abstand, wandte sich um, rannte der Dachkante entgegen. Ihre Schritte folgten ihm.

Er widerstand der Versuchung, sich umzudrehen, und lief, so schnell seine Beine ihn trugen. Sie würden ihn nicht lebend bekommen. Überhaupt nicht bekommen sollten sie ihn! Ohne innezuhalten, stürzte er sich über die Dachkante in die Tiefe und streckte die Arme nach beiden Seiten weit aus.

Im Haus erklangen Alarmrufe. Das Feuer war entdeckt. Und er fiel dem schmutzigen Pflaster entgegen, das acht Schritt tiefer lag.

DAHLIA, DRITTE INSULA AN DER MAUERGASSE, NACH MITTERNACHT, 4. TAG DES HITZEMONDES IM JAHR VON SASMIRAS ZWEITER THRONERHEBUNG

Ungläubig sah Felicia, wie sich der Meuchler vom Pflaster erhob. Er war schwer gestürzt. Einige Wäscheleinen hatten seinen Fall ein wenig abgebremst, aber sie hörte sein schmerzerfülltes Keuchen, als er sich gegen die Hauswand stützte. Kurz blickte er zu ihr auf. Ein weiter, schwarzer Umhang wallte um seine Schultern. Sein Antlitz war im Mondlicht kaum mehr als ein konturloses Oval. Er hob die Rechte und zeigte ihr seinen gekrümmten Dolch. Dann zog er sich hinkend zum dunklen Ende der Gasse zurück.

»Feuer!«, erklang ein gellender Schrei im Haus unter ihnen, der prompt von anderen Stimmen aufgenommen und wiederholt wurde.

Felicia fluchte leise. Gehörte auch das zum Plan des Meuchlers? Hatte er den Brand gelegt und lauerte nun dort in der Gasse auf sie, bis sie, eingekeilt zwischen den Flüchtenden, aus dem Haus traten? Inmitten all der Menschen, die sich bald dort unten drängen würden, könnte er eine Gelegenheit finden, ihr seinen Dolch in den Rücken zu stoßen.

Rainulf trat an ihre Seite. Er presste eine Hand auf seine Brust, dicht unter seinem Herzen.

»Schlimm?«, fragte sie. Mitgefühl oder überhaupt irgendeine Schwäche zu zeigen hatte man ihr als Erstgeborener eines Fürsten ohne Söhne und künftiger Herzogin gründlich aberzogen, aber sie gab sich Mühe, wusste sie doch, wie kühl und abweisend sie oft auf Rainulf wirken musste, zumal in Anbetracht ihrer flüchtigen Affäre mit ihm.

Er machte eine wegwerfende Geste. »Hab Glück gehabt.« Er zeigte ihr ein kleines, spitzes Messer mit einer schweren Klinge. »Hat mein Lederwams durchschlagen, um in einer Rippe stecken zu bleiben. Ich kann den Bogen nicht wie vorher spannen, aber ich werde nicht daran sterben.«

»Das hätte ich dir auch nicht erlaubt!« Ihre Stimme klang schärfer als beabsichtigt, und er warf ihr einen eigenartigen Blick zu.

Das Geschrei im Haus unter ihnen schwoll an. Dichter Rauch quoll aus einem der Fenster. Immer mehr Bewohner drängten hinaus auf die Gasse, die ein Stück vor ihnen, wo der Turm stand, am schmalsten war.

Sie deutete dorthin. »Kannst du springen?«

»Ich wurde in die Brust getroffen. Meinen Beinen geht es gut«, knurrte er.

»Dann los!« Sie lief ein Stück über das Flachdach, stieg auf die Einfassungsmauer und setzte über die Gasse auf den Wehrgang hinüber. Felicia landete hart auf dem unebenen Grund, ruderte kurz mit den Armen und fand ihr Gleichgewicht.

Dicht neben ihr kam Rainulf auf. Er hatte sofort einen festen Stand. »Wirkst ein bisschen wackelig auf den Beinen«, bemerkte er spöttisch.

Sie sagte nichts. So gefiel er ihr besser.

Hinter ihr in der Gasse wurden Rufe laut. Sie beide waren bemerkt worden. Ein Stein flog im Bogen über die Stadtmauer, verfehlte sie nur knapp und landete auf einem Ziegeldach auf der anderen Seite. »Mörder! Diebe!«

Anscheinend hielt man sie für die Brandstifter. Felicia blickte zum Hafen hinab. Jenseits der Stadtmauer war alles ruhig, auf den Dächern niemand zu sehen.

»Gleich kommen sie zu uns rauf«, bemerkte Rainulf.

»Also weiter!« Ohne Anlauf sprang sie über die nächste Gasse und landete dicht neben dem Stein, der sie vorhin verfehlt hatte, auf dem Ziegeldach.

Rainulf folgte ihr. »Wohin?«, wollte er wissen.

»Zu unserem Versteck.«

»Und der Meuchler?«

»So, wie der nach seinem Sturz hinkte, wird er uns nicht folgen können«, entschied Felicia.

DAHLIA, PALAZZO TORMENO, NACH EINBRUCH DER NACHT, 4. TAG DES HITZEMONDES IM JAHR VON SASMIRAS ZWEITER THRONERHEBUNG

Vielleicht sollten wir das nicht tun«, sagte Milan zögernd. Die Herzogin lächelte ihn an, schob ihm ihren Arm unter den Achseln hindurch und half ihm mit erstaunlicher Kraft hoch. »Glaubst du, ich würde ein zweites Mal kommen, wenn man mich zurückweist?«

Milan spürte, dass das nicht nur ein Scherz war. Mühsam hinkte er neben ihr her. Immer noch schossen sengende Schmerzen durch seine Fußsohlen, wenn sie den Boden berührten. Tränen rannen ihm über die Wangen, obwohl er verzweifelt versuchte, sie zu unterdrücken. Wenigstens kam ihm kein Schluchzer über die Lippen.

Felicia brachte ihn zum Fenster seiner Kammer, durch das sie eingestiegen war. Sie zog ein Seil, das dort hing, zu sich heran, schlang es ihm um den Oberkörper und half ihm, auf das Fenstersims zu steigen.

Milan zögerte erneut. Er blickte zu dem wolkenverhangenen Himmel hinauf, an dem angeblich die Sterne verschwanden. Drückende Hitze hing über der Stadt. Die kühle Brise, die üblicherweise mit der Dämmerung vom Meer her einsetzte, war heute ausgeblieben.

Sein Blick sank auf die Dächer, schweifte über die dunklen Fassaden rings um den kleinen Platz vor dem Oktagon.

»Piazza Cynthia«, sagte er leise, wobei er den Namen seiner Mutter betonte. Nandus hatte durchgesetzt, dass der Platz nach ihrem Tod nach ihr benannt wurde, hatte aber weder Milan noch seinen Brüdern je erklärt, warum. Damit eine Spur von ihr blieb? Damit die Bewohner Dahlias ihren Namen auf den Lippen trugen, wenn sie vom Oktagon des Erzpriesters sprachen? Sein Vater war niemand, dem er unterstellte, romantisch zu sein.

»Willst du bleiben?«, fragte Felicia hinter ihm.

Milan schüttelte entschieden den Kopf, griff nach dem Seil und ließ sich in die Tiefe gleiten. Unten erwartete ihn Rainulf. Der Bogenschütze nahm ihn auf die Arme wie ein Kind.

»Ich kann stehen. Setz mich ab!«, forderte Milan, doch Rainulf ignorierte ihn.

Felicia folgte Milan, wobei sie sich nur mit ihrer Rechten am Seil festhielt. Das Leder ihres Handschuhs zischte über den gedrehten Hanf. Lautlos setzte sie auf dem Pflaster auf.

Rainulf löste mit einer peitschenden Bewegung das Seil vom Dach. Ein Wurfanker stürzte herab. Der Schütze fing ihn noch in der Luft, ohne Milan abzusetzen.

»Ich kann gehen!«, murrte Milan erneut und versuchte sich loszumachen, aber gegen die Kraft von Felicias Leibwächter kam er einfach nicht an. Er fühlte sich hilflos wie ein trotziges Kind.

»Ich weiß, dass du gehen würdest.« Rainulf klang jetzt ein wenig freundlicher. »Ich habe der Bastonade auf dem Fischmarkt zugeschaut bis zuletzt. Du hast mich überrascht.«

Rainulf war der Letzte, von dem Milan geglaubt hätte, jemals so etwas zu hören zu bekommen. Er hatte angenommen, für den verschlossenen Bogenschützen nichts als ein verzärtelter Schreibstubenheld zu sein. Einer, der nur mit der Feder fechten konnte.

»Vorwärts!« Felicia hatte das Seil genommen und aufgerollt. Jetzt warf sie es sich über die Schulter. »Gehen wir!«

»Ich hab einen Sack mitgenommen«, bemerkte der Schütze.

Milan verstand nicht ganz.

»Ich vertraue ihm«, entgegnete Felicia, ohne sich auch nur umzudrehen. »Wir brauchen keinen Sack!«

Milan spürte, wie Rainulf sich anspannte. »Und unser Versteck …«

»Vertrauen ist ein Haus ohne Hintertüren.« Felicia überquerte die Piazza Cynthia. Zu dieser Stunde war der Platz menschenleer. Auch auf den Straßen, die sie nahmen, zeigte sich kaum ein Passant. Nur hier und da döste ein Bettler unter einem Torbogen, und einmal hörte Milan ein paar grölende Zecher auf dem Heimweg.

Felicia führte sie durch Seitenstraßen und verschlungene Gassen. Aber Milan wusste in jedem Augenblick, wo sie waren. Dies war die Stadt, in der er den größten Teil seines Lebens verbracht hatte.

Sie stiegen über enge Treppen hinab zum alten Kaufmannsviertel, wo etliche der stolzen Familientürme standen. Auch hier bewegten sie sich nicht auf den großen Straßen, auf denen tagsüber Maultierkolonnen die kostbarsten Waren den steilen Hang hinaufschafften oder Truhen voller Silber unter strenger Bewachung zu den Koggen im Hafen trugen. Stattdessen nahm Felicia die bescheideneren Wege, auf denen das Gesinde der großen Familien verkehrte, jene dienstbaren Geister, die ihre Herren strahlen ließen. Es war das Reich der Katzen und streunenden Hunde, der versteckten Brunnen und der heimlichen Liebespaare.

Milan sah die hell erleuchteten Fenster des Palazzo Apolita, wo in dieser Nacht die Mächtigen der Stadt eine ihrer Versammlung abhielten, die meist in rauschende Feste übergingen. In einer Querstraße erblickte er Dutzende abgestellter Sänften, deren Träger in kleinen Gruppen entlang der Hofmauer des Palazzo hockten. Wie auch mit ihren Türmen versuchten sich die Reichen der Stadt bei den Sänften in Pracht und Größe gegenseitig zu überbieten. Bislang war Marco Cornaro, der den Handel mit den Traumkugeln aus dem Khanat fast zum Monopol ausgebaut hatte, der Siegeslorbeer in diesem absurden Wettstreit gewiss. Seine Sänfte ähnelte dem Rumpf einer Fernhandelskogge und erforderte nicht weniger als sechzehn Träger. So groß war dieses hölzerne Ungetüm, dass es nur über die breiten Prachtstraßen getragen werden konnte.

Mit einem Anflug von Wehmut betrachtete Milan die hell erleuchteten Bogenfenster des Palazzo Apolita. Dort oben, im Licht unzähliger Kerzen, standen sein Vater und seine beiden

Brüder. Er hingegen blieb im Schatten, hatte sich der Dunkelheit verschrieben, die aus dem Prunk der Liga der Stadtstaaten Cilias geboren war.

Er dachte an die Sklavenschiffe, von denen Felicia ihm erzählt hatte. An all die Männer und Frauen im Schwertwald, die nicht ahnten, dass jene, die dort oben im Licht feierten, sie schon längst verkauft hatten.

Nein. Er war es, der auf der richtigen Seite stand! Nicht sein Vater.

Jetzt überquerte Felicia einen kleinen Platz und lief geradewegs zum Oktagon des Heiligen Filippo, dem Tempel, in dem Milans Bruder Francisco oft Messen las. Es war ein ungewöhnliches, neues Gebäude. Sein Grundriss hatte die Form eines Kreuzes, über dessen Mitte sich ein achteckiger Turm mit einer blauen Kuppel erhob. Große Fenster mit steinernem Gitterwerk ließen von allen Seiten Licht in den Tempel fallen. Kleine Türmchen, ebenfalls von blauen Kuppeln gekrönt, schmückten die vier offenen Flanken des Oktagons. In ihnen führten Treppen hinauf zur Galerie, die zehn Schritt über dem Altar lag.

Jetzt drang nur gedämpftes Licht aus den großen Fenstern des Baus. Felicia hielt bei einem Seiteneingang des Tempels an. Das prächtige Gotteshaus inmitten des Kaufmannsviertels war dank großzügiger Spenden der reichsten Familien Wirklichkeit geworden.

Milan traute seinen Augen nicht, als Felicia eine kleine Seitentür aufzog und ihnen winkte.

Rainulf hastete über den Vorplatz und schlüpfte durch die Tür. Der Duft von Weihrauch schlug ihnen entgegen. Es war ungewöhnlich warm in dem weitläufigen Gemäuer. Ganz anders als im Oktagon seines Vaters, wo selbst im Hochsommer eine angenehme Kühle herrschte.

Felicia schloss die Tür hinter ihnen. Sie eilten an der Südwand entlang. Einige Kerzen brannten rings um den Altar in der Mitte. Das Querschiff hatte flache, schmucklose Decken, während sich über dem Hauptschiff ein Kreuzgewölbe spannte, das mit Szenen aus dem Leben des Heiligen Filippo ausgemalt war. Er war einer der ersten Priester gewesen, die nach Cilia gekommen waren, um die Heiden auf der Insel zu bekehren. Damals hatte die Weiße Königin ein Kopfgeld auf ihn ausgesetzt, doch seine Getreuen vermochten ihn drei Winter lang zu verstecken, bis er schließlich durch Verrat gefangen wurde.

Die grausame Königin ließ ihn foltern, damit er öffentlich seinem Glauben abschwor, aber Filippo blieb auch unter den schrecklichsten Martern seinem Gott treu. Schließlich wurde er mit dem Kopf nach unten an einer Eiche aufgehängt, und die Bogenschützen der Königin durchbohrten ihn mit hundert Pfeilen. Aber der Tod wollte nicht kommen. Selbst so geschunden predigte Filippo noch immer mit volltönender Stimme. Drei Tage lang ging es so, bis die Weiße Königin Filippo schließlich den Kopf abschlug und von den Klippen bei Thouar ins Meer warf.

Die Fresken im Kreuzgewölbe waren den Tagen gewidmet, als der Prediger auf einer Kogge nach Cilia gekommen war. Menschen und Märengestalten umringten ihn friedlich, um seinen Worten zu lauschen. Ein Bild in der großen Kuppel zeigte ihn mit weit ausgebreiteten Armen an der Eiche hängend.

Milan hatte die Deckenbilder dieses Oktagons stets sehr gemocht. Sie waren von den größten Künstlern ihrer Zeit erschaffen worden und viel lebensechter und farbenfroher als die Bilder im düsteren Tempel seines Vaters.

Felicia war ihnen wieder ein Stück voraus. Sie öffnete eine unscheinbare Tür in einer Wandnische des westlichen Teils des Querschiffs. Dahinter führte eine enge Wendeltreppe nach oben.

»Wenn du irgendjemandem von unserem Versteck erzählst, ist es vorbei mit dir«, sagte Rainulf leise.

»Ich stehe auf eurer Seite«, beteuerte Milan.

»Natürlich, der Sohn des Erzpriesters von Cilia hat sein Herz für die Rebellen im Schwertwald entdeckt.« Rainulfs Stimme troff vor Ironie. »Wenn du die Herzogin verrätst, dann sei gewiss, dass dich ein Pfeil finden wird. Selbst auf hundert Schritt treffe ich dein Herz. Es wird keinen Ort geben, an dem du vor mir sicher bist. Es mag sein, dass es Wochen oder Monde dauert, bis deine Stunde der Sühne kommt, aber sie wird kommen.«

Die letzten Worte klangen feierlich wie ein Eid. Milan überlegte, ob er antworten sollte. Dann zog er es vor zu schweigen. Wenn Rainulf ihm nicht traute, was nutzte es da zu widersprechen?

Der Bogenschütze hielt ihn noch immer wie ein Kind auf den Armen, was so gar nicht zu seinem offenen Misstrauen passen wollte. Plötzlich hielt er inne. Felicia drückte gegen die weiß verputzte Wand, und was wie festes Mauerwerk erschien, schwang leicht zurück. Vor ihnen lag ein enger Flur. An seinem Ende glomm am Docht einer Öllampe ein winziges Flämmchen.

Sie traten ein, und Felicia schloss die Tür hinter ihnen wieder. »Du weißt, wohin er soll«, wies sie Rainulf an.

Der Bogenschütze schob mit der Schulter eine weitere niedrige Tür auf und setzte Milan in einer dunklen Kammer auf etwas Weichem ab. Es fühlte sich an wie eine dünne Matratze.

Milan tastete mit den Händen darüber. Seine Finger streiften etwas Kühles, Kantiges.

Felicia erschien mit der Öllampe in der Tür. Der Docht war höher gestellt. Nun tanzte eine kräftige Flamme über ihm, von der ein rußiger Rauchfaden aufstieg. Milan erkannte, wo er war. In dieser Kammer hatte Felicia seine Wunde vernäht. Nur ein paar Tage waren seither vergangen, und doch erschien es ihm, als sei es ein halbes Leben her. Alles war verändert, und doch war nach seinem Raub der Silberscheibe nichts so gekommen, wie er es erwartet hatte.

Rainulf zog sich mit mürrischer Miene zurück.

Jetzt konnte Milan auch erkennen, was auf dem Bett lag. Es waren unterschiedliche Vorhängeschlösser. Kleine und große, sehr robuste und welche mit winzigem Schlüsselloch. Manche rostig, und andere schimmerten, als seien sie gerade erst aus der Werkstatt eines Feinschmieds gekommen.

DAHLIA, OKTAGON DES HEILIGEN FILIPPO, NACHT, 4. TAG DES HITZEMONDES IM JAHR VON SASMIRAS ZWEITER THRONERHEBUNG

Heute Nacht werde ich dir beibringen, wie man die verschiedensten Schlösser öffnet.« Ein eigenartiges Lächeln umspielte ihre Lippen, als hätten ihre Worte noch eine tiefere Bedeutung. Sie öffnete eine Tasche an ihrem Mieder und zog einen Schlüsselring hervor, von dem dicke Drähte und eigenartig verbogene Nägel herabhingen.

Milan sah sie ungläubig an. Rainulf hätte er so etwas zugetraut. Aber ihr … »Du bist eine Herzogin. Wie kannst du …«

»Ich bin eine Dienerin meines Volkes. Jedenfalls sehe ich das so. Und ich schulde es meinen Untertanen, dass ich kann, was immer ihnen hilft.«

»Aber warum dringst du dann nicht einfach in das Schreibzimmer meines Vaters ein und holst dir die Papiere?«

Felicia verdrehte die Augen, als habe er eine ausgesprochen dumme Frage gestellt. »Bisher konnten Rainulf und ich verschleiern, was wir hier tun. Und so soll es auch bleiben. Wenn ich mir einfach die Papiere deines Vaters nähme, würde er es nur wenige Stunden später wissen. Und dann würde er die Räte und Söldnerführer der Liga warnen, und diese würden ihre Pläne ändern. Schon nach ein paar Tagen wären die Dokumente, die ich gestohlen hätte, nichts mehr wert. Wenn er hingegen gar nicht weiß, dass wir seine Geheimnisse kennen …« Das Licht ihrer Öllampe beleuchtete ihr Antlitz von unten. Ihre Züge wirkten härter, und sie erschien ihm wie eine Heldin aus einer alten Mär. Vielleicht wie eine der Kriegerinnen vom Hof der Weißen Königin.

»Komm, wir fangen an.« Sie löste ihren Umhang und ließ ihn zu Boden fallen. »Die Nacht ist viel zu kurz, und du musst noch sehr viel lernen.«

Er kniete sich neben das Lager und betrachtete die Schlösser.

Felicia ging hinter ihm in die Hocke. Sie legte den Ring mit den Dietrichen neben ihn. »Wähle ein Schloss.« Ihr Minzatem streifte seinen Nacken. Sie roch nach Leder und Schweiß. Der Duft berührte etwas tief in Milan und erweckte eine wohlige Wärme in ihm, ein Prickeln. Die Nächte mit Nok standen ihm wieder vor Augen.

»Milan? Träumst du?«

Er räusperte sich, griff nach einem großen, plump aussehenden Schloss. »Fangen wir hiermit an.«

Felicia nickte. »Gute Wahl. Das Schloss ist massiv, der Mechanismus im Inneren jedoch einfach. Das große Schlüsselloch erlaubt es dir, mit den Dietrichen leicht hineinzugelangen. Im Inneren dieses Schlosses gibt es nur einen einzigen Sperrriegel, der durch eine Zuhaltefeder gesichert ist. Versuch dein Glück.«

Milan hatte nicht so recht verstanden, wovon sie da sprach. Er wählte einfach einen der Nägel, schob ihn ins Schlüsselloch und stocherte darin herum. Plötzlich klickte es, und der eiserne Bogen des Vorhängeschlosses sprang auf.

»Hast du das gesehen?« Stolz erfüllte Milan. Er hatte offensichtlich Talent!

»Das war leicht.« Felicia lachte. »Jedes Kind hätte das gekonnt.« Sie griff um ihn herum und wählte das einzige Schloss aus grün angelaufener Bronze aus. »Wenn du hier so grob herumstocherst, wirst du Spuren auf der grünen Patina hinterlassen. Auch solche Dinge musst du bedenken, wenn du einbrichst.«

Milan wählte einen feineren Dietrich, begann erneut und scheiterte.

Felicia griff zu beiden Seiten unter seinen Armen hindurch. Er spürte, wie sich ihre Brüste an seinen Rücken schmiegten. Sein Mund wurde trocken.

»Oft ist es besser, zwei Werkzeuge zu benutzen, wenn das Schloss es zulässt.« Sie führte einen sehr dünnen Nagel neben Milans Dietrich ein. »Ich halte jetzt eine Sperre zurück. Du solltest dann die nächste überwinden.«

Milan geriet ins Schwitzen. Dieses Mal wollte es ihm einfach nicht glücken. Auch lenkte ihn ihre Nähe ab und die Sorge, wie ein Trottel dazustehen.

Endlich klickte es ein zweites Mal, und der Schließbügel ließ sich öffnen.

»Gar nicht schlecht für den Anfang.« Felicia strich ihm durch das Haar in seinem Nacken. Wohlige Schauer liefen ihm den Rücken hinab. »Das nächste Schloss!«, befahl sie.

Während er sich daran zu schaffen machte, legte sie ihr ledernes Mieder ab.

War das ein Spiel?

»Du schwitzt ja, Milan.«

Natürlich schwitzte er. Es war drückend heiß in der Kammer. Er versuchte, nicht zu ihr hinüberzusehen. Sie stand jetzt seitlich hinter ihm und beobachtete ihn. Sein Dietrich glitt ab, das Schloss fiel ihm aus den schweißnassen Händen.

Sie seufzte enttäuscht.

Er wollte vor ihr bestehen, wollte ihr gefallen, wollte beweisen, dass er ein wertvoller Verbündeter war und nicht nur der Sohn des Erzpriesters, dessen Wert durch den Status seines Vaters bestimmt wurde. Er wischte die Hände am Laken ab. Er sollte nicht an sie denken, an ihre grünen Augen und ihre Berührungen.

»Wie könnt ihr euch nur hier verstecken?«, fragte er und nahm das Schloss wieder auf.

»Hier wird niemand nach uns suchen«, entgegnete sie leichthin. »So ist das, wenn man nur dreist genug ist. Niemand sucht ein Übel in seinem eigenen Haus.«

»Aber woher kanntet ihr dieses Versteck?« Er schob den dünnen Nagel ins Schloss. Seine Hände zitterten. Er wollte es unbedingt schaffen!

»Dieses Oktagon wurde von den Handelsherren der Stadt während der Herrschaft des Kaisers Orelian erbaut.«

Milan hörte einen Stiefel hinter sich zu Boden fallen, wandte sich aber nicht um.

»Euer Herrscher Orelian hat den Handel mit dem Khanat unterbinden wollen, weil dadurch das Silber des Reiches nach Westen floss und nie mehr wiederkehrte. Das Khanat hat auf seinen Dschunken Tee gebracht und Traumkugeln oder Seide. All das wächst nach, und Porzellan kann immer wieder neu gebrannt werden. Aber das Silber und Gold aus euren Bergen gibt es nur begrenzt. Orelian hatte Sorgen, dass das Khanat auf diese Weise in wenigen Jahrzehnten alle Schätze des Kaiserreiches an sich reißen würde, ganz ohne Krieg zu führen. Also hat er den Handel verboten ... Aber natürlich mochten die großen Handelshäuser Cilias nicht auf die Waren verzichten, die ihnen die üppigsten Gewinne versprachen, und so wurde heimlich weiter gehandelt. Damals entstanden überall Verstecke, denn die Kaiserritter wachten darüber, dass die Gesetze Orelians eingehalten wurden.«

Der zweite Stiefel fiel zu Boden.

»Am Ende wurde euer Kaiser aus dem Fenster seiner Residenz in Hornburg gestürzt. Er hatte zu viele Mächtige um ihre Handelsgewinne gebracht. Denn auch die großen Adelshäuser hatten am Handel kräftig mitverdient. Allein in diesem Oktagon soll es noch acht weitere Verstecke geben, die seit Jahrzehnten nicht mehr genutzt werden, da ja nichts mehr versteckt werden muss. Nicht einmal der niederträchtige Sklavenhandel mit meinem Volk. Ihr habt zwar keine Märkte für das Verschachern von Menschen in euren Städten, aber alle wissen es. Und keiner versucht, es zu verhindern.«

Milan starrte auf das Schloss. Er versuchte Felicias Worte auszublenden, auch wenn sie recht hatte. Es war zu beschämend, um es zu ertragen.

Das Schloss in seinen Händen klickte. Der Bügel sprang auf.

Felicia war plötzlich hinter ihm, barfuß mit lautlosen Schritten. »Gut. Das war eines der schwierigen Schlösser. Du hast begriffen, wie es geht. Aber es kommt nicht nur auf geschickte Finger an. Ein guter Dieb hat auch Blut, das kalt wie Eis bleibt. Könntest du ein Schloss auch dann noch öffnen, wenn du

Schritte vor dem Schreibzimmer deines Vaters hörtest? Wenn du fürchten müsstest, entdeckt zu werden?«

»Ich denke schon …« Ängstlich war er nie gewesen, aber er hielt sich zurück, um nicht wie ein Angeber vor ihr dazustehen.

»Wir werden es herausfinden.« Sie bückte sich und holte hinter dem Lager eine Sanduhr hervor, die sie umdrehte. Dann deutete sie auf ein unscheinbares Schloss mit recht kleinem Schlüsselloch. »Wenn es dir gelingt, dieses zu öffnen, bevor der Sand durchgelaufen ist, bekommst du einen Kuss von mir.«

Er sah verblüfft zu ihr auf.

»Ist das kein Anreiz für dich?« Sie lächelte keck. »Allein den Schal zu gewinnen, der um meine Schultern lag, war schon der Ehrenpreis so manchen Turniers. Ich kenne Männer, die für einen Kuss von mir morden würden.«

Milan blickte auf die Sanduhr. Ihm würden zweihundert Atemzüge bleiben, bis es so weit war. Und ein Kuss war ein begehrenswerter Lohn. Andererseits wollte er sich keine Blöße geben.

»Ich werde es einfach schaffen«, erwiderte er ruhig, »mit oder ohne Belohnung.«

Milan hob das Schloss auf. Es wog ungewöhnlich schwer in seiner Hand. Er schob einen schmalen Dietrich hinein, schloss die Augen und konzentrierte sich ganz auf das, was die eiserne Verlängerung seiner Finger ertastete.

Ein metallisches Klirren schreckte ihn auf. Er öffnete die Augen. Felicia hatte ihren Schwertgurt geöffnet und zu Boden fallen lassen. Ihre Finger lagen auf der Verschnürung ihrer Bluse. Sie beugte sich vor ihm über das Bett, hauchte ihn an, und ihr Pfefferminzatem umschmeichelte sein Gesicht.

Das Schloss!, ermahnte sich Milan und senkte seinen Blick. Da war ein Bolzen, der von einer Feder herabgedrückt wurde und hartnäckig zurückschnappte, wenn er tiefer ins Schloss eindrang. Also brauchte er einen zweiten Dietrich, um ihn fixiert zu halten. Allerdings war die Schlüsselöffnung ziemlich eng. Er betrachtete die Werkzeuge, die ihm zur Verfügung standen. Er sollte die dünnsten auswählen, falls er noch einen dritten Dietrich einführen musste.

Die Bluse fiel vor ihm auf das Lager.

Milan sah nicht auf. Stattdessen blickte er auf die Sanduhr. Weniger als die Hälfte war durchgelaufen. Ihm blieb noch reichlich Zeit.

Er traf seine Wahl und versuchte es erneut. Den ersten Bolzen schob er zur Seite und hielt ihn fest. Der nächste Dietrich glitt ins Schloss. Er überwand einen weiteren Widerstand. Seine Hände waren erneut verschwitzt, die feinen, metallenen Werkzeuge rutschig in seinen Fingern. Er sollte sie mit dünnem Bindfaden umwickeln, wenn er das hier überstanden hatte, damit sie besser in der Hand lagen.

Er schob einen dritten Dietrich in das Schlüsselloch. Doch der ließ sich kaum noch bewegen.

Plötzlich rutschte der erste Dietrich weg, und der Sperrriegel glitt wieder in seine Ausgangsposition. »Verflixt!«, zischte Milan.

Felicias weiße Hose landete vor ihm auf dem Lager.

Jetzt sah Milan auf, erblickte rotes Schamhaar auf fast milchweißer Haut.

»Ich will dich«, hauchte die Herzogin. »Komm!«

Er zwang sich, wieder auf das Schloss zu blicken.

»Vergiss das …« Ihre Stimme war pure Verlockung.

Milan war sich sicher, dass ihr Werben um ihn in dem Augenblick, in dem er aufgab, zu Ende wäre. Sie wollte ihn lediglich ablenken. Wollte ihn versagen sehen.

Bei dem Gedanken stieg Wut in ihm auf. Er starrte auf das verfluchte Schloss, zog die Dietriche heraus. Dann nahm er sich einen Kupferdraht und stellte sich vor, dass der Draht die richtige Form annehmen konnte, wenn er nur vorsichtig agierte.

Felicia strich ihm über das Haar und raunte ihm etwas ins Ohr, doch ihre Worte drangen nicht in seinen Verstand. In Gedanken war er einzig und allein bei dem Draht und malte sich aus, wie er sich in dem Mechanismus des Schlosses verbog, wie er dem Schlüssel, der dieses kleine Meisterwerk öffnen würde, immer ähnlicher wurde. Kupfer war weich. Es würde die vollkommene Form finden.

Vorsichtig schob Milan den Draht tiefer und tiefer in das Schloss, und endlich drehte er ihn.

Es klickte.

Das Schloss sprang auf.

DAHLIA, OKTAGON DES HEILIGEN FILIPPO, KURZ NACH MITTERNACHT, 5. TAG DES HITZEMONDES IM JAHR VON SASMIRAS ZWEITER THRONERHEBUNG

Das ist unmöglich!« Felicia nahm ihm das Schloss aus der Hand. »Ich habe Stunden gebraucht, um es zu öffnen, und ich bin gut. Du hättest scheitern müssen …«

Jetzt nahm Milan sich die Zeit, sie zu betrachten. Selbst nackt haftete ihr noch eine geheimnisvolle Wildheit an. Ihre braunen Stulpenhandschuhe hatte sie nicht abgelegt. Das edle Leder reichte ihr fast bis zu den Ellenbogen und erinnerte ihn an seine kostbaren Stiefel. Sie war sehr anders als Nok.

»Du hast das nicht zum ersten Mal gemacht, richtig?« Sie klang vorwurfsvoll, als fühlte sie sich von ihm hintergangen.

»Ich schwöre beim Grab meiner Mutter, dass ich vor heute Nacht noch nie etwas anderes als einen Schlüssel benutzt habe, um ein Schloss zu öffnen«, entgegnete er ernst.

Die Pupillen in Felicias grünen Augen waren nur noch winzige Punkte. Ihr Blick hatte etwas Unheimliches. Als könnte sie tatsächlich in seinen geheimsten Gedanken lesen.

Endlich nickte die Herzogin. »Du bist ungewöhnlich.« Sie strich ihm mit der rechten Hand über die Wange, dann sanken ihre Finger auf seine Brust.

Trotz der Berührung blieb eine Distanz zwischen ihnen.

Milan ergriff ihre Hand, zog sie zu sich und küsste sie. Einen Augenblick lang hatte er das Gefühl, als wolle sie sich ihm entwinden, doch dann plötzlich erwiderte sie den Kuss mit überraschender Leidenschaft und drückte ihn auf das Lager hinab.

»Jetzt hast du deine Belohnung gehabt!«, sagte sie leise, als ihre Lippen voneinander abließen und sie ihm erst die Hose und anschließend das Hemd abstreifte. »Und nun bin ich dran.«

Sanft legte er seine Hände auf ihre Brüste. Spürte, wie sich ihre Knospen aufrichteten und sein Körper auf ihren Anblick reagierte. Der Mund wurde ihm so wässrig, dass er schlucken musste. Er öffnete die Lippen …

Doch noch ehe er tun konnte, was Nok ihn gelehrt hatte, setzte Felicia sich rittlings auf ihn, griff, ohne den Blick von seinen Augen abzuwenden, nach unten, fand, was sie suchte, und sorgte dafür, dass es dort war, wo sie es haben wollte.

Milan keuchte auf, als ihn ihre feuchte Wärme umfing.

Die Herzogin richtete sich über ihm auf. Ihre Augen strahlten triumphierend.

DAHLIA, VIERTEL DER TUCHHÄNDLER, STUNDE DES HASEN, 5. TAG DES HITZEMONDES IM JAHR VON SASMIRAS ZWEITER THRONERHEBUNG

Sie hörte Kang vor der Tür, obwohl er sich bemühte, seinen Atem zu beherrschen und sie nicht zu stören.

Nok ließ den Pinsel sinken, überflog die Zeichen, die sie geschrieben hatte, und sagte leise: »Du bist willkommen.«

Kang schob die Tür auf und kniete erneut nieder. »Herrin?«

Sie wandte sich nicht zu ihm um, sondern blickte weiter auf ihre Botschaft an den Khan. Wahrscheinlich hatten schon andere Weiße Tigerinnen die Nachricht gesandt, doch sie durfte es keinesfalls verabsäumen, ihm vom Sieg Sasmiras zu berichten. Sonst würden seine neuen Berater am Hof behaupten, sie sei ganz und gar in die kleinen Intrigen Cilias verstrickt und über die großen Ereignisse im Reich nicht im Bilde.

»Sprich!«, forderte sie Kang auf.

»Es wird ein Treffen der Liga geben, Herrin. Schon morgen wird eine Gesandtschaft des Rates Dahlia verlassen. Nandus Tormeno wird sie anführen. Seine ältesten Söhne sollen ihn begleiten.«

Das würde Felicia, dem Schwert der Rosen, in die Hände spielen, dachte Nok zufrieden. »Und der Jüngste?«

»Ist in den Palazzo seiner Familie zurückgekehrt. Wie es scheint, hat niemand seine Abwesenheit bemerkt, Herrin.«

Sinnend betrachtete sie ihre Botschaft. Sie würde sie neu schreiben, würde die Zusammenkunft der Vertreter der Liga noch erwähnen … »Und wurde der Schatten gesichtet?«

Kang zögerte. Nok fokussierte ihre Sinne, hörte sein Herz schneller schlagen. Sein Geruch hatte sich um eine Spur verändert, wirkte säuerlicher.

»Der Schatten war an drei verschiedenen Orten in der Stadt. An zweien zur gleichen Zeit, was wohl unmöglich ist, Herrin.«

Das war es leider nicht, dachte sie beklommen. Die Bewohner Dahlias ahnten nicht, was sie da heraufbeschworen. Am wenigsten wohl Milan. Er hatte ein unschuldiges Herz, da war sie sich nach den sieben Nächten vollkommen sicher. Und dennoch würde das Blut von Kindern an seinen Händen kleben. Seinetwegen war der Krähenmann vor der Zeit gekommen.

»Du hast selbstverständlich recht, Kang. Es ist unmöglich, dass der Schatten an zwei Orten zur selben Zeit erschien«, sagte sie, um ihren treuesten Gefolgsmann nicht zu erschrecken. »Ich danke dir für deine Nachricht. Du darfst dich nun zurückziehen.«

Sie hörte, wie sich die Schiebetür wieder schloss. Ihr Blick wanderte zu der Truhe, in der ihr Schwert lag. War die Zeit gekommen, als Jägerin in die Nacht zu treten? Sie war zuversichtlich, den Schatten bezwingen zu können. Aber er würde sich immer wieder aufs Neue erheben. Es war nicht ihr bestimmt, ihn aus der Welt zu schaffen.

Sie blickte auf das Bild des Phönix. Dies war der Weg, den sie gehen sollte. Und Milan würde ihr dabei helfen. Doch dazu musste sie ihn wiedersehen. Nie hätte sie gedacht, dass ein Käsestinker ihr so nahe sein könnte. Die anderen kamen und gingen. Nicht einer von ihnen hatte ihr Herz berührt. Sie wusste sich davor zu schützen. Aber mit Milan war es anders gewesen. Sie dachte zu oft an ihn. Sie sollte sich wieder auf das Wesentliche konzentrieren!

Erneut sah sie auf die Zeilen für den Wandernden Hof. Nur ein Albatros war verblieben, um ihn zur *Atem des Himmels* zu schicken. Wartete die große Dschunke noch auf sie, oder war sie längst abgezogen worden?

Nok lächelte traurig. Sie hielt es nicht für unwahrscheinlich, dass die Berater des Khans ihr ein Schicksal als Gestrandete zugedacht hatten. Vergessen vom Wandernden Hof, während einer der neuen Mächtigen mit einer Flotte nach Cilia aufbrach. Denn sie würde man vielleicht opfern, aber das Interesse an dieser Insel würde nicht ersterben. Hier hatte es beim letzten Mal begonnen, und alle Zeichen deuteten darauf hin, dass es erneut so sein würde.

DIE MÄR VON DER SILBERNEN PRINZESSIN

In jener Zeit, als die Welt noch jung und unvollkommener war als heutzutage und zwei runde Monde die Nacht erleuchteten, ergriffen den Herrn des Himmels Zweifel an seiner Schöpfung. Die Arbeit war getan, und doch fehlte ihr der Glanz. So nahm er alles, was er an Schönheit in sich trug, zusammen, erschuf aus einem Teil des Silbers seines Herzauges die Statue einer jungen Frau, gab ihr einen Namen und hauchte ihr Leben ein, und sie war vollkommen.

Von nun an stieg jene, die wir die Silberne Prinzessin nennen, jeden Tag auf die Welt hinab, um diese schöner werden zu lassen.

Ihr erstes Geschenk war die Morgenröte, denn sie wollte, dass der Himmel ihre Ankunft mit einem Feuerwerk von Farben feierte. Sie brachte die Tautropfen und Blüten, die Wohlgerüche, die Lieder der Nachtigallen und das Gefühl der Wehmut, wenn Schönheit sich dem Ende zuneigte. Die Welt war ohne all dies ausgekommen, doch der Herr des Himmels sah voller Zufriedenheit, wie sie sich wandelte.

Viele Jahrhunderte über stieg die Silberne Prinzessin Tag für Tag hinab, um das Werk ihres Vaters zu bereichern. In der Abenddämmerung aber verschmolz sie mit dem Mond des Herzens, dem linken Nachtauge des Schöpfers. So behielt sie ihre Göttlichkeit, denn sie war Teil des Schöpfers, und seine Macht war stark in ihr.

Mit der Zeit aber wurde sie unzufrieden. Immer geringer wurde die Arbeit, die noch zu tun war.

Sie erkrankte an Melancholie, stieg seltener zu den Menschen hinab und blickte manchmal viele Monde lang einfach nur in den Himmel. Als sie so die Sterne betrachtete, wurde ihr bewusst, dass das Licht dort am hellsten leuchtete, wo es von Dunkelheit umgeben war, und in einer dieser Nächte entschied sie, dass Vollkommenheit auch ihr Gegenteil brauchte, um wertgeschätzt zu werden.

Ihr Vater ließ sie gewähren, und so vermochte die Sonne fortan Blüten nicht nur Leben zu schenken, sondern sie konnte sie auch verdorren lassen. Regen konnte Wachstum bringen oder die Flüsse anschwellen lassen, bis sie alles mit sich fortrissen. Vollkommenheit war nun keine Selbstverständlichkeit mehr. Sie wurde zu den kostbarsten Augenblicken eines Lebens.

Das Leben der Menschen war härter geworden, aber auch reicher, denn es waren nicht mehr alle Tage gleich. Die Silberne Prinzessin war zufrieden, und es vergingen Jahrhunderte, bis sie begriff, dass immer noch etwas fehlte. Die Welt, wie sie war, kannte zwar Jahreszeiten, aber keinen Fortschritt. Und so ersann die Silberne Prinzessin ihr letztes Geschenk: die Mären. Geschichten von einer Welt voller Magie, voll dunkler Gestalten und strahlender Helden, von selbstloser Liebe und nie verlöschendem Zorn.

Geschichten, in denen ein Einzelner alles verändern konnte, waren sein Glaube und seine Zuversicht nur stark genug.

Und fortan begann die Welt sich zu verändern, denn die Menschen versuchten einander zu übertreffen und gaben sich nicht mehr damit zufrieden, dass sich das Leben ihrer Enkel in nichts vom Leben ihrer Großeltern unterscheiden sollte.

Nun endlich war die Silberne Prinzessin ganz und gar zufrieden mit dem, was sie aus der Schöpfung ihres Vaters gemacht hatte. Gern nahm sie die Gestalt einer Menschenfrau an, um unerkannt unter den Sterblichen zu wandeln und sich daran zu erfreuen, dass kein Leben dem anderen glich.

An einem Sommernachmittag ruhte die Silberne im Schatten eines Olivenbaums an einem kleinen Bach im Herzen der Insel Cilia. Die drückende Hitze machte sie schläfrig, und sie schloss die Augen.

Da trat der Krähenmann aus den Schatten. Er war eine der unzähligen Märengestalten, die sie ersonnen hatte. Ein Geschöpf der Dunkelheit. Lange stand er, ganz im Bann ihrer Schönheit, vor ihr. Als er sah, wie die Unsterbliche an der Hitze litt, zupfte er die schönsten Federn von seinen Flügeln und fügte sie zu einem Fächer, mit dem er der Schlafenden Kühlung zufächelte.

Stunden vergingen, bis die Silberne erwachte und in Augen schwarz wie Obsidian blickte. Ein Krähenkopf schaute auf sie hinab. Eine Gestalt, schwarz wie die Nacht, stand über sie gebeugt. Mächtige Schwingen wuchsen aus dem Rücken des Vogelmanns, den sie selbst ersonnen hatte. Der Kopf einer Krähe saß auf seinen Schultern, ansonsten aber hatte er die Gestalt eines hageren Mannes mit rußschwarzer Haut. Das einzig Schöne an diesem Krähenmann waren seine Flügel. Doch nun waren sie zerrupft und vermochten ihn nicht mehr zu tragen.

Er reichte ihr den Fächer, groß wie ein Pfauenrad, den er für sie zusammengefügt hatte, und zog sich, bevor sie das Wort an ihn richten konnte, ins Dunkel zurück.

An diesem Abend nahm die Silberne den Fächer mit, als sie zum Himmel aufstieg, und wer den Herzmond ganz genau betrach-

tete, konnte fortan einen winzigen, schwarzen Fleck darauf entdecken.

Die Silberne aber war verändert. Die Traurigkeit, die sie in den Obsidianaugen gesehen hatte, ließ sie nicht mehr los. Endlose Stunden betrachtete sie den Fächer und sann darüber nach, warum der hässliche Krähenmann ihr das Schönste von sich geschenkt hatte.

Schließlich begann sie ihn zu suchen. Wieder und wieder bereiste sie die Insel Cilia. Meist sah sie ihn nur von ferne. Der Krähenmann scheute das Tageslicht, denn er war ein Geschöpf der Nacht. Er wich ihr aus. Sie gab nicht auf. Sie wollte ihm von Angesicht zu Angesicht gegenüberstehen und ihm für sein Geschenk danken.

Mit wachsender Sorge sah der Herr des Himmels, dass seine Tochter einer Kreatur der Dunkelheit verfallen war. Er bat sie, nicht mehr nach Cilia zu gehen. Schließlich drohte er ihr, doch die Silberne wollte nicht auf ihn hören.

Eines Abends, an der Schwelle zur Dämmerung, begegneten die Silberne und der Krähenmann einander erneut, und nun sprach er zu ihr, und seine Stimme war wie Honig, und seine Worte waren von unerwarteter Tiefe und voller Gefühl. Er warnte sie, wollte sie fortschicken und erreichte doch das Gegenteil. Denn die Silberne erfuhr, worin sie selbst unvollkommen war: Sie hatte nie Liebe erfahren.

Von da an gab sie nichts mehr auf den Zorn ihres Vaters. Auch dann nicht, als er ihr drohte, ihr die Welt zu nehmen. Nichts wog in den Augen der Silbernen die heimlichen Stunden mit dem Krähenmann auf. Der Schattengestalt, die sich von der Unschuld kleiner Kinder nährte und die trotz dieser Taten so viel Schönheit in seiner Seele trug, dass sie die Tochter des Himmels bezauberte.

Die Weiße Königin vermählte die beiden an einem Wintertag, und alle Märengestalten ihres Waldes waren Zeugen der Hochzeit der Schöpferin und ihres Fleisch gewordenen Traums.

Doch als die Silberne Prinzessin an diesem Abend glücklich zum Herzmond zurückkehrte, da riss sich der Herr des Himmels sein zweites Nachtauge aus seinem Antlitz. So groß war sein Zorn, dass der silberne Glanz aus dem Auge wich und es schwarz wurde wie das Gefieder des Krähenmanns, und er schleuderte das Auge hinaus in die endlose Weite des Himmels.

Den Namen seiner Tochter aber belegte er mit einem Fluch. Obwohl jeder Mensch und jede Märengestalt sie kannte, vermochte von nun an niemand mehr ihren Namen auszusprechen oder niederzuschreiben. So war er für immer gefangen in den Köpfen. Immer da und doch ungreifbar.

Auch die Märengestalten traf der Zorn des Herrn des Himmels. Er entfernte sie aus der Welt, so dass nichts von ihnen blieb als die Geschichten, die sich die Menschen erzählten.

Die Liebe der Silbernen aber zerbrach auch in der Dunkelheit nicht, und sie verlor nicht all ihre Kraft. So wob sie einen großen Zauber, der es ihr erlaubte, einmal in tausend Jahren auf die Welt der Sterblichen zurückzukehren, um dem Krähenmann einen Kuss zu schenken und ihm zu beweisen, dass das einzig Unvergängliche auf der Welt die Liebe war.

DAHLIA, PALAZZO TORMENO, KURZ NACH DER MITTAGSSTUNDE, 5. TAG DES HITZEMONDES IM JAHR VON SASMIRAS ZWEITER THRONERHEBUNG

Ich will das nicht!«, schrie Milan den alten Diener an. Pietro zuckte unter den Worten zusammen, als habe ihn ein Rutenhieb getroffen.

Es tat Milan im Herzen weh, den treuen Hausdiener so ungerecht zu behandeln, aber er sah keine andere Möglichkeit. »Verstehst du denn nicht? Ich leide! Mein Kopf brummt wie ein Wespennest. Ich brauche Stille im Haus. Keine schlurfenden Schritte auf den Treppen, keine klirrenden Töpfe und Pfannen in der Küche. Stille!«

»Wie Ihr meint, junger Herr«, murmelte der Alte verdrossen und wich von Milans Bett zurück.

»Stille und Dunkelheit«, begann Milan erneut. »Schließ alle Läden! Und dann zieh dich in deine Kammer zurück und schick auch Luisa zur Mittagsruhe. Ich werde nach euch rufen, wenn ich etwas benötige.«

»Aber, junger Herr, Euer Vater hat mir aufgetragen, nach Euch zu sehen.« Pietro schaute ihn flehend an. »Lasst mich nicht gegen den Befehl Eures Vaters handeln ... Euch geht es noch nicht gut, junger Herr.«

»Genau«, zischte Milan kaltschnäuzig, »und ich glaube nicht, dass du dir auch nur annähernd vorstellen kannst, wie es jemandem geht, der mit einem Ochsenziemer zweihundert Schläge auf die bloßen Fußsohlen bekommen hat.«

Der alte Diener senkte das Haupt. »Gewiss nicht!«

»Habe ich nicht das Sagen in diesem Haus, wenn mein Vater und meine Brüder abwesend sind?«

»Doch, Herr, aber ...«

»Kein *aber*. Du wirst meinen Befehlen gehorchen, oder ich muss meinem Vater mitteilen, dass dich plötzlich ein rebellischer Geist ergriffen hat und du es nicht verdienst, noch länger in Diensten der Familie Tormeno zu stehen.«

Blankes Entsetzen stand auf Pietros Gesicht. Schon als Knabe hatte er der Familie gedient. Er hatte zu denjenigen gehört, mit denen Milans Großmutter Sibelle auf den Hof ihres älteren Bruders Tercio gezogen war. Pietro hatte den Himmel in der Ferne glühen sehen, als Arbora brannte. Und als Nandus aus dem Roten Kloster zurückgekehrt war, hatte sich die treue Seele Milans Vater angeschlossen.

»Du wirst in der Stunde der Abenddämmerung zu mir heraufkommen und nach mir sehen«, sagte Milan einlenkend. »Und eine Stunde nach Einsetzen des Morgengrauens bringst du mir mein Frühstück. Wenn du so handelst, hast du dich nicht gegen den Befehl meines Vaters gestellt, und auch mich wirst du nicht stören, während ich schlafe, damit meine Wunden heilen.«

»Danke, Herr«, murmelte Pietro in einem Tonfall, dass Milan sich vorstellte, wie sich der Diener gleich bei Luisa in der Küche ausschweifend darüber beschweren würde, dass der junge Herr verrückt geworden war. Mit einer angedeuteten Verbeugung zog sich der Alte zurück.

Milan lauschte, wie Pietros Schritte im Treppenhaus verhallten. Früh am Morgen war Nandus zusammen mit Juliano und Fabricio aufgebrochen. Sie hatten ein großes Geheimnis um das Ziel ihrer plötzlichen Reise gemacht. Für Milan war der überraschende Aufbruch der drei, der ihm freie Hand gewährte, ein Zeichen dafür, dass der Herr des Himmels aufseiten der Schwertherzöge stand.

Es war still im Treppenhaus. Niemand würde ihn im Schreibzimmer seines Vaters stören. Er tastete nach dem Ring mit den Dietrichen, den er unter seinem Kissen verborgen hatte. Er brannte darauf, seine Geschicklichkeit an den Schlössern der Dokumentenkiste zu erproben. Felicia würde darauf warten, dass er eine Kerze in sein Fenster stellte. Dies war das vereinbarte Zeichen dafür, dass er neue Geheimnisse gestohlen hätte.

Noch immer lag der Geschmack von Minze auf seinen Lippen. Er würde mit ihr in den Wald fliehen. Der Geliebte der Schwertherzogin sein. Er würde niemals ein Gefangener des Roten Klosters werden, wie es sich sein Vater erträumte.

Milan stieg aus dem Bett. Der Schmerz bestürmte ihn, kaum dass er die Füße auf den Boden setzte, aber er war nicht mehr so stark, dass er jeden anderen Gedanken auslöschte. Vorsichtig machte Milan ein paar Schritte bis zur Tür. Dann ging er doch in die Knie, aus Sorge, dass der Schorf auf seinen Wunden aufreißen würde.

Den Rücken durchgedrückt, arbeitete er sich auf Knien die Treppe hoch bis zum Schreibzimmer. Die Tür war abgeschlossen. Es war die einzige im Palazzo, die über ein Schloss verfügte. Alle anderen hatten lediglich einen Riegel. Sein Vater fürchtete also, dass er oder jemand anders hier heraufkommen würde, dachte Milan. Vorgestern noch wären in diesem Augenblick alle seine Pläne zu Asche geworden. Jetzt zog er den Ring mit den Dietrichen aus seinem Hosenbund.

Das Schloss leistete Widerstand. Mehr als zwanzig Herzschläge dauerte es, bis es klickte und Milan die Tür öffnen konnte.

Eine Öllampe auf dem Tisch glomm noch. In der Eile des morgendlichen Aufbruchs hatte sein Vater die winzige Flamme wohl übersehen. Draußen war zwar noch heller Tag, aber Milan fürchtete, dass Pietro oder Luisa aufmerksam werden könnten, wenn er die Läden des Zimmers öffnete, das in Abwesenheit seines Vaters niemand betreten durfte.

Er nahm die Lampe, schob den Docht hoch und stellte sie vor die Kiste, in der die größten Geheimnisse seines Vaters verborgen lagen. Voller Vorfreude ließ Milan die Finger knacken.

Dann machte er sich ans Werk – und verzweifelte.

DAHLIA, PALAZZO TORMENO, SPÄTER NACHMITTAG, 5. TAG DES HITZEMONDES IM JAHR VON SASMIRAS ZWEITER THRONERHEBUNG

Stunde um Stunde rang Milan mit den Schlössern der Kiste. Nach einer Weile kam es ihm vor, als seien sie verwunschen. Immer wieder scheiterte er. Die Vorhängeschlösser der Schwertherzogin, an denen er sich erprobt hatte, waren nichts im Vergleich zu dem hier. Zwei seiner Dietriche brachen ab, als er zu ungeduldig wurde.

Der verblassende Lichtstreif, der durch den Spalt zwischen den Fensterläden fiel, gemahnte Milan daran, wie unerbittlich die Zeit verstrich. Bald schon würde Pietro wieder nach ihm sehen und ihm sein Abendessen bringen wollen. Und was hatte er geschafft? Nichts!

Wie enttäuscht würde Felicia sein, wenn heute Nacht kein Licht in seinem Fenster brannte, dachte er bitter. Er wollte sich vor ihr beweisen, wollte mehr sein als nur der Sohn seines Vaters. Und er wollte sie wieder in den Armen halten!

Verbissen machte er sich erneut an den Kampf mit dem letzten Schloss. Er stellte sich vor, dass seine Werkzeuge Teil seiner Finger waren. Dass nicht Eisen in das Schloss hineintastete, sondern seine Fingerkuppen. Riegel um Riegel schoben sie zur Seite.

Schweiß tropft ihm von der Stirn auf die Hand.

Immer tiefer drang er in das letzte Schloss. Wieder wich eine Feder zurück, es klickte leise, und doch wollte sich der eiserne Bogen des Vorhängeschlosses noch immer nicht öffnen.

Weiter, immer tiefer …

Eine Stimme hallte durch das Treppenhaus.

Pietro!

Wenn er ihm antwortete, würde der alte Diener bemerken, dass die Stimme nicht aus dem richtigen Raum kam. Aber was würde Pietro tun, wenn er schwieg? Doch noch einmal heraufkommen, um nach ihm zu sehen und ein leeres Bett vorfinden? Oder verdrossen in die Küche zurückkehren?

Milan lauschte mit angehaltenem Atem. Er hörte das unverkennbare Schlurfen des Alten auf den Stufen. Alles würde herauskommen!

Der Dietrich drang noch ein Stück tiefer ins Schloss. Da endlich sprang der Eisenbügel auf.

Zu spät!

Die Schritte hielten inne. Milan ahnte, wie Pietro jetzt die Hand auf den Türknauf seiner Kammer legte. Stellte sich vor, wie er zögerte.

»Trag dem undankbaren Bengel doch nicht noch den Hintern nach!«, erscholl Luisas Stimme. »Das hat er nicht verdient, so frech, wie er war. Soll er doch mit leerem Bauch schlafen, wenn er nicht nach uns ruft.«

»Wo du recht hast …«, murrte Pietro.

Milan atmete auf.

»Ich schau nur kurz, ob er schläft.«

Nein! Milan biss sich auf die Lippe.

»Bist du seine Amme?«, keifte Luisa.

Wie es schien, war sie viel mehr verletzt als der alte Diener. Es tat Milan leid, was er da angerichtet hatte. Wie enttäuscht würden die beiden erst sein, wenn herauskam, dass er seinen Vater hintergangen hatte und auf die Seite der Erzfeinde der Liga übergewechselt war.

Luisa und Pietro waren für ihn wie Mutter und Vater gewesen. Nie war es vorgekommen, dass sie nicht zur Stelle gewesen waren, wenn er sie gebraucht hatte. So oft hatte Luisa ihm heimlich einen Pudding gekocht, wenn er einen schlimmen Tag gehabt hatte, und ihm die Nascherei abends verstohlen auf sein Zimmer gebracht, so dass weder sein Vater noch seine beiden Brüder etwas davon bemerkten.

Pietro stieg die Stufen wieder hinab.

Nachdenklich betrachtete Milan die Kiste. Wenn er den Deckel hob, gab es endgültig kein Zurück mehr.

Seine Zunge glitt nervös über seine trockenen Lippen. War da noch ein Hauch von Minze, oder bildete er sich das nur ein?

Er wollte Felicia wiedersehen. Noch einmal von ihr verzaubert sein. Sie war so anders als Nok. Ihre Liebe war ungestüme Leidenschaft. Nok hatte ihn manchmal eine halbe Nacht lang am Rand der Erfüllung balancieren lassen. Felicia war da weit weniger subtil. Sie hatte keine Zeit, mit der Liebe zu spielen. Für sie gab es nur das Jetzt und Hier.

Milan schlug den schweren Deckel der Kiste auf.

DAHLIA, PALAZZO TORMENO, EINE STUNDE VOR DEM MORGENGRAUEN, 6. TAG DES HITZEMONDES IM JAHR VON SASMIRAS ZWEITER THRONERHEBUNG

Felicia ließ ihre linke Hand über Milans Wirbelsäule fahren. Er hatte nicht ein einziges Mal nach ihren Handschuhen gefragt, obwohl er bei ihrem ersten Mal sichtlich verwundert gewesen war, dass sie diese nicht ablegte. Er musste gespürt haben, wie heikel dieses Thema war.

Wieder glitt ihre Hand über seinen Rücken. Es hieß vom Krähenmann, dass er sich von der Unschuld der Kinder nährte, die er raubte. Felicia hatte nie verstanden, was das heißen sollte. Jetzt wusste sie es. Wenn sie bei Milan lag, wurde ihr die Seele leicht und konnte wieder fliegen. Obwohl Nok ihn so manches gelehrt hatte und er ein einfallsreicher Liebhaber geworden war, hatte er sich seine Unschuld bewahrt. Die Welt ließ sich für ihn noch in Gut und Böse, Richtig und Falsch einteilen. Das Leben war einfach …

Sie lächelte traurig. Wie lange ihm diese Weltsicht wohl noch erhalten bliebe? Das Schriftstück, das er heute für sie kopiert hatte, würde den Verlauf des kommenden Krieges verändern. Es war ein vollständiger Plan, wo sich welche Truppen sammeln sollten und auf welchen Wegen sie in den Schwertwald einmarschieren würden.

Sie blickte zum Fenster. Bald würde der erste Silberstreif am Horizont erscheinen. Sie musste gehen! Rainulf wartete irgendwo dort draußen. Er musste in dieser Stunde noch einen Pfeil abschicken.

Felicia beugte sich über Milans Nacken. Sein Haar war schweißfeucht vom Liebesspiel. Sie vergrub ihr Gesicht darin. »Ich muss gehen«, hauchte sie.

»Jetzt schon?« Milan drehte sich zu ihr um. Die Lider schwer. »Warum?«

Sie wies wortlos zu dem eng beschriebenen Papier auf dem Tisch. »Du hast heute viele Leben gerettet. Die Nachricht muss noch in dieser Nacht weitergetragen werden. Aber morgen komme ich wieder.«

Jetzt waren seine Augen hellwach. »Das ist zu gefährlich. Du kannst nicht immer durch das Fenster steigen. Irgendwann wird dich jemand sehen.«

Felicia erhob sich vom Bett. »Dann ist es so. Irgendwann sterben wir alle. Den Unterschied macht, wie wir unser Leben vorher geführt haben.« Sie schlüpfte in ihre Hose. Traurig, dass sie gehen musste, beugte sie sich zu ihm, legte ihm eine Hand in den Nacken und gab ihm einen leidenschaftlichen Kuss.

Seine Hände fanden ihre Brüste. Die Rechte glitt tiefer, tastete durch ihr Haar.

Sie trat ein Stück zurück, nahm seine Hand und küsste die Fingerspitzen, die den Duft ihrer Liebe trugen. »Heute Nacht!«

Hastig schlüpfte sie in ihr Hemd. Das lederne Mieder mit Handschuhen zu schließen war wie stets eine Herausforderung, aber Milan setzte sich auf, um ihr zu helfen. Das war etwas, was Rainulf nie getan hatte. Der Junge war so anders. Sie musste sich hüten, ihn zu sehr zu mögen …

Felicia nahm ihren Schwertgurt und den Brief vom Tisch. »Wir brauchen alles, was du bekommen kannst.«

Milan nickte ernst. »Solange mein Vater nicht im Haus ist, wird es leicht sein. Weißt du, wohin sie geritten sind? Mir hat er nichts gesagt.«

»Wir werden es erfahren. Wir haben überall auf der Insel unsere Spitzel.« Felicia blickte zum Fenster. Rainulf hatte das Seil hochgezogen, damit es nicht die ganze Nacht an der Fassade des Palazzo hinabhing. Wahrscheinlich döste er oben auf dem Dach. Sie hatten vereinbart, dass sie ihn mit einem Pfiff aufschreckte, wenn sie gehen wollte. Aber es gab noch eine andere Möglichkeit. Sie lächelte spitzbübisch. »Du machst dir Sorgen, wenn ich an der Hauswand hinaufklettere? Dann nehme ich wohl besser die Treppe.«

Einen Augenblick lang wirkte er erschrocken. »Bei Pietro weiß man nie. Manchmal schläft er schlecht, dann wandert er durch die Flure …«

»Danke für die Warnung.« Sie schenkte Milan ein letztes Lächeln und schlüpfte aus der Kammer.

Das Treppenhaus lag still. Eilig stieg sie zum Dach hinauf.

Rainulf hatte den weißen Umhang zur Tarnung über seine Schultern gebreitet und war im Dunkeln kaum von der weiß getünchten Mauer zu unterscheiden. Er spähte über den Platz und die Dächer. »Das hat lange gedauert«, sagte er, ohne sich nach ihr umzublicken. Ein Hauch von Eifersucht schwang in seinen Worten.

Felicia mochte es nicht, wenn ein Liebhaber nicht loslassen konnte. Zurück im Wald würde sie ihn mit einer Aufgabe betreuen, die ihn eine Weile von ihr fernhalten würde. »Was macht unser Freund?«

»Unsichtbar.«

»Glaubst du, er ist noch da?«

»Wenn er das ist, ist er verdammt gut. Aber nach dem Sturz vom Dach … Vielleicht war er ja so freundlich, irgendwo in einer dunklen Ecke zu verrecken.«

Felicia glaubte nicht an Glück. »Geh und such ihn. Aber vorher musst du noch einen Pfeil abschießen.« Sie hielt ihm das Papier hin. »Das hier kann alles verändern.«

Zum ersten Mal, seit sie von den Plänen der großen Invasion in den Schwertwald gehört hatte, war sie wieder von Hoffnung erfüllt. Milan würde ihnen helfen zu überleben.

DAHLIA, VOR DEN STADTMAUERN, KURZ VOR DEM MORGENGRAUEN, 6. TAG DES HITZEMONDES IM JAHR VON SASMIRAS ZWEITER THRONERHEBUNG

Der Heuler schreckte Falce aus dem Halbschlaf. Er lag im selben Kornfeld, in dem sich auch die Rebellen versteckten. Gestern Nacht schon hatte er seine Feinde ausgespäht. Es waren vier. Allesamt große, kräftige Burschen. Bogenschützen aus dem Schwertwald. Ihre verräterischen Langbögen hatten sie jedoch nicht dabei. Mit den Wanderstäben, ihren breitkrempigen Hüten und den Lederranzen wirkten sie wie Pilger oder Erntehelfer auf dem Weg zu einem der großen Gutshöfe rings um die Stadt.

Die Wanderstäbe und ein Messer je Mann, mehr Waffen besaßen sie nicht. Aber es waren harte Burschen. Wenn er einen Fehler machte, war er tot.

Falce grinste breit. Solche Gegner zu haben flößte ihm keine Furcht ein, es spornte ihn an! Vorsichtig robbte er zum Rand des Kornfeldes. Der Pfeil mit der heulenden Spitze war in einen breiten Karrenweg eingeschlagen. Der Kerl auf der Mauer war gut. Er war deutlich mehr als hundert Schritt entfernt. Auf diese Distanz war auch ein Feldweg ein schwieriges Ziel.

Falce richtete sich auf. Dreck und Grashalme hafteten an dem zerrissenen Umhang, den er trug. Er hatte schäbige Kleider angelegt. Seine Hände waren mit schmutzigen Stoffstreifen bandagiert, als gelte es, nässende Geschwüre zu verbergen.

Falce taten alle Knochen weh. Er hatte sich freiwillig vom Dach fallen lassen, um dieser rothaarigen Furie zu entkommen. Aber die Wäscheleinen hatten seinen Sturz weniger abgebremst, als er gehofft hatte. Seine sämtlichen Rippen waren geprellt. Er hatte sich die linke Schulter ausgerenkt und fühlte sich so steif wie ein Greis, den die Gicht plagt.

»Hast du das gehört?«, rief er aus dem Feld zu dem Rebellen hinüber, der auf den Weg getreten war, um den Pfeil zu holen. »Da hat ein Schwein gepfiffen. Hier hat sich ein Schweinchen verlaufen.«

»Bleib weg, Alter!«, fuhr ihn die Gestalt auf dem Feldweg an. Es war ein großer, unrasierter Kerl mit schulterlangem, schwarzem Haar. Er nahm eine Blendlaterne auf und hielt sie in Richtung Stadtmauer. Drei Mal öffnete und schloss er die Blende.

Das war wohl das Zeichen dafür, dass der Pfeil gefunden war, dachte Falce. Er wankte auf den Feldweg und stützte sich schwer auf seinen Stock. »Wir fangen uns das Schweinchen. Ich weiß, wie man es lecker brät, mit Thymian und Salbei. Köstlich!«

Der Rebell zog den Pfeil aus einer ausgetrockneten Pfütze, in der sich rissige Lehmkrusten aufwölbten. »Mit deinen Ohren ist was nicht in Ordnung, Alter. Hier gibt es kein Schwein, außer vielleicht Busco. Der furzt wie ein Schwein.« Er blickte zum Kornfeld, wo seine Kameraden verborgen lagen.

Falce war jetzt bis auf vier Schritt an den Rebellen heran. Er hinkte und schnaufte dabei, als ob seine Lunge nicht mehr gesund sei. »Ich hab's doch gehört, dieses Schwein. Ganz sicher.«

»Wenn du meinst, Alter. Dann such nur …«

Falces Wanderstab schnellte hoch. Das stumpfe Ende traf den Rebellen dicht unter dem Kinn auf den Kehlkopf und zerquetschte ihm die Luftröhre. Falce fluchte leise. Seine linke Schulter schmerzte, auch wenn sie wieder eingerenkt war. Er trat einen Schritt von dem Erstickenden zurück, der ihn mit hervorquellenden Augen fassungslos anstarrte.

»So ist das mit dem Tod«, sagte Falce leise. »Ist oft 'ne Überraschung. Gleich ist's vorbei. Hätte schlimmer kommen können.« Er blickte zum Feld hinüber. »Kotz mir nicht auf den Umhang, Junge«, rief er dann lauter. »Was hast du denn gegessen?«

Der Rebell war in die Knie gebrochen und röchelte zum Erbarmen.

»Was ist los?« Zwei weitere Männer erschienen zwischen den goldenen Ähren. Schattenrisse in der weichenden Nacht.

»Weiß ja nicht, was ihr am Abend gegessen habt«, rief Falce ihnen zu, »aber eurem Kameraden ist es nicht bekommen. Der spuckt mir gerade alles auf die Stiefel.«

Die zwei flüsterten miteinander. Dann kam einer von ihnen herüber.

»Hast du mein Schwein gesehen?«, fragte Falce den Rebellen.

»Was?«

»Schwein«, zischte Falce erbost. »Du weißt doch, was ein Schwein ist. Klein, rosa, hat 'nen geringelten Schwanz.«

»Hier ist kein Schwein …« Der große Bogenschütze machte eine Handbewegung, als wolle er eine lästige Fliege verscheuchen.

»Ich hab's doch gerade noch quieken hören!«

Der Rebell kniete neben seinem Gefährten nieder. Dieser stieß gurgelnde Laute aus. Eine Hand lag an seiner Kehle, mit der anderen deutete er auf Falce.

Unauffällig näherte Falce sich den beiden. Kurz blickte er

zum Feld. Dort hatte sich jetzt auch der vierte Mann erhoben. Die beiden sahen herüber, aber es war noch zu dunkel, mehr als Schattenrisse zu sehen.

Falces Rechte glitt zu seinem linken Arm. Er zog eines der kleinen Wurfmesser, während sich der Rebell vor ihm zu seinem Freund herabbeugte, um sein Ohr an dessen Lippen zu bringen.

Ein kräftiger Stoß. Die Klinge traf den Rebellen im Nacken, wo die Wirbelsäule in den Schädel mündete. Er sackte nach vorn. Falce bückte sich nach dem Pfeil. Ohne Hast nahm er im Schutz seines Umhangs sein Messer wieder an sich und drückte stattdessen den Pfeil mit der verbogenen Spitze in die Wunde im Nacken.

»Beim Herrn des Himmels!«, rief er laut. »Ein Pfeil! Sie schießen auf mein Schwein!« Mit wild rudernden Armen wich er zurück und betrachtete stolz sein Werk. Sein Misserfolg bei den verdammten Dieben auf dem Dach hatte an ihm genagt. Dass ein von ihm geworfenes Messer mit einem Schwert abgewehrt wurde, war ihm noch nie passiert. Dieses verfluchte rothaarige Miststück hätte ihn fast aufgeschlitzt. Aber die würde er auch noch erwischen. Jetzt waren erst einmal ihre Rebellenkameraden hier draußen dran.

»Hilfe!«

Er hätte nicht mehr rufen müssen. Die zwei bahnten sich längst einen Weg durch das hohe Korn.

»Ein Pfeil!« Er deutete auf dem Himmel. »Aus dem Nichts. Er hat gequiekt wie mein Schwein, der Pfeil. Ein Quiekpfeil ...«

Der erste der beiden Männer schob ihn grob zur Seite. »Ihn hat wirklich ein Pfeil getroffen!«, stieß er atemlos hervor. »Rainulf muss noch einmal geschossen haben. Das hat er noch nie getan.« Der Rebell blickte zur Stadtmauer, als hätte er Angst, es könnte noch ein Pfeil geflogen kommen.

Der vierte Mann blieb neben Falce stehen.

»Hast du mein Schwein gesehen?« Falce hielt die Hand mit dem Wurfmesser unter seinem Umhang verborgen.

»Was für ein Schwein?«

»Es ist mir weggelaufen. Ein süßes kleines Ding … Hier hab ich noch den Strick.« Er warf den Umhang zurück und stieß dem baumlangen Kerl vor ihm die Klinge in die Kehle. Gleichzeitig griff er nach dem gekrümmten Dolch, der am Rücken in seinem Gürtel steckte. Doch dieses Mal war er um den Bruchteil eines Herzschlags zu langsam.

»Du!«, schrie der letzte Rebell auf. Er hatte gerade in dem Moment zu ihnen herübergesehen, als Falce den anderen niederstach.

»Er hat mein Schwein gestohlen …«, bemühte sich Falce, weiter als harmloser Irrer zu erscheinen, und zog den verborgenen Dolch.

Der Rebell schwang seinen Wanderstab wie eine Sense.

Falce versuchte zu springen, doch die Prellungen von seinem Sturz forderten ihren Tribut. Er war ein klein wenig zu langsam. Der schwere Wanderstab traf sein Fußgelenk. Es knackte übel.

Als Falce wieder aufstand, knickte das Fußgelenk unter ihm weg. Ein zweiter Stoß traf ihn vor die Brust. Er stürzte nach hinten, versuchte erst gar nicht, mit den Armen das Gleichgewicht zu halten.

Der Rebell setzte sofort nach. Er trat ihm vor die Brust.

Falce wurde auf den Rücken geschleudert.

Sein Gegner war ein Mann mit einem üppigen schwarzen Bart, der ihm bis zur Brust hinabreichte. Buschige Brauen wucherten über seinen Augen. Ein Wildschwein hatte weniger Haare im Gesicht, dachte Falce und rang japsend nach Luft. Der Tritt hatte ihm mindestens eine Rippe gebrochen.

»Wer bist du?« Der vierte Mann stellte sich breitbeinig über ihn und drückte das Ende seines Wanderstabs auf Falces Brust. Er fand die Stelle mit der gebrochenen Rippe.

Falce keuchte auf. Grelle Lichter tanzten ihm vor den Augen.

»Rede!« Der Druck des Wanderstabs nahm zu.

»Bin ein …« Falce stieß einen pfeifenden Laut aus. Gleich würde er ohnmächtig werden.

Der Rebell hob den Stab. »Jetzt sprich!«

»Kein Schwein …«

Die Brauen des Mannes aus den Wäldern zogen sich drohend zusammen.

»Hab kein Schwein. Ich hab nur …« Falce sprach immer leiser. Seine Rechte schloss sich fest um den Griff seines Dolches. »Aber du …« Er röchelte.

»Was? Sprich endlich deutlich, oder ich prügele die Worte aus dir heraus!«

Falce stieß den Dolch nach oben, seinem Gegner ins Gemächt.

Ein gellender Schrei hallte über die Felder.

»Du quiekst wie ein Schwein …«

Der Rebell ließ seinen Stab fallen und krümmte sich vor Schmerzen. Die Klinge war mehr als zur Hälfte in seinen Leib gedrungen.

Falce griff an seinen linken Arm und zog ein weiteres Wurfmesser.

»Du …«, stammelte der Rebell.

»Nein du«, entgegnete Falce ruhig. Sein Arm schnellte vor. Das Messer glitt aus seiner Hand und bohrte sich in die Brust des Mannes über ihm. Die Klinge traf das Herz. Der Bärtige schwankte kurz, dann fiel er nach hinten.

Falce kämpfte sich auf die Knie, tastete nach seinem Stab und kroch zu dem Toten mit dem Pfeil im Nacken. Er zerbrach den Schaft und zog das eng um das Holz geschlungene Papier ab. Es war mit Blutspritzern bedeckt, aber nur auf der Rückseite.

Mühsam kam Falce auf die Beine. Er brauchte den Stab, um nicht sofort wieder zusammenzubrechen. Das Fußgelenk, das getroffen worden war, konnte er kaum belasten.

Was für ein Massaker, dachte er. Hoffentlich war die abgefangene Botschaft es wert. Noch war es zu dunkel, um zu lesen, was darin stand.

Falce hinkte über den Feldweg davon und grübelte, wie er die beiden Diebe in der Stadt erwischen könnte. Oder sollte er mit der abgefangenen Nachricht dem Erzpriester folgen?

Er hinkte weiter, Schritt für Schritt. Zuerst brauchte er einen sicheren Ort, um zu ruhen.

DAHLIA, KORNTOR, SPÄTER MORGEN, 6. TAG DES HITZEMONDES IM JAHR VON SASMIRAS ZWEITER THRONERHEBUNG

Hast du dir ihre Hände angesehen?«, bedrängte Lorenzo seinen Stellvertreter.

»Natürlich.« Olmo wirkte beklommen. »Die Schwielen an den Fingern der rechten Hand, ihr breites Kreuz, ihre Gestalt – wenn das keine Bogenschützen aus dem Schwertwald waren, will ich mich in eine Kröte verwandeln.«

»Und du hast dich umgehört.«

»Ich habe alles getan, was du mir aufgetragen hast«, entgegnete der schlaksige Olmo gereizt. »Würdest du mir vielleicht sagen, was es mit den Toten auf sich hat?«

»Spitzel.« Lorenzo konnte nur wiederholen, was der Fremde ihm gesagt hatte. Mehr wusste er selbst nicht. Er blickte zu der schmalen Tür, hinter der der Wachraum der Torbesatzung lag. Jetzt war dort keiner seiner Männer … Ob der Fremde an der Tür stand und auf ihre Worte lauschte. Er wandte sich erneut seinem Stellvertreter zu. »Was hast du in Erfahrung gebracht?«

»Die Bauern reden nicht viel. Du kennst das ja.« Sie traten beide ein Stück zur Seite, um einen Wagen mit Fässern vorbeizulassen, der das Stadttor passierte, um seine Reise ins Innere der Insel anzutreten. »Man hat die vier gesehen. Sie hatten seit einigen Tagen vor den Mauern der Stadt herumgelungert, in kleinen Wäldchen oder in Kornfeldern geschlafen. Sie haben niemanden behelligt, aber …« Olmo machte eine vage Geste. »Die waren ziemlich groß und einschüchternd. Keine Kerle, mit denen man sich ohne Not anlegte. Es scheint niemand mit ihnen gesprochen zu haben.«

»Und keiner meldet so etwas«, grummelte Lorenzo verärgert.

»Es ist Erntezeit. Da ist es nichts Besonderes, wenn Fremde über die Felder ziehen. Irgendwelche Wanderarbeiter … Warum bist du dir eigentlich so sicher, dass es Bogenschützen sind?«

»Die Schwielen an ihren Händen«, erinnerte ihn Lorenzo. »Die sehen anders aus, wenn man die Sehne eines Bogens zieht, als wenn man nur eine Hacke hält.«

»Ja, ja …« Olmo hob abwehrend die Hände.

Er knickte ein, wie immer, dachte Lorenzo. Olmo war ein guter Stellvertreter. Er war auch keineswegs dumm, nur leider hatte er kein Rückgrat. Hoffentlich wurde er nie zu seinem Nachfolger ernannt.

»Das muss eine ganze Bande von Halsabschneidern gewesen sein, die die vier ermordet hat. Aber niemand hat etwas gesehen.« Olmo verdrehte die Augen. »Kennen wir ja.«

»Du wirst dafür sorgen, dass man die Toten irgendwo außerhalb der Stadt verscharrt.« Lorenzo gefiel das alles nicht. Er mochte es nicht, herumkommandiert zu werden. Mochte nicht, wenn in seiner Stadt Dinge geschahen, die er nicht verstand. Aber der Fremde war ziemlich überzeugend. »Erzähl herum, dass es ein Streit unter Wanderarbeitern war.«

»Und wir suchen nicht nach den Mördern?«, fragte Olmo entgeistert.

»Die sind doch längst über alle Berge. Nach diesem Gemetzel. Aber hör dich ruhig weiter um«, sagte Lorenzo beschwichtigend. Er wollte schließlich nicht, dass sich Olmo Gedanken machte und am Ende noch zu Schlüssen kam, die ihnen beiden gefährlich werden konnten …

»Ich werde sie finden!« Olmo strahlte. »Danke, dass du mir diese Aufgabe überlässt. Ich bräuchte zehn Mann zur Verstärkung …«

»Hol sie dir«, unterbrach ihn Lorenzo, »aber denk zuvor an deine anderen Aufgaben!«

Olmo salutierte vor ihm und eilte mit schlenkernden Armen davon.

Es gefiel Lorenzo nicht, dass er seinem Stellvertreter nicht die ganze Wahrheit sagen durfte. Er blickte durch das Tor auf die goldenen Weizenfelder vor der Stadt. Ein leichter Wind strich über die Ähren, ließ sie wogen wie die See bei sanfter Dünung. Er wusste, dass der Feind in die Stadt gekommen war. Und er konnte nichts dagegen tun. Wütend ballte er die Fäuste. Dann wandte er sich ab und stieß die Tür zum Wachraum auf.

Der Fremde, der ihn dort erwartete, war nicht sonderlich groß, seine Gestalt schwer zu beurteilen. Er trug die hängenden, zu oft geflickten Kleider eines Bettlers. Ein ausgefranster, schwarzer Umhang lag um seine Schultern. Dürre Beine stachen aus zerrissenen Hosen hervor, die kaum über die Knie reichten. Seine nackten Füße waren von Staub bedeckt. Nur die Ränder der Zehennägel waren dunkel. Lorenzo wusste, dass es kein Dreck war, der sich dort festgesetzt hatte. Sondern das, wonach auch der schwarze Umhang roch: Blut.

Die Wachstube war stickig, ein abgestoßener Tisch und vier einfache Stühle das einzige Mobiliar. Auf dem Tisch stand eine Blendlaterne, die der Fremde bei seiner Ankunft im Morgengrauen mitgebracht hatte.

Obwohl es noch früh am Morgen war, herrschte drückende Hitze in der Wachstube. Der Sommer hatte das dicke Mauerwerk so lange erwärmt, dass die Hitze nun tief im Inneren gefangen saß und selbst bei Nacht nicht mehr weichen wollte.

»Du hast diese Angelegenheit gut geregelt.«

Ein Lob von diesem Meuchler zu erhalten widerte Lorenzo an. Hätte dieser Fremde nicht überzeugend dargelegt, dass er in Diensten des Erzpriesters stand, hätte Lorenzo ihn nicht einmal in der Stadt geduldet. Woher kannte Nandus Tormeno solche Männer?

»Gefällt dir nicht, was du siehst, Hauptmann?«

»Spielt das eine Rolle?«

Das trockene Lachen des Fremden ging in ein Keuchen über. Offenbar hatte er einiges abbekommen. Seine linke Gesichtshälfte war geschwollen. Prellungen in Braun und Dunkellila entstellten ihn. Und das schien nicht alles zu sein. Er vermochte sich nicht gerade zu halten.

Davon abgesehen war er eine Allerweltsgestalt. Draußen auf den Straßen der Stadt hätte Lorenzo ihm keine weitere Aufmerksamkeit geschenkt. Nur seine grauen Augen waren besonders. Sie hatten etwas Zwingendes an sich. Etwas, das es kaum möglich machte, den Blick von ihnen abzuwenden, wenn sie einen einmal gefangen nahmen.

»Ich möchte, dass dort, wo die Toten lagen, bei Nacht keine Wachen Streife gehen«, sagte der Fremde.

»Außerhalb der Stadt gibt es bei Nacht keine Patrouillen.«

»Schön.« Sein Gegenüber schloss kurz die Augen. »Und du wirst mir drei Traumkugeln besorgen.«

»Wie kommst du darauf, dass ich …«

»Das war keine Bitte, Hauptmann, sondern ein Befehl.«

Lorenzo schloss die Tür hinter sich, die noch einen Spaltweit offen gestanden hatte. »Du bist nicht in der Position, mir Befehle zu erteilen, du … du Auswurf der Gosse.«

»Dir ist klar, dass die Männer dort draußen Spitzel aus dem Schwertwald waren?«, entgegnete der Fremde mit aufreizender Gelassenheit.

»Und?«

»Ich mache deine Arbeit, Hauptmann. Ich schütze die Stadt vor den Rebellen. Ich könnte natürlich zum Rat gehen und offenlegen, was ich hier tue. Welche bedeutenden Kaufherren durch ihre Arglosigkeit den kommenden Feldzug gefährden. Und dass der Hauptmann der Wache nicht in der Lage war zu erkennen, welche Bewandtnis es mit den Einbrüchen in den Kontoren …«

»Ich weiß, dass sie Dokumente kopieren«, unterbrach ihn Lorenzo scharf.

»Macht es das besser?« Das geschwollene Gesicht verzog sich zu einem schmallippigen Lächeln. »Da fragt man sich, ob du Silber aus dem Schwertwald bekommst.«

»Ich …«

Der Fremde deutete mit seinem Wanderstab auf ihn. »Du

wirst mir drei Traumkugeln besorgen. Des Weiteren brauche ich Tinte und Feder, einen Bogen Pergament und zur Mittagsstunde einen Reiter, der dem Erzpriester folgt, um ihm eine dringende Nachricht zu überbringen.«

»Ich weiß nicht, wohin Nandus Tormeno und die Gesandtschaft des Rates reiten.« Das entsprach leider der Wahrheit. Lorenzo war sich darüber im Klaren, dass etwas Bedeutendes geschehen sein musste, aber ihm hatte niemand mitgeteilt, was.

»Dann finde jemanden, der es weiß«, forderte der Fremde ungerührt. »Die Nachricht, die ich für Nandus Tormeno habe, wird das Schicksal dieser Stadt bestimmen. Und das seiner Familie.«

»Was soll denn …«

Ein mitleidiger Blick brachte den Hauptmann zum Schweigen.

»Stell keine Fragen, und ich muss dich nicht durch Lügen beleidigen.«

FERRANTA, PALAZZO TRIMINI, SPÄTER MORGEN, 8. TAG DES HITZEMONDES IM JAHR VON SASMIRAS ZWEITER THRONERHEBUNG

Da hätten sie auch gleich noch die Schwertherzöge zu diesen *geheimen* Gesprächen einladen können.« Fassungslos blickte Nandus auf all die Banner, die aus den Fenstern des Palazzo der Familie Trimini hingen. Der Bau war eine gewaltige Geschmacklosigkeit aus beigem Sandstein. Zu große Fenster, übertriebene Bögen und buntes Glas, wohin man sah. So mochte man ein Oktagon bauen, doch dies hier war ein Tempel, in dem nicht der Herr des Himmels angebetet wurde, sondern allein das Silber, dem die großen Handelshäuser huldigten. Die Trimini waren die mit Abstand reichsten Händler Ferrantas und hielten allein fast die Hälfte der Sitze im Rat.

Da sich in Ferranta die Hauptstreitmacht für den Angriff gegen die Rebellen sammeln sollte, waren die Kaufherren der Liga übereingekommen, ihren außerordentlichen Kriegsrat in dieser Stadt abzuhalten.

Einige der Ratsherren, die auf dem Vorplatz des Palazzo standen, bedachten Nandus mit ungehaltenen Blicken.

»Vater«, murmelte Juliano besorgt. »Mäßige dich!«

»Warum?« Nandus dachte gar nicht daran, seine Stimme zu senken. »Mit jeder Dummheit, die wir vor dem Feldzug begehen, wächst die Zahl der Toten.« Er sah zu Marco Cornaro hinüber, der mit ihm geritten war. Auch das Banner seiner Familie hing von den Mauern: eine goldene Schale, aus der weißer Rauch aufstieg, vor schwarzem Grund. Dabei hatte seine Sippschaft nicht mit Weihrauch, sondern mit Traumkugeln den Großteil ihres Vermögens gemacht.

»Die Spitzel der Rebellen müssten schon blind und taub sein, um nicht zu begreifen, was hier vor sich geht. Welch eine Orgie tumber Eitelkeiten! Und Gnade uns, wenn sie Männer geschickt haben, die über alle ihre Sinne gebieten.«

Marco Cornaro löste sich aus der kleinen Gruppe von Ratsherren, mit denen er geplaudert hatte. »Unser Erzpriester mag das Predigen nicht lassen«, sagte er lächelnd. Das Oberhaupt der Familie Cornaro war ein Mann von mittlerer Größe mit einem freundlichen, schmalen Gesicht, in das zu häufiges Lächeln tiefe Grübchen in die Mundwinkeln geschnitten hatte. Sein blondes Haar war noch voll und von wenig Grau durchsetzt, seine großen braunen Augen überstrahlten das Lächeln noch. Wie stets trug Cornaro Schwarz. Dazu ein Obergewand mit geschlitzten Ärmeln und einen mit Gold beschlagenen Waffengurt, an dem ein Schwert hing, das noch in keiner Schlacht geführt worden war – die Klingen der Kaufherren waren reine Standessymbole, auch wenn sie meist aus den besten Waffenschmieden stammten.

»Sorgt Ihr Euch wirklich um unseren Sieg?«

Nandus war sich bewusst, welche Abgründe hinter dieser

scheinbar so harmlosen Frage lauerten. Stimmte er zu, stellte er die militärische Macht der Liga in Frage oder geriet, schlimmer noch, in den Verdacht, Sympathien für die Schwertherzöge zu hegen. Sagte er nichts oder stritt er jetzt seine Sorge ab, dann war er nichts als ein Schwätzer.

Schon setzte Juliano zu einer Antwort an … doch Nandus befürchtete, dass sein Erstgeborener nur aufbrausenden Unsinn verbreiten würde, und bedeutete ihm mit einer knappen Geste zu schweigen. »Ich sorge mich um unnötige Tote. Das Leben ist ein Geschenk des Herrn des Himmels, und ich als Priester bin ein Hirte, der Leben hütet.«

Marco klopfte ihm freundschaftlich auf den Arm. »Gut gesprochen, Erzpriester.« Er sah zu dem Schwert hinab, das Nandus trug. »Aber sollte ein Lebenshüter eine Klinge führen? Ist das kein Widerspruch?«

Einige der Umstehenden lachten.

»Führt ein Hirte nicht einen Stab, um Wölfe zu vertreiben?« Nandus sah herausfordernd in die Runde. »Natürlich hat er dazu zuerst seine Hunde.«

Marco lachte auf, aber Nandus las in den Gesichtern der Umstehenden, dass sich die Zahl seiner Feinde gerade vergrößert hatte.

»Es ist wie stets eine Freude, mit einem gebildeten und schlagfertigen Mann ein Wortgeplänkel auszutragen. Ich bin bereits gespannt, mit welchen geistreichen Bemerkungen Ihr uns während der Beratungen überraschen werdet.« Marco wandte sich von ihm ab und eilte die Stufen zum Palazzo empor, wo er von einem einäugigen Krieger in leichter Rüstung erwartet wurde.

»Arroganter Mistkerl«, brummte Juliano auf seine übliche sauertöpfische Art.

»Ich würde eher sagen: Wie man in den Wald hineinruft, so hallt es heraus.«

Nandus sah erschrocken zu Fabricio. »Waldmetaphern solltest du hier besser nicht auf den Lippen tragen. Schwebt über uns nur der geringste Verdacht, Sympathien für die Schwertherzöge zu nähren, werden wir mit ihnen untergehen. Und daran, dass sie untergehen werden, besteht kein Zweifel. Die einzig offene Frage ist, wie viel Blut dabei vergossen wird.«

»Wozu gibt es dann noch diese Versammlung der Liga, wenn unser Sieg ohnehin schon gewiss ist?«, fragte Juliano.

»Wegen der Kaiserin, Junge.«

Julianos Mundwinkel zuckten.

Nandus wusste, wie sehr sein Ältester es hasste, *Junge* genannt zu werden, aber wer dumme Fragen stellte, hatte es verdient, gegeißelt zu werden, und sei es nur mit Worten. »Die Liga hat zwar während der jahrelangen Auseinandersetzungen zwischen den Reichsfürsten und den Anhängern der Kaiserin beide Seiten mit Waffen beliefert, aber recht deutlich gezeigt, dass ihre Sympathie aufseiten der Reichsfürsten lag.«

»Schon dumm, wenn man beim Hahnenkampf auf den Falschen gesetzt hat«, bemerkte Fabricio.

Nandus sah ihn scharf an. Hatte sein Sohn schon am Morgen getrunken? Der Schwarze Adler war das Wappen des Kaiserhauses. Hier von Hahnenkämpfen zu sprechen hatte einen Beigeschmack. Er mochte ein beliebter Prediger sein, aber dort oben im Palazzo würden sie nicht in der Halle eines Oktagons stehen. »Ist dir nicht bewusst, mein Sohn, dass wir gleich in eine Schlangengrube steigen? Diese Kaufherren, die gleich über die Gestaltung der Zukunft feilschen werden, vertragen sich lediglich, solange sie gemeinsame Feinde haben. Ansonsten haben sie nur im Sinn, wer den größten Gewinn macht und wie sie ihre Konkurrenten aus dem Weg räumen können. Wir sind ihnen ein Stein im Stiefel. Freunde haben wir dort nicht.«

Fabricio nickte. »Aber hast du nicht selbst eben noch ihren Ärger herausgefordert, Vater? Du verträgst doch ein offenes Wort, oder?«

»Ein offenes Wort? Ja … Dumme Scherze zur falschen Zeit nicht. Ihr beide haltet dort oben den Mund, wenn ihr nicht unmittelbar angesprochen werdet. Hört gut zu. Mein Amt ist mein Harnisch. Den Erzpriester Cilias offen anzugreifen, wird sich jeder der Pfeffersäcke gut überlegen. Aber ihr beide habt keine Titel, die euch schützen. Also schweigt und lernt.«

»Aber …«, begehrte Juliano auf, was Nandus überraschte, da sein Erstgeborener sonst stets ohne Widerspruch gehorchte. »Aber sind nicht auch die Kaufherren Teil unserer Herde? Müssen wir sie nicht davor bewahren, Fehler zu machen? Müssen wir nicht einschreiten …«

Der Erzpriester wies auf die mit Bannern geschmückten Fenster des Palazzo Trimini. »Was fällt dir auf, wenn du den Palazzo betrachtest? Beeindrucke mich durch deinen Scharfsinn, mein Sohn.«

Juliano zog, als er die Fassade des riesigen Baus betrachtete, kaum merklich den Kopf ein. Ihm war wohl bewusst, dass er ein weiteres Mal versagen würde. Aber zumindest strich er nicht sofort die Segel, dachte Nandus.

»Alle Banner sind aus Seide«, begann Juliano und sah zu ihm herüber, ob er auf der richtigen Fährte war.

»Weiter!«, forderte Nandus.

»Aus Dahlia sind die Familien Cornaro, Apolita und Manatessa vertreten«, fuhr er fort. »Für Ferranta …«

»Es fehlt der weiße Turm Dahlias«, bemerkte Fabricio. »Wie auch die goldenen Ähren Panormas. Kein einziges Stadtwappen hängt hier, nur die Wappen der großen Handelshäuser.«

Könnte er nur aus diesen beiden einen einzigen Sohn formen!, dachte Nandus bedrückt. Fabricio war klug. Hätte er nur etwas mehr Ehrgeiz und würde er ein weniger zügelloses Leben führen … »Richtig, Fabricio. Und darin liegt der Keim zum Untergang der Liga. Es gibt keine Vision, für die sie streiten. Nichts, was sie im Innersten zusammenhält. Die hohen Herren, die hier beraten, vertreten nicht ihre Städte. Sie vertreten nur die Interessen ihrer Familien. Sie werden die Schwertherzöge vernichten, und dann wird es nicht lange dauern, bis sie sich wieder untereinander bekriegen wie schon so oft in der Vergangenheit. Kommt jetzt!« Nandus stieg die breiten Stufen zum Palazzo Trimini hinauf. »Lassen wir uns überraschen, wie großmütig die Kaufherren sein werden, wenn es um die Gunst der neuen Kaiserin geht.«

»Glaubst du wirklich, die Kaiserin wird ihnen verzeihen, dass sie die Reichsfürsten unterstützt haben?«, fragte Juliano. »Warum waren sie überhaupt so dumm?«

»Das war keine Dummheit.« Sie durchquerten das hohe Portal des Palazzo und betraten eine Halle, die doppelt so groß wie sein Oktagon war. Wider seinen Willen beeindruckt, sah sich Nandus um. »Sasmira war nichts als eine Behauptung, als die Karrenritter sie als Letzte aus der Blutlinie Kaiser Orelians anerkannten. Wer weiß schon, wessen Blut in den Adern dieser jungen Frau fließt.« Die Treppen hinauf waren bereits verwaist. Nandus hatte sich wieder einmal zu lange mit gelehrten Reden aufgehalten.

»Unseren Kaufherren gefiel ein Reich, das in viele Fürstentümer mit unterschiedlichen Interessen zerbrach, natürlich viel besser. Das beflügelt den Handel. Eine starke Kaiserin wird auch den Kaufleuten Zügel anlegen. Als Sasmiras Aufstand begann, hatte sie nur in einer einzigen Provinz Rückhalt. Es war unwahrscheinlich, dass sie siegen würde. Fast alle haben sie unterschätzt.«

Sie betraten den weiten Saal der Ratsversammlung. Die Westwand wurde von acht Schritt hohen Bogenfenstern eingenommen, auf deren Buntglasbildern die Familie Trimini sich selbst feierte. Handelsfürsten und Krieger triumphierten über Feinde und Geschäftspartner. Flotten von Koggen trotzen wilden Stürmen, Ritter wehrten räuberische Reiter ab, die einen Wagenzug überfielen.

»Wie schön, dass sich nun alle eingefunden haben!«, grüßte sie der Mann, der hinter dem großen Tisch an der Stirnwand des Saales stand. Seine tiefe, volltönende Stimme ließ das leise Murmeln der versammelten Ratsherren verstummen. »Man muss wohl Erzpriester sein, um zu glauben, dass es der Welt Freude bereitet, auf Euer Erscheinen zu warten. Oder gründet Euer Hochmut auf den Taten Eures Vaters, des Städteverbrenners?«

FERRANTA, PALAZZO TRIMINI, SPÄTER MORGEN, 8. TAG DES HITZEMONDES IM JAHR VON SASMIRAS ZWEITER THRONERHEBUNG

Nandus verneigte sich knapp. »Ich danke Euch für Eure Gastfreundschaft, verehrter Nicolo Trimini. Es ist mir eine außerordentliche Freude, endlich in jenem Palazzo zu stehen, der durch den Handel mit Schwertern errichtet wurde, die unsere Welt um Hunderte von Witwen und Waisen bereicherten.« Herausfordernd sah er ihren Gastgeber an.

Nicolo, die Stimme des Hauses Trimini, war eine eindrucksvolle Gestalt. Ein Hüne von Mann mit üppigem, schwarzem Vollbart und schulterlangem Haar, in dem sich noch kein Weiß zeigte. Er hatte die Statur eines Grobschmieds, eine Brust wie ein Fass und war dabei annähernd zwei Schritt groß. Eher ein Kriegsfürst denn ein Kaufherr. Und tatsächlich hatte seine Familie eine besondere Neigung dazu, Streit mit Waffengewalt zu entscheiden. Ein breites Lächeln zerschnitt den schwarzen Bart, zeigte strahlend weiße Pferdezähne, erreichte aber nicht seine dunklen Augen. »Die Tormenos sind also tatsächlich ein so streitlustiger Haufen, wie man sagt.«

Hinter Nicolo hing das Banner seines Hauses von der Wand. Es war das einzige Wappen, das den Saal schmückte. Eine goldene Spitzhacke vor rotem Grund, über der sich ein Schwert und ein Schmiedehammer kreuzten – Symbole dessen, was die Familie Trimini reich gemacht hatte: ihre Minen, ihre Schmieden und die Kriege der anderen.

»Schließt den Ausgang!«, befahl Nicolo den Lakaien bei den Türflügeln.

Ein Krachen wie ein Donnerschlag hallte durch den Saal.

Nandus wunderte sich über das Ungeschick der Diener, nahm dann aber an, dass sie die hohen Türflügel wohl auf Anordnung ihres Herrn so laut zugeschlagen hatten.

Für einige Herzschläge lag bedrückende Stille über der Versammlung. Nicht einmal fünfzig Männer hatten sich eingefunden. Sie verloren sich in dem großen Saal, der leicht fünfhundert Gäste aufgenommen hätte. Nur wenige hatten sich auf den Stühlen entlang der Wände niedergelassen.

Nandus kannte sie fast alle. Kaufherren, Priester, Komture des Ordens vom Schwarzen Adler und einige Condottiere, die Anführer der Söldnerscharen, die im Dienst der Liga standen. Der einäugige Krieger, mit dem Marco Cornaro auf der Treppe vor dem Palazzo gesprochen hatte, stand nun hinter Nicolo. Eine Augenbinde aus schwarzer Seide teilte seine vernarbte Stirn. Das musste Rudolfo Acuto sein. Die verschiedenen Städte der Liga hatten ihn bereits häufiger in ihren Dienst genommen. Meist hatte er jedoch für die Reichsfürsten gestritten. Drei Mal hatte er die Karrenritter der Kaiserin besiegt. Ihn in Dienst zu nehmen war eine offene Provokation der neuen Herrscherin.

»Wer mich kennt, weiß, dass ich das offene Wort schätze«, wandte sich Nicolo an die Versammlung. »Vergessen wir höfliche Floskeln und leeres Geschwätz. Was hier gesprochen wird, soll in diesen Mauern eingeschlossen bleiben.« Er deutete auf Nandus. »Erzpriester, nehmt dieser Bande von Klugschwätzern und Rosstäuschern einen Eid auf ihre Verschwiegenheit ab und schüchtert sie mir schön ein!«

Nandus überlegte, welche List sich hinter diesem vermeintlichen Vertrauensbeweis verbergen mochte. Doch ganz gleich, welche Hintergedanken Nicolo hatte – es gab keine Möglichkeit, ihm diese Bitte abzuschlagen. Also breitete Nandus seine Arme aus. »Kniet nieder und schwöret vor dem Angesicht des Herrn des Himmels, dem keine Heimtücke und kein Betrug verborgen bleiben.«

Auch die älteren Ratsherren folgten seinen Worten. Manchen fiel es sichtlich schwer. Dies alles waren Männer, die ihr Knie nur selten beugten.

»Sprecht mir nach: Ich schwöre, dass nichts, was hier gesprochen wird, Anlass zu einer künftigen Fehde geben soll.«

Die Versammelten wiederholten die Worte.

»Auch schwöre ich, dass meine Lippen versiegelt sein sollen und keines der Geheimnisse dieser Ratssitzung je verraten werden. Sollte jemand diesen Eid brechen, möge ihn das Feuer des Himmels und der irdischen Gerechtigkeit heimsuchen.«

Zufrieden bemerkte Nandus, wie einige ihre Köpfe hoben und ihn ansahen. Wenn ein Tormeno über Feuer sprach, hatte dies stets einen besonderen Klang.

Nicolo klatschte in die Hände. »Sehr gut! Und nun wollen wir uns ohne weitere Umschweife unserer drängendsten Sorge zuwenden: unserem Geschenk an die Kaiserin. Wie üppig sollte es ausfallen?«

Das Gefeilsche, das darauf folgte, empfand Nandus als abstoßend. Er suchte sich mit seinen Söhnen einen Platz auf den hohen Lehnstühlen an der Wand und lauschte mit stetig schwindendem Interesse.

Schließlich war es Marco Cornaro, der die alles entscheidende Frage stellte: »Ob wir nun ein Schiff voller Silber oder nur drei große Truhen schicken, fällt nicht ins Gewicht, wenn die Kaiserin nicht bestechlich ist. Gilt sie nicht als volksnah? Als jemand, der sich nicht kaufen lässt?«

Nicolo lachte auf. »Sich nicht kaufen lässt? Das gibt es nicht. Es gibt lediglich das falsche Angebot. Es wurde achtzehn Jahre Krieg geführt. Von der Stunde ihrer Geburt an war Waffengeklirr die einzige Musik, welche die Kleine zu hören bekam. Und nun herrscht sie über ein Reich, das von den Jahren der Kämpfe gezeichnet ist und das im Westen von der Ehernen Horde des Khanats bedroht wird. Sie wird es sich nicht leisten können, unser Silber auszuschlagen. Vielleicht sollten wir ihr auch anbieten, ihr den geschätzten Rudolfo Acuto mit seiner Weißen Kompanie zu leihen.«

»Willst du ihn ans Messer liefern?«, fragte Marco Cornaro verblüfft. »Hat er dich enttäuscht?«

Der Söldnerführer wirkte erstaunlich gelassen dafür, dass gerade um seinen Kopf gefeilscht wurde, dachte Nandus.

Nicolo machte eine wegwerfende Geste. »Sie kann es sich genauso wenig leisten, alte Feindschaften zu pflegen. Rudolfo hat bewiesen, dass er Schlachten gewinnen kann und dass seine Loyalität während eines Feldzugs unerschütterlich ist …«

»Solange die Bezahlung stimmt!«, warf einer der Kaufherren ein.

»Ganz genau!«, bekräftigte Nicolo. »Das macht ihn zu einer sehr berechenbaren Größe, was wir – wie ich glaube – alle zu schätzen wissen. Wenn sich etwas in Zahlen fassen lässt, schlagen unsere Herzen höher.«

Nandus musste schmunzeln. Er hatte Nicolo bisher nur aus Erzählungen gekannt. Der Hüne war erst vor wenigen Monden zum Oberhaupt der Familie Trimini aufgestiegen. Seine zupackende, klare Art gefiel ihm.

»Wir legen auf unser Geschenk also noch einen Söldnerführer drauf«, resümierte Marco Cornaro. »Und wie viel Silber soll es dann sein?«

»Gar keines!«, entschied Nicolo. »Wie bieten ihr tausend voll ausgerüstete Krieger, deren Sold wir zahlen. Die Kaiserin hat ihr ganzes Leben in Heerlagern verbracht. Solch ein Angebot wird sie viel höher schätzen als Gold und Silber.«

»Und wenn sie diese Krieger nach Cilia zurückschickt mit dem Befehl, unsere Städte zu unterwerfen?«, meldete sich Rodrigo Apolita zu Wort. So klein und zartgliedrig, wie er war, wirkte er in seinem hohen Lehnstuhl fast wie ein Kind. »Dann haben wir unseren eigenen Untergang bezahlt.«

»Mein lieber Rodrigo, ich fürchte, wenn Euer Weib nicht an Eurer Seite ist, fehlt es Eurem Verstand an Schärfe«, spottete Nicolo. »Unseren Söldnern wird die Kaiserin wahrscheinlich nie ganz vertrauen. Sie wird sie gewiss nicht gegen uns einsetzen. Bekäme sie hingegen Silber von uns, könnte sie damit Männer anwerben, die keinerlei Verbindung zu Cilia hätten und ohne zu zögern jeden Befehl ausführen würden.«

Zustimmendes Gemurmel erhob sich unter den anderen Kaufherren.

Laute Schläge gegen die hohe Tür des Saals ließen alle verstummen.

»Was?«, rief Nicolo sichtlich verärgert.

Der eine Türflügel öffnete sich einen Spaltweit. Ein Lakai trat ein und verneigte sich. »Ein Bote für den ehrwürdigen Erzpriester Nandus Tormeno. Er besteht darauf, dass seine Nachricht von größter Dringlichkeit sei.«

Nandus drückte den Rücken durch. Was war das? Alle Blicke im Saal ruhten auf ihm.

»Was kann das …«

Er legte seine Hand auf Fabricios Arm, um ihn zum Schweigen zu bringen.

»Dann soll er hereinkommen«, entschied Nicolo.

Der Türflügel öffnete sich noch weiter. Ein kleiner, drahtiger Mann im Waffenrock Dahlias erschien. Der weiße Turm auf blauem Grund war vom roten Staub der Straßen bedeckt, sein Haar von Schweiß verklebt. Seine Sporen klirrten leise auf dem Mosaikboden, als er ein Stück in den Saal trat und sich vor Nicolo verbeugte.

Am linken Arm trug er die himmelblaue Binde mit Goldfransen, die allein Botenreitern höchsten Ranges vorbehalten war. Über der Schulter hing ihm eine lederne Tasche mit silbernen Schnallen. Eingeschüchtert blickte der junge Reiter in die Gesichter der Ratsherren, suchte …

»Hier!« Nandus erhob sich von seinem Sitz und ging auf den Boten zu.

»Erhabener Erzpriester …« Er öffnete die Tasche und holte eine mit Lederriemen verschnürte Pergamentrolle hervor. »Hauptmann Lorenzo Dolendo hat mir aufgetragen, dies zu überreichen und als Zeuge zu dienen, dass nur Ihr höchstselbst es öffnet.«

Nandus hatte das Gefühl, als würde ihm eine giftige Natter in die Hände gedrückt, als der Bote ihm die Schriftrolle überreichte. Auf der Lederschnur prangte in rotem Siegellack ein schlichtes Wappen: eine Mondsichel in einem Kreis. Es war das

Wappen Falce di Lunas. Was war geschehen, dass der Meister der Heimlichkeit ein solches Spektakel veranstaltete?

Der Bote holte ein kleines Federmesser aus seiner Tasche und hielt es Nandus hin.

Alles im Erzpriester sträubte sich dagegen, hier inmitten der Ratsherren diesen Brief anzusehen. Es nicht zu tun würde allerdings Verdacht erregen.

Nandus nahm das Messer, durchtrennte die zähen Lederschnüre und erbrach das Siegel. Das Pergament entrollte sich. Ein kleineres, dicht beschriebenes Dokument lag darin. Der Erzpriester musste die Augen zusammenkneifen, um die winzigen Buchstaben lesen zu können. Der Inhalt war ihm vertraut … es ging um die Kriegspläne der Liga. Das war die Kopie eines Briefes, der sicher verwahrt in der schweren, wohl verschlossenen Kiste in seiner Schreibstube liegen sollte. Auf dem größeren Pergament standen nur drei Worte in geschwungener Handschrift:

Wir müssen reden

Die Spitzel aus dem Schwertwald waren also bis in seine Schreibstube vorgedrungen. Wahrscheinlich hatten sie es wie in den Kontoren gemacht und irgendwelches Silber geraubt, damit es nach dem Krähenmann aussah. Er hätte das kommen sehen müssen!

»Erzpriester?«

Nicolos Stimme drang wie aus weiter Ferne zu ihm. Nandus zwang sich, zu dem Ratsherrn zu blicken und wieder ganz gegenwärtig zu sein. Aber es wollte nicht gelingen. Falce hatte diesen Brief abgefangen. Hieß das, dass er die Spitzel gestellt und getötet hatte? Aber warum dann dieser Bote? Und diese Nachricht? Es war nur gut, dass lediglich diese drei Worte darin standen. So konnten andere mit der Botschaft nichts anfangen.

»Vater?« Juliano war an seine Seite getreten.

Es war peinlich, so überrumpelt zwischen all den Gaffern zu

stehen. Fast wie in dem Traum, der ihn manchmal quälte, in dem er nackt über den Fischmarkt ging.

»Ich bitte um Entschuldigung«, sagte er gefasst. »Dringende Tempelangelegenheiten verlangen meine umgehende Rückkehr nach Dahlia.«

Nicolo sah ihn finster an. »Wollt Ihr Euch nicht erklären?«

Nandus hielt dem Blick des Hünen stand. »Ich sehe hier keinen Priester, der im Rang über mir steht und dem ich deshalb Rechenschaft schuldig wäre. Hier geht es allein um Tempelangelegenheiten.«

»Kommt das Schreiben etwa von der neuen Kaiserin?«, drängte Nicolo.

»Nein«, entgegnete Nandus knapp. Dann winkte er seinen Söhnen. »Kommt, wir brechen auf.«

»Ist es wahrhaft Euer Wille, dass die Familie Tormeno an den großen Entscheidungen dieser Tage keinen Anteil hat, Nandus?«, fragte Marco Cornaro.

Der blonde Ratsherr mit den großen braunen Augen und dem asketischen Antlitz wirkte betroffen, auch wenn Nandus ihm das nicht abnahm.

»Vielleicht können Eure Söhne ja hierbleiben und uns mit ihrer Weisheit und ihrem festen Glauben zur Seite stehen?«

Nandus entging nicht, welche Wirkung diese Worte auf Juliano hatten. Sein Ältester wünschte sich nichts mehr, als endlich aus seinem Schatten treten zu können. Mehr zu sein als nur der Sohn des Erzpriesters. Sie würden Juliano törichte Gedanken in den Kopf pflanzen, wenn er hier zurückblieb, ihn umschmeicheln und auf ihre Seite ziehen, ohne dass sein Sohn merkte, was für ein Spiel mit ihm getrieben wurde. Aber Fabricio würde das durchschauen. Er könnte vielleicht das Schlimmste abwenden.

Als Nandus in die Augen seines Sohnes sah, begriff er, dass es jetzt schon zu spät war. Juliano brannte darauf, hierzubleiben. Er würde es ihm niemals verzeihen, wenn er ihm jetzt nicht die Freiheit ließ, hier unterzugehen oder vielleicht doch zu bestehen.

»Gut, meine Söhne bleiben.« Nandus rollte das Pergament zusammen. Aus dem Augenwinkel nahm er ein triumphierendes Lächeln auf den Lippen Marco Cornaros wahr. Nur einen Herzschlag hatte sich der Ratsherr nicht beherrscht. Schon wirkte er wieder ganz wie ein freundlicher, älterer Herr.

Was führte Cornaro im Schilde?

Nandus verbeugte sich vor den Versammelten. »Ich danke für das Verständnis der hohen Herren.«

Ein letztes Mal sah er zu seinen Söhnen.

»Ich wünsche Euch eine gute Reise!«, verabschiedete ihn Marco Cornaro.

Es lag ein Unterton in diesen Worten, der Nandus das Schlimmste befürchten ließ. Kaum hatte er den Saal verlassen, überkam ihn eine panische Angst, dass er seine beiden Söhne nie mehr wiedersehen würde.

Er drehte sich um, wollte noch etwas sagen, doch da schlossen sich schon die hohen Flügel der Eichentür.

DAHLIA, PALAZZO TORMENO, SPÄTER NACHMITTAG, 11. TAG DES HITZEMONDES IM JAHR VON SASMIRAS ZWEITER THRONERHEBUNG

Das ist nicht klug, junger Herr!« Pietro stand händeringend vor Milan. »Bitte, tut das nicht!«

»Ich kann nicht länger in diesem Haus eingesperrt bleiben! Ich ersticke!«, entgegnete Milan, und Luisa, die aus der Küchentür herausschaute, nickte verständnisvoll.

»Dann lasst mich Euch wenigstens begleiten!«, insistierte Pietro.

»Ich soll am Arm eines alten Mannes gehen?«

Der Diener schürzte beleidigt die Lippe. »Ja, der Jüngste bin ich nicht, aber …«

»Komm, Pietro, der junge Herr hat doch recht. Wie peinlich

wäre das, von einem wie dir gestützt zu werden, der du doch selbst fast am Stock gehst.«

Pietro räusperte sich pikiert. »Davon bin ich noch weit entfernt...« Allerdings gab er jetzt den Weg frei, und Milan kämpfte sich, auf zwei Gehstöcke gestützt, durch das Mosaikzimmer zum Eingang des Palazzo.

Luisas Blick folgte ihm. »Wohin willst du denn?«

»Nur zum Oktagon des Heiligen Filippo. Ein wenig beten.«

»Ist das Oktagon deines Vaters nicht mehr gut genug für dich?«, schnarrte Pietro.

»Du meinst, ob ich gern vor dem Altar des Mannes beten möchte, der mich zum hinkenden Krüppel hat prügeln lassen?«

»Du hattest eine Strafe verdient. Und das wird alles verheilen.« Der Diener wagte es nicht, ihn anzusehen. Er war unüberhörbar selbst von seinen Worten nicht überzeugt.

Luisa eilte zur Tür und öffnete sie Milan. »Pass auf dich auf, Junge.«

Er hauchte ihr einen Kuss auf die Stirn, woraufhin sie leicht errötete. »Habt Ihr einen Wunsch für das Abendmahl, junger Herr?«

»Dein Salbeihühnchen«, entgegnete er lächelnd und trat hinaus in die Mittagsonne, hinkte über die Piazza Cynthia. Kaum jemand war bei der Hitze auf den Straßen unterwegs. Obwohl er leicht bekleidet war, war er schon am Ende des Platzes in Schweiß gebadet. Seine Fußsohlen brannten. Seine Wunden heilten gut, und doch war der Schmerz noch lange nicht besiegt.

»Der junge Herr Tormeno?«

Ein Wasserverkäufer trat unter einem Torbogen auf ihn zu. Er hatte einen Tonkrug auf den Rücken geschnallt, dessen Hals sich über seine Schulter krümmte. Mit tausendfach geübter Bewegung zog er einen Becher aus einer Lederschlaufe seines Gürtels und beugte sich vor. Kristallklares Wasser strömte in weitem Bogen aus dem engen Mundstück des Krugs.

Milan hatte den Mann noch nie zuvor wahrgenommen. Er war stämmig, sein Antlitz sonnenverbrannt und von tiefen Falten gezeichnet, das fettige schwarze Haar von breiten grauen Strähnen durchzogen.

Der Becher lag angenehm kühl in der Hand. Dankbar trank Milan.

»Ihr habt allen gezeigt, was wahrer Mut ist.«

Milan griff nach der Börse an seinem Gürtel.

»Nicht doch, Herr.« Der Wasserverkäufer erhob abwehrend die Hand. »Ich bin stolz, dass ich Euch einen Becher Wasser reichen durfte. Davon werde ich heute Abend meinen Kindern erzählen.«

Das Ganze war Milan unangenehm. »Das war doch nichts Besonderes …«

Der Wasserverkäufer schüttelte entschieden den Kopf. »Ihr wart der Einzige in der Stadt, der bereit war, diese Ungerechtigkeit zu beenden. Ihr seid ein Held.«

Milan gab dem Mann den leeren Becher zurück. Er wusste nicht, was er noch sagen sollte, also nickte er ihm nur zu.

Der Wasserverkäufer begleitete ihn noch ein Stück. Drei Mal bot er ihm an, ihn zu stützen, aber Milan wollte das nicht.

Andere Männer und Frauen, die er noch nie gesehen hatte, grüßten ihn ebenfalls. Die ganze Stadt schien ihn plötzlich zu kennen.

Das war nicht gut. Er hatte seine Kammer verlassen, weil er nicht wollte, dass Felicia sich jede Nacht zu seinem Fenster abseilte. Das Risiko war einfach zu groß. Zu leichtfertig forderte die Herzogin das Unglück heraus. Irgendwann würde sie bemerkt werden, und jemand würde die Stadtwachen rufen. Dieses Mal wollte er ihr die Abschriften bringen.

»Ein Hoch auf den jungen Tormeno!«, rief jemand hinter ihm so laut, dass Milan zusammenzuckte.

Erschrocken fuhr er herum.

Ein stämmiger Mann in abgerissener Kleidung stand hinter ihm. Ein mächtiger weißer Vollbart reichte ihm bis auf die Brust hinab. Das Gesicht war von Wind und Wetter gegerbt. Ein ausgefranster Strohhut mit breiter Krempe ließ seine Augen im Schatten verschwinden. »Erkennst mich nicht, Jüngelchen?«

Milan wich, auf seine Stöcke gestützt, ein wenig zurück.

»Keine Angst.« Der Mann nahm den Strohhut ab, so dass sein kahler Schädel zum Vorschein kam. Eine Schlangentätowierung zog sich um seinen Kopf.

»Valerio …«

»Schön zu sehen, dass du mich nicht vergessen hast, Jüngelchen.« Ein Wall gelber Zähne erschien zwischen dem weißen Barthaar, und Milan musste an einen Straßenköter denken, der die Zähne bleckte. »Ich bin hier, um eine Rechnung zu begleichen.«

DAHLIA, ROTE GASSE, SPÄTER NACHMITTAG, 11. TAG DES HITZEMONDES IM JAHR VON SASMIRAS ZWEITER THRONERHEBUNG

Milan trat humpelnd zurück. Seine zerschundenen Füße mochten ihn kaum tragen, aber wenn er sich mit dem Rücken an der Hauswand abstützte, würde er dem Fischer vielleicht nicht ganz wehrlos ausgeliefert sein.

Da ging Valerio auf die Knie. Er blickte zu Milan auf, und seine Augen schimmerten feucht. »Ich muss mich bei dir entschuldigen, Jüngelchen. Ich hab nicht gut über euch reiche, junge Schnösel gedacht, die ihr aus den Häusern der Silberfürsten kommt. Aber du bist anders …« Er schluckte hart. »Danke, Jüngelchen.«

Milan war verwirrt. »Danke? Wofür?«

»Dass du den Mund gehalten hast. Hätt ich nicht erwartet. Auch die anderen nicht. Wir waren da, auf dem Fischmarkt.« Er senkte den Kopf und blickte vor Milans Füßen auf das Pflaster. »Alle waren wir da. Ist besser, beisammen zu sein, wenn die Stadtwachen kommen. Weiß nicht, ob ich dichtgehalten hätte.

Zweihundert Hiebe.« Er schüttelte den kahlen Kopf. »Das ist mehr, als ein Mann ertragen kann. Und du bist nur ein Junge. Noch dazu einer mit zarten Händen. Ein Schreiberling, keiner, der jeden Tag zupacken muss, um sich sein Brot zu verdienen.«

Eine alte Frau mit einem Korb voller Gemüse stieg die Gasse hinauf und sah sie beide verwundert an, sagte aber nichts.

Milan war es unangenehm, dass Valerio vor ihm kniete. Er war doch kein Fürst. »Steh auf … Das ist …«

»Nee, nee«, unterbrach ihn Valerio. »Hab mir die Rede tagelang zurechtgelegt. Bin nicht so ein Schwätzer, weißt du. Seit dem Fischmarkt, also deiner Bestrafung, bin ich jeden Tag zu eurem Palazzo gekommen und hab gewartet, ob du deine bleiche Nase rausstreckst. Also … danke, dass du unsere Namen nicht verraten hast. So haben die Wachen uns in Ruhe lassen müssen …«

»Was ist aus dem toten Jungen und seiner Mutter geworden?«

Jetzt sah Valerio zum ihm auf. »Wir haben sie mehr als zwanzig Meilen die Küste hinabgebracht. Da gibt's 'ne Landzunge mit wilden Olivenbäumen und weißen Felsen. Schöner Ort. Dort haben wir den Jungen in ein Grab gelegt, das aufs Meer blickt. Seine Mutter wollte landeinwärts. Haben ihr all unsere Münzen und was zu essen mitgegeben.«

Traurig dachte Milan, dass sie die Stadt, in der sie gelebt hatte, wohl nie mehr würde betreten können. Sie würde über die Straßen Cilias ziehen, sich verdingen müssen, wo sie nur konnte. Das war keine Gerechtigkeit! Sie hätte nur noch ein paar Stunden im Schandkragen ertragen müssen, dann wäre ihre Strafe abgebüßt gewesen. Nun würde sie ihr restliches Leben lang währen.

»Mach kein langes Gesicht, Jüngelchen.« Valerio erhob sich, und seine Gelenke knackten wie trockenes Holz. »Ich soll dir danke von ihr sagen. Sie war glücklich, als wir ihren Sohn begraben haben. Haben's im ersten Morgenlicht getan. War feierlich. Sie fand's gut so.«

Milan nickte. Besser wäre es gewesen, wenn all das nicht geschehen wäre, dachte er bei sich.

»Soll dir noch was sagen.« Der Fischer setzte wieder seinen Strohhut auf. »Wenn du je ein Boot brauchst, kannste auf uns zählen. Wir bringen dich an jeden Ort, den ein Boot erreichen kann. Ans andere Ende vom Mondmeer oder auch zu den Säulen der Welt im Khanat. Wir stehen zu unserem Wort. Musst nur deinen Namen sagen, Jüngelchen. Wird viel von dir geredet. Auch in den anderen Städten.« Er verpasste ihm einen Knuff, der Milan rückwärts gegen die Hauswand taumeln ließ. »Bist 'n Held, Junge.« Valerio tippte sich zum Abschied grüßend an die Hutkrempe. »Muss noch mit der Ebbe raus aufs Meer.« Valerio wirkte erleichtert. Vielleicht, weil er seine lange Rede endlich hinter sich gebracht hatte.

»Danke.« Milan fühlte sich überrumpelt. Ein Held? Er? »Ich …« Er wollte das nicht! »Könntest du … mir deinen Hut leihen, Valerio?«

»Was immer du willst.« Der Fischer nahm den Strohhut ab. »Aber du solltest was Besseres tragen. Ich fürchte, der stinkt nach Fisch.«

»Das schreckt mich nicht.« Milan setzte ihn auf. Der Hut passte ihm gut. Mit der Krempe tief in die Stirn gezogen, würde er vielleicht unerkannt ins Oktagon des Heiligen Filippo kommen. Wenn er weiterhin dauernd angesprochen würde, durfte er sich Felicias Versteck auf keinen Fall nähern. Er dachte an den mit Menschenhaut bezogenen Schild, den er als Kind gesehen hatte. An das Schwert, umgeben von Rosen. An die zarte Haut auf Felicias Rücken.

Valerio verließ ihn, und Milan beschloss, einen Umweg zum Oktagon des Heiligen Filippo einzuschlagen. Immer wieder blickte er über seine Schulter zurück. Seine Füße brannten, als sei die Bastonade gerade erst beendet worden. Jeder Schritt fühlte sich an, als ginge er über Klingen. Pietro hatte recht gehabt, als er versucht hatte ihn aufzuhalten.

Aber der Alte wusste nicht mehr, wie es war, jung und verliebt zu sein. Felicia im Oktagon zu treffen war Milan jedes Opfer wert.

Er biss sich auf die Unterlippe, kämpfte sich Schritt um Schritt weiter. Und der Hut half. Er wurde nicht mehr angesprochen. Sein Gesicht lag jetzt im Schatten. Nur ab und an streifte ihn ein mitleidiger Blick.

Endlich stand er am Ende einer schmalen Gasse und blickte auf die blaue Kuppel des Oktagons hinab. Durfte er es wagen? Er vermisste Felicia. Ihre Küsse, die nach Minze schmeckten. Ihre Leidenschaft, wenn sie beieinanderlagen.

Flüchtig kam ihm der Gedanke an Nok, und ein schlechtes Gewissen überkam ihn. Vor ein paar Tagen noch war sie der Mittelpunkt all seiner Gedanken gewesen. Er versuchte sich einzureden, dass ihre Zärtlichkeiten nur gekauft gewesen waren. Dass sie nur eine Lehrerin für ihn hatte sein sollen. Aber es hatte sich so echt angefühlt. Sich nun mit aller Begeisterung Felicia hinzugeben, schmeckte ein wenig nach Verrat.

Er stieg die steilen Treppenstufen der Gasse hinab. Er war wohl durch und durch ein Verräter. Unter seinen Gewändern verborgen trug er Kopien der geheimsten Briefe seines Vaters; er hinterging die Frau, die ihn gelehrt hatte, was Liebe war, und dennoch klopfte sein Herz schneller, wenn er an Felicia dachte.

Blanker Schweiß stand ihm auf dem Gesicht, als er sich über den kleinen Platz vor dem Tempel schleppte und durch eines der Seitenportale eintrat. Konnte man zwei Frauen lieben? Konnte man seine Heimatstadt lieben und sie dennoch verraten?

Breite Lichtbahnen durchschnitten das Halbdunkel des Tempels. Nur wenige Gläubige hatten sich vor dem Altar versammelt. Sie beachteten Milan nicht. Er kniete nieder und blickte hinauf zu den Bildern des Heiligen Filippo. Der war für seinen Glauben in den Tod gegangen. Hatte er selbstsüchtig gehandelt, weil er wusste, dass ihn dieser Tod zum Heiligen machen würde? Hätte er nicht all denen, die er zu seinem Glauben bekehrt hatte, sein Leben geschuldet, um sie im neuen Glauben zu unterweisen? Warum waren die großen Dinge nie einfach?

Milans Blick schweifte über die Bilder an der Decke des Oktagons. Dort war auch die Weiße Königin, die Filippos Tod befohlen hatte. Sie war wunderschön, und doch spiegelte sich in ihren harten Augen und den schmalen Lippen ein Hang zur Grausamkeit. Ein Gefolge aus gewappneten Kriegerinnen und Kriegern ganz in Weiß umringte die Herrscherin.

Etwas abseits stand ein großer weißer Wolf. Er hatte den Kopf leicht geneigt und schien unmittelbar in Milans Richtung zu blicken.

Ein Schauer überlief den Jungen. Da war etwas an dem Blick. Er wirkte so lebendig. Eines der Wolfsaugen schimmerte feucht. Das konnte nicht gemalt sein. Das war ein echtes Auge, dort oben in der Decke!

DAHLIA, OKTAGON DES HEILIGEN FILIPPO, FRÜHER ABEND, 11. TAG DES HITZEMONDES IM JAHR VON SASMIRAS ZWEITER THRONERHEBUNG

»Der Junge ist unten im Tempel!« Rainulf war völlig außer sich. Er hatte aus einem weiteren Versteck, das sie im Oktagon entdeckt hatten, die weite Tempelhalle beobachtet, wie schon so oft in den vergangenen Tagen, wenn er bereits zur Mittagsstunde vor Sorge keinen Schlaf mehr fand.

Felicia räkelte sich auf ihrem Lager. Sie genoss es, viel zu schlafen. Das war ein Luxus, von dem sie lange nur hatte träumen können. Seit Milan sie allnächtlich mit Kopien der Briefe seines Vaters versorgte, hatten sie ihre Einbruchsaktivitäten in der Stadt fast ganz aufgegeben. Ein paar Tage noch galt es, unentdeckt zu bleiben, dann würden sie sich in den Schwertwald zurückziehen und auf dem schnellsten Weg nach Thouar reiten, um vor dem Rat der Schwerter zu sprechen. Durch die Briefe des Erzpriesters war zwar kein Sieg in Sicht, aber es gab zumindest Hoffnung, den sicheren Untergang abzuwenden. Es würde ein langer Feldzug werden, und wenn sie sehr viel Glück hatten, kam die Liga irgendwann im Winter zu dem Schluss, dass die

Kosten des Krieges in keinem Verhältnis zum möglichen Gewinn standen, und bot Friedensverhandlungen an.

Rainulf starrte sie an. Sie war nackt, wie stets, wenn sie schlief. Felicia sah das Bedauern in seinem Blick, seine Sehnsucht, sie noch einmal berühren zu dürfen.

»Schau nach, ob jemand Milan gefolgt ist. Wenn du dir ganz sicher bist, dass er uns keinen Spitzel mitgebracht hat, dann bring ihn zu mir.«

Rainulf presste seine ohnehin schon schmalen Lippen zusammen. Es war unübersehbar, wie wenig ihm ihr Befehl gefiel, doch der Bogenschütze sagte nichts, sondern nickte nur stumm und ging.

Felicia verschränkte die Hände hinter dem Kopf und blickte zur niedrigen Decke empor. Die Kerze neben ihrem Bett war die einzige Lichtquelle in der engen, fensterlosen Kammer. Es war stickig und heiß hier drinnen.

Nur ein paar Tage noch, dann würden sie mit Milan fliehen. Ein Lächeln umspielte ihre Lippen. Milan war ein guter Liebhaber. Er war stürmisch, ohne selbstsüchtig zu sein, leidenschaftlich und zugleich voller Einfühlungsvermögen. Bisher hatte er es geschafft, sie in jeder ihrer gemeinsamen Nächte glücklich zu machen.

Sie hatte viele Liebhaber gehabt. Manche von ihnen hatten Milan an Ausdauer und Stehvermögen übertroffen. Sie mochte es, wenn Männer groß und muskulös waren, so wie Rainulf. Aber auch wenn Milan kein muskelbepackter Hüne war, verstand er es, sie zu befriedigen und, wichtiger noch, sie zu überraschen. Er konnte sie zum Lachen bringen, trotzte ihren Launen und hatte eine flinke Zunge.

Wieder lachte sie leise. Dieses Mal über sich selbst. Das waren Gedanken wie die eines jungen, verliebten Mädchens. Eigentlich war ihr so etwas völlig fremd. Dass sie sich an einen Mann verlor, war völlig ausgeschlossen. Sie war das Schwert der Rosen. Ihr Herz gehörte dem Wald, nicht irgendeinem Liebhaber. Sie war die erste Dienerin ihres Volkes. Eines Volkes, das vernichtet werden sollte. Daran hatten die Briefe zwischen Nandus Tormeno und den Anführern der Liga nicht den geringsten Zweifel gelassen. Sich jetzt zu verlieben kam nicht in Frage. Sie musste einen klaren Kopf bewahren.

Felicia hörte Schritte auf der Treppe, die zu ihrem Versteck führte. Überrascht wurde sie sich bewusst, dass ihr Herz ein wenig schneller schlug.

Sie vermochte nicht einzuschätzen, welchen Preis Milan dafür gezahlt hatte, hierherzukommen. Seine Füße begannen zu heilen, aber nach wie vor bereitete ihm jeder Schritt Schmerzen. Wie viele Schritte waren es vom Oktagon hierher? Tausend? Wie viele Umwege war er gegangen, um etwaige Verfolger abzuschütteln? Und jeder Schritt war eine Qual, die sich mit jedem weiteren Schritt steigerte. All das, nur um sie zu sehen?

Er liebte sie. Daran konnte es keinen Zweifel geben. Er würde alles für sie tun.

Diese Gewissheit brachte eine Saite in ihr zum Schwingen, die einen unvertrauten Ton in ihr Leben trug. Einem Mann wie Milan war sie noch nie zuvor begegnet. Und dennoch würde sie ihm das Herz brechen.

Die Tür zu ihrer Kammer schwang auf. Milan stützte sich schwer auf zwei Gehstöcke. Ein seltsam unpassender Strohhut saß auf seinem Kopf. Das Haar darunter hatte seine Locken verloren. In schweißgetränkten Strähnen hing es ihm in die Stirn. Er trug seine hohen Stiefel, die er so liebte und die seine Martern auf dem Weg hierher mit Sicherheit nicht gelindert hatten.

»Wie es scheint, ist ihm niemand gefolgt.« Rainulf klang knurrig. Er betrat die kleine Kammer nicht.

»Sieh dich draußen noch einmal um!«, befahl sie knapp. Felicia hörte, wie er sich entfernte.

Milan warf seinen Hut mitten ins Zimmer. Der Sohn des Erzpriesters strahlte, obwohl er sichtlich erschöpft war. Da lag ein Glanz in seinen Augen … Felicia hatte das Gefühl, dass sie noch nie jemand so angesehen hatte wie Milan in diesem Augenblick.

»Du bist wunderschön«, sagte er in einem Tonfall, in dem

man ergriffen Gebete sprach. Mit einem Seufzer ließ er sich neben ihr auf dem Lager nieder und stieß die Gehstöcke zur Seite.

Felicia schluckte. Das war ihr zu viel Nähe. Sie strich ihm über die Wange. Wie stets trug sie ihre Handschuhe, und Milan stellte immer noch keine Frage, wofür sie ihm unendlich dankbar war. Noch ein Gefühl, das sie nicht wollte … »Wird höchste Zeit, dass du es mir mal wieder richtig besorgst.« Der derbere Ton würde sie auf vertrauten Grund zurückführen. Sie wollte keine Liebesgeschichte, nur ein paar schöne Stunden.

Sollten ihre vulgären Worte ihn gestört haben, so ließ Milan sich davon nichts anmerken. Als sie sich aufsetzte, um ihn zu küssen, legte er die Hände auf ihre Brüste, und sie spürte die Schwielen, die ihm die endlosen Fechtstunden eingebracht hatten. Er war bei weitem nicht der Stubenhocker, den Rainulf gern in ihm sah.

»Du bist entschieden zu bekleidet«, stieß sie zwischen zwei langen Küssen hervor, öffnete die Schnur seines Hemdes und schob es über seine Schultern.

Das Leder ihrer Handschuhe glitt über seinen Rücken. Er war glatt vor Schweiß, und sie spürte die Narben längst verheilter Stockhiebe. Milans Vater war ein grausamer Mann. Er hatte den Jungen oft geschlagen. Aber Milan war nicht zerbrochen. In ihm gab es eine Härte, welche die sanften Züge seines Gesichts Lügen strafte.

Ihre Hände glitten tiefer. Sie begehrte ihn. Ihre Lippen fanden seinen Hals. Ihre Küsse waren fast Bisse. Mit Genugtuung spürte sie, wie sehr er sie begehrte.

»Entledige dich deiner Hose, aber lass deine Stiefel an! Sie gefallen mir, und ich habe es noch nie mit einem nackten jungen Mann in Stiefeln getrieben.«

Er bedachte sie mit einem Lächeln, das gar nicht zu einem Jungen passte. »Wenn du auch meine Wünsche erfüllst …«

BRÜCKE AN DER WOLFSKLAMM, 17 MEILEN SÜDLICH VON DAHLIA, ABEND, 13. TAG DES HITZEMONDES IM JAHR VON SASMIRAS ZWEITER THRONERHEBUNG

Kurz nach Einbruch der Dunkelheit erreichte Nandus die Brücke, die sich über die Wolfsklamm spannte. Am anderen Ende leuchtete eine Blendlaterne auf. Drei Mal öffnete und schloss sich die Klappe. Das vereinbarte Zeichen. Er war also gekommen.

Der Erzpriester ließ seine Stute im Schritt über die steinerne Brücke gehen – ein wunderbares Bauwerk aus alter Zeit, wie es schon lange niemand mehr zu errichten wusste. Hier waren Zweckmäßigkeit und Schönheit in vollkommener Harmonie miteinander verschmolzen. Er blickte zu den leeren Sockeln, die in regelmäßigen Abständen das steinerne Geländer unterbrachen. Einst hatten dort Statuen gestanden, Standbilder der Weißen Königin, des Nebelwolfs und des Einhorns wie auch der Schwertherzöge. Doch schon vor langer Zeit waren diese Steinbilder in die tiefe Klamm gestürzt worden. Die Liga duldete nichts, was die Herrschaft ihrer Feinde verherrlichte. Nur hier und dort war ein Fuß in Sandalen erhalten geblieben und auf einem Sockel zwei Hufe des Einhorns.

Nandus' Stute schnaubte unruhig, als spürte sie eine nahe Gefahr. Der Erzpriester blickte zum anderen Ende der Brücke. Dort war nur ein einzelner Reiter zu sehen. Hier gab es nichts, was er fürchten müsste. Und doch spürte auch er es. Letzte Nacht war ein weiterer Stern am Himmel verschwunden. Das Unheil kam näher. Die Dunkelheit gewann an Macht.

Als Nandus das Ende der Brücke erreichte, öffnete der Reiter, der auf ihn wartete, erneut die Klappe der Blendlaterne und hielt sie leicht schief, so dass der Lichtschein auf sein Allerweltsgesicht fiel. Falce di Luna, die Mondsichel, der Meuchler, den er nach Dahlia gerufen hatte. Nandus hatte diesem Mann bisher nur ein einziges Mal von Angesicht zu Angesicht gegenübergestanden.

»Ehrenwerter Erzpriester.« Falce deutete eine Verbeugung an.

»Du hast mir einiges zu erklären.«

Falce senkte die Laterne. »Würde es Euch etwas ausmachen, wenn wir uns von der Brücke entfernen?«

Misstrauisch blickte Nandus zu den felsbedeckten Hügelflanken, zwischen denen die alte Straße hindurchschnitt. Pinien zeichneten sich tintenschwarz gegen den Sternenhimmel ab. Er traute dem Meuchler nicht. Lauerte dort jemand im Hinterhalt?

Beide Pferde schnaubten. Die Ohren seiner Stute drehten sich nach hinten, und jetzt hörte auch er es.

Da war ein Geräusch, als riebe Fels auf Fels. Es kam vom Hang unterhalb der Brücke.

»Was ist da?«, fragte Nandus scharf. Seine Hand fuhr zum Schwert an seiner Seite.

»Wollen wir das wirklich herausfinden, erhabener Erzpriester? Obschon ich ein Mann des Blutes bin, gehe ich doch einem unnötigen Kampf gern aus dem Weg. Was immer sich dort unten bewegt, ist groß.«

»Vielleicht ein Bär?«

Falce schüttelte den Kopf. »Ich glaube nicht. Und ich will es nicht herausfinden.« Er wendete seinen Wallach und hielt die Laterne so, dass ihr Licht auf die gepflasterte Straße fiel. »Lasst uns in Richtung Dahlia reiten, Herr. Es wird in dieser Nacht noch eine Botschaft eintreffen. Wenn ich kein Lichtsignal gebe, werden die Spitzel in der Stadt argwöhnisch. Wir wollen sie doch nicht unnötig warnen, kurz bevor wir sie schnappen, Herr.«

Nandus verstand nicht ganz, was Falce meinte, wollte sich jedoch keine Blöße geben. »Du wirst mir auf dem Ritt alles erzählen!«, entschied er.

»Gewiss, Herr.«

Da war etwas in Falces Tonfall, was Nandus daran zweifeln ließ, dass er alles zu hören bekäme.

»Wie viele Rebellen aus dem Schwertwald sind in der Stadt?«

»Zwei oder drei. Je nachdem, wie man zählt …«

»Was soll das heißen?«

»Sie verstecken sich im Oktagon des Heiligen Filippo. Im Oktagon des Heiligen Guglielmo«, erwiderte Falce, ohne auf die Frage zu antworten. »Es wird nicht leicht werden, sie dort herauszuholen. Wir werden alle Stadtwachen brauchen, um das Oktagon zu umstellen.«

Nandus hatte oft genug Feinde der Liga verhört, um jetzt ganz sicher zu wissen, dass Falce ihm etwas Wesentliches verschwieg. »Wegen zwei oder drei Rebellen? Alle Stadtwachen? Du solltest mir …«

Ein Geräusch ließ Nandus im Sattel herumfahren. Bei der Brücke stieg etwas aus der Klamm. Ein großer, massiger Mann. Sehr groß … massiger als irgendein Mensch, den Nandus je gesehen hatte. Dieses Wesen bewegte sich seltsam. Leicht vorgebeugt. Die Arme waren ungewöhnlich lang. Es hielt etwas. Eine Keule?

Nandus zügelte seine Stute und zog sein Schwert.

»Herr, wir haben es eilig. Die Rebellen werden …«

Nandus hörte nicht mehr auf ihn. Er wusste, dass es kein Mensch war, der dort am Ende der Brücke stand, sondern etwas, was es nur in Mären geben sollte. Und es war seine Pflicht als Erzpriester, die Bewohner Cilias vor solchen Fleisch gewordenen Albträumen zu schützen!

Er wendete die zitternde Stute und gab ihr die Sporen. Die scharfen Dorne, die ihr in die Flanken stießen, ließen sie erschrocken einen Satz nach vorn machen.

Erbarmungslos trieb Nandus sie erneut an. Widerwillig strebte sie der Gestalt entgegen. Die Kreatur auf der Straße war genauso groß, wie er es zu Pferd war. Drohend schwenkte sie ihre Keule.

Jetzt wurde die Stute schneller. Nandus hob sein Schwert.

Er stand nun in den Steigbügeln, den rechten Arm weit vorgestreckt. Die Spitze des Schwertes zielte wie eine Lanzenspitze auf den Kopf des Monstrums. Klirrend hämmerten die Hufe auf das Pflaster.

»Stirb im Namen des Herrn des Himmels!« Nandus riss die Stute ein Stück zur Seite, preschte links an der Bestie vorbei und ließ sein Schwert mit aller Kraft nach hinten schwingen. Er spürte, wie der Stahl in den Rücken des Ungeheuers drang, und blickte über die Schulter.

Das Monstrum fuhr herum. Es war erstaunlich schnell, griff nach dem Pferdeschweif. Die Stute stieß ein schrilles Wiehern aus und wurde zurückgerissen. Die Keule schwang auf Nandus zu.

Er warf sich aus dem Sattel, spürte den Luftzug der Keule, die ihn verfehlte, aber mit tödlicher Wucht den Kopf der Stute traf. Knochen splitterten. Die Vorderbeine des Tieres knickten ein.

Nandus kam hart auf dem Pflaster der Straße auf, rollte sich ab und war fast wieder auf den Beinen, als er sah, wie die Bestie der Stute einen Stoß versetzte.

Das Pferd fiel zur Seite und begrub seine Beine bis zu den Knien unter seinem Leib. Nandus ließ sein Schwert los.

»Den Zoll oder dein Leben«, grummelte eine tiefe Stimme.

Der Erzpriester blickte in ein grobschlächtiges Gesicht. Sah riesige Zähne in einem Mund mit wulstigen Lippen, darüber eine Nase wie eine Faust.

Ein Brückentroll, dachte er, stemmte die Handflächen auf das Straßenpflaster und versuchte verzweifelt, seine Beine frei zu bekommen.

Die Keule fiel zu Boden. Riesige Hände packten ihn bei den Schultern und zerrten ihn unter dem Pferd hervor. »Dein Leben, Wicht!«

Nandus' Gedanken überschlugen sich. Um sich tretend versuchte er, sich aus dem Griff des Ungetüms zu befreien. Brückentrolle gab es nur in Mären. Nie hatte jemand einen gesehen. Außer in alter Zeit vielleicht. Aber … da gab es doch eine Mär von dem Troll unter der Brücke über die Wolfsklamm. Doch mit den großen, gelben Zähnen des Trolls vor Augen, der offenbar beabsichtigte, ihm den Kopf abzubeißen, wollte sie Nandus nicht einfallen. Nur eines war ihm klar: Mit Trollen verhandelte man, bevor man die Brücke überquerte, für die sie einen Zoll einforderten. Hatte man gegen diese Regel einmal verstoßen, gab es nichts mehr zu bereden. Da waren sich alle Mären einig.

Nandus trat dem Troll mit seinen Reitstiefeln in den Bauch. Aber der schien das kaum zu spüren. Er riss sein Maul auf. Feuchter, nach fauligem Fleisch stinkender Atem schlug dem Erzpriester entgegen. Und dann ein Schrei, dass er glaubte, ihm müsse der Kopf platzen.

Die Arme des Monstrums sanken herab. Der Troll ließ ihn fallen, knickte seitlich ein. Nandus sah eine Dolchklinge unter seiner Kniescheibe aus dem Fleisch ragen. Mit einem wütenden Brüllen wandte sich der Troll zu dem Angreifer in seinem Rücken um.

Falce brachte sich geschickt außer Reichweite der Pranken. Der Meuchler war ihm zu Hilfe gekommen! Etwas Silbernes blitzte auf. Ein Wurfmesser.

Der Kopf des Trolls ruckte zur Seite. Eine tiefe Wunde klaffte über seinem linken Auge.

Nandus griff nach seinem Schwert, das auf dem Pflaster lag. Der Troll war abgelenkt. Auch er bückte sich, hob seine Keule auf und schrie Falce an. »Ich fresse dein Herz, Wicht!«

Ein weiteres Messer zuckte durch das Dunkel. Es traf den Brückentroll in die Brust und verschwand bis zum Heft in dessen Fleisch. Das Monstrum kam nicht mehr richtig auf die Beine. Sein verletztes Knie wollte ihn nicht mehr tragen.

Nandus packte sein Schwert mit beiden Händen und rammte dem Ungeheuer die Klinge in den Rücken.

Der Troll hatte seine Keule wie zum Hieb erhoben, warf sie dann aber. Der massige Holzstrunk traf Falce vor die Brust. Ein Hecheln drang aus Falces Kehle.

Nandus drehte sein Schwert in der Wunde, richtete die Klinge nach oben, zielte dorthin, wo das Herz des Trolls sitzen musste, wenn sein Inneres auch nur ein klein wenig so beschaffen war wie das eines Menschen.

Das Ungeheuer drehte den Kopf. Glasige Augen starrten auf Nandus herab. Dann brach der Brückentroll zusammen. Seine Fäuste öffneten und schlossen sich, als versuche er noch im Tod etwas zu halten.

Nandus lief auf die andere Seite der Straße, wo der Meuchler zusammengekrümmt vor einem Felsen lag. Falce sah übel aus. Die Keule musste ihm mehrere Rippen gebrochen haben …

»Ihr seid anders, als ich erwartet hatte, Erzpriester. Ein Held …«

»Ich habe einen Troll von hinten erstochen«, sagte Nandus müde. »Was für ein Ruhm liegt darin?«

Falce verzog den Mund. »Nur Dummköpfe versuchen einen Troll von vorn zu erstechen.« Er hustete, krümmte sich noch mehr zusammen und fluchte. Blut quoll ihm über die Lippen.

»Man erzählt sich, dass nichts die Mondsichel umbringen kann. Du kommst immer irgendwie durch.«

»Stimmt.« Der Meuchler versuchte zu lächeln. »Wäre trotzdem schön, wenn es mal geklappt hätte, ohne dass ich was abbekomme.«

»Warum hast du mir geholfen? Einen Troll mit einem Messer anzugreifen …«

»… war nicht gerade eine meiner besten Ideen.« Ein Pfeifen lag jetzt in Falces Stimme. Er rang um jedes seiner Worte.

»Warum warst du da?«

»Fand, solche Biester sollten nicht auf unserer Insel herumlaufen …«

»Finde ich auch.« Nandus erwiderte den Blick des Meuchlers. Er hatte oft genug Männer sterben sehen, um zu wissen, wie es um Falce stand.

»Von der Südmauer … kommt heute Nacht ein Heuler. Man muss dreimal aufblenden … und …«

Nandus nahm die Hand des Meuchlers und drückte sie. »Und?«

Ein Lächeln lag auf den Lippen des Sterbenden. Er blieb Nandus die Antwort schuldig.

»Ich schicke jemanden«, sagte Nandus und erhob sich.

Der Erzpriester ging zum Pferd des Meuchlers, nahm die Blendlaterne und saß auf. Das *und* lastete wie ein Fels auf seinem Herzen. Er ahnte, was es bedeutete.

DAHLIA, OKTAGON DES HEILIGEN FILIPPO, VORMITTAG, 14. TAG DES HITZEMONDES IM JAHR VON SASMIRAS ZWEITER THRONERHEBUNG

Felicia strich mit der Rechten über Milans Rücken. Wie gern hätte sie die Handschuhe abgestreift, ihn mit der bloßen Hand berührt. Vielleicht war er der größte Schatz, den es in Dahlia zu finden gab, und nicht die Briefe seines Vaters.

Milan gab einen leisen Laut von sich.

»Wieder wach?«

Er drehte sich halb zu ihr um. »Ich habe nicht geschlafen …«

»Und auch nicht geschnarcht, natürlich nicht.«

Er wirkte beschämt.

»Gut, dass du mit den Briefen fertig bist. Heute Nacht schleichen wir uns aus der Stadt. Bist du bereit?«

Er nickte und schien plötzlich sehr ernst. »Ich weiß, wohin ich gehöre. Ich werde nicht länger zusehen, wie man dein Volk demütigt und versklavt.«

Sie lächelte und beneidete ihn um seine Jugend. Nie wieder würde die Welt so klar sein. Nie wieder Entscheidungen mit solcher Überzeugung getroffen werden. Sie blickte in seine braunen Augen, versank darin. Sie begehrte ihn auf jede nur denkbare Art. Das war nicht gut. Aber selbst das war ihr egal.

Schweiß stand auf seiner Haut. Die Luft in der kleinen Kammer war zum Schneiden. Es roch nach feuchtem Leinen und nach Liebe, nach blakender Kerze und Waffenfett. »Ich hab etwas für dich.«

Gleich neben ihrem Lager lehnte ihr Schwert an der Wand. Daneben lag ihr weißes Hemd wie achtlos zu Boden geworfen, doch es verbarg, was sie vor Tagen schon bei einem der teuersten Schuster der Stadt in Auftrag gegeben hatte.

»Hier!« Sie zog das Hemd zur Seite. Neugierig beobachtete sie, wie Milan reagierte.

Er war verblüfft, zog die Stirn kraus. »Schuhe?« Er griff danach.

»Nicht irgendwelche Schuhe. Sie sind aus bestem Segeltuch genäht. Das macht sie leicht, und doch wird sie kein Wasser durchdringen. Die Sohlen sind aus dünnen Hanfschnüren gefertigt. Hervorragend geeignet, um über Dächer zu laufen. Aber betaste die Sohlen von innen …«

Neugierig nahm er sich einen Schuh und schob seine Hand hinein. Erstaunt sah er sie an. Allein dieser Blick war das kleine Vermögen wert, das diese Schuhe gekostet hatten.

»Ein Polster aus Moos unter besonders zäher Seide. Du wirst wie auf Wolken laufen und alle Schmerzen vergessen, wenn du diese Schuhe trägst.«

Immer noch tastete er mit der Hand im Schuh. »Unglaublich! Ich werde sie anziehen und …«

»Nein, das wirst du nicht«, sagte sie sanft, aber bestimmt.

Milan sah sie überrascht an.

»Alles im Leben hat einen Preis.«

»Wie meinst du das?«

»Rate!« Sie legte eine Hand in seinen Nacken und zog ihn zu sich herab.

DAHLIA, OKTAGON DES HEILIGEN FILIPPO, VORMITTAG, 14. TAG DES HITZEMONDES IM JAHR VON SASMIRAS ZWEITER THRONERHEBUNG

Ich sollte mit hinaufgehen«, beharrte Lorenzo.

»Nein!«, sagte Nandus entschieden. »Auf diesen Kampf bist du nicht vorbereitet, Hauptmann.« Der Erzpriester blickte zu den Stadtwachen, die gerade die letzte Gasse abriegelten, die zum Oktagon des Heiligen Filippo führte. Mehr als hundert Mann hatten sich versammelt, mit Armbrüsten und Speeren. Keine richtigen Krieger. Nandus hätte auch nach den Rittern des Ordens vom Schwarzen Adler schicken können, sie waren weit bessere Kämpfer. Aber damit hätte er die Stadtwache und deren Hauptmann Lorenzo Dolendo in ihrer Ehre verletzt.

»Ich sollte aber …«

Nandus griff nach dem Arm des kleinen, untersetzten Mannes. »Nein, das solltest du nicht. Du bist der fähigste und unbestechlichste Hauptmann der Wache, den es seit vielen Jahrzehnten in Dahlia gibt. Du bist zu kostbar, um im Handgemenge mit ein paar Halsabschneidern umzukommen.«

Lorenzo sah ihn überrascht an, sagte aber nichts.

»Vorwärts!« Nandus winkte den Männern, die er zuvor unter den Wachen ausgewählt hatte – einigen Schwertkämpfern, die er für ein wenig besser hielt, sowie drei Armbrustschützen. »Wir brauchen diese Rebellen lebend«, sagte er mit erhobener Stimme, so dass ihn die Männer in weitem Umkreis hören konnten. »Wenigstens einen von ihnen.« Er blickte zu den Armbrustschützen. »Zielt auf ihre Beine, oder schießt gar nicht! Sie zu töten betrachte ich als Verrat an unserer Sache.«

Er wandte sich an den Priester, den er kurz nach dem Morgengrauen aus dem Bett gezerrt hatte. Der alte, kahle Mann hatte, solange Nandus sich erinnerte, im Oktagon des Heiligen

Filippo Messen gelesen und kannte das Bauwerk besser als jeder andere in der Stadt. »Du bist dir sicher?«

Der Priester nickte. »Die Treppe, die du beschrieben hast, führt zu zwei möglichen Verstecken. Eines liegt hinter einer Wandnische, das andere über dem Kreuzgewölbe des Hauptschiffs.«

Nandus gab den auserwählten Wachen ein Zeichen, dann setzte er sich an die Spitze der kleinen Gruppe.

Der Priester hatte ihm versichert, dass es in beiden Verstecken keine Fenster gab. Waren die Rebellen dort, dann musste ihnen verborgen geblieben sein, was rings um das Oktagon geschah. Wenn sie aber klug waren, hatte irgendwo einer von ihnen Wache gestanden.

Der Erzpriester stieß die Haupttür zum Tempel auf und stürmte hinein. Die wenigen Gläubigen zogen sich erschrocken zum Altar zurück.

Nandus beachtete sie nicht weiter. Sämtliche Glieder schmerzten ihm. Es war ein drückend heißer Tag nach einer schwülen Nacht, die er im Sattel verbracht hatte. Er hatte den Pfeil mit der Botschaft abgefangen, das Lichtsignal gegeben und war, kaum dass die Stadttore beim ersten Morgenlicht öffneten, zum Hauptquartier der Stadtwache geritten, um Lorenzo und dessen Männer aufzuscheuchen.

An der Tür zur Treppe zog Nandus sein Schwert. Er wandte sich kurz zu seinen Männern um. »Ich gehe vor. Haltet euch dicht hinter mir, und vergesst nicht: Wir brauchen diese verfluchten Rebellen lebend!«

Sie stiegen die Stufen hinauf.

Schweiß rann Nandus den Nacken hinab. Unter seinem Priesterornat trug er ein Kettenhemd. Aber es war nicht das Gewicht, das ihm zu schaffen machte – bei den Fechtübungen mit seinen Söhnen hatte er regelmäßig Rüstungen getragen –, sondern das Unausgesprochene. Das, was Falce nur angedeutet hatte, bereitete ihm Sorge. Wen würde er dort oben antreffen?

Er erreichte die Wandnische, die ihm der Priester beschrieben hatte. Nichts deutete hier auf einen Eingang hin. Vorsichtig beugte Nandus sich vor und drückte gegen die Rückwand. Ohne einen Laut schwang sie auf. Dahinter lag ein dunkler Gang.

Ohne zu zögern trat er ein. Ein schmaler Lichtspalt fiel unter einer Tür hindurch, keine fünf Schritt links von ihm. Das musste es sein!

DAHLIA, OKTAGON DES HEILIGEN FILIPPO, VORMITTAG, 14. TAG DES HITZEMONDES IM JAHR VON SASMIRAS ZWEITER THRONERHEBUNG

Das Geräusch von Schritten auf der Treppe ließ Felicia hochfahren. Vieler Schritte! Das konnten nicht Rainulf und Milan sein!

Sie griff nach ihrem Hemd und streifte es sich hastig über. Wer immer dort kam, durfte auf keinen Fall die Tätowierung auf ihrem Rücken sehen. Jedes Kind hätte sie daran als das Schwert der Rosen erkannt.

Die Tür zu ihrer Kammer schwang auf. Der hochgewachsene Erzpriester trat ein. Ausgerechnet Nandus Tormeno, der Mann, der ihr Fluch war. Der, der sie schon einmal gefangen hatte.

Felicia griff nach dem Schwert neben ihrem Lager.

Sofort griff Nandus an.

Den ersten Hieb wehrte sie noch mit der Klinge in der Scheide ab. Sie wich hinter ihre Schlafstatt zurück und löschte mit einem Tritt die Kerze.

Dann duckte sie sich.

»Vorsicht!«, ermahnte der Erzpriester seine Männer. »Versperrt den Eingang.«

Felicia wich nach rechts aus. Ihre Augen gewöhnten sich schnell an die Dunkelheit. Ein Rest von Licht fiel durch die Tür. Er kam von der Treppe. Sie sah ihre Angreifer als Schemen.

Mit einer Rolle setzte sie über das Lager hinweg, auf dem vor einer Stunde noch Milan gelegen hatte. In fließender Bewegung zog sie das Schwert aus der Scheide und stieß zu.

Ein Mann heulte vor Schmerz auf. Erschrecktes Keuchen erfüllte die enge Kammer.

Ihre Angreifer behinderten sich gegenseitig. Sie waren zu fünft.

Felicia griff nach der Decke auf ihrem Lager und schleuderte sie ihren Angreifern entgegen. Jemand schrie in Panik auf. Sie sprang vor, hämmerte dem Mann, der mit der Decke kämpfte, den Schwertknauf ins Gesicht und hechtete, als er zu Boden ging, über ihn hinweg.

Sie spürte den Luftzug einer Klinge, die sie nur knapp verfehlt hatte, auf dem Gesicht und riss die Waffe hoch. Stahl klirrte auf Stahl. So schwer war der Hieb, dass ihr Arm wegknickte. Doch die Tür vor ihr war frei. Drei Schritte, und sie war im Flur.

Im Licht des Durchgangs zur Treppe stand ein Armbrustschütze mit erhobener Waffe. »Ergib dich, Weib!«

Jeden Augenblick würden die Angreifer aus der Kammer ihr in den Rücken fallen. Jetzt zu zögern hieße unterzugehen. Entschlossen stürmte sie dem Schützen entgegen. Sie sah, wie dessen Hände zitterten. Vielleicht hatte er noch nie auf einen Menschen geschossen? Vielleicht …

Felicia sah, wie die Hand den Abzugsbügel drückte. Langsam … zögerlich … Sie ließ sich fallen. Das Geschoss ging über sie hinweg. Sie hörte einen dumpfen Aufprall. Ein Röcheln. Der Bolzen hatte jemanden hinter ihr getroffen.

Jetzt war nicht die Zeit zurückzublicken. Sie kam auf die Beine und lief die letzten paar Schritte zu dem Schützen, der verzweifelt versuchte seine Waffe nachzuladen und ihr zugleich auszuweichen.

Ihre Klinge traf ihn in die Schulter. Er taumelte auf die Treppe zurück. Felicia rempelte ihn an. Er stürzte, und sie sprang über ihn hinweg. Immer zwei Stufen auf einmal nehmend, eilte sie die Treppe hinab.

Schwere Schritte folgten ihr.

Felicia betrat das Querschiff des Oktagons und war überrascht, hier keine Stadtwachen vorzufinden. Mit fliegender Eile durchquerte sie den Tempel. Das Hauptportal mied sie. Stattdessen strebte sie der kleinen Tür im gegenüberliegenden Seitenschiff entgegen.

Als sie die Tür erreichte, blickte sie sich kurz um. Der Erzpriester folgte ihr. Er war keine zehn Schritt entfernt.

Sie drückte die Klinke und zog die Tür auf. Speerträger richteten ihre Waffen auf den Eingang. Armbrustschützen standen bereit.

Sie warf die Tür wieder zu, drehte sich um.

Nun stand der Erzpriester unmittelbar vor ihr. »Gib auf, Rebellin! Es gibt keinen Fluchtweg für dich.«

Mit einem wütenden Aufschrei griff sie an. Der Erzpriester parierte erstaunlich geschickt, doch zwang ihn die Wucht ihres Angriffs einen Schritt zurück. Hieb folgte auf Hieb. Milans Vater war gut. Auch wenn sie ihn vor sich hertrieb, blockte er doch jeden ihrer Hiebe. Finte, Stich … ihre Klingen glitten kreischend aneinander entlang.

Stadtwachen mit Schwertern und Schilden drangen von allen Seiten durch die Türen in den Tempel ein und bildeten einen weiten Kreis um sie beide.

Felicia biss sich auf die Lippe. Für sie würde es kein Entrinnen mehr geben.

DAHLIA, OKTAGON DES HEILIGEN FILIPPO, VORMITTAG, 14. TAG DES HITZEMONDES IM JAHR VON SASMIRAS ZWEITER THRONERHEBUNG

Nandus wich vor der Rebellin zurück. Sie kämpfte wie eine Furie. Gewiss hatte sie begriffen, dass sie nicht mehr gewinnen konnte, und dennoch weigerte sie sich aufzugeben. Es war wie in jener Schlacht im Schwertwald, als er zum ersten Mal auf sie getroffen war. Er hatte sie auf den ersten Blick wiedererkannt. Sie war das Schwert der Rosen. Einst war sie seine Gefangene gewesen. Sie würde sich auch dieses Mal nicht einfach ergeben. Diese verfluchte Närrin weigerte sich einfach, sich in das Unausweichliche zu fügen. Lieber starb sie.

Er parierte Schlag um Schlag. Felicia da Rosa kämpfte mit beherrschter Wut. Sie ließ sich nicht zu unvorsichtigen Attacken verleiten, schlug Finten, suchte nach einer Lücke in seiner Deckung.

Immer schneller ging der klirrende Tanz der Klingen. Nandus spürte, wie sein Schwertarm müde wurde. Er wurde langsamer. Nur um eine Winzigkeit. Aber das würde sich schnell ändern. Sie war etwa dreißig Jahre jünger als er, schätzte er. Und sie hatte nichts mehr zu verlieren.

Ein unerwarteter Hieb brachte ihn aus der Balance. Noch während er stürzte, führte er einen Schlag, der nach ihren Beinen zielte und sie zwang, ein Stück zurückzuweichen.

Als Nandus auf den Boden schlug, sah er den Triumph in ihren grünen Augen. Sie setzte an, ihm den Gnadenstoß zu geben, da keuchte sie plötzlich auf. Ein Armbrustbolzen hatte sie in die Leiste getroffen. Blut rann ihr nacktes Bein hinab.

»Nein!«, schrie Nandus. »Nicht schießen!« Er war wieder auf den Beinen. Mit einem wuchtigen Hieb prellte er Felicia das Schwert aus der Hand. Die Waffe schlug klirrend auf die Marmorplatten auf. Er versetzte ihr einen Tritt, dass sie über den Boden schlitterte und zwischen den Wachen zu liegen kam.

Die Herzogin zitterte. Große Schweißperlen standen ihr auf der Stirn. Sie blutete stark. Unter ihren Füßen hatte sich bereits eine große, dunkle Pfütze gebildet. Sie sollte liegen! Die Wunde musste unbedingt abgebunden werden, dachte Nandus besorgt. Sie war der Schlüssel! Sie durfte nicht sterben. Nicht jetzt! Sonst würde er niemals die ganze Wahrheit über die Briefe erfahren, auch wenn er in der kurzen Zeitspanne vor dem Verlöschen der Kerze in ihrer Kammer etwas gesehen hatte, was ihm das Blut in den Adern hatte gefrieren lassen.

Allein deshalb musste sie leben. Sie schuldete ihm Antworten. Und er würde sie ihr entreißen, ganz gleich, wie.

»Hauptmann Dolendo! Holt einen Medicus! Sofort!« Er wandte sich an die Rothaarige. »Hinlegen!«

Die Schwertherzogin hatte jetzt den Schock der Verletzung überwunden. Sie hinkte an der Reihe der Wachen entlang wie ein gefangener Wolf, der in seinem Käfig auf und ab lief.

Die Männer riefen ihr Schmähungen zu, nannten sie Hure, machten obszöne Gesten.

»Still!«, fuhr Nandus die Wachen an. Die rothaarige Herzogin war mehr Kriegerin als irgendjemand sonst hier im Oktagon. Sie sah ihn an. Ganz ruhig. Beherrscht. Sie hatte ihn wiedererkannt, da war er sich ganz sicher. Und dennoch wollte sie sich nicht ergeben.

Er breitete die Arme aus wie ein Priester, der zu seiner Gemeinde sprach. »Gib auf. Wir sorgen für dich.« Langsam ging er auf sie zu.

»In einem Folterkeller?«, zischte sie ihn an. »Dann sterbe ich lieber hier.«

»Du irrst dich«, sagte er freundlich. »Aber ich werde dich zur Wahrheit geleiten.« Wenn seine Befürchtungen zutrafen, sollte sie besser nicht noch länger Gelegenheit haben, vor so vielen Zeugen zu sprechen. »Der Herr des Himmels wird dich …« Er war nah genug. Seine Faust schnellte vor, traf sie mit voller Wucht in die Magengrube. Ein linker Haken traf sie unter dem Kinn und schickte sie zu Boden.

»Du irrst dich, Rebellin«, wiederholte er mit fester Stimme. »Wann, wo und wie du stirbst, entscheide allein ich.«

Sie antwortete nicht mehr. Lang hingestreckt lag sie am Boden des Oktagons. Er kniete nieder, zog ihr Hemd herab, um ihre Scham zu bedecken. »Wo bleibt der Medicus? Wir müssen die Blutung stillen.«

»Ist auf dem Weg«, erklang die wohlvertraute Stimme Lorenzos hinter ihm.

»Wir brauchen sie lebend!«, schärfte er dem Hauptmann ein.

»Sie soll die bestmögliche Versorgung bekommen. Jetzt fessele und knebele sie!«

Lorenzo sah ihn verblüfft an. »Sie ist ohnmächtig …«

»Sie ist das wildeste Raubtier, das mir je begegnet ist. Selbst verwundet ist sie eine Gefahr. Du sperrst sie in deinen tiefsten Kerker und sorgst dafür, dass sie mit niemandem spricht, bevor ich zu dir komme.«

»Du gehst?«

»Ich muss hoch in ihr Versteck.« Nandus erhob sich, ohne dem fragenden Blick des Hauptmanns Beachtung zu schenken. Er musste als Erster dort oben sein.

Die Wachen öffneten eine Gasse in ihrem Kreis. Respekt und Ehrfurcht spiegelten sich in ihren Gesichtern. Vermutlich kannten sie die alten Geschichten über ihn, aber sie hatten ihn noch nie mit eigenen Augen kämpfen sehen. Erzpriester waren mehr als nur Wortschmiede. Sie wurden dazu ausgebildet, keinem Kampf aus dem Weg zu gehen.

Nandus strebte der Treppe zum Versteck entgegen. Mit jedem Schritt wurden ihm die Beine schwerer. Stumm betete er, dass er sich getäuscht hatte. Dass er im Kerzenlicht einen falschen Eindruck gewonnen hatte und nun keinen Kampf aufnehmen musste, auf den er selbst im Roten Kloster nicht vorbereitet worden war. Einen Kampf, an dem er zerbrechen würde, selbst wenn er siegte.

FERRANTA, PALAZZO TRIMINI, SPÄTER MORGEN, 14. TAG DES HITZEMONDES IM JAHR VON SASMIRAS ZWEITER THRONERHEBUNG

Juliano Tormeno rang damit, sich seine Langeweile nicht anmerken zu lassen. Zunächst hatte er sich darüber gefreut, seinen Vater bei der Versammlung der Liga zu vertreten. Aber die Freude war schon seit Tagen verflogen. Das endlose Gerede der großen Händlerfamilien führte zu nichts! Sie planten nicht etwa den Kriegszug, sondern stritten auch an diesem Morgen wieder darüber, wer welche Kosten tragen sollte und ob die Forderungen nach Männern und Ausrüstung, die der einäugige Rudolfo Acuto vorgetragen hatte, nicht doch völlig überzogen waren.

Juliano blickte zu seinem Bruder. Fabricio war im Lehnstuhl neben ihm zusammengesunken und schlief. Der unmoralische Lump verbrachte die Nächte in den Wirtshäusern Ferrantas und hatte sich bereits mit sämtlichen Huren der Stadt bekannt gemacht. In den Versammlungen sagte er nichts. Dafür wies er, wann immer sie sich unter vier Augen sahen, darauf hin, dass die eigentlichen Entscheidung bei dieser Zusammenkunft an den Abenden während der Festgelage und in den Schänken fielen. Dieser verfluchte Tunichtgut war davon überzeugt, dass er ihrem Vater gute Dienste leistete und bereits viel mehr als Juliano erreicht hatte. Wie stets fand sein Bruder tausend schöne Worte, um sein Lotterleben dahinter zu verbergen.

»Vielleicht sollten wir einen ganz anderen Weg als den des Krieges bedenken, verehrte Freunde.« Marco Cornaro hatte sich von seinem Sitz erhoben und war in die Mitte der Ratshalle des Palazzo Trimini getreten. Der kleine, ganz in Schwarz gekleidete Mann drehte sich im Kreis wie ein Priester, der in der Mitte seines Oktagons predigte und sich der Aufmerksamkeit seiner Gläubigen vergewissern wollte. »Uns allen ist klar, welch gewaltige Ströme von Silber aus unseren Truhen fließen werden und dass uns selbst die Überstellung der Gefangenen an unsere geschätzten Geschäftspartner aus dem fernen Westen …«

Juliano schnaubte leise. Verfluchte Pfeffersäcke! Das Wort Sklaven war in diesem Raum kein einziges Mal gefallen. Sie benutzten tausend verschiedene Floskeln, um zu beschönigen, was sie mit den Gefangenen des Feldzugs tun würden.

»Vielleicht gibt es ja selbst unter den dickschädeligen Schwertherzögen einige, die begriffen haben, dass dieser Krieg nur zu einem Ergebnis führen kann«, sagte Marco Cornaro nun.

»Du bist wohl noch nie Felicia da Rosa begegnet«, unterbrach ihn Nicolo Trimini, der hünenhafte Schwarzbart, der den Vorsitz bei diesem Treffen der Liga führte. »Da kannst du eher mit einer Eiche reden.«

»Und doch sollten wir nichts unversucht lassen«, beharrte Marco Cornaro. »Bedenkt, wie viel Silber wir sparen, wenn die Schwertherzöge einlenken.«

Juliano dachte an die Geschichten, die er über die Herzogin gehört hatte. Das Schwert der Rosen. Einst war sie eine der Gefangenen seines Vaters gewesen. Sie hatte eine Schar Bogenschützen befehligt. Üblicherweise schnitten die Krieger der Liga jedem gefangenen Bogenschützen Zeigefinger und Mittelfinger der rechten Hand ab, damit sie nie wieder eine Bogensehne ziehen konnten. Aber bei der Herzogin hatte sein Vater eine Ausnahme gemacht. Sie war damals eine junge Frau gewesen. Die reinste Furie, so wie ihr Vater sie beschrieben hatte. Zugleich war sie allerdings auch gebildet. Belesen. Sie hatte Eindruck bei seinem Vater hinterlassen. Deshalb waren ihr – als besondere Vergünstigung – der Zeigefinger und der Mittelfinger der linken Hand abgeschnitten worden. So konnte sie zwar nie mehr einen Bogen halten, aber durchaus noch eine Schreibfeder. Sein Vater hatte dies als noble Geste gedacht. Nur wenige wussten, was der Erzpriester damals getan hatte, und Juliano war stets stolz darauf gewesen, zu dieser Handvoll Eingeweihter zu gehören.

Was hätte er dafür gegeben, wie sein Vater in den Krieg zu ziehen! Das Zeug dazu hatte er. Er war ein guter Kämpfer. Er sehnte den Feldzug gegen den Schwertwald herbei. Dann endlich würde er sich bewähren können und Feinden wie der wunderschönen Herzogin begegnen, um ihnen ritterlich Gnade zu gewähren, nachdem er sie besiegt hatte.

»… und ich bin sicher, der ehrenwerte Juliano Tormeno würde uns gern unterstützen.«

Juliano schreckte aus seinen Tagträumen auf. Marco Cornaro sah ihn ebenso an wie die übrigen Vertreter der Liga.

Marco lächelte väterlich. »Wir waren übereingekommen, dass

es ein gewinnbringender Versuch sein könnte, den Schwertherzögen einen Herold mit einem Angebot der Liga zu schicken. Sie dürfen die Hälfte ihres Besitzes behalten, und jeder Herzog bekommt einen Sitz in unserem Rat. Dafür wird ihr Land unter die Verwaltung der Liga gestellt. Ihnen steht es frei, sich als Händler zu versuchen und ihr Glück zu machen. Einige tun das ja bereits.«

Juliano nickte gravitätisch, um noch ein wenig Zeit zu gewinnen. »Überaus großmütig«, begann er gedehnt, während sich seine Gedanken überschlugen und er nach der rechten Antwort suchte. »Männer, denen als Ausweg sonst nur Tod und Verderben bleiben, sollten ein solches Angebot eigentlich mit Freuden annehmen.«

Marco klatschte in die Hände. »Trefflich zusammengefasst, junger Tormeno. Es ist wahrlich eine Kunst, einen derart verwickelten Sachverhalt in so wenigen Worten schildern zu können.«

Juliano war es nicht gewohnt, überschwänglich gelobt zu werden. Wollte Marco Cornaro ihn foppen?

»Nun bleibt nur noch zu klären, wer die Ehre haben wird, als Herold der Liga nach Thouar zu reiten«, fuhr der Kaufmann fort. »Es muss jemand sein, an dessen Händen noch kein Blut klebt. Jemand, der in keines der unzähligen Scharmützel am Waldrand verwickelt war und dessen Name doch einen edlen Klang hat. Hat mir jemand einen Vorschlag zu machen?«

Verwundert bemerkte Juliano, wie die meisten Kaufherren, aber auch die Vertreter des Ordens vom Schwarzen Adler und der Priesterschaft zur Seite blickten, als Marco sich erneut im Kreis drehte, um alle Anwesenden der Reihe nach anzuschauen.

Noch bevor der Blick des Kaufmanns ihn erreichte, erhob sich Juliano von seinem Sitz. »Ich werde gehen.«

»Bist du von Sinnen?«, zischte Fabricio.

Offenbar hatte sein Bruder nur so getan, als verschliefe er die Sitzung. Doch von ihm würde er sich nicht aufhalten lassen. Dies war seine Stunde. Endlich bekam er die Gelegenheit, dem

Namen Tormeno Ehre zu machen. Sein Leben lang hatte er auf diesen Augenblick gehofft.

»Du verdammter Narr«, flüsterte Fabricio. »Begreifst du denn nicht? Marco hat von Anfang an darauf gebaut, dass du dich meldest. Niemand sonst hier ist so verblendet, freiwillig mit einem beleidigenden Friedensangebot zum Rat der Schwertherzöge zu reiten. Was glaubst du, was die mit dir tun werden?«

Juliano wandte sich verärgert zu Fabricio um, obwohl ihm dies überaus unangenehm war, musste es doch für alle anderen so aussehen, als erhielte er Befehle von seinem jüngeren Bruder. »Wie hätte Marco wissen sollen, dass ich mich melde? Ich hab es doch freiwillig getan.«

Fabricio rollte mit den Augen, als spräche er mit einem Idioten. Er tat das gern, wenn sie sich unterhielten. »Glaub mir, er hat es gewusst. Und er führt nichts Gutes im Schilde. Du weißt, dass er unseren Vater hasst, weil der sich mehrfach öffentlich gegen den Handel mit Traumkugeln ausgesprochen hat.«

»Das hat nichts miteinander zu tun«, sagte Juliano entschieden. Immer war es Fabricio, der alle Ehren erntete. Dieses Mal würde es nicht so kommen!

Juliano drehte sich zu der Versammlung um, und er war von Stolz erfüllt, als er verkündete: »Mein Bruder und ich sind der Meinung, dass es eine große Ehre für die Familie Tormeno ist, den Herold der Liga zu stellen. Gern werde ich nach Thouar reisen, um ihnen das großmütige Angebot der Liga zu überbringen.«

DAHLIA, PALAZZO TORMENO, MITTAG, 14. TAG DES HITZEMONDES IM JAHR VON SASMIRAS ZWEITER THRONERHEBUNG

Die Tür zu Milans Kammer flog auf, und sein Vater schleuderte ihm etwas vors Bett.

»Du ahnst, woher ich komme?«

Milan setzte sich auf und erblickte die Stiefel, die er bei Felicia zurückgelassen hatte.

Sein Vater wedelte mit einem Pergament. »Mäßig, deine Dichtkunst, Junge. Ich bin verblüfft, dass die Herzogin sich auf dich eingelassen hat.« Er lachte bitter. »Allerdings fällt mir natürlich auch ein Grund ein, der nichts mit Lyrik zu tun hat.« Der Blick seines Vaters wurde eisig. Er machte die Tür hinter sich zu. »Hochverrat. Ich begreife das nicht. Hast du das getan, um mit ihr das Lager zu teilen?«

Milan war überrumpelt. Er starrte auf die Stiefel. Auf das Pergament mit seinem Gedicht. »Was hast du mit ihr gemacht? Wo ist sie jetzt?«

Nandus warf ihm das Pergament vor die Füße. »Du stellst mir Fragen?« Seine Hand sank auf den Knauf des Schwerts an seiner Seite. »Ich bin hier, um Antworten zu bekommen. Was hast du ihr verraten?«

»Alles«, entgegnete Milan ruhig. »Jedes Schriftstück aus deiner Dokumentenkiste liegt jetzt in Abschrift den Schwertherzögen vor. Sie wissen alles über die Kriegspläne der Liga.«

»Natürlich.« Sein Vater bedachte ihn mit einem abfälligen Lächeln. »Da du nun aber sämtliche Pläne kennst, weißt du auch, dass ihnen nicht einmal das helfen wird, dem sicheren Untergang zu entgehen. Die Zeit der Schwertherzöge ist vorüber. Kannst du nicht erkennen, wie verzweifelt sie sind? Dass eine Herzogin höchstselbst hierherkommt, um das Werk eines Spitzels zu verrichten, sagt doch alles. Sie sind am Ende.«

»Hast du einmal andere Priester über dich reden hören, Vater? Was sie davon halten, dass du ein Schwert trägst und an der Seite von Söldnern in die Schlacht geritten bist? Dass du Blut vergossen hast? Du bist Felicia gar nicht so unähnlich.«

Voller Genugtuung sah Milan, wie das Lächeln seines Vaters verschwand. »Ich sollte dich einfach aufknüpfen für das, was du getan hast. Durch deinen Verrat hätten viele ehrliche Männer sterben können.«

»Ehrliche Männer?«, entgegnete Milan aufgebracht. »Von

wem sprichst du? Von den Söldnern, die ihr Bluthandwerk für Silber verrichten, weil sie keine Überzeugungen haben, für die sie kämpfen? Oder meinst du die Sklavenhändler, die nur darauf warten, die Gefangenen des Feldzugs zu verschachern?«

»Wie ich sehe, hat die Herzogin dir nicht nur mit ihrer Schönheit den Kopf verdreht – du hast dich auch dem Gift ihrer Worte ausgeliefert.« Seine Stimme wurde härter. »Was hast du geglaubt, was ich tun werde, wenn ich dich bei deinem Verrat erwische? Warst du dir sicher, dass du davonkommen würdest, weil ich dich unbedingt im Roten Kloster haben möchte?«

Milan schwieg beklommen. Er hatte das nicht durchdacht. Er hatte sich nur vorgestellt, heldenhaft kämpfend an Felicias Seite zu sterben. Gefangennahme, Folter, der Galgen … das war in seinen Tagträumen nie vorgekommen. Erst jetzt wurde ihm bewusst, wie dumm das gewesen war.

»Hat es dir die Sprache verschlagen, Milan? Antworte!«

»Ich bin bereit, für die Sache, der ich mich verschrieben habe, am Galgen zu enden. Ganz gewiss werde ich dich jetzt nicht um Gnade anbetteln.«

»Den Galgen hättest du auch verdient …« Sein Vater seufzte, was ganz und gar nicht zu ihm passte. »Aber gestern Nacht ist etwas geschehen, das mir nicht die Wahl lässt, Gerechtigkeit zu üben. Das Reich wird jeden Erzpriester brauchen, der ihm erwachsen kann. Selbst einen verräterischen Schurken wie dich. Ich werde dein fehlgeleitetes Verständnis von Heldentum nicht befeuern, indem ich dich in den Kerker sperre, wie ich es mit Felicia getan habe. Du wirst bis zu dem Tag, an dem du zum Roten Kloster gebracht wirst, den Palazzo nicht mehr verlassen. Ich werde dich weder in Ketten schlagen noch in dieser Kammer einsperren, aber auch nicht mehr mit dir reden, bis du fortgebracht wirst. Für mich bist du fortan nicht mehr mein Sohn. Nur der Herr des Himmels mag dir noch Vergebung gewähren. Deshalb wirst du von nun an jede Messe in unserem Oktagon besuchen und dich dort mit den anderen Gläubigen im demütigen Gebet üben.«

»Wenn du mich nicht mehr als deinen Sohn betrachtest, warum sollte ich dir dann noch länger gehorchen? Ich werde einen Weg finden, zu fliehen und die Herzogin zu befreien!«

»Es ist die Herzogin, die deine Fessel sein wird, Milan. Wenn du dich mir widersetzt, werde ich sie bestrafen. Versäumst du eine der Messen oder bist nicht in deiner Kammer, wenn du dort sein solltest, werde ich ihr die Zunge herausreißen und sie dir auf einem silbernen Tablett bringen lassen. Bei deiner nächsten Verfehlung dann eine Hand, einen Fuß oder eine abgeschnittene Brust.«

Die Beiläufigkeit, mit der sein Vater all das sagte, gab Milan die Gewissheit, dass er seine Drohungen wahr machen würde.

»Und wenn ich mich füge?«

»Dann wird sie gute letzte Tage haben. Eine saubere Zelle, in der sie niemand behelligt, eine warme Decke, ordentliches Essen …«

Jedes einzelne dieser Worte traf Milan härter als die Hiebe der Bastonade. »Du wirst sie auf jeden Fall hinrichten lassen?«

Sein Vater sah ihn mit versteinerter Miene an, ganz der Mann, der kein Gefühl in sich aufkommen ließ, und nickte.

DAHLIA, GARTEN DES PALAZZO APOLITA, ABEND, 14. TAG DES HITZEMONDES IM JAHR VON SASMIRAS ZWEITER THRONERHEBUNG

Antonio blickte zu der Bank, auf der seine Mutter und Laura, das Kindermädchen, saßen und miteinander schwatzten. Sie achteten nicht auf ihn. Endlich! Solange sie ihn im Auge behielten, verboten sie ständig alles, was Spaß machte.

Verzückt von der Vorstellung, nicht von wachsamen Blicken verfolgt zu werden, war er entschlossen, ein ganz besonderes Abenteuer zu suchen. Laura, sein Kindermädchen, erzählte ihm gern Mären, in denen auch Kinder Wunderbares erlebten.

Leise stahl er sich hinter den Busch mit den gelben Rosen, zupfte ein paar der Blütenblätter ab und zerrieb sie zwischen den Fingern. Er mochte den Duft. Laura hatte einmal Kekse gebacken, die nach Rosen rochen und auch ein bisschen so aussahen. Einen der Kekse hielt er immer noch in seinem Zimmer versteckt.

Er musterte den Garten. Dieses hinterste Stück kurz vor der alten Stadtmauer wurde kaum gepflegt. Das Gras wuchs hier hoch, und niemand schnitt die verdorrten Blüten von den Büschen. Der große gelbe Rosenstrauch bildete die Grenze. Dahinter begann das Land der Abenteuer, dachte Antonio begeistert.

Die Sonne stand schon so tief, dass die alte Stadtmauer ihren Schatten bis zu dem gelben Rosenbusch warf. Antonio streifte durch das hohe Gras und suchte nach dem abgebrochenen Besenstiel, den er oft als Schwert benutzte. Er überlegte, ob er gegen einen der verwilderten Rosenbüsche kämpfen sollte. Als er es das letzte Mal gemacht hatte, durfte er drei Wochen nicht mehr in den Garten, weil er seine Kleider an den Dornen zerrissen hatte …

Nachdenklich betrachtete er einen knorrigen alten Busch mit weißen Rosenblüten. Vielleicht lag dahinter ja der Palast der Weißen Königin verborgen?

Er schlug mit dem Besenstiel auf ein paar Blüten ein und erfreute sich daran, wie die Rosenblätter auseinanderstoben.

»Antonio.«

Er hielt inne. Das war nicht die Stimme Lauras oder seiner Mutter Maria. Irgendein Mann rief ihn … aber auch keiner der Gärtner oder Diener. Diese Stimme war ganz anders. Freundlich und zugleich verheißungsvoll. Sie war wie ein warmer Honigkuchen, der gerade aus dem Ofen kam. Sie weckte Sehnsüchte …

»Wer bist du?«

»Komm zur Mauer. Zu den verdorrten Büschen.«

Ein Fremder hatte sich in den Garten gewagt! Das hatte es noch nie gegeben, dachte Antonio begeistert. Endlich würde er ein richtiges Abenteuer erleben und nicht nur ein erträumtes. Prüfend wog er den Besenstiel in der Hand. Er war angemessen bewaffnet. Außerdem brauchte er nur zu rufen, und Laura oder einer der Diener würden herbeieilen. Entschlossen machte er sich auf den Weg.

Die verdorrten Büsche standen unmittelbar vor der alten Stadtmauer. Im Frühling hatten sie noch Blüten getrieben, aber dann waren sie einer nach dem anderen abgestorben. Irgendwelche Tiere hatten dichte, weiße Fäden durch das tote Astwerk gesponnen. Spinnen waren das nicht gewesen. Es sah aus, als hingen dort Fetzen weißer Seide. Vielleicht sollte er seinem Vater davon erzählen. Es wäre doch toll, wenn sie Seide im eigenen Garten hätten und keine Fernkoggen mehr weit über das Meer fahren müssten, um sie zu holen.

»Hierher.«

Die Stimme klang jetzt ganz nah. Und dann sah Antonio es: dicht vor der Mauer klaffte ein Loch im Erdreich. Wie der Eingang zu einem riesigen Kaninchentunnel.

Während er noch hinsah, wurde der Eingang im Erdreich noch größer. Jetzt könnte er hindurchgehen, ohne sich bücken zu müssen.

»Kommst du zu mir, Antonio Apolita?«

»Woher kennst du meinen Namen?«

»Ich kenne den Namen eines jeden Kindes in der Stadt.«

Diese Stimme … Antonio fühlte sich wie verzaubert.

Vorsichtig, um auf dem lockeren Erdreich nicht auszurutschen, betrat er den Tunnel und folgte ihm bis in eine Höhle, in deren Mitte ihn ein riesiger, schwarzer Schatten erwartete. Dessen Kopf erhob sich zwischen schwarzen Schwingen. Glänzende, schwarze Augen blickten auf Antonio herab.

Ein Krähenkopf, dachte Antonio, ohne Angst zu haben.

»Es freut mich, dass du zu mir gekommen bist. Zuweilen heißt es, ich würde Kinder holen«, sagte der Fremde. »Dabei kommen sie aus freien Stücken zu mir.«

Antonio sah sich neugierig um. Es war hell, obwohl es nirgends ein Licht gab. Nur der Krähenmann war so schwarz wie Kohle.

»Warum rufst du die Kinder?«

»Weil ich Kinder mag. Ihr seid noch so anders als die Erwachsenen, tragt keine Dunkelheit in euch. Ich möchte euch beschützen.«

Das hörte sich gut an, entschied Antonio. »Wovor willst du uns denn schützen?«

Der Krähenmann kam jetzt ganz dicht heran. Er hatte lange, dünne Beine. Überhaupt sah er aus wie ein hagerer Mann, nur dass ihm Flügel aus dem Rücken wuchsen und er einen Krähenkopf hatte.

Eine Hand mit schlanken Fingern, aus denen scharfe, schwarze Krallen wuchsen, legte sich auf Antonios Kopf. Sie streichelte ihn. Dann glitt sie tiefer. Der Krähenmann kniff ihm in die Wange, und plötzlich packte Antonio Angst. Das Wohlgefühl war gänzlich verflogen. Er wollte nach seiner Mutter rufen, doch die Hand legte sich um seinen Hals, so dass kein Laut mehr über seine Lippen kam.

»Ich beschütze euch davor, erwachsen zu werden, mein Junge,« sagte der Krähenmann und breitete eine seiner nachtschwarzen Schwingen über ihn.

DAHLIA, KERKER DER STADTWACHE, ABEND, 14. TAG DES HITZEMONDES IM JAHR VON SASMIRAS ZWEITER THRONERHEBUNG

Felicia beobachtete den langsam wandernden Lichtstreifen, der durch das Fenster hoch oben in der Wand in ihre Zelle fiel. Noch immer war niemand gekommen, um sie in eine der Folterkammern zu führen. Ein junger Medicus, dem vor Gelehrsamkeit bereits die Haare ausfielen, hatte den Armbrustbolzen aus ihrer Wunde gezogen und sie verbunden. Zwei Mal war ihr Essen durch die kleine Klappe in der Kerkertür in ihre Zelle geschoben worden, aber ansonsten geschah überhaupt nichts, und das beunruhigte sie.

Was sie wohl mit ihr vorhatten, bevor sie ihr auf dem Fischmarkt bei lebendigem Leib die Haut vom Rücken abzogen?

Schritte störten die Stille auf dem Gang. Verharrten vor ihrer Kerkertür. Der Riegel wurde zurückgezogen. Nandus Tormeno trat ein.

»Ich werde mit ihr allein sprechen. Versperre die Zellentür, und entferne dich!«, befahl er scharf. Der Wachmann gehorchte stumm.

Dann musterte Nandus sie mit durchdringendem Blick. Nie zuvor waren ihr zwei so kalte Augen begegnet. Er wartete ab, bis die Schritte im Gang verklungen waren.

»Ich hätte nicht erwartet, dich in meiner Stadt wiederzutreffen. Dir meinen Sohn auszusuchen – hast du das getan, um Rache zu nehmen?«

Felicia schüttelte müde den Kopf. Sie erhob sich nicht von ihrer Pritsche. Durch den Blutverlust wurde ihr noch leicht schwindelig. »Mit Rache hatte das nichts zu tun.« Dass sie gar nicht an Milan gedacht hatte, bevor er ihr in seinem Krähenkostüm auf den Dächern aufgefallen war, beschloss sie zu verschweigen.

»Magst du meinen Sohn? Oder war er für dich nur ein Mittel, um an die Papiere in meinem Schreibzimmer heranzukommen?«

Felicia war überrascht, wie direkt Nandus zur Sache kam. »Ich gestehe, zu Beginn war es nicht mehr als nur die Absicht, ihn zu einem perfekten Werkzeug zu formen. Auch du formst Menschen, so dass sie dir nützlich werden, Erzpriester. Sogar deine eigenen Söhne, wenn auch mit unterschiedlichem Erfolg, wie man hört.« Sie sah, wie sich die Falten um seine Augen vertieften, und entschied, diese wunde Stelle, zumindest vorläufig, nicht wieder zu berühren.

»Aber du weißt, wie Milan ist«, fuhr sie fort. »Er lässt nicht zu, dass man einfach nur Pläne mit ihm hat. Er gestaltet sie mit, überrumpelt einen, und plötzlich befindet man sich auf einem Weg, den man vorher nicht hatte beschreiten wollen.«

Der Erzpriester musste unwillkürlich lächeln. »Wie ich sehe, hast du meinen Sohn bereits gut kennengelernt. Das führt zur nächsten Frage. Warum hast du geduldet, dass Beweise seiner Anwesenheit in deiner Kammer lagen? Diese unverkennbaren, albernen Stiefel mit den eingeprägten Schwertern in der Jagdstulpe. Und dazu das Gedicht, mit dem er sich so große Mühe gegeben hat und das ganz eindeutig in seiner Handschrift abgefasst ist.«

Jetzt war Felicia es, die lächeln musste. »Das Gedicht …« Sie dachte an die wenigen Zeilen, in denen Milan versucht hatte, den Stil des gefeierten Francesco Ferranta nachzuahmen. Ihre Haare waren zur Flamme geworden, die über makellosem Marmor wogte … Ihr hatte das gefallen. So hatte keiner der Ritter des Schwertwaldes geschrieben, der sich bei ihr in der hohen Kunst der Minne versucht hatte.

»Ich hatte nicht damit gerechnet, dass wir jetzt noch in unserem Versteck aufgespürt würden«, gestand sie. »Vielleicht heute schon hätten wir die Stadt verlassen.«

»Und du hättest Milan mitgenommen?« Es war dem Erzpriester anzusehen, wie viel Mühe es ihn kostete, ruhig zu bleiben.

»Wir sind ein Paar«, sprach Felicia aus, was sie bisher nicht einmal gedacht hatte. »Vielleicht wäre er Herzog an meiner Seite geworden. Was für ein Schlag für eine Familie, die immer nur der Liga gedient hat, obwohl ein Erzpriester doch der ganzen Provinz seine priesterliche Gnade schenken sollte.«

»Seit wann fühlen sich die Herzöge des Schwertwaldes der Provinz Cilia zugehörig?«, fragte er herablassend.

»Immer schon. Wir waren es, die seit alter Zeit auf dieser Insel herrschten. Ihr seid die Fremden, die Eroberer, die sich unser Land Stück für Stück angeeignet haben. Eure Städte stehen auf den Ruinen unserer Städte. Ihr treibt Handel mit den Gütern, die ihr uns raubt. Alles, was uns geblieben ist, sind die unzugänglichen Wälder in den Bergen und der Hafen Thouar. Das Land, das am wenigsten wert ist auf dieser Insel, und doch werden wir es bis zuletzt mit unserem Blut verteidigen.«

»Waren es solche Reden, mit denen du meinen Sohn umgarnt hast?«

Felicia hielt dem harten Blick des Erzpriesters stand. »Er war sehr empfänglich dafür, war begierig, auch die andere Seite der Wahrheit zu hören.« Sie lüpfte ihr viel zu kurzes Hemd ein wenig. »Für andere Dinge war er jedoch noch empfänglicher.«

Nandus schnaubte ärgerlich. »Du hast dich deiner Sache also tatsächlich mit Haut und Haar verschrieben. Du bist keine Herzogin mehr, sondern eine Hure.« Er klopfte an die Tür der Kerkerzelle. »Den Sack!«, rief er hinaus auf den Gang.

»Was kommt jetzt? Der Kopf deines Sohnes?«

»Hältst du mich für einen Barbaren?«

Sie hob die Linke. Wie stets trug sie ihre Handschuhe. »Du hast dafür gesorgt, dass ich deine Vorliebe dafür, Dinge abzuschneiden, niemals vergessen konnte.«

Nandus nickte. »In der Tat, ein Fehler. Ich hätte dich an der nächsten Eiche aufknüpfen lassen sollen. Du hättest Milan niemals begegnen dürfen. Jetzt werdet ihr Seite an Seite hängen. Hast du dir einmal angesehen, wie wir die Rebellen im Schwertwald hängen?«

Sie nickte bitter.

»Wir legen ihnen eine dicke Schlinge um den Hals und ziehen sie langsam am Ast hoch. Ihre Hände sind auf den Rücken gefesselt. Sie tanzen dann am Ende des Seils, strampeln auf groteske Art. Manchmal dauert es eine kleine Ewigkeit, bis die Schlinge sich so weit zuzieht, dass sie die Luftröhre zerdrückt. Vor allem Bogenschützen mit ihren starken Halsmuskeln tanzen lange.« Er betrachtete ihren Hals. »Der Pöbel wird viel Freude mit dir haben, bevor du schließlich deinen Kampf aufgibst und sich deine Gedärme entleeren. Niemand wird auf die Idee kommen, dass die Diebin in den vollgeschissenen Hosen eine Herzogin des Schwertwaldes ist.«

»So sieht also die klassische Eröffnung des Verhörs bei dir aus?« Sie versuchte sich das Grauen nicht anmerken zu lassen. Gehenkt wurden Diebe und niederer Pöbel. Als Adelige hatte sie ein Anrecht darauf, mit dem Schwert gerichtet zu werden. »Wirst du mir nun als Nächstes die Folterwerkzeuge zeigen und mir erklären, wie du sie einsetzen willst, um meine Zunge zu lockern?«

Nandus klopfte erneut gegen die Kerkertür. Sie öffnete sich einen Spaltbreit, und der Sack wurde hereingereicht, danach der Riegel wieder vorgeschoben.

Nandus schleuderte ihr den zerknüllten Sack aus fleckig braunem Tuch vor die Füße. »Ein Geschenk an dich!«

Felicia betrachtete seine Gabe mit Skepsis. Dann erhob sie sich von ihrer Pritsche und kniete nieder. Der Sack sah zumindest nicht so aus, als würde ein abgetrennter Kopf darin stecken. Als sie dann aber ihre Hose und ihre Stiefel herauszog, war sie überrascht.

»Ich möchte nicht, dass du mit unbedeckter Scham hier im Kerker sitzt«, murmelte Nandus.

»Gefällt dir etwa nicht, was du siehst?«, versuchte sie den alten Priester zu reizen. »Dein Sohn war ganz versessen darauf. Soll ich dir erzählen, was er alles gemacht hat?«

»Glaubst du wirklich, dass ich das hören möchte oder dass du mich damit in irgendeiner Form verletzten kannst?« Nandus stand mit verschränkten Armen vor der Tür und schaute zu, wie sie die Hose anzog.

»Ein Mann mit Anstand würde sich respektvoll abwenden, wenn sich eine Dame vor seinen Augen ankleidet.«

»Als Mann von Verstand möchte ich nicht herausfinden, was du tust, wenn ich dir den Rücken zukehre.«

Felicia lachte unwillkürlich auf. Einen Anflug von Humor hatte sie bei ihm nicht erwartet. »Es läge im Rahmen deiner Möglichkeiten, mich zur Schwiegertochter zu bekommen.«

»Ich glaube, da überschätzt du meine Möglichkeiten«, lautete die trockene Antwort.

Felicia setzte sich auf die Pritsche, um sich die Stiefel anzuziehen. Die Wunde in ihrer Leiste schmerzte. Nur das locker fallende Hemd zu tragen wäre vermutlich angenehmer gewesen. Aber angesichts dessen, was kommen musste, war sie froh, ihr Martyrium zumindest bekleidet zu beginnen. So, wie Nandus auf ihre Worte, die sie nur halb im Scherz gesprochen hatte, reagierte, wäre es naiv von ihr, auf einen glücklichen Ausgang zu hoffen.

»Du hast mir den Sohn gestohlen, in den ich meine größten Hoffnungen gesetzt hatte.«

Es kam Felicia vor, als würde der Erzpriester bei jedem dieser Worte sichtlich altern. Die Falten in seinem Gesicht wurden tiefer, seine Stimme hatte etwas Gebrechliches bekommen. Nur seine Augen waren noch von Leidenschaft erfüllt.

»Wie also wird dein Urteil über mich lauten, mein allmächtiger Richter?«

Er schnaubte verächtlich. »Du verkennst die Lage. Ich kann dich nicht laufen lassen, Felicia da Rosa. Wenn ich dich aber verurteile, wie du es verdienst, werde ich für immer meinen Sohn verlieren, weil ich die Frau, die er liebt, töten ließ. Wen also verrate ich? Die Liga oder meinen Sohn?«

Die Frage ließ sie ungerührt. »Was zu tun ist, wirst du wissen, sobald du dir darüber klar wirst, was du zuerst bist: Vater oder Erzpriester.«

Statt verärgert zu sein, wirkte Nandus nur unendlich traurig. »Diese Entscheidung hat mir vor langer Zeit meine Frau abverlangt, und meine Antwort hat ihr das Herz gebrochen. Sie wurde krank an Seele und Verstand und hat kein halbes Jahr mehr gelebt.« Er bedachte sie mit einem melancholischen Blick, in dem Vergangenheit und Gegenwart miteinander zu verschmelzen schienen. »Meine Cynthia hatte rotes Haar, so wie du.«

Felicia wusste nicht, was sie auf dieses Eingeständnis sagen sollte.

»Ich sollte Milan zuerst hängen, damit du mitansehen kannst, wie du ihn ins Verderben gestürzt hast.«

Sie schüttelte den Kopf. »Das würdest du nicht tun.«

»Verwechsele das, was du dir wünschst, nicht mit dem, was ich tun werde. Er hat mich hintergangen. Er hat Cilia verraten. Er hat jedes Band, das es zwischen uns gab, zerschnitten.«

Sie versuchte, im Gesicht des enttäuschten alten Mannes zu lesen. Würde er das wirklich tun? Oder war das nur ein Verhandlungstrick? Es war eine Sache, seinen Sohn zu zweihundert Schlägen auf die Fußsohlen zu verurteilen, aber zum Tod …

»Wir beide verachten Krämerseelen, Erzpriester. Lass uns nicht schachern, wie sie es täten. Sag mir klar, was du verlangst.«

Ein undeutbares Lächeln umspielte die Lippen des Priesters. »Du wärst eine Schwiegertochter nach meinem Geschmack gewesen. Eine, die ich respektiert hätte, und eine Frau, die meinem verträumten Sohn den Kopf zurechtgerückt hätte.«

»Ich könnte dich mitnehmen in den Schwertwald und schützen …«

Er schürzte spöttisch die Lippen. »Ich bin kein Verräter an der Sache der Liga. Von dir fordere ich, dass du Milan mit keinem Wort erwähnst, wenn ich dich morgen in Gegenwart des Hauptmanns der Wache verhöre. Dann gilt: Du bist nichts als eine dreiste Diebin. Dein Gefährte ist entkommen, und du bist dir sicher, dass er längst nicht mehr in der Stadt weilt. Notgedrungen wirst du uns verraten, wo du das gestohlene Silber versteckt hast.«

»Und was bietest du mir dafür? Dass du Milan verschonst? Ich verlange, dass du ihn nicht ins Rote Kloster schickst. Dann werde ich alles tun, was du forderst.«

»Es ist sein Schicksal, ins Kloster zu gehen. Nur sein Tod könnte das verhindern.«

»Und wenn ich ihn morgen beim Verhör als meinen Gefährten nenne?«

»Wenn du das tust, wird geschehen, was ich sagte: Der Tod wird ihn davon abhalten, ins Rote Kloster zu gehen. Dann wird er vor deinen Augen gehängt werden.« Der Erzpriester seufzte. »Und ich dachte, du liebst meinen Jungen.«

»Aber was bietest du mir nun an? Wenn ich sage, wer ich wirklich bin und was ich getan habe, werden Schimpf und Schande über deinen Namen kommen.«

»Ich könnte dir noch in dieser Stunde die Zunge herausschneiden und dir deine sämtlichen verbliebenen Finger brechen«, entgegnete er so leichthin, als würde er dergleichen täglich tun. »Als Nächstes würde ich dich auf einen Bock auf dem Fischmarkt schnallen lassen, um dich der öffentlichen Schändung preiszugeben. Du bist hübscher als die meisten Huren der Stadt. Ich glaube, du würdest reichlich Zuspruch finden. Und ganz gleich, wie stolz du jetzt bist – ich verspreche dir, nach drei Tagen wärest du nur noch ein wimmerndes Stück geschundenes Fleisch. Dann würde ich dir deine Tätowierung vom Rücken schneiden, um sie auf einen Schild zu spannen, wie es die Tradition verlangt, und was von dir übrig bliebe, würde zuletzt den streunenden Hunden zum Fraß vorgeworfen.«

»Ich habe von dir keine Gnade erwartet«, sagte sie mit belegter Stimme und schämte sich für das Grauen, das seine Worte in ihr erwachsen ließen. »Aber wenn dies mein Weg ist …«

»Natürlich wirst du deine Handschuhe ablegen. So, wie du bald aussehen wirst, werden die fehlenden Finger an deiner Linken noch dein geringster Makel sein.«

Ihr Mund wurde trocken. Er hatte mit sicherem Gespür ihre größte Schwäche gefunden: ihre Eitelkeit. Sie hatte ihre verstümmelte Hand immer verborgen, hatte ein Vermögen dafür ausgegeben, sich zwei Finger aus Elfenbein fertigen zu lassen. Es waren großartige Arbeiten mit feinen Gelenken, und doch waren sie tot, und sie hatte sie stets verborgen. Niemand hatte je wieder ihre bloßen Hände gesehen. Sie galt als wunderschön. Unzählige Männer hatten ihr den Hof gemacht, aber in ihren eigenen Augen war sie ein Krüppel …

»Und wenn ich auf dein Angebot eingehe? Lässt du Milan dann unversehrt am Leben?«

Der Erzpriester legte feierlich seine Rechte auf sein Herz. »Das schwöre ich beim Herrn des Himmels.«

»Und ich sterbe als Diebin am Galgen?«

Nandus nickte. »Niemand wird je erfahren, wer du wirklich warst. Und wozu du Milan verführt hast. Er wird weiterleben können, als hätte es seinen Verrat niemals gegeben – vorausgesetzt, dass er klug genug ist, seine Lippen versiegelt zu halten.«

Felicia streckte ihm die Rechte hin. »Dann soll dies unser Pakt sein.«

DAHLIA, VIERTEL DER TUCHHÄNDLER, STUNDE DES EBERS, 16. TAG DES HITZEMONDES IM JAHR VON SASMIRAS ZWEITER THRONERHEBUNG

Herrin, er ist schon wieder da«, flüsterte Kang hinter der Tür aus feinem Reispapier.

Nok legte den Pinsel zu Seite und betrachtete den Phönix, an dem sie gearbeitet hatte. Wie stets sah sie nur, was ihr nicht geglückt war, und hatte keinen Blick für die Schönheit und Lebendigkeit des Vogels mit dem flammenden Gefieder, den sie auf das kostbare Seidenpapier gebannt hatte.

»Ich werde mit ihm sprechen«, entschied sie. »Vertröste ihn ein wenig. Er soll im Steingarten warten.«

Bedächtig kleidete sie sich an. Sie liebte es, beim Malen nackt zu sein. Nur so fühlte sie sich eins mit der Welt. Und in den letzten Tagen veränderte sich etwas. Sie spürte eine Macht, die sie nie zuvor wahrgenommen hatte. Eine Macht wie ein leichter Windhauch. Etwas, das sanft einen Sinn in ihr berührte, den sie nicht zu benennen vermochte. Sie war sich gewiss, dass dieser Hauch anwachsen würde. Die Zeit, da die Sterne vom Himmel verschwanden, war angebrochen. Und hier auf Cilia würde die Veränderung beginnen, die bald die ganze Welt erfassen würde.

Sie wählte ein weißes Untergewand und ermahnte sich, die Seidenschleifen sorgfältig zu binden, obwohl ihre Gedanken bei völlig anderen Dingen waren. Die Weißen Tigerinnen wussten einiges über die Zeit, die nun kommen würde. Aber nicht alles. Vor Jahrhunderten war das Wissen zwischen den Tigerinnen und den Gelehrten des Hofes aufgeteilt worden, weil niemand die ganze Wahrheit allein kennen sollte. Doch nun waren die Tigerinnen vom Hof verdrängt und die Gelehrten des Khans zu eitel, um einzugestehen, dass ihr Wissen unvollkommen war.

Nok zwang ihre Gedanken ins Hier und Jetzt zurück. Mit Bedacht wählte sie das Kleid in der Farbe eines ersten zarten Hauchs von Morgenröte, von dessen Saum sich eine Welle erhob, die in der Mitte ihres Rückens in weitem Bogen zu schäumender Gischt zerstob. Es war das Kleid der Geduldigen Macht. Das Kleid, das am besten ihrer Stimmung entsprach. Die Tigerinnen waren wie diese Welle. Am Ende würde jeder Fels von ihnen zermalmt werden, und auch den uneinsichtigen Gelehrten würde es so ergehen, wenn sie die Fehde mit den Tigerinnen über das Maß, das sie bereits erreicht hatte, hinaustrieben.

Kritisch prüfte sie den Sitz des Kleides, dann kniete sie sich vor der Tür ihres Zimmers nieder, schob sie auf, schlüpfte hindurch und zog die zarten Seidenschuhe an, die dort auf sie warteten. Unten im Steingarten hörte sie den Kies knirschen. Der Barbar aus den Wäldern schien den Weg verlassen zu haben und durch die sorgsam geharkten Flächen zu stapfen, blind für die feine Ordnung, die ihr Gärtner den Steinen gegeben hatte.

Sie raffte ihr Kleid und stieg die rotlackierte Treppe hinab. »Erfreust du dich der Schönheit veredelter Natur?«

Der Bogenschütze fuhr herum. Er war von wahrhaft stattlicher Gestalt. Sein hartes Gesicht spiegelte kaum beherrschte Verachtung wider. »Natur hat es nicht nötig, veredelt zu werden. Die Schönheit ruht bereits in ihr. Das hier …« Er stapfte in den Kies. »Das ist …« Er rang sichtlich um Worte. »Das ist unnatürlich«, schloss er schließlich lahm.

Nok sah ihn ungerührt an. »Du hast eine unvergleichliche Art, mich in Stimmung zu versetzen, deinen Bitten zu lauschen, Rainulf vom Schwertwald.«

»Entschuldige«, murmelte er und senkte kurz den Blick.

»Aber wir müssen Felicia aus dem Kerker holen! Sie soll in zwei Tagen zur Mittagsstunde auf dem Fischmarkt als Diebin gehenkt werden.«

Sie sah die Verzweiflung, die in seinen Augen brannte. »Davon habe ich gehört.«

Zorn loderte in Rainulfs Blick auf. »Ist das alles, was du dazu zu sagen hast? Ich weiß, dass sie dich besucht und dir einen Teil der Geheimnisse verraten hat, die wir mit unserem Leben erkauft haben.«

»Das war der Preis, den wir für ein sicheres Versteck vereinbart hatten«, entgegnete Nok ruhig. Sie war überzeugt, dass die Herzogin ihr nur die minderen Geheimnisse verraten hatte, aber mehr hatte sie auch nicht erwartet. Der Feldzug der Liga war für sie von nachrangiger Bedeutung. Ihr ging es darum, ein enges Band zu der fähigsten Kriegsfürstin des Schwertwaldes zu knüpfen, damit Felicia da Rosa sich ihr in Zukunft verpflichtet fühlte.

»Du bist wohlhabend und klug«, stieß Rainulf hervor. »Du musst mir helfen!«

Nok sog kaum hörbar die Luft ein. »In einer Mär würdest du mit einem Pfeil das Seil durchschießen, das ihr um den Hals gelegt wird.«

»Das könnte ich in der Tat. Eine Seilschneiderspitze herzustellen ist für mich nicht schwer«, sagte er ernst. »Aber das würde nicht helfen. Es wird vor Wachen nur so wimmeln. Wir kämen niemals aus der Stadt heraus.«

Sie nickte bedächtig. »Ich habe einen ganz anderen Plan. Ein Stück Silber, nicht einmal so schwer wie ein Kaisertaler, wird Felicia dem Tod abkaufen.«

Hoffnung und Misstrauen hielten sich in Rainulfs Antlitz die Waage. »Wie soll das möglich sein?«

»Das wirst du mir überlassen müssen. Ich habe in meinem Leben gelernt, dass meine Pläne umso besser gelingen, je weniger Menschen ich ins Vertrauen ziehe. Milan Tormeno wird sie retten. Du weißt, dass er sein Leben für Felicia geben würde.

Und wenn sie vom Galgen genommen wird, gehst du zu der Grube, zu der sie die mittellosen Toten bringen. Sei dort, bevor die Leichendiebe kommen, und du wirst sehen, wie sich deine Herzogin lebendig aus ihrem Grab erhebt.«

Er ballte die Linke zur Faust und sah sie voll verzweifelter Hoffnung an. »Du bist dir sicher?«

»Ganz sicher.«

Einen Moment schwieg Rainulf, und Nok hörte, wie er leise mit den Zähnen knirschte.

»Du bist ihre letzte Hoffnung«, sagte er schließlich. »Manchmal ist unsere Herzogin ein hochnäsiges Miststück, aber sie ist das großartigste Miststück, das diese Insel jemals hervorgebracht hat. Ich würde mir das Herz für sie herausreißen lassen. Alle Bogenschützen im Wald denken wie ich. Sie darf nicht gehenkt werden! Wenn sie stirbt, dann stirbt auch der Schwertwald!«

Nok zeigte ihre Überraschung nicht. Ihr war bewusst gewesen, dass Felicia da Rosa eine Schlüsselfigur unter den Schwertherzögen war, aber, dass sie so beliebt war, hatte sie nicht geahnt.

»Sie wird leben«, sagte sie eindringlich. »Aber jetzt musst du gehen. Ich brauche noch einige Stunden, um ihre Rettung vorzubereiten.«

DAHLIA, OKTAGON, FRÜHMESSE, 17. TAG DES HITZEMONDES IM JAHR VON SASMIRAS ZWEITER THRONERHEBUNG

»Herr des Himmels, erbarme dich ihrer, denn was immer sie tat, tat sie nur in den besten Absichten.«

Nie hatte Milan hingebungsvoller gebetet als in den letzten Tagen hier im Oktagon. Seit dem Gespräch mit seinem Vater hatte er keinen Schlaf mehr gefunden. Er zermarterte sich das Hirn, wie er Felicia befreien könnte, und hatte doch keinen Weg gefunden. Wenn er wenigstens den Palazzo verlassen könnte, um nach Rainulf zu suchen oder Nok um Hilfe zu bitten oder vielleicht auch Valerio, den Fischer … Aber er zweifelte nicht daran, dass sein Vater ihm Felicias Zunge bringen würde, wenn er sich auch nur einen Schritt über die Schwelle wagte.

Heute Mittag würde er seinen Vater aufsuchen und ihm damit drohen, dass er der schlechteste Novize sein würde, den das Rote Kloster je gesehen hatte, so dass man ihn schon nach dem ersten Jahr davonjagen würde. Sollte sein Vater Felicia aber begnadigen, würde er alles tun, um bis in den Siebten Zirkel aufzusteigen und nicht nur Erzpriester zu werden, sondern einer der wenigen Hüter der Geheimnisse, um die sich die Legenden rankten. Um dem Siebten Zirkel anzugehören, reisten einmal in zehn Jahren zwei Erwählte zu einem unbekannten Ort irgendwo im Reich, um sich den letzten Prüfungen zu stellen. Prüfungen, die nur einer von beiden überleben würde.

Milan war sich sicher, dass sein Vater immer davon geträumt hatte, einer der beiden Auserwählten zu sein, und dass nun seine ganze Hoffnung darauf ruhte, dass sein letzter verbliebener Sohn diesen Weg des Ruhms beschreiten würde.

Nie war Milan so klar gewesen, dass er vom ersten Tag seines Lebens an darauf gedrillt worden war, die Träume seines Vaters an dessen Stelle zu leben.

Eine der Betenden stieß ihn leicht mit dem Ellenbogen an. Er wich vor ihr zurück. Obwohl er sich mitten in die kleine Schar der Tempelbesucher gestellt hatte, wollte er jetzt am liebsten für sich allein sein.

Die Frau, die einen unangenehmen Geruch nach feuchter Wolle verströmte, trug ein Kopftuch und ein verschlissenes, schwarzes Kleid, das sie bestimmt schon ein Jahrzehnt lang zu den Messen im Oktagon anzog.

»Vollkommenheit! Nicht weniger zu erreichen soll unser täglicher Ehrgeiz sein«, hallte die volltönende Stimme seines Vaters von den mächtigen Wänden wider.

Sein Leben lang hatte sein Vater ihn mit diesem Anspruch gequält, dem Milan nie gerecht geworden war, und nun scheiterte er wieder. Tränen der Wut standen ihm in den Augen. Nichts für Felicia tun zu können trieb ihn in den Wahnsinn.

Er biss sich auf die Lippe, bis er den metallischen Geschmack von Blut auf der Zunge hatte. Er durfte nicht aufgeben! Noch blieb eine letzte Frist. Die Schlacht um ihr Leben war noch nicht geschlagen. Es musste einen Weg geben, zu ihr zu gelangen. Er musste einfach schärfer nachdenken, den Blickwinkel verändern, aus dem er das Problem betrachtete. All die endlosen Lektionen seines Vaters – wenn er sie nur richtig anwandte, dann würden sie ihm helfen. Dies hier war wie ein Krieg. Ein Kampf zwischen ihm und Nandus. Er musste aus sich heraustreten. Seine Gefühle hinter sich lassen und wie ein Heerführer denken. Er kannte die Streitmacht des Feindes. Er kannte ihre Pläne und ihr Ziel. Er wusste, wo Felicia war, wann sie zum Fischmarkt gebracht werden würde und was mit ihr geschehen sollte.

»Der Herr des Himmels aber sieht uns alle, und jeden, der sein Leben nach seinen Gesetzen führt, betrachtet er mit Wohlgefallen.«

Sein Vater hatte die Messe wie Hunderte Male zuvor mit seiner Lieblingsfloskel beendet, breitete segnend die Arme aus und zog sich aus dem Oktagon zurück.

Kaum war er verschwunden, begab Milan sich zum Altar in der Mitte des Oktagons, während er hörte, wie die kleine Gemeinde den Tempel verließ. Nachdenklich betrachtete er die Mondscheibe. Sie wurde von einem schweren silbernen Fuß getragen, der auf drei Halbkugeln stand, so dass ein etwa zwei Finger breiter Spalt zwischen dem Fuß und dem Altarstein blieb. Aus dem Fuß erhob sich eine Halterung, die es ermöglichte, dass man die Mondscheibe um ihre Mittelachse drehen konnte, wenn man die beiden seitlich in die Scheibe eingelassenen Stifte ein Stück zurückzog. Die Mondscheibe selbst war leicht gewölbt, die Symmetrie ihrer Wölbung durch mehrere Beulen im Silberblech allerdings gestört. Jedoch war ja auch der Mond am Nachthimmel nicht ebenmäßig. Auch er wies einige dunklere Flecken auf.

Milan erinnerte sich an den Tag, an dem er sein erstes Messer geschenkt bekommen hatte, und an den Unsinn, den er damit getrieben hatte. Drei Stühle, ein Tisch und zwei Fensterrahmen hatten versteckte Kerben abbekommen, als er die Schärfe seiner Klinge erprobt hatte, und zuletzt hatte er sich ins Oktagon geschlichen, um auch auf der Silberscheibe eine Spur von sich zu hinterlassen. Er hatte eine winzige Kerbe in den unteren Rand der Scheibe geritzt. Mit bloßen Auge kaum wahrnehmbar, aber wenn man mit dem Finger über den glatten Rand strich, war sie deutlich zu spüren.

Als sei es erst vor einem Augenblick geschehen, erinnerte sich Milan an den panischen Schrecken, der ihn überkommen hatte, kaum dass er das Sakrileg begangen hatte. Er hatte erwartet, gleich neben dem Altar von einem Blitzschlag niedergestreckt zu werden oder dass ihm die Hand, die diese Untat begangen hatte, schwarz verfaulte. Doch nichts von alledem war geschehen. Es war das erste Mal gewesen, dass er gegen seinen tyrannischen Vater rebelliert hatte.

Sein Finger glitt über die Unterkante der Mondscheibe. Da war keine Kerbe! War die Scheibe in der Halterung gedreht worden? Er tastete über die Oberkante. Wie war das möglich? Hatte sein Vater wieder eine Fälschung auf den Altar gestellt?

Die Frau, die so durchdringend nach nasser Wolle roch, trat an seine Seite und legt eine Hand auf den Altar. Als sie sie zurückzog, lag ein Silberröhrchen, dick wie sein Zeigefinger, auf dem hellen Marmor vor ihm.

»Für Felicia«, flüsterte eine vertraute Stimme. »In dem Röhrchen findest du alles, was du wissen musst, damit sie lebt.«

Nok!

Er wollte sie mit tausend Fragen bestürmen, aber sie sah nur kurz zu ihm auf und legte einen Finger an die Lippen. »Am Tempeleingang steht eine Wache. Wir werden beobachtet.«

»Danke!«, flüsterte er.

»Eines Tages werde ich vielleicht kommen und dich um einen Gefallen bitten. Ich hoffe, dann erinnerst du dich an diese

Stunde.« So lautlos, wie sie zum Altar gekommen war, zog sie sich wieder zurück.

Unauffällig ließ Milan das Silberröhrchen in seinem Ärmel verschwinden. Er musste sich beherrschen, um Nok nicht nachzublicken. Dass sie von sich aus kommen würde, um zu helfen, hätte er niemals zu hoffen gewagt.

Als er sich schließlich doch umwandte, war Nok bereits verschwunden. Nur ein Mann in einem schattigen Winkel in der Nähe des Hauptportals weilte noch im Tempel. Sein Blick war fest auf den Altar geheftet. Ein schlichter weißer Umhang lag um seine Schultern. Ob er darunter Waffen oder sogar eine Rüstung trug, war nicht zu erkennen. Obwohl er ganz still stand, ging eine stumme Bedrohung von dem Mann aus. Zur Stadtwache gehörte er ganz sicher nicht. Ein kurz geschorener schwarzer Bart rahmte sein Gesicht. Vielleicht ein Kaiserritter. Es würde nicht leicht werden, die Mondscheibe an diesem Mann vorbei aus dem Oktagon zu bringen.

Aber das war nicht seine vorrangige Sorge, entschied Milan. Er sollte das Geheimnis des Silberröhrchens ergründen, das Felicias Leben retten würde. Schon der Gedanke an das, was er tun musste, um zu ihr zu gelangen, ließ den Geschmack von Galle in seinen Mund steigen. Aber er würde kübelweise Galle trinken, wenn er sie damit vor dem Galgen retten könnte.

DAHLIA, PALAZZO TORMENO, FRÜHER MORGEN, 17. TAG DES HITZEMONDES IM JAHR VON SASMIRAS ZWEITER THRONERHEBUNG

Antonio ist der einzige Sohn des Rodrigo Apolita! Du kannst dir nicht vorstellen, was geschehen wird, wenn er aus Ferranta zurückkehrt, und sein Erbe ist verschwunden. Maria hat bereits Boten zu ihrem Mann geschickt.« Lorenzo Dolendo war völlig außer sich. Er hatte Nandus, begleitet von zwei Wachen, auf der Treppe vor seinem Schreibzimmer im Palazzo erwartet. Die beiden Männer standen noch draußen, aber der Hauptmann sprach so laut, dass sie jedes Wort verstehen mussten. »Wir müssen den Krähenmann endlich stellen!«

»Wie stellt man ein Geschöpf aus einer Mär? Eine Kreatur, die es nur in unseren Köpfen geben sollte …«

Lorenzo hieb wütend mit der Faust auf das Schreibpult. »Tu das nicht, Erzpriester! Lass es nicht so aussehen, als sei ich verrückt. Du hast einen Brückentroll getötet. Es gibt sie! Ich weiß nicht, warum sie plötzlich da sind, aber sie sind nicht mehr nur in unseren Köpfen. Sie sind daraus ausgebrochen!«

Nandus hob den Blick und sah ihn geradeheraus an. Er sah all die Verzweiflung, die den Hauptmann quälte. Und dann war da plötzlich auch noch Schadenfreude.

»Olmo war dort. Ich habe ihn und einige Männer geschickt, um den Leichnam des Trolls verschwinden zu lassen. Aber natürlich hatten Bauern und Händler, die auf der Straße unterwegs waren, ihn schon gesehen. Eine riesige Menschentraube hatte sich um den Kadaver versammelt. Olmo hat ihn verbrannt, aber die Geschichten über das Auftauchen des Brückentrolls verbreiten sich längst überall. Ihm haben ein paar Finger gefehlt, die Olmo nicht mehr finden konnte. Du kannst dir sicher sein, dass jetzt schon in irgendwelchen Schänken entlang der Straße blutige Beweise für die Wahrheit der Geschichte über den Brückentroll auf den Tischen liegen.«

Nandus war sich dessen nur zu bewusst. Was er nicht wusste, war, wie er es verhindern sollte. Er hatte bereits einen Boten mit einem ausführlichen Bericht zum Roten Kloster geschickt. Er war nur ein Erzpriester. Er wusste lediglich, dass ein Unheil kommen würde, wenn die Sterne am Himmel verschwanden, und dass es mit den Mären zu tun hatte. Wie es aufzuhalten war, das wussten vielleicht jene wenigen, die in höhere Zirkel aufgestiegen waren als er.

»Da ist noch etwas, das du wissen solltest, Erzpriester.« Aus der Schadenfreude war nun Boshaftigkeit geworden. »Du hattest von einem Toten gesprochen, den es dort geben sollte, einem unscheinbaren Mann. Den konnte Olmo nicht finden. Und niemand, der dort war, hat ihn gesehen. Glaub nicht, nur weil du dich in Geheimnisse hüllst, wüsste ich nicht, von wem du gesprochen hast. Falce di Luna. Er hat dir geholfen mit dem Troll, und zum Dank hast du ihn zum Verrecken am Straßenrand liegen lassen, und dann …«

»Das genügt!«, unterbrach ihn Nandus. »Es war nicht so, wie du dir das ausmalst.«

»Dann hoffe ich, ihr wart miteinander im Reinen, als du ihn im Stich gelassen hast. Du weißt ja: Man sagt, er sei schwer umzubringen. Er hat ganz allein vor den Mauern unserer Stadt vier Bogenschützen aus dem Schwertwald getötet. Das waren allesamt erfahrene Krieger, und er hat einiges abbekommen.« Lorenzo machte eine kurze Pause, offensichtlich in der Absicht, den Worten, die folgen sollten, mehr Gewicht zu verleihen. »Aber es heißt schließlich nicht umsonst, er überlebe so ziemlich alles. Ich bin mir sicher, du wirst ihn wiedersehen, Nandus.«

Nandus hatte das Silber, das er Falce versprochen hatte, am vereinbarten Ort hinterlegt. Er war sich sicher, dass er den Meuchler nicht mehr wiedersehen würde. »Was weißt du alles über den Krähenmann?«

»Drei Kinder sind verschwunden.« Wieder schlug die Stimmung des kleinen Hauptmanns um. Er wirkte, als sei er am Rand des Zusammenbruchs, als es an der Tür klopfte. »Ehrenwerter Erzpriester«, erklang draußen eine Stimme. »Euer Sohn Milan wünscht Euch zu sprechen.«

»Ich habe mit ihm nichts zu bereden.«

»Aber er will nicht weichen.«

»Führt ihn die Treppe hinab, und haltet ihn fest. Ich wünsche nicht, dass er hier lauscht.«

»Vater!«, rief nun Milan. »Bitte, du musst …«

»Führt ihn ab!«, befahl Nandus harsch.

Ein halb erstickter Schrei erklang. Stahl schlug auf Stahl. Dann war nur noch schweres Atmen zu hören.

Lorenzo stürzte zur Tür und riss sie auf. Eine Schwertspitze schwenkte in Richtung seiner Kehle. Milan stand vor der Tür, eine der Wachen lag am Boden, wand sich vor Schmerz, blutete aber nicht, soweit Nandus das sehen konnte. Der zweite Mann hatte seine Hände erhoben. Ein Stück entfernt lag sein Schwert am Boden.

Einen Herzschlag lang überkam Nandus Stolz. All die endlosen Fechtstunden waren also der Mühen wert gewesen. »Der Kerl in der Tür wird seine Waffe niederlegen«, sagte er ruhig und sah nun Lorenzo an. Er hatte sich geschworen, kein Wort mehr an diesen undankbaren Narren zu richten, bis er eines Tages aus dem Roten Kloster zurückkehrte. Und diesen Eid würde er nicht brechen.

Aus dem Augenwinkel sah er, wie Milan, ohne zu zögern, gehorchte. »Vater, ich muss …«

»Die beiden Wachen werden diesen Aufrührer nun zum Fuß der Treppe geleiten.«

»Vater, bitte …«

»Nur wer gehorchen kann, darf darauf hoffen, gehört zu werden«, erklärte Nandus Lorenzo, der ihn wie ein Kalb anglotzte.

Für einen Moment sah es so aus, als wolle Milan ins Zimmer stürmen. Nandus legte eine Hand auf sein Schwert. Jetzt blickte er Milan direkt an, erkannte die Wut in seinen Augen und die Verzweiflung.

Plötzlich senkte sein Sohn den Blick. »Es war falsch, was ich getan habe. Ich hoffe demütig auf die Gnade, dass du mich erhören wirst.« Doch so sehr Milan sich auch bemühte – seine Stimme klang nicht wirklich nach Demut.

»Führt ihn zum Fuß der Treppe!«, wiederholte Nandus seinen Befehl. »Und schließt die Tür.«

Der Wachmann gehorchte.

»Was war das?«, fragte Lorenzo, als sie wieder allein waren.

»Familienangelegenheiten …«

Der Hauptmann war klug genug, keine weitere Frage zu stellen. »Der Krähenmann …«

»Wie sollten wir ihn fangen?« Nandus schloss die Augen und massierte die Lider mit Daumen und Zeigefinger. Sein Leben lang war er ein Planer gewesen. Seine Siege erwuchsen daraus, dass er seine Kämpfe sorgfältig durchdachte. Jetzt fühlte er sich überrollt. Von den Ereignissen getrieben. Zu vieles geschah zur gleichen Zeit. Er konnte nicht mehr planen, sondern nur noch reagieren, und ihm war bewusst, dass er Fehler machte.

Er hatte die Mären Cilias studiert, um eines Tages die Gefahren beherrschen zu können, die aus ihnen erwuchsen. Aber im Roten Kloster waren ihm die letzten Geheimnisse verborgen geblieben. Wissen war die Waffe, die in den Kämpfen, die da kommen würden, den Sieg schenkte. Doch er verfügte nicht über diese Waffe.

»Erzpriester?«

Nandus ließ die Hand sinken und öffnete die Augen. »In der Mär lebt der Krähenmann immer in Dahlia. Er gehört zu unserer Stadt. Es heißt, er kann sich aus der Tiefe erheben oder aus dem Dunkel treten. Sein Herz ist voller Trauer, weil er für immer von der Silbernen Prinzessin getrennt wurde. Er sammelt Silber und hortet es, um eines Tages einen zweiten Mond daraus zu gießen, weil er hofft, dass seine Prinzessin dann ihre Reise durch die Dunkelheit beenden kann. Er ist listenreich. Ohne zu zögern, tötet er jene, die versuchen, ihn aufzuhalten. Er stiehlt Kinder, aber die Mär verrät nicht, was er mit ihnen macht. Jetzt sag mir, Lorenzo, wie willst du diese Kreatur stellen?«

»Er kann doch getötet werden. In der Mär wird er am Ende getötet, und die Kinder werden befreit.«

Nandus seufzte. »Ja, es kommt ein bußfertiger Mann aus den Wäldern, heißt es. Und selbst er scheitert fast. Erst als der Krähenmann kurz abgelenkt ist, weil er nach den drei Monden schaut, kann er besiegt werden. Wie soll das gelingen? Hast du je in einer Nacht drei Monde am Himmel gesehen?«

»Du hast einen Troll erschlagen, Erzpriester.« Lorenzo hob beschwörend die Hände. »Du besitzt ein Schwert, das im Roten Kloster geschmiedet und geweiht wurde. Du bist der Erzpriester Cilias. Wer, wenn nicht du, könnte den Krähenmann töten? Die Menschen haben gesehen, wie du ihn in deinem Oktagon bekämpft und in die Flucht geschlagen hast.«

»Du solltest besser als jeder andere wissen, dass das ein Betrüger war.«

»Sollte ich das?«, fragte der kleine Hauptmann. Jetzt klang er herausfordernd, ja streitlustig. »Ich weiß, dass die Männer, die wir gerädert haben, nichts mit der Kreatur zu tun hatten, die im Oktagon war. In den letzten Wochen sind in meiner Stadt viele geheimnisvolle Dinge geschehen, für die du mir jede Erklärung vorenthältst. Spitzel aus dem Schwertwald sind in die Kontore der großen Handelshäuser eingebrochen. Männer wurden niedergemetzelt. Ein berüchtigter Meuchler wurde von dir in die Stadt gerufen. Ein leibhaftiger Troll erschien. Kinder verschwanden, und in meinem Kerker sitzt eine wunderschöne Frau, die angeblich nur eine Diebin ist, aber auf deinen Befehl von fast all meinen Männern bewacht werden muss. Wer ist sie? Oder sollte ich fragen, was sie ist? Auch eine Märengestalt?«

»Auf eine gewisse Art …« Nandus seufzte. Felicia zu töten war ohne Ehre. Aber es war von höchstem Nutzen für die Liga. Sie würde immer eine Feindin sein. Und sie hatte seinen Sohn verdorben. Ganz gleich, was sie erzählen mochte – Nandus war überzeugt, dass sie Milan verführt hatte, um sich an ihm zu rächen. »Sie ist sehr gefährlich. Je weniger du über sie weißt, mein Freund, desto besser für dich.«

»Nenn mich nicht deinen Freund, wenn du mich nicht auch so behandelst. Ein Freund hätte nicht ungezählte Geheimnisse vor mir. Und er würde mir helfen, statt mich im Stich zu lassen.«

»Ich muss an mehr als nur an Dahlia denken. In drei Tagen werden Koggen mit Söldnern an der Küste bei Arbora landen. Ich soll dort sein und sie über die Blutbrücke führen. Ich werde mit einem Ablenkungsangriff versuchen, die Truppen der Rebellen nach Norden zu locken, während sich das Hauptheer an einem anderen Ort versammelt. Dieser Aufgabe kann ich mich nicht entziehen.«

»Natürlich nicht«, sagte der Hauptmann verächtlich. »Dahlia ist nur die Stadt, in der du nun schon seit etlichen Jahren lebst. Was bedeutet das schon? Ich weiß, wie ihr Tormenos euch zu entscheiden pflegt, wenn es zwischen dem Wohl einer Stadt und dem der ganzen Insel zu wählen gilt. Vermutlich sollte ich froh sein, dass du dich nicht entschlossen hast, Dahlia niederzubrennen, um so dem Krähenmann den Ort zu nehmen, an dem er lebt. So ist es doch, oder? Er ist an Dahlia gebunden. Gibt es die Stadt nicht mehr, dann gibt es auch ihn nicht mehr. Vielleicht sollte ich deinen Sohn fragen …«

»Untersteh dich!« Nandus trat hinter dem Schreibpult hervor, hinter dem er die ganze Zeit über wie ein Richter gestanden hatte.

Lorenzo wich nicht vor ihm zurück. »Ahnst du auch nur, wie sich die Menschen in der Stadt fühlen, die kleine Kinder haben? Antonio Apolita ist nicht der Einzige, der verschwunden ist. Zwei kleine Mädchen und noch ein Junge werden vermisst, und nach dem, was mit der Mutter des kleinen Diebes geschehen ist, wagen es die Ärmsten Dahlias wahrscheinlich gar nicht mehr, der Stadtwache ihre verschwundenen Kinder zu melden. Ich muss das beenden!«

»Das kannst du nicht, Lorenzo. Du bist nicht der bußfertige Mann aus den Wäldern. Für dich werden keine drei Monde am Himmel stehen. Wenn du versuchst, den Krähenmann aufzuhalten, wirst du sterben.«

Nandus sah die Angst in den Augen des Hauptmanns, aber auch dessen Entschlossenheit. »Dann sei es so, Erzpriester. Ich habe geschworen, diese Stadt vor allem Übel zu schützen. Ich kann nicht tatenlos zuschauen, wie hier ein lebendig gewordener Albtraum regiert.«

»Er wird nicht zu dir kommen …«

»Nicht zu mir.« Lorenzo nickte. »Aber zu dem kleinen Sohn meiner Schwester. Wir werden den Krähenmann ködern und jagen, wie man in den Bergen einen einsamen, streunenden Wolf jagt.«

»Das wirst du nicht …«

»Für mich gelten deine Befehle nicht mehr, Erzpriester. Morgen früh werde ich mit meinen Männern dort sein, wohin du uns befohlen hast, doch noch am selben Abend werde ich den Krähenmann in der engen Gasse stellen, die vom Fischmarkt zum Hafen hinabführt. Dort wird er uns nicht entkommen.«

»Du wirst ihm nicht entkommen, Lorenzo. Siehst du es nicht ein? Dass du scheitern wirst, ist in der Mär schon festgeschrieben. Du bist nicht der Richtige …«

»Was für ein Hauptmann der Wache wäre ich, wenn ich nicht einmal versuchen würde, meine Stadt zu beschützen?« Der kleine Mann straffte seine Schultern und sah doch ganz und gar nicht aus wie ein Held. »Eine Mär ist nur eine Geschichte. Morgen werde ich eine neue Geschichte schreiben.« Mit diesen Worten ging Lorenzo zur Tür und verließ das Schreibzimmer, ohne sich noch einmal nach ihm umzusehen.

Nandus lauschte den Schritten auf der Marmortreppe. So viel verzweifelten Mut hätte er dem Hauptmann niemals zugetraut.

Er dachte an Milan, der unten wartete. Nandus war sich sicher zu wissen, was sein Sohn wollte. Gewiss würde er noch einmal für das Leben der Herzogin bitten. Diesen Wunsch konnte er ihm nicht erfüllen. Wenn sie morgen hingerichtet wurde, verlor der Schwertwald seine beste Kriegsherrin. Der Sieg der Liga würde leichter zu erringen sein, wenn sie nicht kämpfte.

Nandus dachte an seine erste Zeit mit Cynthia. Er würde diese Tage niemals vergessen. Das Glück, frisch verliebt zu sein. Ihm war bewusst, was er Milan antat. Er sah auf die Papiere auf dem Schreibtisch. Die Karten. Ein Brief von ihm, und Felicia wäre frei …

Sein Blick verweilte auf der Karte der Krakenbucht. Dort würden die Koggen mit den Söldnern anlanden. Als sie den Plan schmiedeten, schien ihm das eine ausgezeichnete Idee, denn der Landstrich nahe Arbora – der Toten, wie man die Stadt, die sein Vater niedergebrannt hatte, nun nannte –, war von Menschen verlassen. Es bestanden beste Aussichten, dass die Anlandung des kleinen Heeres unbemerkt bliebe. Jetzt sah er das anders. Zu viele Mären wurden über die tote Stadt geflüstert. Geschichten von rastlosen Geistern, die durch die Ruinen streiften. Eine besonders hässliche Mär handelte davon, dass Matteo Canali, der Seidenhändler, dessen Gier den Untergang der Stadt heraufbeschworen hatte, noch immer in seinem Versteck lauerte und darauf wartete, dass die Tormenos nach Arbora zurückkehrten.

Die Straße zur Blutbrücke führte unmittelbar an den Ruinen der toten Stadt vorbei. Nandus konnte sich aus seiner Kindheit noch dunkel an den Kaufherrn erinnern. Wenn er noch lebte, musste er ein Greis sein. Ihn fürchtete er nicht. Eher die anderen Geister. Er würde so planen, dass sein Heerzug die Stadt am hellen Nachmittag passierte.

So viele Pläne!

Er musste auch zu dem Zimmermann, bei dem er den ganz besonderen Stuhl in Auftrag gegeben hatte, ebenso wie die andere Sache …

Er griff nach Feder und Tinte. Zuallererst galt es, einen Brief zu schreiben, der Hauptmann Lorenzo noch mehr verärgern würde.

DAHLIA, PALAZZO TORMENO, MORGEN, 17. TAG DES HITZEMONDES IM JAHR VON SASMIRAS ZWEITER THRONERHEBUNG

Milan ging im Mosaikzimmer unruhig auf und ab. Pietro und Luisa beobachteten ihn durch die offene Küchentür, während sie so taten, als wären sie völlig mit dem Putzen von Gemüse und dem Rupfen eines Huhns beschäftig. Und Milan dachte daran, seinen Vater zu töten …

Wenn er Nandus überraschte, würde es vielleicht gelingen. Dann könnte er oben im Schreibzimmer einen Brief mit dem Siegel seines Vaters aufsetzen. Einen Befehl an Hauptmann Lorenzo, Felicia freizulassen und aus der Stadt zu jagen. Auch das war eine mögliche Strafe für Diebe, wenn die Richter milde gestimmt waren.

Aber sein Vater durfte dann nicht mehr leben. Er würde sie erbarmungslos hetzen, und es war noch ein weiter Weg bis zum Schwertwald.

Kurz vor der Tür zur Küche hielt Milan inne, drehte sich abrupt um und marschierte wieder zurück in Richtung Eingangstür. Der Schmerz in seinen Füßen war fast ganz abgeklungen. Er trug die Schuhe aus Segeltuch, die Felicia ihm geschenkt hatte.

Felicia! Bei jedem Gedanken an sie zog sich sein Innerstes zusammen. Er würde sie retten. Verstohlen tastete er nach dem Silberröhrchen unter seinem Hemd. Entweder auf diese Weise oder indem er Nandus aus dem Weg schaffte.

Milan hatte die Eingangstür erreicht und blickte die Marmortreppe hinauf. Würde sein Vater kommen? Oder sollte er einfach nach oben gehen? Er hatte keine Waffe.

Er drehte sich erneut um. Ohne das Tempo seiner Schritte zu beschleunigen, ging er auf die Küchentür zu. Er würde sich ein Messer holen. Bestimmt könnte er die beiden mit ein paar Scherzen ablenken und eines der Küchenmesser im Ärmel verschwinden lassen.

Seinen Vater töten … Nicht einmal nach der Bastonade hatte er solche Gedanken gehegt. Aber Nandus ließ ihm keine Wahl. Glaubte sein Vater, er würde einfach untätig zuschauen, wie Felicia ermordet wurde?

Wieder tastete er nach dem Silberröhrchen. Noks Plan war der bessere. Wenn alle Felicia für tot hielten, könnte sie gefahrlos zum Schwertwald gelangen. Sicher war Rainulf irgendwo auf den Dächern und beobachtete alles. Er würde sehen, wie die Herzogin sich aus dem Grab erhob, und wahrscheinlich an ein Wunder glauben. Milan musste unwillkürlich lächeln, als er sich das verblüffte Gesicht des Bogenschützen vorstellte.

»Habt Ihr einen Wunsch für das Mittagsmahl, junger Herr?«,

fragte ihn Luisa, offensichtlich durch sein Lächeln ermutigt, das Schweigen und seinen endlosen Marsch zu unterbrechen.

»Das Huhn sieht gut aus.« Er trat in die Küche. Pietro hatte einen Korb zwischen den Füßen stehen, in dem er die gerupften Federn sammelte. Der Alte saß nah beim Feuer, über dem ein rußgeschwärzter Kupferkessel hing, in dem es leise blubberte. Es roch nach Linsensuppe und geräuchertem Speck, nach frisch gebackenem Brot und all den Kräutern, die in Bündeln unter der Decke zum Trocknen hingen. Die besten Stunden seiner Kindheit hatte er hier verbracht. Die Küche war stets ein Ort der Geborgenheit gewesen.

Milan strich mit der Hand über die von Gebrauchspuren gezeichnete Holzplatte des Arbeitstisches. »Hühnerstücke in einer Panade, gebraten in siedendem Fett wären schön ...« Wie zufällig stieß er gegen einen Apfel, so dass dieser vom Tisch auf den Boden rollte. Als die beiden Alten dem Apfel nachsahen, ließ er ein von hundertfachem Schleifen schmal gewordenes Obstmesser verschwinden. Solange er zurückdenken konnte, hatte Pietro es benutzt. Hatte ihm damit Äpfel und Birnen geschält und in Stücke geschnitten gereicht, wenn er am Ende eines Tages, an dem er wieder einmal nicht die Erwartungen seines Vaters erfüllt hatte, niedergeschlagen in die Küche geschlichen war.

Schritte erklangen auf dem Marmor.

Milan eilte hinaus. »Vater?«

Nandus trug nun eines der fast bodenlangen mondweißen Hemden und darüber das seitlich geschlitzte schwarze Messgewand. Er bedachte Milan mit einem abweisenden Blick.

»Bitte, lass sie gehen ...« Milan sprach leise, damit Pietro und Luisa ihn nicht hörten. »Ich bin sicher, ich kann sie überzeugen, Cilia zu verlassen. Sie wird nie wieder das Schwert gegen die Liga erheben.«

Ein abfälliges Lächeln war die einzige Antwort. Zielstrebig ging Nandus zur Eingangstür.

Milan lief an ihm vorbei und verstellte ihm den Weg. »Bitte,

Vater. Ich werfe mich auf die Knie vor dir. Ich küsse deine Stiefel. Ich werde alles tun …«

»Pietro?«, rief Nandus grollend.

Der alte Diener erschien in der Küchentür. Weiße Hühnerfedern hafteten an seiner braunen Wollhose und dem schlammfarbenen Leinenhemd.

»Sag meinem Sohn, dass es nicht meine Art ist, einmal gefällte Urteile wieder aufzuheben.«

Der Diener sah sie beide verdattert an. Dann wiederholte er die Worte.

»Bitte, Vater …« Milan tastete nach dem Messer in seinem Ärmel. Dann sah er zu dem Diener. Das konnte er nicht machen. Nicht vor den Augen von Pietro und Luisa. »Lass sie mich wenigstens noch einmal sehen.« Er flüsterte immer noch, damit die Diener nicht verstanden, worum es ging. Schließlich wusste außer Nandus, Nok und Rainulf niemand, wie er zu Felicia gestanden hatte.

»Pietro! Sag meinem Sohn: Wer feilschen will, muss auch etwas anbieten.«

Erneut wiederholte der Alte gehorsam die Worte.

Milan fand das Gebaren seines Vaters lächerlich. Aber er hielt sich zurück. »Du willst, dass ich ins Rote Kloster gehe. Du wirst mich dorthin bringen. Aber ich verspreche dir, ich werde noch schneller wieder hinausgeworfen werden als Juliano. Ich werde mich dumm stellen, werde ungehorsam sein und dafür sorgen, dass der Name Tormeno für immer seinen guten Klang verliert.«

Ein tiefe Falte erschien zwischen den Brauen seines Vaters.

»Wenn du mich nur einmal für ein paar Stunden zu Felicia lässt, dann werde ich im Roten Kloster alles geben. Ich werde der Sohn sein, der ein Erzpriester wird. Der Sohn, den du dir immer gewünscht hast.« Die Worte waren wie Galle in seinem Mund. Aber er würde alles tun, um Felicia das Silberröhrchen zu bringen.

»Sag meinem Sohn, er hat mich zu oft enttäuscht, Pietro. Schöne Worte sind billig … Er soll mir einen Eid schwören.«

Ohne gehört zu haben, was Milan gesprochen hatte, wirkte Pietro immer verwunderter. Aber er gehorchte.

»Ich schwöre bei dem Grab meiner Mutter, dass es so sein wird, wie ich gesagt habe«, erklärte Milan feierlich.

»Stell dir vor, Pietro, mein Junge hat sich in den Kopf gesetzt, heute unbedingt noch eine Hure zu besteigen, bevor er morgen ins Kloster muss.«

Milan schoss das Blut in die Wangen. Seine Hand schloss sich fester um den Holzgriff des Messers. Voller Hass sah er zu seinem Vater auf. Das würde er büßen! Das …

Nandus zog einen versiegelten Brief aus dem linken Ärmel seines Messgewandes und reichte ihn Milan. »Sag meinem Sohn, dass er diesen Brief zu Hauptmann Dolendo bringen soll. Danach wird er den Befehlen des Hauptmanns Folge leisten. Wenn diese Pflicht getan ist, soll er seinen Hurenritt bekommen.«

Milan ließ das verborgene Messer los und nahm mit zitternder Hand den Brief entgegen.

DAHLIA, KERKER DER STADTWACHE, MORGEN, 17. TAG DES HITZEMONDES IM JAHR VON SASMIRAS ZWEITER THRONERHEBUNG

Dein Vater scheint nicht mehr zu wissen, was er will!« Hauptmann Lorenzo Dolendo schäumte vor Wut. Sie stiegen die Treppe zu den Kerkern hinab und erreichten den Gang, an dem die Zellen lagen. Fünf Wachen standen hier bereit. Sie wirkten bestürzt, als überraschend ihr Hauptmann erschien, und salutierten zackig.

»Wegtreten!«, befahl Lorenzo schroff. »Euer Dienst endet jetzt.«

Die Männer waren sichtlich verblüfft, stellten aber keine Fragen.

Der Hauptmann schwenkte den Brief unter Milans Nase. »Ich

halte deinen Vater für …« Es schien, als beherrsche sich Lorenzo im letzten Augenblick, um nicht zu sagen, was er wirklich dachte. »… für seltsam. Diese Frau ist gefährlich, auch wenn sie verletzt ist. Lass dich nicht von ihrer Schönheit blenden. Es ist die Anmut einer Schlange. Du solltest wirklich nicht allein mit ihr sein.«

Milan traute seinen Ohren nicht. Er hatte keine Ahnung, was im Brief seines Vaters stand. Aber allein mit Felicia zu sein … genau das hatte er sich erhofft. Er räusperte sich. »Also … ähm, ich werde den Befehlen meines Vaters folgen. Ihr wisst, wie er sein kann, wenn man sich ihm widersetzt.«

Der kleine Hauptmann tat einen tiefen Seufzer. »Beim Herrn des Himmels, das weiß ich.« Er bedachte Milan mit einem mitleidigen Blick. »Obwohl mir eine öffentliche Bastonade bislang erspart geblieben ist.«

Lorenzo blieb vor einer Zellentür in der Mitte des Gangs stehen. Er wirkte immer noch unentschlossen. »Hast du überhaupt Erfahrung? Du bist noch so jung …«

Milan spürte, wie ihm das Blut in die Ohren stieg. Was sollte das denn jetzt heißen? »Äh … wie meinen …?«

»Dein Vater schreibt, ich solle dir einige Stunden Zeit geben, sie zu befragen, und dass dieses Verhör auf gar keinen Fall durch Dritte unterbrochen werden darf.«

Stunden allein mit Felicia! Das hätte er niemals von seinem Vater erwartet. Würde er sie am Ende doch noch begnadigen? Aber wie passte dieses Geschenk zu seinem eisigen Verhalten vorhin an der Treppe?

»Hast du Erfahrung?«, bedrängte ihn Lorenzo erneut.

»Natürlich. Ich war nicht einmal fünf, als ich zum ersten Mal zugeschaut habe, wie mein Vater eine hochnotpeinliche Befragung durchführte. Auf einem Feldzug im Schwertwald. Ihr wisst ja: abgeschnittene Finger und dergleichen … Ich habe viel gelernt.«

Der Hauptmann murmelte etwas Unverständliches und schüttelte dazu den Kopf. »Die Familie Tormeno«, sagte er dann lauter und löste einen großen Schlüsselbund von seinem Gürtel. Er schloss auf, und Milan griff nach dem Riegel an der schweren Eichentür, als Lorenzo ihm eine Hand auf den Arm legte. »Und du willst keine Wachen? Oder die üblichen … Werkzeuge zur Befragung?«

»Ich werde auch so erfahren, was ich wissen muss.«

»Weißt du, was ich glaube?« Es lag Unbehagen im Blick des Hauptmanns. »Ich glaube, dass ich dich heute Abend in ein Leichentuch gehüllt zu deinem Vater bringen werde. Diese Frau ist viel mehr als nur eine Diebin. Sie ist gefährlich, und sie hat nichts mehr zu verlieren. Sie wird morgen Mittag gehenkt. Dieses Verhör …«

»Ist notwendig!«, sagte Milan bestimmt.

Lorenzo zog seine Hand zurück. »Jeder ist seines Glückes Schmied, junger Tormeno.«

Milan hörte kaum mehr hin. Sein Herz schlug ihm bis zum Hals. Die schwere Zellentür schwang auf. Felicia stand inmitten des kargen Kerkerraums. Ein heller Lichtstrahl fiel durch das kleine Fenster hoch oben in der Wand und wob goldenen Glanz um ihre Schultern und ihr offenes, rotes Haar. Ihre Miene war hart. Herausfordernd.

»Ich komme im Auftrag des Erzpriesters, um dich zu verhören, Diebin«, sagte Milan mit fester Stimme.

»Ich habe dir nichts zu sagen«, entgegnete die Herzogin selbstbewusst.

Die Tür schloss sich hinter Milan.

Ein Lächeln stahl sich auf Felicias Antlitz.

Sie beide lauschten, bis Lorenzos Schritte auf dem Gang verklungen waren. Dann sprang sie ihn an. Ihre Beine schlossen sich um seine Hüften, ihre Arme um seinen Hals. Er taumelte, während sie ihn mit Küssen überschüttete. »Ich habe immer gewusst, dass du kommen würdest«, sagte sie atemlos und küsste ihn weiter.

»Ich … Es tut mir leid …«

Ihre heißen Lippen auf seinen ließen ihn verstummen, und er

taumelte rückwärts zur Pritsche, während Felicia begann, ihm das Hemd auszuziehen.

»Wir müssen reden«, setzte er noch einmal an, aber sie brachte ihn erneut mit wilden Küssen zum Schweigen.

DAHLIA, KERKER DER STADTWACHE, MITTAG,
17. TAG DES HITZEMONDES IM JAHR VON
SASMIRAS ZWEITER THRONERHEBUNG

Lautes Klopfen erklang an der Kerkertür. »Ist alles in Ordnung?«

»Stört mich jetzt nicht, Hauptmann Lorenzo. Bald habe ich diese verdammte Diebin so weit …«

Felicia stieß ein herzerweichendes Stöhnen aus. »Ich werde nicht … O nein. Nein! Bitte nicht … bitte!«

»Bringt sie nicht um!«, rief Lorenzo erschrocken. »Sterben soll sie erst morgen am Galgen.«

»Ich weiß, was ich tue«, wies Milan ihn schroff zurecht. »Mein Vater war mir ein gestrenger Lehrmeister. Und nun lasst uns in Ruhe!«

Die Schritte waren noch nicht verklungen, als Felicia ihn breit angrinste. Ihre Hand wanderte zwischen seine Schenkel. »Du weißt wahrlich, was du tust, mein schöner Lügner. Nur hast du das ganz sicher nicht von deinem Vater gelernt.« Sie setzte sich auf ihn. »Komm, wir …«

»Nein!«, unterbrach er sie entschieden. »Jetzt sprechen wir über deine Flucht.«

Sie zog einen Schmollmund. »Was gibt es da schon zu bereden? Wenn der kleine, dicke Hauptmann das nächste Mal an der Tür steht, bittest du ihn herein, wir schlagen ihn nieder, und eine wilde Flucht mit reichlich Schwertergeklirr beginnt. Rainulf, der sicher draußen mit einem Dutzend Halsabschneidern wartet, greift auf dein Zeichen an. Wir hauen uns einen

Weg durch die Wachen und preschen auf gestohlenen Pferden durchs Stadttor. Da gibt es doch nicht viel zu erklären.«

Der Griff zwischen Milans Schenkeln wurde ein wenig fester. »Aber vorher haben wir noch anderes zu erledigen.«

»Nein, im Ernst.« Er nahm ihre Hand und schob sie beiseite. Dann beugte er sich über den Rand der Pritsche und suchte in dem Durcheinander der Kleider nach dem Silberröhrchen. »Das hier wird dich retten.«

Sie nahm ihm das Röhrchen ab und betrachtete es skeptisch. Dann zog sie den aufgerollten Zettel heraus. Eine kleine Glasphiole, verschlossen mit einem Stück Kork, rutschte nach. Darin schimmerte eine gelbliche Paste.

»Gänsefett«, erklärte Milan. »Du reibst das Röhrchen damit ein. Auf dem Zettel ist beschrieben, wie du das Silberröhrchen am Morgen deiner Hinrichtung in deinen Hals schieben musst. Es wird verhindern, dass dir das Seil so sehr den Hals abschnürt, dass du nicht mehr atmen kannst. Du hörst dann irgendwann auf, mit den Beinen zu strampeln. Mein Vater wird nicht dulden, dass du lange am Galgen bleibst. Niemand soll die Tätowierung auf deinem Rücken sehen. Wenn du auf dem Leichenkarren aus der Stadt gefahren wirst, fliehst du.«

Felicia griff sich unwillkürlich an die Kehle. »Ich kann nicht behaupten, dass mir dieser Fluchtplan gefällt. Ich würde es wirklich lieber mit Schwertern versuchen.«

»Das wird nicht gelingen. Ich habe Rainulf seit dem Tag, an dem sie dich geholt haben, nicht mehr gesehen. Mein Vater hat mich im Palazzo eingesperrt …«

»Und du hast dich so einfach festhalten lassen?«

»Ein Fluchtversuch von mir hätte dich deine Zunge gekostet. Der nächste deine Hände, deine Füße …« Milan betrachtete ihren Körper. An der linken Leiste hob sich eine frisch vernähte Wunde rot von der hellen Haut ab.

»Er hätte das nicht getan.«

Milan sah auf ihre Handschuhe. »Ich wollte es nicht herausfinden.« Er blickte in ihre wunderbaren grünen Augen. »Mehr als hundert Wachen sind in diesen Mauern, und wir werden keine Hilfe von außen bekommen. Wir werden in einem Hagel von Armbrustbolzen sterben, wenn wir versuchen zu fliehen. Das Silberröhrchen ist der Weg.«

»Das würde eine gute Mär … wir beide, Hand in Hand in einem Armbrustbolzensturm. Das Schwert der Rosen und der Sohn des Erzpriesters von Cilia. Ein Liebespaar auf verzweifelter Flucht …«

»Ich will keine gute Mär. Ich will ein gutes Leben mit dir!«, entgegnete er entschieden.

»Du hast dich verändert, Milan Tormeno«, sagte sie leise.

Er legte ihr die Hände an die Schläfen, zog sie sanft zu sich und küsste sie. »Es ist ein guter Plan. Morgen Abend wirst du schon viele Meilen entfernt sein.«

»Und du?«

»Man wird mich zum Roten Kloster bringen …«

»Dieser Plan ist ein Hundeschiss!«, fuhr sie auf. »So geht das nicht!«

»Bitte … Ich habe bei meiner toten Mutter geschworen, dass ich mich bemühe, alle Prüfungen im Kloster zu bestehen. Das war der Preis dafür, jetzt bei dir zu sein.«

»Für deinen Vater bist du doch ohnehin ein Verräter. Vergiss den Eid. Ich komme mit Rainulf und ein paar Bogenschützen. Wir holen dich da raus.«

»Nicht aus diesem Kloster …« Er schüttelte entschieden den Kopf. »Und ich würde es nicht wollen. Ich würde mir selbst untreu, wenn ich diesen Eid breche. Ich werde nicht aus dem Kloster fliehen.«

Sie tippte ihm mit dem Finger gegen die Stirn. »Diese dämlichen Ritterromantikmären … Niemand mit Verstand lässt sich diesen Eid auferlegen. Hörst du? Das sind nichts als Fesseln. Würde sich dein Vater daran halten?«

Milan lächelte schief. »Aber wäre es nicht eine bessere Welt, wenn jeder zu seinem Wort stünde und Ehre das Maß unserer Taten wäre?«

»Wer so denkt, stirbt jung unter den Klingen seiner weniger ehrenhaften Feinde.«

»Ich habe mich entschieden, Felicia, und du wirst mich nicht umstimmen. Diese Stunden und dein Leben hatten einen Preis. Und ich habe ihn, ohne zu zögern, gezahlt.«

»Aber …«

Er legte ihr die Hand auf die Lippen. »Du wirst mich nicht umstimmen.«

Eine Weile sahen sie einander schweigend an, und endlich nickte sie.

DAHLIA, PALAZZO TORMENO, VOR DEM MORGENGRAUEN, 18. TAG DES HITZEMONDES IM JAHR VON SASMIRAS ZWEITER THRONERHEBUNG

Die Tür zu Milans Kammer flog auf. Zwei bullige Männer, die er noch nie zuvor gesehen hatte, traten ein.

Hinter ihnen erschien sein Vater in der Tür. »Sagt meinem Sohn, er soll aufstehen und sich anziehen.«

»Du hast es gehört.« Einer der beiden, ein glattrasierter Kerl mit schwarzen Locken und gefühllosen dunklen Augen baute sich vor Milan auf. »Raus aus dem Bett.« Er packte ihn beim Arm und zog ihn zwischen den Laken hervor. Offensichtlich hatte er größtes Vergnügen daran, einen hochgeborenen Jüngling wie ein Stück Dreck zu behandeln.

»Brauchst du deine Mama, um deine Hosen anzuziehen?«

»Du solltest …«

Eine schallende Ohrfeige riss Milans Kopf zur Seite. »Keine Widerworte, Kleiner. Dein Vater hat uns befohlen, dich ein bisschen härter anzufassen. Und glaub mir, es wird mir ein Vergnügen sein, so einen verzogenen Weichling wie dich ordentlich durchzuwalken.«

»Du solltest …«

Eine zweite Ohrfeige traf in Milan ins Gesicht.

»Bastard!«

»Was hast du gesagt?« Der Glattrasierte holte zu einem weiteren Schlag aus, aber Milan duckte sich unter dessen Arm hinweg, richtete sich auf und rammte ihm mit aller Kraft einen Daumen in die Mulde, die oberhalb des Schlüsselbeins lag. Nok hatte ihm beigebracht, welchen besonderen Punkt es dort zu treffen gab.

Die Wirkung dieses Angriffs war erstaunlich. Die Arme des Schlägers sanken herab. Seine Augen weiteten sich. Er begann zu zittern, als würden ihn Krämpfe plagen.

»Erhebe noch einmal die Hand gegen mich, und du bist tot«, zischte Milan ihm ins Ohr.

Sein Peiniger keuchte.

Nok hatte ihm vorgeführt, was der Druck auf diesen Punkt bewirkte. Milan kannte den Schmerz, den der Schläger nun erlitt. Er war von wahrlich erlesener Intensität, währte aber nur ein paar Herzschläge lang.

»Ich glaube, deinem Freund geht es nicht gut«, rief er dem zweiten unerwünschten Gast zu, der sich nach der schweren Reisetruhe gebückt und nicht gesehen hatte, was vorgefallen war. Sein Vater war nicht mehr zugegen.

»Rocco?« Der Truhenträger wandte sich seinem Gefährten zu. »Rocco! Was hast du denn?«

Dem Schläger rannen Tränen über die Wangen. Er schlotterte am ganzen Leib.

»Rocco, sag doch was!«

Milan zog sich in aller Ruhe an und sah zu, wie sich der zweite Kerl um Rocco kümmerte. Der Schläger kam langsam wieder zu sich. Entkräftet hocke er sich auf den Boden und rang keuchend um Atem, während Milan in die Segeltuchschuhe schlüpfte und an Felicia dachte. Ein paar Stunden noch, und alles wäre überstanden.

Er öffnete das Fenster. Grau lag die Piazza Cynthia im ersten Morgenlicht. Vor dem Palazzo stand eine geschlossene Kutsche.

Ein Gefährt, aus schweren Balken gezimmert. Der Aufbau der Kutsche erinnerte an ein kleines Haus mit gewölbtem Dach. Nur in der Tür, durch die man in die Kutsche stieg, gab es ein kleines Fenster. Das Gefährt wirkte wie ein rollendes Gefängnis auf Milan. Aber er würde das über sich ergehen lassen, dachte er. Hauptsache, Felicia war in Sicherheit.

Nur seltsam, dass die Kutsche schon so früh vorgefahren war. Er hätte darauf gewettet, dass sein Vater ihn zwingen würde, bei der Hinrichtung zuzusehen. Offensichtlich hatte er sich wieder einmal in Nandus getäuscht. Dass sein Vater ihm so viele Stunden bei der Schwertherzogin schenken würde, hatte er ebenso wenig erwartet.

Er hörte seine beiden Aufpasser miteinander tuscheln.

»Ich würde vorschlagen, ihr beiden nehmt meine Truhe und tragt sie zur Kutsche hinab. Ich komme mit euch.«

Rocco sah ihn hasserfüllt an. Milan wunderte sich, dass der Schläger nach der Erfahrung, die er gerade gemacht hatte, keine Angst vor ihm hatte.

Die beiden gehorchten ihm und nahmen die Truhe auf, die er in der vergangenen Nacht gepackt hatte. Sie enthielt Kleidung, einige Bücher, das alte Obstmesser, seine Stiefel. Und, sorgsam in einer Lederrolle geschützt, die weiße Rose, die Felicia ihm geschenkt hatte.

Unten an der Treppe warteten Luisa und Pietro, um sich von ihm zu verabschieden. Luisa standen Tränen in den Augen. Sie hatte ihm ein Bündel aus blütenweißem Leinen geschnürt. »Ein paar von den Küchlein, die Ihr immer so gemocht habt, junger Herr. Ich …« Sie schluchzte. »Ohne Euch wird es sehr einsam hier werden … Euer Vater wird uns ja heute auch noch verlassen.«

Milan sah sie überrascht an. »Wird er das?«

»Aber hat er Euch denn nichts gesagt? Er wird …«

Pietro brachte sie mit einem Knuff in die Rippen zum Schweigen. »Wir mischen uns nicht in die Streitigkeiten unserer Herrschaften ein.« Er sah Milan fest an. »Lass dich umarmen, Junge!«

Üblicherweise war es nicht die Art des alten Dieners, solche Nähe zu zeigen.

»Ich dachte mir, ich schenke dir das Obstmesser, das du gestern heimlich eingesteckt hast«, flüsterte ihm Pietro ins Ohr. »Benutze es nie für das, wofür du es gestern gestohlen hast. Dein Vater ist ein Mann von Ehre, so wie es auch dein Großvater war. Es wird der Tag kommen, an dem du verstehst, dass er keinen anderen Weg gehen konnte. Solange ich denken kann, hatten die Tormenos mehr Feinde, als ich zählen kann … Seid euch nicht auch noch untereinander feind.« Er trat ein Stück zurück.

Milan steckte ein Kloß im Hals. Er wollte nicht wahrhaben, was Pietro ihm gesagt hatte. Nandus war ein selbstsüchtiger Tyrann. Das würde er sich nicht einfach ausreden lassen. Und dennoch war er durch die Worte des Dieners so gerührt, dass ihm die Stimme versagte. So nickte er nur und ging die Treppe vor dem Palazzo hinunter.

Sein Vater stand neben dem Schlag der Kutsche. Auch Milans Aufpasser warteten dort. Die Kiste mit seinen Habseligkeiten war bereits auf einem Brett hinter dem kastenförmigen Aufbau festgezurrt.

Der Glattrasierte öffnete den Schlag. Dahinter stand ein fest mit dem Boden verbundener Lehnstuhl, der zur Tür hin ausgerichtet war. Breite Lederriemen waren an den Beinen, den Armlehnen und der Rückenlehne angebracht.

Überrascht wandte Milan sich an seinen Vater. »Was soll das?«

»Rocco! Sag meinem Sohn: Wer einmal einen Verrat begeht, dem traut man nicht mehr. Du wirst auf diesen Stuhl geschnallt zum Roten Kloster reisen, damit du es auch ganz sicher erreichst.«

Der Schläger wiederholte die Worte mit einem breiten Grinsen.

»Und wenn ich meine Notdurft verrichten muss?«

»Sag meinem Sohn, dass er sich im Kloster wird waschen

können. Und nun soll er einsteigen. Ich werde ihn wiedersehen, wenn er zeigt, dass er sein Wort halten kann.«

Unsanft schoben die beiden Handlanger seines Vaters Milan in die Kutsche. Rocco schnallte ihn auf den Stuhl und zog die breiten Lederriemen so fest, dass sie ins Fleisch schnitten. An Armen und Beinen und auch mit zwei Brustriemen gefesselt, vermochte Milan sich nicht mehr zu bewegen. Zuletzt drückte Rocco seinen Kopf gegen die Lehne und band einen Riemen um Milans Stirn. Sobald der Schlag der Kutsche sich schloss, würde er auf das kleine Fenster darin blicken, ob er wollte oder nicht.

Milan zwang sich zu Gleichmut. So konnte er zumindest Abschied von der Stadt nehmen, in der er den größten Teil seiner Kindheit verbracht hatte. Er würde keine Schwäche zeigen, schwor er sich, auch wenn sein Vater offensichtlich geplant hatte, die Reise zum Roten Kloster zu einer einzigen langen Demütigung werden zu lassen.

»Jetzt helfen dir deine Zaubergriffe nichts, kleiner Scheißer«, murmelte Rocco gehässig. »Ich werde mitansehen, wie du dich bepisst. Und zu essen oder zu trinken bekommst du, wenn mir danach ist.«

Milan zog die Brauen zusammen. »Vielleicht habe ich ja auch den bösen Blick.«

Der Schläger erbleichte. Er zog etwas aus seinem Gürtel. Einen Knebel! Er zögerte. Dann zwängte er Milan das verknotete Tuch in den Mund und band es ebenfalls hinter der Lehne zusammen, ehe er sich hastig zurückzog. Dabei mied Rocco jeden Blickkontakt. Er schlug die Tür der Kutsche zu, dann schloss er auch noch die Klappe des kleinen Fensters.

Milan kämpfte gegen einen Würgereiz an. Was sollte diese Behandlung? Geschah all dies wirklich auf Befehl seines Vaters?

Ein schmaler Lichtstreifen drang durch einen Spalt an der Unterseite der Fensterklappe. Ansonsten umfing ihn vollkommene Finsternis. War der kurze Triumph, die Angst in Roccos Antlitz zu sehen, es wert gewesen, seine Reise im Dunkeln anzutreten?

Die schwere Kutsche setzte sich mit einem Ruck in Bewegung. Er spürte, wie sie bergan fuhren. Wahrscheinlich über die große Schlange, wie der Volksmund jene breite Straße nannte, die sich in Serpentinen den Hang hinauf zum Mondtor wand.

Er dachte an Felicia. An ihre erste Begegnung über den Dächern der Stadt und daran, wie sehr sie ihn verändert hatte. Sie mochten ihn im Roten Kloster zum Erzpriester machen, aber sein Herz würde immer ihr gehören. Und sie würde auf ihn warten. Da war er sich ganz sicher. Als er gestern von ihr gegangen war, hatte sie ihn sonderbar angesehen. Auch sie hatte sich verändert. Sie kämpfte nicht länger nur für ihr Volk oder für eine Idee – sie kämpfte, um für ihn zu überleben.

Die Kutsche kam zum Stehen. Hatten sie schon das Mondtor erreicht? Milan hörte das Gemurmel einer größeren Menschenmenge. Und dann, alle anderen übertönend, die Stimme seines Vaters: »Dieses rothaarige Flittchen ist weit mehr als nur eine Diebin! Sie ist die Verkörperung allen Übels. Sie hat den ihr vom Herrn des Himmels geschenkten Leib, der so wunderbar anzuschauen ist, zur Hurerei missbraucht und ehrbare Bürger dazu verführt, ihr zu verraten, wo sie besonders reiche Beute machen wird.«

Milan war verwirrt. Sie konnten nicht auf dem Fischmarkt sein. Die Kutsche war bergan gefahren, der Markt aber lag weiter unten, näher am Hafen. Und doch sprach Nandus ganz offenbar von Felicia. Sie mussten vor ihrem Galgen gehalten haben. Aber sie hätte erst zur Mittagsstunde gehenkt werden sollen und nicht im ersten Morgenlicht.

Sein Vater hatte eine kurze Pause gemacht, und seine Zuhörer nutzten die Stille, um die vermeintliche Diebin und Hure zu beschimpfen.

»Schlampe!«, keifte eine schrille Frauenstimme.

»Soll sie verrecken!«

Beklommen lauschte Milan dem Gezeter des Pöbels. Wie musste es erst für Felicia sein, die unter dem Galgengerüst stand und auf dieses blutdürstige Pack herabsehen konnte?

»Und sie hat nicht nur gestohlen!«, übertönte die geschulte Stimme seines Vaters das Geschrei. »Dort, wo ehrliche Männer den Besitz ihres Herrn verteidigten, wurde sie zur Mörderin. Sie hat auf jede nur erdenkliche Art gesündigt. Sie verdient keine Gnade. Möge ihre Seele in der ewigen Finsternis gefangen sein.«

Milans Hände krallten sich in die Lehne des schweren Holzstuhls, an den er geschnallt war. Sie würde es überleben, wiederholte er immer und immer wieder in Gedanken.

Die Klappe vor dem Fenster in der Wagentür wurde geöffnet. Das helle Licht blendete ihn. Verschwommen sah er einen Reiter vor dem Himmel. Eine grüne Gestalt. Und daneben ragte ein Pfahl auf, an dem Felicia stand.

Langsam sah Milan deutlicher. Erkannte ihr rotes Haar, das von einer sanften Brise vor ihr Antlitz geweht wurde. Sie war mit schweren Ketten an den Pfahl gefesselt. Hoch über dem Pöbel. Ölglänzendes Holz und Reisig waren unter ihr aufgeschichtet.

Milan schrie auf, doch der Knebel erstickte seine Stimme, so dass nicht mehr als ein jämmerliches Gurgeln zu hören war.

Die Brise blies ihr das Haar aus dem Gesicht. Felicia sah ihn. Ihre Augen weiteten sich. Auch sie hatte einen Knebel im Mund, so dass sie nicht im letzten Augenblick die Wahrheit herausschreien konnte, wer sie war und was sie wirklich getan hatte.

»So wie mein Vater das Übel ausgebrannt hat, das ganz Cilia verschlingen wollte, so werde auch ich heute als Feuerrichter auftreten und das Übel den Flammen übergeben, das diese Stadt heimgesucht hat.«

Nandus winkte einem Mann der Stadtwache, der eine Fackel vorbereitet hatte.

Milan bäumte sich in seinen Fesseln auf. Verzweifelt kämpfte er gegen die breiten Lederriemen an. Das durfte nicht sein! Sie sollte doch gehenkt werden … Was war geschehen?

Sein Blick auf Felicia verschwamm in Tränen, als sein Vater die Fackel in den Scheiterhaufen stieß. Knisternd fraßen sich die Flammen ins Reisig. Schon tanzten erste Feuerzungen auf den ölgetränkten Holzbohlen. Heller Rauch stieg auf, wurde aber von der leichten Brise vom Scheiterhaufen fortgeweht.

Milan blinzelte gegen seine Tränen an. Felicias Blick ruhte unverwandt auf ihm. Der Knebel verzerrte ihre Gesichtszüge, doch ihre Augen lächelten.

Wieder bäumte er sich in den Fesseln auf. Er wollte an ihrer Seite sein, wollte mit ihr zusammen gehen. Ohne sie hatte sein Leben keinen Sinn.

Sie schüttelte sacht den Kopf, als wolle sie ihn bitten, den unnützen Kampf aufzugeben.

Nicht einmal in ihren eigenen Kleidern durfte sie sterben. Man hatte ihr ein knielanges Büßerhemd aus grobem Leinen angelegt. Ihr langes Haar war offen. Man hatte sie mit Ketten an den Pfahl gebunden, damit ihre Fesseln kein Opfer der Flammen werden konnten und sie vielleicht brennend vom Scheiterhaufen sprang, um im Tod noch einen der herzlosen Gaffer zu umarmen.

Um Felicias Füße leckten erste Flammen. Sie stand still, als könne der Schmerz sie nicht erreichen.

Es war nicht die erste Verbrennung, der Milan zusehen musste. Oft erstickte der Rauch die Opfer, bevor die Feuerqualen unerträglich wurden. Dieses Glück würde Felicia nicht haben. Es war zu windig.

Eine erste Flammenzunge leckte an ihrem Bein entlang, färbte den Saum des langen Hemdes schwarz und zog sich wieder zurück.

Auf dem Platz der Helden war es totenstill geworden. Begriffen die Gaffer, dass dies keine einfache Diebin war?

Milan hatte das Gefühl, als müsse ihm das Herz in der Brust zerspringen. Und er wünschte sich, es würde so kommen. Wünschte sich, mit ihr zu sterben.

Der Strom seiner Tränen war versiegt.

Eine Flammenzunge griff zwischen ihre Schenkel. Zum ersten Mal zuckte Felicia, doch dann hatte sie sich wieder in der Gewalt.

Die Haut an ihren Füßen und Unterschenkeln wurde rot und schlug Blasen. Sie begann sich zu winden. Ihr Antlitz wurde zu einer Maske kaum beherrschter Pein.

Milan zwang sich, hinzusehen. Er schuldete es ihr, dass er bei ihr blieb, bis zuletzt. Wenigstens mit seinen Blicken.

Die Kutsche setzte sich in Bewegung.

Das kleine Rechteck des Fensters, auf das seine Welt zusammengeschrumpft war, zeigte nicht länger den Scheiterhaufen.

Kurz sah Milan das Reiterstandbild des Giovanni Villani, des Siegers von der Blutbrücke, der seinen Adlerstab stolz dem Himmel entgegenreckte. Dann waren da nur noch die Fassaden der Häuser und das Geräusch der eisenbeschlagenen Kutschräder, die schwer über das Pflaster rollten.

DAHLIA, PLATZ DER HELDEN, FRÜHER MORGEN, 18. TAG DES HITZEMONDES IM JAHR VON SASMIRAS ZWEITER THRONERHEBUNG

Die Menschenmenge begann bereits, sich aufzulösen, als Nok, begleitet von Kang, den Platz der Helden erreichte. Einer ihrer Spitzel hatte sie darüber unterrichtet, was hier vor sich ging.

Aber zu spät. Das Feuer des Scheiterhaufens sank bereits in sich zusammen. Die Reisigbündel zwischen dem Gerüst aus dicken Bohlen hatten dafür gesorgt, dass die Flammen sich rasch in wütendem Sturm erhoben hatten. Die dickeren Holzstämme waren nicht durchgeglüht. In hellem Orange strahlten die Kanten und Unterseiten der zugeschnittenen Stämme, doch schon legte sich weiße Asche über die Glut.

Der Pfahl, an den Felicia gefesselt war, stand noch aufrecht. Er würde nicht stürzen. Nok blickte zum Himmel. Graue Wolken kamen mit einer wechselhaften Brise von See. Keine Stunde mehr, und es würde regnen. Dann würde die letzte Glut verlöschen.

Von Felicia war nur eine verkrümmte schwarze Gestalt geblieben, die keinerlei Ähnlichkeit mehr mit der Schwertherzogin hatte. Ihr leuchtend rotes Haar war vergangen, kein Faden Stoff geblieben. Sie wirkte geschrumpft, wie sie in den Ketten hing, die noch in mattem Rot glühten.

»Wir haben den Erzpriester unterschätzt«, sagte Nok leise und rang mit dem flammenden Zorn über ihre Leichtfertigkeit. Ein Gefühl wallte in ihr auf, als wolle ein Feuer aus ihr hervorbrechen und alles verzehren. Nie hatte sie solche Wut empfunden und nie solche Scham. Sie hätte das wissen, hätte auch hierauf vorbereitet sein müssen. Nandus hatte offenbar mit einem Befreiungsversuch gerechnet. Dass sie in ihrem Hochmut den Erzpriester nicht als gefährlichen Gegner eingeschätzt hatte, hatte ihre wertvollste Verbündete das Leben gekostet.

»Wir müssen umsichtiger vorgehen«, sagte Nok. Ihre Stimme klang ruhig. Der Sturm ihrer Gefühle blieb in ihr verschlossen, war ihr nicht anzuhören.

Dennoch sah Kang sie erschrocken an. Auch ihn musste der Anblick des Scheiterhaufens erschüttert haben. Endlich nickte er. »Der Erzpriester ist ein großer Kriegsherr und ein Mann mit eisernem Willen. Er soll einen Troll erschlagen haben …«

Nok wusste um die Gerüchte, die in der Stadt die Runde machten, war sich aber nicht sicher, ob sie ihnen Glauben schenken sollte. Ein Troll, schon jetzt?

Wenn die Aufzeichnungen der Tigerinnen stimmten, war Cilia der Ort, an dem die Veränderungen stets zuerst auftraten. Offenbar war der Krähenmann bereits in der Stadt. Aber seine Mär war stark, und zwei Tormenos waren darin verstrickt. Irgendein Brückentroll hingegen … das war etwas anderes.

Ihr Blick ruhte immer noch auf dem verkohlten Leib der Herzogin. Kangs Worte hallten in ihr nach. »Er ist das alles wirklich angegangen, wie ein guter Feldherr eine Schlacht plant«, griff sie seinen Gedanken auf. »Er hat Ort und Stunde bestimmt und uns getäuscht. Alle Pläne zur Befreiung der Herzogin sind dadurch zu Asche geworden. Ich bin mir sicher, Rainulf hatte ebenfalls etwas vorbereitet, um auf dem Fischmarkt seine Herrin zu retten. Er ist kein Mann, der sich einfach ergeben in sein Schicksal fügt. Auch ihn hat der Erzpriester an diesem Morgen geschlagen.«

Nok konnte nicht anders, als Respekt vor Nandus Tormeno zu empfinden. Er war ein wahrhaft würdiger Gegner.

Ein letztes Mal blickte sie auf den verbrannten Leib und murmelte ein leises Gebet, das die Seele der Schwertherzogin sicher ins Zwischenreich führen sollte, den Ort, an dem sich entscheiden würde, ob Felicias Seele wiedergeboren oder eins wurde mit dem ewigen Licht.

»Durch die Verbrennung hat der Erzpriester zugleich sichergestellt, dass niemand mehr ihre Tätowierung sehen und in ihr eine Herzogin aus dem Schwertwald erkennen kann«, bemerkte sie zu Kang. »In dieser Stadt, die ihr den Tod gebracht hat, wird Felicia immer nur eine Diebin sein. Er hat die wohl gefährlichste Gegnerin der Liga getötet und verheimlicht es.« Der Wind trug den Geruch verbrannten Fleischs zu ihnen herüber. Nok wandte sich ab, zog ein parfümiertes Tüchlein aus dem weiten Ärmel ihres Kleides und machte sich, gefolgt von Kang, auf den Weg zu den Ständen der Pergament- und Bücherhändler, die begonnen hatten, ihre Ware unter den Arkaden auszustellen. »Er verzichtet auf den Ruhm seiner Taten. Außergewöhnlich …«

Nok trat an einen Tisch voller in Schweinsleder gebundener Bücher. Sie nahm eines und schaute hinein. Sie hatte sich mit Kang in ihrer Muttersprache unterhalten und war sich sicher, dass niemand in der Nähe sie verstehen würde. Dennoch entschied sie, dass es unklug wäre, diese Unterhaltung in der Öffentlichkeit fortzusetzen. Auch war sie sich nicht ganz sicher, warum Nandus auf den Ruhm, die Herzogin getötet zu haben, verzichtete. War es aus Respekt vor ihr? Oder gab es weniger edle Gründe, die ihr verborgen blieben?

Sie blätterte in einigen weiteren Büchern, betrachtete die

fremdartigen Illustrationen und sehnte sich nach ihrer Heimat zurück. Wie gern würde sie sich noch einmal in die Bibliotheken der Tigerinnen versenken, die wunderbaren Bilder auf Seidenpapier betrachten und ihren verborgenen Allegorien nachspüren oder aber in den Knochenbüchern lesen, die so alt wie die Schriftkunst waren.

»Eine exzellente Wahl«, sprach sie der Buchhändler an, ein alter Mann mit einem Antlitz, das an zerknülltes Pergament erinnerte. »Selbst der erhabene Erzpriester Nandus Tormeno beehrt meinen Stand zuweilen und hat schon manches Buch bei mir gekauft. Auch erlesene Pergamente bezieht er gern über mich.«

Sie blickte zu den zurechtgeschnittenen Tierhäuten, die an Klammern von einer Schnur hingen, und dachte an das Gedicht, das Milan ihr geschrieben hatte. Das Bewusstsein, dass er heute womöglich für viele Jahre die Stadt verlassen hatte, berührte sie mehr, als sie erwartet hatte. So ungelenk die Worte seines Gedichtes auch gewesen waren, hatte ihre Aufrichtigkeit doch ein Gefühl in ihr geweckt, das ihr gänzlich unvertraut war. Sie mochte ihn auf eine Art, die für eine Weiße Tigerin nicht angemessen war.

Nok klappte das Buch zu und legte es auf den Tisch zurück. »Ich werde den Kauf noch überdenken«, sagte sie höflich und zog sich zurück.

Der alte Buchhändler lächelte, ohne damit seine Enttäuschung verbergen zu können.

Nok folgte den Arkaden zum nördlichen Ende des Platzes. Sie hatte weniger als eine Stunde, um eine Entscheidung zu treffen, die sie seit Tagen vor sich herschob. Entweder sie ließ einen ihrer Spitzel die Kutsche verfolgen, in der Milan fortgebracht wurde, oder aber sie ließ die Kutsche überfallen und ihn befreien.

Das Rote Kloster war ein geheimer Ort, um den nur wenige Auserwählte wussten. Es verbarg sich hinter dem Äußeren eines gewöhnlichen Klosters, und davon gab es mehr als siebzig auf Cilia. Dieses Geheimnis aufzudecken mochte für das Khanat künftig von Nutzen sein. Allerdings würde sie Milan mit ihren Mitteln nicht mehr befreien können, wenn er erst einmal dort angelangt war. Die alte Seele, die in ihm wiedergeboren war, ginge dem Khanat verloren. Hätten die Priester im Kloster ihn einmal geformt, würde sie ihn nicht mehr für sich gewinnen.

Voller Enttäuschung dachte sie an die unerreichbare Verstärkung auf hoher See. Von der *Atem des Himmels* war immer noch keine Antwort gekommen. Inzwischen fragte sie sich, ob der Siebenmaster vielleicht in die Hoheitsgewässer des Khanats zurückbeordert worden war und man vergessen hatte, sie darüber zu unterrichten.

Sie schob den dunklen Gedanken beiseite. Milan und Nandus waren möglicherweise die beiden, von denen in den Knochenbüchern geschrieben stand, dass sie mit ihren Taten ein ganzes Zeitalter formen würden. Waren sie der Mann des Feuers und der Sohn des Lichtes, von denen in den alten Schriften die Rede war?

Die Schriften besagten, dass beide im Reich einer seelenlosen Kaiserin leben würden. War damit die neue Herrscherin Sasmira gemeint? Das Kind, das aus dem Schoß einer toten Mutter geschnitten worden war?

Das Reich der Kaiserin war riesig. Cilia nur die südlichste seiner Provinzen. Der Mann des Feuers und der Sohn des Lichtes konnten genauso gut irgendwo hoch im Norden zu finden sein, in den endlosen Wäldern oder den Steinöden der himmelhohen Gebirge.

Aber Cilia war der Ort, an dem die Veränderungen beginnen sollten. Wäre es da nicht folgerichtig, dass hier auch die Helden des neuen Zeitalters zum ersten Mal in Erscheinung traten?

Sollte sie also die Kutsche abfangen lassen, um Milan zu befreien? War dies die richtige Entscheidung? Oder war sie aus dem selbstsüchtigen Wunsch geboren, Milan in ihrer Nähe zu haben?

Wenn sie jetzt einen Fehler beging, konnte dies den Verlauf eines ganzen Zeitalters verändern.

DAHLIA, PALAZZO TORMENO, NICHT LANGE VOR EINSETZEN DER ABENDDÄMMERUNG, 18. TAG DES HITZEMONDES IM JAHR VON SASMIRAS ZWEITER THRONERHEBUNG

Nandus stand in der Mitte des Mosaikzimmers, der Eingangshalle seines Palazzo. Rechts und links von ihm knieten Waffenknechte des Ordens vom Schwarzen Adler. Sie zurrten die Lederbänder der maßgefertigten Rüstungsteile fest, welche die Vorderseiten seiner beiden Beine in poliertes Eisen hüllten. Ein dritter Waffenknecht schlang einen Gürtel um seine Hüften, die bereits durch einen Gambeson und ein Kettenhemd geschützt waren. An diesem Gürtel schnallten sie weitere Lederbänder fest, die wie Strumpfbänder seine Beinlinge hielten. Brust- und Rückenplatte lagen über seinem Kettenhemd und wurden mit Lederbändern an den Seiten und den Schultern festgezurrt.

Das Gewicht des Eisens lastete schwer auf ihm. Es war eine Weile her, dass er zuletzt die volle Rüstung getragen hatte. Das Armzeug wurde ihm angelegt. Röhren aus Metall schlossen sich um Ober- und Unterarm. Das Kettenhemd darunter schützte seine Armbeugen und die Achseln.

Prüfend hob Nandus die Arme, bewegte die Gelenke. Die Rüstung machte ihn langsam, aber fast unverwundbar durch Klingen. Selbst die meisten Pfeile der gefürchteten Bogenschützen aus dem Schwertwald würden an dem gerundeten Eisen abgleiten, ohne ihm Schaden zuzufügen. Der Preis, den er dafür zahlte, war, sich so schwerfällig zu bewegen wie ein Bär, der gerade aus seinem Winterschlaf erwachte.

Bertrand und Swinegart, die beiden Kaiserritter, die ihn als Eskorte zur Krakenbucht begleiten würden, nickten anerkennend. »Gute Rüstung. In Klingenburg gefertigt?«, erkundigte sich Bertrand höflich.

»Aus Ferranta«, entgegnete Nandus stolz. Die Waffen und Rüstungen aus der eisernen Stadt mussten inzwischen den Vergleich mit den Meisterschmieden des Reichs nicht mehr scheuen.

»Ich gestehe, ich bin überrascht.« Bertrand war von gedrungener Statur und zwei Handbreit kleiner als Nandus. Erstes Grau mischte sich in sein schwarzes Haar. Er hatte kalte, braune Augen. Ein Schnitt hatte einst seine Lippen gespalten und eine auffällige, weiße Narbe hinterlassen, die bis zum Kinn reichte. Er war der Gesprächigere der beiden, doch wirkte seine Höflichkeit trotz aller Bemühungen aufgesetzt. Was an den Augen lag. Sie hatten etwas Lauerndes, ein nie verlöschendes Misstrauen gegen die Welt und jeden, der ihm begegnete. Der Ritter hatte eindeutig zu viele Schlachtfelder gesehen, dachte Nandus.

Sein Gefährte, Swinegart, war ein weizenblonder Hüne aus der Westermark. Sein Haar war nach der neuen Mode unter Kriegern geschnitten, bei der es in der Stirn und auf der Mitte des Kopfes etwa fingerlang blieb, während es ansonsten fast wegrasiert war. Wie so viele seiner Landsleute aus der Mark der einsamen Wälder und nachtschwarzen Seen war er ein großer Schweiger.

Pietro brachte Nandus den schwarzen Umhang mit dem Wappen eines weißen Schwertes. Ein Kleidungsstück, das allein Erzpriestern vorbehalten war.

Die beiden Kaiserritter trugen ganz ähnliche Rüstungen; allerdings lagen vor ihren Achseln etwa handgroße, mit dem Harnisch verbundene Schilde mit ihrem Ordenswappen, dem schwarzen Adler auf weißem Grund.

Nandus wurden die Panzerhandschuhe angelegt, deren Stulpen ein ganzes Stück den Arm hinaufreichten. Ein weiterer Gürtel wurde um seine Hüften geschlungen. Er war aus goldbeschlagenem rotem Leder gefertigt und hielt sein Amtsschwert.

Die Waffenknechte reichten ihm den Helm. Er klemmte ihn unter den linken Arm. Eine mit Schafswolle gepolsterte Lederhaube wurde ihm auf den Kopf gesetzt, und Pietro zog den Kinnriemen fest. »Kehrt wohlbehalten zu uns zurück«, flüsterte ihm der alte Diener ins Ohr.

»Der Herr des Himmels wird mich beschützen«, murmelte Nandus bedrückt. Seit er Feuer an den Scheiterhaufen gelegt hatte, fühlte er sich niedergeschlagen. Für Cilia und für die Liga war das die richtige Entscheidung gewesen. Er hatte eine bedeutende Feindin der himmlischen Gerechtigkeit überantwortet. Zudem war sie eine Mörderin … und dennoch fühlte er sich schäbig.

In einer Mär hätte er sie zu einem Gottesurteil verurteilt. Er hätte sich auf dem Platz der Helden ein Duell mit ihr geliefert und darauf vertraut, dass der Herr des Himmels den Sieg in die richtigen Hände legen würde.

Er schaute zur Küchentür. Luisa ließ sich nicht blicken. Sie hatte ihm nicht verziehen, wie er Milan am Morgen behandelt hatte. Die Köchin war immer schon auf der Seite seines Letztgeborenen gewesen. Sie hatte Milan wie ihren eigenen Sohn behandelt.

Was sie dachte, war ohne Bedeutung! Er hätte nicht zu der Tür sehen sollen. Er durfte sich keine Schwächen mehr leisten. Es war seine Aufgabe, das Heer der Schwertherzöge aus dem Wald zu locken und sie zu einem Angriff auf seine kleine Streitmacht zu verleiten. Er war der Köder, und wenn er Fehler machte, dann würde er einfach geschluckt werden.

Nandus winkte Bertrand und Swinegart. »Gehen wir!«

Auf der Piazza Cynthia hielten weitere Waffenknechte des Ordens die Pferde bereit. Nandus würde Romero reiten, den großen, weißen Hengst, der ihn vor etlichen Jahren in die letzten großen Schlachten am Rand des Schwertwaldes getragen hatte.

Das Schlachtross begrüßte ihn mit einem Schnauben. Er hatte den Hengst in den letzten Monden von anderen bewegen lassen. Romero wusste, dass sie in den Krieg ziehen würden. Ihm war eine stählerne Platte auf die Stirn geschnallt worden, und eine weitere Panzerplatte schützte seine Brust. Der schwere rote Gestechsattel lag auf seinem Rücken, und ihm war das goldbeschlagene, rote Zaumzeug angelegt worden, das allein Kriegszügen und hohen Festen vorbehalten war.

Nandus tätschelte ihm den Hals. »Wir werden mit Ruhm bedeckt wiederkehren!« Ihm war bewusst, dass diese Worte mehr ihm selbst als seinem alten Schlachtross galten. Er wollte das nagende Unbehagen in sich endlich überwinden.

Er stieg auf den Schemel, der es ihm in der schweren Rüstung erleichterte, aufzusitzen. Endlich im Sattel, fühlte er sich besser. Die Abendbrise schmeichelte seinem Gesicht und spielte mit dem Seidenumhang, der von seinen Schultern hing.

Er blickte nach Westen, wo die Abendsonne ein blutig rotes Spektakel am Himmel abhielt. Die Wolken sahen aus wie zerfetzte Banner, goldene Lichtspeere stachen zwischen ihnen hindurch.

War die ungewöhnliche Himmelsfarbe ein Omen?

Nandus hob den rechten Arm und winkte den beiden Rittern seiner Eskorte. »Vorwärts!«

DAHLIA, FISCHMARKT, ABENDDÄMMERUNG, 18. TAG DES HITZEMONDES IM JAHR VON SASMIRAS ZWEITER THRONERHEBUNG

Jetzt fühlte es sich an wie die dümmste Idee, die er jemals gehabt hatte. Nervös blickte Lorenzo in den engen Durchgang. Er hatte diesen Schandfleck der Stadt säubern lassen. Zahllose Eimer Wasser waren in die Gosse geschüttet worden, um sämtlichen Unrat fortzuspülen. Zuletzt hatte er sogar Essig ins Wasser mischen lassen, um gegen den Gestank anzugehen, der – im Gegensatz zu den Fäkalien – einfach nicht aus dem fleckigen Stein der Abflussrinne weichen wollte. So eng war der Pfad, der sich zwischen den Häusern zum Hafen hinabwand, dass es keinen Fußweg gab. Wer hier hindurch wollte, der musste durch die Gosse laufen.

Keine einzige Tür öffnete sich auf diese Passage, nur ein paar Fenster. Dort und auf den flachen Dächern warteten seine Armbrustschützen. Wenn der Krähenmann kam, wäre es unmöglich, ihn in der engen Häuserschlucht zu verfehlen.

Lorenzos Finger trommelten nervös auf den Knauf seines Schwertes. Er wünschte sich, diese verfluchte Märengestalt würde nicht erscheinen. Immer wieder gingen ihm die Worte des Erzpriesters durch den Kopf, dass er nicht der Mann war, der dieses Ungeheuer töten konnte. Aber er war auch nicht der Mann, der die Kinder Dahlias kampflos diesem lebendig gewordenen Albtraum überließ.

Fahrig wischte er sich über die schweißnasse Stirn und blickte um die Hausecke in den Durchgang. Obwohl noch rotes Abendlicht am westlichen Himmel stand, war zwischen den Häusern bereits Finsternis eingekehrt. Nur die Laterne, die vor seinem kleinen Neffen Mario in der Gosse stand, verbreitete ein warmes, honiggelbes Licht.

Lorenzo hatte seiner Schwester Anna versprochen, dass ihrem Jungen nichts geschehen würde. Dreißig Mann hatte er auf Posten verteilt, damit er dieses Versprechen halten konnte. Nur die besten Schützen waren dabei. Vor einer Stunde noch war er sich ganz sicher gewesen, dass alles gutgehen würde, doch diese Sicherheit schwand gerade genauso schnell wie das Abendrot.

»Loro?« Die Stimme seines Neffen klang jetzt ein wenig verzagt.

Loro war das dritte Wort, das der kleine Mario gelernt hatte, nach Mama und Happa, womit er etwas zu essen meinte. Obwohl er nun schon Hunderte von Worten sprach, war Lorenzo für ihn immer Loro geblieben.

Der Hauptmann blickte wieder um die Hausecke. »Alles ist gut«, sagte er mit einem Lächeln und winkte dem Kleinen zu.

Er hatte Mario zwei neue hölzerne Ritter geschenkt. Der

Kleine konnte stundenlang vollkommen selbstvergessen mit seinen Holzfiguren spielen. An diesem seltsamen Ort im Licht einer Laterne zu sitzen machte ihm keine Angst, solange seine Ritter bei ihm waren.

Lorenzo wünschte, er könnte seine eigenen Ängste so leicht besiegen. Vielleicht würde der Krähenmann ja gar nicht kommen? Er war ein magisches Geschöpf. Gewiss würde er spüren, dass er hier in eine Falle ging. Wenn dieses Ungeheuer innerhalb der nächsten halben Stunde nicht erschien, dann konnte er hier alles abblasen, ohne sein Gesicht zu verlieren, überlegte Lorenzo.

»Wer bist du?«

Marios Worte trafen Lorenzo wie ein Schwall Eiswasser. Er sah um die Ecke.

Sein Neffe war aufgestanden. Er blickte tiefer in die Passage zwischen den Häusern. Lorenzo konnte dort nichts als Finsternis sehen.

»Nein, ich kann nicht einfach mit dir kommen«, sagte der Junge jetzt. »Loro wartet auf mich.«

Lorenzo zog sein Schwert. Warum schoss denn keiner seiner Männer? Der Krähenmann durfte nicht zu dicht an Mario herankommen!

»Ach so …« Mario machte einen Schritt auf die Dunkelheit zu.

Der Hauptmann stürmte in den Durchgang. »Nicht! Du darfst nicht mit ihm gehen!« Der Weg zwischen den Häuserwänden war so eng, dass er sich seitlich voranbewegen musste, und er hatte wahrlich keine breiten Schultern.

»Alles gut, Loro!« Mario winkte ihm zu.

Jetzt konnte Lorenzo den großen Krähenkopf sehen. Er schob sich in das Licht der Laterne. Schwarz schimmernde Augen starrten ihn an. Augen ohne Seele. »Hast du wirklich geglaubt, du könntest mich aufhalten, Hauptmann?« Die Stimme des Krähenmanns war angenehm. Ganz anders, als Lorenzo es erwartet hatte. Kein schrilles Krächzen, kein unverständliches

Gezeter. »Du hast mir den Jungen angeboten. Ich werde ihn nehmen.«

»Nur über meine Leiche!« Lorenzos Kettenhemd schrammte auf Höhe seines Bauches an einer Hauswand entlang. Wie im Krebsgang zwängte er sich weiter. Nur noch ein kleines Stück, dann wäre er bei dem Ungeheuer.

»Ich könnte mich versucht fühlen, auch dieses Angebot anzunehmen. Du solltest deine Worte mit mehr Bedacht wählen, Hauptmann.«

»Da hast du recht, du hässliches Biest!« Lorenzo riss den Arm hoch. »Los, Männer! Schießt!«

Schwarz zeichneten sich die Silhouetten der Armbrustschützen auf den Dächern gegen den roten Himmel ab. Das Sirren der Sehnen erfüllte die Luft. Geschosse schlugen in das Mauerwerk der Gasse. Metall kreischte über Stein. Einige Bolzen prallten ab und flogen als unberechenbare Querschläger durch das Dunkel. Einer sirrte dicht an Lorenzos Schläfe vorbei, ein zweiter streifte an der Schulter sein Kettenhemd, ohne Schaden anzurichten.

Unbeirrt drängte der Hauptmann sich weiter. Noch drei Schritt, dann wäre er bei Mario.

»Ihr Narren!«, hallte die Stimme des Krähenmanns von den Mauern wider. »Bin ich euch wichtiger als das Kind? Und mich nennt ihr ein Ungeheuer?«

»Loro …« Die Stimme des Kleinen hatte allen Klang verloren. So hatte Lorenzo ihn noch nie gehört.

Weitere Bolzen sirrten in die Gasse hinab. Eines der Geschosse prallte scheppernd gegen die eiserne Laterne und riss sie zu Boden.

Im gelben Licht sah Lorenzo, wie sich Mario ganz dicht an die Mauer links von ihm drückte. Er streckte die Hand nach dem Kleinen aus, der seltsam reglos blieb. Tränen rannen Mario über die Wangen. »Das tut so weh …«

Lorenzo wollte ihn zu sich ziehen, ihn in Sicherheit bringen. Sobald er zwischen dem Krähenmann und dem Jungen stand, würde alles wieder gut. Es würde …

Ein Geschoss traf Lorenzo in die Brust. Der Aufprall ließ ihn zurücktaumeln. Die Ringe des Kettenhemds schützten kaum gegen die vierkantige, geschliffene Stahlspitze. Sie zwängte einen Ring auseinander, durchdrang den Gambeson und traf auf eine Rippe, so dass Lorenzo keuchend ausatmete. Dennoch bekam er Marios Hand zu packen. Die kleinen Finger fühlten sich kühl an. Er wollte ihn zu sich ziehen, doch der Kleine stieß einen spitzen Schrei aus.

Jetzt sah Lorenzo, was geschehen war. Ein Armbrustbolzen hatte Marios Schulter getroffen und ihn an die Wand genagelt.

»Wie sehr ihr doch eure Kinder liebt«, sagte der Krähenmann voller Verachtung. »Deshalb hole ich sie!«

Lorenzo ignorierte die Schmerzen in seiner Brust. Dort, wo sein Neffe gespielt hatte, war der Durchgang ein wenig breiter. Er drängte sich an dem Jungen vorbei und stellte sich schützend vor ihn. »Hört auf zu schießen!«, rief er zu den Dächern und Fenstern hinauf. »Aufhören!«

»Danke«, flüsterte es im Dunkel, und plötzlich war der Krähenmann vor ihm. Mehr als zwei Schritt groß, die Flügel so weit gespreizt, wie die enge Schlucht zwischen den Häusern es erlaubte, die dünnen Arme, die in Händen mit dolchlangen Krallen endeten, vorgestreckt. Das Licht der Laterne spiegelte sich golden in den großen, schwarzen Vogelaugen. Der schwarze Schnabel öffnete und schloss sich bedrohlich.

Lorenzo hob sein Schwert. Seine Hand zitterte. »Weiche!«

»Du wirst mehr als Worte brauchen«, spottete der Krähenmann. Seine Krallenhand schnellte vor und schlug Lorenzos Schwert beiseite. Klirrend landete die Waffe in der Gosse.

»Jetzt steht nichts mehr zwischen uns, Hauptmann.« Die Spitzen der schwarzen Krallen berührten Lorenzo sanft an der Schläfe. »Ich hatte dich für einen der wenigen Anständigen in dieser Stadt gehalten …« Eine der Krallen schnitt Lorenzo ins Fleisch. »Aber den Jungen deiner Schwester zu missbrauchen, um Jagd auf mich zu machen … wie kann man sich nur so etwas ausdenken?« Der Druck der Kralle erhöhte sich.

Lorenzo keuchte. Blut rann ihm ins Auge. Er spürte, wie die Kralle von der Schläfe aus über seinen Stirnknochen kratzte.

»Ich wüsste wirklich zu gern, was in euren Köpfen vor sich geht. Vielleicht sollte ich bei dir einmal nachsehen.«

Lorenzo tastete mit der Linken nach dem Dolch, den er auf dem Rücken im Gürtel trug.

»Tu meinem Onkel Loro nicht weh«, wisperte Mario. »Bitte.«

»Wir beide gehen gleich an einen besseren Ort.« Die Stimme des Krähenmanns klang nun vollkommen anders. Gurrend, verheißungsvoll …

Lorenzo zog den Dolch. Mit aller Kraft rammte er ihn dem Krähenmann in den Leib. Doch es war, als versuche er die Klinge in einen Eichenstamm zu stoßen.

»Jetzt bin ich dran.« Die Worte des Ungeheuers klangen kalt wie Eis.

»Nein!«, rief Mario mit seiner Piepsstimme. »Bitte nicht …«

Die Rechte des Krähenmanns senkte sich. »Schau hin!«

Wie unter einem Zauberbann senkte Lorenzo den Kopf. Er wollte das nicht. Wollte nicht mit ansehen, was ihm angetan wurde. Er versuchte, die Augen zu schließen, doch seine Lider gehorchten ihm nicht.

»Wenn du es schaffst, bis zuletzt nicht zu schreien, lasse ich den Jungen hier.« Nun klang die Stimme wieder freundlicher. Die Krallen fuhren leise klirrend über Lorenzos Kettenhemd.

»Hauptmann!«, rief einer der Männer vom Dach. Manche sahen im Licht der Laterne bestimmt, was geschah. Aber ihre Bolzen würden nichts ändern. Sie mussten den Krähenmann bereits mehrfach getroffen haben, ohne ihm etwas anhaben zu können.

Dies war von Anfang an eine verlorene Schlacht gewesen. Er war nicht der bußfertige Mann aus dem Wald, und es gab auch keine drei Monde …

»Nicht schießen!«, rief Lorenzo, während sein Kettenhemd riss wie Papier. »Ihr trefft nur den Jungen …«

Die Krallen fuhren durch den Gambeson und das dünne Leinenhemd darunter. Ein eisiger Schauer jagte Lorenzo über den

Rücken. Er biss die Zähne zusammen in Erwartung dessen, was kommen würde, und war doch nicht im mindesten gegen den Schmerz gewappnet.

Er keuchte auf, schaffte es aber, einen Schrei zu unterdrücken. Grelle Lichter tanzten ihm vor den Augen. Er spürte die Krallen tief in seinem Leib …

»Tapfer«, gurrte der Krähenmann.

Lorenzo hörte ein Schleifgeräusch wie von Metall. Die Krallen in seinem Bauch zuckten zurück.

Durch einen Tränenschleier sah Lorenzo eine silberne Gestalt in dem engen Durchgang stehen.

»Bereit, mit einem Priester zu kämpfen, Bestie?«

Der Krähenmann fuhr mit einem Krächzen herum. Wirbelnde Flügel nahmen Lorenzo die Sicht. Metall kreischte auf, als sei es etwas Lebendiges, das eine tödliche Wunde empfing. Und dann war da noch ein Geräusch. Wie von einer Axt, die in einen Baumstamm fuhr.

DAHLIA, FISCHMARKT, FRÜHER ABEND, 18. TAG DES HITZEMONDES IM JAHR VON SASMIRAS ZWEITER THRONERHEBUNG

Die Stadtwachen hatten ihre Waffenröcke abgelegt und sie zu einem weichen Lager auf dem Pflaster des Fischmarkts zusammengeschoben. Darauf war Lorenzo gebettet worden.

Nandus kniete an der Seite des kleinen Hauptmanns. Nachdem der Krähenmann in die Schatten geflohen war, hatte er geholfen, ihn aus dem engen Durchgang hierher zu tragen.

Es sah nicht gut für den Hauptmann aus. Ein Medicus versuchte die Blutung zu stillen, indem er ausgekochtes Leinen in die schreckliche Bauchwunde stopfte. Nandus hatte so etwas schon zu oft gesehen, um nicht zu wissen, wie es enden würde.

Lorenzos Augenlider flatterten.

Nandus drückte die Hand des Hauptmanns. »Du hast es geschafft. Du hast ihn in die Flucht geschlagen.«

Lorenzos Augen öffneten sich schreckensweit. »Mario! Was ist mit ihm ...«

»Es geht ihm gut«, erwiderte Nandus beschwichtigend. »Der Armbrustbolzen hat seine Schulter durchschlagen, ohne einen Knochen zu verletzen. Ein kleines Wunder. Seine Wunde ist schon versorgt. Der Medicus hat ihm einen Sud aus Milch und Traumkugeln gegeben. Dein Neffe schläft jetzt. Er wird eine Narbe zurückbehalten, mehr nicht.«

Die Züge des Hauptmanns entspannten sich, obwohl er gewiss große Schmerzen hatte. »Danke ...«

»Du hast ihn gerettet. Du hast dich vor deinen Neffen gestellt und dem Krähenmann die Stirn geboten. Sie erzählen schon überall davon, wie du ihn vertrieben hast. Du wirst ein Held sein.«

Lorenzo lächelte matt. »Deine Rüstung ... Jeder kann sehen ... dass du es warst ...«

Nandus blickte an sich hinab. Die Brustplatte wies drei parallele Schrammen auf, die das Metall durchdrungen hatten, nicht aber das Kettenhemd darunter. Sein Schwert hatte den Krähenmann verletzt, ihn allerdings nicht töten können. Die Märengestalt war daraufhin ins Dunkel geflohen.

Weitere Stadtwachen kamen auf den Platz. Die Männer aus dem Hauptquartier, die Wachen von den Stadttoren und der Mauer. Alle streiften sie stumm ihre Waffenröcke ab und ließen sie neben Lorenzo auf das Pflaster sinken, obwohl er längst kein Polster für sein improvisiertes Lager mehr brauchte. Es war eine ebenso hilflose wie anrührende Geste.

Der Medicus bedeutete Nandus, sich zu erheben. Er war etwa Ende zwanzig, und ihm wich das Haar bereits aus der Stirn. Wie um das auszugleichen, ließ er sich einen üppigen Vollbart wachsen.

Nandus erinnerte sich, von dem Heilkundigen gehört zu haben. Dieser Leonardo war aus Kamarina vertrieben worden, weil man ihn dabei erwischt hatte, dass er Leichen aufschnitt. Der Rat Kamarinas hatte Nandus in einem Brief eindringlich vor ihm gewarnt. Leonardo war ein Mann, der die alten Lehren in Frage stellte und sogar in Schriften aus dem Khanat las.

Der Medicus entfernte sich ein Stück vom Lager des Hauptmanns. »Ihr wisst, dass ich ihm nicht helfen kann …«

Nandus bedachte den jungen Mann mit einem harten Blick. »Und du weißt, dass man mich vor dir gewarnt hat? Der Rat Kamarinas hat mir empfohlen, dich aus Cilia zu verbannen oder für immer im tiefsten Kerker verschwinden zu lassen.«

Der Medicus wirkte verblüfft. »Was hat das eine mit dem anderen zu tun?«

»Du schuldest mir einen Gefallen. Rette den Hauptmann. Beweise mir, dass ich die richtige Entscheidung getroffen habe, als ich dich in Dahlia bleiben ließ.«

Leonardo hob abwehrend die Hände. »Was Ihr verlangt, ist unmöglich. Ihr habt es selbst gesehen! Seine Eingeweide sind verletzt. Da kann man nichts mehr machen. Er wird ein paar Tage lang schreckliche Qualen leiden und dann jämmerlich verrecken.«

Nandus sah ihn an, wie er jene Männer und Frauen ansah, denen er eröffnete, dass ihr Weg auf dem Richtgerüst des Fischmarkts enden würde.

»Ich kann ihm Mittel geben, die das Fieber senken«, stammelte der Medicus, »und auch etwas gegen die Schmerzen. Aber ich täte ihm damit keinen Gefallen, Erhabener. Wenn er ein Kämpfer ist – und, erlaubt mir die Bemerkung, so sieht er nicht aus –, wird er vielleicht noch zwei oder drei Wochen überstehen, doch ein früherer Tod wäre eine Gnade für ihn.«

Nandus packte den Medicus beim Wams und zog ihn dicht zu sich heran. »Nur damit wir uns richtig verstehen und du meinem Freund nicht aus Versehen einen Trank gibst, der ein wenig zu viel Traumkugelextrakt enthält: Gnade ist *mein* Geschäft. *Du* bist dafür zuständig, ihn am Leben zu erhalten. Ich rate dir, sei erfolgreich, sonst wird es keinen Ort geben, an dem du dich vor mir verstecken kannst.« Er ließ den jungen Mann wieder los. »Und nun habe ich noch ein paar Worte mit meinem Freund zu reden. Störe uns nicht!«

Er ging zu Lorenzo zurück, kniete neben ihm nieder und nahm seine Hand. »Ich hab mit dem Medicus gesprochen. Es ist nicht so schlimm, wie es aussieht. Ich will dir nichts vormachen … Es liegen ein paar unangenehme Tage vor dir, aber du wirst durchkommen.«

Lorenzo lächelte matt. »Für einen Priester bist du ein verdammt schlechter Lügner. Ich weiß, wie es um mich steht.«

Nandus schüttelte den Kopf. »Dein dicker Bauch ist zum ersten Mal zu etwas nutze. Er wird dich nähren und am Leben erhalten. Jedenfalls so lange, bis ich wieder zurück bin.«

»Und dann …« Lorenzos Gesicht war aschfahl. Nandus sah die Angst darin und dass sein Freund den Kampf bereits verloren gab. »… wirst du für mich beten, um mir zu helfen?«

»Spott steht dir nicht gut«, tadelte Nandus ihn mild. »Ich werde dir eine Hexe aus dem Schwertwald mitbringen. Sie wird dich heilen.«

»Solche Hexen gibt es nur in Mären …«

»So wie den Krähenmann?«

Nandus sah, wie ein Hoffnungsfunke in den Augen des Hauptmanns aufglomm. »Danke …«

Er drückte Lorenzos Hand ein wenig fester. »Nein, ich habe dir zu danken. Ich bin heute von meinem Weg abgekommen. Ich hätte in dem Durchgang sein sollen. Das wäre mein Kampf gewesen, nicht der deine. Bitte verzeih mir.«

»Du warst da …« Die Stimme des Hauptmanns war nur noch ein Flüstern. Seine Lider flatterten.

»Zu spät, mein Freund. Zu spät … Das wird nicht wieder geschehen. Eine Märengestalt hat dir die Eingeweide herausgerissen, nun werde ich eine weitere Märengestalt holen, die sie wieder an ihren Ort zurückbringt und dich heilt. Ausgleichende Gerechtigkeit zu üben gehört zu den wichtigsten Pflichten eines Erzpriesters. Ich werde nicht versagen, mein Freund. Alles, was du tun musst, ist, ein wenig durchzuhalten und mir zu vertrauen …«

Lorenzos Lider hatten sich geschlossen. Die letzten Worte hatte er wohl schon nicht mehr gehört.

Mit schwerem Herzen erhob sich Nandus. Der Fischmarkt war voller Menschen. Alle hatten sie ihre Hüte oder Helme abgenommen. Sie blickten zu dem Hauptmann auf dem Lager aus blutbesudelten Waffenröcken. Ihn beachteten sie kaum. Sie wussten, dass es allein Lorenzo gewesen war, der heute für ihre Kinder gekämpft hatte.

Nandus bahnte sich einen Weg durch die Menge bis zu den beiden Kaiserrittern, die bei seinem Schlachtross auf ihn warteten.

»Ihr solltet eine neue Brustplatte anlegen, Erhabener«, bemerkte Bertrand. »Eure ist übel zugerichtet. Ich bin sicher, in der Rüstkammer der Ordensfestung wird sich etwas Passendes finden.«

Nandus fuhr mit seinem gepanzerten Handschuh über die tiefen Kerben. »Nein«, entschied er. »Jeder soll sehen, dass man den Märengestalten im Kampf entgegentreten und bestehen kann. Meine Männer sollen das jeden Tag vor Augen haben, denn die Pläne für den Feldzug gegen die Schwertherzöge haben sich soeben geändert. Wir werden sie nicht zu einem Angriff an der Blutbrücke provozieren, sondern unsererseits tief in den Wald marschieren und sie angreifen.«

DAHLIA, AM RAND DES SCHWERTWALDES, NACHMITTAG, 19. TAG DES HITZEMONDES IM JAHR VON SASMIRAS ZWEITER THRONERHEBUNG

Sie waren weniger als eine halbe Meile vom Rand des Schwertwaldes entfernt. Schon hier galt das Land nicht mehr als sicher. Seit Stunden hatten sie kein Gehöft mehr gesehen. Die sogenannte Straße von der Fähre hierher war kaum mehr als ein Feldweg. Sie waren durch zwei aufgegebene Dörfer geritten. Die Dächer der Häuser waren längst eingestürzt. In ihren Mauern wuchsen junge Birken.

Juliano richtete sich in seinen Steigbügeln auf und spähte zum fernen Waldrand. Dort begann das Land, das unter dem Schutz des Schwertes der Rosen stand. Felicia da Rosa galt als die kriegerischste unter den Schwertherzögen. Sie hatte in den letzten Jahren der endlosen Scharmützel jeden Angriff abgewehrt, anders als die anderen Herzöge. Hier hatte die Liga kein neues Land gewinnen können.

Juliano ließ sich in den Sattel zurücksinken und wandte sich zu seinen Männern um. Nur drei waren aus dem Gefolge von zehn Reitern geblieben, mit denen er Ferranta verlassen hatte. Die übrigen waren bereits gestern Abend bei der Fähre desertiert. Sie alle waren überzeugt, dass Männer, die unter den Wappen der Liga in den Schwertwald einritten, nichts als der Tod erwarten konnte.

Juliano dachte anders. Der Mann, der hinter ihm ritt, trug das schwefelgelbe Banner eines Herolds. Jeder auf der Insel wusste, was diese Fahne zu bedeuten hatte. Auf das Packpferd, das dem Bannerträger folgte, war deutlich sichtbar ein großer Wappenschild geschnallt, auf dem die fünf Stadtwappen der Liga prangten.

Im Schwertwald war die Zeit stehen geblieben. Rittertum bedeutete den Herzögen alles. Sie würden keinen unbewaffneten Herold töten. Das wäre gegen ihren Ehrenkodex, da war sich Juliano ganz sicher. Aber seine drei letzten Getreuen dachten ganz offensichtlich anders. Die Angst stand ihnen ins Gesicht geschrieben.

Mit solchen Männern wollte er nicht in Thouar, der Verlorenen, einreiten, um vor die Schwertherzöge zu treten. Die Rebellen würden sie verspotten. Für diese Aufgabe brauchte man Männer mit kaltem Herzen und eisernem Mut. Männer wie ihn. Was vor ihm lag, würde er besser allein angehen.

»Ich danke euch für eure Tapferkeit«, sagte Juliano salbungsvoll und war stolz darauf, nicht ironisch zu klingen. »Ich kann von keinem von euch verlangen, mich auf dem letzten Stück der Reise zu begleiten. Deshalb stelle ich es euch nun frei, mich zu verlassen und zu euren Familien zurückzukehren.«

Seine Begleiter waren sichtlich erleichtert. Nur Michele, der Koch, schüttelte den Kopf. »Herr, auch Ihr solltet nicht in den Wald reiten. Die schneiden Euch da nur die Kehle durch …«

Juliano winkte ab. »Ganz sicher nicht. Das wäre ehrlos. Die Ritter aus dem Schwertwald würden so etwas nicht tun.«

»Aber es sind nicht die Ritter, sondern ihre Bogenschützen, welche die Wälder hüten, und – entschuldigt, wenn ich so deutlich werde, Herr – die scheißen auf Ehre. Die nehmen Euer Pferd, Euer Silber und lassen Euren Kadaver, den Krähen und Wölfen zum Fraß, im Wald liegen.«

Juliano belächelte ihn mitleidig. »Glaub mir, ich kenne alle Geschichten über den Wald. So wird es nicht kommen. Mit den Rittern kann man reden.«

Michele zuckte mit den Achseln. »Wenn Ihr meint. Ihr seid der Herr, und ich bin nur ein einfältiger Koch. Darf ich Euch begleiten?«

Juliano war von so viel aufopfernder Treue zutiefst gerührt. Michele war ein Mann, so groß, dass sein Pferd unter ihm klein wie ein Esel wirkte. Doch obwohl er den Leib eines Riesen hatte, hatte er ein gutmütiges Gesicht. Die anderen im Gefolge hatten ihn verspottet. So friedfertig war er, dass er seine Gefährten hatte bitten müssen, die Hühner zu köpfen, die es vor zwei Tagen zum Abendessen gegeben hatte.

Juliano musste schmunzeln, als er daran zurückdachte. Ein Koch, der kein Huhn töten konnte … von so etwas hatte er nie zuvor gehört. Aber Michele war eben ein einfältiger Tropf.

»Dein Angebot rührt mich, Michele. Ich nehme es dankbar an.« Er wandte sich an die anderen beiden. »Und ihr reitet nach Ferranta zurück. Ich werde euch eure Feigheit nicht nachtragen.«

Das ließen die beiden sich nicht zweimal sagen. Sie wendeten die Pferde und preschten davon.

Juliano würdigte sie keines Blickes mehr. Er hielt auf den Schwertwald zu. Eine Phalanx mächtiger Korkeichen bedeckte die sanft ansteigenden Hügel im Westen.

Kaum eine halbe Stunde später waren sie ein ganzes Stück in den Wald hineingeritten. Kein Pfeil hatte ihn in den Rücken getroffen, dachte Juliano lächelnd. Der Herr des Himmels hielt eben seine schützende Hand über die Mutigen und Klugen.

»Warte!«, rief Michele plötzlich hinter ihm.

Verärgert zügelte Juliano sein Pferd. Was erlaubte sich dieser Flegel? Das war nicht der Ton, in dem ein Koch mit seinem Herrn sprechen sollte.

Michele war abgesessen. Er trug jetzt das Heroldsbanner.

»Hör mal, Junge, nur weil du mich begleitest, heißt das noch lange nicht, dass du dir so einen vertraulichen Ton herausnehmen darfst. Du wirst dich nun …«

»Du sitzt auf einem verdammt hohen Ross, Priestersöhnchen.« Michele packte die Fahnenstange, als sei sie eine Keule, und schwang sie in weitem Bogen.

Der Hieb traf Juliano mitten vor die Brust und riss ihn aus dem Sattel. Er stürzte schwer auf den Waldboden. Benommen griff er an seinen Gürtel, doch da war kein Schwert. Als Herold trug er keine Waffe. Das kleine Messer, das er bei Tisch benutzte, um sein Fleisch zu schneiden, war die einzige Klinge, die ihm geblieben war.

Das schwefelgelbe Banner legte sich wie ein Leichentuch auf Juliano, als sich die eiserne Spitze der Fahnenstange auf seine Kehle richtete.

»Ich bin ein Herold …«

»Und ich bin kein Ritter.« Michele grinste breit. »Ich bin nicht einmal Michele. Mein wirklicher Name lautet Rutger, aber meine Freunde nennen mich *den Kleinen*. Du hättest auf mich hören sollen, als ich dich vor den Bogenschützen gewarnt habe.«

»Aber du bist doch ein Koch …«

Das Grinsen des Riesen wurde noch breiter. »Ich fürchte, ich bin vor allem ein Lügner. Und ein Gefolgsmann des Schwertes der Rosen.«

Juliano räusperte sich und machte einen Versuch, die Spitze, die auf seine Kehle zielte, zur Seite zu schieben.

Das Lächeln verschwand aus Rutgers Antlitz. Die Spitze senkte sich ein wenig tiefer und berührte nun Julianos Brust direkt über dem Herzen.

»Das wirst du nicht tun«, sagte Juliano mit aller Würde, die er noch aufzubieten vermochte. »Du kannst nicht mal ein Huhn töten.«

»Weißt du … vor zwei Jahren hat mir ein Ritter der Liga das Leben geschenkt, nachdem er mich im Kampf besiegt hatte. Allerdings musste ich ihm schwören, dass ich nie wieder auf dem Land der Liga Blut vergießen würde. Auch wenn ich ein Lügner bin … mein Eid gilt etwas! Aber hier sind wir ja nicht mehr auf dem Land der Liga. Noch irgendwelche ergreifenden letzten Worte, Priestersöhnchen?«

Tausend Gedanken rasten Juliano durch den Kopf. Der Bastard würde ihn wirklich abstechen. Wenn er jetzt das Falsche sagte, dann war es mit ihm vorbei! »Du liebst doch dein Land …«

»Ja …«

»Wenn die Herzöge das Angebot annehmen, das ich ihnen vortragen soll, dann wird es keinen Krieg geben. Es liegt in diesem Augenblick nur an uns beiden, ob Tausende hier im Wald leben oder sterben werden.«

»Wann hätte die Liga je ein gutes Angebot gemacht?« Rutger schnaubte verächtlich. »Glaubst du, wir haben hier den Verrat eures Helden Giovanni Villani an der Blutbrücke vergessen? Ein warmer Furz ist im Wald mehr wert als eure schönen Worte.«

»Aber findest du nicht, dass deine Herzogin darüber entscheiden sollte, ob es Krieg oder Frieden gibt?«

Juliano sah, wie es im Gesicht des Verräters arbeitete. Plötzlich schwang Rutger das Banner zur Seite und stieß die Spitze in den Boden. »Du tust dir keinen Gefallen damit, Priestersöhnchen«, grummelte er. »Das hier wäre kurz und schmerzlos gewesen.«

Er ging zu seinem Pferd, schnallte einen Lederbeutel vom Sattel, knotete ihn auf und schüttelte ihn. Ein totes Huhn fiel heraus. »Tut mir leid, ich hab dich auch noch bestohlen.« Rutger grinste ihn an. »Hatte mir gedacht, ich bräuchte ein kräftigendes Abendessen, nachdem ich dich beerdigt habe.«

»Das war in der Sommerhitze zwei Tage in dem Beutel?«

»Natürlich. So wird ein Huhn schön mürbe … Wird köstlich werden.« Rutger kniete neben ihm nieder. »Ich würd' an deiner Stelle noch mal tief Luft holen …«

»Was? Du wirst nicht …«

Der Lump stülpte ihm den Beutel über den Kopf und riss ihm die Arme auf den Rücken. Binnen Augenblicken waren Julianos Hände gebunden.

Obwohl er nur noch flach durch den Mund atmete, befürchtete Juliano, dass er sich jeden Augenblick übergeben würde. Der Gestank im Beutel war überwältigend. Und da war noch etwas. In seinem Haar. Und auch am linken Ohr. Da bewegte sich etwas.

»Bitte … Nimm mir den Sack ab.«

»Geht nicht. Du sollst nicht sehen, welchen Weg ich durch den Wald nehme.«

Der Riese packte ihn und hob ihn in den Sattel. »Still sitzen. Ich nehme dein Pferd am Zügel.«

»Bitte, ich schwöre dir, ich werde niemals irgendjemandem verraten, welchen Weg wir genommen haben.«

»Blutbrücke«, murrte Rutger. »Du weißt schon, was wir hier im Wald von euren Schwüren halten.«

»Ich glaube, hier sind Maden im Sack …«

»Das stimmt. Schüttel einfach ein bisschen den Kopf, dann werden sie unten herausfallen. Ich hab den Sack ja nicht zugeschnürt. Sollst ja noch atmen können.«

»Ich werde hier drinnen an meiner eignen Kotze ersticken!«, protestierte Juliano nun energischer. Gegenüber Knechten und ungehobeltem Volk musste man nur den richtigen Ton anschlagen, damit sie sich wieder erinnerten, wem sie zu gehorchen hatten.

Rutger lachte. »Du hast es so gewollt. Ich hab dir doch gesagt, ein Stich in die Kehle wäre kurz und schmerzlos gewesen!«

KRAKENBUCHT, MITTAG, 20. TAG DES HITZEMONDES IM JAHR VON SASMIRAS ZWEITER THRONERHEBUNG

Nandus blickte auf die Flotte, die in der Bucht vor Anker lag. Dreiundzwanzig Koggen und etliche kleinere Versorgungsschiffe. Sehr viel mehr Söldner als erwartet. Gewiss mehr als die angekündigten zweitausend Mann. Das war erfreulich, verzögerte aber die Ausschiffung erheblich. Und es waren Männer dabei, die Nandus lieber nicht unter seinem Banner gesehen hätte. Niedere Adlige, die aufseiten der Reichsfürsten gefochten hatten und nun nach dem Sieg der Kaiserin Sasmira nicht auf die Gnade der neuen Herrscherin hofften.

Bertrand kam die Flanke der Düne hinauf. Der Kaiserritter schätzte diese Adligen noch weniger als Nandus, hatte sein Orden doch vom ersten Tag des Kriegs an Sasmira unterstützt. Er wirkte mürrisch. »Keine guten Nachrichten!«, rief er. »Die Pferde sind das Problem. Die Kapitäne sagen, dass der Seegang mit dem Nordwind weiter zunehmen wird. Dann können wir die Flöße nicht länger einsetzen. Uns bleiben vielleicht noch zwei Stunden …«

»Verdammte Ritter«, murmelte Nandus. Sie hatten sich bei der Schwarzen Schar des Wolfhard von Urschlingen eingeschrieben und brachten sein Heer aus der Balance. Für den Feldzug, den er plante, brauchte er keine fünfhundert Reiter. In offenem Gelände wären sie eine furchterregende Streitmacht. Nicht aber im Wald.

Nandus beobachtete, wie man auf einem der Schiffe ein Pferd aus dem Frachtraum hob. Einen Fuchs, unter dessen Bauch eine Segeltuchbahn gespannt war, von deren Enden vier Taue zu dem Haken am Seil des Ladebaums führten, der am Mast der Kogge angebracht war. Der rote Hengst keilte aus und wieherte dabei so verzweifelt, dass er bis zur Düne zu hören war. Längsseits der Kogge hatte ein Floß festgemacht, von dem aus mehrere Männer winkten und sicher schon beruhigend auf das Pferd einredeten. Je drei Mann standen bei den beiden Pferden, die bereits unruhig auf dem Floß warteten.

In einem Hafen wären längst alle Truppen an Land und die Ladung der Schiffe gelöscht. Noch dreihundert Maultiere waren an Bord der Koggen und zwanzig zweirädrige Karren. Sie würden die Vorräte des Heerzugs transportieren. Wasser und Lebensmittel, Tausende Armbrustbolzen, Decken, Kochkessel. Alles, was die marschierende Truppe brauchen würde.

Wäre die Schwarze Schar in Hafen von Dahlia an Land gegangen, hätten umgehend die Spitzel der Rebellen davon erfahren und Nachricht nach Thouar geschickt. Im Grunde wollte die Liga genau das. Doch ihre Feinde sollten nicht ahnen, dass dies nur ein Ablenkungsmanöver war. Es musste nach einem ernst gemeinten Überraschungsangriff aussehen. Nach einer richtigen Bedrohung. Sollten sie nicht aufgehalten werden, dann könnten sie von der Krakenbucht in nur fünf Tagen bis Thouar marschieren. Bis vor die Tore ihrer Hauptstadt.

Nandus massierte seine müden Augen. Seit dem Morgen, seit von Stunde zu Stunde deutlicher wurde, wie mühsam das Ausschiffen sein würde, plagte ihn immer wieder derselbe Gedanke: Nur ein paar Meilen nördlich lag Arbora, die Tote, die Stadt, die sein Vater niedergebrannt hatte. Sie war nie wieder besiedelt worden. Nandus erinnerte sich an den Hafen. Die Kaimauern waren gewiss noch erhalten. Wenn die Koggen dort vor Anker gingen, könnten sie viel leichter ihre Fracht löschen. Dort wäre binnen eines Tages vollbracht, was hier in der weiten Bucht ganz von den Launen des Wetters abhing.

Nandus hob die Hand an die Stirn. Er fühlte sich entsetzlich müde. Er dachte an Lorenzo. An das Versprechen, das er ihm gegeben hatte. Er musste eine Hexe aus dem Schwertwald holen … Hatten auch diese Märengestalten sich schon in Fleisch gekleidet, wie der Krähenmann und der Brückentroll?

Besorgt blickte er über die azuhrblaue See. Hatte die Meerhexe schon damit begonnen, ihr Heer aus Ertrunkenen aufzustellen? Wenn sie dort draußen war, war es nicht klug, so viele Schiffe vor der Küste ankern zu lassen. Niemand hatte an Mären gedacht, als sie den Angriff auf den Schwertwald geplant hatten.

Ihr Feldzug begann bereits außer Kontrolle zu geraten, bevor er wirklich begonnen hatte. Nandus blickte nach Norden. Arbora war gerade außer Sicht. Drei oder vier Meilen entfernt. Seit seiner Kindheit hatte er die Stadt nicht mehr betreten. Nur ein einziges Mal hatte er das Denkmal vor der Stadtmauer besucht, in das die Steinplatte eingelassen war, die sein Vater von der Mauer geworfen hatte. Die wenigen Worte, eingeritzt in den Marmor und angeblich mit dem Blut seines Vaters hervorgehoben, waren alles, was man über den Untergang der Stadt wusste. Matteo Canali hatte trotz der Quarantäne eine Fernkogge mit pestverseuchter Seide in den Hafen geholt, und die Krankheit war ausgebrochen. Sein Vater hatte die Tore schließen lassen und die Stadt samt allen Menschen und Tieren, die in ihr weilten, dem Feuer überantwortet. Es gab keine Überlebenden. Und entsprechend viele Mären …

In den Jahren nach dem Untergang Arboras waren wohl vereinzelt Plünderer in die Stadt eingedrungen, um nach Schätzen zu suchen. Nach geschmolzenem Gold und Silber und allem, was sonst noch den Untergang der Stadt überdauert haben mochte. Dabei war es zu tödlichen Unfällen gekommen. Vielleicht hatten die Plünderer einfach nur Pech gehabt, doch galt die Stadt seither als verflucht und wurde gemieden. Ebenso wie das Land ringsum. Die Mären, die sich um Arbora rankten, erzählten von rachsüchtigen Geistern und unermesslichen Schätzen.

Der Nordwind zerrte an Nandus' Umhang. Es war ein warmer, sonniger Nachmittag. Die auffrischende Brise machte die Hitze erträglich. Doch auf den Wellen, die der Wind in die Bucht trieb, begannen sich Schaumkronen zu bilden.

»Bertrand!«

Der Kaiserritter hatte längst den Kamm der Düne erreicht. Er stand ein paar Schritt entfernt und blickte ebenfalls über die Bucht. »Erhabener?«

»Sorg dafür, dass die Schiffe Befehl erhalten, den Hafen von Arbora anzulaufen. Wir brechen das Landemanöver ab. Alle verbliebene Fracht wird an den Kais des Hafens gelöscht.«

Der Veteran sah ihn durchdringend an. »Wir gehen wirklich nach Arbora?«

»Wir schlagen das Heerlager vor den Mauern der Stadt auf. Wir werden dort nicht länger als eine Nacht bleiben.«

»Wie Ihr befehlt, Erhabener.« Bertrand war ein Überlebender zahlreicher Schlachten. Ihm machte gewiss so schnell nichts Angst. Aber jetzt war ihm sein Unbehagen deutlich anzusehen. Schließlich war es nicht einmal zwei Tage her, dass er miterlebt hatte, wie eine Märengestalt den Hauptmann der Stadtwache von Dahlia tödlich verletzt hatte.

»Zweifelst du an mir?«, fragte Nandus barsch.

Der Ritter sah ihn nur an, doch sein Blick war beredter als tausend Worte. Er fürchtete sich vor Arbora, der Toten, und er würde nicht der Einzige sein.

ARBORA, GASSE DER BLUMENFÄRBER, ABENDDÄMMERUNG, 20. TAG DES HITZEMONDES IM JAHR VON SASMIRAS ZWEITER THRONERHEBUNG

Obwohl die Ruinen des achteckigen Tempelturms leicht inmitten des Trümmerfelds zu finden gewesen waren, war Nandus davor zurückgeschreckt, durch das Oktagon in das Haus seiner Kindheit zu treten.

Seine Hand glitt über die verwitterten Steine der älteren Stadtmauer, welche die Gasse der Blumenfärber flankierte. Unkraut wuchs zwischen den Pflastersteinen. Vereinzelt wurzelten sogar Büsche in den Fugen des Gemäuers. Obwohl die Sonne noch nicht ganz im Meer versunken war, lag die Gasse bereits tief im Schatten.

Er hörte Schritte hinter sich. Die Ordensritter Bertrand und Swinegart folgten ihm, wie befohlen, in einigem Abstand. Er wollte mit seinen Erinnerungen allein sein.

Er musste nur die Augen schließen, und er war wieder an jenem Ort, der längst Vergangenheit geworden war: in der Stadt seiner Kindheit, Arbora, der Seidenen. Er hatte die Gasse der Blumenfärber geliebt. Früh morgens war sie erfüllt vom Duft der Pulver, die in Wasser aufgelöst wurden, um die Farben der Blüten zu veredeln, und von den tausend Parfüms, die halfen, den Blumen einen noch lieblicheren Duft zu schenken, als die Natur ihnen ohnehin schon zugedacht hatte. Die Pfützen auf dem Pflaster hatten in allen Regenbogenfarben geschillert, wenn die Eimer mit den Färbemitteln ausgeschüttet wurden, um frisches Brunnenwasser für die Blumen aufzunehmen.

Nandus tastete sich mit der Hand an der Stadtmauer entlang und stieß, wo sich einst eine Ausfallpforte befunden hatte, auf den schmalen Durchgang zum Hof hinter dem Oktagon. Er schlug die Augen auf. Der kurze Tunnel endete in einer Pforte aus rotem Abendlicht, vor der sich schwarz eine Gittertür abhob.

Er machte die paar Schritt, und seine Hände schlossen sich um das rostverkrustete Eisen. Dreiundfünfzig Jahre waren vergangen, seit er auf diesem Weg sein Elternhaus verlassen hatte. Seine Mutter hatte es so gewollt, um kein Aufsehen zu erregen und kein Gerede. Zu viele hatten stets ein Auge darauf, was die Familie Tormeno tat. Seine Mutter hatte der stickigen Hitze der Stadt entfliehen wollen. Deshalb waren sie von hier aus zum Landgut seines Onkels aufgebrochen.

Nandus drückte gegen das Gitter. Die festgerosteten Türangeln leisteten Widerstand. Kurz gab sich der Erzpriester der Illusion hin, dass er in seine Kindheit treten könnte, wenn es ihm nur gelang, sie sich lebhaft genug in Erinnerung zu rufen. War nicht eine Zeit angebrochen, in der Mären wahr wurden? Könnte das alte Arbora nicht wiederauferstehen, wenn sich die Mär verbreitete, dass es sich aus seiner Asche erhob, geradeso wie der Feuervogel in den uralten Mären des Khanats?

Kreischend gaben die Türangeln nach. Fast stolperte Nandus auf den Hof. Steintrümmer der teilweise eingestürzten Rückwand des Oktagons füllten die halbe Fläche. Inmitten des Schutts erhob sich immer noch der gemauerte Brunnen. Ein einzelner Rosenbusch wuchs, umgeben von Unkraut, wo einst die Rosenlaube stand.

Wieder schloss Nandus die Augen. Er sah, wie seine Mutter Sibelle ihren geliebten Pfau mit Apfelstücken fütterte. Sah den einohrigen Kater Cato in der Sonne dösen und lächelte. Die letzten Worte, die er mit seinem Vater Lucio gewechselt hatte, hatten diesem Kater gegolten. Sie beide hatten den vernarbten alten Räuber gemocht. Nandus hatte seinen Vater gebeten, ihn zu füttern und auf ihn achtzugeben.

»Erhabener?« Bertrands Stimme ließ die Tagträume verblassen.

»Ja?«

»Ein Bote, Erhabener. Der Condottiere wünscht, dass Ihr in den Hafen kommt. Irgendetwas ist vorgefallen.«

Mit einem Seufzer öffnete Nandus die Augen. Er blickte geradewegs auf den leeren Durchgang, hinter dem die Ruine des Oktagons seiner Kindheit lag. War da ein blaues Licht gewesen? Oder war es lediglich ein Trug?

Jetzt erstreckte sich jenseits des gewölbten Durchgangs tintenschwarze Finsternis. Ein überraschend kühler Windstoß blies durch die Öffnung.

Fröstelnd rieb Nandus sich über die Arme. Als er sich zu Bertrand umdrehte, hörte er ganz deutlich ein Maunzen hinter sich. So hatte Cato gemaunzt, wenn es ihm geglückt war, eine der fetten Tauben zu fangen, die hoch oben in der verfallenen Stadtmauer nisteten.

ARBORA, HAFENKAI, ABEND,
20. TAG DES HITZEMONDES IM JAHR VON
SASMIRAS ZWEITER THRONERHEBUNG

Wolfhard von Urschlingen war kein ängstlicher Mann, aber diese Stadt hier betrachtete er mit wachsendem Unbehagen. Wie jeder im Reich kannte er die Geschichte von Arbora, der Toten, der verfluchten Stadt, niedergebrannt von dem Erzpriester Lucio Tormeno. Von dessen Sohn hierherbefohlen worden zu sein gefiel Wolfhard nicht. Allerdings machten sie gute Fortschritte. Noch vor dem Morgengrauen würde auch die letzte Fracht gelöscht sein.

Er sah vom Kai aus zu, wie die *Wolfsbiss* anlegte. Auf der großen Fernkogge hatte er während der Fahrt über das Mondmeer mit seinen wichtigsten Hauptleuten Quartier bezogen. Mehr als hundertfünfzig Armbrustschützen waren an Bord, allesamt kampferprobte Männer, mit denen er in Dutzenden Gefechten gestanden hatte. Sie waren an der Seite der Reichsfürsten in die letzten Schlachten gegen Sasmiras Truppen gezogen. Die Fürsten hatten sehr gut gezahlt, und er hatte es geschafft, seine Männer aus den schlimmsten Massakern herauszuhalten und stattdessen ein Geschäft daraus zu machen, die Ländereien jener zu verheeren, die aufseiten der jungen Kaiserin standen.

Zuletzt, als die Sache der Reichsfürsten zunehmend bedrohlicher wurde, hatte er seine Truppen aus den Kämpfen herausgezogen. Dadurch, dass seine Männer fehlten, war der Sieg der Kaiserin um etliche Monde früher gekommen. Wenn ein wenig Zeit vergangen wäre, würde Sasmira das klarwerden. Bis dahin, hatte Wolfhard beschlossen, würde er seine Söldnerkompanien nach Cilia verlegen. Auf diese Insel am südlichsten Zipfel ihres Reiches würde die Kaiserin nicht so schnell ihr Augenmerk richten.

Wolfhard hatte all seine bewegliche Habe mitgenommen. Außerdem hatte er an fluchtwillige Adlige Plätze auf seinen Schiffen verkauft. Insgesamt war seine Streitmacht fast doppelt so groß wie die Truppe, welche die Handelsfürsten der Liga bestellt hatten. Er hatte genügend Bewaffnete, um eine dritte Macht auf der Insel zu werden. Cilia würde für die nächsten Jahre der Ausgangspunkt all seiner Operationen werden. Und vielleicht, wenn die Schwertherzöge ihm ein gutes Angebot machten, würde er die Seiten wechseln … Die Herrschaft über eine der großen Städte Cilias würde ihm gefallen. Diese Narren ahnten nicht, dass sie einen Wolf geholt hatten, um ihre Schafherde zu hüten.

Die Schützen nickten ihm zu, während sie einer nach dem anderen über einen schmalen Laufsteg die Kogge verließen. Fast die Hälfte dieser Elitetruppe kannte er mit Namen. Sie hatten ihre Armbrüste geschultert. Auf dem Rücken trug jeder von ihnen einen großen Schild, eine Pavese. Dahinter gingen sie in Deckung, wenn sie ihre Waffen nachluden. Die Bogenschützen der Schwertherzöge würden seine altgedienten Kämpen nicht nervös machen. Nicht einmal der Ruf dieser verfluchten Stadt würde sie beunruhigen.

Auf der anderen Seite des Hafenbeckens war vor dem dunkler werdenden Himmel wieder eines der seltsamen blauen Lichter in den Ruinen zu sehn. Immer wieder flackerten sie kurz auf wie Wetterleuchten.

»Achtet auf das Frachtnetz!«, rief er den Seeleuten an Bord der *Wolfsbiss* zu. Statt die Sicherungsleinen im Blick zu haben, glotzten sie zu den Ruinen hinüber.

»Vorsicht!« Eines der Seile war aus den Laufrollen des Flaschenzugs gesprungen. »Aus dem Weg!« Wolfhard warf sich mit ausgebreiteten Armen nach vorn, um so viele Armbrustschützen wie möglich mit sich zu reißen.

Krachend schlugen die Fässer im Frachtnetz auf den gemauerten Kai. Verletzte schrien auf. Etwas spritzte Wolfhard über die Beine. Er rappelte sich auf.

Blutroter Wein strömte aus den zerbrochenen Fässern. Alle ringsum standen wie versteinert. Zwischen gebrochenen Fassdauben lag eine reglose Gestalt. Weder Helm noch Gambeson hatten dem Unglücklichen geholfen.

»Weitermachen!«, befahl Wolfhard.

Ein eisiger Wind fegte über die Hafenanlagen. Er kam nicht von See, sondern aus dem Herzen der Ruinenstadt.

Verärgert sah Wolfhard, wie seine Männer die Köpfe zusammensteckten und tuschelten wie Waschweiber. Verdammte abergläubische Bande! Er musste dafür sorgen, dass sie auf andere Gedanken kamen.

»Danke.« Einer der Kerle, die er zu Boden gerissen hatte, tippte sich lässig an den Helm.

»Gunnar, nicht wahr?«

Der Armbrustschütze schenkte Wolfhard ein zahnlückiges Lächeln. Er war ein unrasierter Kerl mit tiefen Falten um die schmalen Augen.

»Und der Bastard da an deiner Seite, das ist doch Luca, oder?«

Der Zweite war ein großer, schlaksiger Kerl, der statt eines Helms ein fleckiges Kopftuch trug. »Netter Zug von Euch, mit uns in Wein zu baden, Condottiere.«

»Ihr wart schon lange auf meiner Liste für eine besondere Belohnung«, sagte Wolfhard bewusst zweideutig.

Der Blick der beiden wurde wachsam.

»Die Schlacht am Falkenpass. Ihr wart mit Hauptmann Orlando unter den Letzten, die sich zurückgezogen haben. Ihr habt eure Haut für unsere Schwarze Schar riskiert. So etwas vergesse ich nicht.« Er deutete zu einem Wagen, der ein wenig abseits stand. »Holt euch Laternen und wartet dort auf den Hauptmann. Orlando sucht noch ein paar wie euch, die sich in diesem verdammten Ruinenhaufen hier nicht im Dunkeln die Hosen vollscheißen. Es soll euer Schaden nicht sein, wenn ihr bei ihm bleibt. Ihr habt doch sicher auch schon von den Schätzen Arboras gehört.«

Gunnar nickte sofort.

»Orlando wird ein paar Stellen wissen, an denen sich das Suchen lohnen könnte. Erzählt es nicht weiter, wenn ihr nicht mit dem ganzen Heer teilen wollt.«

Die beiden grinsten ihn an und machten sich zu dem Wagen auf, der mit einem Teil des Schanzzeugs der Truppe beladen war: mit Schaufeln und Hacken, geflochtenen Körben und allem, was sonst nötig war, um Erdarbeiten bei einer Belagerung auszuführen oder aber um in Ruinen nach verlorenen Schätzen zu graben.

Wolfhard trat ein wenig zurück und betrachtete die geborstenen Fässer auf dem Kai. Unfälle kamen hin und wieder vor … Orlando, der Hauptmann seiner Armbrustschützen, kümmerte sich darum, dass der Tote mit einem Stück Segeltuch bedeckt wurde. Bevor sie die Stadt verließen, würde er ein Begräbnis draußen vor den Mauern bekommen. Es war nur eine kleine Geste, aber gerade diese kleinen Dinge hielten die Moral der Truppe hoch. Sie gaben den Männern das Gefühl, mehr zu sein als nur ein Name auf einer Soldliste.

»He, Condottiere.« Orlando deutete den Kai hinab, auf dem seine Männer inzwischen Sturmlaternen verteilten. »Dein Befehlshaber kommt …«

Wolfhard mochte Orlandos etwas übertrieben schnoddrige Art nicht sonderlich. Auf der anderen Seite war Orlando sein vielleicht bester Hauptmann. Die Männer folgten ihm, ohne zu murren, in größte Gefahr. Er biss sich durch, wenn er eine

Aufgabe bekam … Nur wenn er nichts zu tun hatte, wurde er lästig. Ein schwarzhaariger Kerl mittlerer Größe. Ein Mann ungewisser Herkunft. Adelig war er nicht, vielleicht ein Priestersohn? Oder ein Kaufmannsspross, der auf Abenteuer aus war? Er konnte lesen und schreiben. Aber wenn er keine Pflichten zu erfüllen hatte, wenn ihm langweilig wurde, besoff er sich und war der größte Hurenbock der gesamten Schwarzen Schar. Und ganz gleich, wie viel Beute er machte – das Silber glitt ihm nur so durch die Finger … Er hatte immer überall Schulden.

Wolfhard zog die Karte aus dem engen Ärmel seines Gambesons. »Ein Plan der alten Stadt.« Er reichte Orlando die Rolle. »Du wirst die Handelskontore darauf finden. Vermutlich sind die Aussichten, Schätze zu finden, dort am besten.«

»Du hast eine Karte dieser Stadt?« Die hellblauen Augen des Hauptmanns sahen ihn durchdringend an. »Hast du gewusst, dass wir hier im Hafen anlegen würden?«

»Du weißt, ich schätze es, auf alles vorbereitet zu sein.« Wie umfassend seine Pläne für Cilia waren, würde er Orlando nicht anvertrauen. Niemandem würde er verraten, wovon er träumte, denn es waren die ungeteilten Träume, die am ehesten in Erfüllung gingen. »Nimm dir ein paar von den härter gesottenen Burschen, und mach dich auf die Suche. Du hast Zeit bis zum Morgengrauen, dann will der verdammte Erzpriester, dass wir diese Stadt verlassen. Wenn nur ein kleines Fünkchen Wahrheit in den Geschichten über Arbora steckt, dann muss es noch etliche Kisten voller Silber in den Ruinen geben. Du wirst –«

Ein langgezogenes Heulen ertönte auf der anderen Seite des Hafens. Und wieder strich eine der seltsam kalten Windböen über den Kai.

Fröstelnd verschränkte Wolfhard die Arme. Er glaubte nicht an Geister! Aber dieser Ort war ihm unheimlich.

Nandus Tormeno erreichte ihn. Wie stets war er in Begleitung seiner beiden Kaiserritter. War das eine Provokation oder einfach nur unbedacht? Die Schwarze Schar hatte gegen den Orden gekämpft. Niemand hier sah die Ritter, die den Schwarzen Adler trugen, gern. Ihre Anwesenheit erinnerte an die Niederlage.

»Du wolltest mich sprechen, Condottiere?«

Der Erzpriester wirkte ungehalten. Sein kantiges Gesicht hatte stets etwas Abweisendes. Offensichtlich schätzte er Söldner nicht sonderlich. Daran war Wolfhard gewöhnt. Niemand mochte ihn und seine Männer, und doch war er in den letzten zehn Jahren nicht einen einzigen Mond ohne einen Kontrakt gewesen.

»Gut, dass Ihr hier seid, Erhabener.« Er schenkte Nandus Tormeno sein gewinnendstes Lächeln. »Das wird die Männer beruhigen. Diese Stadt macht meine Leute ganz fahrig. Es geschehen Unfälle …«

Der Erzpriester nickte. In seiner silbernen Rüstung wirkte er trotz der tiefen Schrammen in der Brustplatte unbesiegbar. Er hatte eine Aura, die selbst Wolfhard Respekt abnötigte. Dabei schätzte er Erzpriester im Allgemeinen nicht. Sie redeten in das Geschäft des Krieges hinein, ohne dessen Notwendigkeiten und Abgründe wirklich zu begreifen. In der Vergangenheit hatte er reichlich schlechte Erfahrungen mit ihnen gesammelt.

Wieder strich eisiger Wind über den Hafen.

Hinter ihnen wurde eine lange Reihe von Maultieren auf die Straße zum Mondtor geführt. »Seht Ihr diese Viecher?«, fragte er Nandus. »Normalerweise sind sie halsstarrig, beißen ihre Treiber und tun vor allem das, was man nicht will. Aber hier …« Er sah den hochbepackten Lasttieren nach. Ihre Augen waren angstweit. Die Ohren angelegt. Keines gab einen Laut von sich. Sie wirkten, als sei ein Wolfsrudel in der Nähe.

»Wir werden hier nicht lange verweilen«, entgegnete der Erzpriester entschieden. »Warum liegen nur so wenige Schiffe am Kai?«

»Wegen der Wracks am Hafengrund. Es ist schwer, im Hafenbecken zu manövrieren, da nur eine schmale Fahrrinne frei ist. Deshalb können nicht mehr als drei der großen Koggen zur gleichen Zeit anlegen. Wir werden trotzdem spätestens morgen zur Mittagsstunde fertig sein. Da gibt es …« Unstetes, blassblaues Licht fiel vor Wolfhard auf das Pflaster des Kais.

Er drehte sich um, blickte an der Ruine eines großen Gebäudes empor, die hinter ihnen aufragte.

Eines der Maultiere scheute, riss sich los und preschte die Straße hinauf. Augenblicklich griff die Panik auf die übrigen Tiere auf dem Kai über. Die Treiber schlugen mit Riemen und Stöcken auf sie ein. Lastsättel verrutschten, Vorräte landeten auf dem Pflaster.

Etliche der Armbrustschützen nahmen ihre Waffen von der Schulter, spannten die Sehnen und legten Bolzen auf.

»Das ist nur Licht!«, rief Wolfhard mit Donnerstimme.

»Das ist mehr«, sagte Nandus Tormeno und zog sein Schwert. Seine beiden Kaiserritter tauschten einen kurzen Blick und zogen ebenfalls die Klingen.

Das Licht bewegte sich hinter den Fensteröffnungen. Erreichte den rußgeschwärzten Eingang des Gebäudes.

»Das war einst das Haus des Hafenmeisters«, bemerkte der Erzpriester. Langsam schritt er auf das von Säulenstümpfen flankierte Portal zu.

Eine Gestalt, umflossen von wogendem, blauem Licht, so hell wie frisch entzündetes Kaiserwasser, trat durch die Türöffnung.

Armbrüste sirrten. Die Bolzen glitten durch die Erscheinung hindurch, ohne Schaden anzurichten.

»Das Fest hat schon begonnen …« Eine Stimme, die von überall und nirgends zu kommen schien, hallte über den Kai. Sie klang so hohl, als würde jemand aus einem tiefen Brunnenschacht rufen.

Die Schattengestalt trug einen Schädel auf den Schultern. Auf den ersten Blick wirkte sie wie ein Knochenmann, doch dann erkannte Wolfhard, dass sie eng anliegende Kleidung trug, auf die ein Skelett gemalt war.

Irgendjemand erlaubt sich hier einen üblen Scherz, dachte der Condottiere wütend und zog nun ebenfalls das Schwert. Er würde diese Posse zu einem blutigen Ende bringen!

»Geht ihr auch zum Fest?«, hallte die Stimme der Erscheinung durch die dichter werdende Dunkelheit.

Der Erzpriester ging entschlossen auf den Knochenmann zu, die Schwertspitze auf die Brust des Geistes gerichtet. »Weiche in dein Grab, Unhold! Dies ist die Welt der Lebenden. Du hast jedes Recht verloren, hier zu sein!«

Der Knochenmann schüttelte den Kopf. »Du irrst, Erzpriester. Ich habe den Tod hierhergerufen. Dies ist nicht länger eine Stadt der Lebenden. Hier herrschen die Toten!«

Mit einem wütenden Ruf stürmte Nandus Tormeno vorwärts. Sein Schwert fuhr durch die Geistergestalt, die augenblicklich verschwand.

Langsam drehte sich der Erzpriester zum Hafenbecken um. Sein Schwert hob er hoch über den Kopf. Alle starrten ihn an. Die Armbrustschützen und Maultiertreiber, die Seeleute auf den Koggen, selbst die Maultiere.

»Ihr alle steht unter dem Schutz dieser Klinge heute Nacht!«, rief er mit erhabener Predigerstimme. »Doch beeilt euch, der Geist hat nicht gelogen: Arbora ist kein Ort für Lebende mehr!«

Verdammter Mistkerl, dachte Wolfhard. Dieser Tormeno wusste, wie man Söldnerherzen eroberte. Diese Geschichte würde bis zur Mittagsstunde jeder Mann im Heer kennen.

ARBORA, PALAZZO CANALI, KURZ VOR MITTERNACHT, 20. TAG DES HITZEMONDES IM JAHR VON SASMIRAS ZWEITER THRONERHEBUNG

Luca stieß die Spitze der Hacke unter den Rand des verkohlten Truhendeckels und hebelte ihn auf. Schwarz angelaufene Münzen wurden im Licht der Blendlaternen sichtbar.

»Wir sind reich!«, stammelte er, ließ sich auf die Knie sinken und wollte die Hände zwischen die Münzen stoßen, doch sie bewegten sich nicht. Sie waren ein einziger großer Block.

Verdattert zog er die Hände aus der Truhe zurück. »Was …?«

»Sie sind in der Hitze der Feuersbrunst zusammengebacken«, erklärte sein Hauptmann, Orlando, der mit seiner Laterne in die Truhe leuchtete. »Ich schätze, diese Stadt hat unserer kleinen Schar Glück gebracht. Ihr wisst, wie geteilt wird. Eine Hälfte gehört dem Condottiere. Den Rest teilen wir zu gleichen Teilen unter uns auf.«

»Aber ich hab vorgeschlagen, hier zu graben«, wandte Gunnar ein.

Orlando legte eine Hand auf sein Schwert. »Und der Condottiere hat mir die Karte, auf der die Palazzi eingezeichnet sind, gegeben. Dein Freund Luca hat die Kiste aufgebrochen … Denk gar nicht erst darüber nach, Gunnar. Das hier reicht, um uns alle einen ganzen Winter im teuersten Bordell der Insel einzumieten.« Er zog die Schwertklinge zwei Finger breit aus der Scheide. »Und das hier wird jeden unter die Erde bringen, der nicht der Meinung ist, dass unsere Art, die Beute zu teilen, das größte Glück ist, das einer verfluchten Söldnerseele zuteilwerden kann.«

»Bist wie immer äußerst überzeugend«, knurrte Gunnar.

»Deshalb bin ich Hauptmann und du nur Schütze.« Orlandos himmelblaue Augen schienen Gunnar durchbohren zu wollen.

Luca wusste, was Gunnar in diesem Moment dachte. Sein Kamerad stellte sich vor, wie der Hauptmann im nächsten Gefecht den Fehler machen würde, ihm vor die Armbrust zu laufen. Aber Orlando war kein Mann, der solche Fehler beging. Er konnte sich gut in seine Männer hineindenken und hatte viele Freunde …

»Ihr beide geht jetzt hinauf auf die Stadtmauer«, befahl der Hauptmann. »Von dort könnt ihr die Gegend im Blick behalten.«

»Was für ein bescheuerter Befehl«, zischte Gunnar.

»Ja?« Orlandos Hand lag noch immer am Schwertgriff. »Was glaubst du, was geschieht, wenn hier noch andere Schatzsucher auftauchen und im ganzen Heer bekannt wird, was wir gefunden haben? Und was glaubst du, was der Condottiere dann tun wird?«

Gunnar schnaubte frustriert. »Er erklärt unseren Schatz zur Kriegsbeute.«

Orlando lächelte. »Bist ja doch nicht so dumm, wie du aussiehst. Wenn das hier Kriegsbeute wird, dann teilen wir es mit dem ganzen Heer, und ihr könnt froh sein, wenn ihr auch nur einen einzigen Kaisertaler abbekommt statt Hunderter.«

»Wir steigen gern auf die Stadtmauer«, erklärte Luca, ließ seine Hacke in den Schutt sinken und packte Gunnar beim Arm. »Komm!«

Sie nahmen ihre schweren Windenarmbrüste auf, verließen die Ruinen des Palazzo und traten in einen verwilderten Garten voller Rosenbüsche. Selbst im Sternenlicht war unübersehbar, wie außerordentlich schön die Blüten an den Büschen waren.

»Womit die hier wohl gedüngt haben?«, fragte Luca, um seinen Kameraden auf andere Gedanken zu bringen.

»Mit der Asche von Kaufleuten«, murmelte Gunnar übellaunig. »Gibt nichts Besseres.«

Luca dachte an den Geist, den der Erzpriester vertrieben hatte. Ob es hier auch Geister gab? Dann war es ganz gewiss nicht klug, über die Kaufleute, die hier einst gelebt hatten, zu spotten. Sie stahlen schon ihr Silber. Sie auch noch mit frechen Reden zu reizen, war dumm.

»Nehmen wir den Durchgang in der Gartenmauer. Die Straße dahinter sollte zu dem Turm da rechts führen.« Luca deutete auf die Ruine, die keine fünfzig Schritt entfernt über der Wehrmauer aufragte.

»Der will uns um unseren Anteil betrügen«, murrte Gunnar. »Wart 's ab …«

»Du siehst immer alles zu schwarz. Orlando wird uns nicht hintergehen. Der ist 'ne ehrliche …«

»Still!« Gunnar war unvermittelt stehen geblieben.

»Was denn?«

Sein Freund hob einen Finger an die Lippen. Sie hörten die fernen Geräusche vom Hafen, wo weitere Truppen anlandeten. Leise Grabgeräusche aus dem Palazzo, wo Orlando weitersuchte.

Luca tastete nach der Tasche mit den Armbrustbolzen an seinem Gürtel.

»Es hat aufgehört …« Gunnar blickte zu den Rosenbüschen. »Ich hätte schwören mögen, dass da hinten was war. So ein dumpfes Stöhnen …«

»Wollen wir nachsehen?«

Gunnar schüttelte den Kopf. »Mir reicht der Geist, den der Erzpriester vertrieben hat. Ich muss nicht noch einem begegnen … Ich hab es ja sonst nicht so mit Tempeloberen, aber ich bin wirklich froh, dass dieser Tormeno bei uns ist. Soll ein harter Bursche sein.«

»So sieht der auch aus. Hast du die Kerben auf der Brustplatte gesehen? Angeblich soll er einen Troll erschlagen haben.«

Gunnar prustete. »Einen Troll … Klar doch. Warum nicht gleich einen Drachen?«

»Ich sag dir nur, was man sich erzählt. Einer der Seeleute an Bord hat das von einem der beiden Kaiserritter gehört.« Sie verließen den Garten, wo einst die Pforte gewesen sein musste, durch den noch erhaltenen Türbogen.

»Ein Kaiserritter«, äffte Gunnar ihn nach. »Mensch, Luca, niemand kann einen Troll erschlagen. Die Biester gibt es nur in Mären!«

»So wie Geister?«

»Das ist was anderes!«, fuhr Gunnar ihn an. »Das haben wir mit eigenen Augen gesehen.«

»Hättest du nicht gestern noch gesagt, Geister sind Geschwätz von Feiglingen?«

Gunnar grinste ihn breit an. »Ein kluger Mann lässt sich manchmal überzeugen, seine Meinung zu ändern.«

Sie stiegen über einen Schutthaufen hinweg, der die enge Gasse versperrte, und erreichten kurz darauf den Wehrturm.

Luca sah sich besorgt um. Es gefiel ihm nicht, dass sie sich so weit von ihrer Truppe entfernt hatten. Nicht in dieser Stadt …

Doch hier war alles ruhig. Er spähte zur Mauer hinauf. Die Zinnen, die sich schwarz gegen den Sternenhimmel abhoben, erschienen ihm wie Zähne. Diese Mauer würde sie verschlingen, dachte er plötzlich. Es war mehr als nur eine Ahnung. Da oben war etwas …

»Wollen wir nicht einfach hier zwischen den Ruinen bleiben, Gunnar? Ich fühl mich nicht gut bei dieser Sache.«

Sein Kamerad drehte sich zu ihm um. »Was? Du weißt, wie Orlando ist. Der wird zur Mauer schauen, und wenn er uns da nicht sieht …«

»Verdammt, Gunnar. Da oben ist was …«

Sein Freund legte den Kopf in den Nacken und blickte hoch. Eine Zeitlang standen sie schweigend nebeneinander. »Nein«, sagte er schließlich. »Da ist nichts.«

Luca wusste nicht, wie er seine Angst vor der Mauer in Worte fassen sollte. Da oben wartete der Tod, dessen war er sich ganz sicher. Zugleich war ihm bewusst, wie lächerlich diese Gewissheit seinem Freund erscheinen würde.

»Ist dir nicht klar, was geschieht, wenn Orlando merkt, dass wir nicht auf der Mauer sind? Er wird das als Vorwand nutzen, um unseren Teil der Beute zu behalten, weil wir seinen Befehlen nicht gehorcht haben. Und der Condottiere wird ihm recht geben.« Gunnar nahm seinen Helm, der Luca immer an eine Suppenschüssel erinnerte, ab und strich sich durch das Haar.

Luca nickte. Er dachte an das viele Silber. Sie würden es verlieren. Und all das nur wegen einer dummen Angst, für die es keinen greifbaren Grund gab.

»Gehen wir«, murmelte er. Er sollte an etwas anderes denken. Nicht an die Mauer. Der Helm … Er hatte seinen Helm in der letzten Schlacht verloren. Er mochte die Schüsseln nicht. Die sahen lächerlich aus. Sobald sie die ersten Rebellen aus dem Schwertwald niedermachten, würde er etwas Passendes finden.

Eine eng anliegende Beckenhaube, das wäre nach seinem Geschmack.

Sie erreichten den Turm. Die hölzernen Zwischendecken, die es einst gegeben hatte, waren längst verschwunden. Es fühlte sich an, als stünden sie am Grund eines Brunnes.

Luca überlief ein Schauer. Verdammte Stadt … Wie kurz vor einer Schlacht packte ihn das dringende Bedürfnis, sich zu erleichtern. »Sag mal … Wartest du ’nen Moment?«

Gunnar drehte sich zu ihm um. »Sag nicht, dass du jetzt scheißen musst.«

Sein Kamerad kannte ihn zu gut. Statt einer Antwort öffnete Luca seinen Gürtel und zog seine Hose runter.

»Du erwartest jetzt nicht, dass ich dir dabei zuschaue.«

»Dann dreh dich eben um.« Momente wie diesen gab es an jedem einzelnen Tag auf den endlosen Feldzügen der Schwarzen Schar. Sie hingen immer viel zu eng aufeinander. Luca war sich sicher, dass er so ziemlich jedem aus der Truppe schon beim Wasserabschlagen oder bei mehr zugesehen hatte. Sie teilten alles, Siege und Niederlagen, Brot und die Weiber, die ihnen das Kriegsglück in die Arme warf.

»Ich steig zur Mauer hoch«, erklärte Gunnar.

Luca hatte sich bereits hingehockt. »Wart doch noch ’nen Moment. Gleich …«

»Du brauchst keine Amme, die dir den Arsch abwischt.«

Er hörte, wie Gunnars Schritte auf den steinernen Stufen scharrten. Im Gegensatz zu den Holzböden hatten sie die Jahrzehnte gut überstanden.

Angst überkam Luca. Seine Hände begannen zu zittern. Er hatte das Gefühl, dass sich seine Gedärme in Wasser verwandelten. Sie waren hier nicht allein. Auch wenn es kein blaues Licht gab, war da etwas an diesem Mauerabschnitt. Auf seine Ahnungen hatte er sich immer verlassen können …

Da war ein Laut! Ein weinendes Kind? Hier?

Er hörte, wie Gunnar etwas sagte, konnte die Worte aber nicht verstehen.

Luca zog die Hosen hoch. Er musste seinen Freund von der Mauer holen. Zum Henker mit dem Silber! Sie würden noch andere Beute machen.

Hastig schloss er den Gürtel.

Ein metallisches Klirren war von der Mauer zu hören. Ohne nach seiner Armbrust oder seinem großen Schild zu greifen, eilte er die Treppe hinauf.

Gunnar lag auf dem Wehrgang. Sein Helm war ihm vom Kopf gefallen und ein Stück auf die Türöffnung des Turms zugerollt.

Luca stürmte zu seinem Gefährten und beugte sich über ihn. Der Mond trat hinter einer Wolke hervor und tauchte die Mauer in silberweißes Licht.

Gunnars Antlitz war eine Fratze blanken Entsetzens. Seine Augen weit aufgerissen, ebenso sein Mund, als habe er im Augenblick des Todes noch aufschreien wollen. Das schwarze Haar des Armbrustschützen war schlohweiß geworden. Selbst die Stoppeln auf seinen Wangen.

Luca konnte an seinem Kameraden keine Verletzung entdecken. Er zog ihn an sich, drückte ihn gegen seine Brust. Fast sieben Jahre waren sie beide bei der Schwarzen Schar. So viele Gefahren hatten sie gemeinsam überstanden …

»Du hättest auf mich hören sollen«, stieß er mit halb erstickter Stimme hervor. Tränen hatte er schon lange keine mehr, aber gegen den Schmerz war er noch nicht abgestumpft.

Schließlich ließ er seinen Freund auf den Wehrgang zurücksinken. Er würde ein paar Kameraden holen, um ihn von der Mauer zu tragen. Gunnar sollte zumindest ein ordentliches Grab bekommen. Die Gewissheit, dass keiner von ihnen als Fraß für die Krähen zurückblieb, wann immer es möglich war, die Toten zu bergen, stärkte ihren Zusammenhalt. Sie hatten sich nicht nur dem Silber verschworen, wie jene, die die Schwarze Schar nicht wirklich kannten, gern behaupteten.

Luca nahm Gunnars Armbrust auf. Es war eine gute Waffe. Sie schoss hundertvierzig Schritt weit und damit fast so weit wie ein Langbogen.

Ein leises Weinen ließ ihn innehalten. Es kam von der anderen Seite der Mauer.

Also kein Geist, dachte er unendlich erleichtert, trat an die Brüstung und sah in einiger Entfernung ein kleines Mädchen im verdorrten Gras an einem schmalen Wasserlauf sitzen. Es hatte den Kopf einer Frau in den Schoß gebettet. Die Frau regte sich nicht.

Das Mädchen blickte zur Mauer hinauf. Die Augen der Kleinen erstrahlten blassblau, und dann war sie plötzlich verschwunden.

Luca keuchte. Er musste weg von hier. Die Mauer …

Als er sich zum Turm umdrehte, stand das Mädchen in der dunklen Türöffnung. Die Kleine trug ein schäbiges Kleid, ihr Gesicht war schmal und wurde von den großen blassblau leuchtenden Augen beherrscht. Diese Augen … sahen aus, als wären sie durch Kaiserwasser in Flammen gesetzt.

»Bist du ein Armbrustschütze?«, fragte sie mit zaghafter Stimme.

Luca blickte auf die Waffe in seiner Hand, die er gerade erst aufgehoben hatte. Er wollte etwas sagen, doch die Stimme versagte ihm. Schließlich nickte er.

Da stand die Kleine unmittelbar vor ihm. Sie war noch sehr jung. Vielleicht sieben. »Du hast meine Mutter getötet und Arianna.«

Luca schüttelte den Kopf.

»Du bist ein böser Mann mit einem kalten Herzen.«

Sie hob die Hand, und obwohl diese so aussah, als sei sie aus Fleisch und Blut, glitt sie in seinen Bauch wie eine Klinge aus Eis, und die kleinen Finger umfassten sein Herz.

ARBORA, GARTEN DES PALAZZO CANALI, KURZ VOR DEM MORGENGRAUEN, 21. TAG DES HITZEMONDES IM JAHR VON SASMIRAS ZWEITER THRONERHEBUNG

Er war tot, da war sich Matteo sicher, und dennoch *war* er … Er versuchte sich zu bewegen. Es fühlte sich seltsam an. Irgendwie falsch. Ungelenk.

Dunkelheit umfing ihn. Es war feucht. Schlammig. Riechen konnte er nichts. Dabei hatte er früher einmal eine feine Nase gehabt. Er hob den Arm.

Sehen konnte er auch nicht. Das mochte an der Dunkelheit liegen. Sie war vollkommen. Als sei er in ein gut abgedichtetes Fass gesperrt.

Er legte die Hand auf sein Gesicht. Das glaubte er zumindest. Denn er spürte nichts, als seien sowohl seine Finger als auch sein Antlitz taub. Waren ihm denn alle Sinne geraubt? Wo war er hier?

Er erinnerte sich an eine schöne, knabenhafte Frau, die mit ihm in den Garten gegangen war. Und an das Feuer. Blaues Feuer!

Kaiserwasser war auf die Stadt niedergegangen. Das war das Werk des Erzpriesters Lucio Tormeno gewesen! Tommaso Galli, der Hafenmeister, war in der Maske des Todes auf seinem Fest erschienen, um ihn vor dem verfluchten Erzpriester zu warnen.

Zorn lebte in Matteo auf. Wie eine lodernde Flamme spürte er ihn in sich, als sei das Feuer jener lang vergangenen Nacht neuerlich entfacht. Er wusste jetzt wieder, wo er war, erinnerte sich, wie er die schwere Verschlussplatte der Kloake angehoben hatte, um sich in Sicherheit zu bringen. Was für ein Irrtum! Er dachte an die Hitze, die immer unerträglicher wurde, und die Atemnot. Hechelnd hatte er um Luft gerungen, den Gestank um sich herum vergessen. Er war sich nicht sicher, wie er gestorben war, doch erinnerte er sich an seine letzten Gedanken: Ihm war es, als verhöhne der Herr des Himmels ihn ob seiner Taten. Bis zur Brust hatte er in dem unterirdischen Becken in den Fäkalien seiner Lakaien gestanden. War er in ihnen gekocht worden? War er ohnmächtig geworden und in ihnen ertrunken?

Gestorben war er, da war er sich ganz sicher!

Aber warum war er nun hier? Zurückgekehrt … und mit Wissen ausgestattet, das er nicht haben konnte? Da gab es eine Maria, die Enkeltochter seines jüngsten Bruders. Sie hasste den Erzpriester, weil er ihr nicht geholfen hatte, nach ihrem Sohn Antonio zu suchen. Seine Mutter, die in Drepana lebte und die Familie Tormeno hasste. Seinen Onkel auf dem Festland. Und es gab Geschichten, dass er nicht wirklich tot sei. Dass er den Untergang von Arbora überlebt hatte.

Matteo war überrascht, die Gedanken und Gefühle seiner Verwandten und Nachfahren in sich zu tragen. Die Angehörigen seiner Sippe hatten, sofern sie in jener verhängnisvollen Nacht nicht in Arbora gewesen waren, Cilia nach dem Brand verlassen. Ein Teil ihrer Besitztümer war beschlagnahmt worden. Schande war über den Namen Canali gekommen. Sie hatten sich mit kleinen Geschäften durchschlagen müssen. Mit Schmuggel und dem Betreiben von Traumhäusern, in denen Tagelöhner wie Adlige manchmal Seite an Seite lagen, wenn sie sich in die Träume flüchteten, die manche Drogen aus dem Khanat schenkten.

War er in solch einem Traum gefangen? War Arbora niemals untergegangen? Würde er gleich erwachen?

Er spürte die Angst anderer … Früher hatte er es genossen, anderen Angst einzujagen. Er hatte gern zugeschaut, wenn Schuldnern die Knochen gebrochen wurden. Mit Freuden erinnerte er sich auch an den Feldzug in den Schwertwald, an dem er teilgenommen hatte. An die Galgenbäume und all die anderen Schrecken, die sie über die Besiegten gebracht hatten.

Angst herrschte jetzt auch in der Stadt. Er konnte sie deutlich spüren. Aus der Richtung des Hafens am stärksten. Aber er brauchte mehr Körper … musste eine richtige Gestalt annehmen. Mehr sein als … Was war er? Wieder tastete er sich ab. Doch seine Sinne fehlten ihm. Er konnte sich nach wie vor weder sehen noch berühren.

Bestand er vielleicht nur noch aus Knochen? Er stellte sich vor, wie er den Humus an sich band, zu dem die Fäkalien längst geworden sein mussten. Und Schlingpflanzen, die hier vielleicht wuchsen. Wie sich Algenbänder gleich Sehnen um seine Knochen wickelten.

Er forschte in den Racheträumen seiner Sippe. Es war viel Zeit vergangen, seit Arbora untergegangen war. Aber die Tormenos gab es noch. Er konnte noch Rache an der Familie des verfluchten Erzpriesters nehmen. Er würde sie auslöschen!

Matteo streckte sich. Er hatte an Größe gewonnen. Etwas behinderte ihn. Die gemauerte Gewölbedecke der Kloake. Er drückte prüfend dagegen … Wenn er nur etwas fühlen könnte!

Langsam arbeitete er sich vorwärts, drückte, machte einen Schritt und versuchte es erneut. Endlich gab die Decke nach. Er hatte den Verschlussstein gefunden. Dort war er in der Hoffnung eingestiegen, der Feuersbrunst zu entkommen. Er schob ihn ohne Mühe fort, griff empor und zog sich hoch.

Es war schwer, seinem Kerker zu entkommen. Seine Schultern waren jetzt viel breiter. Er schrammte sie sich auf, schwächte sich … Endlich war er heraus. In seinem Garten wuchsen wieder Rosen. Er legte den Kopf zurück und blickte in den Himmel. Sah die tausend kleinen Lichtpunkte und die Mondscheibe, die in dieser Nacht nur eine breite Sichel war.

Ihm war das Leben vor der Zeit entrissen worden. Warum er es zurückbekommen hatte, konnte Matteo nicht begreifen. Aber wozu er es nutzen würde, wusste er. Die Träume und der Hass seiner Verwandten und Nachfahren hatten in ihm Gestalt angenommen. Sie wollten den Tod des Erzpriesters, und dieses Geschenk würde er ihnen mit Freuden machen. Er konnte den Erzpriester spüren. Er war in der Stadt!

Matteo hob seine Hände, betrachtete sie im Mondlicht. Unförmige Pranken waren es. Viel größer, als Menschenhände sein sollten. Sie waren aus Schlamm und Erde, aus halb verfaulten Pflanzenresten, doch sie waren voller Kraft!

Er drehte sich um, betrachtete die Ruine seines Palazzo, sah die in Schutt liegenden Häuser ringsum. Seine Stadt hatte sich im Gegensatz zu ihm nicht aus dem Grab erhoben, und er hatte das vage Gefühl, die Mauern würden ihn hassen. Als wüssten sie, dass er einen Teil der Schuld trug.

Doch nicht er war es gewesen, der das Feuer auf die Stadt hatte niedergehen lassen. Er stapfte durch den Garten zu seinem Palazzo. Seine Bewegungen waren langsam, schwerfällig.

Ein Geräusch ließ ihn innehalten. Steine polterten. Matteo folgte dem Lärm. Trat in den Saal, in dem die Spielleute zum Tanz aufgespielt hatten.

Zwei Männer, ganz in Schwarz, gruben mit Hacken in den Trümmern. Armbrüste und große, schwarze Schilde lehnten an der nahen Wand. Davor stand ein verzogener, halb geschmolzener fünfarmiger Kerzenleuchter aus Silber.

Sie bestahlen ihn!

Ein unartikulierter Laut stieg aus der Tiefe seiner Kehle. Die beiden wandten sich zu ihm um. Es erfüllte Matteo mit Genugtuung, das Entsetzen in ihren Gesichtern zu sehen.

Doch dann stürmte einer der beiden auf ihn los. Die Hacke erhoben. Mondlicht funkelte auf dem Metall.

Matteo riss einen Arm hoch. Er durfte sein neugewonnenes Leben nicht gleich wieder verlieren! Zu langsam.

Die Hacke versank in seiner Brust. Er empfand keinen Schmerz. Gar nichts …

Der Angreifer zerrte am Stiel seiner Waffe, fluchte, versuchte, sie freizubekommen.

Matteos Hand senkte sich auf den Kopf des Mannes. Schloss sich … Es knackte. Zum ersten Mal spürte er wieder etwas. Feuchtigkeit drang durch die Handfläche in seinen Leib. Das war angenehm.

Er ließ den Kadaver mit dem zermalmten Kopf zu Boden sinken.

Der andere Kerl war aus seiner Erstarrung erwacht. Er griff nach seiner Armbrust, packte den Kerzenständer und lief davon.

Matteo wusste, dass es sinnlos wäre, ihm zu folgen. Er würde ihn nicht einholen. Und er wollte es auch nicht. Sollte der sich mit dem Plunder nur davonmachen. Er wollte den Erzpriester, Lucio Tormeno. Und er wusste, wo er ihn finden würde. Im Oktagon!

ARBORA, HAFEN, KURZ VOR DEM MORGENGRAUEN, 21. TAG DES HITZEMONDES IM JAHR VON SASMIRAS ZWEITER THRONERHEBUNG

Das waren die Letzten«, erklärte Wolfhard von Urschlingen.

Die kleine Gruppe von Waffenknechten, die ihr Schiff, einen Küstenfahrer von weniger als fünfzehn Schritt Länge, verlassen hatte, formierte sich im Licht der Laternen zu einer Kolonne und marschierte unter dem wachsamen Blick eines Hauptmanns in Richtung des Mondtors.

»Das waren weit mehr als zweitausend Krieger«, bemerkte Nandus. Er traute dem Condottiere nicht. Wolfhard hatte selbst für einen Mann seines Gewerbes einen üblen Ruf. Nandus hatte versucht, den Rat der Liga davon zu überzeugen, nicht die Schwarze Schar unter Vertrag zu nehmen. Vergebens. Es war die mit Abstand größte verfügbare Truppe. Allein das hatte für die Kaufherren gezählt. Dies sollte der letzte Krieg gegen die Schwertherzöge sein.

»Mehr Männer bedeuten mehr Möglichkeiten«, erklärte Wolfhard grinsend. Der Condottiere hatte sich nach der neuen Mode den Schädel ringsum rasiert. Nur das Haar oben auf dem Kopf war geblieben. Die langen schwarzen Strähnen, in die sich schon reichlich Grau mischte, fielen ihm bis halb über die Ohren. Er hatte ein Kinn wie ein Spatenblatt, kantig und vorspringend. Tiefe Falten hatten sich in seine Mund- und Augenwinkel gegraben. Eine wulstige Narbe lief über seine linke Wange bis zum Ohr, das durch einen Schwerthieb gespalten worden war.

Wie die meisten seiner Männer trug er eine schwarz brünierte Rüstung. Obwohl er deutlich über vierzig Sommer gesehen haben musste, hatte er sich schmale Hüften bewahrt, und die breiten Schultern verrieten, dass er immer noch täglich mit dem Schwert übte. Er war keiner, der von einem sicheren Feldherrenhügel herab befehligte. Auch das hatte Nandus über ihn gehört. Wenn der Kampf unvermeidlich war, dann stand Wolfhard in der ersten Reihe, und er war einer der Letzten, die das Schlachtfeld verließen.

»Mehr Möglichkeiten …«, wiederholte Nandus sinnierend. Die Streitmacht war groß genug, um bei einem Angriff auf den Schwertwald sogar Aussichten auf Erfolg zu haben, was seinen geheimen Plänen durchaus entgegenkam.

»Hoffen wir nur, dass uns nicht mehr Nächte wie diese erwarten.« Die grauen Augen des Condottiere ruhten vorwurfsvoll auf Nandus. »Siebzehn Tote hatte uns Arbora gekostet. Bis jetzt …«

»Ihr überrascht mich, Wolfhard. Verschleiernde Höflichkeit ist nicht meine Art, deshalb sage ich es gerade heraus: Ihr steht nicht gerade in dem Ruf, Euren Kriegern ein fürsorglicher Vater zu sein.«

Auf dem Gesicht des Condottiere erschien ein schmallippiges Lächeln. »Vielleicht solltet Ihr nicht nur auf das hören, was meine Feinde über mich erzählen. Ich bin sicher, ich könnte Euch von mindestens der Hälfte der Toten die Namen nennen, wenn wir nachher ihre Bahren abschreiten.«

»Tun wir das? Ihre Bahren abschreiten …«

Die Brauen des Condottiere zogen sich zusammen. »Siebzehn Tote sind nicht viel. Der Tod ist unser Geschäft. Es geht darum, wie sie gestorben sind. Söldner sind ein abergläubisches Pack. Ihre Moral hat in dieser Nacht gelitten. Ihr werdet ein paar ergreifende Worte finden, wenn meine Männer in ihre Gräber gelegt werden. Sonst hat sich die Kampfkraft meiner Truppe mit einem Schlag halbiert.«

Nandus war bewusst, dass Wolfhard recht hatte, aber ihm gefiel nicht, wie der Condottiere das Kommando an sich zog. »Natürlich werde ich meinen priesterlichen Pflichten nachkommen. Nehmt die Toten, und verlegt das Heerlager. Drei Meilen Abstand zu Arbora sollten genügen. Gewiss werden es selbst die Erschöpftesten unter Euren Männern zu schätzen wissen, wenn sie die Stadt nur noch von ferne sehen.«

Wolfhard nickte. »Ein weiser Entschluss. Ich werde mich im Lager vor den Stadttoren darum kümmern, dass die Männer abrücken. Wir sollten ihnen einen Tag Rast gönnen, bevor wir dann weitermarschieren.«

»So sei es.«

Der Condottiere folgte mit seinen Leibwächtern den letzten abmarschierenden Kriegern.

Nandus sah zu, wie der kleine Küstenfahrer die Leinen löste. Der Mann an der Steuerpinne im Heck winkte ihm zum Gruß, während andere Seeleute das Schiff mit langen Stangen von der Kaimauer abstießen.

Stille hatte sich über den Hafen gesenkt. Die Dauben zerbrochener Fässer, zerfetztes Leinen, ein verlorener Stiefel – das waren die letzten Zeugnisse, dass für eine Nacht Leben in jene Stadt zurückgekehrt war, die sein Vater zum Tode verurteilt hatte.

Ein ungewohntes Gefühl von Wehmut überkam Nandus. Hierher zurückzukehren war nicht so gewesen, wie er es erwartet hatte. Drei Mal hatte er im Laufe der Nacht Geister vertrieben. So hatte er sich bei den hartgesottenen Söldnern einen Namen gemacht, was ihm bei den kommenden Kämpfen nutzen würde. Und dennoch … Er verließ den Kai, gefolgt von seinen beiden Leibwächtern.

Ohne dass er ein Ziel gehabt hätte, führten ihn seine Schritte zum Oktagon seines Vaters. Der wuchtige, achteckige Tempelturm war noch gut erhalten. Die Kuppel und ein Teil der Rückwand waren zwar eingestürzt, aber der größte Teil des massiven Mauerwerks hatte dem Feuer und der Zeit widerstanden.

Nandus trat durch den Haupteingang und ging zum Altarstein in der Mitte des Tempels. Mit der flachen Hand wischte er Schutt zur Seite und fand eine schwarz angelaufene Pfütze erkalteten Silbers – die Mondscheibe, die einst den Altar geschmückt hatte.

Tiefe Finsternis nistete noch in der hohen Tempelhalle. Er blickte zu dem Durchgang, der zum angrenzenden Palazzo führte. War sein Vater hier gestorben? Inmitten seines Tempels? Oder oben auf der Stadtmauer, von der er die Steinplatte hinabgeworfen hatte?

So viele Mären es über den Untergang Arboras auch gab – Gewissheiten konnte niemand liefern. Was hatte sich hier in der Stadt in den letzten Stunden abgespielt? Warum hatte sein Vater keinen anderen Ausweg gefunden? So viele Fragen … Aber nicht sie waren der Grund für die Wehmut, die einfach nicht weichen wollte.

Unverwandt blickte Nandus zu der dunklen Türöffnung. Er hatte gehofft, dem Geist seines Vaters zu begegnen. Er wollte Abschied nehmen. Er hatte nie verwunden, dass die letzten Worte, die sie gewechselt hatten, Scherze über einen alten Kater gewesen waren.

Er hatte seinen Vater immer bewundert. Lucio hatte auf jede Frage eine Antwort gewusst, war tapfer und weise gewesen. Er war sein Leitstern. Ohne ihn war er immer im Zweifel, ob er sein Leben auf den rechten Kurs gebracht hatte. Ein paar Worte nur mit ihm wären eine solche Erleichterung.

Nandus blickte auf den leeren Türbogen. Doch es flackerte kein blaues Licht mehr in den Ruinen, die einst sein Zuhause gewesen waren.

Wäre er seinem Vater begegnet, wenn er nicht Wolfhards Ruf zum Hafen gefolgt wäre?

ARBORA, PALAZZO TORMENO, MORGENGRAUEN, 21. TAG DES HITZEMONDES IM JAHR VON SASMIRAS ZWEITER THRONERHEBUNG

Matteo durchquerte schlurfend den kleinen Hof an der Rückseite des Oktagons. Er fühlte sich seltsam matt, aber er vermochte nun auch wieder zu riechen und zu hören. Eine Unruhe, die er sich nicht erklären konnte, hatte ihn befallen.

Die Verwüstungen hier im ersten grauen Licht des Tages zu erblicken erfüllte ihn mit tiefer Genugtuung. Auch Lucios Leben war zerstört worden. Nun würde er dem verfluchten Erzpriester den Rest geben! Er malte sich aus, wie er dessen Kopf packte und ihn zermalmte, so wie er es mit dem des Plünderers getan hatte.

Schwerfällig schob er sich an dem Brunnen vorbei. Seine Glieder waren wie aus Blei.

Er trat in den Palazzo der Familie Tormeno. Der Eingangsflur mit der Treppe lag voller Trümmer. Schutt knirschte unter seinen Schritten. Er fuhr sich mit der Hand über sein Antlitz. Es fühlte sich an, als läge ein Kissen zwischen Hand und Gesicht. Wie er wohl aussah?

Er roch Gänsefett. Damit wurden Rüstungen und Klingen eingerieben, um den Rost fernzuhalten. Ein Krieger musste ganz in der Nähe sein. Matteo überkam ein Hochgefühl. Er dachte an das Gesicht, das der Plünderer gemacht hatte, als der Treffer mit der Hacke keinerlei Wirkung zeigte. Dieses Entsetzen zu sehen war wie ein Lebenselixier gewesen. Er wollte wieder töten, sich an dem Grauen seines Opfers weiden. Sich mit Blut einschmieren …

Einen Augenblick hielt er inne, verwundert über die eigenen Gedanken. Was war aus ihm geworden?

Jemand sprach ganz in der Nähe. Er konnte die Worte nicht verstehen, aber es war der blasierte Tonfall des selbstgerechten Erzpriesters. Er war hier! Zum Greifen nahe!

Matteo ging schwerfällig durch den Flur zu der Tür, hinter der die kleine Empfangshalle lag, die an das Oktagon angrenzte. Er erinnerte sich, früher schon hier gewesen zu sein. Es war ein Raum mit schönen Buntglasfenstern und prächtigen Wandfresken gewesen, doch davon war nichts mehr geblieben. Der Putz war vom Mauerwerk gefallen, die Fenster in der Feuersbrunst geborsten.

Durch die Türöffnung auf der anderen Seite der kleinen Halle konnte er ins Oktagon sehen. Da war er! Lucio Tormeno. In voller Rüstung stand er vor dem Altar, einen schwarzen Umhang um die Schultern. Sein Haar war weiß geworden.

Matteo ballte die Fäuste. Er würde dem Erzpriester nicht den Kopf zermalmen. Lucio sollte langsam sterben. Glied für Glied würde er den Saft aus ihm herausquetschen und sich an seinem Entsetzen weiden.

Matteo betrat die Halle.

Bahnen goldenen Morgenlichts fielen durch die leeren Fensterhöhlen.

Plötzlich stand Matteo die brennende Stadt wieder vor Augen. Die zum Himmel lodernden Flammen, die sengende Hitze auf seiner Haut ... Er zuckte zurück, trat in den Schatten der Tür, musste den Blick abwenden.

Das war nur Sonnenlicht, wisperte sein Verstand. Aber dieser Verstand regierte nicht seine Glieder. Er zog sich weiter zurück. Er brauchte einen dunklen Ort, wo er sich vor den Flammen verbergen konnte. Eine Zuflucht wie die Kloake, in der er gestorben war.

Sein Verstand rebellierte gegen diese Unvernunft.

Zugleich kam die Erinnerung an die letzten Augenblicke seines vorherigen Lebens. Er hatte das Gefühl, nicht mehr atmen zu können. Spürte, wie alles um ihn Hitze wurde ... Er konnte nicht durch dieses Licht gehen!

Was sollte es einem Leib aus Dreck anhaben?, schrie sein Verstand. Aber er wich weiter zurück.

So nah war er dem verfluchten Erzpriester gekommen, und

jetzt verlor er ihn aus dem Blick … Das durfte nicht sein! Nur ein paar Stunden Geduld.

Wenn die verfluchte Sonne schwand, würde er sich aus dem Schatten erheben und sich den Erzpriester holen!

VIA SILESA, NAHE CALATANIA, MITTAG, 21. TAG DES HITZEMONDES IM JAHR VON SASMIRAS ZWEITER THRONERHEBUNG

Milan sackte der Kopf auf die Brust. Sein Mund war eine Wüste. Der Knebel hatte allen Speichel aufgesogen. Längst schwitzte er nicht mehr. Dumpfer Schmerz pochte hinter seinen Schläfen. Die Hitze im Inneren der Kutsche war unerträglich. Er saß gefangen in der Finsternis. Seit wie vielen Tagen nun? Er wusste es nicht mehr. Er hatte aufgehört, sie zu zählen. Ebenso wie er aufgehört hatte, sich dafür zu schämen, dass er seine Hosen eingenässt hatte. Manchmal hatte er das Gefühl, dass sein Selbst aufgehört hatte zu sein.

Hatte er die Augen geschlossen? Rocco hatte, als er bemerkte, dass ein schmaler Lichtstreifen in die Kutsche fiel, den kleinen Spalt unter dem Fenster mit Stoff abgedichtet. Jetzt gab es keinen Unterschied mehr, ob Milan die Augen öffnete oder sie geschlossen hielt. Dunkelheit umfing ihn. Und sie war ihm willkommen! Sie löschte alles aus …

Schrecklich waren die Augenblicke, in denen er Felicia in Ketten geschlagen vor sich sah, umringt von Flammen. Selbst jetzt bäumte er sich noch in seinen Fesseln auf, wenn ihn die Erinnerung heimsuchte. Längst waren seine Arme und Beine blutig gescheuert, wo ihn die Lederriemen an diesen verfluchten Stuhl banden.

Der Hufschlag der Pferde, das Mahlen der schweren Kutschräder, die Stimmen von Rocco und dessen Kameraden waren die einzigen Geräusche, die ins Innere der Kutsche drangen.

Milan hatte versucht, sich die Zunge abzubeißen, um an ihr zu ersticken, aber es war ihm nicht geglückt. Er wollte nicht in einer Welt leben, in der es Felicia nicht mehr gab.

Hätte er nur auf sie gehört und an ihrer Seite mit der Klinge in der Hand für ihre Freiheit gekämpft! Dann wären sie Seite an Seite gestorben.

Wieder standen ihm die Flammen vor Augen, als ihn ein Geräusch wie von einem kräftigen Schlag aus seinen bitteren Gedanken schreckte.

»Nein, bitte …« Das war Rocco. Seine Stimme überschlug sich. »Ich habe damit nichts …« Jetzt erstarb sie in einem halb erstickten Gurgeln.

Die Tür der Kutsche wurde aufgerissen. Grelles Sonnenlicht blendete Milan. Alles, was er erkennen konnte, war ein riesiger Schatten, der fast die gesamte Tür ausfüllte.

»Schnallt ihn los!«, befahl eine vertraute Stimme.

Rainulf? Milan blinzelte. Langsam schälten sich aus dem Schattenriss vertraute Züge. Der Bogenschütze.

Jemand stieg in die Kutsche. Seine Fesseln wurden gelöst. »Beim Herrn des Himmels, hier stinkt es ja schlimmer als in der Gosse«, beschwerte sich eine fremde Stimme. Dann zogen sie ihm den Knebel aus dem Mund.

Milan wurde gepackt und hinausgezerrt. Im ersten Augenblick hatte er das Gefühl, seine Beine würden unter ihm nachgeben. Er lehnte sich gegen die Kutsche.

Rocco lag auf dem Pflaster. Blut strömte aus seiner eingeschlagenen Nase. Er krümmte sich vor Schmerz und wagte es nicht, zu Rainulf aufzublicken.

»Es war Felicias ausdrücklicher Wunsch, dass du nicht im Roten Kloster verschwindest, sondern mit Worten und Taten an unserer Seite kämpfst. Ich weiß, dass du bei ihr warst. Am Tag, bevor …« Rainulfs Stimme stockte. Er blickte auf Rocco hinab, machte keinen Versuch mehr, den Satz zu vollenden.

»Wir hatten einen Fluchtplan«, begann Milan und wusste nicht, wie er erklären sollte, was alles falschgelaufen war.

»Dachte ich mir.« Rainulf schnaubte. Er zog eines seiner Kurzschwerter und reichte es Milan. Dann deutete er auf Rocco. »Der gehört dir. Schneid ihm die Kehle durch und werd endlich ein Mann!«

»Bitte …« Roccos Stimme war ein erbärmliches Näseln. Das Blut rann ihm über die Lippen. »Dein Vater hat mir befohlen, dich so zu behandeln.«

Milan nahm das Schwert und wog es prüfend in der Hand. Breitbeinig stellte er sich vor Rocco, der flehend die Hände hob. »Bitte, Herr …«

Milan ließ die Klinge niedersausen.

Nicht einmal einen Zoll vor Roccos Arm fing er den Schlag ab.

»Danke, Herr. Das werde ich Euch nie vergessen. Danke!«

Rainulf war sichtlich enttäuscht, als Milan ihm sein Schwert zurückgab und ihm dabei direkt in die Augen blickte.

»Ein Mann trifft seine Entscheidungen nicht nach den Wünschen anderer. Er ist sich selbst sein Maß.« Milan holte tief Luft und atmete langsam aus. »Und nun will ich mich säubern und frische Kleidung anlegen. Danach bringst du mich zu Lucille. Ich habe viel mit Felicias Schwester zu besprechen.«

Der Bogenschütze zögerte. »Sie ist keine gute Gesellschaft für dich.«

»Unsere Botschaften an die Schwertherzöge sind abgefangen worden. Sie wissen nichts über den Feldzug, der bevorsteht.« Milan tippte sich an die Schläfe. »Aber ich erinnere mich noch an jedes Dokument, das ich abgeschrieben habe.«

Rainulf sah ihn aus schmalen Augen an. »Warum tust du das? Warum verrätst du deine Leute?«

»Die Feinde meines Vaters sind von nun an meine Freunde. Ihr kämpft einen gerechten Kampf, und …« Er stockte, war sich bewusst, dass dies nur vorgeschobene Argumente waren. »Ich konnte Felicia nicht retten.« Er blickte zu Rainulf auf, suchte in den kalten, grauen Augen nach Verständnis. »Ich will wenigstens ihr Herzogtum retten. Dafür ist sie gestorben.«

»Nein, Junge.« Der Bogenschütze schüttelte den Kopf. »Sie ist nicht für ihr Herzogtum gestorben. Sie starb deinetwegen. Wir hätten Dahlia längst verlassen können, aber sie kam nicht von dir los …« Rainulf betrachtete das Schwert, das er noch in der Hand hielt.

Plötzlich machte er einen überraschenden Ausfallschritt und stieß Rocco, der noch immer auf der Straße kauerte, die Klinge in die Brust.

Der Schläger keuchte auf, versuchte etwas zu sagen, doch Blut erstickte seine Stimme. Seine Augen traten hervor. Anklagend sah er zu Milan; dann sackte er zurück.

»Aber er gehörte mir …«

»Wenn du etwas auf der Straße liegen lässt, dann gehört es dem Nächsten, der es findet. Merk dir das, Junge! Schlaue Reden machen noch keinen Mann aus dir. Es werden deine Taten sein, die zeigen, wer du bist!«

SCHWERTWALD, NAHE THOUAR, NACHMITTAG, 23. TAG DES HITZEMONDES IM JAHR VON SASMIRAS ZWEITER THRONERHEBUNG

Juliano genoss es, frei atmen zu können. Es war etwa eine halbe Stunde her, dass Rutger ihm den Ledersack abgenommen hatte, doch immer noch war jeder Atemzug ein Fest. Die Luft an diesem heißen Nachmittag war klar. Über ihnen spannte sich das Geäst von Korkeichen mit seiner unverwechselbaren zerfurchten, fahlen Rinde, und darüber wölbte sich ein strahlend blauer Himmel.

Auch abends, wenn sie Rast gemacht hatten, hatte Rutger ihm den stinkenden Ledersack abgenommen, so dass er wenigstens zum Schlafen Erleichterung gefunden hatte.

Nun ritten sie einen steilen Hang hinan, wobei sie in langen Kehren einem Weg folgten, der zu schmal für Karren war.

Rechts und links des Weges lag dichter Wald, der in eine Buschlandschaft überging, wo der Untergrund felsig wurde.

Juliano konnte das Meer hören. Immer wieder blickte er zum Hügelkamm, dem sie entgegenstrebten. Leicht im Wind schaukelnd, standen drei Möwen am Himmel. Juliano glaubte Salz in der Luft zu riechen. Er stieß seinem Hengst die Fersen in die Flanken.

»Gemach, Priestersöhnchen!«, ertönte hinter ihm Rutgers Stimme. Der verräterische Koch konnte seiner Stute keine schärfere Gangart zumuten. Das arme Tier vermochte seine riesige Gestalt ohnehin kaum zu tragen. Er hielt die schwefelgelbe Heroldsfahne gesenkt, damit sie sich nicht im Geäst der Bäume verhedderte.

Juliano zügelte sein Pferd und wartete, dass Rutger aufholte. Nervös betrachtete er den Wald, dann drehte er sich im Sattel und sah zurück. Nach Süden hin türmten sich die Berge immer höher. Ihre Gipfel zeichneten sich graublau gegen den Horizont ab. Es war ein schwer zugängliches Land, in das sich die Schwertherzöge zurückgezogen hatten. Andere davon erzählen zu hören und es mit eigenen Augen zu sehen, war ein gewaltiger Unterschied, dachte Juliano bedrückt. Er hatte seinen Vater auf Feldzügen begleitet, aber nie waren sie so weit nach Westen gelangt und der berühmten Hauptstadt der Herzöge auch nur nahe gekommen. Es hieß, sie sei uneinnehmbar.

Zumindest das Gelände hier würde einen Kriegszug erschweren. Alle Versorgungsgüter mussten über schmale Pfade gebracht werden, und überall entlang dieser Pfade mochten Bogenschützen lauern. Auch jetzt hatte Juliano das Gefühl, beobachtet zu werden. Misstrauisch spähte er ins Halbdunkel unter den Bäumen, entdeckte aber niemanden.

»Du weißt auch nicht, was du willst.« Rutger hatte ihn inzwischen überholt und war ein Stück weitergeritten. »Los, mach hin! Es ist nicht mehr weit.«

Juliano trieb seinen Hengst an, und sie beide erreichten fast gleichzeitig den Hügelkamm. Der Anblick, der sich ihm bot, verschlug Juliano den Atem. Vor ihnen lag der Knochenfjord, benannt nach den steilen Felsen von einer Farbe, die an alte, gelblich gewordene Knochen erinnerte. Viele Meilen hatte sich hier das Meer seinen Weg in die Berge gefressen und nagte in immerwährenden Kampf weiter an den Felsen.

Vor ihnen erstreckte sich eine Landzunge ungefähr zwei Meilen in den Fjord hinein. Etwa hundert Schritt dahinter, vom Festland getrennt, ragte ein Fels wie ein Turm aus der See. Ein mächtiges natürliches Bollwerk. An seinen Flanken war Thouar, die Verlorene, errichtet, jedes Haus dem Fels abgetrotzt.

Von ferne erinnerte die Stadt an Bienenwaben im Spalt eines alten Baumes. Dicht an dicht drängten sich die Häuser, und dazwischen ragten einzelne Türme auf. Juliano erkannte ein Oktagon, schmale Lagerhäuser. Mehrere Anlagen gemahnten an kleine Burgen und schlossen sich mit Mauern und Wehrtürmen gegen die übrige Stadt ab, als lägen sie im Krieg mit ihr. Die Dächer aus hellroten Schindeln waren die einzigen Farbtupfer in dieser Stadt, die aussah, als sei sie aus Knochen erbaut, denn das Mauerwerk bestand aus demselben gelblich weißen Gestein wie die Klippen der Bucht.

»Genug gegafft?«, fragte Rutger. »Bist du sicher, dass du dort hinwillst, Priestersöhnchen? Jetzt gibt es noch ein Zurück.«

Eine Brise, die vom Fjord kam, erfasste das schwefelgelbe Heroldsbanner und ließ es munter flattern.

Herolde waren unberührbar, dachte Juliano, bemüht, sich gegen das mulmige Gefühl zu wappnen, das in ihm aufstieg. Schon sehr lange war niemand mehr aus den Städten der Liga so tief ins Land der Schwertherzöge eingedrungen und lebend zurückgekehrt. Aber die Herzöge waren Ritter mit einem strengen Ehrenkodex. Sie würden ihn nicht freundlich willkommen heißen, doch sie würden ihm letztlich kein Haar krümmen.

»Vorwärts!«, sagte er und klang nicht halb so entschlossen, wie er es sich gewünscht hätte.

Anstelle einer Antwort hörte er Rutger etwas vor sich hinmurmeln und verstand nur ein einziges Wort: Idiot!

So war es mit Männern aus dem einfachen Volk, dachte Juliano. Sie kannten kein heldenmütiges Herz, das allen Gefahren trotzte, sondern nur stumpfen Gehorsam. So sehr ihn der Anblick der Stadt auf dem Felsen auch schreckte, fühlte sich Juliano doch zugleich wie der Held einer Mär.

Auf der Landzunge, die zur Stadt führte, wuchs kein einziger Baum mehr, ja, nicht einmal Büsche. Ziegen zupften am sonnenverbrannten Gras, das sich auf dem mageren Grund hielt. Rechts und links der Landzunge, die an keiner Stelle breiter war als zweihundert Schritt und sich zum Ende hin immer mehr verjüngte, fielen die Felsen fast senkrecht zum Wasser hin ab. Das Meer erstrahlte in prächtigem Azuhr, dem unverwechselbaren Blau, das die liebste Farbe des Herrn des Himmels war. Es war die Farbe des Weltenozeans, in das er das Land für seine Kinder gebettet hatte, und manchmal, wenn das Herz des Schöpfers jubilierte, auch die Farbe des Himmels. Blickte man an solchen Tagen über das Wasser, wurden Meer und Himmel in der Ferne eins, und die Welt war ganz und gar Azuhr.

Doch hier wäre sie das nie! Die Steilklippen des Fjords engten den Horizont ein, beschränkten die Sicht auf wenige Meilen. Mancherorts erhob sich das bleiche Gestein mehr als dreihundert Schritt über das Wasser. Hier zu segeln war fast unmöglich. Die Winde zwischen den Felsen waren launisch und unberechenbar, ebenso wie die Strömungen. Keine Kogge konnte in den Fjord einlaufen. Es hieß, verborgenen Riffe würden den Rumpf der schwerfälligen Handelsschiffe aufschlitzen wie der Dolch eines Diebes den Wanst eines unvorsichtigen Kaufmanns, der sich bei Nacht in das falsche Stadtviertel verirrte.

Am Ende der Landzunge erreichten sie die Brücke, die sich über die Kluft zwischen Festland und Felsstadt spannte. Obwohl sie etwa sechs Schritt breit war, kam sie Juliano beklemmend schmal vor. Vielleicht, weil es keine Mauer gab, die sich an den Längsseiten der Brücke zwischen den Wanderer und den Abgrund stellte. Nur knapp hundert Schritt führte die Brücke, von massigen Pfeilern getragen, über den Abgrund. An ihrem anderen Ende erhob sich eine trutzige Torburg. Ein hässlicher Klotz aus ineinander verschachtelten Türmen, aus denen wohl hundert Schießscharten gleich schmalen, argwöhnischen Augen auf die Brücke starrten.

Über den Zinnen der Türme wehte kein einziges Banner. Das Mauerwerk wies keinerlei Schmuck auf, kein Relief zeigte ein Wappen, nirgends waren Steine zu Mustern gefügt, die das Auge erfreuten. Die Torburg sollte abweisend und unangreifbar erscheinen. Und das war sie buchstäblich: Zwischen dem Ende der Brücke und dem Tor der Stadt klaffte eine Lücke von fünf oder sechs Schritt, denn die Zugbrücke war hochgezogen. Aus mächtigen Balken gefügt, die Wind und Salz mit den Jahren hatten grau werden lassen, schmiegte sich die Brücke, von rostigen Ketten gehalten, eng an das Mauerwerk und verbarg das Tor, das hinter ihr liegen musste, vor den Blicken.

Juliano fühlte sich versucht, aus dem Sattel zu steigen. Die Brücke auf eigenen Füßen zu überqueren wäre gewiss klüger. Er spürte, wie nervös der Abgrund seinen Hengst machte. Aber wie würde das aussehen? Ganz gewiss wurde er aus den Schießscharten der Torburg beobachtet. In einer Mär würde der Held über die Brücke preschen, erst kurz vor deren Ende sein Pferd zügeln und sein Begehr den verborgenen Wächtern des Tores entgegenrufen.

Über die Brücke preschen würde er nicht, dachte Juliano. Aber absitzen ebenso wenig. Er zwang seinen Hengst auf den schmalen, steinernen Pfad durch den Himmel. Wie langsamer Trommelschlag klangen die Hufe auf dem Pflaster.

Tief unter ihnen leckten die Wellen an den Brückenpfeilern. Die See war unruhig um den Felsen. Arme aus Gischt griffen das von Algen und Muschelkrusten dunkel gewordene Gestein empor.

Weiter unten, dem Meer entgegen, waren nur vereinzelt Häuser in den Steilhang der Felsnadel gebaut. Endlose Treppen schnürten am Abgrund entlang. Die Molen des Hafens erinnerten an Festungsmauern. Auch wenn er ihre Höhe, von der

Brücke aus betrachtet, kaum schätzen konnte, war sich Juliano doch sicher, dass sie sich weit mehr als fünfzehn Schritt über die See erhoben. Höher als die meisten Mauern, die die Städte der Liga schützten.

Juliano kannte die Geschichten über die launenhafte See. Bei auflaufendem Wasser stieg der Pegel im Hafen um mehr als zehn Schritt im Vergleich zum Tiefststand bei Ebbe. Wer die Tücken dieser Gewässer nicht kannte, dessen Schiff wurde auf die Klippen geschleudert.

Unten an den Hafenmauern vertäut, lagen ein Dutzend der schlanken Schiffe, die nur hier im Fjord gebaut wurden. Zweimaster, an deren schräg stehenden Rahen dreieckige Segel aufgezogen wurden, wenn sie hinaus auf das Meer glitten. Die Rümpfe waren farbig bemalt. Große Augen blickten rechts und links der Vordersteven über das Wasser. Keines der Schiffe war länger als fünfzehn Schritt. Backbords wie steuerbords lagen lange Ruder, die ausgerannt werden konnten, wenn der trügerische Wind im Fjord erstarb und ein Schiff der Strömung der Gezeiten auslieferte.

Die Seefahrer der Liga erzählten sich viele Geschichten über diese kleinen Schiffe, die schon mancher Kogge zum Verhängnis geworden waren. Jene Schwertherzöge, die ihr Land an die Söldnerheere der Liga verloren hatten, versuchten inzwischen ihr Glück auf See und führten den Kampf im endlosen Azuhr fort – gewiss zum Ärger des Herrn des Himmels, der nicht gutheißen konnte, wenn seine liebste Farbe, die Farbe der Welt, mit dem Rot von Blut besudelt wurde.

Julianos Hengst hatte in langsamem Schritt das Ende der Brücke erreicht. Rutger, der ihm folgte, war abgesessen und führte seine Stute und das Packtier am Zügel.

Noch immer zeigte sich niemand hinter den Zinnen der Torburg.

»Ein Horn wär jetzt wohl gut«, sagte Rutger feixend. »Das wäre dann so richtig wie in einer Rittermär.«

Juliano wandte sich im Sattel um, um dem respektlosen Kerl

die passende Antwort zu geben, schwieg dann aber, als Rutger ihm tatsächlich ein Horn hinhielt, das er aus einer der Satteltaschen des Packtiers hervorgeholt hatte.

Dankbar nahm Juliano es entgegen, setzte es an die Lippen und entrang ihm einen langen, klagenden Ton, der weit über den Fjord trug.

Ein schmales Frauengesicht, gerahmt von kastanienbraunem Haar, erschien zwischen den Zinnen oberhalb der Zugbrücke. »Was ist dein Begehr?«

»Mein Name ist Juliano Tormeno«, verkündete er voller Stolz und malte sich aus, welchen Schrecken die Erkenntnis, dass der Enkel des Feuerrichters von Arbora vor ihr stand, in ihr hervorrufen musste. »Die Liga schickt mich als Herold, um den Herzögen des Schwertwaldes ein Angebot zu unterbreiten, das den Krieg zwischen uns für immer beenden kann.«

»Habt ihr beschlossen, uns unser Land zurückzugeben und Cilia zu verlassen?«, erklang es spöttisch von den Zinnen.

Juliano rang seinen Ärger nieder. Was bildete sich dieses Frauenzimmer ein? Was tat sie überhaupt hier am Tor? Ein Hauptmann sollte das Kommando führen. »Solltet Ihr ein Urteil nicht denen überlassen, denen es zusteht zu urteilen, Weib, statt durch törichte Reden das Schicksal des Schwertwaldes zu besiegeln?«

»Das war nicht klug«, zischte Rutger hinter ihm. »Das ist Lucille da Rosa, die Schwester des Schwertes der Rosen. Die hat ein Gemüt wie ein tollwütiger Straßenköter, Priestersöhnchen. Und ich wette, sie mag es gar nicht, wenn einer wie du sie *Weib* nennt.«

Das Gesicht verschwand hinter den Zinnen. Ketten klirrten hinter den dicken Mauern, und langsam senkte sich die Zugbrücke.

Julianos Pferd scheute. Nervös tänzelnd zog es sich ein Stück zurück. Mit dumpfem Grollen setzte der hölzerne Brückenteil auf dem Stein auf.

Im Stadttor stand eine einzelne schlanke Gestalt. Ein Mannweib in Hosen und Stiefeln, dachte Juliano angewidert. Eine, der ihr Vater nicht deutlich genug gezeigt hatte, wo ihr Platz war.

»Steig ab, wenn du mit mir reden willst, Herold!«

Wenigstens ihre Stimme klang wie die einer Dame, dachte Juliano. Er gehorchte um der Höflichkeit willen und schwang sich aus dem Sattel. »Würdet Ihr mich vor den Rat der Schwerter führen, meine Liebe? Ich bin ausschließlich befugt, ihnen mein Angebot zu unterbreiten.«

»Ich vertrete meine Schwester Felicia in ihrer Abwesenheit im Rat. Spuck aus, was du zu sagen hast. Ich trage es den anderen Herzögen vor. Morgen Mittag empfangen wir dich dann im Zunftsaal der Stadt und verkünden dir, wie wir uns entschieden haben. Und noch etwas: Wage es nie wieder, mich *deine Liebe* zu nennen! Bevor ich mich auf einen Waschlappen wie dich einließe, ginge ich lieber in ein Kloster.«

Manieren wie ein Bauerntrampel, dachte er erbost. Aber bei diesen Hinterwäldlern war wohl selbst von Fürsten nicht mehr zu erwarten. »Ihr seid also die kleine Schwester des Schwertes der Rosen«, bemerkte er spitz.

Grüne Augen bedachten ihn mit einem eisigen Blick. »Und Ihr seid ein Tormeno? Muss schwer für Euren Vater sein, dass der Apfel so weit vom Stamm gefallen ist.«

Wäre sie ein Mann, hätte er sie zum Duell gefordert. Aber ein Kampf mit solch einem Schwertweib konnte keine Ehre bringen. Siegte er, war sie halt nur ein Weib, sollte er aber unterliegen, hätte er für immer das Gesicht verloren. Sie war es nicht wert, dass er sich mit ihr stritt.

Langsam, damit ihr bescheidener Weiberverstand dem komplexen Vorschlag folgen konnte, trug er das Friedensangebot der Liga vor.

»Ich fasse mal zusammen«, sagte Lucille kühl, nachdem er geendet hatte. »Ihr bietet uns an, dass wir unser Land aufgeben und den größten Teil unserer Untertanen durch euch ins Khanat verkaufen lassen, und dafür könnten wir, die Schwertherzöge, unsere Besitztümer in Thouar bewahren und würden sogar Sitze im Rat erhalten, in dem die Handelshäuser der Liga allerdings die Mehrheit stellen? Das ist wahrlich großmütig!«

Sie hatte die Dinge zwar vereinfacht, aber im Kern begriffen, worum es ging, dachte Juliano zufrieden. »Das trifft es im Wesentlichen«, bestätigte er.

Sie sah ihn lange an.

Hübsch war sie, dachte er. Wenn sie sich nur passender kleiden würde …

»Einem Mann wie Euch bin ich noch nicht begegnet, Juliano Tormeno.«

Er bedachte sie mit einem Lächeln. Komplimente von Frauen war er nicht gewohnt, und so, wie sie beide begonnen hatten, war Lucille die Letzte, von der er ein solches Eingeständnis erwartet hätte.

»Seid Ihr einfach nur unglaublich dreist oder tatsächlich so dumm?«

Ihm klappte der Mund auf. Was nahm sie sich da heraus! »Hat Euch niemand gelehrt, dass Beleidigungen eine schlechte Ausgangsbasis sind, um Verhandlungen zu eröffnen, kleine Schwester der Herzogin?« Ganz gleich, was sie sagte, er würde sich nicht dazu provozieren lassen, sich auf ihr Niveau zu begeben.

»Du bist Rutger, nicht wahr?«, sprach Lucille den falschen Koch an.

»Jawohl, Herrin.«

»Geleite diesen Einfaltspinsel zum *Schwarzen Kraken* und sorge dafür, dass er ein anständiges Zimmer bekommt. Morgen zur Mittagsstunde bringst du ihn dann zum Zunftsaal.«

»Wie Ihr befehlt, Herrin.«

»Ihr könnt doch nicht einfach über meinen Kopf hinweg …« empörte sich Juliano, brach aber ab, als Lucille sich umdrehte und ohne ein Abschiedswort im Dunkel des Tortunnels verschwand.

»Bauerntrampel«, sagte er laut genug, dass sie es noch hören musste.

»Reiz sie nicht noch mehr«, raunte Rutger hinter ihm. »Eine Viper, die sich in einem Ameisennest windet, hat ein freundlicheres Gemüt als sie.«

»Ich denke, du dienst ihr.«

Rutger schüttelte entschieden den Kopf. »Nicht ihr. Ihrer Schwester Felicia, der Herzogin. Sie ist ganz anders. Felicia hat mich als Spitzel ausgewählt und unterwiesen.«

Wie konnte man nur so einfältig sein?, dachte Juliano. »Und dann hat deine Felicia dich in die Höhle des Löwen geschickt. Ist dir klar, was man in Ferranta mit dir angestellt hätte, wäre herausgekommen, dass du mehr als nur ein Koch bist?«

Rutger zuckte mit den Schultern. »Ich wusste, worauf ich mich einlasse. Lieber gehe ich diesen Weg, als von den Waffenknechten der Liga aufgeknüpft oder als Sklave verkauft zu werden.« Seine Stimme wurde schärfer. »Weißt du, ich habe Ohren. Ich habe alles gehört, was du Lucille eben vorgetragen hast.«

So direkt darauf angesprochen zu werden war Juliano überaus unangenehm, und er senkte den Blick. Es schickte sich nicht, sein Gegenüber so schamlos bloßzustellen.

»Ich weiß, dass dieses Angebot nicht auf deinem Mist gewachsen ist, Priestersöhnchen.« Rutger klopfte ihm versöhnlich auf die Schulter.

Juliano mochte es nicht, wenn sich der Kerl anbiederte und mit ihm gemein machte.

»Dies ist die letzte Gelegenheit zur Flucht. Wenn du in den Sattel steigst, deinem Gaul die Sporen gibst und den Waldweg nimmst, könntest du vielleicht noch entkommen.«

Ärgerlich schüttelte Juliano den Kopf. »Warum sollte ich das tun?«

»Weil du Lucille da Rosa gegen dich aufgebracht hast. Und wenn du morgen den Herzögen dasselbe vorträgst«, sagte Rutger und verdrehte die Augen zum Himmel, »dann ist dein Leben keinen Pfifferling mehr wert.«

»Wirst du es nie müde, mir immer dasselbe zu erzählen?«

Juliano nahm die Zügel seines Pferdes und betrat die Zugbrücke. »Komm, zeig mir, wie ich zum *Schwarzen Kraken* gelange.«

Tapfer schritt er der Dunkelheit des Tortunnels entgegen.

DAHLIA, VIERTEL DER TUCHHÄNDLER, STUNDE DES EBERS, 23. TAG DES HITZEMONDES IM JAHR VON SASMIRAS ZWEITER THRONERHEBUNG

Kang hatte seinen Dolch gesäubert und auf ein Seidentuch gelegt. Er war sich nur zu bewusst, dass er nicht im Entferntesten den Mindestansprüchen genügte, die ihre hohe Kultur an ihn stellte, wenn er vor seine Herrin trat. Er hatte einen scharfen Ritt von zwei Tagen hinter sich, seit Milan Tormeno aus der Kutsche befreit worden war. Nun kniete er im privaten Gemach der Dame Nok, das unmittelbar an ihren … Selbst in Gedanken fiel es ihm schwer, ein Wort dafür zu finden, das ihn nicht erröten ließ. … das an ihren *Arbeitsplatz* angrenzte. Und sie ging gerade ihrer Arbeit nach. Durch die Wand aus Seidenpapier konnte er ihren Schattenriss sehen und den ihres … Gastes.

Er hörte selbst das leiseste Geräusch. Den keuchenden Atem des alten Kaufherrn, die gurrenden Worte seiner Herrin, die den dicken Greis abwechselnd lobten und aufpeitschten. Der Alte grunzte wie ein asthmatischer Straßenköter.

Kang versuchte, seinen Geist vor den Geräuschen zu verschließen, zumindest in Gedanken an einen anderen Ort als diese Stadt der niemals endenden Qualen zu flüchten, doch es wollte ihm nicht gelingen.

Er betrachtete den flachen schwarzen Stein, auf den er gleich seine Hand legen würde. Die Kupferschale voller Glut, in der das Brenneisen steckte, dessen Spitze im Orangerot der untergehenden Sonne glühte.

Er hatte versagt. Alles, was er noch tun konnte, um seine Ehre wiederherzustellen, war nun, mannhaft seine Strafe zu vollziehen.

Der *Gast* stieß einen animalischen Schrei aus, der in einem stockenden Gurgeln verebbte.

Kang rang um innere Ruhe. Er ignorierte die leisen Worte, mit denen Nok die Manneskraft des Greises lobte, das Plätschern, als sie ein Tuch in Wasser tauchte, um ihn zu säubern.

Bisher war er stets außer Hörweite geblieben, wenn seine Herrin Besuch empfing. Ahnte sie, dass er versagt hatte, und war dies schon Teil seiner Bestrafung? Sie und ihr Gast teilten bereits das Blütenbad, als er eintraf, und sie hatte einer ihrer Dienerinnen die Anweisung gegeben, dass er hier warten sollte.

Aus dem Augenwinkel sah er, wie die Herrin dem Lustgreis half, seine Kleider anzulegen. So glatt gingen ihr die kleinen Komplimente von der Zunge. Sie küsste ihn, vor ihm kniend, noch einmal an diskreter Stelle.

Kang knirschte mit den Zähnen und hörte doch das verzückte Kichern des Alten. Dann endlich ging der Gast. Die hölzerne Treppe knarrte unter seinem Gewicht.

Die Schiebetür zum benachbarten Zimmer glitt zurück. Nok hatte einen dünnen weißen Seidenmantel, bestickt mit zarten Kirschblüten, übergeworfen.

»Du siehst aus, als seist du in großer Eile gereist, Kang.«

Ihm blieb der Tadel bezüglich seines Äußeren nicht verborgen. »Bitte verzeiht, Herrin!«

Sie hockte sich ihm gegenüber nieder und sah ihn direkt an. Es war ihm unangenehm. Er senkte den Blick, konnte aber nicht dem säuerlichen Geruch des Greises entgehen, den sie noch auf ihrer Haut trug.

»Wie ich sehe, kommst du mit schlechten Nachrichten, Kang.«

»Ich habe versagt, Herrin«, bekannte Kang ohne Umschweife und berichtete ihr, wie Milan von Bogenschützen unter der Führung Rainulfs aus seiner Kutsche befreit worden war. »Beide Begleiter des Jungen sind tot. Es gab also niemanden mehr, der uns zum Roten Kloster führen konnte.«

»Du hattest zwei Begleiter. Wie viele Bogenschützen hatte Rainulf mitgebracht? Wäre es unmöglich gewesen, den Jungen zu befreien?« Ihre dunklen Augen durchbohrten ihn. Ihm kam es vor, als sei es in dem kleinen Zimmer wärmer geworden. Schweiß perlte ihm über die Stirn, was seine Verlegenheit noch weiter steigerte. Auch wurde der Pferdegeruch seiner Kleider immer aufdringlicher.

»Ich hätte sie gewiss im ersten Nachtlager überraschen und Milan Tormeno herausholen können, Herrin, aber ich war überzeugt, dass ihn eine solche *Befreiung* auf Dauer gegen uns aufgebracht hätte. Deshalb habe ich davon abgesehen. Einer meiner Männer folgt ihnen, um zu sehen, wohin sie reiten. Vermutlich in den Schwertwald und dann in Richtung Thouar. Vielleicht haben sie die Stadt der Rebellen inzwischen bereits erreicht.«

Nok nickte bedächtig. Immer noch lastete ihr eindringlicher Blick auf ihm.

»Ich habe Euch enttäuscht, Herrin. Ich bin bereit, die Strafe für mein Versagen auf mich zu nehmen.« Er legte seine rechte Hand auf den flachen Stein und griff mit der Linken nach dem Dolch. Kurz blickte er auf die Kupferschale. Das Brenneisen darin glühte immer noch in tiefem Orange. Heiß genug, um die Wunde zu versiegeln und die Blutung zu stillen. Er würde sich den kleinen Finger Glied um Glied abschneiden. Gab er keinen Schmerzenslaut von sich und verzog auch nicht das Gesicht, dann hatte er seine Ehre zurückgewonnen.

Kang setzte die Klinge auf das oberste Gelenk des kleinen Fingers. Dabei behielt er den Blick auf seine Herrin gerichtet. Ein leichter Druck würde genügen, um das Fingerglied abzutrennen. Er sammelte sich innerlich, dachte an die Heldentaten seiner ruhmreichen Ahnen. Seit sechs Jahrhunderten war jeder männliche Spross seiner Sippe ein Krieger geworden. Viele waren bis in die Eherne Horde des Khans aufgestiegen. Er stand in der Schuld all dieser Ahnen, die ihr Leben für ihre Ehre gegeben hatten. Kang wappnete sich gegen den Schmerz.

»Einen Augenblick.«

Verwundert hielt er inne und rang mit seinem Ärger. Es war unziemlich, dieses Ritual zu unterbrechen.

»Warum glaubst du, dass du mir in Zukunft mit neun Fingern besser dienen wirst als mit zehn?«

Er verstand den Sinn dieser Frage nicht. Ein Krieger, der bei der Ausführung eines wichtigen Auftrags versagte, musste bestraft werden!

»Glaubst du, mir keine Antwort schuldig zu sein, weil ich dich Zeuge werden ließ, wie ich meinen Kampf für den Khan führe?«

»Das würde ich niemals sagen ...«

»Ich konnte deine Verachtung spüren, als ich eintrat. Was du sagst, ist nur von untergeordneter Bedeutung, wenn es dir nicht gelingt, deine Gedanken zu verbergen. Du hast mich beleidigt, Kang. Obschon nicht dadurch, dass es dir weder gelungen ist, das Rote Kloster zu finden, noch, Milan Tormeno zu mir zu bringen. Dabei hast du unter ungünstigen Umständen die richtigen Entscheidungen getroffen. Deine Ehre hast du erst hier in diesem Zimmer befleckt. Dir wurde befohlen, mir mit Hingabe zu dienen und jedem meiner Befehle zu gehorchen. Was den Gehorsam angeht, hast du nicht gefehlt. Aber deine Hingabe lässt zu wünschen übrig. Glaubst du, es ist meine Natur, Buhlschaft mit alten Männern zu pflegen, deren Atem nach faulenden Zähnen stinkt? Was, glaubst du, ist der leichtere Kampf? Mit dem Schwert in der Hand einem Wesen wie dem Krähenmann entgegenzutreten, oder solch einem Dickwanst von Kaufmann vorzuspielen, dass er ein Liebhaber ist, der dir mit jedem seiner Küsse höchste Verzückung schenkt?«

Kang wollte das nicht hören. Er wollte die Bilder nicht in seinem Kopf haben, die ihre Worte entstehen ließen. Er wusste, dass auch sie eine Kriegerin war. Vermutlich war sie ihm in der Kunst des Schwertkampfs sogar weit überlegen. Sie war eine Weiße Tigerin. So, wie sie die sieben mal sieben Wege der

Freude kannte, war sie auch eine Meisterin der zweiundsiebzig silbernen Küsse, wenn sie die lange Klinge führte.

»Mag sich auch der Blickwinkel verändert haben, änderte sich doch nichts an der Tatsache, dass ich versagt habe.« Kang atmete tief ein, rang um Gelassenheit und war bereit, den Schmerz mit Freuden zu begrüßen, der seine Schuld tilgen würde.

»Leg den Dolch weg!«, befahl Nok scharf.

»Aber …«

»Wer hält sein Schwert besser? Ein Mann mit vier oder mit fünf Fingern an der Hand?«

»Ein Mann, der sich seiner Ehre gewiss ist«, entgegnete Kang verstockt, obwohl ihm bewusst war, dass sein Wert als Krieger leiden würde, wenn er den Finger verlor.

»Keine Sorge, Kang, du wirst deine Strafe bekommen. Es wird eine Prüfung sein, die dir mehr abverlangt als das hier.« Mit verächtlicher Geste deutete sie auf die Werkzeuge, die er bereitgelegt hatte, um seine Schuld zu tilgen. »Von dem Kaufmann eben habe ich in dieser Nacht erfahren, dass die Schwarze Schar mit doppelt so vielen Söldnern gelandet ist, wie die Liga angefordert hat. Das kann nur bedeuten, dass der Condottiere Wolfhard von Urschlingen eigene Pläne verfolgt. Damit gibt es neben der Liga und den Rebellen künftig eine dritte Macht auf Cilia. Es wird höchste Zeit, dass auch der Schatten des Drachen auf diese Insel fällt.« Sie hob nur leicht das Kinn, und doch schien es Kang, als sei die Frau, die eben den Kaufmann erfreut hatte, verschwunden wie ein Schatten zur Mittagsstunde. Jetzt war Nok mit jedem Zoll eine Auserwählte des Khan. Eine Weiße Tigerin, vor deren Zorn Königreiche erzitterten. »Gemeinsam mit Tao wirst du zum Hafen gehen und ein kleines Fischerboot erwerben. Als Sohn eines Perlentauchers wird er wissen, welches Boot zu wählen ist, und es auf See führen können. Ihr beide macht euch auf die Suche nach der *Atem des Himmels*, um dem ehrenwerten General Hong Ying eine Nachricht von mir zu überbringen.«

Blanker Schweiß rann an Kangs Schläfen hinab und tropfte ihm in den Kragen. Er hasste die offene See. Die Fahrt auf der

Atem des Himmels war eine harte Probe für seinen Mut gewesen. Die Aussicht, sich nun vielleicht für Wochen in einem kleinen Fischerboot dem Meer anvertrauen zu müssen, um nach einem Schiff zu suchen, das möglicherweise längst ins Khanat zurückgekehrt war, erfüllte ihn mit Entsetzen.

»Herrin, es kam keine Antwort auf die Albatrosse, die Ihr ausgesandt habt«, erklärte er, um Fassung ringend. »Entweder wartet die *Atem des Himmels* nicht mehr auf Euch, oder General Hong Ying hat den Befehl, Euch nicht zu antworten. Meine Reise würde so fruchtlos sein wie der Flug der Albatrosse.«

Nok bedachte ihn mit einem Lächeln. »Deshalb schicke ich dich, Kang. General Ying war während der Reise mein Grüner Drache, was dir sicherlich bekannt ist.«

Kang schwieg dazu, aber es war ein offenes Geheimnis an Bord der *Atem des Himmels* gewesen, dass Nok den General zum Spiel von Wolken und Regen eingeladen hatte und er ihrer Verführungskunst nicht hatte widerstehen wollen.

»Der General wird dich anhören, und wenn du deinen Bericht abgeschlossen hast, dann wird er kommen, ganz gleich, wie seine Befehle lauten.«

Kang starrte sie ungläubig an. Hong Ying war unter die höchsten Würdenträger des Reiches aufgestiegen, obwohl er zu den Fahlen gehörte, den hellhäutigen Menschen aus dem Osten, deren Haut nie den goldbronzenen Ton wahrer Schönheit annahm. Er war ein General der Sechs Schweife. Nur der Khan führte sieben Rossschweife an seinen Standarten. Wie Hong Ying, dessen wirklichen Namen kein Gebildeter aussprechen konnte, zu solchem Einfluss gelangen konnte, war Kang immer ein Rätsel gewesen. Ganz gewiss war er nicht deshalb so weit gekommen, weil er Befehle des Khans oder seiner engsten Berater missachtete …

»Ich bin mir sicher, dass entweder Milan Tormeno oder sein Vater Nandus ein Traumweber ist. Vielleicht sind sie es sogar beide. Allem Anschein nach sind sie der Mann des Feuers und der Sohn des Lichts, von denen in den Knochenbüchern geschrieben steht. Die alten Prophezeiungen sprechen von dreien, deren Macht Träume wahr werden lässt. Dreien, welche die Gedanken und Träume anderer so sehr beherrschen, dass sie die Welt verändern können. Ihre Worte können hinter Lügen die Wirklichkeit verblassen lassen. Es heißt, sie werden neue Wirklichkeiten erschaffen.«

»Verzeiht, Herrin, aber ich fürchte, ich kann Euren Gedanken nicht folgen.« Kang fühlte sich immer unwohler. Es wurde weiterhin heißer im Zimmer, ohne dass er sich erklären konnte, was vor sich ging.

»Wenn das so ist … Nehmen wir an, ein solcher Traumweber würde behaupten, dass mein Vertrauter, der achtenswerte Krieger Kang, ein Fahler sei, und diese Geschichte würde sich verbreiten, dann hätte das nachhaltige Folgen für dich.«

Er versuchte sich sein Unverständnis nicht anmerken zu lassen, um nicht dumm zu erscheinen. Für ihn sprach sie immer noch in Rätseln. »Ein Mann, der Lügen verbreitet, verliert alle Glaubwürdigkeit, wenn seine Lügen der Wirklichkeit begegnen.«

»Das ist die Welt, in der wir bisher gelebt haben, Kang. Doch nun orientiert sich die Wirklichkeit nicht länger an dem, was uns bislang als unumstößlich gegeben erschien. Du würdest beginnen, dich zu verändern, wenn die Geschichte über dich geglaubt würde. Du würdest ein Fahler werden, weil die Wahrheit vor der allgemein geglaubten Lüge verblasst.«

Kang hatte das Gefühl, nicht mehr atmen zu können, so heiß war ihm jetzt. Er kannte die Geschichten über die Zeitalter der lebenden Mären. Doch diese Mär war ihm neu, und alles in ihm widerstrebte dem Gedanken, dass Wahrheit und Lüge untrennbar miteinander verschmelzen könnten. Zumal, was ihn selbst betraf.

»Was ist Euer Plan, Herrin?«, stieß er mühsam beherrscht hervor.

»Das Khanat wird im kommenden Zeitalter nach der Welt greifen. Feuerpferd, Phönix und Drache werden über Steppen,

Meere und fruchtbares Land herrschen. Und es ist an uns, dafür zu sorgen, dass dafür die richtigen Mächte auf Cilia zusammentreffen.« Jetzt strahlte sie Kraft und Entschlossenheit aus, ja, es schien, als leuchteten ihre Augen von innen heraus.

Kang dachte an den Befehl des Khans. An seine eigenen verehrungswürdigen Ahnen. An seine Pflichten als deren Abkömmling und als Krieger. Wie auch immer die Welt künftig aussehen mochte – er würde seine Ehre wiederherstellen, indem er sich Nok unterwarf.

»Ich werde mit Tao ein Boot suchen und noch in dieser Nacht aufbrechen«, sagte er ergeben, obwohl ihm die Worte schwerfielen. Er hätte sich lieber einen Finger abgeschnitten, als sich in einem winzigen Boot dem Ozean anzuvertrauen. Und er war sich ganz sicher, dass Nok genau wusste, wie hart sie ihn bestraft hatte.

THOUAR, ZUNFTSAAL, MITTAG,
24. TAG DES HITZEMONDES IM JAHR VON SASMIRAS ZWEITER THRONERHEBUNG

Juliano rückte den Schild mit den fünf Stadtwappen der Liga zurecht und betrachtete ihn kritisch. Jetzt hing er gerade. Er war zu früh gekommen und stand allein im Zunftsaal. In der Nacht hatte er kaum Schlaf gefunden. Er hatte sich Argumente überlegt, mit denen er etwaige Einwände der Herzöge entkräften konnte. Immer und immer wieder war er in Gedanken mögliche Wendungen des Gesprächs durchgegangen. Er würde bei dieser Aufgabe nicht versagen, sondern verhindern, dass ein weiterer Krieg die Insel verwüstete und die Schatztruhen der Liga leerte.

Noch einmal trat er vor den Wappenschild. Es war wie verhext! Er ließ sich einfach nicht richtig gerade an dem Nagel in der Wand ausrichten.

Unbedeutend, ermahnte er sich in Gedanken. Wichtig waren allein seine Worte. Wenn nur endlich die verfluchten Herzöge kämen! Warum dauerte das so lange? Gewiss war die Mittagsstunde schon verstrichen. Ob sie noch miteinander berieten?

Verglichen mit den Sälen, in denen die Liga ihre Versammlungen abhielt, war dieser hier geradezu kümmerlich. Kaum mehr als fünfzehn Schritt im Quadrat, wurde eine Seite von mannshohen Spitzbogenfenstern eingenommen. Schwere, altersdunkle Balken trugen die Decke, von der geschmiedete Kronleuchter, groß wie Karrenräder, hingen. Die Wände waren mit dem gleichen dunklen Holz getäfelt. In Kopfhöhe waren kleine Wappenschilde angebracht, die den verschiedenen Zünften der Stadt gehörten. Eine Schere auf rotem Grund für Barbiere, zwei Heringe vor Mittelblau für Fischer und dergleichen mehr.

Bemerkenswert war die große, runde Tafel, welche die Mitte des Raumes einnahm. Hier standen nur noch sieben Lehnstühle, obwohl ganz offensichtlich Platz für mehr war. Einen Stuhl für ihn gab es nicht, wie Juliano erst jetzt auffiel.

Nun, nicht er war es, der sich setzen musste. Ihm war bewusst, dass die Liga den Herzögen keinen leichten Frieden bot. Aber wenn das Machtungleichgewicht so deutlich war, dann diktierten die Stärkeren die Bedingungen. Das musste auch den Herzögen klar sein. Diese Kröte mussten sie schlucken.

Wieder trat er vor den Schild. Das verfluchte Ding war erneut verrutscht.

Plötzlich schwang die Flügeltür auf. Lucille, eine weitere Frau und fünf Männer unterschiedlichen Alters traten ein. Alle trugen sie Rüstungen jenes leicht altmodischen Typs, der sich im Schwertwald erhalten hatte. Statt in Platten aus poliertem Eisen, waren sie in Kettenhemden und Kettenbeinlinge gekleidet. Dazu hatten sie bunte Waffenröcke angelegt. Die Schwerter um die Hüften gegürtet, wirkten sie, als wollten sie in den Krieg ziehen.

Juliano schluckte. Er konnte sich vorstellen, welche Antwort er bekommen würde.

»Juliano Tormeno!« Lucille da Rosa war offensichtlich die Wortführerin der Gruppe, was ihn wunderte, schließlich war sie ja nicht einmal Herzogin.

»Herrin«, sagte er, unsicher, wie es weitergehen sollte.

»Heute Morgen haben wir Nachricht erhalten, dass dein Vater meine Schwester Felicia gefangen genommen hat und sie in Dahlia öffentlich verbrennen ließ.«

»Das …« Juliano fühlte sich wie vor den Kopf geschlagen. Hatte seinen Vater denn nicht die Nachricht erreicht, dass er als Herold der Liga in Thouar war? »Es tut mir leid, meine Dame, ich …«

»Ich bin nun das Schwert der Rosen und führe diesen Rat an, Juliano Tormeno, Gesandter der Liga.« Sie zeigte keinerlei Bedauern über den Tod ihrer Schwester. »Wir alle sind einer Meinung, was wir vom Angebot der Liga halten. So sieh nun, was unsere Antwort ist.«

Lucille klatschte in die Hände, und ein Knappe, der ihre Farben trug, trat durch die offene Flügeltür. Im linken Arm hielt er ein Nachtgeschirr ohne Deckel, in seiner Rechten einen silbernen Löffel.

Ohne innezuhalten, trat der Knappe vor den Wappenschild der Liga, tauchte den Löffel in den Topf und schleuderte eine Portion Scheiße auf die Wappen der Liga.

Einer der Herzöge, ein silberhaariger Mann mit unbewegter Miene, dessen Waffenrock einen goldenen Kelch auf rotem Grund zeigte, klatschte in die Hände, und ein weiterer Knappe trat ein, während der erste an die runde Tafel trat und das Nachtgeschirr dort abstellte.

Juliano war fassungslos. Diese Barbarei übertraf alles, was er sich hatte vorstellen können. Stumm und mit wachsendem Entsetzen sah er zu, wie für jedes der sieben Herrscherhäuser des Schwertwaldes ein Nachttopf hereingetragen wurde.

»Ich denke, unsere Antwort war deutlich, und doch haben wir entschieden, ihr noch etwas mehr Nachdruck zu verleihen.« Sie deutete mit der Hand zur Tafel. »Nimm bitte Platz, Juliano Tormeno, und koste einen Löffelvoll aus jedem der Töpfe. Du sollst am eigenen Leib erfahren, wie es ist, wenn man das Angebot unterbreitet bekommt, Scheiße zu fressen.«

Er hob abwehrend die Hände. »Ich glaube, ich habe Eure Botschaft verstanden, Herzogin. Sie war bildhaft genug. Es ist nicht notwendig, noch deutlicher zu werden.«

»Du hast mich offensichtlich missverstanden, Juliano Tormeno.« Sie bedachte ihn mit einem schneidenden Lächeln. »Ich habe gerade keinen Wunsch ausgesprochen. Das war ein Befehl. Setz dich an den Tisch und friss von dem, was du uns schlucken lassen wolltest!«

»Ich bin der Herold der Liga! Ich bin unberührbar! Das könnt Ihr nicht tun!«

»Du willst uns in unserer Stadt vorschreiben, was wir tun können oder nicht?«, fragte der Herzog mit dem Wappen der Kelche.

Juliano blickte zur Flügeltür. »Ich werde jetzt aufbrechen, um der Liga Eure Botschaft zu überbringen.«

»Der Liga schicken wir den Wappenschild«, sagte Lucille bestimmt. »Ich bin mir sicher, sie werden verstehen, wie das gemeint ist. Du hingegen bleibst unser Gast«, fuhr sie genussvoll fort, »und nun nimm Platz und koste von dem, was für dich angerichtet ist.«

Juliano wollte zur Tür, doch zwei der Herzöge vertraten ihm den Weg.

»Du solltest wissen, dass dort draußen bereits jemand auf dich wartet. Ein Söldner aus dem Khanat. Ein Kerl wie ein Bär. Er trägt eine Axt … eine von diesen großen, schweren Äxten mit einem zweischneidigen Blatt. Solltest du diesen Saal verlassen, wird er dich zu Boden werfen und dir beide Füße abhacken.«

Juliano wich ein Stück in den Saal zurück. »Das dürft Ihr nicht tun. Ich bin ein Herold. Ich bin unberührbar …«

»Natürlich wahren wir die Form. Kein Mann und keine Frau aus dem Schwertwald werden dich berühren, Herold.« Lucille zeigte ihre überraschend hübschen Zähne. »Und selbstverständlich werden wir unseren Gast aus dem Khanat tadeln, wenn dir etwas geschieht. Anschließend werden wir dich und deine Füße zusammen mit einem Brief, in dem wir unser Bedauern über diesen Zwischenfall ausdrücken, dem Rat der Liga überbringen lassen.«

Juliano sah die Schwertherzöge einen nach dem anderen an. In keinem der Gesichter zeigte sich Mitleid mit ihm. »Warum …«

»Ich halte dich für einen schleimigen Kriecher, Juliano Tormeno«, sagte Lucille unbarmherzig. »Wozu brauchst du also noch Füße? Was glaubst du, warum ausgerechnet du geschickt wurdest? Du bist selbst für deine eigenen Leute entbehrlich. Und nun entscheide dich, Herold: Geh durch die Flügeltür und kehre zur Liga zurück, oder setz dich an die Tafel, nimm das Mahl ein, das du dir aufgetischt hast, und sei weiterhin unser Gast.«

Verzweifelt schloss Juliano die Augen und betete zum Herrn des Himmels um Kraft.

BLUTBRÜCKE, NACHMITTAG, 24. TAG DES HITZEMONDES IM JAHR VON SASMIRAS ZWEITER THRONERHEBUNG

Nandus ritt mit der Vorhut der Schwarzen Schar, als er die Blutbrücke erreichte. Am nördlichen Ufer der Pita flankierten zwei mächtige, quadratische Türme den Brückenweg.

Kam man näher, zeigte sich, dass nur die ersten fünf Schritt der Türme aus festem Stein erbaut waren. Darüber waren sie aus Holz, das nun, am Ende des langen, heißen Sommers, so trocken wie Zunder sein musste. Sich hier den Rebellen zur Schlacht zu stellen wäre ein Fehler. Mit Brandpfeilen würden sie die Türme in Flammengräber für ihre Verteidiger verwandeln.

Zwischen den Türmen hielt sich eine Schar von etwa dreißig Armbrustschützen auf. Sie alle starrten unverwandt nach Süden, und dann entdeckte Nandus, was die Söldner aufgehalten hatte: Mitten auf dem Brückenweg stand ein Troll. Ein besonders hässlicher Geselle mit abstehenden Ohren, großen, gelben Zähnen und schmutzig grauer Haut. Auf seiner linken Schulter ruhte eine große Keule. Einen Lendenschurz, der aussah, als sei er aus einem Umhang gewickelt, bedeckte seine Scham. Darunter lugten krumme, kurze Beine hervor.

Hauptmann Orlando befehligte diese Schar der Söldner. Der hartgesottene Krieger sah zu Nandus auf. »Der stinkende Mistkerl da hinten will einen Kaisertaler für jeweils zehn Mann, die *seine* Brücke passieren. Pferde und Maultiere kosten das Doppelte. Seht Ihr die Pfähle am anderen Ende der Brücke?«

Nandus kniff die Augen gegen das helle Mittagslicht zusammen. Da waren Menschenleiber auf die Pfähle gespießt. Einer zuckte sogar noch. Auf anderen Pfählen steckten Köpfe.

Nandus erinnerte sich an die Mär von diesem Troll. Dorgul hieß er und galt als besonders übler Geselle: verschlagen, wortbrüchig und schwer umzubringen. Es hieß, während der zahllosen Schlachten der Vergangenheit habe er zwischen den Brückenpfeilern gehockt und das Blut getrunken, das an ihnen hinab in die Pita geströmt war. In der Mär war es die Grausamkeit der Menschen, die ihm den Verstand verwirrte und ihn am Ende schrecklicher sein ließ als sie.

»Irgendwelche Befehle, Erzpriester?«, fragte ihn Orlando.

»Helft dem Ungetüm dort drüben, sich aus dem Leben zu verabschieden, das es nicht hätte haben sollen.«

Orlando nickte grimmig. »Wird mir ein Vergnügen sein.« Er wandte sich an seine Schützen und nahm selbst seine Armbrust von der Schulter. »Männer! Ladet!«

Der Troll schien zu begreifen, dass da nichts Gutes vor sich ging. Er hob die Keule, brüllte, dass es Nandus' Knochen erbeben ließ, und stürmte den Schützen entgegen.

»Erste Reihe niederknien!«, befahl Orlando ruhig.

Nandus wandte sich zu seinen beiden Wachen um. Der Troll war so massig, dass ihn plötzlich Zweifel überkamen, ob Armbrustbolzen dieses Ungeheuer aufhalten konnten. Er schwang sich aus dem Sattel und griff nach seinem Schwert.

»Erhabener!«, protestierte Swinegart, der jüngere der beiden Kaiserritter. Er sprang hastig aus dem Sattel und hielt Nandus zurück. »Ihr seid zu alt für solch einen Kampf. Euer Leben ist zu kostbar.«

»Schießt!«, befahl Orlando.

Die Armbrustbolzen prasselten auf die Brust und mitten ins Gesicht des Trolls. Er taumelte wie ein Faustkämpfer, auf den ein Hagel von Schlägen niederging.

Nandus sah, wie nun auch Orlando seine Armbrust hob, sorgfältig zielte und den Abzugshebel drückte. Sein Bolzen traf den Troll ins linke Auge.

Das Ungeheuer schrie vor Schmerz. Die Keule fiel ihm aus der grauen Pranke. Es schwankte, machte noch einen Schritt vorwärts.

»Nachladen!«, befahl Orlando und spannte auch seine Armbrust erneut, da sackte das Monster zusammen und schlug der Länge nach hin.

Jubel brandete unter den Schützen auf.

Nandus zog sein Schwert. Das konnte es noch nicht gewesen sein. So ging sie nicht, die Mär vom Troll Dorgul. Ihn zu besiegen erforderte ein Opfer.

»Ich hol mir eins seiner Ohren!«, rief einer der Schützen und legte seine Armbrust nieder. Ein ganzer Pulk von Söldnern stürmte dem Leichnam entgegen. Selbst Swinegart lief los, um sich eine Trophäe zu holen.

»Nicht!«, rief Nandus, aber die Männer stürzten schon auf den Troll zu. Mit dem blanken Schwert in der Hand folgte Nandus ihnen auf die Brücke.

»Lasst die Männer doch ihren Spaß«, begann Orlando – da erhob sich der Troll mit einem kehligen Knurren. Er bekam Swinegart bei den Beinen zu fassen, riss ihn hoch und wirbelte den schwer gerüsteten Kaiserritter wie eine Keule im Kreis. Ein Dutzend Söldner gingen zu Boden.

Orlando hob seine Armbrust, doch es gab kein freies Schussfeld auf den Troll. Swinegart stieß gellende Schreie aus. Er hatte die Arme schützend vor den Kopf gehoben. Mit jedem Schwung, den Dorgul machte, rutschten dessen Pranken weiter den Füßen des Ritters entgegen. Swinegarts Beinschienen waren blutverschmiert.

Plötzlich richtete sich der Troll keuchend zu seiner vollen Größe auf und blickte hasserfüllt auf Nandus herab. »Verrecke!«, keuchte er und hob Swinegart zu einem gewaltigen Schlag hoch über seinen Kopf.

Doch der Troll hatte zu viel Schwung genommen. Der Kaiserritter rutschte ihm aus den blutenden Klauen und flog über das steinerne Brückengeländer in die Tiefe.

Nandus duckte sich und machte einen Ausfallschritt. Sein Schwert drang unter dem Rippenbogen in Dorguls Leib.

»Vorsicht!« Bertrand führte einen beidhändigen Schwerthieb nach der Pranke des Trolls, die Nandus packen wollte, und trennte sie dicht über dem Gelenk ab.

Nandus ließ seine Waffe los. Die Klinge steckte zu tief im Leib des Ungeheuers. Ohne zu zögern, drehte er sich an dem Troll vorbei, zog seinen Dolch und rammte ihn dem plumpen Hünen in die Kniekehle.

Dorgul schrie auf und sank auf die Knie, so dass Nandus die Waffe aus der Hand gerissen wurde, die sich zwischen den Knochen im Gelenk verkantet hatte.

Bertrand aber führte einen weiteren beidhändigen Hieb und schlitzte Dorgul die Kehle auf. Das Blut des Ungeheuers sprühte ihm entgegen, als ihn ein Hieb des Trolls vor die Brust traf und von den Beinen riss. »Dich zerquetsch ich, Silberlaus!« Die verbliebene Pranke legte sich auf den Brustpanzer des Kaiserritters.

»Erzpriester!«, rief Orlando, zog sein Schwert und schleuderte es über den Troll hinweg.

Nandus fing die Waffe im Flug und stieß sie dem knienden Troll durch den Nacken tief in den Schädel.

Dorgul sackte in sich zusammen und begrub Bertrand unter seinem massigen Leib.

»Schnell«, befahl Nandus den überlebenden Söldnern, die sich benommen wieder aufrappelten, »zieht den Kadaver zur Seite!«

Orlando kam mit weiteren Männern herbeigeeilt. Mit vereinten Kräften rollten sie den Troll herum und befreiten den Kaiserritter.

Schwer atmend kam Bertrand wieder auf die Beine. Er schob das Visier seines Helms zurück. Sein Antlitz war aschfahl. Schwankend trat er an das Geländer der Brücke und stütze sich mit beiden Händen auf.

Nandus trat an seine Seite. »Bist du verletzt?«

»Ein paar geprellte Rippen …«, brachte Bertrand mühsam hervor. Dann lachte er bitter. »Ich bin hier, um Euch zu schützen, Nandus Tormeno, und am Ende seid Ihr es, der mich rettet. Ihr seid gut, Erhabener. Wirklich gut!«

Nandus blickte in die Schlucht hinab, an deren Grund die Pita floss. Die lange Trockenheit hatte den Fluss zu einem seichten Rinnsal werden lassen.

Swinegart lag mit verdrehten Gliedern zwischen den Felsen im Wasser. Blut sickerte aus seiner Rüstung und trieb in langer Fahne im klaren Wasser zwischen den Brückenpfeilern hindurch.

»Ich war nicht gut genug«, sagte Nandus mit belegter Stimme. Dann sah er nach Süden die Straße hinab. Er kannte die Mären dieser Gegend. Dorgul war bei weitem nicht das Schlimmste, was ihnen hier begegnen mochte.

TIEF IM SCHWERTWALD, NACHT,
26. TAG DES HITZEMONDES IM JAHR VON SASMIRAS ZWEITER THRONERHEBUNG

Milan streckte sich auf dem weichen Waldboden. Jeder Knochen im Leib tat ihm weh. Der Ritt setzte ihm mit jedem Tag mehr zu. Rainulf hatte sie durch die Ebenen und Weinberge nördlich von Kamarina geführt, bis sie schließlich in den Schwertwald gelangt waren. Weiter ging es auf verborgenen Pfaden durch immer zerklüfteteres Hügelland und zuletzt in die Ausläufer der Knochenberge. Irgendwo im Nordosten musste Thouar liegen, aber Milan hatte keine Ahnung, wie weit die Stadt der Rebellen noch entfernt war. Obwohl sie ihn befreit hatten, sprachen die fünf Bogenschützen kaum mit ihm. Ihr Misstrauen war geradezu greifbar. Wenn er sich näherte, verstummten die Gespräche zwischen den Männern, und am Lagerfeuer wurde nur über Belangloses gesprochen.

Ausgerechnet Rainulf behandelte ihn noch am freundlichsten von allen. Am zweiten Abend ihres Ritts hatte er Milan eine Salbe gebracht, mit der er seinen wunden Hintern und die aufgescheuerten Schenkel einreiben konnte.

Milan lag in seine Decke gerollt etwas abseits der anderen zwischen dem Wurzelwerk einer alten Korkeiche. Die Männer wirkten nervös. Nachts stellten sie stets zwei Wachen ab. Eine, die nahe beim Lager blieb, und einen zweiten Mann, der die nähere Umgebung erkundete. Es wirkte ganz so, als fürchteten sie sich vor etwas.

Seine Kindheit hatte Milan immer wieder in Feldlagern verbracht. Dort war die Stimmung völlig anders gewesen. Die Männer sangen abends an den Feuern, oder sie erzählten sich Mären und prahlten mit ihren Heldentaten in der letzten Schlacht.

Er schloss die Augen, döste und malte sich aus, wie alles anders werden würde, wenn er erst einmal in Thouar war. Er würde vor den Rat der noblen Schwertherzöge treten und ihnen die Kriegspläne der Liga darlegen. Gemeinsam würden sie beraten, was zu tun war, und er würde an ihrer Seite in die Schlacht reiten, um das Unrecht abzuwenden.

Jedes Mal, wenn er daran dachte, dass die Liga entschieden hatte, ein ganzes Volk in die Sklaverei zu verkaufen, überkam ihn tiefste Scham. Hätte Felicia ihm nicht die Augen geöffnet, wären die Rebellen für ihn immer noch lediglich ein Haufen von betrügerischen Halsabschneidern in den Wäldern und kein kleines Volk, das seit Jahrhunderten verzweifelt um das Recht kämpfte, auf seinem Land nach seinen Gesetzen in Freiheit zu leben.

Aufgeregtes Geflüster schreckte ihn aus dem Halbschlaf. Er blinzelte zu den Bogenschützen hinüber. Sie umringten William, einen kleinen, drahtigen Mann, den alle als den mit Abstand besten Fährtenleser der Gruppe respektierten. Seine linke Gesichtshälfte hing herab, als habe ihn bereits einmal der Schlag getroffen. Der schiefe linke Mundwinkel verlieh ihm stets ein mürrisches Aussehen, das linke Augenlid war halb geschlossen, doch sein übriger Körper schien nicht betroffen zu sein – soweit Milan das beurteilen konnte, war William ein genauso guter Bogenschütze wie die anderen. Vor allem aber vermochte er sich völlig lautlos durch den Wald zu bewegen. Milan hatte selbst erlebt, wie William in dichtes Dickicht trat, ohne dass auch nur ein einziges Blatt an den Büschen raschelte, zwischen denen er verschwand.

Jetzt schien der stille Fährtensucher wie ausgewechselt. Eindringlich gestikulierend redete er auf seine Gefährten ein, bis Rainulf nickte, ihm mit erhobener Hand zu schweigen gebot und dann selbst das Wort ergriff.

»Wir nehmen ihn jetzt mit«, erklärte er laut und vernehmlich. »Er soll sehen, was du entdeckt hast. Wir wollen ihn an unserer Seite, wenn wir Gideon begegnen.«

Milan war überrascht, Rainulf so entschieden für ihn eintreten zu sehen. Bisher hatte er immer gedacht, dass der Bogenschütze ihn nicht mochte.

Die anderen Männer stellten sich nicht gegen ihn, doch war ihnen anzusehen, dass ihnen Rainulfs Entscheidung nicht gefiel.

Sie entzündeten einige Fackeln am Feuer, dann führte William sie nach Westen. Fast eine halbe Meile gingen sie schweigend durch den dunklen Wald, bis sie eine Schneise der Verwüstung erreichten. Hier waren jüngere Bäume abgeknickt oder entwurzelt, mächtige Äste von den uralten Eichen abgebrochen.

»Ich denke, er ist, kurz bevor wir unser Nachtlager eingerichtet haben, hier vorbeigekommen.«

»Wer?«, fragte Milan und betrachtete einen abgebrochenen Ast, der dicker als sein Oberschenkel war. Das Laub daran war noch grün und unverwelkt. Aus dem Augenwinkel sah er, wie Rainulf William zunickte.

Der Kundschafter schnaubte, dann jedoch winkte er Milan. »Komm! Ich zeig dir was, das mehr sagt als viele Worte.«

Sie alle folgten der Schneise, die durch den Wald gebrochen war, ein Stück nach Norden, bis sie eine kleine Lichtung erreichten. Dort senkte William seine Fackel und zeigte auf eine längliche Vertiefung im weichen Boden.

Milan brauchte einen Augenblick, bis er erkannte, was er da sah. Und auch dann weigerte sich sein Verstand, es anzuerkennen: ein Fußabdruck, mehr als zwei Schritt lang!

»Das … Das kann nicht sein.«

»Nicht? Dann befinden wir uns wohl alle in einem Traum von dir!«, verhöhnte ihn William. »Hier ist etwas sehr Großes vorbeigekommen, das durch Bäume watet wie unsereins durch hohes Gras.«

Milan schüttelte den Kopf. »Das kann nicht sein. Es gibt auf Cilia keine Riesen. Riesen und Drachen leben auf dem Weltenrücken, nicht hier. Das weiß doch jedes Kind!«

William bedachte ihn mit seinem schiefen Blick, ohne etwas darauf zu erwidern. »Wenn du es besser weißt, Priestersohn.«

Milan starrte auf den gewaltigen Fußabdruck.

»Gehen wir zum Lager zurück!«, entschied Rainulf. »Gideon

muss bereits viele Meilen entfernt sein, und er ist offensichtlich nicht auf der Suche nach uns. Er ist nach Norden unterwegs.«

Die Männer gehorchten.

Auf dem Rückweg durch den Wald ließ Rainulf sich ein wenig zurückfallen und behielt Milan dabei an seiner Seite, bis sie außer Hörweite der anderen waren.

»Gideon, der Wächter, ist einer der treuesten Diener der Weißen Königin«, erklärte er leise. »Er ist der Erste, der für sie in den Kampf zieht. Er trägt einen Felsen, der mit Wunschspiralen und Runen bedeckt ist und den er als Waffe benutzt. Er schleudert ihn auf die Feinde unserer Königin, und wenn er nach dem Felsen ruft, kehrt er in seine Hände zurück, egal wie weit er zuvor geflogen ist.«

Milan zog die Brauen zusammen. »Von ihm habe ich noch nie gehört.« Dabei kannte er sich als Sohn des Erzpriesters von Cilia mit den Mären seiner Heimat doch wohl aus!

»Das solltest du auch nicht. Als die Weiße Königin ging, um den langen Schlaf anzutreten, da hat sie uns aufgetragen, unsere Mären vor unseren Feinden geheim zu halten. Wir sollten unsere Geschichten niemals Fremden erzählen. Damals gab es noch keine Liga. Nur Kauffahrer aus dem fernen Westen und von jenseits des Mondmeeres, die gelegentlich unsere Insel besuchten. Erst viel später seid ihr hierhergekommen und habt uns unser Land geraubt. Aber wir haben uns an den Befehl der Weißen Königin gehalten. Ihr konntet uns unser Land nehmen und unser Leben, doch nicht unsere Mären.«

»Und doch kennen auch wir die Mär von der Weißen Königin«, wandte Milan ein.

Rainulf schnaubte. »Ja, ein paar unserer Mären sind in den Jahrhunderten verraten worden. Aber glaub mir, von den meisten habt ihr keine Ahnung. Wie von Gideon …«

»Ja, ja, Gideon«, stimmte Milan zu und versuchte zu ermessen, in welchem Ausmaß die Studien, die er sein halbes Leben lang betrieben hatte, auf Unwissenheit und Irrtümern beruhten.

»Dennoch blieb uns das meiste nicht verborgen. Wir kennen den Nebelwolf, die Einhörner und die Waldhexen …«

Der Bogenschütze lachte leise. »Ihr solltet uns nicht für einfältig halten, Milan. Wir haben auch falsche Mären verbreitet, um euch zu verwirren, wenn ein paar Halbwahrheiten zu euch vorgedrungen waren. Nimm die Einhörner. Das sind keine lieblichen Stuten, auf denen allein Jungfrauen reiten können, wie ihr euch erzählt. Es gibt nur ein einziges Einhorn. Das ist ein blütenweißer Hengst. Und er ist der Scharfrichter der Weißen Königin. Bete, dass du ihm nie begegnen wirst, denn die Königin schickt ihn aus, um ihre ärgsten Feinde zu töten.«

Misstrauisch sah Milan Rainulf an. Diese Mär verkehrte in der Tat alles, was er über Einhörner wusste, ins Gegenteil. »Warum hätte die Weiße Königin einen so seltsamen Wunsch äußeren sollen, bevor sie sich zurückzog?«

»Was weiß ich? Ich bin nur ein Wilddieb. Ich verstehe ja nicht einmal unsere Herzöge.«

Seine Worte klangen auf jene Art schroff, wie man sprach, wenn man eine tiefe Verletzung verbergen wollte. Spielte er auf Felicia an? Milan war sich bewusst, dass Rainulf die Herzogin wirklich geliebt hatte.

Ein Stück weit gingen sie schweigend.

»Sie war immer hier«, sagte Rainulf schließlich. »Wir alle im Wald wissen das.« Er griff sich an die Brust. »Tief in unseren Herzen.«

»Von wem sprichst du?«

»Von der Weißen Königin! Ihr werdet niemals die Herren dieser Insel sein. Sie wird kommen und uns retten. Schon bald … alle warten auf sie. Auch die Herzöge. Deshalb hat nie einer von ihnen nach der Königswürde gestrebt.«

Milan hatte Zweifel, was er von einer Herrscherin halten sollte, die abwartete, bis ihr Volk in verzweifelter Lage war, um ihm erst dann zu Hilfe zu eilen. Würde sie kommen? Wann war es so weit? Wenn ihre Untertanen besiegt waren und auf die Sklavenschiffe geführt werden sollten? Wenn es nach ihm ginge, dann würde dies nie geschehen. Wenn sie es schafften, eines der drei Heere der Liga zu vernichten, dann würden die Kaufherren vielleicht einlenken und den Krieg beenden.

»Wohin geht dieser Riese, Rainulf?«

»Wahrscheinlich nach Thouar, um sich den Herzögen zu unterstellen, bis die Weiße Königin aus ihrem Schlaf erwacht und zu uns zurückkehrt, um den Wald zu verteidigen.«

»Gibt es viele Mären wie die von Gideon?«

Der Bogenschütze lachte leise. »Einige. Ihr wisst jedenfalls viel weniger von uns, als ihr glaubt.«

Eigentlich hätte er sich freuen sollen, dachte Milan, schließlich hatte auch er sich der Sache der Rebellen angeschlossen, und diese geheimen Mären würden ihnen nun, da die Märenhelden Gestalt annahmen, womöglich einen echten Vorteil verschaffen.

Wie schlimm die Auswirkungen der verborgenen Mären für die Seite seines Vaters sein würden, vermochte er indes nicht zu sagen. Gewiss war nur eines: Die Liga würde die Gefahren des Waldes völlig falsch einschätzen. Nur die nördliche Heerschar unter dem Befehl seines Vaters, die die Bogenschützen in ein Gefecht an der Blutbrücke locken sollte, würde von den Schrecken des Waldes verschont bleiben.

VOR DEN MAUERN VON THOUAR, ABEND,
27. TAG DES HITZEMONDES IM JAHR VON
SASMIRAS ZWEITER THRONERHEBUNG

Sie erreichten die Landzunge, hinter der sich Thouar auf einer Felsnadel aus dem Meer erhob, im letzten Dämmerlicht des Tages.

Beeindruckt blickte Milan über das Feldlager, das dort aufgeschlagen war. Hunderte von Lagerfeuern waren entfacht. Zahlreiche Zelte in den Wappenfarben der Waldritter leuchteten wie riesige, bunte Laternen zwischen den Feuern, wenn in ihrem Inneren bereits Lichter entzündet waren.

In der Dämmerung konnte er nicht wirklich einschätzen, wie viele Krieger auf der Landzunge versammelt waren, auf jeden Fall mehr als erwartet. In der Liga stellte man sich die Bogenschützen immer als eine bunte Schar von Freischärlern vor, die es allenfalls wagten, aus dem Hinterhalt anzugreifen. Aber hier sammelte sich ein ganzes Heer. Und noch waren nicht alle eingetroffen. Den ganzen Tag über hatten sie auf Waldwegen und engen Pässen Gruppen von Bewaffneten überholt, die jeweils einem einzelnen Ritter folgten. Manchmal nur ein paar Bogner, manchmal aber auch ein ganzer Haushalt mit Dienern, Mägden und einer stattlichen Schar von Waffenknechten.

Während sie der Straße zur Stadt folgten und mitten durch das Heerlager ritten, schenkte ihnen niemand sonderlich Beachtung. Erst vor der Zugbrücke unmittelbar vor der Stadt wurden sie angehalten. Rainulf wechselte ein paar Worte mit dem Befehlshaber der Wache, dann wurden sie durchgewunken. Offensichtlich war der Schütze kein Unbekannter.

Sie folgten einem langen, von Fackeln erhellten Tortunnel. An drei Stellen bemerkte Milan die Spitzen eiserner Fallgatter, die aus der gewölbten Decke ragten. Auch sah er immer wieder Öffnungen, durch die kochendes Pech oder vielleicht sogar Kaiserwasser auf jene Wagemutigen gegossen werden konnte, die sich bei einem Angriff auf die Stadt einen Weg bis in den Tunnel freigekämpft hatten.

Thouar musste man augenscheinlich durch List und Tücke erobern oder aber aushungern. Wer einen Sturmangriff auf die Stadt wagte, würde untergehen. Hier würde er sicher sein, sollte sein Vater versuchen, ihn zurückzuholen.

Am Ende des Tortunnels wurden sie von weiteren Wachen in Empfang genommen. Rainulf bedeutete Milan abzusteigen. »Mit einem Pferd kommst du hier nicht weit«, erklärte er und deutete auf die engen Treppengassen, die von dem kleinen Platz hinter dem Tor tiefer in die Stadt führten.

Ihre Pferde wurden in einem großen Stall neben der Stadtmauer untergebracht. Rainulf besprach kurz etwas mit ihren Weggefährten. William, der Wortführer, nickte, und die kleine Schar zog ohne einen Gruß davon.

»Sie vertrauen dir nach wie vor nicht.« Rainulf sog hörbar die Luft ein. »Ich fürchte, das hat auch mit dem Namen Tormeno zu tun. Deinen Vater haben wir hier im Schwertwald in schlechter Erinnerung.«

»Ich bin aber nicht er!«

»Und dennoch wirst du wohl erst beweisen müssen, dass in deinem Fall Blut nicht dicker als Wasser ist.« Rainulf bedachte ihn mit einem skeptischen Blick. »Sie halten dich allesamt für einen Spitzel, und sie haben es mir sehr übelgenommen, dass ich mit dir über die geheimen Mären des Schwertwalds gesprochen habe.«

»Komm jetzt!« Der Bogenschütze strebte in eine der engen Gassen, die von dem Platz wegführten.

Milan folgte ihm. Zwischen Häusern, erbaut aus demselben knochenfarbenen Stein, aus dem auch die Felsnadel bestand, erstreckte sich ein Labyrinth steiler Treppen. In Spiralen wanden sie sich höher und höher. Selten waren diese Wege breiter als drei Schritt. Das weiche Gestein der Stufen war ausgetreten. Unzählige Füße hatten die Kanten rundgeschliffen, und Milan musste aufpassen, wohin er seine Schritte setzte, so abgenutzt waren einige der Stufen.

Bald brannten Milan die Waden. Sie mussten schon Hunderte von Stufen hinter sich gelassen haben. Der Weg führte sie immer wieder um die Felsnadel herum. Die Landzunge mit dem Heerlager sah nun aus wie ein ferner Tisch, auf dem schillernd bunte Laternen versammelt standen.

Gelbes Licht, das aus den schmalen Bleiglasfenstern der Häuser fiel, beleuchtete ihren Weg. Ein unangenehm kühler Wind kam von der Bucht und verfing sich heulend in den Treppenschluchten.

Endlich erreichten sie ein prächtiges Gebäude, dessen Front in unzählige kleine Nischen zergliedert war. In jeder von ihnen stand eine kaum einen halben Schritt große Statue. Keine zwei von ihnen glichen einander. Sie zeigten Männer oder Frauen in festlichen Gewändern, die Bücher oder Werkzeuge hielten. Manche standen auf dem Rumpf eines stilisierten Schiffes oder neben Häusern und Burgen, die ihnen kaum bis zum Knie reichten.

»Die Zunfthalle von Thouar«, erklärte Rainulf.

Ein Spitzbogen spannte sich über dem einzigen Eingang in der knochenbleichen Fassade. Von dort blickten Dutzende halb verwitterter Steinköpfe auf jeden herab, der eintreten wollte.

»Unsere Herzöge, die auf dem Schlachtfeld ihr Leben gegeben haben«, erklärte der Bogenschütze mit einer knappen Geste zu den Gesichtern hinauf. »In den Nischen siehst du Abbilder von Zunftmeistern, die sich besonders verdient gemacht haben.« Rainulf stieß das Tor auf.

Milan wunderte sich, niemanden zu sehen. Keine Wache, keinen Diener. Zwei Treppen führten unter einer hohen Decke aus Kreuzbögen hinauf zu einer Galerie. Dort endlich begegneten sie einer kleinen Gruppe von Waffenknechten.

»Ich bin Rainulf, Vertrauter der Felicia da Rosa, und verlange, vor den Rat der Schwertherzöge zu treten.«

Ein dunkelhaariger Krieger, auf dessen rotes Wams ein goldener Kelch gestickt war, erhob sich von einer Bank nahe dem Geländer. »Was ist es wert, der Vertraute einer Toten zu sein?«, fragte er mit näselnder Stimme. »Es ist bekannt, was in Dahlia geschehen ist. Wo warst du, Vertrauter, als deine Herrin brannte?«

»Ich hab mir jedenfalls nicht den Arsch plattgesessen wie du«, grollte Rainulf.

Milan trat vor den Bogenschützen. »Wir bringen wichtige Nachrichten über den Aufmarsch der drei Heere der Liga. Würdest du mir deinen Namen sagen, damit ich weiß, wen ich benenne, sollte ich gefragt werden, warum diese Kunde die Herzöge verspätet erreichte?«

Der rotgewandete Krieger spitzte die Lippen. Mit seinem fliehenden Kinn, dem schmalen Gesicht und der ungewöhnlich langen Nase hatte er etwas von einer Ratte, fand Milan. »Mein Name tut nichts zur Sache«, murmelte er und wies auf eine Flügeltür. »Die Herzöge beraten gerade im Zunftsaal. Lasst euch selbst ein.«

»Pass bloß auf!«, fuhr Rainulf den Waffenknecht an. Dann trat er vor die hohe Tür und riss die beiden Flügel auf.

An dem runden Tisch, der den kleinen Saal beherrschte, wandten sich ihnen alle Gesichter zu. Die Herzöge des Schwertwaldes standen über Karten und Papiere gebeugt.

»Rainulf?« Eine Frau mit kastanienbraunem Haar trat ihnen entgegen.

Der hünenhafte Bogenschütze beugte das Knie. »Herrin«, sagte er, während er demütig das Haupt senkte.

Milan entschied, dass es wohl klüger wäre, ebenfalls niederzuknien.

»Ich bitte um Vergebung, Herrin«, stammelte Rainulf. »Eure Schwester … Ich konnte sie nicht beschützen. Ich habe es versucht …«

»Ich weiß, wie große Stücke sie auf dich gehalten hat, Rainulf. Wenn du sie nicht retten konntest, dann hätte es auch kein anderer vermocht.«

Tränen schimmerten auf den Wangen des Bogenschützen.

Auch Milan standen wieder die Bilder der Flammen vor Augen, hinter denen Felicias wunderschönes Gesicht verschwunden war. Ein Kloß stieg ihm in den Hals, so beklemmend, dass er das Gefühl hatte, nicht mehr atmen zu können.

»Wer ist der Jüngling, der dich begleitet?«

Milan sah die rote Rose auf weißem Grund auf ihrem Waffenrock und wusste, wer vor ihm stand. Zugleich dachte er, wie anders Lucille wirkte als ihre Schwester. Ihr Gesicht war schmaler. Ihr Blick unerbittlich.

Rainulf erhob sich. »Dies ist Milan Tormeno, der jüngste Sohn des Erzpriesters Nandus Tormeno.«

Ein Raunen ging durch die Gruppe der Herzöge.

Nur Lucille wirkte unbeeindruckt. Sie musterte ihn abschätzend. »Meine Schwester hatte angekündigt, dass du unserer Sache dienen willst. Doch dann kamen keine Briefe mehr von ihr.«

»Sie wurden abgefangen«, erklärte Milan, bevor Rainulf etwas sagen konnte. Er mochte es nicht, wenn ein anderer an seiner Stelle sprach. »Eure Gewährsleute vor den Stadtmauern Dahlias wurden ermordet, unsere Nachrichten an euch abgefangen. Ich habe alle Briefe über den Aufmarsch der drei Heere der Liga, die mein Vater erhalten hat, kopiert. Ich weiß nach wie vor jedes Detail des geplanten Feldzuges.« Er wies auf die Karten auf dem Tisch. »Ich kann euch zeigen, wo sich die Truppen versammeln werden. Ich weiß, wie stark sie sind und auf welchen Wegen sie gegen den Schwertwald marschieren werden. Mein Vater wird versuchen, euch zu einem Angriff auf die Blutbrücke zu verlocken.«

Schweigend sahen die Herzöge ihn an.

»Warum verrätst du deine eigenen Leute?«, sprach Lucille die Frage aus, die in aller Augen stand.

»Weil deine Schwester meine Welt verändert hat. Ich kann nicht länger meinen Blick abwenden, wenn ich ein Unrecht sehe. Wie könnte ich auf der Seite derer stehen, die euer Volk in die Sklaverei verkaufen wollen und die Gesetze des Reiches mit Füßen treten? Mein Herz gehörte deiner Schwester. Hier stehe ich nun, um euch mein Schwert und mein Leben anzubieten.«

Einige Herzschläge lang herrschte Stille in dem dunkel getäfelten Saal. Dann klatschte ein grauhaariger Fürst in die Hände. »Wohl gesetzte Worte, Junge. Gesprochen wie ein Tormeno.«

Milan sah das Misstrauen im Blick des alten Herzogs, der wohl das Schwert des Kelches sein musste, und wusste nicht zu sagen, ob er gerade gelobt oder getadelt worden war.

NÖRDLICHER SCHWERTWALD, MITTAG, 29. TAG DES HITZEMONDES IM JAHR VON SASMIRAS ZWEITER THRONERHEBUNG

»War ich betrunken, als ich mich hierauf eingelassen habe?«, fragte Orlando und klammerte sich an der hölzernen Führungsschiene der Speerschleuder fest, als der Leiterwagen aus den Spurrillen des Waldwegs ausbrach.

Nandus griff nach dem Holm der Leiter neben ihm, um nicht von den Füßen gerissen zu werden. »Ein wenig Wein hattest du schon genossen …«

»Ich wäre nach drei Krügen sturzbesoffen«, rief Bertrand vom Kutschbock.

»Ich erinnere mich an gar nichts mehr«, murmelte Orlando. Der Hauptmann der Armbrustschützen sah ziemlich blass aus. Blanker Schweiß stand ihm auf der Stirn.

»Nach drei Krügen Wein setzt bei mir auch jegliche Erinnerung aus«, kam es vom Kutschbock.

»Hör nicht auf ihn!« Nandus legte dem Hauptmann eine Hand auf den Arm. »Wann hätte man je einen Kaiserritter getroffen, der saufen konnte wie ein Söldnerhauptmann?«

»Auch wieder wahr.« Orlando nickte und kniff die Augen zusammen, als bereite ihm selbst dies üble Kopfschmerzen.

»Gideon sieht euch, ihr Karrenwichte!«, hallte eine Donnerstimme vom Himmel herab.

Orlando zuckte zusammen, als habe ihn ein Peitschenhieb getroffen.

Bertrand riss die Zügel herum. Der Leiterwagen rumpelte über Wurzelwerk, querte den Waldweg und nahm die niedrige Böschung auf der anderen Wegseite.

Nandus klammerte sich jetzt mit beiden Händen am Holm der rechten Leiter fest, um nicht von der Pritsche geschleudert zu werden. Der schwere Speer war von der Führungsschiene der

Balliste gerutscht, und Orlando versuchte ihn fluchend wieder an seinen Platz zu bekommen, als über ihnen das Astwerk splitterte.

Ein Schauer von Zweigen und Blättern ging auf sie nieder. Keine drei Schritt hinter dem Wagen schlug ein hausgroßer Felsen in den Waldweg ein.

Die Zugpferde wieherten in Panik.

»Lange geht das nicht mehr gut!«, rief Bertrand. »Wann schießt ihr endlich?«

Als hinge er an einem unsichtbaren Seil, wurde der Felsen aus dem Waldboden gerissen und stieg in steilem Bogen in den Himmel hinauf. Zurück blieb ein gewaltiger Krater voll zermalmtem Astwerk.

Nandus spähte durch die Lücke im Laubdach und erhaschte einen Blick auf den Riesen, der seit zwei Tagen Jagd auf sie machte. Etwa dreißig Schritt hoch, war er ein Turm auf Beinen und dabei erstaunlich dürr. Arme und Beine erschienen Nandus bei ihm in Proportion deutlich länger zu sein als bei Menschen. Auch sein Gesicht war länglich, und er blickte auf eine Art und Weise mürrisch drein, wie Männer mit schlechter Verdauung es taten. Nun hob er seinen Felsen erneut hoch über den Kopf. Ein Monstrum aus grauem Granit, das er in den letzten beiden Tagen Hunderte Male nach der Schwarzen Schar geschleudert hatte. Wären sie ihm in der Ebene begegnet und nicht im Schutz des dichten Waldes, er hätte das Heer mit seinen Angriffen längst zerstreut.

In diesem Moment hatte Nandus das Gefühl, dass ihre Blicke einander begegneten. Die Augenbrauen der Märengestalt rückten zusammen, und eine tiefe Falte bildete sich über der Nasenwurzel.

»Gideon wird euch alle töten!«, schrie der Riese und schleuderte erneut seinen Felsen.

»Ausweichen!«, rief Nandus.

Noch bevor die letzte Silbe über seine Lippen war, riss Bertrand an den Zügeln und zog den Bremshebel des Leiterwagens.

Metall kreischte über die eisenbeschlagenen Karrenräder. Die beiden Zugpferde stiegen. Bertrand stand nach hinten gelehnt auf dem Kutschbock und zerrte die Zügel mit aller Kraft gegen seine Brust.

Wieder war der Wald erfüllt vom Krachen splitternder Äste. Grünes Laub wirbelte durch die Luft.

Nandus duckte sich und wurde sich zugleich bewusst, wie nutzlos das war. Der Fels würde ihn zermalmen, ob er nun kauerte oder aufrecht stand.

Einen Schritt vor den Pferden krachte der mit Spiralmustern bedeckte Fels in den Waldboden. Äste gingen auf die scheuenden Pferde nieder, Holzsplitter spitz wie Pfeile prasselten auf den Leiterwagen.

»Schieß auf den verdammten Riesen!«, schrie Bertrand.

Orlando richtete die Balliste aus. Zielte durch das Loch, das der Fels in die dichten Baumkronen geschlagen hatte.

Schon hob sich der Fels erneut aus dem Waldboden.

»Jetzt oder nie!«, feuerte Nandus den Söldnerhauptmann an. »Wolfhard sagt, du seist der Beste unter seinen Schützen.«

»Mit der Armbrust«, murrte Orlando.

»Aber einen Armbrustbolzen wird der Kerl nicht mal spüren. Du musst ihm schon mehr verpassen.«

»Ich weiß.« Der Söldner peilte über die Führungsschiene der Speerschleuder hinweg.

»Vorwärts!« Bertrand peitschte auf die Rücken der Pferde ein.

Im selben Augenblick schoss Orlando.

Nandus blickte zu dem Riesen empor. Der Speer traf Gideon mitten in die Stirn.

»Gut!«, rief Nandus voller Begeisterung.

»Dreck!«, zischte Orlando. »Ich hatte auf sein linkes Auge gezielt. Ich kann nicht vernünftig schießen, wenn wir nicht einen Augenblick lang stillstehen.«

»Wir leben noch, weil wir nicht stillstehen!«, schrie Bertrand und peitschte weiter auf die Pferde ein. Mit halsbrecherischem Tempo rumpelte der Leiterwagen über weitere Wurzelstränge.

Nandus sah gerade noch, wie sich Gideon den Speer aus der Stirn zupfte und ihn achtlos zur Seite warf. Der Treffer war für den Riesen offensichtlich nicht mehr als ein Nadelstich gewesen.

Orlando legte einen neuen Speer auf die Balliste auf und begann, am Spannrad zu drehen. »Ich kann sein Auge treffen«, beteuerte er. »Wir müssen nur einen Herzschlag lang verharren.«

»Das hab ich gehört«, rief Bertrand. »Und das ist die dümmste von allen nur denkbaren Ideen.« Er riss an den Zügeln und wechselte erneut die Richtung.

»Du weißt noch, was unser eigentlicher Plan ist?«, fragte Nandus ihn. »Du weißt, wohin wir müssen?«

Es kam keine Antwort.

»Bertrand, verdammt …«

»Ist euch beiden klar, wie oft wir die Fahrtrichtung gewechselt haben? Das Einzige, was ich ganz sicher weiß, ist, dass ich hier an einem Ort bin, an dem ich auf gar keinen Fall sein möchte.«

»Gideon sieht euch!«, schallte die Stimme des Riesen vom Himmel herab.

Bertrand machte erneut eine scharfe Kehre. Eines der Wagenräder schrammte an einer Korkeiche vorbei. Rinde wurde in Klumpen mitgerissen.

Nandus entdeckte links von ihnen einen der markierten Bäume. Ein Pfeil war mit roter Farbe auf die helle Borke gemalt. »Dorthin!«, befahl er Bertrand.

In der vergangenen Nacht waren Hunderte von Bäumen mit Richtungspfeilen versehen worden, damit sie die Lichtung finden konnten, die sie unbedingt erreichen sollten.

Obwohl sie von Gideon so hart bedrängt wurden, hatte sich die Söldnerschar nicht aufgelöst. Die Männer folgten ihrem Condottiere voller Zuversicht, dass Wolfhard von Urschlingen sie aus dem Schlamassel herausbringen würde. Und tatsächlich hatte der Feldherr einen kühnen Plan ersonnen. Nur dass er dafür nicht seine Haut zu Markte tragen musste.

Gideon war stehen geblieben. Entgegen seiner vollmundigen

Behauptungen schien er sie aus dem Blick verloren zu haben. Sein Fels schlug ein ganzes Stück hinter ihnen durch die Laubkronen.

Nandus entdeckte einige schwarzgewandete Spießträger, die bei ihrem Anblick eilig das Weite suchten. Niemand wollte in der Nähe des Leiterwagens sein, der Gideons Zorn erweckt hatte. Sie hatten das Gefährt gestern Nachmittag auf einem großen Waldhof beschlagnahmt. Ein Wagenbauer und zwei Schmiede hatten Achsen und Räder verstärkt.

Nandus war immer wieder aufs Neue beeindruckt, wie gut Wolfhards Schwarze Schar organisiert war. Orlando hatte ihm erzählt, dass der Condottiere bei der Rekrutierung seiner Männer jene bevorzugte, die auch ein anderes Handwerk als das des Krieges erlernt hatten. Es gab Spezialisten jeglicher Art in seiner Truppe. Zimmerleute und Grobschmiede arbeiteten seit zwei Tagen an einer Überraschung für Gideon. Der Riese musste nur an den richtigen Ort gelockt werden.

Und das war ihre Aufgabe.

Bertrand verlangsamte die Fahrt ihres Wagens. »Da vorn ist unsere Lichtung!« Der Kaiserritter deutete zwischen den Bäumen hindurch. Der Weg dorthin führte einen steilen Hang hinab, auf dem etliche große Felsbrocken lagen. »Wir sollten abspringen. Dort im Freien wird er uns nicht verfehlen. Falls wir da unten überhaupt mit heilen Knochen ankommen …«

Nandus gefiel nicht, was er sah, und dennoch schüttelte er den Kopf. »Gideon wird den Leiterwagen nur angreifen, wenn er uns darauf sieht. Und wir müssen ihn an den Südrand der Lichtung locken. Sonst war alles vergebens. Gib mir die Zügel!«

»Ich bleib auch auf dem Wagen«, knurrte Orlando. »Auf der Lichtung werde ich noch einmal freies Schussfeld haben. Es ist an der Zeit, dass wir den verdammten Drecksack bei den Eiern packen!«

Bertrand seufzte. »Meine Mutter hat mir immer gesagt, eines Tages würde mein Stolz mich umbringen. Sieht so aus, als sei dieser Tag gekommen. Festhalten!« Er ließ die Zügel über den

Rücken der erschöpften Pferde knallen, und es ging den Hang hinab.

Schon auf halbem Weg begann der Leiterwagen zu schlingern, als wolle es ihn jeden Augenblick zur Seite wegreißen. Zwei Mal krachte eine Radnabe gegen einen der Felsen, dass Funken aus dem schwarzen Eisen schlugen.

»Ihr seid auf dem Hang!«, rief Gideon triumphierend.

Nandus klammerte sich mit beiden Händen an der Rückenlehne des Kutschbocks fest, während Orlando die Balliste wie eine Geliebte mit beiden Armen umschlang.

»Wir schaffen es!«, rief Bertrand mit schriller Stimme.

Der Wagen brach durch die Büsche am Rand der Lichtung. Dornenranken ließen blutige Striemen auf dem Fell der Pferde zurück.

»Vorwärts, meine Schönen!«, feuerte der Ritter die erschöpften Zugtiere an. Er hatte sich vom Kutschbock erhoben und stand leicht vorgebeugt. »Vorwärts!«

Ein Rad sackte in ein Kaninchenloch. Der Leiterwagen wurde nach rechts geschleudert. Es riss Nandus von den Beinen. Hart prallte er gegen die Sprossen der Leiter.

»Oh, verflucht.« Orlandos Augen waren weit aufgerissen. Er blickte zu dem bewaldeten Hang zurück, den sie gerade herabgekommen waren. Oben auf dem Kamm stand Gideon. Er hatte beide Arme hoch über den Kopf erhoben.

»Ausweichen!«, schrie Nandus auf, doch schon glitt ein Schatten über sie hinweg. Der Fels schlug auf die Pferde nieder. Köpfe und Mähnen verschwanden unter dem grauen Gestein.

Der Leiterwagen ruckte, als sei er in voller Fahrt gegen eine Wand gerast. Die Hinterräder wurden hochgerissen, Nandus von der Pritsche geschleudert. Hart landete er zwischen verdorrten Grasbüscheln.

Bertrand lag zwischen den Hinterteilen der toten Pferde. Nur Orlando klammerte sich noch immer an seine Balliste.

»Weg hier!« Nandus rappelte sich auf und zerrte den Kaiserritter auf die Beine. »Weg!«

Orlando blieb auf der Pritsche. »Ich schulde dem Drecksack noch einen Speer!« Er richtete die Balliste aus.

Der Felsbrocken hob sich aus dem zerwühlten Erdreich der Lichtung. Blut troff in Schlieren von seiner Unterseite. Der Fels hatte einen fast zwei Schritt tiefen Krater in die Wiese geschlagen.

»Unser Auftrag!«, mahnte Nandus. »Er muss den Hang hinunterkommen. Wenn er sich nicht zum Südrand der Lichtung bewegt, war alles vergebens.«

»Erhabener ...« Bertrand schüttelte sich, als sei seine Benommenheit etwas Stoffliches, das man einfach abstreifen kann. Dann packte er Nandus am Arm. »Nicht stehen bleiben!«

»Nimm das!« Orlando drückte den Abzugshebel der Balliste herab. »Verrecke!« Ein Speer schnellte dem Riesen entgegen und traf Gideon in den Hals. Das Geschoss verschwand zu mehr als der Hälfte im faltigen Fleisch.

Gideon ließ den Felsen sinken, den er bereits wieder zum Wurf erhoben hatte. Mit der Linken tastete er nach seiner Kehle. Es schien nicht, als habe er Schmerzen. Er wirkte eher verwundert.

Mit spitzen Fingern zupfte Gideon am Speerschaft. So wie unsereins, wenn er sich einen Rosendorn aus der Fingerkuppe zieht, dachte Nandus niedergeschlagen. Es war mehr nötig, um diese gewaltige Kreatur, deren Mär er nicht einmal kannte, zur Strecke zu bringen. Wenn sie ihn hier, auf dieser Lichtung, nicht aufhalten konnten, dann verfügten sie auf ganz Cilia über keine Waffe, die Gideon umbringen würde. Er würde mit seinem Felsen Tore und Stadtmauern zerschmettern. Seit seinem Erscheinen war die Welt auf den Kopf gestellt. Nicht die Rebellen mussten befürchten unterzugehen, jetzt war es die Liga, die dank dieses Ungeheuers den Todesstoß erwartete.

»Bertrand, Orlando, ihr beide geht jetzt!«, befahl Nandus in einem Ton, der keinen Widerspruch duldete.

»Aber Erhabener ...«, setzte der Kaiserritter dennoch an.

Nandus zog sein Schwert und hob die Klinge zum Fechtergruß. »Komm herunter, Gideon. Lass uns diesen Kampf Mann gegen Mann austragen.«

»Herr des Himmels, Erhabener!« Orlando sprang von der Pritsche des Wagens. »Das ist das heldenmütig Dümmste, von dem ich jemals gehört habe.« Er zog sein Schwert. »Ich will auch einen Platz in dieser Mär!«

Bertrand seufzte und zog ebenfalls sein Schwert. »Was hab ich getan, dass der Herr des Himmels mich so hart prüft?«

Das lief ganz und gar nicht so, wie Nandus es sich vorgestellt hatte. »Ihr müsst gehen!«, zischte er. »Das hier überlebt ihr nicht, wenn ihr bei mir auf der Lichtung bleibt.«

Bertrand verzog den Mund zu einem schiefen Grinsen. »Wie ich schon sagte: Meine Mutter hat mir immer prophezeit, dass mein Stolz mich eines Tages umbringen würde.« Mit erhobenem Schwert stellte er sich links neben Nandus.

»Bei mir ist es eher meine Dummheit«, erklärte Orlando und nahm den Platz rechts neben ihm ein. Nandus schluckte. Es war lange her, dass er Gefährten wie diese beiden gehabt hatte.

Gideon ließ seinen Felsen in die Bäume zu seinen Füßen fallen. Der Riese wirkte ratlos. »Hab kein Schwert …«

»Dann wird es eben ein Kampf Faust gegen Faust!«, rief Nandus zurück und stieß sein Schwert vor sich in den Boden.

EINE LICHTUNG IM SCHWERTWALD, MITTAG,
29. TAG DES HITZEMONDES IM JAHR VON
SASMIRAS ZWEITER THRONERHEBUNG

Orlando hatte schon viele dumme Dinge in seinem Leben getan, doch das hier übertraf all seine bisherigen Torheiten bei weitem. Gerade hatte der Erzpriester, als stünde er unter einem Zauberbann, sein Schwert in den Boden gestoßen und einen dreißig Schritt großen Riesen zum Faustkampf herausgefordert.

Gideon lachte. »Ich zerquetsche euch, ihr Karrenwichte.«

»Langsam zur Mitte der Lichtung zurückweichen«, flüsterte Nandus und nahm beide Fäuste hoch, als gäbe es irgendeine Aussicht, die Hiebe des Riesen abzuwehren.

Orlando grinste. Der Erzpriester war ein verrückter Hund. Einer der großartigsten Kerle, die er jemals getroffen hatte. Sollte er hier an Nandus' Seite sterben, dann war das allemal besser, als auf irgendeinem namenlosen Schlachtfeld in diesem Wald zu verrecken, wenn ihn ein Pfeil der Rebellen in den Rücken traf.

Er wusste, dass es auf den Hügeln rings um die Lichtung nur so von Söldnern wimmelte. Die Schwarze Schar hatte sich in kleine Grüppchen aufgeteilt, um es Gideon schwerer zu machen, sie anzugreifen. Zwei Tage lang hatten sich immer wieder Männer geopfert, um den Riesen von hier fernzuhalten. Er sollte nicht bemerken, was hinter dem Hügelkamm am Nordende der Lichtung verborgen lauerte. Gut getarnt unter dichtem Astwerk, standen dort fünf Trebuchets, in nur zwei Tagen errichtet von den Zimmerleuten des Condottiere. Gewaltige Belagerungskatapulte mit schweren, zwölf Schritt langen Wurfarmen, die Gideon Felsbrocken mit dem Durchmesser eines Karrenrades entgegenschleudern würden, wenn er an der richtigen Stelle stand.

Das war der Pferdefuß an ihrem Plan. Ein Trebuchet diente gewöhnlich dazu, Türme und Mauern zu zerschmettern. Ziele, die sich nicht bewegten. Einen Trebuchet konnten die Männer, die ihn bedienten, weder vorrollen noch schwenken. Wenn sie Gideon nicht dazu brachten, an einen ganz bestimmten Punkt auf der Lichtung zu kommen und dort einen Augenblick lang zu verharren, dann waren die mächtigen Waffen vollkommen nutzlos.

Baumstämme knickten zur Seite wie dürres Buschwerk, als Gideon sich seinen Weg den Hang hinab bahnte. Der Riese hatte die Rechte zur Faust geballt und ließ sie in die offene linke Handfläche klatschen. »Ich zermalme euch Wichte!«

Sollte er wider Erwarten überleben, würden ihn seine Männer wohl in Zukunft Karrenwicht nennen, ging es Orlando durch den Kopf. Erstaunlich, an was für Banalitäten man dachte, wenn man den sicheren Tod vor Augen hatte.

»Wie bringen wir den Kerl zum Stehen?«, flüsterte Bertrand.

»Ich mache das.« Der Erzpriester strahlte eine Zuversicht aus, die Orlando in Anbetracht ihrer Lage geradezu grotesk erschien.

Gideon hatte den Rand des Waldes erreicht, und Orlando wurde mit Schrecken bewusst, welchen Fehler sie bei der Planung ihres Hinterhalts gemacht hatten. Die Schritte des Riesen waren zu groß. Wenn er jetzt noch einen Schritt nach vorn machte, stand er fast mitten auf der Lichtung.

»Ich nehme an, du bist ein Ehrenmann«, rief Nandus dem Ungeheuer entgegen.

Gideon runzelte verwundert die Stirn. »Wie meinst du das?«

»Faustkämpfe werden unter Menschen nach gewissen Regeln ausgetragen. Sich daran zu halten ist eine Frage der Ehre. Bist du ein Ehrenmann?«

»Natürlich!«, hallte es wütend über die Lichtung. »Ich habe meinen Felsen zurückgelassen, ganz wie du es verlangt hast.«

»Das ist ein guter Anfang, aber es gibt noch mehr Regeln.«

Gideon gab ein Knurren von sich, das Orlando das Blut in den Adern gefrieren ließ.

»Die Gegner stellen sich an den gegenüberliegenden Enden der Arena auf.«

»Arena? Was für eine Arena?« Gideon sah sie aus seinen großen, blauen Augen verwundert an. Immer noch rann ihm Blut am Hals hinab und über die Brust. Ein Anblick, der Orlando mit tiefer Zufriedenheit erfüllte.

»Diese Lichtung ist unsere Arena«, erklärte Nandus langsam, jede Silbe betonend, als spräche er mit einem einfältigen Kind. »Du stellst dich dort vorne hin. Genau an den Waldrand. Wir stehen auf der anderen Seite.«

Verdammt schlauer Fuchs, dachte Orlando anerkennend. Das

war der Weg, den Riesen genau an den Fleck zu bekommen, wo er getroffen werden konnte.

Nandus streckte den Arm aus und zeigte auf eine Stelle am Südrand der Lichtung. »Du stehst dort, wir gehen zur anderen Seite.«

Gideon nickte. »Gut.«

»Dann mal los«, sagte Nandus und wich im Bogen dem großen Krater aus, ohne noch einmal zurückzublicken.

Orlando hatte weniger Vertrauen in den Riesen. Er ging rückwärts an den toten Pferden vorbei und ließ Gideon nicht aus den Augen. Wenn er auf dieser Lichtung schon verrecken sollte, wollte er es wenigstens kommen sehen.

Der Riese hob einen Fuß, um endgültig den ihm zugewiesenen Platz einzunehmen, als er mitten in der Bewegung innehielt. »Ihr betrügt mich!«, schrie er in plötzlichem Zorn.

Orlando zog unwillkürlich den Kopf zwischen die Schultern und sah sich nach seinen Gefährten um.

»Was denn?«, erklang die Stimme des Erzpriesters ohne jede Spur von Angst.

»Ich kenne auch die Regeln zum Faustkampf«, grollte Gideon. »Ich bin nicht dumm! Sie besagen, dass kein Hieb unter die Linie des Gürtels erlaubt ist. Wie wollt ihr das denn machen? Ihr betrügt!«

Nandus drehte sich um. Der Erzpriester wirkte äußerst verärgert. »Wir können auf der Stelle einen Eid ablegen, dass wir uns an diese Regel halten werden. Welchen Vorteil sollten wir uns denn durch diesen Betrug erschleichen?«

Gideon furchte die Stirn und schien zu überlegen. »Ich möchte nicht, dass hinterher jemand behaupten könnte, es sei ein ungerechter Kampf gewesen«, erklärte er ein wenig lahm.

Orlando musste sich beherrschen, um nicht loszuprusten. Da stand dieses Ungeheuer, das sie zwischen zwei Fingern zerquetschen könnte wie lästige Läuse, und machte sich Gedanken darüber, dass ein Faustkampf zwischen ihnen ungerecht sein könnte.

»Für uns ist alles gut!«, erklärte Nandus.

»Dann gehen wir auf unsere Plätze«, murmelte der Riese. »Ihr habt einen leichten Vorteil. Ihr seid in der Überzahl. Aber das sehe ich euch nach …«

Nandus und Bertrand liefen auf die andere Seite der Lichtung. Orlando folgte ihnen, unverändert rückwärts marschierend. Er wollte auf gar keinen Fall verpassen, was jetzt geschah. Er stellte sich vor, wie das erste Geschoss Gideon den Kopf von den Schultern riss. Der Gedanke schenkte ihm kein Triumphgefühl mehr. Im Gegenteil, er empfand es als schäbig. Es war eine niederträchtige Art zu gewinnen. Zugleich war Orlando sich allerdings auch bewusst, dass es der einzige Weg war, diesen Riesen aufzuhalten.

Gideon hatte auf dem zugewiesenen Platz Aufstellung genommen. Er schüttelte die langen Arme, um seine Schultern zu lockern. Seine blauen Augen blickten auf sie hinab. Er lächelte, als ihn das erste Geschoss traf.

Es gab ein Geräusch, das klang, als habe ein Metzger ein großes Stück Fleisch auf seinen Hackklotz geworfen. Gideon schwankte. Oberhalb seiner linken Brauen war seine Haut aufgeplatzt. Ein zweiter Felsbrocken traf ihn mitten vor die Brust, so dass ihm pfeifend die Luft aus der Lunge gepresst wurde.

Der Riese hob die Arme wie ein Faustkämpfer, der vor einem Hagel von Schlägen Deckung suchte. Ein Geschoss flog an seiner rechten Schulter vorbei und schlug in den Waldhang.

»Was ist das?«, fragte Gideon benommen. Sein Kopf ruckte hinter der Deckung seiner Arme hin und her, als suche er nach dem Gegner, der auf ihn einschlug.

Ein Felsbrocken traf ihn auf die Nasenwurzel. Ein grässliches Knacken hallte über die Lichtung. Über Gideons Lippen sprudelte ein Sturzbach hellroten Blutes. Sein linker Arm wurde von einem weiteren Treffer nach hinten gerissen.

Der Riese gab einen zischenden Schmerzenslaut von sich und taumelte leicht zurück. Mit dem rechten Fuß trat er in den Wald am Hang.

»Du hast die Arena verlassen, Gideon vom Schwertwald!«, rief Nandus. »Damit hast du den Kampf verloren!«

Der Riese ließ beide Arme sinken und glotzte wie ein Kalb. Noch einmal wurde er an der Brust getroffen. Eine seiner Rippen krachte, dann drehte er sich um und schlich wie ein geprügelter Hund davon.

»Wir haben gewonnen«, stammelte der leichenblasse Ordensritter. »Wir haben wirklich gewonnen.«

»Auf verdammt ehrlose Art«, knurrte Nandus leise, der offensichtlich keine Freude an ihrem Sieg empfand. »Dieser Tag gehört uns. Aber wenn er begreift, dass wir ihn hintergangen haben, sollten wir besser weit fort sein.«

THOUAR, ZUNFTSAAL, MITTAG, 30. TAG DES HITZEMONDES IM JAHR VON SASMIRAS ZWEITER THRONERHEBUNG

Lucille sah Milan nach, wie er erschöpft den Zunftsaal verließ. Als sich die hohen Türflügel hinter dem Jungen schlossen, blickte sie in die Runde. »Ich denke, er sagt die Wahrheit.« Zwei Tage lang hatte er ihnen in allen Einzelheiten von den Kriegsvorbereitungen der Liga berichtet. Sein Gedächtnis war wirklich bemerkenswert.

»Und doch sind wir wohl gut beraten, wenn wir seinen Ausführungen nicht blind vertrauen«, stellte Alessio di Calice nüchtern fest. »So ziemlich alles, was er uns über den Feldzug seines Vaters gesagt hat, war falsch. Nandus Tormeno marschiert nicht mit zweitausend Mann, er verfügt über doppelt so viele Truppen. Und die Zahl ist nicht durch irgendwelche Stadtmilizen angewachsen. Die Schwarze Schar ist ein ernstzunehmender Gegner. Sie haben Gideon, den Wächter, aus dem Feld geschlagen.«

Alessio machte eine Pause, um seine Worte in der Runde wirken zu lassen. Niemand von ihnen hatte es für möglich gehalten, dass der Riese besiegt werden könnte.

»Auch hat sein Vater keinesfalls an der Blutbrücke haltgemacht«, fuhr das Schwert des Kelches fort. »Er ist auf breiter Front mit seinem Heer in den nördlichen Schwertwald eingerückt. Was er dort will, bleibt ein Rätsel. Erstaunlicherweise geht er nicht auf Thouar vor. Man könnte fast den Eindruck haben, er suche etwas im Wald.«

»Was sollte das sein?«, fragte Silvia di Orsa. Das Schwert der Bären war eine brünette Kriegerin in mittleren Jahren, der die Strapazen der Feldzüge und endlosen Patrouillenritte entlang der Waldgrenzen tiefe Falten ins Gesicht geschnitten hatten. »Dort gibt es nichts Besonderes. Wenn er zum Weißen Wald vorstoßen würde, wäre das etwas anderes … Aber dort? Wahrscheinlich trifft es doch zu, dass der Erzpriester unsere Truppen binden soll. Nur dass er eben weiter vorgerückt ist als lediglich bis zur Blutbrücke.«

Alessio schüttelte entschieden den Kopf. »Ich traue keinem Tormeno, ganz gleich welchen Alters.«

»Aber meine Schwester hat ihm offensichtlich vertraut«, gab Lucille zu bedenken.

»Und was hatte sie davon?«, fragte Alessio scharf. »Sie wurde verbrannt, ohne dass der Junge etwas dagegen unternommen hätte.«

»Vielleicht sollten wir ihn gemeinsam zu Felicias Tod befragen«, sagte Silvia di Orsa, das Schwert der Bären.

»Das wäre ein großer Fehler«, erwiderte Umbaldo di Biscia in seiner üblichen ruhigen, aber bestimmten Art. Das Schwert der Schlange war mehr Gelehrter denn Krieger. Er war korpulent, ohne dick zu sein, ein Mann des Ausgleichs und der Weisheit. »Der Junge ist Feuer und Flamme für unsere Sache, das glaube ich ihm. Mit einer solchen Befragung würden wir ihn vor den Kopf stoßen. Wollen wir ihn vergraulen, kaum dass er hier ist? Ich bin überzeugt, er kann uns noch von großem Nutzen sein.«

»Wir könnten Nandus mitteilen, dass wir seine beiden Söhne als Gefangene haben«, schlug Silvia di Orsa vor.

»Er ist kein Mann, der sich allein durch Worte überzeugen lässt«, gab Alessio zu bedenken. »Auch schätze ich, dass er noch sehr beschäftigt sein wird. Vergesst all die Mären nicht, die erwachen können. Die verwunschenen Bäume, die Hexen … Meine Späher haben mir berichtet, dass eine stinkende Kreatur aus lebendem Schlamm der Schwarzen Schar bei Nacht folgt und unvorsichtige Wachen meuchelt.«

»Es gibt keine Mär von einer solchen Kreatur«, warf Umbaldo ein.

»Vielleicht läuft ihnen dieses Ding ja schon seit Arbora nach?« Silvia di Orsa strich die Karte auf dem Tisch glatt, auf der sie mit schwarzen Holzklötzen die Position der Schwarzen Schar markiert hatten. »Ich begreife ohnehin nicht, was sie geritten hat, ausgerechnet in der verfluchten Stadt an Land zu gehen.«

»Vielleicht war ihr Wunsch, uns zu überraschen, größer als ihre Angst.« Umbaldo lächelte selbstgefällig. »Danken wir dem Herrn des Himmels dafür, solche Feinde zu haben. Es gibt Gerüchte, der Basilisk habe sich ebenfalls bereits erhoben.«

»Wer behauptet, ihn gesehen zu haben?«, fragte Alessio scharf.

Umbaldo schnaubte verächtlich. »Natürlich niemand! Schließlich liegt es in der Natur seiner Mär, dass keiner von ihm berichten kann, der seiner ansichtig wurde. Aber heute Morgen hat einer meiner Jäger mir ein versteinertes Rebhuhn gebracht. Mehr Beweise brauche ich nicht.«

»Zurück zu den Tormenos!«, rief Lucille die Herzöge zur Ordnung. So war es immer mit ihnen, ganz gleich, was besprochen wurde. Sie neigten zu endlosen Abschweifungen, um sich nur um des Widerspruchs willens in abwegige Debatten zu verstricken. »Ich bin der Meinung, dass wir keine zwei Gefangenen benötigen. Schicken wir ihm den Kopf seines Ältesten und fordern wir ihn auf, sich bis zur Blutbrücke zurückzuziehen, wenn er nicht auch noch Milans Kopf bekommen möchte.«

»Das wäre unklug«, murmelte Umbaldo. »Wenn wir von der Blutbrücke sprechen, wird er darauf kommen, dass wir seine ursprünglichen Pläne kannten. Sobald er den Verrat wittert, wird die Liga ihre gesamten Feldzugspläne ändern, und wir haben unseren Vorteil verschenkt.«

»Verlangen wir doch gleich, dass er sich bis Dahlia zurückzieht«, schlug Alessio vor. »Und schicken wir ihm den Kopf, damit er begreift, dass wir unseren Worten Taten folgen lassen.«

»Den Kopf eines Herolds«, gab Umbaldo zu bedenken. »Es mag der Tag kommen, an dem wir bedauern werden, dass wir uns gegen die Regeln, nach denen zivilisierte Völker Krieg führen, gestellt haben.«

»Zivilisiert?«, herrschte Lucille ihn an. »Wir reden von einem Gegner, der alle unsere Untertanen ermorden oder in die Sklaverei verkaufen will. Milan hat uns doch genug über die Pläne erzählt.«

»Und dennoch …«, begann Umbaldo.

»Nein!« Lucille blickte in die Runde. »Teilt jemand die Bedenken des Schwertes der Schlange?«

Niemand erhob das Wort.

»Dann ist das also entschieden.« Lucille wandte sich an Umbaldo. »Und um die Form zu wahren, werde ich es so einrichten, dass Juliano sich selbst enthauptet. Zufrieden?«

Umbaldo schüttelte den Kopf, sagte aber nichts mehr.

»Und Milan?«, fragte Alessio.

»Wir weisen den Erzpriester darauf hin, dass er binnen drei Tagen auch den Kopf seines zweiten Sohnes erhalten wird, wenn er nicht einen umfassenden Rückzug einleitet.« Lucille nahm einen der schwarzen Holzklötze, die das Heer im Norden darstellten, und legte ihn auf die Stadt Dahlia. »Hier wollen wir ihn und seine Söldner haben.«

»Aber Milan …«

»Genug!«, unterbrach Lucille Silvia di Orsa. »Der Junge hat seine Nützlichkeit überlebt. Er hat uns alles gesagt, was er weiß. Hast du vergessen, dass wir im Krieg gegen einen Feind stehen, der sich geschworen hat, uns dieses Mal vollständig zu vernichten? Glaubst du, wir können diesen Kampf mit Ritterlichkeit gewinnen? Wir werden nur dann überleben, wenn wir noch härter sind als unsere Gegner.«

»Wenn wir so werden wollen, ist dann nicht schon untergegangen, worum wir kämpfen?«, fragte Umbaldo leise.

»Wir brauchen hier kein philosophisches Gewäsch«, entgegnete Lucille mit aller Schärfe, »wir kämpfen um unser Volk. Und das wird es in zwei Monden nicht mehr geben, wenn drei Heere der Liga zur gleichen Zeit in den Wald einfallen.«

»Die Weiße Königin wird kommen und uns helfen, wenn die Not am größten ist«, beharrte Umbaldo. »Das hat sie versprochen, als sie uns verließ.«

»So sagt die Mär …«, begann Lucille.

»Und die Mären kleiden sich in Fleisch!«, entgegnete Umbaldo wütend.

»Und wann soll die Stunde der größten Not sein? Wenn Thouar brennt? Wenn unsere Untertanen zu Tausenden auf die Sklavenschiffe des Khanats gezerrt werden? Ich werde nicht so lange warten, Umbaldo. Nandus bekommt den Kopf seines Erstgeborenen. Wenn er den in seinem Zelt auf dem Kartentisch liegen hat, wird er uns glauben, dass wir ihm auch Milans Kopf schicken, und dann wird die Schwarze Schar binnen kürzester Zeit den Schwertwald verlassen. Milan kam doch her, um uns zu unterstützen. Dank ihm werden wir ein ganzes Heer unserer Feinde zum Rückzug zwingen. Welch größeren Dienst könnte er unserer Sache noch erweisen?«

»Und wenn Nandus mit seinem Heer nicht abzieht?«, fragte Silvia.

»Dann wird er erfahren, dass wir Wort halten!«

THOUAR, KERKER DER ROSENBURG, FRÜHER ABEND, 30. TAG DES HITZEMONDES IM JAHR VON SASMIRAS ZWEITER THRONERHEBUNG

Juliano hatte sich noch nicht entschieden, was besser war – das Hochgefühl, in die Hände eines wirklich zuvorkommenden Barbiers geraten zu sein, oder die Gewissheit, dass den Herzögen des Schwertwalds aufgegangen war, was für einen schrecklichen Fehler sie begangen hatten, als sie ihn, den Herold der Liga, in dieses Dreckloch von einem Kerker steckten.

Der Barbier rieb ihm mit einem weichen Tuch das frisch gewaschene und geölte Haar trocken. Juliano genoss den Rosenduft, der den Gestank des Kerkers überlagerte. Er saß auf einem eigens herbeigebrachten Stuhl in der Mitte seiner Zelle. Ringsum waren Fackeln in die Eisenringe an den Wänden geschoben worden, so dass sein Gefängnis fast in taghelles Licht getaucht war.

»Wenn Ihr bitte den Kopf ein wenig zurücklegen würdet, Herr«, sagte der Barbier höflich. Er war ein dicker Kerl mit hängenden, fleischigen Wangen, der etwas zu sehr nach Duftwasser roch und traurige Augen hatte.

Juliano legte gehorsam den Kopf in den Nacken. Bot ihm seine Kehle dar.

Eine kühle Klinge senkte sich auf seinen Hals. Er lauschte auf das Kratzen des Stahls über seine langen Bartstoppeln. Was für ein Hochgenuss nach diesen Tagen im Dreck!

Das Messer glitt seine Wangen hinauf.

Eigenartig, dachte Juliano. Er hätte erwartet, dass der Barbier zunächst die Arbeit am Hals beendete und sich dann erst den Wangen und der etwas schwierigen Partie um den Mund widmete.

»Ist die Rasur angenehm, Priestersohn?«

Juliano zuckte zusammen. Diese Stimme hätte er unter Tausenden erkannt. Das war Lucille da Rosa!

Ein scharfer Schmerz ließ ihn aufkeuchen.

»Entschuldigt, Herr. Ihr habt Euch so plötzlich bewegt …« Der Barbier tupfte mit einem Tuch über die Schnittwunde in der Wange.

Juliano setzte sich auf. In der Tür zu seiner Kerkerzelle stand die Herzogin. Dieses Mal trug sie keine Rüstung, sondern ein langes, weißes Kleid.

»Ich habe entschieden, dass dies nicht der rechte Ort ist, um Euch unterzubringen, Tormeno.«

Juliano war, da er nun offenbar freikam, nicht abgeneigt, ihr die frühere Fehlentscheidung zu verzeihen. »Die Rasur ist ein guter Anfang. Anschließend möchte ich ein Bad nehmen und frische Kleider anlegen, ehe wir bei einem späten Mahl besprechen, was noch zu tun ist, damit ich diesen bedauerlichen Irrtum vergesse«, sagte er so würdevoll wie möglich.

Jetzt erst bemerkte er die Schatten im Gang hinter der Herzogin. Zweifellos Waffenknechte.

»Könntet Ihr bitte den Kopf ein wenig zur Seite legen, Herr?«

Juliano gehorchte.

Mit geübten Strichen glitt das Rasiermesser über seine Wangen. Vorsichtig wurde seine Oberlippe von Stoppeln befreit. Immer wieder strich der Barbier den funkelnden Stahl über ein Tuch auf seinem linken Arm.

Dann setzte er die Klinge erneut an Julianos Kehle.

Warum sagte die Herzogin nichts?

Der Barbier trat einen Schritt zurück und betrachtete sein Werk sichtlich zufrieden.

»Das genügt«, entschied die Herzogin.

»Keineswegs!«, protestierte Juliano. »Er ist doch mit meinem Hals noch nicht fertig!«

Lucille zog sich von der Tür zurück, und ihre Waffenknechte traten ein. Grob packten sie Juliano bei den Armen. Er erhob Einspruch, aber natürlich gab dieser Pöbel nichts darauf.

Sie zerrten ihn in den Gang vor den Kerker. Auch hier leuchteten Fackeln. »Ich kann allein gehen«, schnauzte er die Grobiane an, und tatsächlich ließen sie ihn los. Sie brachten ihn zu einer Wendeltreppe, die aussah, als sei sie aus dem blanken Fels geschlagen.

An die hundert Stufen musste er hinabsteigen, bis sie einen weiteren kurzen Gang erreichten. Die Luft hier unten war stickig. Es stank nach dem Pech der brennenden Fackeln. Lucille stand in der offenen Tür am Ende des Gangs.

Juliano hatte das klamme Gefühl, dass ihn hier kein Bad erwarten würde.

Sein neuer Kerker war winzig. Zwei Schritt tief und nicht einmal einen Schritt in der Breite. Die Wände bestanden aus sorgsam geglättetem Fels, durch den sich einige Risse zogen. Dicht über dem Boden wurden sie zu Spalten. Aus einer der Längswände ragte ein armlanger hölzerner Hebel.

»Macht ihn fest!«, befahl Lucille.

Ehe er sich's versah, wurde Juliano gegen die Kerkerwand gepresst, und von draußen brachte jemand einen breiten hölzernen Kragen, der mit Haken in der Wand verbunden wurde.

Die Grobiane zwangen Juliano leicht in die Knie, damit der Holzkragen an der vorgesehenen Stelle an der Wand befestigt werden konnte. Für seinen Hals gab es eine halbrunde Aussparung. Das seltsame Folterinstrument, das ihn an einen Schandkragen erinnerte, reichte deutlich über seine Schultern hinaus, war aber nur halbrund, so dass sein Hinterkopf gegen die Wand gedrückt wurde.

Eine Kette wurde um seine Hüften geschlungen. Eine zweite um seine Brust. So gefesselt, konnte er nur noch seine Arme und Beine bewegen. Er versuchte sich aufzurichten, um gerade zu stehen, doch der Holzkragen verhinderte das.

»Ich protestiere auf das schärfste gegen diese Behandlung! Muss ich daran erinnern, dass ich ein Herold bin?«

»Wir sind uns dessen vollkommen bewusst, Priestersohn.« Lucille trat in die Zelle und begutachtete, wie er an die Wand gefesselt war, hielt aber einigen Abstand zu ihm. Auch die Waffenknechte waren nun zurückgetreten und standen bei der Tür oder am hinteren Ende der schmalen Zelle.

»Ein Schwert!«, forderte die Herzogin, und einer der Männer reichte ihr seine Waffe.

Juliano schluckte. »Das muss jetzt nicht …«

»Sei doch so nett und drück auf den Hebel an deiner Seite.«

»Warum?« Juliano tastete an der Wand entlang. Seine Finger schlossen sich um das raue Holz.

»Drück ihn herunter.«

Er gehorchte.

Aus einem waagerechten Spalt an der gegenüberliegenden Wand schnellte etwas hervor … da riss Lucille das Schwert hoch, und Stahl klirrte auf Stahl.

Mit Schrecken sah Juliano, dass im Spalt verborgen eine Klinge lauerte, lang genug, um ihm unmittelbar unterhalb des Holzkragens wie ein Richtschwert den Hals zu durchtrennen.

Die Herzogin drückte die Klinge mit ihrer Waffe zurück in die Wand, bis sie mit einem scharfen Klicken in einem verborgenen Mechanismus einrastete.

»Wie du siehst, Priestersohn, achten wir die Regeln für den Umgang mit einem Herold. Wir werden dir kein Haar krümmen. Du wirst dich selbst enthaupten.«

»Niemals!«, entgegnete er entschieden. Er würde diesen verfluchten Hebel nicht mehr anrühren, jetzt, da er wusste, was dann geschah. Sollten sie die Blutarbeit doch selbst erledigen, wenn sie seinen Kopf wollten.

»Hatte ich dir schon von der bedauerlichen Rattenplage erzählt, unter der Thouar zu leiden hat? Auf jeden Bewohner der Stadt kommen mindestens vier oder fünf dieser garstigen Biester. Die Felsnadel ist von Hunderten von Rissen und Spalten durchzogen. Dort haben sich die Ratten eingenistet. Sie kommen fast überall hin … Aber keine Sorge. Der breite Holzkragen wird verhindern, dass sie über deine Schulter empor klettern. Die glatten Wände kommen sie auch nicht hoch. Dein Kopf wird von ihnen völlig unbehelligt bleiben.«

»Das werdet Ihr nicht wagen …«

Lucille breitete die Hände aus. »Das hat nichts mit *wagen* zu tun. Wir gebieten schlicht über kein Mittel, um zu verhindern, dass die Ratten hierherkommen.« Sie winkte die Wachen aus der Zelle heraus.

Juliano überlegte fieberhaft, was für ein Angebot er ihr machen könnte, um von der Wand genommen zu werden. »Mein Vater wäre Euch sicher sehr verbunden …«

Ein Diener in speckiger Schürze schüttete zwei Eimervoll Küchenabfälle auf den Boden der Zelle.

»Die Ratten werden das riechen«, erklärte Lucille. »Sonst könnte es Stunden dauern, bis sich die erste hierher verirrt. Wir löschen nun das Licht. Dann musst du nicht mitansehen, wie sie kommen, von den Abfällen fressen und sich dann nach frischem Fleisch umsehen … Du würdest nicht glauben, wie viele Wetten auf dich abgeschlossen wurden. Die meisten glauben, du hältst nicht einmal eine Stunde durch, bis du nach dem Hebel greifst. Ich hingegen bin der Meinung, dass du viel zäher bist und die Ratten schon ein gutes Stück von deinen Schenkeln gefressen haben werden, bevor du einknickst.«

»Bitte, bitte macht mich los. Ich werde tun, was immer Ihr wollt …«

Lucille bedachte ihn mit einem kühlen Lächeln. »Davon bin ich überzeugt.«

NÖRDLICHER SCHWERTWALD, ABEND, 30. TAG DES HITZEMONDES IM JAHR VON SASMIRAS ZWEITER THRONERHEBUNG

Matteo befeuchtete seinen Leib mit dem frischen Blut. Die Sommerhitze machte ihm zu schaffen. Je trockener sein Körper wurde, desto träger wurde er. Den Tag hatte er in einer Wildschweinsuhle verbracht. Dort war es angenehm gewesen.

Seine Jagd in dieser Nacht hatte gut begonnen. Der Waffenknecht, der leblos zu seinen Füßen lag, hatte sich von der Truppe entfernt, um Brombeeren zu pflücken. So dumm waren nicht mehr viele …

Matteo hatte sie erzählen hören, wenn er sich nachts an ihre Lager heranschlich. Von dem lebenden Schlamm, der seine Opfer zermalmte und ihnen das Blut aus den Gliedern presste. Es gefiel Matteo, gefürchtet zu werden. Das machte ihn stärker. Zugleich aber hatte er das unbestimmte Gefühl, dass er sich veränderte.

»Gernot?« Laternen erschienen zwischen den Bäumen. Mindestens zwei Dutzend.

Diese Narren sollten kein Feuer in einen Wald tragen, der so trocken war wie Zunder, dachte Matteo und ließ von dem Toten ab. Es waren zu viele, um sich mit ihnen anzulegen. Und doch zog es ihn hin zu den Söldnern der Schwarzen Schar. Er weidete sich an den Abgründen ihrer Gefühle.

Es wäre klug, nicht abzuwarten, was für eine Sorte von Söldnern sie waren. Solche, die den Toten nahmen und sich ängstlich zurückzogen, oder aber welche, die wutentbrannt nach dem Mörder ihres Kameraden suchten, um mit dem Mann aus lebendem Schlamm endgültig abzurechnen.

Vor zwei Tagen war ein Streiftrupp auf ihn gestoßen, und sie hatten ihn, ohne zu zögern, mit ihren Hellebarden angegriffen. Drei der langen Vierkantspitzen hatten ihn in seine breite Brust getroffen, doch das Eisen hatte keinen ernstlichen Schaden angerichtet. Einen der Männer hatte er gepackt und ihm den Helm samt Kopf zerquetscht.

Aber die übrigen waren nicht etwa schreiend davongelaufen, sondern hatten mit den Axtblättern ihrer Hellebarden auf ihn eingeschlagen. Und was für Hiebe das waren! Eine Axt am Ende einer langen Stange … das war selbst für ihn übel.

Plötzlich hatte ihn Angst überkommen. Was würde passieren, wenn sie ihm den Kopf spalteten? Wäre er dann tot? Konnte er überhaupt sterben? Er war ja schon einmal verreckt und dennoch in dieser Schlammgestalt wiedergekehrt. Und obwohl er nur ein wandelnder Haufen Dreck war, genoss er das Leben. Er wollte Lucio Tormeno finden und sich endlich an dem Erzpriester rächen!

Mit Mühe war er vor zwei Tagen den Söldnern entkommen. Jetzt hörte er sie wieder rufen. Sie hatten ihren Gernot gefunden.

Matteo machte sich davon. Verdammte Hitze. Das Blut, mit dem er sich eingerieben hatte, begann bereits zu trocknen. Bald würde er ein neues Opfer brauchen. Wäre er doch nur in Arbora! In seiner Gruft unter dem Rosengarten. Dort war es feucht. Angenehm. Dort war er stärker.

Matteo stapfte durch den Wald. Horchte auf die Geräusche der marschierenden Truppen. Und dann spürte er ihn wieder. Lucio Tormeno war nicht weit. Der ruchlose Erzpriester, der ihm alles genommen hatte. Der seine Stadt verbrannt hatte. Seinetwegen war er jetzt in diesem verdammten Wald.

Matteo bahnte sich einen Weg durchs Unterholz und erreichte einen Hang, an dem sich dicht an dicht Kiefernstämme drängten. Weiter unten verlief ein breiter Waldweg, über dem das gelbe Licht von Laternen tanzte. Dort zogen sie. Weitere Truppen der Schwarzen Schar. Männer, die schwere Armbrüste geschultert trugen. Trossleute, die widerborstige Maultiere vor sich her scheuchten. Ritter in geschwärzten Waffenröcken und mit überstrichenen Schilden. Verschwunden waren die Wappen, die sie einst stolz in der Schlacht gezeigt hatten. Am Ende des Krieges hatten sie auf der falschen Seite gestanden.

Welches Krieges?, dachte Matteo verwirrt.

Er spürte eine wahre Flut von Gefühlen vom Waldweg aufsteigen. Dort unten marschierten Mörder und Vergewaltiger, Glücksritter und Verzweifelte, denen der Krieg jedes Ziel im Leben genommen hatte. Und sie erzählten sich von ihm. Vom lebenden Schlamm, der ihnen nachstellte.

Eine kaum zu beherrschende Lust überkam Matteo, den Hang hinabzustürmen und sich ein paar der Schwätzer zu greifen, um ihr Blut auf sich zu spüren. So sollte es sein! So würde er …

Nein! Das war nicht er! Er war der Gestalt gewordene Hass der Canali. Nicht der Fluch der Schwarzen Schar. Deren Geschichten veränderten ihn. Er musste ihnen entfliehen!

Schritt um Schritt wich er den Hang hinauf zurück. Er musste nicht hier sein, fast hundert Meilen von seiner Stadt entfernt. Früher oder später würde Lucio Tormeno nach Arbora zurückkehren. Als Matteo ihn im Oktagon gesehen hatte, hatte er gespürt, wovon der alte Erzpriester träumte und wie stark seine Bindung an die verbrannte Stadt war.

Er würde Geduld haben, entschied Matteo. Was waren schon ein paar Monde? In Arbora war sein Hass unverfälscht, und dort war er am stärksten. Es war seine Stadt. Lucio hatte sie ihm genommen. Und sobald der Erzpriester dorthin zurückkehrte, würde er ihm das Blut aus den Gliedern wringen. Nur um das zu tun, hatte er sich aus dem Grab erhoben.

THOUAR, RITTERSAAL DER ROSENBURG, ABEND, 30. TAG DES HITZEMONDES IM JAHR VON SASMIRAS ZWEITER THRONERHEBUNG

Dass er als einer der Spione Felicias nicht zu den Lieblingen Lucilles gehören würde, war Rutger klar gewesen. Er hatte damit gerechnet, zu den einfachen Bogenschützen der Herzogin geschickt zu werden, die vor Thouar auf der Landzunge lagerten. Aber seit er Juliano hierhergebracht hatte, wurde er schlechterdings ignoriert. Und ohne Befehl durfte er die Rosenburg nicht verlassen.

So saß er im Rittersaal, in dem sich die stickige Hitze des Tages gestaut hatte, hielt sich an einem Becher mit verdünntem Wein fest und starrte auf die von tiefen Kerben durchzogene Tischplatte. Er konnte auch nicht begreifen, warum nur Späher ausgeschickt wurden und man dem Heerzug des Erzpriesters nicht mit Bogenschützen, die der Schwarzen Schar Hinterhalte legten, zusetzte.

»Der hat doch jetzt die Hosen voll«, erklang eine leicht trunkene Stimme am Nebentisch. »Einen Kaisertaler, dass der nicht mal die erste Stunde überlebt!«

»Er ist immerhin ein Tormeno«, gab ein anderer zu bedenken.

Rutger drehte sich um. »Sprecht ihr von Juliano Tormeno, dem Herold?«

»Willste auch wetten?« Der Wortführer am Nachbartisch war ein älterer Bogenschütze, dessen schütteres braunes Haar schon weit aus der Stirn zurückgewichen war. »Lohnt sich eigentlich nur, wenn du glaubst, dass er es länger als zwei Stunden mit den Ratten aushält.«

»Er ist in der Rattenkammer?«, fragte Rutger verwundert. »Ich dachte, er sollte uns als Geisel dienen.«

»Wozu? Wir haben doch noch einen Tormeno. Dieser Aufschneider wird zu einer Botschaft der besonderen Art werden.« Der Schütze lachte gehässig. »Zumindest ein Teil von ihm. Der Rest wird Rattenfutter …«

Rutger fühlte sich, als habe er einen Hieb in den Magen bekommen. Er hatte Juliano nicht sonderlich gemocht, aber ihn so zu behandeln? Er war unter dem Banner eines Herolds hierhergekommen … und hatte wirklich geglaubt, ein gutes Friedensangebot machen zu können. Ihn auf diese Art verrecken zu lassen war eine Sauerei! Felicia hätte so etwas niemals getan.

»Und, dein Einsatz?«

»Ich besitze nicht eine Münze«, log er, klopfte zum Abschied auf den Tisch und erhob sich. Dieser verdammte Priestersohn mit seinen verqueren Vorstellungen von Ritterlichkeit … Er hatte diesen Trottel doch gewarnt!

Der Weg zum Innenhof führte ihn an der Burgküche vorbei, in der er einst selbst als Koch gearbeitet hatte. Eine füllige

Magd, die er noch aus jener Zeit kannte, winkte ihm zu. Sie trug einen Topf unter dem Arm.

»Guten Abend, Benedetta«, grüßte er sie.

»Hallo, Herzensbrecher.« Sie trat aus der Küche. »Begleitet mein flüchtiger Galan mich auf den Hof?«

»Bist du mir immer noch böse?« Er hatte ein paar Nächte mit Benedetta verbracht, ehe er sich Felicia angeschlossen hatte, aber das war nun schon Jahre her. Und er hatte ihr nie etwas versprochen …

»Wie könnte ich dem einzigen Mann böse sein, der je mein Herz mit Hühnerpasteten erobert hat?« Sie schenkte ihm ein Lächeln, das noch genauso strahlend war wie in ihrer ersten Nacht. »Begleitest du mich zum Zwinger? Das hier ist für die Bluthunde der Herzogin. Ich mag diese Kläffer nicht.«

Rutger blickte in den Topf. Knochen und Fleischabfälle füllten ihn mehr als zur Hälfte. Eine überaus dumme Idee kam ihm. »Kannst du mir das überlassen?«

Sie sah ihn verwundert an. »In der Küche kann ich dir was Besseres geben.«

»Das ist genau das Richtige.« Er sah sie mit großen Augen an.

Früher hatte sie diesem Blick nicht widerstehen können. Auch jetzt erschien ein Hauch von Rot auf ihren Wangen. »Was willst du damit?«

Rutger küsste sie sanft auf die Stirn. »Frag nicht, meine Schöne.« Er griff nach dem Topf, und sie ließ es zu, dass er ihn ihren Fingern entwand.

»Ich komme wieder, sobald ich kann«, versprach er und wusste doch, dass er wohl nie mehr würde zurückkehren können.

Mit eiligen Schritten machte er sich davon, nahm sich auf dem Burghof eine Laterne und stieg hinab zu den Kerkern.

Nur eine einzige Wache döste vor der Treppe, die hinunter zur Rattenkammer führte. Rutger kannte den Mann, dem ein stattlicher Bauch über den Waffengurt hing, vom Sehen. Schläfrig blinzelte der Dicke ihn an. »Was bringt dich hierher?«

»Die Herzogin möchte, dass der Priestersohn noch ein bisschen länger leidet.« Rutger seufzte. »Du weißt ja, wie sie ist … Vielleicht ist sie auch bei den Wetten mit dabei.«

»Mist«, stieß der Wächter hervor und blickte in den Topf. »Wenn die Ratten davon fressen, lassen sie den Trottel noch eine ganze Weile in Ruhe …«

»Du kannst deinen Wetteinsatz doch noch ändern«, bemerkte Rutger unschuldig. »Ich werde derweil dort unten sein. Der Priestersohn ist also nicht unbewacht.«

Er sah, wie es im Gesicht des Dicken arbeitete, und schließlich nickte der Wächter. »Du darfst ihn aber nicht losmachen.«

»Das würde mir niemals einfallen«, beteuerte Rutger.

»Und du wartest dann hier auf mich?«

Rutger legte feierlich seine Hand aufs Herz. »Bei der Ehre meiner Mutter.«

Der Eid machte den Wächter wieder misstrauisch. Er zögerte, doch dann gab er sich einen Ruck und schlurfte davon.

Eilig stieg Rutger zur Rattenkammer hinab. Durch das dicke Holz der Kerkertür hörte er Juliano leise jammern. Erleichtert atmete er auf, schob den Riegel der Tür zurück und trat in die Zelle.

Ratten huschten durch die Spalten in den Wänden davon. Juliano sah blinzelnd in seine Richtung. »Bitte, rettet mich. Ich tue alles …«

Rutger senkte die Laterne.

»Du?«

»Ich werde dich hier herausholen.« Er schüttete die Fleischreste und Knochen in eine Ecke der winzigen Kammer. Dann löste er einen Lederriemen von seinem Gürtel.

Juliano standen Tränen in den Augen. »Ich hätte niemals erwartet, dass du …«

»Weil Köche nicht wissen, was richtig und falsch ist?« Er nahm die linke Hand des Priestersohns. Die Hand, mit der er nach dem Hebel in der Wand greifen konnte. Sanft drückte er sie herab. »Was die Herzogin mit dir macht, ist eine gottlose

Barbarei. Sie besudelt die Ehre aller, die für den Schwertwald kämpfen. Ihre Schwester Felicia hätte das niemals getan …«

»Du bist gekommen, um mit mir zu fliehen?« Der Priestersohn begann hemmungslos zu schluchzen. »Das ist … Du …«

»Ich bin gekommen, um sicherzugehen, dass du nicht an den Hebel kommst.« Er band Julianos Linke an dessen Gürtel fest, so dass er sie nicht mehr bewegen konnte. »Jammere, damit der Wächter oben weiß, dass du noch lebst. Und schrei ab und zu in höchster Pein, auch wenn die Ratten vorerst mit den Abfällen beschäftigt sein werden …«

»Aber … Du gehst wieder?« Julianos Stimme war schrill vor Entsetzen. »Du lässt mich wieder mit den Ratten im Dunkeln?«

»Ich werde es nicht allein schaffen, dich aus der Stadt zu schaffen. Dazu brauche ich zwei Freunde. Einen Verrückten und einen Toten.«

THOUAR, SCHWARZER KRAKE, ABEND, 30. TAG DES HITZEMONDES IM JAHR VON SASMIRAS ZWEITER THRONERHEBUNG

Milan schichtete die Silbermünzen zu kleinen Türmen. Dreißig Kaisertaler hatte ihm die Herzogin überlassen, damit er sich für die kommenden Kämpfe ausrüsten konnte – genug, um ein passables Schwert und einen Gambeson zu kaufen.

Er saß in der Schankstube des *Schwarzen Kraken*, die zum Teil in den knochenbleichen Felsen hineingebaut war. Es war ein großer Raum mit niedriger Decke. Zwei breite Tresen und etliche in den Stein gehauene Nischen machten ihn unübersichtlich. Es roch erbärmlich nach saurem Wein, zerkochtem Kohl und Fisch. Der Boden war mit viel zu lange nicht ausgefegten Binsen ausgestreut. Eine Spelunke war dieses angeblich beste Haus der Stadt! In Dahlia hätte kein Kaufmann, der etwas auf sich hielt, solch einen Ort betreten. Aber hier in Thouar galten offenbar andere Regeln. Es verkehrten tatsächlich überwiegend Kapitäne und Adlige im *Schwarzen Kraken*. Und Rainulf fühlte sich hier sichtlich unwohl. Er hatte sich in eine der abgeschiedeneren Felsnischen zurückgezogen, zusammen mit einem leicht dümmlich dreinblickenden Mann, der noch größer war als Rainulf selbst. Die beiden hockten in einer Ecke, um außer Hörweite etwas zu besprechen. Sein Gefährte schien sich zu ärgern, dachte Milan. Jedenfalls gestikulierte der Bogenschütze heftig, während er auf den Fremden einredete.

Milan betrachtete die kleinen Silbertürme. Jede der Münzen trug auf der Vorderseite den Adler des Reichs. Die Rückseiten aber zeigten die Wappen der Städte, in denen die Taler geprägt worden waren. Die Weinamphore Kamarinas, die drei Ähren Panormas, den Mond Drepanas, sogar eine Münze mit der Feder, dem Wappen Arboras, der Stadt, die sein Großvater hatte niederbrennen lassen, war dabei sowie einige Wappen von Münzstätten aus dem Reich, ein Helm, ein Hundekopf und ein Zweig. Nur der Turm Dahlias fehlte. War das ein Omen? War jegliche Verbindung zu der Stadt, in der er so lange gelebt hatte, durch seinen Verrat abgebrochen?

»Willst du, dass man dir in der nächsten dunklen Gasse die Kehle durchschneidet, du Narr?« Rainulf beugte sich über den Tisch und fegte die Silbertürme zu einem Münzhaufen. »Lass die in deiner Geldkatze verschwinden. Gehen wir.«

»Ich dachte, die Männer hier seien reich genug, um …«, begann Milan.

»Niemand ist je reich genug, um auf zur Schau gestelltes Narrensilber zu verzichten! Los jetzt!«

Milan hatte ihn nicht kommen hören, und er hasste es, wenn Rainulf ihn behandelte, als sei er ein Kind. Aber er würde nicht noch mehr Aufmerksamkeit erregen, indem er mit ihm einen Streit anfing. Wortlos schob er die Münzen in seinen Beutel und band ihn an seinem Gürtel fest. Aus dem Augenwinkel sah er, wie der Fremde ihren Wein bezahlte.

»Hier entlang.« Rainulf winkte ihn zu der Seitentür, die auf den Hof führte. Dort standen drei Kerle und pinkelten, Sauflieder grölend, gegen eine Mauer. Ein dunkler Hund duckte sich in eine Ecke, als Rainulf durch einen Torgang verschwand.

Milan folgte ihm. »Was soll das? Warum gehen wir? Und wohin?«

»Wird dir nicht gefallen«, murmelte Rainulf und deutete auf eine Treppe, die zwischen den knochenfarbenen Häusern abwärts führte. Nur vereinzelt fiel noch Licht aus Fenstern in das Dunkel der Nacht.

Sie waren schon weit den steilen Felsen hinab und hatten die Häuser der Stadt hinter sich gelassen, als Rainulf ihn in eine kleine Höhle am Wegesrand zog, in der Fässer und Kisten lagerten. Den Blick fest auf ihn gerichtet, hob der Bogenschütze einen Finger an seine Lippen. »Keinen Laut! Dein Bruder ist in der Stadt. Sie wollen ihn töten.«

Milan war wie vor den Kopf geschlagen. Das war unmöglich! »Aber meine beiden Brüder sind in Ferranta. Sie würden sich niemals der Sache der Rebellen anschließen …«

»Im Kerker der Rosenburg sitzt ein Juliano Tormeno, und er soll noch in dieser Nacht sterben. Er wurde als Herold hierhergeschickt.«

»Mein ältester Bruder heißt Juliano«, bekannte Milan verdattert.

»Wie es scheint, will Herzogin Lucille seinen Kopf eurem Vater bringen lassen. Und anschließend deinen.«

Milan schluckte hart. »Aber ich bin doch auf eurer Seite!«

»Nicht für die neue Herzogin. Die sieht in dir die Möglichkeit, deinen Vater mitsamt seinen Söldnern zum Rückzug aus unserem Wald zu zwingen. Und Juliano soll sterben, damit dein Vater versteht, dass sie es ernst meint, wenn sie ihm mit deinem Tod droht.«

Milan war sprachlos. Wie konnte das sein, nach allem, was er für die Herzöge getan hatte? Felicia hätte ihn anders behandelt, dachte er verbittert.

Aber ihre Schwester kannte ihn ja kaum. Wie hatte er nur so töricht sein können, zu glauben, dass er, ein Fremder, ein wichtiger Kämpfer der Rebellen werden könnte? »Wir müssen Juliano aus dem Kerker holen …«

»Das wollte ich hören!«, erklang eine Stimme hinter den Fässern. Ein Schatten erhob sich und kam zu ihnen herüber. Der Mann aus der Schankstube streckte Milan seine riesige Pranke entgegen.

»Das ist Rutger«, murmelte Rainulf. »Wir kommen aus demselben Dorf …«

»Ich hab ihm das Wildern beigebracht. Und wie man bei den Mädchen ankommt.« Rutger lachte derb. »Wir haben uns beide Felicia angeschlossen, als sie nach Männern für Aufgaben suchte, die Wagemut erfordern. Und Treue.«

»Und jetzt stellst du dich gegen die Schwertherzöge?«, fragte Milan ungläubig. Ihm kam der Gedanke, dass Lucille vielleicht *seine* Treue auf die Probe stellen wollte. Womöglich verbarg sich die Herzogin hinter einem der Fässer und lauschte jedem seiner Worte.

»Mir hat immer die Vorstellung gefallen, einer von den Guten zu sein.« Er lachte, doch es klang bitter. »Wahrscheinlich habe ich als kleiner Junge die falschen Mären erzählt bekommen.« Er versetzte Rainulf einen Knuff. »Und dieser große Schweiger hier hat meist an meiner Seite gesessen, wenn Märenstunde war. Geschichten von furchtlosen Wilderern, die gegen tyrannische Ritter kämpften, die ihre Leibeigenen ausplündern, statt sie zu schützen, wie es die Standesordnung verlangt. Am Ende werden diese Helden immer von den Herzögen begnadigt. In den Mären.«

»Du solltest ihm nicht zuhören, Milan«, sagte Rainulf kühl. »Du wolltest hier sein, um gegen deinen Vater zu kämpfen.«

Milan entschied sich, alle Vorsicht fahrenzulassen. »Und zuzuschauen, wie mein Bruder ermordet wird? Das kann ich nicht. Was willst du tun, Rutger?« Juliano hatte ihn, so lange er denken konnte, von oben herab behandelt. Ihr Verhältnis zueinander war nie gut gewesen. Und doch war er sein Bruder … Milan spähte zu den Fässern. Niemand erhob sich dort. Auch Rutger und Rainulf machten keine Anstalten, ihn zu ergreifen, obwohl er sich gerade freimütig dazu bekannt hatte, sich gegen die Rebellen des Schwertwaldes zu stellen.

»Warum bist du hier?«, fragte er Rainulf.

»Schulde ihm noch einen Gefallen …«

»Unsinn«, entgegnete Rutger unwirsch und senkte die Stimme. »Seine Zunge ist zwar schwer wie Blei, aber sein Herz fliegt in den Wolken. Deshalb hat Felicia ihn mit nach Dahlia genommen. Er war der eine unter mehr als zwanzig, den sie auswählte, weil er weder für Gold und noch für schöne Worte etwas tun würde, das gegen seine Überzeugungen steht. Seine Treue geht bis in den Tod …«

»… und hat ihr doch nichts geholfen«, murrte Rainulf.

»Hast du unsere Sache aufgegeben, nur weil sie tot ist? Wir dienen dem Schwertwald und nicht dieser Närrin, die nun das Kommando führt. Einen Herold zu töten …« Rutger presste die Lippen zusammen und schüttelte den Kopf. »Damit werden wir zu grausamen Barbaren. Sollte die neue Kaiserin noch Zweifel haben, dass der Krieg gegen uns eine gerechte Sache ist, werden diese damit ausgeräumt sein, und sie wird die Liga gewähren lassen.«

Wie hatte ihr Vater dem nur zustimmen können?, fragte sich Milan. Warum war er nicht … Und da begriff er: Diese Entscheidung konnte nur gefallen sein, nachdem Nandus die Versammlung der Liga verlassen hatte. Um seinetwillen! Um ihn, den Verräter, aufzuhalten.

»Was sollen wir tun?«, unterbrach er Rutger, der wieder von der Torheit der Herzöge redete.

Der Hüne wirkte einen Herzschlag lang verärgert, weil er ihm ins Wort gefallen war. Ein furchterregender Anblick. Doch dann nickte er. »Wir brauchen jemanden«, sagte Rutger eindringlich, »der einwilligt, an Stelle deines Bruders seinen Kopf zu geben.«

THOUAR, HAFEN, ABEND, 30. TAG DES HITZEMONDES IM JAHR VON SASMIRAS ZWEITER THRONERHEBUNG

Milan wunderte sich, dass das Schiff, zu dem Rutger sie geführt hatte, nicht schon gesunken war. Seine Reling war zerfetzt, etliche große Löcher klafften im Rumpf, und auch dem Mast war anzusehen, dass ihn schwere Geschosse gestreift hatten und er nur durch die Gnade des Herrn des Himmels nicht über Bord gegangen war.

Gleich drei Laternen waren entlang der Reling aufgehängt. Mehr als bei jedem anderen Schiff, an dem sie vorbeigekommen waren. Es sah fast so aus, als wollte der Kapitän die Wunden seines Seglers zur Schau stellen. Nur dass zu dieser späten Stunde niemand mehr am Hafen unterwegs war, um diese Spuren eines schweren Kampfes zu würdigen.

»Und hier bekommen wir, was wir suchen?«, fragte Milan skeptisch.

»Ferrus handelt mit allem. Er kennt keinerlei Skrupel, und so wie sein Kahn aussieht, wird er jeden Kaisertaler brauchen, den er in die Finger bekommen kann«, erklärte Rutger zuversichtlich.

Milan wollte schon auf die Laufplanke treten, die zum Schiff hinaufführte, als Rutger ihn zurückhielt. »Warum gehen wir dann nicht an Bord?«

»Der Kapitän ist etwas eigen …« Kurz sah es so aus, als wolle Rutger das noch näher erklären, doch dann schüttelte er nur den Kopf. »Ferrus! Zeig dich! Wir sind an deiner Fracht interessiert.«

Eine Weile war nur das Knarren des Tauwerks und das leise Plätschern der Wellen gegen die aus dem Fels geschlagenen Mole zu hören.

Dann stand so plötzlich eine gedrungene Gestalt an der Reling, dass es Milan vorkam, als sei der Mann aus dem Deck gewachsen. Das Laternenlicht spiegelte sich auf einer fast handgroßen Eisenplatte, die auf der rechten Hälfte des kahl rasierten Schädels auflag. Die rechte Augehöhle war nur noch ein Schlund aus knotigem Narbengewebe. Weiße Bartstoppeln wucherten auf sonnenverbrannten Wangen. Die nackten Arme waren mit Tätowierungen geschmückt: Eine Seeschlange wand sich um den linken Arm, während sich auf dem rechten zwei Meerjungfrauen mit einem nackten Seemann vergnügten.

»Sag nichts über sein Auge oder die Silberplatte«, flüsterte Rutger. »Vor Jahren hat er in einem Enterkampf einen Armbrustbolzen durchs Auge geschossen bekommen, der seitlich an seinem Schädel wieder ausgetreten ist. Jeder anständige Mann wäre an solch einer Wunde verreckt. Aber Ferrus hat es überstanden und ist … seltsam geworden. Keiner hat ein Gespür für die See wie er, aber es ist auch keiner so launisch.«

»Und wenige haben bessere Ohren als Ferrus«, rief der alte Haudegen vom Deck herab. »Komm an Bord, Rutger, und bring die beiden anderen mit. Und dann sag mir, was ihr über meine Fracht wisst.«

Rutger schnitt eine Grimasse. Einen Moment lang hatte Milan das Gefühl, der Bogenschütze wolle ihn noch vor etwas warnen, aber dann schwieg er doch.

Nacheinander gingen sie alle drei über die schwankende Laufplanke. Milan bemerkte dunkle Flecken auf dem Deck. Weitere Spuren des Gefechtes?

»Ganz recht, Jüngelchen, das ist, wonach es aussieht: Blut!«, bemerkte Ferrus. »Ein Sturm hatte uns weit nach Süden abgetrieben. Wir waren fernab jeder Schifffahrtsroute … und da sind wir auf diese riesige Dschunke getroffen.« Das Auge des Kapitäns wurde weit, als würde er das Schiff wieder vor sich sehen. »Sieben Masten hatte die Dschunke. Sie war groß wie eine schwimmende Burg. Sie haben uns Signal gegeben, längsseits zu kommen. Als wir auf fünfzig Schritt ran waren, haben sie ohne Vorwarnung angefangen zu schießen. Verdammte Bastarde! Ich sag euch: Die wollten um jeden Preis ein Geheimnis bleiben.

Aber sie kannten Kapitän Ferrus nicht. Statt abzuhauen, sind wir näher heran.«

Er stampfte mit seinem Stiefel auf die Planken. »Mein *Seefalke* ist das wendigste Schiff, das je auf Cilia gebaut wurde. Wir sind dicht an ihrem Bug vorbeigelaufen. Verdammt knappe Sache. Und in der Buglinie sind wir dann davon. Da konnten uns die Steinschleudern nicht mehr treffen. Wir mussten einen Teil unserer Ladung über Bord werfen. Für so einen Riesenpott war die Dschunke erschreckend schnell.«

»Sieben Masten?«, fragte Milan. Nach allem, was er gehört hatte, waren die größten Dschunken Vier- oder Fünfmaster.

Rutger warf ihm einen warnenden Blick zu.

»Wenn ich's dir sage, Junge! Sieben Masten! Ich hab zwar nur noch ein Auge, aber damit sehe ich besser als die meisten anderen mit zwei Augen. Und falls du mich einen …«

»Lass uns über das Geschäft reden«, unterbrach ihn Rutger.

Ferrus maß den Bogenschützen mit abschätzendem Blick. »Siehst mir nicht aus wie einer, der Flussperlen oder Seide sucht. Was brauchst du? Schwarzen Stahl? Traumkugeln?«

Rutger fuhr sich mit der Zunge über die Lippen. »Es heißt, du hättest ein paar Mann verloren …«

Milan spürte die Spannung, die plötzlich in der Luft lag.

»Ja?«, fragte Ferrus lauernd.

»Und es heißt, du hättest sie nicht …«

»Schweig!« Der Kapitän rammte dem Bogenschützen seinen Zeigefinger in die Brust. »Bist du gekommen, um mir Vorhaltungen zu machen? Hast du eine Ahnung, was da draußen auf See vor sich geht?« Jetzt deutete Ferrus auf den dunklen Fjord hinaus. »Sie ist zurückgekehrt …« Seine Stimme war nur noch ein Flüstern.

Etwas im Tonfall des Kapitäns sorgte dafür, dass sich Milans Nackenhaare aufrichteten. Derselbe Mann, der gerade noch erzählt hatte, wie er sich mit einem riesigen Schiff des Khanats furchtlos eine Seeschlacht geliefert hatte, schien nun Angst zu haben.

»Die Meerhexe?«, fragte Milan leise.

Ferrus nickte. Dann deutete er auf eine offene Luke im Deck. »Wir sprechen hier draußen besser nicht weiter.« Ohne ihre Reaktion abzuwarten, stieg er in den Schiffsrumpf hinab.

Milan war der Erste, der ihm folgte. Er gab Rutger und Rainulf ein Zeichen zu schweigen. Wenn das Gespräch Mären berührte, war er, Milan Tormeno, derjenige, der reden sollte.

Es war stickig unter Deck. Eine einzelne Laterne schwang sanft im Rhythmus der Dünung, die gegen das vertäute Schiff anrollte. Blassgelbes Licht fiel auf Stoffballen, Fässer und Kisten, die mit breiten Frachtgurten an den Spanten festgezurrt waren. Es roch nach altem Schweiß ungewaschener Männer, nach Pfeffer und Koriander. Und darunter mischte sich noch ein anderer Geruch …

»Es war gut, dass du die Toten an Bord behalten hast«, sagte Milan unumwunden.

Ferrus war unter der Laterne stehen geblieben. Sein Auge funkelte. »Kein Seemann möchte mehr da draußen bestattet sein«, flüsterte er. »Sie sammelt die Toten …«

»Hast du die Meerhexe gesehen?«

Ferrus schüttelte den Kopf. »Nein. Aber frag mal die Fischer hier im Fjord. Von denen fährt keiner mehr raus, wenn Nebel über der See liegt. Lieber hungern sie. Sie ist da draußen, und wenn der Nebel kommt, dann holt sie sich jene, die auf einsamer Wacht an Bord stehen. Schon bald werden ihre Toten an Land steigen, um Rache zu –«

Milan schnitt ihm mit einer harschen Geste das Wort ab. »Reden wir nicht von ihr.« Er kannte die Geschichte der Meerhexe in all ihren Varianten und ahnte, was ihnen drohte. »Das macht sie nur stärker.«

Der Kapitän nickte. »Du hältst das also nicht nur für Seemannsgarn?«

»Ich bin der Enkel des Erzpriesters Lucio Tormeno und der Letztgeborene des Erzpriesters Nandus Tormeno«, erwiderte Milan bei seiner Ehre gepackt und straffte sich. »Ich weiß um die Gefahren, die da kommen werden, und ich werde mich ihnen entgegenstellen.«

Etwas im Blick des Kapitäns änderte sich. Ferrus sah ihn an, wie es die Männer und Frauen auf den Straßen Dahlias nach der Bastonade getan hatten. »Und weswegen bist du nun hier?«

»Die Herzogin Lucille hält mich als Geisel und will den Tod meines Bruders Juliano. Ich brauche eine deiner Leichen, um fliehen zu können. Aber ich muss dich warnen: Lucille wird alle bestrafen, die mir geholfen haben.«

»Ich fahr hinaus auf die See, obwohl es die Meerhexe gibt. Glaubst du, ich fürchte eine Herzogin?« Der Kapitän legte Milan einen Arm um die Schultern. »Aber du musst mir sagen, was du mit dem Toten willst. Mit manchen bin ich lange gefahren … Ich …« Die Stimme des Kapitäns klang belegt. »Ich bin es ihnen schuldig. Genauso, wie ich es ihnen schuldig war, sie nicht der Meerhexe zu überlassen.« Er deutete auf eine niedrige Tür am Ende des Frachtraums. »Da sind sie. Reden wir mit ihnen.«

Ferrus wandte sich an Rutger und Rainulf. »Das ist eine Sache nur zwischen uns beiden und den Toten. Euch brauchen wir da nicht.«

Der Kapitän öffnete die Tür, und süßlicher Verwesungsgeruch schlug Milan entgegen. Im Licht der Laterne waren Füße zu sehen, die unter Segeltuch hervorlugten. Ferrus zog die Plane zur Seite und murmelte etwas, was wie eine Entschuldigung klang. Sieben Männer lagen in der kleinen Kammer im Bug des Schiffes. Sie waren auf Salz gebettet, und gemahlenes Salz war auch über ihre Körper gestreut. Alle waren sie braungebrannt und tätowiert, doch mehr Gemeinsamkeiten hatten sie nicht. Der Jüngste, vermutlich ein Schiffsjunge, war höchstens vierzehn, schätzte Milan. Der Älteste, ein hagerer Greis, deutlich über fünfzig. Er versuchte, sich die Toten ohne Kopf vorzustellen. Versuchte, sich vor den Geschichten zu verschließen, die in ihre Gesichter geschrieben standen. Der Schiffsjunge hatte eine wulstige Narbe am linken Unterarm. Ein offener Bruch? In der Mitte lag ein Mann mit schütterem Haar und fliehender Stirn.

Seine Nase war offensichtlich mehrfach gebrochen, sein Kopf deformiert. Von einem schweren Sturz? Sein Körper war – im Gegensatz zu den anderen – ohne deutlich sichtbare Wunden.

»Edoardo hat einen Streifschuss abbekommen«, sagte Ferrus leise, als habe er Angst, die Ruhe der Toten zu stören.

»Er sieht meinem Bruder am ähnlichsten«, flüsterte Milan. »Überlässt du mir deinen Toten, Kapitän, um einen Lebenden zu retten?«

THOUAR, KERKER DER ROSENBURG, FRÜHER MORGEN, 1. TAG DES APFELMONDES IM JAHR VON SASMIRAS ZWEITER THRONERHEBUNG

Lucille stieß den Wachposten vor der Rattenkammer zur Seite und trat in die stinkende Zelle. Laternen tauchten den Kerker in helles Licht. Nur noch von den Ketten gehalten, war der Leichnam des Priestersohns in sich zusammengesunken. Sein Kopf aber, der sauber abgetrennt auf den hölzernen Kragen liegen sollte, fehlte.

»Wie ist das möglich?«, fragte Lucille aufgebracht.

Der Befehlshaber ihrer Wachen, der schon unter ihrem Großvater gedient hatte, zuckte mit den Schultern. »Ist mir unbegreiflich …«

»Das genügt mir nicht als Antwort!«, fuhr sie den alten Krieger an. »Ich will die Männer sehen, die diese Nacht im Kerker Wache geschoben haben. Ich will jeden Einzelnen vorgeführt bekommen, der diesen Teil der Burg betreten hat. Und die Torwachen will ich auch befragen. Es ist unmöglich, dass ein Kopf einfach verschwindet!«

»Mit Verlaub, Herrin«, wagte der Hauptmann der Wache einzuwenden. »Gideon hat sich erhoben. Alle hoffen auf die Ankunft der Weißen Königin. Die Grenzen des Möglichen haben sich verschoben …«

»Nicht in meiner Burg!«, erwiderte sie eisig und wurde sich schlagartig bewusst, dass sie womöglich unrecht hatte. Ja, vielleicht wäre das sogar die Erklärung, die ihr der Rat abnehmen würde. Sie war ein Opfer von Zauberei! Eine der Waldhexen hatte sich gegen sie verschworen …

Aber ihre Wahrheit war das nicht!

»Laterne!«, forderte sie von einer der Wachen und ging in die Knie, um Julianos Leichnam genau in Augenschein zu nehmen. Seine Kleider waren schmutzig und zerrissen. Trotz des Gestanks im Kerker war auch ein süßlicher Leichengeruch wahrzunehmen. Aber war es dafür nicht eigentlich noch zu früh?

Lucille hob eine der Hände des Toten. Deutlich waren die Rattenbisse zu sehen. Die Nager hatten Juliano übel zugerichtet.

Sie wollte sich schon aufrichten und gehen, als ihr ein weißer Schimmer an einem der Fingernägel auffiel. Ganz oben unter dem Daumennagel, wo man sonst einen schwarzen Halbmond aus Dreck erwartet hätte, war alles weiß. Sie kratzte ein wenig daran … und etwas Helles bröckelte unter dem Nagel hervor. Erneut hob sie die Hand und roch daran. Salz!

Das war nicht Juliano!

Ihr erster Impuls war, aufzuspringen und sich die Nachtwachen vorzunehmen. Doch sie beherrschte sich. Wenn bekannt würde, dass der Priestersohn befreit worden war und man ihr eine andere Leiche untergeschoben hatte, wäre ihr Ruf ruiniert.

Langsam erhob sie sich.

Ihre Männer wichen ihrem Blick aus.

»Zauberei«, verkündete sie mit fester Stimme. »Der Kopf des Priestersohns wurde durch einen Zauber entwendet. Verbrennt den Rest von ihm!«

THOUAR, ZUNFTSAAL, MORGEN, 1. TAG DES APFELMONDES IM JAHR VON SASMIRAS ZWEITER THRONERHEBUNG

Lucille war verblüfft, alle anderen Schwertherzöge schon anzutreffen, als sie den Zunftsaal betrat. Der große runde Tisch war nur von einer einzigen Karte bedeckt, die den Schwertwald zeigte. Auf der Karte lag eine Spur von Silbermünzen, die bis nach Thouar führte. Weitere Silbermünzen drängten sich dicht an dicht im Kartenabschnitt des nördlichen Schwertwaldes. Im restlichen Waldgebiet gab es nur noch drei Münzen und eine letzte nahe dem Eingang zur Knochenbucht.

Lucille wurde sich der frostigen Blicke bewusst, die sie empfingen, und nahm an, dass über sie geredet worden war, bevor sie eintrat.

»Ich habe die ganze Nacht damit verbracht, alle Berichte über die Sichtungen von Märengestalten zusammenzutragen«, erklärte Umbaldo di Biscia, das Schwert der Schlange. Dabei schlug er einen Ton an, der Lucille an den hochnäsigen Priester erinnerte, der sie lesen und schreiben gelehrt hatte. »Betrachtet man die Berichte nicht einzeln, so wie wir es bisher getan haben, sondern in ihrer Gesamtheit, ergibt sich ein auffälliges Muster. Erkennst du es auch?«

Lucille reckte das Kinn. »Ich sehe, wie sich die Märengestalten im Norden erheben, um dem ruchlosen Erzpriester und der Schwarzen Schar Einhalt zu gebieten.«

Eine irritierende Stille folgte ihren Worten.

»So kann man es sehen«, sagte Umbaldo schließlich gönnerhaft. »Ich komme allerdings zu einem anderen Schluss: Es ist die Nähe von Nandus Tormeno, durch die sich die Märengestalten in Fleisch kleiden. Er ist ein Fleischweber. Genauso wie sein Sohn, Milan Tormeno.«

Umbaldo deutete auf die Münzenspur, die nach Thouar

führte. »Dies ist der Weg, auf dem Milan zu uns kam. Ich wollte seinen Reisegefährten Rainulf rufen lassen, damit er mir dies bestätigt. Aber Rainulf scheint sich nicht mehr in der Stadt zu befinden. An seiner Stelle konnte ich den Bogenschützen William hierherrufen lassen. Er hat mir bestätigt, dass dies der Weg ist, den sie genommen haben.«

Lucille wurde die Kehle eng. Sie ahnte, was als Nächstes kommen würde.

»Allem Anschein nach hat Milan Tormeno in dieser Nacht in aller Heimlichkeit zusammen mit deinem Bogenschützen Rainulf die Stadt verlassen«, ergriff nun Silvia di Orsa das Wort. »Ich gehe davon aus, dass Juliano Tormeno tot ist. Ist das richtig?«

Lucille nickte. »Ja.« Das Wort auszusprechen fühlte sich an, als würde sie eine scharfkantige Scherbe die Kehle hinaufwürgen.

»Dann sollten wir dem Erzpriester schnellstens Julianos Kopf schicken und ihm mitteilen, dass sein jüngster Sohn noch in unserem Kerker sitzt«, drängte das Schwert der Bären. »So, wie Milan über seinen Vater gesprochen hat, wird er bestimmt nicht zu ihm gehen.«

Lucille räusperte sich. »Das … wird nicht möglich sein. Julianos Kopf ist spurlos aus der Rattenkammer verschwunden.«

»Das darf doch nicht wahr sein!«, polterte Alessio di Calice los. Das Schwert der Kelche hieb mit der Faust auf den Tisch. »Beim Herrn des Himmels, wie konnte das geschehen?«

»Zauberei.« Lucille straffte sich und blickte herausfordernd in die Runde. »Eine andere Erklärung gibt es nicht!«

Wieder herrschte angespannte Stille im Zunftsaal.

Umbaldo di Biscia ließ sich mit einem Seufzer in seinen hohen Lehnstuhl fallen. Die anderen blieben weiterhin stehen. Alessio sah sie voller Wut an. Die übrigen Herzöge wirkten eher niedergeschlagen.

»Ich fasse einmal zusammen«, sagte Umbaldo schließlich. »Gestern zu dieser Stunde war Juliano Tormeno unser Gefangener, und Milan Tormeno, vermutlich ein Fleischweber, war einer, der sich mit flammender Begeisterung unserer Sache anschließen wollte. Nachdem wir deinen Plänen zugestimmt haben, Lucille, ist Juliano jetzt tot, und wir müssen davon ausgehen, dass Milans Flucht in Zusammenhang mit diesem Tod steht und der junge Fleischweber von nun an unser geschworener Feind sein wird.«

»Das ist grob vereinfachend …«

»Manchmal ist die Wahrheit so einfach!«, rief Alessio vom anderen Ende des runden Tisches.

»Bleiben wir sachlich«, mahnte Umbaldo.

Trotz seiner vordergründigen Höflichkeit spürte Lucille, wie sehr das Schwert der Schlange ihren Sturz genoss.

»Lucille da Rosa«, fuhr Umbaldo fort. »Du hast zunichtegemacht, wofür deine Schwester ihr Leben gegeben hat. Felicia da Rosa hatte erkannt, wie bedeutend Milan Tormeno für unsere Sache sein würde. Ihre letzten Gedanken galten der Frage, wie sie ihn in den Schwertwald bringen konnte, um uns einen starken Verbündeten zu schicken und unsere Heimat zu schützen. Bei dir hingegen scheint es, als seien Eifersucht und Dummheit die Leitsterne deiner Taten, Lucille da Rosa. Deshalb fordere ich, dass du nicht länger die Sprecherin dieses Rates sein sollst. Wer mit mir einer Meinung ist, hebe seine Hand.«

Alle in der Runde erhoben ihre Rechte.

Lucille ballte vor Wut die Fäuste. Noch nie hatte sie sich so gedemütigt gefühlt. »Wir müssen Suchtrupps ausschicken. Bluthunde …«, stieß sie hervor.

Niemand reagierte auf ihre Worte.

»Umbaldo di Biscia«, sagte Silvia, das Schwert der Bären, feierlich. »Deine Scharfsicht war dem Rat der Schwerter von großem Nutzen. Ich schlage vor, dass du uns künftig anführst. Wer dafür ist, hebe die Hand.«

Lucille war die Einzige, die nicht ihre Hand hob. Sie war fassungslos. Ein Krieg hatte begonnen, und den Rat führte nun ein Gelehrter, ein Herzog, der außer seiner kleinen Burg in Thouar kein Land mehr besaß. Vor mehr als fünfzig Jahren hatten die Söldner der Liga das Herzogtum des Schwertes der Schlangen überrannt. Seitdem gründete die Macht der di Biscia auf der kleinen Flotte von Kauffahrern und Kaperschiffen, die unter dem Banner der goldenen Schlange fuhren.

Umbaldo verneigte sich knapp. »Ich danke euch für euer Vertrauen, meine Brüder und Schwestern. Und nun bitte ich euch: Ruft eure besten Fährtensucher und Bogenschützen. Noch in dieser Stunde soll die Suche nach Milan Tormeno beginnen. Er ist ein mächtiger junger Mann, auch wenn er sich dessen vielleicht nicht bewusst ist. Nun, da wir ihn uns zum Feind gemacht haben, müssen wir um jeden Preis verhindern, dass er sich der Liga anschließt. Deshalb befehlt euren Bogenschützen, dass sie ihn niederschießen, sobald sie ihn entdecken!«

SÜDLICHER SCHWERTWALD, SPÄTER NACHMITTAG, 5. TAG DES APFELMONDES IM JAHR VON SASMIRAS ZWEITER THRONERHEBUNG

Das Hundekläffen erklang jetzt auch im Westen. Damit war ihnen der Weg zum Meer abgeschnitten. Milans Atem ging keuchend. Er musste innehalten. Erschöpft stützte er sich auf seinen Wanderstab und schloss kurz die Augen, um das Schwindelgefühl niederzukämpfen.

Rainulf stand ein Stück über ihm am Hang. »Komm schon, du schaffst das. Oben folgen wir dem Grat. Da wird es leichter für dich sein.«

Nichts würde leichter werden, das wusste Milan. Fünf Tage hetzten sie nun schon durch den Wald. Anfangs hatte es ganz gut ausgesehen. Er hatte entschieden, dass sie nach Süden gingen, weil er glaubte, dass ihre Verfolger ihn auf dem Weg zu seinem Vater im Norden suchen würden. Dabei wollte er einfach nur fort von allem. Fort von seinem Vater. Fort von den

Schwertherzögen. Sogar von Cilia. Sobald sie Drepana, die Silberne, erreichten, würde er sich ein Schiff suchen, das ihn fort von der Insel brachte. Er hatte es Rainulf noch nicht gesagt, aber aus dem bevorstehenden Krieg würde er sich nach seinen jüngsten Erfahrungen künftig ganz heraushalten.

Milan lauschte. Jetzt war das Bellen wieder im Osten zu hören.

In der Nacht hatten sie nur drei oder vier Stunden geschlafen. Dann waren sie weiter geflohen. Rainulfs Kraft schien unerschöpflich zu sein. Seine war es nicht, dachte Milan müde. Tagelange Waldmärsche in drückender Spätsommerhitze hatten nicht zu den Übungen gehört, mit denen sein Vater ihn auf ein Leben als Erzpriester vorbereitet hatte.

Jetzt kam der Bogenschütze ein Stück den Hang hinab und streckte ihm die Hand hin. »Komm, ich zieh dich. Dann hast du's leichter.«

Milan griff nicht zu. So viel Stolz war ihm noch geblieben. »Es geht schon«, keuchte er, obwohl seine Kehle sich anfühlte, als habe jemand einen Schürhaken hineingestoßen.

Schwer auf seinen Wanderstab gestützt, quälte er sich den Hang hinauf. Oben angekommen, bot sich ihm ein seltsamer Anblick. Auf der anderen Seite lag ein kreisrundes Tal mit einem Durchmesser von sieben oder acht Meilen. Die höher gelegenen Hänge waren mit verrotteten Baumstümpfen bedeckt. Weiter unten schlossen sich bleiche Stämme mit ausladenden Ästen an, von denen Blätter und Rinde abgefallen waren. Zwischen diesen Baumriesen glaubte Milan Ruinen am Talgrund zu erkennen. »Der Weiße Wald«, flüsterte er ehrfürchtig. Dort musste einst der Palast der Weißen Königin gestanden haben.

»Wir gehen nach Westen«, sagte Rainulf entschieden. »Mit ein wenig Glück schaffen wir es bis zur Küste und werden von einem Fischerboot aufgenommen, bevor unsere Verfolger uns stellen.«

»Glaubst du das wirklich?«

Rainulf wich seinem Blick aus.

»Warum sollten sie uns durch bellende Hunde wissen lassen, wie weit sie noch entfernt sind. Männer wie dein Freund William brauchen doch keinen Hund, um einer Spur im Wald zu folgen … Während wir wegen der Hunde noch hoffen, dass er eine halbe Meile entfernt ist, könnte er auch einen Pfeilschuss entfernt unten am Hang stehen.«

»Wäre er einen Pfeilschuss entfernt, wäre ich schon tot«, entgegnete Rainulf trocken. »Mich brauchen sie nicht lebend.«

»Besser, wir gehen durch das Tal«, entschied Milan und stieg zwischen den verrotteten Baumstümpfen hinab.

»Bist du von Sinnen? Hierher kommt man nur, wenn einen die Königin ruft! Niemand mit Verstand steigt dort hinunter.«

»Dann hoffe ich, dass wir Verfolger mit Verstand haben«, erwiderte Milan.

»Verdammt, Junge, ich scherze nicht. Die mächtigsten Märengestalten sind hier im Herzen des Weißen Waldes beheimatet. Dort unten könnten wir dem Nebelwolf begegnen, dem Einhorn der Königin oder ihren Leibwachen aus dem Alten Volk. Lebenden Bäumen, Geistern und …«

»Und im Schwertwald kann uns jederzeit ein Pfeil in den Rücken treffen. Ich habe meine Wahl getroffen.« Milan drehte sich um und stieg weiter den Hang hinab.

Er war bereits ein ganzes Stück gegangen, als er Schritte hinter sich hörte.

»Du bringst uns beide um«, fluchte Rainulf. »So wie Felicia.«

Der Vorwurf des Bogenschützen ließ die Flammen des Scheiterhaufens vor Milans geistigem Auge erneut emporlodern, und er erwiderte nichts.

Mehr als eine Meile gingen sie schweigend, bis Milan sich durchrang zu fragen, was ihm schon die ganze Flucht über auf der Zunge lag: »Warum begleitest du mich? Ist das für dich kein Verrat an deinem Volk?«

»Nein. Man kann ein Volk nicht verraten … Das sind zu viele. Es würde immer welche geben, die gut finden, was man tut, ganz gleich, was es auch sei. Man kann nur sich selbst verraten, Milan. Und das habe ich nie getan.«

Milan fragte sich, ob er sich selbst treu geblieben war.

Schweigend gingen sie weiter, bis sie den Rand des Weißen Waldes erreichten. Wie aus frischem Elfenbein geschnitten wirkten die laublosen Bäume. Manche von ihnen waren so gewaltig, dass drei Mann mit ausgestreckten Armen ihren Stamm nicht hätten umfassen können. Es gab kein Unterholz, und der schwarze Erdboden war ab und an mit etwas durchsetzt, was wie Silberstaub aussah. Es gab auch keinen Weg, keinen Wildwechsel. Die weiche Erde zeigte keinerlei Spuren. Als habe seit Jahrhunderten nichts Lebendiges diesen Ort mehr betreten.

Milan trat an einen der Stämme und legte seine Hand darauf. Das Holz war kühl und hart wie Stein.

»Fass lieber nichts an«, sagte Rainulf mit gesenkter Stimmen. »Alles hier gehört der Königin. Du könntest sie erzürnen.«

Das Tal war in der Tat unheimlich, dachte Milan. Es gab kein Vogelgezwitscher, kein Wispern des Windes in den Bäumen. Nur ein leises Raunen … wie ein Nachhall längst verklungener Stimmen.

Ein Frösteln überlief Milan. Schon wurden die Schatten länger. Bald würde es Nacht.

Milan beschleunigte seine Schritte. Sie mussten die Ruinen des Palastes erreichen, bevor es völlig dunkel wurde. Solange er zurückdenken konnte, hatten die Mären über die Weiße Königin seine Phantasie beflügelt. Doch wie würde es sein, ihr tatsächlich zu begegnen?

WEISSER WALD, PALAST DER WEISSEN KÖNIGIN, ABENDDÄMMERUNG, 5. TAG DES APFELMONDES IM JAHR VON SASMIRAS ZWEITER THRONERHEBUNG

Milan war überrascht, wie weitläufig die Palastruinen im Herzen des Waldes waren. Der Abend neigte sich zur Nacht, als sie jenen Ort betraten, an dem sich einmal der Thronsaal erhoben hatte. Geborstene Säulen lagen hier auf einem bunten Mosaikboden. Marmorstufen führten zu einem Podest empor, auf dem ein weißer Thron stand.

»Tu das nicht«, flüsterte Rainulf, als Milan die unterste Stufe betrat. »Wir sollten gar nicht hier sein.« Der sonst so furchtlose Bogenschütze wagte es nicht einmal, in Richtung des Throns zu blicken.

Milan schenkte ihm keine Beachtung. Da war etwas neben dem Thron, was seine Aufmerksamkeit erweckt hatte. Erst hatte er es für zerbrochenen Marmor gehalten. Für Trümmer, wie sie überall in dem verfallenen Palast lagen.

Entschlossen stieg er die Stufen hinauf und kniete neben dem Thron nieder. Der Schädel, der dort lag, war so groß wie der eines Pferdes, doch selbst im schwindenden Licht waren die Reißzähne noch deutlich zu erkennen. Er ruhte auf gekreuzten Knochen mächtiger Vorderläufe.

»Du warst freiwillig hier«, sagte Milan leise und strich sanft über den Schädel. »Hast du auf sie gewartet? Darauf, dass sie zurückkehrt, wie es die Mären versprechen? Wie lange hast du durchgehalten?«

Einst musste dies der Nebelwolf gewesen sein. Der Jäger der Königin. Seine Gebeine hier zu finden, zu sehen, wie sein Leben geendet hatte, erfüllte Milan mit tiefer Melancholie. Nie hatte er eine Mär über den Tod des Nebelwolfs gehört. Sterblichkeit war etwas, was nicht zu ihm passte, und Milan wünschte sich, er hätte die Knochen nicht entdeckt.

Traurig stieg er vom Thronpodest herab.

»Wir sollten gehen«, drängte Rainulf.

»Warum? Die Wächter der Königin sind tot. Vergangen wie ihr Palast. Und wir werden im ganzen Schwertwald keinen Ort finden, an dem wir vor unseren Verfolgern sicherer wären als hier.«

»Du verstehst das nicht«, presste Rainulf halb erstickt hervor. »Man muss hierher gerufen werden. Unsere Verfolger wissen das. Und sie wissen auch, was uns geschehen wird.«

Milan überlegte einen Moment und beschloss, diese Warnung des Bogenschützen nicht in den Wind zu schlagen. Zu viel stand auf dem Spiel.

Respektvoll wandte er sich wieder zum Thron um und verneigte sich. »Herrin des Waldes, ich werde von denen gejagt, die dir einst gedient haben. Sieh in mein Herz. Ich habe nichts Unrechtes getan. Ich wollte der Gerechtigkeit dienen ...« Er stockte. »Ich habe meinen Weg verloren. Ich weiß nicht mehr, wo ich die Gerechtigkeit, die ich suchte, noch finden soll. Gewähre mir und meinem Gefährten Asyl für diese Nacht. Und weise mir den Weg, wenn du gnädig bist.«

Milan verbeugte sich noch einmal, dann zog er sich zurück und breitete seinen Umhang in einer Mauernische auf dem Mosaikboden aus.

Stumm folgte Rainulf seinem Beispiel. Der Bogenschütze hatte es aufgegeben, auf ihn einzureden. Milan rechnete es ihm hoch an, dass er nicht einfach weiterzog und ihn allein an diesem Ort zurückließ.

Bleierne Müdigkeit senkte sich auf ihn herab. Die lange Flucht hatte seine Kräfte aufgezehrt. Er streckte sich auf seinem Umhang aus und blickte noch ein letztes Mal zum Thron.

Blaues Licht schien um die Gebeine des Nebelwolfs zu spielen. Es floss zu zwei leuchtend blauen Augen zusammen ...

WEISSER WALD, PALAST DER WEISSEN KÖNIGIN, MORGEN, 6. TAG DES APFELMONDES IM JAHR VON SASMIRAS ZWEITER THRONERHEBUNG

Deine Taten haben ihn stärker gemacht.

Milan erwachte schweißgebadet. Die Stimme aus seinem Traum hallte in ihm nach. Blinzelnd sah er sich um, hatte Schwierigkeiten, sich zu erinnern, wo er war. Es kam ihm vor, als sei er immer noch in einem Traum gefangen. Einem, den er geträumt hatte, als Felicia noch lebte.

Schäfte goldenen Lichts fielen durch das Laubdach und ließen den Thronsaal wie einen verwunschenen Ort aus einer Feenmär erscheinen. Weiße Rosen rankten über Ruinen aus Marmor.

Lebhaft erinnerte er sich an diesen Traum. Doch damals hatte Rainulf ihm nicht gegenübergesessen. Der Bogenschütze sah ihn aus rot entzündeten Augen an, Spiegeln des Schreckens in seiner Seele.

»Er war hier«, stammelte Rainulf. »Genau vor mir … mit seinen kalten, blauen Augen. Sein Schlund stank nach Aas. Ich habe seinen Atem auf meinem Gesicht gespürt, so nah war er.«

»Wer?«

»Der Nebelwolf«, erwiderte der Schütze tonlos.

Jetzt kam Milan die Erinnerung an den vergangenen Abend. Er blickte zum Thronsessel. Da lag kein Schädel mehr, keine Knochen.

»Du hast ihn in Fleisch gekleidet.« Da schwang kein Vorwurf in Rainulfs Worten mit. Nur Fassungslosigkeit und Grauen. »Ich habe gesehen, wie er Gestalt annahm. Dann kam er herüber zu uns und hat Witterung genommen.«

Milan blickte sich in dem großen Saal mit den umgestürzten Säulen um. Waren die Mauerreste gestern auch schon von Rosen überwuchert gewesen? Er konnte sich nicht daran erinnern. »Ist der Nebelwolf noch hier?«

Rainulf schüttelte den Kopf. »Ich glaube, er ist in den Wald gelaufen. Da ist noch etwas, dort draußen. Etwas Großes. Manchmal hört man, wie es sich bewegt.«

Milan legte den Kopf in den Nacken und blickte zu dem dichten Astwerk mit den silberweißen Blättern auf, das sich über dem Thronsaal wölbte. Gestern noch waren alle Bäume kahl gewesen.

»Du bist das.« Rainulf klang jetzt geradezu ehrfürchtig. »Die Weiße Königin muss dich mögen. Sonst würden wir nicht mehr leben.«

Milan nickte geistesabwesend. Seine ganze Aufmerksamkeit galt jetzt einem großen Marmorblock, der ihm am vergangenen Abend ebenfalls nicht aufgefallen war.

Er erhob sich. Seine Glieder schmerzten. Sein Mund war staubtrocken. Der Marmorblock war so groß wie der Altarstein eines Oktagons. Er ruhte in einer breiten Nische auf der gegenüberliegenden Seite des Saals, wo das Mauerwerk nur noch bis auf Kniehöhe erhalten war.

Milan durchquerte den Saal. Dieser Ort war offenbar älter als jedes Oktagon auf Cilia. Was hatte es mit diesem Stein auf sich? Hatte die Weiße Königin irgendwelche längst vergessenen Götzen angebetet?

Rosenranken und zarte Blüten waren in den Marmor geschnitten. Auf dem Altar lag Steinschutt der eingestürzten Wände. Milan wischte ihn von der glatten Oberfläche und stutzte.

Ganz eben war der Altarstein nicht. Es gab drei halbkugelförmige Vertiefungen. Ihr Anblick versetzte ihn in Unruhe. Da war etwas … ein Gedanke, zum Greifen nahe … der Schlüssel zu …

»Gideon sieht euch zwei Wichte,« erscholl eine volltönende Stimme vom Himmel herab.

Rainulf war mit einem Satz auf den Beinen, ergriff seinen Bogen und lief zu ihm herüber.

Milan spähte durch die Baumkronen. Undeutlich sah er den Riesen. Gideon wirkte, als habe er einen Faustkampf verloren. Sein rechtes Auge war zugeschwollen, seine Nase offensichtlich gebrochen. Milan fragte sich beklommen, welche Märengestalt den Riesen so zugerichtet haben mochte. Wer lauerte noch in diesem Wald? Wie viele Mären gab es, die außerhalb des Schwertwaldes niemand kannte?

»Kommt aus der Höhle der Königin!«, rief Gideon.

»Der Wächter. Er ist der Wächter … Wir hätten nicht hier sein dürfen.« Rainulf umfasste seinen Bogen so fest, dass seine Knöchel weiß hervortraten. »Ich könnte ihn aufhalten. Aber wohl nicht lange …«

»Kommt da heraus!« Gideon hob jetzt einen gewaltigen grauen Felsklotz hoch über den Kopf, bereit, ihn nach ihnen zu werfen.

»Glaubst du, die Königin wird es mögen, wenn du ihre *Höhle* mit deinem Stein zertrümmerst?«, rief ihm Milan frech entgegen und gab Rainulf zugleich ein Zeichen, nicht den Bogen zu heben. »Ich hatte gerade begonnen, hier ein bisschen Ordnung zu machen. Ich bin der Baumeister der Königin.«

»Der Baumeister?« Die Stimme klang verwundert. »Sie hatte nie einen Baumeister!« Misstrauen, schon an der Grenze zum Zorn, spiegelte sich in Gideons Zügen.

»Reiz ihn nicht!«, raunte Rainulf.

Doch Milan war entschlossen, sein einmal begonnenes Spiel weiterzutreiben. Geradlinig und wagemutig, so waren die Helden in Mären. Und so musste auch er sein, wenn er einer Märengestalt gegenüber triumphieren wollte.

»Natürlich hast du noch nie vom Baumeister der Königin gehört«, rief er selbstbewusst. »Schließlich hat ihr Palast früher nicht in Trümmern gelegen. Erst jetzt muss ihn jemand wieder aufbauen.«

»Stimmt.« Es grummelte über den Baumkronen. »Dann störe ich mal lieber nicht. Ich bleibe in der Nähe …«

»Pass auf, dass du die Rosen der Königin nicht platttrampelst. Ich hatte sehr viel Mühe mit ihnen.«

»Übertreib es nicht«, flüsterte Rainulf. »Wenn Gideon glaubt, dass man ihn für dumm hält, kann er sehr ungemütlich werden.«

Sie hörten, wie sich der Riese ein Stück entfernte.

»Du ahnst ja nicht, was für ein Glück wir haben«, sagte Rainulf unendlich erleichtert. »Mach das nie wieder! Lieber stelle ich mich mit bloßen Händen einem Rudel Wölfe, als noch einmal Gideon entgegenzutreten.«

Milan sah dem Riesen nach, der so behutsam durch den Wald der Königin schritt, dass man nicht einen Ast brechen hörte. »Du wirst mir jetzt alles über Gideon erzählen, was du weißt. Jede Kleinigkeit aus jeder Mär, in der er vorkommt.«

Der Bogenschütze schüttelte entschieden den Kopf. »Gar nichts werde ich tun. Jedenfalls nichts, was dich noch ermutigt, ihm die Stirn zu bieten. Man sollte sein Glück nicht herausfordern, Priestersohn.«

»Du hast also vor hierzubleiben, bis die Königin zurückkehrt?«

»Nein! Auf gar keinen Fall.«

»Aber Gideon ist der Wächter dieses Waldes, nicht wahr?«

Rainulf nickte.

»Also werden wir, um an ihm vorbeizukommen, eine gute Geschichte brauchen, warum der Baumeister der Königin fortgeht, bevor er ihren Palast wieder errichtet hat.«

»Es ist um uns geschehen«, flüsterte Rainulf im Tonfall der Endgültigkeit einer Grabesrede.

WEISSER WALD, UNWEIT DES PALASTES DER WEISSEN KÖNIGIN, MITTAG, 6. TAG DES APFELMONDES IM JAHR VON SASMIRAS ZWEITER THRONERHEBUNG

Gideon?«

Der Riese erhob sich zwischen den Bäumen. Er wirkte, als habe er geschlafen. »Baumeister?«

Milan stemmte die Hände in die Hüften und versuchte, so groß und so selbstbewusst wie nur möglich zu wirken. »Ich habe ein Problem und benötige dringend deine Hilfe. Du weißt, der Palast der Königin ist ganz und gar aus Marmor erbaut?«

»Marmor?«

»Die weißen Steine heißen so.«

»Ah.« Gideon nickte.

Der Riese wirkte immer noch schläfrig, und Milan begann sich zu fragen, ob es vielleicht doch nicht so schwer gewesen wäre, ihm zu entwischen.

»Du kennst doch sicher einen Ort, an dem es solche weißen Steine gibt, Gideon.«

»Ja …«, erklang es gedehnt aus der Höhe. »Wozu brauchst du sie?«

»Viele der Steine im Palast sind zerbrochen. Ich werde neue holen müssen. Wenn ich das nicht schaffe, wird die Königin bestimmt traurig sein.«

Gideon kratzte sich am Kopf. »Denke ich auch.«

Milan warf einen kurzen Blick zu Rainulf. Jetzt kam der Teil, den er mit dem Bogenschützen nicht abgesprochen hatte, weil er sich ganz sicher war, dass sein Gefährte dann erst gar nicht mit ihm hierhergekommen wäre.

»Kannst du uns dorthintragen?«

Milan hörte, wie Rainulf scharf die Luft einsog.

»Das geht nicht«, sagte Gideon entschieden. »Ich bin der Wächter. Ich muss hierbleiben.«

»Aber warst du nicht vor ein paar Tagen im Norden?«

»Stimmt.«

Milan wartete, ob da noch mehr käme, aber der verdammte Riese konnte offensichtlich genauso einsilbig sein wie Rainulf an einem schlechten Tag.

»Und warum bist du wieder hierher zurückgekommen?«, fragte er schließlich.

»Weil ich der Wächter des Weißen Waldes bin. Da muss ich doch hier sein.«

So würde er zu keinem Ergebnis kommen. »Wir beide wollen doch, dass die Weiße Königin glücklich ist, oder?«

»Natürlich!«, verkündete Gideon so laut, dass die Äste erzitterten.

»Es wird sie traurig stimmen, wenn ich ihren Palast nicht wieder aufbauen kann. Willst du mir wirklich nicht helfen?«

»Warum gehst du nicht ohne mich?«, fragte der Riese.

»Belüg ihn nicht zu oft«, raunte Rainulf. »Das wird er merken.«

»Am Rand des Weißen Waldes gibt es Männer, die auf mich warten. Sie werden mich nicht mehr zurück zum Palast der Königin lassen.«

»Die Dornenwichte!«, grollte Gideon. Dann deutete er mit einem seiner riesigen Finger auf Rainulf. »Solche wie er.«

»Dornenwichte? Ich bin kein Dornenwicht«, protestierte der Schütze.

»Ich sehe doch die Tasche voller Dornen an deiner Seite. Gideon ist nicht blind! Ich habe sehr gute Augen. Die anderen Dornenwichte im Norden haben mir wehgetan«, grollte er. »Ich mag keine Dornenwichte!«

Milan stellte sich vor den Bogenschützen und breitete die Arme aus. »Mein Freund Rainulf ist nicht wie sie. Er ist ein treuer Diener der Weißen Königin. Er hat mich gerettet, als mich diese … Dornenwichte verfolgt haben.«

Der Riese maß Rainulf mit einem langen Blick. »Das alles ist nicht Gideons Sorge«, sagte er schließlich.

Milan schluckte. Er hatte gehofft, dass es nicht so weit kommen würde. Jetzt begann der gefährlichste Teil der Verhandlung. »Ich muss der Weißen Königin also sagen, dass du mir nicht helfen wolltest, ihren Palast wieder aufzubauen?«

Gideon schloss das Auge, das nicht zugeschwollen war, und tat einen tiefen, verzweifelten Seufzer. »Das ist nicht richtig …«

»Ich schlag dir einen Handel vor. Wir machen einen Rätselstreit. Ich habe gehört, du bist gut darin. Wenn du gewinnst, dann muss ich allein sehen, wie ich zurechtkomme. Sollte aber ich gewinnen, dann trägst du mich an den Dornenwichten vorbei bis zum Rand des Schwertwaldes. Der ganze Schwertwald gehört doch der Königin. Man könnte also sagen, du hättest den Wald der Königin nicht verlassen. Mir aber hättest du zugleich sehr geholfen.«

Tiefe Falten zeigten sich auf der Stirn des Riesen. Er tat einen weiteren Seufzer. Dann öffnete sich sein Auge wieder. »Gut, Baumeister. Ich fange an: Was wird jeden Tag neu gemacht, obwohl es längst fertig gebaut ist?«

Milan musste sich ein Lächeln verkneifen. Das Rätsel kannte er. Endlich zahlte es sich aus, dass er seine halbe Kindheit über Büchern verbracht hatte. Allerdings wollte er Gideon nicht brüskieren, indem er sofort antwortete. Also ging er auf und ab, kratzte sich am Kopf und blickte verzweifelt drein.

»Jetzt sag nicht, dass es das schon war«, flüsterte Rainulf. »Du wirst doch wohl dieses verdammte Rätsel lösen können.«

»Kannst du es?« Milan tat beleidigt.

»Ich bin nicht der Sohn eines Erzpriesters. Ich kann mit dem Bogen umgehen. Deine Aufgabe ist es, mit deinem Verstand umzugehen.«

»Ja, ja …« Milan begann wieder auf und ab zu gehen. Dabei strich er sich nachdenklich übers Kinn.

»Ich hab dich gewarnt, Baumeister.« Gideon klang, als habe er wirklich Mitleid mit ihm. »Ich kenne mich aus mit Rätseln und …«

Milan schnippte mit den Fingern und sah zu Gideon auf. »Es ist ein Bett, nicht wahr? Das ist die Lösung.«

Der Riese starrte ihn mit offenem Mund an, was kein schöner Anblick war. »Das stimmt«, sagte er ernüchtert. »Du bist auch gut, Baumeister.«

»Kommen wir zu meinem Rätsel«, sagte Milan ohne Umschweife. »Was kann lebendig sein und Gestalt annehmen, ohne aus dem Schoß einer Frau geboren zu sein?«

»Öhhh …« Der Riese sah ihn aus seinem großen, himmelblauen Auge erschrocken an. »Das ist schwer.«

»Du weißt also keine Antwort?«

Gideon hob die Hand. »Ich hab dir auch Zeit zum Nachdenken gelassen, Baumeister. Drängele mich nicht!« Er schloss das unversehrte Auge wieder.

»Das kann dauern«, murmelte Rainulf, »ärgere ihn nur nicht.«

Milan setzte sich auf eine niedrige Mauer, die vor langer Zeit wohl einmal Teil eines Brunnens gewesen war, und wartete.

Der Riese wiegte seinen Oberkörper vor und zurück. Seine Lippen bewegten sich, als spräche er mit sich selbst, doch es war kein Laut zu vernehmen.

Stunden vergingen, und immer, wenn Milan der Geduldsfaden zu reißen drohte und er Gideon ansprechen wollte, schüttelte Rainulf entschieden den Kopf.

Die Sonne war bereits halb hinter den Hügeln am Rand des Tals verschwunden, als Gideon einen verzweifelten Seufzer ausstieß. »Du hast gewonnen, Baumeister. Ich kann es nicht lösen.«

»Es ist eine Idee. Sie wird nicht aus dem Schoß einer Frau geboren und ist doch lebendig. Und manchmal nimmt sie Gestalt an. Wenn wir etwas bauen, zum Beispiel.«

Gideon wirkte nicht verärgert, weil er verloren hatte. Im Gegenteil, er lächelte. »Das könnte man auch von Mären sagen, nicht wahr?«

Milan war überrascht. »Ja, du hast recht.« Eine solche Antwort hatte er dem Riesen nicht zugetraut.

»Kommt!« Gideon streckte ihnen die Hand entgegen, so dass sie hinaufklettern konnten.

Milan stieg auf den schwieligen Handteller. Rainulf folgte. Dem Schützen war anzusehen, wie unwohl er sich fühlte.

Der Riese aber lachte. »Ich habe lange nicht mehr so viel Spaß gehabt wie heute Nachmittag. Ich freue mich auf deine Rückkehr, Baumeister.« Er klemmte sich seinen Felsen unter den linken Arm und schritt durch den Wald. »Die Königin hat auch gelacht.«

Milan sah verwundert zu Gideon auf. »Wie meinst du das?«

»Na, sie hat eben gelacht …«

Rainulf warf ihm einen alarmierten Blick zu. »Ist sie hier im Wald?«

Jetzt gluckste der Riese vor Vergnügen. »Fast ein Rätsel, Dornenwicht. Ja und nein. Sie ist hier oben.« Gideon hob seine Rechte.

Milan und Rainulf wurden von der überraschenden Bewegung von den Beinen gerissen und wären fast vom Handteller gerutscht, als Gideon sich mit einem Finger an die Stirn tippte.

»Hoppla. 'tschuldigung ...« Der Riese hielt die Hand wieder waagerecht. »Sie ist in meinem Kopf. Und ich stehe im Wald. Also ist sie beides. In meinem Kopf und im Wald.«

»Ihre Stimme ist da?«, fragte Milan zweifelnd. »In deinem Kopf?«

Gideon nickte. »Sie sagt, dass sie es gut findet, dass du den Wald verlässt. Sie war auch in deinem Kopf, nicht wahr? In deinen Träumen.«

Milan hatte das Gefühl, als würden ihm die Beine unter dem Leib weggezogen. Er musste sich setzen. Deutlich stand ihm der Traum der letzten Nacht wieder vor Augen.

»Sie ist zuversichtlich, dass du die richtigen Entscheidungen triffst und schon bald in ihren Palast zurückkehrst«, sagte Gideon leichthin.

Milan war sich da nicht so sicher. Im Traum hatte er sich ihr widersetzt und seinen Preis dafür gezahlt.

BAUERNHOF, HÜGELLAND ÖSTLICH DES SCHWERTWALDES, FRÜHER MORGEN, 7. TAG DES APFELMONDES, IM JAHR VON SASMIRAS ZWEITER THRONERHEBUNG

Milan räkelte sich im frisch geschnittenen Heu. Er hatte tief und traumlos geschlafen. Keine Stimmen hatten ihn heimgesucht, und sie wurden nicht mehr länger verfolgt. Gideon hatte ihnen einen letzten Gefallen getan und sie ein weites Stück über den Waldrand hinausgetragen. Schließlich hatte er sie im Hügelland westlich des Matani abgesetzt und war gegangen. Den Bogenschützen des Schwertwaldes waren sie entkommen, und dennoch hatte Rainulf darauf gedrängt, dass sie noch weiter durch die Hügel marschierten, um den Abstand zum Wald zu vergrößern.

Schließlich hatten sie die Lichter eines einsamen Gehöfts entdeckt. Dort waren sie erstaunlich freundlich aufgenommen worden. Sara, die Herrin des Hofes, hatte ihnen höchstselbst die Reste des Eintopfs vom Abend aufgewärmt und sie mit köstlichem hellem Brot und jungem Weißwein bewirtet. Dazu noch Oliven und Schafskäse. Das alles war Milan wie ein Festmahl vorgekommen nach den langen Tagen der Flucht, auf der sie nicht ein einziges Mal gewagt hatten, ein Feuer zu entzünden. Im Wald hatten ihre Mahlzeiten aus Trockenfleisch bestanden und aus Hirse, die sie im Gehen kauten.

Sara hatte keine Fragen nach all ihren Waffen gestellt. Auch nicht nach dem Woher oder Wohin. Sie schien eine kluge Frau zu sein. Ihr war klar gewesen, dass sie beide sich ihr Essen auch einfach hätten nehmen können.

Wie es wohl wäre, auf so einem Gehöft zu leben? Sich nicht um Mären zu scheren und um die Ränke der Schwertherzöge oder der Liga, sondern nur zu hoffen, dass der Wein des letzten Jahres gut in den Fässern reifte, und darum zu beten, dass das Viehzeug nicht an einer Sieche verreckte und kein Hagelsturm die Ernte vernichtete.

Rainulf schnarchte noch leise im Heu neben ihm. Milan verschränkte die Arme hinter dem Kopf und betrachtete die Staubflocken, die in den schmalen Bahnen aus Morgenlicht tanzten, das zwischen den Dachschindeln in die Scheune hinabstach.

Leise Schritte lenkten Milan ab. Das Schnarchen Rainulfs verstummte. Er regte sich nicht, aber ganz gewiss schlief er nicht mehr.

Milan drehte sich zur Seite und sah Sara, die am Eingang zur Scheune eine Schüssel mit Milch abstellte.

Eine Katze, dachte Milan, bis Sara auch noch einen Laib Brot auf einem Tuch dazulegte.

»Hat die Bäuerin Frühstück gebracht?«, flüsterte Rainulf mit schiefem Grinsen. Seine Augen blieben weiterhin geschlossen.

Milan wandte den Blick ab. Er wusste nur zu gut, welchen Ärger er sich einhandeln konnte, wenn er Schüssel und Brot beobachtete. »Nicht für uns«, sagte er leise.

Jetzt sah Rainulf ihn an.

»Nicht hinschauen«, flüsterte Milan. »Sie mögen das nicht ... Sieh mir einfach in die Augen!«

»Du redest von ...«

Milan hob warnend die Hand. »Du kennst die Geschichten. Es gibt sie im Schwertwald, so wie überall sonst auf der Insel.«

Der Schütze grummelte etwas Unverständliches. »Ich glaub, ich besorg mir ein Widderhorn. Das hält sie fern, oder?«

Milan seufzte. »Zumindest manche ...« Es gab so viele Geschichten über das kleine Volk, dass man schon sehr genau wissen musste, mit wem man es zu tun hatte, wenn man sich schützen wollte.

Sie warteten noch eine Weile. Als Milan schließlich zum Eingang der Scheune hinabblickte, waren die Schüssel und der Brotlaib verschwunden.

Er nahm seine Sachen, stieg vom Heuboden herab und ging zum Bauernhaus hinüber. Rainulf hatte es nicht eilig, ihm zu folgen.

Nur Sara, die Bäuerin, war in der Stube. Sie fegte den Ofen aus. Auf dem langen Tisch lagen sieben kleine Laibe Brot. Ihr Duft erfüllte den Raum mit der niedrigen Holzdecke und den grob verputzten Wänden. Hier gab es keinen Reichtum. Aber alles war sauber.

»Ihr habt Gäste?«

Sara drehte sich um. Sie trug ein schlichtes schwarzes Kleid, dem Milan ansah, dass sie es schon lange nutzte. Ihr Gesicht war von Wind und Wetter gebräunt. Ein großes, schwarzes Muttermal saß dicht unter ihrem linken Nasenloch. Die braunen Augen waren von Falten eingefasst. »Einer dieser Gäste steht vor mir, wie mir scheint. Hunger?«

»Ich hab Euch bei der Scheune gesehen.«

»Ja?«

»Eure Morgengabe ...«

Sie hob rasch die Hand, um ihn zum Schweigen zu bringen. »Redet nicht von ihnen, junger Herr. Sie sind eine Wohltat. Sie sind unsere Rettung in dieser Zeit. Ich möchte sie auf keinen Fall verärgern. Dieses eine Mal hat sich der Herr des Himmels gnädig mit uns gezeigt. Ich lade Euch und Euren Gefährten zu einem fürstlichen Frühstück ein, und ich gebe euch noch reichlich Wegzehrung für die Wanderung, aber ich muss darauf bestehen, dass ihr meinen Hof verlasst.«

»Dann stimmt es also ...« Milan sah sich misstrauisch um. Die Stube war außerordentlich sauber. Seltsamerweise schienen außer der Bäuerin noch alle zu schlafen. Längst hätten die Ziegen gemolken werden müssen, und gewiss gab es auch noch andere Arbeit.

Sara trat dicht vor ihn. Sie war fast einen Kopf kleiner und von stämmiger Natur. Ohne Furcht blickte sie zu ihm auf. »Urteilt nicht vorschnell, junger Herr. Ich habe nicht Unzucht mit ihnen getrieben, ihnen kein Kind überlassen, ihnen kein Blut geopfert und auch nicht gestattet, dass sie Priestern übel mitspielen. Sie sind einfach hier.«

»Seit wann?« Milan bemerkte, dass er einen Ton anschlug wie sein Vater. Er schüttelte den Kopf. Was geschah mit ihm? »Entschuldigung. Das geht mich nichts an ...«

»Da Ihr das einseht, habt Ihr Euch eine Antwort verdient. Sonst hätte ich geschwiegen. Genau elf wundervolle Tage sind es nun. Ich habe Rollo, einen uralten fußkranken Knecht und zwei Söhne, die sich anstrengen, aber das ist viel zu wenig ... Es ist Erntezeit, und in diesem Jahr bekomme ich keine Wanderarbeiter. Jedenfalls nicht zu einem Preis, den ich mir leisten könnte. Diese Idioten ziehen alle in den Krieg, da die verfluchten Werber der Condottiere ihnen das Silber des Mondes vom Himmel herab lügen. Der letzte Krieg hat meinen Mann das Leben gekostet. Hier fehlt es seitdem immer an Händen ...«

Sie stockte kurz. »Vor elf Tagen habe ich mit meinen Jungen in dieser Stube gesessen. Wir haben uns Mären erzählt. Herumgesponnen … und davon geträumt, wie schön es wäre, wenn die Geschichten vom kleinen Volk stimmen würden. Wenn sie wirklich auf den einsamen Gehöften im Hügelland lebten und unter den verwunschenen Bäumen.« Sara seufzte. »Und dann kam der nächste Morgen. Ich war als Erste auf den Beinen. Wie immer … Hier in der Stube war gefegt. In der Schüssel auf dem Tisch war der Teig für das Brot zubereitet, das ich morgens backe. Und als ich raus zum Ziegenpferch ging, standen drei Eimer mit frisch gemolkener Milch vor dem Gatter. Erst dachte ich, meine Jungs erlauben sich einen Scherz. Aber die lagen noch in ihren Betten und schnarchten. Und unser Knecht Rollo …«

Sie winkte ab. »Wisst Ihr, wie gut das tut, junger Herr?«

Milan nickte. »Ich werde es nicht herumerzählen. Und ich werde nichts tun, was …« Er hütete sich, sie beim Namen zu nennen, weil das in manchen Mären um das kleine Volk schon genügte, sie zu vertreiben. »… nichts tun, was Eure neuen Erntehelfer verärgern könnte.«

Sara seufzte unendlich erleichtert. »Setzt Euch. Junge Männer können immer was zu essen gebrauchen, nicht wahr? Ich hab da noch einen Schinken …« Sie ging zur Vorratskammer, blieb dann aber in der Tür stehen und drehte sich noch einmal um. »Darf ich Euch einen Rat geben, junger Herr. Ihr habt bestimmt eine Mutter, die sich jetzt in dieser Stunde wahrscheinlich um Euch sorgt. Bei den feinen Kleidern, die Ihr tragt, wird sie sicher nicht das Brot backen …«

Milan biss sich auf die Lippen und entschied, nichts über seine Mutter zu sagen.

»Ich hab Euer Schwert gesehen und Euren grimmigen Gefährten. Zieht nicht in den Krieg, junger Herr. Für jene, die die Klingen führen, kommt dabei am Ende nie etwas Gutes heraus. Zerbrecht nicht das Herz Eurer Mutter, weil Ihr ein Held sein wollt.«

VIA MATANI, 143 MEILEN NORDÖSTLICH VON KAMARINA, MITTAG, 7. TAG DES APFELMONDES IM JAHR VON SASMIRAS ZWEITER THRONERHEBUNG

»So still heute?«

Milan seufzte. »Dir kann ich es wohl nie recht machen. Entweder rede ich zu viel oder zu wenig.«

Der Bogenschütze blieb vor ihm auf der staubigen Straße stehen. Die Via Matani wand sich eine halbe Meile östlich des Flusses durch das Hügelland. Weinberge, auf denen bald die Lese beginnen würde, säumten die Straße.

Es war ein drückend heißer Tag. Weit und breit gab es keinen Baum, in dessen Schatten sie fliehen konnten. Nur Weinberge und Wiesenstreifen, über denen Schmetterlinge in torkelndem Flug tanzten, während Grillen ihnen ein Lied aufspielten.

Milan wollten Saras Worte nicht aus dem Sinn gehen. Was sie über den Krieg gesagt hatte und über seine Mutter. So viele Jahre wartete Cynthia nicht mehr auf ihn. Sie konnte ihn nicht mehr vermissen. Aber erst an diesem Morgen war ihm bewusst geworden, dass er kaum noch an seine Mutter gedacht hatte, seit er Felicia begegnet war.

Rainulf wartete, bis er ihn einholte. Dann gingen sie schweigend weiter. Seite an Seite. Milan wusste es zu schätzen, dass sein Gefährte ihm keine Fragen stellte. Nie hatte es sich so gut angefühlt, still nebeneinander zu gehen.

Der Weg folgte in einer weiten Kehre einem Weinberg. Etwa zweihundert Schritt voraus, an der höchsten Stelle, schien flüssiges Glas über dem fahlen Staub des Weges zu wogen.

Milan wischte sich über die Stirn und blickte zur Sonne empor, die wie ein zorniges weißes Auge am wolkenlosen Himmel stand. Keine Schwalbe kreuzte das Firmament. Kein Sperber stand rüttelnd vor dem endlosen Blau.

Sie hatten fast den höchsten Punkt des Weges erreicht, als

Rainulf unvermittelt stehen blieb und ihn mit ausgestrecktem Arm zurückhielt. »Hörst du das?«

Milan wollte ihn fragen, was er meinte, als ihm auffiel, dass die Grillen ringsum verstummt waren. Auch sonst war kein Laut zu vernehmen.

Der Schütze nahm den Bogen von seiner Schulter und zog eine Sehne auf. »Du bleibst hinter mir.«

Entschlossen zog Milan sein Schwert. Davon, sich hinter dem Schützen zu verstecken, wollte er nichts hören. »Seite an Seite«, sagte er nur. »Auf dem Marsch wie im Kampf.«

Rainulf zog einen Pfeil aus dem Köcher, hakte die Nocke an der Sehne ein und ging langsam weiter.

Milan blieb an der Seite des Schützen. Gleichzeitig kamen sie oben an. Etwa siebzig Schritt den Hügel hinunter stand, rot gestrichen und mit Blumenranken bemalt, mitten auf der Straße ein geschlossener Wagen.

Rainulf sah sich misstrauisch um. »Es ist kein einziger Mensch in den Weinbergen, und das so kurz vor der Lese. Hier stimmt etwas nicht.« Er deutete zu dem Wagen. »Du gehst rechts herum. Ich komme von links.«

Milan nickte, ohne eine Miene zu verziehen. Innerlich aber jubelte er. Es war das erste Mal, dass Rainulf ihn wie einen gleichrangigen Krieger behandelte.

Langsam gingen sie die Straße hinab. Ihre leisen Schritte waren das einzige Geräusch.

Zwischen den hohen Rädern sah Milan die grauen Beine der Pferde. Sie standen bewegungslos.

Kurz war ein halb ersticktes Schluchzen zu hören. Wie von einem ängstlichen Kind, dem schnell jemand die Hand auf den Mund drückte. Das Geräusch kam aus dem Inneren des Wagens.

Rainulf gab ihm ein Zeichen, dass sie das Gefährt umrunden sollten. Dann beschleunigte der Schütze die Schritte.

Milan tat es ihm gleich. Leicht geduckt, das Schwert halb erhoben, eilte er an dem Wagen vorbei, drehte sich zum Kutschbock um und schreckte zurück. Oben auf dem Bock, die Zügel starr in der Hand, saß ein Mann mit angstverzerrtem Gesicht, halb umgewandt zu einem kleinen Fenster über ihm an der Stirnseite des Wagens. Er war zu Stein erstarrt, genauso wie die beiden Pferde.

»Der Basilisk«, stieß Rainulf zwischen den Zähnen hervor. Er ging in die Hocke und spähte zum Hang hinter sich.

»Nicht umschauen!«, fuhr Milan ihn an. »Oder willst du enden wie der Kutscher? Sieh auf die Straße vor deinen Füßen. Ganz gleich, was geschieht, heb bloß nicht den Blick. Das Biest könnte noch in der Nähe sein.«

»Hallo?«, erklang eine Frauenstimme aus dem Inneren des Wagens. »Wer ist da?«

Milan ging zur Rückseite des Wagens. Er öffnete die Tür und spähte ins Dunkel. Eine junge Frau kauerte zwischen Säcken und Kisten am Boden. Sie drückte einen Jungen von vielleicht sieben Jahren an sich und ein Mädchen, das höchstens vier war.

Tränen rannen der Frau über die Wangen. »Wer seid ihr? Was ist mit meinem Mann?«

Der Junge schob sich vor seine Mutter. Er blickte Milan finster an. »Gleich kommt mein Papa. Der wird dir dein Schwert abnehmen und dich verhauen, wenn du uns was tust.«

Die Frau schluchzte laut auf. Das kleine Mädchen vergrub verängstigt das Gesicht an der Schulter der Mutter.

Milan stieß seine Klinge in die Scheide und hob beschwichtigend die Hände. »Ich bin hier, um euch zu helfen.«

»Mein Papa macht das schon«, beharrte der Junge.

Ein Stück über ihnen am Hang raschelte etwas im trockenen Gras.

Rainulf wandte sich ruckartig dem Geräusch zu.

»Nicht!« Mit einem Satz nahm Milan ihm die Sicht. »Du bist von uns derjenige mit den besten Augen. Das kann hier dein Tod sein.«

Rainulf atmete schwer aus. »Ja«, sagte er gepresst. »Danke …«

»Kommt in den Wagen.« Die junge Frau klang nun ein wenig mutiger.

Milan blickte in das stickige Dunkel. Er dachte an seine Fahrt zum Roten Kloster. Alles in ihm sträubte sich dagegen, auch nur einen Fuß in das Innere des Gefährts zu setzen.

»Recht hat sie.« Rainulf trat neben Milan. »Ich hasse es, mich zu verkriechen, aber es ist wirklich das Klügste.«

Milan rief sich fieberhaft in Erinnerung, was er über Basilisken wusste. Leider hatte er weder einen Spiegel noch eine spiegelnde Rüstung – also nichts, womit er diesem Ungeheuer hätte beikommen können.

Schon war Rainulf in den Wagen gestiegen und streckte Milan die Hand entgegen. »Komm!«

ABSEITS DER VIA MATANI, 138 MEILEN NORDÖSTLICH KAMARINA, NACHT, 7. TAG DES APFELMONDES IM JAHR VON SASMIRAS ZWEITER THRONERHEBUNG

Rainulf schob Erde in die kleine Grube, um das Feuer zu ersticken. Er hatte es entfacht, um für die Kinder ein wenig Hirsebrei mit Honig zu kochen.

Der Bogenschütze war gut in diesen praktischen Dingen, dachte Milan. Er selbst hatte von so vielem keine Ahnung. Vor ein paar Wochen noch hatte er gedacht, er sei auf die Welt vorbereitet. So vieles hatte er gelesen, und sein Vater hatte ihn mit eiserner Disziplin zu einem guten Schwertkämpfer ausgebildet. Aber er hätte Mühe, mit feuchtem Holz Feuer zu machen oder aus den wenigen Vorräten, die sie mit sich führten, ein schmackhaftes Mahl zu bereiten.

»Danke«, sagte Giorgina. Die beiden Kinder waren nach dem Essen eingeschlafen. Die Köpfe in den Schoß ihrer Mutter gebettet, sahen sie so friedlich aus.

»Mein Mann Armano ist der erste Schreiber im Kontor der Manatessa in Dahlia«, erklärte sie schon zum dritten Mal, seit sie zu ihr und den Kindern in den Wagen gestiegen waren. Erst lange nach Einbruch der Dunkelheit hatten sie riskiert, den Wagen zu verlassen, um weiter nach Süden zu flüchten. Giorgina sprach von ihrem Armano, als sei er nicht tot.

Auch auf den Pfaden abseits der Straße hatte sie immer wieder erklärt, wie großartig ihr Mann sei. Dass sie eine Wohnung mit drei Zimmern hatten in einem Haus, in dessen Innenhof ein eigener Brunnen stand. Nur eines hatte sie nicht erzählt.

»Warum seid ihr eigentlich nach Süden unterwegs?«, fragte Milan.

Rainulf bedachte ihn über das verlöschende Feuer hinweg mit einem mahnenden Blick, sie nicht mit solchen Fragen zu behelligen.

»Es ist wegen der Kinder«, sagte Giorgina. »Armano tut alles für die beiden. Sie sind seine Augensterne. Alle, die Kinder haben und es irgendwie schaffen können, verlassen Dahlia. Oder sie bringen zumindest ihre Kinder weg. Aber Armano hätte ohne die beiden nicht leben können. Er hat so lange auf den alten Manatessa eingeredet, bis der ihn als Schreiber ins Kontor in Kamarina versetzt hat. Was meint ihr, ob Armano schon dort angekommen ist? Mit dem Wagen müsste er auf der Straße doch gut vorankommen.«

Rainulf schüttelte den Kopf, aber Milan hätte die Ermahnung nicht benötigt. Warum sollte er Giorgina in die Wirklichkeit zurückholen, vor der sich ihr zerrütteter Geist so vehement verschloss?

»Hier sind die Kleinen wenigstens in Sicherheit.« Sie strich den schlafenden Kindern sanft durch das Haar.

Milan musste sich auf die Lippe beißen, um nicht doch etwas zu sagen, so grotesk war diese Behauptung in einem Landstrich, durch den ein Basilisk streunte und in dem Trolle plötzlich Brückenzoll von Reisenden forderten.

»Vor welcher Gefahr hat Armano sie denn in Sicherheit gebracht?« Milan ahnte die Antwort, und dennoch wollte er es aus ihrem Munde hören.

»Vor dem Krähenmann«, flüsterte sie, als hätte sie Angst, die

Märengestalt könne sie selbst hier, fast zweihundert Meilen von der Stadt entfernt, noch hören. »Jede Nacht holt er mindestens ein Kind. Mehr als dreißig sind es schon. Und niemand kann ihn aufhalten. Der Hauptmann der Wache hat es versucht. Der tapfere Lorenzo, und das Ungeheuer hat ihm den Bauch zerfetzt.«

»Er ist tot?«, fragte Milan erschüttert.

»Nein, nicht tot. Nicht, als wir die Stadt verlassen haben. Die Menschen beten für ihn. Er war der Erste, der sich dem Kinderdieb entgegengestellt hat. Aber seine Wunden heilen nicht. Ein Fieber verbrennt ihn … Vielleicht haben sie ihn schon begraben. Der Erzpriester hat ihn gerettet.« Sie senkte den Kopf. »Zumindest vorläufig … Und für eine Nacht hat er den Krähenmann vertreiben können. Aber dann musste er in den Krieg. Der Krähenmann ist zurückgekehrt, unser Erzpriester, Nandus Tormeno, jedoch nicht.« Sie tat einen tiefen Seufzer. »Mein guter Armano. Es war richtig, dass er uns fortgebracht hat. Der Herr des Himmels hat seinen Blick von Dahlia abgewandt.«

»Wie kannst du so etwas sagen?« Milan war selbst überrascht, wie sehr ihn die Behauptung der jungen Frau aufbrachte. Aber es durfte nicht sein, dass der Herr des Himmels sich vor dem Leid seiner Kinder verschloss!

»Der Krähenmann hat alle Tempel der Stadt beraubt. Alle Silberscheiben hat er geholt. Und der Herr des Himmels hat es tatenlos geduldet. Anfangs haben die Kaiserritter versucht, die Tempel zu schützen. Drei von ihnen hat der Krähenmann im Oktagon des Heiligen Filippo niedergemacht. Danach haben auch sie es nicht mehr gewagt, ihn zu bekämpfen.«

Ihre Worte erfüllten Milan mit wachsendem Grauen. Was sie da erzählte, war nicht Bestandteil der Mär des Krähenmanns. »Wie macht er das? Wie stiehlt er die Silberscheiben?«

»Du stellst Fragen … Dass die Geschichte sich noch nicht bis in den Süden herumgesprochen hat! Er kommt stets zur Zeit der Abendmesse, springt von der Galerie vor den Altar und reißt die Silberscheibe unter den Augen des entsetzten Priesters an sich. So hat er es immer getan.«

Nein. Milan schluckte. So hatte es der Krähenmann nicht immer getan.

»Schlimme Geschichte«, sagte Rainulf zu Georgina, doch er sah Milan dabei an.

»Ich dachte, es seien einfache Diebe gewesen, von denen einer sich als Krähenmann verkleidet hatte …«, begann Milan.

»Nein.« Giorgina schüttelte entschieden den Kopf. »Das hatten sie wohl auch geglaubt, der Erzpriester und die Männer der Stadtwache. Aber nach der Hinrichtung der beiden Diebe hörte es nicht auf. Ganz im Gegenteil, da ging es erst richtig los.« Sie gähnte. »Mein Armano hat das gut gemacht, dass er uns weggebracht hat.« Sie lächelte Milan an. »Er ist ein so braver Mann.«

Milan stand auf. Seine Gedanken überschlugen sich. »Ich werde mir ein wenig die Füße vertreten.«

»Milan?«

Er hörte nicht auf Rainulfs Ruf. Eilig entfernte er sich von den anderen. Was hatte er getan? All die gestohlenen Kinder – das war seine Schuld. Und die Tempelschändungen. Er hatte die Mär vom Krähenmann durch seine Tat verändert. Durch seinen Diebstahl war die Geschichte um den Krähenmann in aller Munde gewesen. Das hatte ihn erstarken lassen. Deshalb war er als Erster gekommen und holte sich jetzt die Kinder.

»Milan«, erklang Rainulfs Stimme hinter ihm. »Was auch immer du vorhast – du solltest nichts Unüberlegtes tun. Du bist ein Fleischweber. Das ist dein Schicksal. Mären nehmen Gestalt an, wo du in der Nähe bist. Du kannst nichts dafür.«

Milan schnaubte. »Darf ich es mir so leichtmachen? Einfach sagen: Ich kann nichts dafür? Du hast mir einmal gesagt, dass es meine Taten sein werden, die zeigen, wer ich bin. Ich habe den Krähenmann geformt, der meine Heimatstadt heimsucht. Ich muss es sein, der ihn besiegt.«

Rainulf winkte ab. »Mit Worten bist du besser als ich. Aber wem ist geholfen, wenn du jetzt nach Dahlia gehst und dich im Kampf opferst? Der Krähenmann hat drei Kaiserritter getötet. Wie kannst du glauben, dass du ihn besiegen kannst?«

»Wer, wenn nicht ich, sollte ihn aus der Welt schaffen? Kennst du die Mär vom Krähenmann? Es wird ein bußfertiger Mann sein, der ihn tötet. Glaube mir, ich bereue, was ich getan habe. Dass ich ihn hergeholt habe. Ich bin bereit, für das zu büßen, was ich getan habe. Und ich komme geradewegs aus dem Schwertwald, ganz wie die Mär es sagt.«

»Ich war lange genug in Dahlia. Ich kenne die Mär vom Krähenmann«, sagte Rainulf, legte den Kopf in den Nacken und blickte zum Firmament. »Und ich sehe keine drei Monde am Himmel. Die Zeit, ihn zu besiegen, ist offensichtlich noch nicht gekommen, und du bist nicht der Richtige.«

»Ich spüre, dass es meine Pflicht ist«, beharrte Milan. »Glaube mir, ich bin bußfertig. Ich bereue zutiefst, dass ich dieses Kostüm angelegt habe, um mich selbstsüchtig an meinem Vater zu rächen. Es gibt nur eins, was ich noch mehr bedauere …«

»Felicia hätte niemals zugelassen, dass du dein Leben einfach fortwirfst, Milan.«

»Du hast Giorgina gehört. Jede Nacht holt der Krähenmann Kinder. Ich muss dem ein Ende machen.«

Milan sah, wie Rainulf bebte, als hätte er Mühe, sich zu beherrschen. »Du verdammter Narr! Und was ist mit Giorgina und ihren Kindern? Die können wir doch nicht einfach hier in der Wildnis sitzenlassen.«

»Das tun wir auch nicht«, entgegnete Milan. »Du wirst sie nach Kamarina bringen. Keiner könnte das besser als du.«

»Du willst allein … Nach allem, was wir gemeinsam durchgestanden haben?«

»Es gibt keinen Bogenschützen in der Mär vom Krähenmann, Rainulf. Der bußfertige Mann hat keinen Gefährten an seiner Seite. Er kommt allein. Ich möchte nicht, dass du dein Leben wagst, wo du nichts gewinnen kannst. Und Giorgina und die Kinder brauchen dich …«

»Verdammt, ich bin doch kein Kindermädchen!«

Milan trat dich vor ihn, packte ihn bei den Armen und sah ihm fest in die Augen. »Das warst du nie. Du warst mir ein treuer Gefährte. Der Beste, den ich je hatte. Aber diesen Weg habe ich allein begonnen, und ich muss ihn allein bis zum Ende gehen.«

»Verdammt, Milan, du …«

Milan schüttelte den Kopf. »Du kannst mich nicht umstimmen. Wenn Giorgina in Sicherheit ist, komm nach Dahlia. Du wirst mich finden. Sie werden von mir erzählen.«

Rainulf machte sich los, sah ihn wütend an. Dann ging er.

»Was machst du?«, rief Milan ihm nach.

»Ein Gehöft suchen, auf dem ich ein Pferd für dich stehlen kann, du dickköpfiger Narr. Das wird deine Reise um mindestens drei Tage verkürzen.«

DAHLIA, VIERTEL DER TUCHHÄNDLER, STUNDE DES EBERS, 9. TAG DES APFELMONDES IM JAHR VON SASMIRAS ZWEITER THRONERHEBUNG

Nok las in Milans Gesicht, während er sprach. Wie sehr er sich doch in den wenigen Wochen verändert hatte. Da war die Erschöpfung nach dem langen Ritt, die Anspannung. Eine Härte lag in seinen Mundwinkeln, die sich dort vor wenigen Wochen trotz all seiner Verbitterung noch nicht abgezeichnet hatte. Am schlimmsten jedoch war die Traurigkeit in seinen Augen. Sie wünschte, sie könnte sie von ihm nehmen, und wusste doch, dies vermochte – wenn überhaupt – nur die Zeit.

Einzig wenn er lächelte, erkannte sie in ihm noch den Jüngling, der mit klopfendem Herzen zu ihr gekommen war, um seine Sinnlichkeit zu entdecken und die Kunst der Liebe zu erlernen.

»Wirst du mir helfen?«

Sein Plan war von einer Verwegenheit, die an Verzweiflung grenzte. Um so mehr war es an ihr, einen kühlen Kopf zu bewahren.

»Ja, das werde ich«, sagte sie mit aller ihr zu Gebote stehenden Gelassenheit. »Allerdings wärst du besser beraten, vorher eine Nacht zu schlafen und neue Kräfte zu sammeln.«

»Wie könnte ich das? Wenn ich nichts unternehme, wird er heute Nacht ein weiteres Kind holen. Vielleicht sogar zwei. Es muss noch in dieser Nacht sein!«

»Ich bin mir sicher, er weiß, dass du hier bist. Er hat an Macht gewonnen. Nicht einmal dein Vater konnte ihn töten und –«

»Weil er der Falsche war!«

Die Selbstsicherheit, mit der Milan nun auftrat, gefiel ihr. Doch war sich Nok nur zu bewusst, wie sehr diese bereits an Verderben bringende Überheblichkeit grenzte.

»Ich bin es, von dem in der Mär vom Krähenmann die Rede ist. Der bußfertige Mann aus dem Schwertwald.«

Ihr Blick fiel auf das Schwert, das neben ihm auf dem Boden lag. Milans alte Seele regte sich. Er war zu Großem bestimmt, aber unsterblich machte ihn das nicht.

»Von meinem Volk wurden vor langer Zeit besondere Waffen geschmiedet, um im Kampf gegen die mächtigsten der Märengestalten bestehen zu können«, sagte sie, erhob sich und ging zu der Truhe an der Wand. Darin, unter einem langen Seidenmantel verborgen, lag ihr Schwert, eine Waffe, fast so alt wie die Knochenbücher.

Als sie sich Milan gegenüber wieder auf den Boden kniete, legte sie die Waffe zwischen sich und ihn. Die Klinge steckte in einer neu gefertigten Scheide aus schwarzlackiertem Holz. Nicht der kleinste Makel zeigte sich auf der glänzenden Oberfläche. Auch das schwarze Leder am Griff war neu.

Milan betrachtete das schlanke, leicht gekrümmte Schwert, ehe er verwundert den Blick hob. »Du bist reich an Geheimnissen, Nok.«

Sie neigte leicht den Kopf und gestattete sich ein Lächeln. »Es wäre mir eine Ehre, wenn du dieses Schwert in dieser Nacht führen würdest.«

Milan schüttelte den Kopf. »Nein, ich werde mir aus dem Palazzo meiner Familie das Schwert holen, mit dem ich zu kämpfen gelernt habe. Mit der Waffe bin ich vertraut wie mit keiner anderen. Aber ich danke dir. Wenn du, wie besprochen, zwei deiner Diener schickst, wirst du mir helfen zu siegen.« Er erhob sich, um zu unterstreichen, dass es nichts mehr zu reden gab. »In einer Stunde beim Fischmarkt.«

»So soll es sein.«

Er ging und schloss die Schiebetür hinter sich. Nok lauschte seinen Schritten auf der hölzernen Treppe. Eine Hitze wie von einem plötzlichen Fieber stieg in ihr auf. Er würde untergehen! Die Furcht einer ganzen Stadt hatte den Krähenmann mächtig werden lassen.

Sie nahm das Schwert auf und entschied, keine Diener zu schicken.

DAHLIA, FISCHMARKT, EINE STUNDE VOR MITTERNACHT, 9. TAG DES APFELMONDES IM JAHR VON SASMIRAS ZWEITER THRONERHEBUNG

Die meisten Stände auf dem Fischmarkt wurden über Nacht nicht abgebaut. Der Markt war unübersichtlich; deshalb hatte Milan ihn zum Schauplatz des Kampfes erkoren.

Würde der Krähenmann kommen?

Nachdem er sein Schwert geholt hatte, war Milan durch die Straßen Dahlias gewandert und hatte seine Herausforderung in alle Himmelsrichtungen gerufen. Wie sehr seine Stadt sich in der kurzen Zeit verändert hatte! Es war eine warme Spätsommernacht, doch die Straßen waren verwaist, die Fensterläden geschlossen. Die Angst vor dem Krähenmann war geradezu greifbar.

Noks Diener waren nirgends zu sehen. Das war gut. Wenn sie vor ihm verborgen blieben, dann würde sie gewiss auch der Krähenmann nicht entdecken.

»Hast du mich gehört, Krähenmann?«, rief Milan in die Nacht. »Stell dich!«

»Bist du unglaublich mutig oder doch nur erstaunlich dumm?«, erklang eine freundliche Stimme aus dem schmalen Durchgang, der halb zwischen den Häusern verborgen zum Hafen hinabführte. Ein Schatten löste sich aus dem Dunkel und trat auf den Platz.

Mehr als zwei Schritt war der Krähenmann groß. Seine Flügel hatte er auf dem Rücken zusammengefaltet. Der Vogelkopf war vorgereckt. Seltsam hüpfend bewegte er sich auf dürren Beinen.

Am sternenklaren Himmel stand ein Dreiviertelmond, der den Fischmarkt in silbernes Licht tauchte.

»Was wirfst du mir vor, selbsternannter Henker?« Mit einem gewaltigen Satz sprang der Krähenmann auf das Richtgerüst. Sein Kopf bewegte sich ruckartig. Schwarz glänzende Augen musterten den Platz.

Er ist auf einen Hinterhalt vorbereitet, dachte Milan.

»Wie war es, zuzuschauen, als hier das Blut Unschuldiger für deine Tat vergossen wurde?«, fragte die Märengestalt.

»Unschuldig waren sie nicht!«, widersprach Milan entschieden.

»Und doch waren nicht sie diejenigen, welche die Silberscheibe gestohlen hatten, sondern du, der du dort unten standest.« Ein ärgerliches Krächzen entrang sich seiner Vogelkehle. »Und deine Taten formen mich. Ich glaube, früher habe ich keine Tempel geschändet. Aber sicher bin ich mir nicht ...« Er spreizte die Flügel.

Milan zog sein Schwert, darauf gefasst, dass der Krähenmann nun jeden Augenblick auf ihn herabstoßen würde.

Die mächtigen Schwingen weit ausgebreitet, stand die Märengestalt am Rand des Richtgerüsts. »Lauf weg, Junge, dann werde ich dich nicht töten.«

Wütend streckte Milan sein Schwert in die Höhe. Das war das verabredete Zeichen. Augenblicklich erschienen über einem der Markstände zwei große, silberweiße Mondlampions. Noks

Diener mussten sie zuvor mit Decken verhüllt haben, um ihr Licht zu verbergen.

Der Krähenmann stieß einen wütenden Schrei aus und schlug mit den Schwingen. Der Wind traf Milan ins Gesicht. Worte in einer Sprache, die er noch nie zuvor gehört hatte, peitschten die Böen zu einem wildem Sturm.

Milan taumelte rückwärts. Die Planen der Marktstände knallten im Wind. Immer noch schlug der Krähenmann mit den Flügeln, und mit jedem Schwingenschlag steigerte sich die Gewalt des Sturms noch.

Milan beugte sich vor. Er musste dem ein Ende setzen, musste zum Richtgerüst gelangen – da wurde einer der Lampions aus Papier zerfetzt.

Mit eisigem Entsetzen begriff Milan, dass damit sein Plan gescheitert war. Dies war nicht mehr die Nacht der drei Monde. Er würde nicht derjenige sein, der den Krähenmann bezwang.

Eine Bö traf Milan wie der Tritt eines Pferdes. Er ging zu Boden. Das Schwert entglitt seiner Hand und schlitterte über das Pflaster.

Die Stangen der Markstände splitterten. Gleich großen Fledermäusen wurden die Planen, vom Wind getragen, in den Himmel gerissen.

Der Krähenmann stieß sich mit leichtem Flügelschlag vom Richtgerüst ab und landete keinen Schritt weit von Milan entfernt. Dort, wo er war, ruhte der Wind, während er ringsum mit unverminderter Macht tobte.

Die Planen tanzten in weiten Kreisen himmelwärts, als wollten sie bis zum Nachtauge des Herrn des Himmels fliegen. Ungesicherte Fensterläden schlugen krachend gegen Hauswände. Ein hölzerner Balkon wurde samt Stützbalken aus einer Hauswand gerissen und mit der Macht eines Rammbocks in die bemalte Fassade eines Kaufmannshauses auf der anderen Seite des Platzes geschleudert.

Milan aber befand sich im Auge des Sturms. Er griff nach seinem Schwert und erhob sich.

Der Krähenmann nickte, und seine Obsidianaugen betrachteten Milan kalt. »Du bist anders«, sagte er. »Fast selbst eine Märengestalt.«

Milan machte einen Ausfallschritt, entschlossen, dem Kindermörder die Klinge in die Brust zu rammen.

Eine Krallenhand fuhr herab und glitt kreischend über den Stahl. Das Schwert wurde zur Seite gerissen und verfehlte sein Ziel. Die zweite Hand griff nach Milans Gesicht, als wolle der Krähenmann es ihm in Fetzen vom Schädel reißen.

Milan wich einen Schritt zurück. Die Krallen streiften seine linke Wange und zogen blutige Bahnen.

Irgendwo hinter ihm, vom Sturmwind verzerrt, erscholl sein Name, doch er konnte sich jetzt nicht umdrehen. Ein Augenblick der Unachtsamkeit, und es wäre vorbei mit ihm. Immer wieder wich er nun Krallenhieben aus und versuchte zugleich verzweifelt, einen Schwertstoß zu setzen.

Immer schneller kreisten sie umeinander. Suchten nach der Lücke in der Deckung des anderen.

Parade, Parade. Finte!

Milan jubelte innerlich. Er hatte den Krähenmann auf dem falschen Fuß erwischt.

Stoß!

Seine Klinge schnitt durch das Gefieder des linken Flügels, doch nur eine einzige Feder fiel zu Boden.

Ein Hieb zerfetzte Milans wattiertes Fechtwams, das er angelegt hatte, als er sein Schwert holte. Schafwolle quoll hervor.

Der Schnabel des Krähenmannes stieß herab, zielte mitten auf sein Gesicht. Milan riss den Kopf zurück und sah, wie eine der Krallenhände nach seinem Bauch schlug. Sein Geldbeutel und der Gürtel zerrissen, ebenso das Lederwams darunter. Lucilles Silbermünzen prasselten auf das Pflaster. Ein scharfer Schmerz ließ Milan aufkeuchen. Blut sickerte in die Schafwolle.

Mit einem wütenden Schrei richtete Milan sich noch einmal auf. Seine Beine zitterten und wollten ihn nicht mehr tragen. Er war besiegt.

Der Krähenmann beachtete ihn nicht. Den Kopf schräg gelegt, blickte er auf die Münzen.

Dann sah es auch Milan. Drei Kaisertaler aus Drepana waren so gefallen, dass ihr Stadtwappen, und nicht der Adler, oben lag: Drei Monde.

Die Mär erfüllte sich!

Milan stieß dem Krähenmann sein Schwert mit aller Kraft in die Brust, aber es war, als versuche er die Klinge in einen Felsen zu rammen. Die Märengestalt schwankte unter der Wucht des Treffers, doch schien sie nicht verwundet zu sein.

Jetzt packte Milan den Griff der Waffe mit beiden Händen.

Immer noch starrte der Krähenmann auf die drei Münzen. Es wirkte, als stünde er unter einem Zauberbann, unfähig, etwas anderes als die drei Monde wahrzunehmen.

Milan hob seine Waffe hoch über den Kopf, biss die Zähne zusammen, rang den Schmerz der Bauchwunde nieder. Mit verzweifelter Wut hieb er nach der Kehle des Krähenmanns, und wieder war es, als schlüge er auf Gestein. Lediglich zwei Federn schwebten unendlich langsam in Spiralen zu Boden. Der Krähenmann taumelte. Machte einen Schritt zur Seite. Starrte unverändert auf die Münzen.

Eisiges Entsetzen packte Milan. Er dachte an Noks Worte. An das Schwert, das zwischen ihnen auf dem Boden gelegen hatte. Er hätte es nur zu nehmen brauchen …

»Milan!«

Er wagte einen Blick, entdeckte eine Gestalt in einem weißen Seidengewand, die sich aus den Trümmern der Marktstände erhob.

Nok!

Aus dem Augenwinkel sah Milan, wie eine der Federn auf eine Mondmünze fiel.

Der Kopf des Krähenmanns fuhr ruckartig hoch. Der Bann war gebrochen, und er stieß seine Krallenhand in das zerfetzte Fechtwams.

DAHLIA, FISCHMARKT, STUNDE DER RATTE, 9. TAG DES APFELMONDES IM JAHR VON SASMIRAS ZWEITER THRONERHEBUNG

Milan!«, schrie Nok ein weiteres Mal, als die Krallenhand des Krähenmanns in den Leib des Jünglings fuhr.

Immer noch wütete der Sturm, auch wenn seine Gewalt nachgelassen hatte. Nok löste ihren rechten Fuß aus dem Eisenring im Pflaster, der ihr Halt gegeben hatte, und duckte sich gegen die wütenden Böen.

Dieser verfluchte falsche Stolz! Ihr Schwert hätte das Herz des Krähenmanns durchbohrt, hätte Milan es nur angenommen. Jetzt blieb ihr nur, den Jüngling mit ihrer Klinge zu rächen.

Silbernes Licht erglomm, wo die beiden eben noch gekämpft hatten. Es strahlte durch die Fugen des Pflasters, und der Boden öffnete sich vor dem Krähenmann. Ein Tunnel führte ins Erdreich hinab.

Der Krähenmann packte Milans leblose Gestalt bei einem Bein, zog ihn hinter sich her und stieg in sein verborgenes Reich hinab.

Der Sturm erstarb. Was immer er in den Himmel emporgerissen hatte, prasselte auf den Fischmarkt herab.

Nok riss die Arme hoch, um sich vor den Trümmern zu schützen. Ein abgerissener Fensterladen verfehlte sie nur um wenige Handbreit, während sie, den Blick zum Himmel gerichtet, vorwärtsstürmte.

Das silberne Licht verblasste.

Als sie die Stelle erreichte, an der Milan gekämpft hatte, war der Tunnel verschwunden.

Nur ein letztes silbernes Funkeln war geblieben. Nok bückte sich. Halb von einer Feder verdeckt, lag da eine blutbesprenkelte Münze, in die ein Mond geprägt war.

NÖRDLICHER SCHWERTWALD, NAHE DER KÜSTE, EINE HALBE STUNDE VOR MITTERNACHT, 9. TAG DES APFELMONDES IM JAHR VON SASMIRAS ZWEITER THRONERHEBUNG

Nandus griff sich an die Brust. Ein jäher Schmerz grub sich in sein Herz, als habe ihn ein Pfeil getroffen.

»Erhabener, geht es Euch gut?«, hörte er Bertrand besorgt fragen.

Nandus musste sich an einen Baum lehnen. Keuchend rang er um Atem.

Dann, so plötzlich, wie er gekommen war, verging der stechende Schmerz.

»Es ist nichts«, presste er hervor. Endlich hatten sie ihr Ziel erreicht. Jetzt durfte er sich keine Schwäche leisten. Schon gar nicht vor Orlando und den Armbrustschützen, die den Hauptmann begleiteten. Er atmete tief ein, richtete sich auf und zwang sich zu einem Lächeln. »Alles in Ordnung.« Er bedeutete Orlando mit einem Wink, ihm die Laterne zu geben.

»Ist es klug, allein zu ihr zu gehen?«, fragte der Hauptmann ernst.

»Ist es klug, eine allein im Wald lebende Frau gleich mit einer ganzen Schar Bewaffneter aufzusuchen?«, fragte Nandus zurück.

»Sie ist immerhin eine Hexe«, bemerkte Bertrand. »Sie könnte Euch mit einem Zauber belegen. Ihr wärt nicht mehr Ihr selbst …«

»Und ich könnte den Zorn des Herrn des Himmels auf sie herabrufen.« Nandus hob die Laterne, so dass sie die kleine Lichtung erhellte, an deren Rand eine zerklüftete, knochenbleiche Felswand aufragte. Unter einem Überhang klaffte, gleich einer schwarzen Wunde, eine Höhle im Gestein. Ein Wilderer, den sie aufgegriffen und befragt hatten, hatte sie hierher gebracht.

Endlich hatte er eine Hexe gefunden, dachte Nandus. Endlich würde er sein Versprechen Lorenzo gegenüber einlösen können.

Entschlossen überquerte er die Lichtung und betrat die Höhle. Rauch brannte ihm in den Augen. Der Duft von gekochtem Hammelfleisch hing in der Luft. Er ging an Felsen vorbei, die gleich Reißzähnen aus dem Boden wuchsen, während sich die steinerne Decke so weit emporwölbte, dass das Licht der Laterne nicht mehr bis zu ihr hinaufreichte.

Hier hauste die Schwarze Vedora.

Viel hatte der Wilderer nicht über sie erzählt. Nur, dass schon ihr Blick genügte, um das Vieh auf der Weide verenden zu lassen. Angeblich konnte man allerlei Tränke bei ihr erwerben, die Menschen in blinder Liebe entflammen ließen, unfruchtbar machten oder Durchfall heilten. Auch kannte sie die Zukunft und konnte Gedanken lesen. Der Wilderer hatte behauptet, es gäbe tief in der Höhle etwas, das der Quell ihrer Macht sei.

Nandus ging an einem Hammelkopf vorbei, der augenscheinlich erst vor kurzem auf einem der spitzen Felszähne aufgespießt worden war, und folgte der Höhle ins Innere des Berges. Bald fiel der Boden stetig ab. Nandus schritt unverdrossen voran. Eine halbe Meile vielleicht, bis ihn das unstet tanzende Licht offener Flammen empfing.

Vor ihm weitete sich die Höhle. Inmitten eines wohl zwanzig Schritt breiten Felsensaals brannte ein Feuer, auf dem ein großer, rußgeschwärzter Kessel stand. Säulen erhoben sich ringsum wie zu Stein erstarrte Tränenströme.

»Drei Söhne hast du, Nandus Tormeno«, erklang eine Stimme hinter ihm. »Einen ganz nah, einen im fernen Ferranta und einen, der in ebendieser Stunde aus unserer Welt gerissen wurde.«

Nandus drehte sich um.

Aus einer tiefen Felsnische trat eine hochgewachsene junge Frau in einem schwarzen Kleid. Ein silberner Gürtel betonte ihre Taille. Ihr Antlitz war von einem fahlen Weiß, das Nandus an Tempelkerzen erinnerte. Offenes schwarzes Haar floss über ihre Schultern bis zu ihren Hüften hinab. Mit bernsteinfarbenen Augen musterte sie den Erzpriester. Ihre Pupillen waren geschlitzt wie die einer Katze.

»Kümmert dich das Schicksal deiner Kinder nicht?«, fragte sie lauernd.

Nandus nahm sich vor, sich von ihrem Gerede und Gehabe nicht einschüchtern zu lassen. Ferranta, ja, das stimmte. Davon konnte sie gehört haben. Dort waren Fabricio und Juliano. Milan aber weilte am sichersten Ort der Insel: im Roten Kloster. Er hatte also keinen Grund, sich um seine Söhne Sorgen zu machen.

»Es war schwer, eine wie dich zu finden«, begann er und wusste nicht, wie er fortfahren sollte. Ihm war es zuwider, eine Hexe um einen Gefallen bitten zu müssen. Aber er war es Lorenzo schuldig! Falls der Hauptmann der Stadtwache überhaupt noch lebte …

»Hattest du erwartet, dass wir es einem *Hexenverbrenner* leichtmachen, uns zu finden? Meine Schwestern und ich sind gut darin, uns zu verbergen.«

»Und doch habe ich dich aufgespürt.«

Die Hexe lächelte hintersinnig. »War es nicht eher der Wilderer, der dich hierher führte? Ich glaube, er ist im selben Augenblick verschwunden, in dem ich erschien.«

Nandus beschloss, auch das nicht zu glauben. Blendwerk, Heimtücke und Lügen – das waren Hexen!

»Meine Schwestern waren dagegen, dass ich mich dir zeige, aber Neugier war schon immer meine größte Schwäche.«

Sie trat näher. Ein betörender Wohlgeruch ging von ihr aus. Nandus versuchte sich dem zu verweigern. Aber wie verschloss man seine Sinne vor einem berauschenden Duft?

»Was also willst du, Nandus Tormeno? Uns beiden ist ja bekannt, dass du nicht zwingend eine Hexe brauchst, um ein Scheiterhaufenspektakel zu veranstalten.«

Woher wusste sie das alles? Las sie in seinen Gedanken, wie es der Wilderer behauptet hatte? Aber warum fragte sie dann noch?

»Ganz einfach, Nandus: Eine Bitte muss ausgesprochen sein, um *erhört* zu werden.«

Er war sich ziemlich sicher, dass das alles nur ein perfides Spiel war. Allerdings war sie es, die hier die Regeln bestimmte. Solange er etwas von ihr wollte, hatte er keinerlei Druckmittel gegen sie. Er sollte also freundlich zu ihr sein. Deshalb war er auch allein gekommen. Niemand sollte sehen, wie der Erzpriester von Cilia vor einer Hexe buckelte.

»Ich …« Er rang mit sich. »Ich danke dir …« Eine Kröte zu schlucken wäre leichter gewesen, als dieses *Danke* über die Lippen zu bringen. »Ich bin hier, um dich um einen Gefallen zu bitten. Ein Freund von mir ringt mit dem Tod. In den Mären von euch Hexen heißt es, dass ihr ebenso leicht, wie ihr mörderische Gifte braut, auch Tränke bereiten könnt, die Sterbende von der Schwelle des Todes zurückholen.«

Nandus hatte das Gefühl, dass ihren durchdringenden Bernsteinaugen nichts, was er empfand, verborgen blieb.

»Hauptmann Lorenzo Dolendo bedeutet dir offenbar viel, Erzpriester.«

Nandus war nicht mehr überrascht, dass sie Lorenzos Namen kannte und wusste, für wen er bat. »Wirst du mir helfen?«

»Der Hauptmann muss ein wahrhaft besonderer Mensch sein, wenn du ein solches Opfer für ihn auf dich nimmst.« Sie kam ihm noch näher. Die Lippen in ihrem bleichen Antlitz waren vom Rot reifer Himbeeren. »Aber du wirst ein weit größeres Opfer erbringen müssen, Erzpriester, wenn ich dir deinen Wunsch erfüllen soll. Ich verlange, dass du binnen eines Mondes nach Dahlia zurückkehrst und auf dem Platz der Helden, wo Felicia starb, vor den versammelten Bewohnern der Stadt verkündest, wer sie wirklich war. Und dass sie sterben musste, weil sie für die Freiheit des Schwertwaldes kämpfte.«

Nandus presste die Lippen zusammen. Sie wollte ihn also demütigen. Darum ging es ihr.

»Mitnichten«, entgegnete Vedora scharf. »Ich will, dass Felicia da Rosa Gerechtigkeit widerfährt. Ich will, dass jeder auf der

Insel weiß, wo und warum sie gestorben ist, und dass sie nicht einfach spurlos verschwunden bleibt. Ein solches Ende ist des Lebens, das sie geführt hat, nicht würdig.«

»Und du würdest Lorenzo für ein Versprechen von mir retten? Jeder Priester auf der Insel könnte mich davon entbinden. Kein Eid, den ich unter Zwang einer Hexe leiste, wäre verpflichtend für mich ...«

Sie legte ihm ihre schlanke, blasse Hand auf die Brust. »Schon allein, dass du mich darauf hinweist, sagt sehr viel über dich, Nandus Tormeno. Ich vertraue darauf, dass dein Wort *für dich* bindend ist, wenn du es mir gibst.«

»Warum ist dir so viel an der Herzogin gelegen?«

»Ihr wäre es bestimmt gewesen, die Geschicke dieser Insel zu verändern.« Vedora trat von ihm zurück. »Du ahnst ja nicht, wie groß der Schaden ist, den deine selbstsüchtige Tat angerichtet hat!«

»Die Rebellen im Schwertwald sind der Feind«, bemerkte Nandus kühl. »Wenn sie geschlagen sind, wird diese Insel endlich Frieden finden.«

»Frieden? In diesen Zeiten? Auf dem Festland beginnen sich die ersten Märengestalten zu erheben. Die Ordnung der Welt wird sich verändern. Die Feinde von gestern könnten morgen schon deine stärksten Verbündeten sein ...« Sie bedachte ihn wieder mit einem ihrer durchdringenden Blicke. »Du willst das nicht hören.«

Er hasste es, wie sie jeden seiner Gedanken kannte!

»Komm, sehen wir nach, wie es Lorenzo geht, bevor du deinen Eid leistest.« Sie ging zurück zu der dunklen Felsnische, aus der sie hervorgetreten war.

Misstrauisch folgte Nandus ihr. Im Licht der Laterne erkannte er ein schwarzes Tuch, das über einen Felsbrocken gebreitet war.

Vedora wartete, bis er an ihrer Seite stand. Dann erst zog sie das Tuch fort. Aus dem Felsen darunter ragte ein Kristall, größer als ein Pferdekopf und ebenso bernsteinfarben wie die Augen der Hexe.

»Das Herz des Berges«, sagte sie und klang zum ersten Mal ehrfurchtsvoll. »Leg deine Hand darauf, Erzpriester. Wir werden Lorenzo nur sehen, wenn jemand, der ihn kennt, eine Brücke zu seiner Seele schlägt.«

Widerstrebend gehorchte Nandus. Dass er selbst zu dem Zauberwerk würde beitragen müssen, hatte er nicht erwartet.

Kaum dass seine Fingerspitzen den Kristall berührten, bewegte sich tief in dessen Innern etwas. Farben flossen ineinander, wirbelten im Kreis, bis ein Bild erstand. Eine Gestalt in einem Bett war zu erkennen. Jetzt wurde das Gesicht größer und deutlicher. Nandus sah Schweißtropfen auf einer zerfurchten Stirn. Dunkle Ringe lagen unter fiebrigen Augen. So intensiv starrten sie ihn an, dass Nandus das beklemmende Gefühl hatte, Lorenzo würde ihn in diesem Augenblick auch sehen.

Der Hauptmann war nur noch ein Schatten seiner selbst. Das Fieber hatte ihn ausgezehrt. Zwischen Haut und Knochen schien es kein Fleisch mehr zu geben.

Vedora legte nun auch eine Hand auf den Kristall. »Dein Freund wird morgen sterben, bevor die Sonne untergeht«, sagte sie betroffen. »Mein Heiltrank kann ihn nicht mehr rechtzeitig erreichen. Eigentlich hätte er längst tot sein müssen. Nur dein Versprechen und die Hoffnung haben ihn am Leben gehalten, bis jetzt …«

»Tu etwas! Du kannst von mir verlangen, was immer du willst.«

Ihre Augen weiteten sich, und die Art, wie sie ihn ansah, erinnerte ihn an den Blick, mit dem der streunende Kater aus seinen Kindertagen den Pfau seiner Mutter angesehen hatte. »Große Worte, Erzpriester!«

NÖRDLICHER SCHWERTWALD, NAHE DER KÜSTE,
KURZ NACH MITTERNACHT, 10. TAG DES APFELMONDES
IM JAHR VON SASMIRAS ZWEITER THRONERHEBUNG

Blendwerk, Heimtücke und Lügen, dachte Nandus voller Verbitterung, als er aus der Höhle trat. Sie hatte eine Phiole von seinem Blut genommen und danach nur die Hände auf den Kristall gelegt, um einige unverständliche Worte zu murmeln. Ganz gewiss würde er keine Rede über den Tod Felicias auf dem Platz der Helden halten müssen.

»Erzpriester!« Bertrand, der Kaiserritter, kam über die kleine Lichtung auf ihn zu. »Ihr seid der Hexe entkommen. Beim Herrn des Himmels! Ich war in Sorge, seit …« Wie erstarrt blieb er stehen. »Die Höhle!«

Nandus drehte sich um. Die Höhle der Schwarzen Vedora war verschwunden. Dort, wo sie sich eben noch befunden hatte, war nun knochenbleicher Fels.

»Verfluchte Hexerei!«, zischte Bertrand. »Ganz so wie mit dem Wilderer.«

»Was ist mit dem Wilderer?«, fragte Nandus bestürzt.

»Er war plötzlich fort.« Der Kaiserritter schaute nun grimmig drein. »Im einen Moment stand er noch neben mir, und dann war er plötzlich verschwunden, als habe er sich in Luft aufgelöst.«

Es stimmte also, was die Hexe behauptet hatte, dachte Nandus mit mulmigem Gefühl. Sie selbst hatte sie in Gestalt des Wilderers hierhergeführt. »Ist sonst noch etwas geschehen, während ich in er Höhle war?«

»Nicht der Rede wert, Erhabener«, erwiderte Bertrand und winkte ab. »Orlandos Späher haben hier in der Nähe zwei Spitzel der Rebellen aufgegriffen, von denen einer behauptet, Euer Sohn zu sein.« Der Ritter schnaubte. »Natürlich haben wir ihm nicht geglaubt. Die werden hängen wie alle anderen auch …«

»Bring mich zu ihnen! Sofort!«

Bertrand sah ihn kurz verwirrt an, gehorchte dann aber. Nandus folgte ihm, von üblen Ahnungen erfüllt.

Schweigend eilten sie durch den Wald, bis sie endlich vor sich Fackeln brennen sahen. Bewaffnete umringten in lockerem Halbkreis zwei abgerissene Gestalten unter einer großen Eiche, von deren Ästen bereits zwei leere Galgenschlingen baumelten.

»Halt!«, rief Nandus mit fester Stimme und drängte sich zwischen den Söldnern der Schwarzen Schar hindurch.

»Vater!«

Das war Julianos Stimme! Unverwechselbar! Doch sein Sohn war ihm fremd geworden. Nie hatte er Juliano so unrasiert und verkommen gesehen. Sein Gesicht war von Schlägen gezeichnet, ebenso wie das des Mannes an seiner Seite.

»Macht ihn los!«, befahl Nandus. »Er ist tatsächlich mein Sohn.«

»Und Rutger auch«, bat Juliano. »Ohne ihn und Milan wäre ich längst tot.«

»Milan?« Kaltes Entsetzen ergriff Nandus. »Wo ist er?«

»Ich weiß es nicht, Vater.« Juliano wich seinem Blick aus. »Wir haben uns getrennt, damit sich auch unsere Verfolger aufteilen mussten. Er war den Schwertherzögen wichtiger als ich. Ich glaube nicht, dass er entkommen konnte.«

»Wir werden sehen«, murmelte Nandus mit belegter Stimme und wandte sich ab. … *und einen, der in ebendieser Stunde aus unserer Welt gerissen wurde*, hallten die Worte der Hexe in ihm nach, und heiße Tränen rannen ihm über die Wangen.

ENTRÜCKT

Ein fremdes Firmament spannte sich über Milan. Hier gab es weder Wolken noch das Tagauge des Herrn des Himmels, nur silber-

nes Licht. Wie durch einen Schleier nahm er ganz in der Nähe Gestalten in rascher Bewegung wahr. Helles Kinderlachen erklang.

Milan wollte aufstehen und nach den Kindern sehen, doch allein seinen Kopf zu heben verzehrte bereits all seine Kräfte.

Er sah an sich hinab. Er war nackt. Die Wunden, die der Krähenmann ihm geschlagen hatte, waren verschwunden. Er spürte keine Schmerzen. War dies die Welt jenseits des Todes? War Felicia hier?

Er flüsterte ihren Namen. Seine Lider fielen ihm zu …

Als er wieder erwachte, stand der Krähenmann neben ihm. Das verwirrte ihn. Er war sich ganz sicher, die Märengestalt nicht getötet zu haben. Er erinnerte sich noch deutlich, wie er selbst tödlich verwundet zu Boden gesunken war und der Krähenmann ihn gepackt und in einen Tunnel gezerrt hatte.

»Lebe ich noch?«, brachte Milan mühsam hervor.

Der große Krähenkopf neigte sich über ihn. Schwarze, seelenlose Augen starrten auf ihn herab.

»Wo bin ich hier?«

»Du bist, wie einst die Silberne Prinzessin«, antwortete ihm der Krähenmann, »in meinem Nest zwischen den Welten. Hierher reicht nicht einmal der Blick des Herrn des Himmels.«

Milan kannte die Mär von der Silbernen Prinzessin und wusste, wie der Traum der beiden zerbrochen war. »Warum lebe ich noch?«, fragte er leise.

Der Krähenmann sah lange schweigend auf ihn herab.

Wieder erklang das glockenhelle Kinderlachen hinter dem Schleier.

»Weil du weißt, was es heißt, die Liebe seines Lebens zu verlieren.« Sanft legte sich eine Krallenhand auf Milans Kopf. »Wir könnten einander helfen, statt uns zu bekämpfen«, sagte der Krähenmann.

Milan spürte, wie seine Kräfte zunahmen. »Was hast du mit den Kindern gemacht?«, fragte er.

»Sie sind alle hier.« Der Krähenmann zog seine Krallenhand zurück. »Es geht ihnen gut. Sie helfen mir, die Einsamkeit zu er-

tragen. Ich sehe ihre Unschuld und stelle mir vor, wie die Welt sein könnte, wenn wir nur das Gute in ihnen nährten.«

»Hast du je an ihre Eltern gedacht?«

»Ich habe nur Kinder geholt, denen es bei mir besser geht«, sagte der Krähenmann ruhig, aber bestimmt. »Solche, die geschlagen wurden, die gezwungen waren zu stehlen, um ihre Eltern zu ernähren, oder solche, die nicht beachtet wurden. Sieh nur, wie glücklich sie sind.«

Mit einem Flügelschlag zerstob der Schleier, und Milan blickte auf einen Garten, so friedlich und schön, wie er noch keinen gesehen hatte. Und inmitten all dieses Grüns, dieser Blüten und Früchte, spielten Kinder, gesund und munter und eins mit diesem verwunschenen Ort, an den der Krähenmann sie entführt hatte.

»Komm, ich zeig dir etwas!« Die Märengestalt streckte ihm die Krallenhand entgegen.

Milan ergriff sie. Gemeinsam gingen sie durch den Garten, einem nahen Hügel entgegen. Von dort blickten sie auf eine Mulde, in der Dutzende silberne Kerzenleuchter lagen, Teller und Tabletts, Becher und Münzen und auch die Mondscheiben aus den Tempeln.

»Warum stiehlst du das?«

Der Krähenmann ließ seinen Kopf sinken, so dass die Schnabelspitze fast seine Brust berührte. »Ich will einen zweiten Mond schmieden und an den Himmel stellen. Meine Prinzessin kehrt zurück. Sie ist die Dunkelheit, die die Sterne verschlingt. Wenn sie Azuhr erreicht, soll wie einst ein zweiter Mond am Himmel stehen. Dann wird sie bleiben.«

Der Krähenmann sah ihn erwartungsvoll an.

DAHLIA, FISCHMARKT, STUNDE DES HASEN, 10. TAG DES APFELMONDES IM JAHR VON SASMIRAS ZWEITER THRONERHEBUNG

Die Morgendämmerung hatte noch nicht begonnen, und doch wimmelte es auf dem Fischmarkt schon von Menschen. Die Trümmer der Nacht wurden fortgeräumt, provisorische Verkaufsstände errichtet.

Nok hatte die ganze Nacht über auf ein Zeichen gewartet. Darauf, dass Milan zurückkehrte. Sie war sich so sicher gewesen, dass Milan der Sohn des Lichtes aus den alten Schriften war. Eine alte Seele, in junges Fleisch gekleidet. Hätte er doch nur ihr Schwert angenommen!

Eine rothaarige Frau gab zwei Zimmerleuten barsche Befehle, wie ihr Stand aufzubauen war. Nok erinnerte sich, bei ihr schon Suppe gekauft zu haben.

»Er hat ihn regelrecht ausgeweidet«, flüsterte einer der Handwerker und nickte zu den Häusern im Westen des Marktplatzes. »Mein Onkel hat am Fenster gestanden und es gesehen.«

»Hat er dir auch erzählt, wie tapfer er gekämpft hat?«, fuhr Nok den Mann an.

Der Handwerker musterte sie, sah das Schwert in der seidenen Schärpe um ihre Taille und wandte sich ab.

Sie konnte nichts mehr tun, dachte sie niedergeschlagen. Nicht einmal mehr die Geschichte über das Gemetzel in eine Legende über einen heldenhaften letzten Kampf verwandeln.

Unendlich müde beschloss sie, nach Hause zu gehen, als sie eine blasssilberne Linie zwischen den Pflastersteinen bemerkte.

Das Licht gewann an Kraft, breitete sich aus. Ein Gitterwerk aus Silber umrandete nun etliche Pflastersteine.

»Schaut nur! Dort!«, rief die Suppenverkäuferin und lenkte damit die allgemeine Aufmerksamkeit auf das seltsame Geschehen.

Jetzt wölbte sich das Pflaster empor.

Ein Raunen ging durch die rasch anwachsende Menge der Schaulustigen.

Ein Tunnel tat sich auf. Vor strahlendem Licht sah Nok schemenhafte Gestalten. Helles Kinderlachen war zu hören.

Jegliches Gemurmel auf dem Fischmarkt verstummte, als Milan mit zwei kleinen schwarzhaarigen Mädchen an den Händen aus dem Tunnel trat. Und hinter ihnen folgten noch viele weitere Kinder.

Dem Zimmermann, über den Nok sich gerade noch geärgert hatte, entglitt der Hammer. »Frederico?«, fragte er beinahe tonlos vor Hoffnung und Angst.

Ein Junge von vielleicht sechs Jahren drehte sich zu ihm um. »Papa?«

Der Zimmermann ging in die Knie. Er brachte kein Wort mehr hervor, als ihm der Junge um den Hals fiel.

Jetzt wurden überall Stimmen laut. Menschen umringten Milan, beglückwünschten ihn, beugten sich zu den Kindern. Andere liefen laut rufend in die angrenzenden Straßen und Gassen, um die glückliche Kunde von der Rückkehr der Kinder in der Stadt zu verbreiten.

Nok aber zog sich zurück. Dies war Milans Augenblick, und sie durfte ihn nicht stören, sosehr sie es sich auch gewünscht hätte.

DAHLIA, BIENENGASSE, KURZ VOR MITTAG, 13. TAG DES APFELMONDES, IM JAHR VON SASMIRAS ZWEITER THRONERHEBUNG

Milan drückte Lorenzos Hand. Sie war dürr und knochig wie eine Vogelkralle. Das Gesicht des Hauptmanns hatte einen fahlgelben Ton, wie ihn altes Wachs manchmal annahm. Seine Schwester behauptete, dass es Lorenzo besser ging und er seit zwei Tagen zumindest wieder dünne Suppe essen konnte. Für Milan hingegen sah der Hauptmann wie jemand aus, den schon in der nächsten Stunde der Tod holen mochte. Aber daran durfte er jetzt nicht denken.

»Du wirst bald wieder über die Stadt wachen«, sagte er mit fester Stimme und drückte Lorenzo noch einmal zum Abschied die Hand. Dann stand er auf.

Ein erschöpftes Lächeln erhellte das Antlitz des Hauptmanns. Er war zu schwach, um zu sprechen.

»Es bedeutet ihm viel, dass Ihr gekommen seid«, flüsterte Lorenzos Schwester Anna, während sie Milan zur Tür geleitete.

»Ich kann sehen, wie seine Kraft zurückkehrt«, sagte er zuversichtlich und legte ihr dabei eine Hand auf die Schulter. Er hielt den Blick der zierlichen Frau so lange gefangen, bis er sah, wie ihre Zweifel wichen. Dann erst ging er.

In der Gasse vor Annas Haus drängten sich neben ein paar Stadtwachen etliche Schaulustige. »Es geht eurem Hauptmann besser«, sagte er an die Menge gewandt mit volltönender Stimme. Sie hatte sich verändert, wurde ihm bewusst. Er klang wie sein Vater, wenn er im Oktagon predigte. Nur dass er nicht jahrelang seine Stimme geschult hatte. Ihm war diese Gabe über Nacht zuteilgeworden. »Lorenzo erholt sich schnell«, log er in der Gewissheit, dass die Leute es sich wie eine Mär weitererzählen und damit Wahrheit werden lassen würden. »Eben noch haben wir gemeinsam ein Mittagsmahl eingenommen, und er scherzte, dass er wohl bald wieder Dieben und Schmugglern nachlaufen wird.« Beschwörend hob er die Hände. »Geht in die Tempel. Betet für die Gesundheit des Mannes, der bereit war, sein Leben für eure Kinder zu geben.«

Erstaunlich schnell und ohne Murren zerstreute sich die Menge.

Milan war überrascht, wie bereitwillig ihm die Menschen gehorchten, und zugleich erleichtert. Seit fast jeder in der Stadt ihn kannte, war Dahlia für ihn zu einem Ort bedrückender Enge geworden. Wo immer er war – überall folgten ihm Blicke.

Er wandte sich nach links, beschleunigte seine Schritte, strebte den Hang hinauf dem Mondtor entgegen. Er trug nur das Schwert an seiner Seite und einen Leinenbeutel, in dem die alte Köchin Luisa ihm Schinken, Käse und frisches Brot mitgegeben hatte.

Gestern hatte er zum ersten Mal die Mär von Felicia erzählt, der Herzogin und Bogenschützin mit dem flammend roten Haar, die ohne zu zögern ihr Leben für die Freiheit ihres Volkes geben würde. Nun wollte er diese Geschichte hinaustragen. In jedem Weiler und auf jedem Marktplatz Cilias wollte er sie erzählen. Und wenn er es gut genug machte, vielleicht würde er Felicia dann wieder begegnen.

Bald erreichte er das mächtige Stadttor. Die Wachen nickten ihm respektvoll zu, als er durch den dunklen Tortunnel hinaus auf die weite Landstraße sah.

Auf einem Hügel, vielleicht hundert Schritt entfernt, stand eine einsame Gestalt. Ein hochgewachsener Mann mit breiten Schultern. Er hob seinen Bogen zum Gruß, denn seinen Adleraugen war nicht verborgen geblieben, wer am Tor stand.

Milan schätzte sich glücklich, dass er mit Rainulf einen vertraut gewordenen Gefährten an seiner Seite haben würde. Einen, mit dem er das Versprechen, das er dem Krähenmann gegeben hatte, vielleicht würde halten können.

ENDE

DANKSAGUNG

Wenn einfache Sterbliche sich an die Arbeit des Weltenschöpfens machen, dauert es in der Regel länger als sieben Tage, und wer sich glücklich schätzt, beschreitet diesen Weg nicht allein. Stets an meiner Seite waren Xinyi, die mit Ginseng-Tee und asiatischer Weisheit über mein Qi wachte, sowie Melike und Pascal, die an langen Lesenachmittagen als kritische Testhörer prüften, was der Feder ihres Vaters entflossen war.

Ganz konkret in die Weltenschöpfung hat Lars eingegriffen, ein alter Studienfreund, verschrieben der Wissenschaft der Geophysik, der darauf achtete, dass auf den Karten der Welt kein grober Unfug manifest wurde.

Wie stets waren auch Karl-Heinz und Elke zuverlässig an meiner Seite und wachten über fehlende Kommata, logische Brüche oder allzu unrealistische Kutschmanöver auf der Flucht vor Riesen.

Hinter jedem Autor stehen die Lektoren des Verlages, deren Wirken oft im Dunkel bleibt und die doch so großen Einfluss auf die Geschicke eines Romans haben. Hier war es an erster Stelle Uta Dahnke, die mich über Monate bei meiner Arbeit begleitete und mir oft noch zu mitternächtlicher Stunde mit Rat zur Seite stand, wenn es darum ging, aus einer guten Geschichte eine bessere zu machen. Sie war es auch, die dem Krähenmann Seele einhauchte.

Wie oft kommt es vor, dass der Programmmacher eines Verlages letzten Schliff an einen Roman legt? Ganz sicher nur dann, wenn er mit Herz und Seele seinem Programm verfallen ist, so wie Hannes Riffel, der es schafft, Grenzen zu verschieben, um Bücherträume wahr werden zu lassen.

Zuletzt noch ein paar Worte an all jene Leserinnen und Leser, die mich bei Facebook und auf meiner Internetseite begleiten. Obwohl ich – gelinde gesagt – unzuverlässig antworte, lese ich doch alles, was ihr schreibt, und es sind diese kleinen Kommentare, die meiner Phantasie wieder Flügel verleihen, wenn das Alltägliche allzu niederdrückend wird. Danke!

Bernhard Hennen
Oktober 2017

»DAS BUCH IST EIN SCHATZ.«

DEBORAH HARKNESS

Die Stadt London gibt es vier Mal.
Im Grauen London riecht es nach Rauch, nach einem Hauch von Wahnsinn. Im Weißen stinkt es nach Blut und einem bitteren Kampf. Im Roten duftet es nach Rosen, Magie und Lebenslust. Und über das Schwarze schweigt man besser.
Kell ist einer der letzten Antari, die zwischen den Welten wandern können. Doch als er unwissentlich ein magisches Artefakt durch ein Portal schmuggelt, bricht er damit nicht nur ein ungeschriebenes Gesetz seiner Zunft, sondern gefährdet auch das Gleichgewicht der Welten.
Der Auftakt einer magischen Fantasy-Trilogie.

Hintergrund: © Joey Hi-Fi / UMUZI

V. E. Schwab
Vier Farben der Magie
Roman

Aus dem Amerikanischen
von Petra Huber

Ca. 500 Seiten

ISBN 978-3-596-29632-3

Jetzt für den Newsletter anmelden unter:

TOR-ONLINE.DE

fi 10-29632/1